Bernhard Trecksel

Weltengesang

Die Vier Könige 2

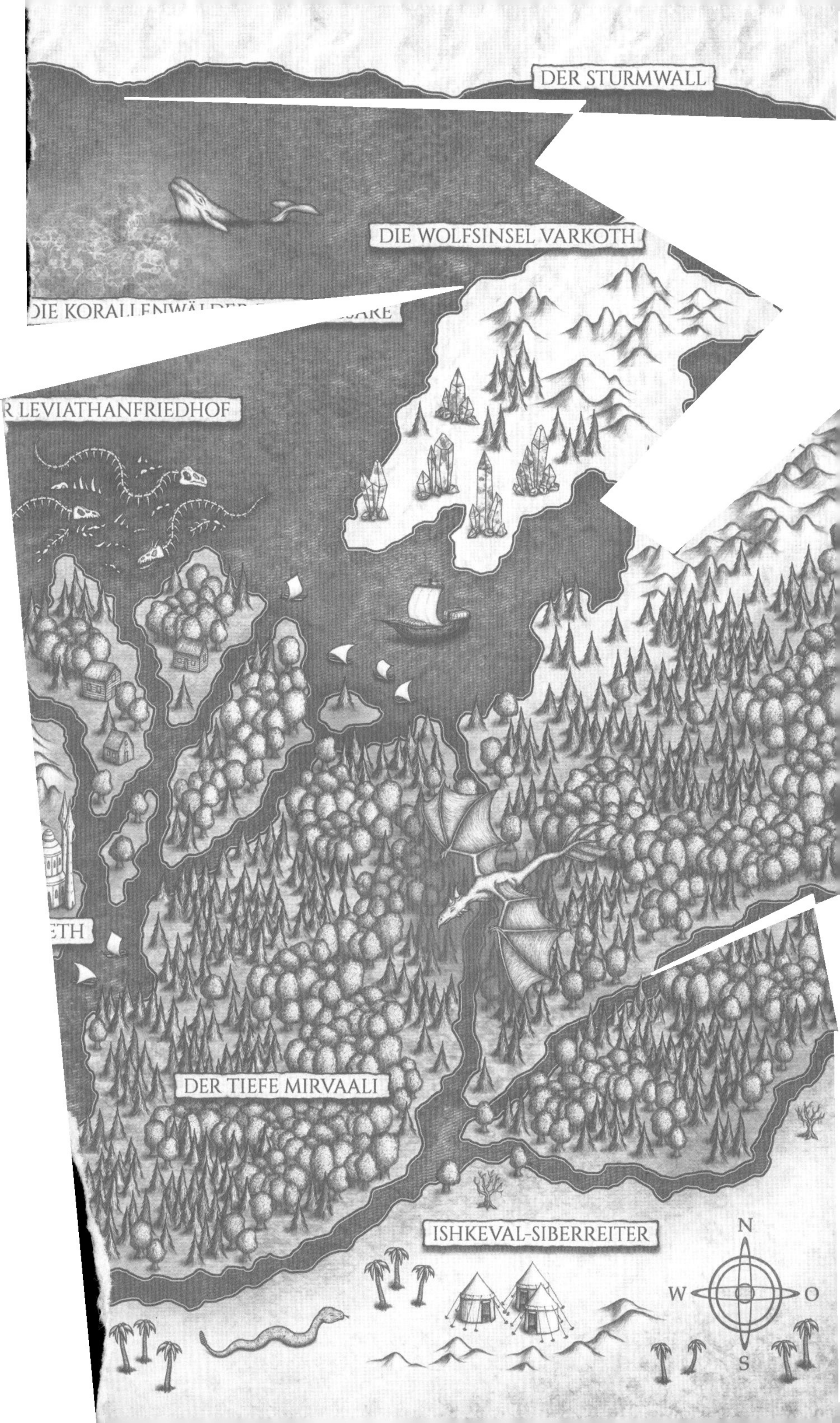

DER STURMWALL
DIE WOLFSINSEL VARKOTH
R LEVIATHANFRIEDHOF
ETH
DER TIEFE MIRVAALI
ISHKEVAL-SIBERREITER
N
W
O
S

Bernhard Trecksel

WELTEN GESANG

DIE VIER KÖNIGE 2

Roman

Mit einer Karte

PIPER

Von Bernhard Trecksel liegen im Piper Verlag vor:
Flammenlied. Die Vier Könige 1
Weltengesang. Die Vier Könige 2

Originalausgabe
ISBN 978-3-492-70792-3

Redaktion: Friedel Wahren
Karte und Vignetten: Timo Kümmel
Satz auf Grundlage eines CSS-Layouts von digital publishing competence (München) mit abavo vlow (Buchloe)
Druck und Bindung: GGP Media GmbH, Pößneck
Printed in Germany

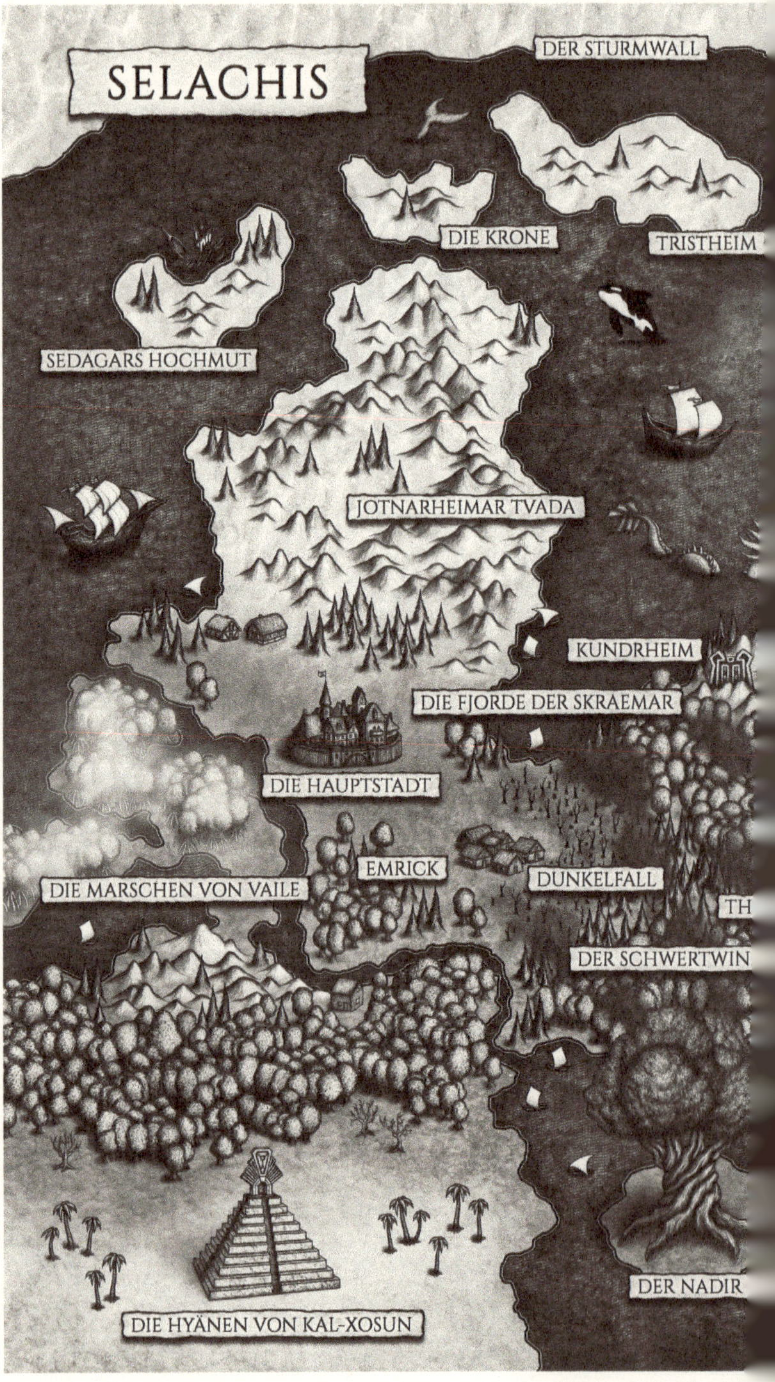
SELACHIS
DER STURMWALL
DIE KRONE
TRISTHEIM
SEDAGARS HOCHMUT
JOTNARHEIMAR TVADA
KUNDRHEIM
DIE FJORDE DER SKRAEMAR
DIE HAUPTSTADT
EMRICK
DUNKELFALL
DIE MARSCHEN VON VAILE
TH
DER SCHWERTWIN
DER NADIR
DIE HYÄNEN VON KAL-XOSUN

DER STURMWALL
DIE WOLFSINSEL VARKOTH
ORALLENWÄLDER DER EMISSÄRE
THANFRIEDHOF
DER TIEFE MIRVAALI
ISHKEVAL-SIBERREITER
N
W
O
S

1

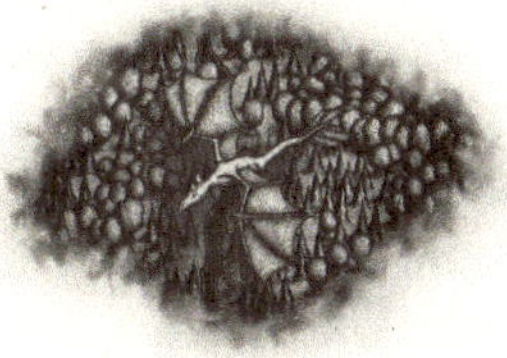

Die Tür flog mit solcher Gewalt auf, dass die Erschütterungen, die von draußen an ihr Ohr drangen, sich wie ein Flüstern anhörten. Er preschte in den Raum wie ein Stadtgardist, der eine Lasterhöhle ausheben will. Schulter voran, zartfühlend wie ein Rammbock. Nur kochte das tumbe Belagerungsgerät nicht selbst noch vor Zorn.

Die Fratze, die den Schwergerüsteten entstellte, brannte jedoch vor Wut. Er riss sich heftig den Umhang vom Leib, unter dem sogleich der halb zerlumpte Waffenrock seines Tempels zum Vorschein kam. Die Scham darüber steigerte seinen Zorn, als er in die Dachwohnung preschte.

»Gleich wirst du zugeben, dass es ein Fehler war!«, rief sie und kam damit seinem Bellen zuvor. »Es ekelt dich an, dass du deine wahre Würde verbergen sollst. Wie kleinmütig wiederum!« Von ihrem Sitz aus seufzte sie tief auf.

»Vorsicht, Messerohr!«, presste er hervor. Eine solche Begrüßung schätzte er gar nicht. Der Tonfall ließ keinen Zweifel an seinem Groll. Dass er sich am Deckenbalken der Stube noch gediegen den Kopf stieß, verbesserte seine Laune auch nicht gerade. Statt zu fluchen, zischte er wie eine Echse. Eine, die am eigenen Gift würgt.

Mit einem Ächzen ließ er sich so schwer auf eine der Bänke fallen, dass sie zusammenzukrachen drohte.

Sie knarrte nur heftig.

Geschmeidig glitt sie neben ihn, er saß nur stumm da, die Arme verschränkt, und starrte zur Eingangstür der Wohnung hinüber, die Tanaqui in den letzten Stunden nicht aus den Augen gelassen hatte. Hier ging es ums Überleben.

Das Schweigen schien zu schwären. Aus einem Nebenzimmer drang das beharrliche Kratzen einer Feder auf Pergament, aus der anderen Stube nur schmerzliche Stille. Einer aus ihrer Mitte fehlte.

Scheinbar endlos harrte Tanaqui neben dem Paladin und seiner schier greifbaren Wut aus. Dieses starke Gefühl stand in der Stube wie eine Stele. Müßiggang in der Henkersschlinge, so nannten die Untertanen das stinkende Elendsviertel im Herzen der Hauptstadt ihrer Königin. Die Frage, wie viel Gewalt draußen tobte. Wie lange sie noch hier ausharren mussten. Die stumpfe Bedrängnis beschwerte Tanaquis Seele. Wo fand sie Halt?

Der Geist, der aus ihren Hautbildern sprach, Cathwyn, der Große Jäger, spie auf jeden Trost. Er lechzte nach Taten. Wollte hinaus aus der Untätigkeit. Ein solch quälender Inkubus bemächtigte sich einer Waldelfe, wenn sie im Krieg den Seelenbaum verlor und bei ihren Verwandten in der Wüste lebte.

Die im Geheimen webenden Hautbilder gewährten der in die Fremde Geworfenen eine neue Unsterblichkeit, vorausgesetzt, sie bestand die gnadenlosen Prüfungen des unerbittlichen Ahnengeistes.

»Der Gestank lässt sich einfach nicht vertreiben. Was auch immer wir versuchen. Verdammter Minendunst!« Bowden grummelte nur gepresst durch die Zähne. Unvermittelt blickte er nun auf. »Irgendwelche Fragen?«

»Wie viele unserer eifrigen Häscher du gesehen hast, zum Beispiel. Und hier wabert kein abgestandener Kohlengestank. Es stinkt nach Brand, nach den Flammen, die fortwährend den Archipel verzehren.« Tanaqui schüttelte den Kopf.

»Kato mag zwar ein ehrloser Halunke und Mistkerl sein, aber auf seine Weise auch wieder ein großer Geist. Ein Beseelter.« Bowdens Blick schweifte in Richtung des Nebenraums.

Das Kratzen des Federkiels fand kein Ende, unbeirrt vom

Stimmengewirr der Schenke. »Zehn«, bestimmte der Paladin brüsk.

»Zehn also. Acht, dachte ich.« Mit zwei Fingern schob Tanaqui einen spröden Aschezopf in den Nacken. Die trockene Luft und das Fristen im Versteck setzten nicht nur ihrer Seele zu. »Wissen die, wo wir uns verbergen?«

Ein Achselzucken des Ritters war die Antwort. »Schwer zu sagen. Ich bezweifle es.« Darauf, gedankenverloren: »Der Deserteur war ein ganz andersartiger Mann. Bevor er zur Armee kam, bevor ihn der Krieg ... veränderte, hauste er hier. In diesen Straßen. Inmitten des Abschaums.«

Tanaqui verspürte stets einen Stich im Herzen, wenn Katos Schicksal zur Sprache kam. Es war ihr eigener Kriegstrupp gewesen, der einst in schrecklicher Nacht seine Familie vernichtet und ihn als Waisen einem feindlichen Leben ausgeliefert hatte. »Zehn.« Sie fröstelte. »Wissen wir, wem sie dienen?«

»Du hast doch gehört, dass man dich auf jemandes Befehl hin jagt. Und seit deinem trauten Stelldichein mit dem Eulenreitergecken und seinem Lakaien vor Kundrheim wissen wir auch, wer da Hand an dich legen will.« Bowden schnaubte. »Ich habe erwogen, dich auszuliefern. Der Mission wegen. Und wegen deines lästigen Elfengehabes. Wir hätten dann endlich unbehelligt dem geheimnisvollen Runenstab nachgeforscht.«

Herausfordernd trommelte er mit dem Panzerhandschuh auf die Tischplatte. Streukugeln prasselten auf ein Bronzetor, so klang es.

»Feinsinnig ist dein Humor ja nicht gerade, doch du kannst dich noch so abscheulich gebärden, du hast uns alle mit deinem Schild vor dem Angriff bewahrt. Wir kämpften als Waffengeschwister«, erwiderte Tanaqui verärgert.

Er reckte sich. Rüstplatten schabten. »Vielleicht bin ich einfach nur ein guter Lügner.«

»Dein Gott verabscheut Lügen ebenso wie du.« Sie wollte Weiteres entgegnen, doch er hob den Finger.

»Es geht um weitaus Größeres.«

Der Ausdruck in Bowdens Augen jagte ihr ein Frösteln über den Rücken, trotz der künstlichen Schwüle. Sie schlang die Arme um den Leib. »Größeres«, hauchte Fuchstochter, wie Tanaqui ursprünglich hieß. »Das verheißt selten Gutes.«

Der Grimm in seinem Gesicht trat noch schneidender hervor. »Unsere Belagerungsgäste vor der Stadt sind über Nacht näher gerückt und kesseln uns ein.«

»Damit haben wir gerechnet. Die Ruhe vor dem Sturm ist endgültig vorüber«, murmelte Fuchstochter.

Der Paladin verzog das Gesicht. »Wie ich schon bemerkte, hätten wir nie herkommen dürfen.«

»Ihr Rundohren pflegt euch über verschüttete Milch zu beklagen, du geradezu meisterlich.« Sie lächelte verschmitzt.

»Ich weise nicht mit dem Finger auf eure Schwächen, weil ich ein widerlicher Rechthaber bin«, schnaubte Bowden.

»Aber auch deshalb«, versetzte Tanaqui. Es war nur Gefrotzel, verglichen mit früherer Feindseligkeit.

»Ja, vielleicht.« Er faltete die Hände auf dem Tisch. Dann atmete er mehrmals tief ein und aus und bedachte sie mit ernstem Blick. »Fällt mir nicht leicht, auch nur einem von euch zu vertrauen. Die Zwergin lebte ihr Leben lang eine Lüge. Mein Mündel Kato erwies sich als todbringender Deserteur. Und was dich betrifft ... Nun ja, man hat mir eingebläut, deinesgleichen zu hassen. Abgesehen davon haust in dir die Macht eines Götzen. Und dann wäre da noch der feiste, schmierige, brabbelnde Vaga ...« Er hielt inne. Schaute verwirrt drein. Die Schmähung hatte er aus Gewohnheit hervorgestoßen, doch sie wich einem Ausdruck der Scham.

»Limbo ist tot, Bowden«, erinnerte ihn die Waldelfe. »Er hat sich für uns geopfert.« Schmerzhaft erinnerte sie sich stets daran, wie unverzagt der Vagabund ihr und Katos Hund Kincaid das Leben gerettet hatte.

Bowden stierte selbstvergessen ins Leere, als hätte sein Geisteslicht Schaden genommen.

Tanaqui wagte einen Sprung nach vorn. »Was geschah in deinem Elternhaus, Bowden? Du bist mit blutiger Klinge von der Hofstatt zurückgekehrt. Kato meint ...«

»Kato hält besser das kokelnde Maul, bevor ihn der verhexte Runenstab vollends in den Wahnsinn treibt. Meine Händel mit den Skraemar sind verweht. Wer von denen jetzt erschlagen liegt, erhielt seine verdiente Strafe. Andere winden sich bei den Emissären in Eisen ... wozu immer genau die Mächte der Tiefen ihre Sklaven zwingen. Hast du vergessen, dass die Skraemar von Kallasfjord Menschenhandel betrieben? Diesen Ort wollte ich meiden.«

»Es ist die Stadt *deiner* Königin, Bowden. Nur hier gibt es Bibliotheken und Weise. Kato rät uns richtig. Wir können uns schlecht bis zu den Minaretten tief im Mirvaali durchschlagen, um für ihn die große Zauberformel zu finden.« Ihre Stimme wurde eine Spur sanfter. »Sei milder zu deinem Volk! Im Fjord gab es auch Kinder und Frauen.«

»Die sind nicht von meinem Volk«, giftete er. »Niemals.«

»Kinder, Bowden.«

Er verschränkte die Arme. Der abwesende Blick verengte sich nun auf die Eingangstür, als lauerten dahinter ihre Verfolger. Er hatte sich im Verlauf ihrer Kämpfe verändert. Seinen Architektengott erwähnte er höchstens noch zur Drohung.

»Vesshelin hat sie gedungen, jede Wette. Ihr Netz zieht sich zu. Und es wird immer wärmer. Wir können hier nicht weiter eitel herumsitzen und Zeit vertändeln«, polterte er.

»Hast du eine Vorstellung, wer die sind?«, fragte sie. »Sie lauern am Rand unserer Wahrnehmung, warten, ohne zuzuschlagen. Wie Hyänen. Bereit und doch zu feige.«

»Wird Zeit, dass der Deserteur auftaucht. Er braucht ein Bad ... mehr alle hier«, brummte Bowden.

»Er könnte eines für uns aufwärmen«, meinte Tanaqui schmunzelnd. Die Vorstellung, wie der Magier in einem Zuber hockend das eigene Badewasser zum Kochen brachte, hatte etwas Erheiterndes. Sie ertappte sich, wie sie das Dampfzischen mit Zunge und Zähnen nachahmte.

»Genau das.« Erfolglos versuchte der Paladin, ein Lächeln zu unterdrücken. »Außerdem kennt er diese Straßen besser als ich. Er weiß um die Banden, die Verbrecherfürsten. Hing mit dem Gesindel von früher herum, wenn er Freigang hatte. Sicher weiß er, welche Brut uns da belagert.«

2

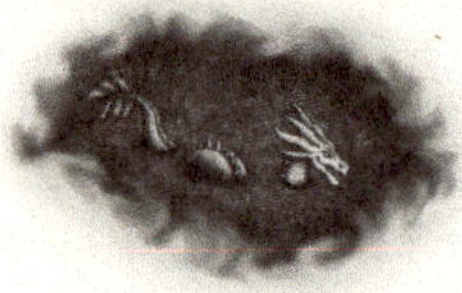

Die Hauptstadt der Königin, starrend vor Pracht und Reichtum, lag träge goldschimmernd unter dem eisengrauen Himmel und erwartete ihren Untergang. Die Straßen waren mit edlen Kopfsteinen aus Rosengranit gepflastert, die unzählige Füße glatt geschliffen hatten. Die Alleen säumten entweder schwindelerregend hohe Fachwerkbauten von kunstfertig vorgetäuschter Zerbrechlichkeit oder ganz aus Marmor errichtete, mit kostbaren Farbsteinmustern verzierte Villen, überkrustet von bewegten Szenen des Heldentums und der Tragödie. Anmutige Türme durchbohrten den rauchigen Himmel. Fast schien es so, als spießten ihre Spitzen die Wolken auf.

In Braithwairn herrschte eine trügerische Aura von Vornehmheit, Kunstsinn und Bildung. Die Bewohner plauderten, mit Purpurgewändern angetan, in honigfarben beleuchteten Gemächern bei einer Tasse Tee über Schönes. Die Luft war geschwängert vom Weihrauch, durchzogen von Lautenklängen.

Man überspielte die Hitze. Man wollte Berichte von den Nordküsten nicht wahrhaben, die vor uralten Schiffswracks und schwimmenden Festungen warnten, an gewaltigen Ketten gezogen von Ungetümen und allesamt dem Meer entstiegen. Nichts erfahren über die Besatzungen dieser gleitenden Bollwerke, die Stadt um Stadt in die Sklaverei führten.

Auch die Nachricht, dass eine Meute untoter Frostriesen

durch die Ödnis zwischen den Städten streifte, war unwillkommen.

Nein, derlei Kunde wies man weit von sich, um weiter einem Leben zu frönen, dessen zuckendes Erlöschen man nicht begreifen wollte.

Im Herzen der Hauptstadt erhob sich der Palast der Königin mit einer Vielzahl an Kammern, Höfen und Galerien, ganz errichtet aus gehärtetem Alabaster. Er stand so prunkvoll wie Furcht einflößend aufgerichtet, kündete von der Stärke und Weisheit der Herrscherin Königin Kyralia der Dritten von Emrick. Jenseits seiner Umfriedung schob sich das Gewimmel der Stadt voran, ein Menschenteppich, vielfältig und bunt wie die Banner, die auf den Wällen flatterten.

Vielfältig in seiner Torheit und bunt besessen vom Wahn, das nahende Unheil in Abrede stellen zu wollen, dachte die einsame Gestalt. Die massig untersetzte kleine Frau wandelte durch diese Straßen, wann immer sie sich ohne das Wissen der Begleiter aus der Henkerschlinge davonschleichen konnte.

Sicher, an diesem Ort wurde das Wissen über alles verehrt, und Gelehrte, Philosophen und Dichter ergingen sich neben Dirnen und Adligen. Man wetteiferte in allen Künsten.

Niemand wusste das besser als Gjala, die lange unter ihnen gelebt und für sie musiziert und rezitiert hatte. So sehr liebten diese Narren ihre ausgeschmückte Weisheit und Vernunft, dass sie beschlossen hatten, nunmehr, da die Stadt dieser Tugenden in nüchterner Form während höchster Not bedurfte, beiden Lebewohl zu sagen.

Gjala Ausmundarsdottir, genannt Bierschaum, verachtete die Rundohren für diese Verleugnung des Unausweichlichen, kam aber nicht umhin, sie angesichts drohender Gefahr vor ihren Stadtmauern um diese Fähigkeit zu beneiden.

Es mochte ein erhabenes Gefühl sein, sich der Wirklichkeit so gelassen entziehen zu können, eine Fähigkeit, die nicht einmal eine Zwergenbardin wie sie besaß, die doch mit Worten Legenden zum Leben erwecken und die Ränkereigen der Großen nachzuspinnen imstande war. Ihr Gesicht spiegelte nicht nur beim Gedanken an das Gelichter in der Hauptstadt tiefe Gefühle der Trauer, Wut und Schuld wider.

Gjala seufzte schwer bei der Erinnerung an Limbo, jenen lieb gewonnenen Schurken, der durch die Hand der Emissäre ein schlimmes Ende gefunden hatte. Er war der unschicklichste aller Freunde für sie gewesen und doch zur Quelle des Trosts und der Kameradschaft geworden. Säule des Halts auf einer vom Sturmwall umgebender Wettermächte eingepferchten Inselgruppe, deren Landstriche verbrannten oder von seltsam mächtigen Invasoren ins Meer gesogen wurden und deren Bewohner nach Maßgabe der wohl letzten lebenden Zwergin den Verstand verloren.

Limbo war fort, dahingegangen. Von Kräften verschlungen, die sie weder begreifen noch aufzuhalten vermochte.

»Verflucht seien sie alle!«, stieß Bierschaum grimmig und mit erstickter Stimme hervor. »Verdammt seien sie in ihren Tiefen!« Sie ballte die Fäuste. Das Gewicht von Limbos Tod lastete schwer auf ihrem Gemüt, wie eine Ankerkette drohte sie der ziehende Schmerz zu den Invasoren in die Tiefe des Ozeans hinabzureißen.

Einer ihrer geliebten Freunde. Tot nun. Sein Leben geopfert, um das ihre zu retten. Ihr Volk, ins Dunkel entschwunden. Schmiedegott Kurzukhuun allein mochte wissen, wo die Drazok Dhar nun steckten.

»Limbo«, flüsterte sie. Der Name drang als erstickter Laut aus ihrer Kehle. »Es tut mir so leid. Ich meine auch, wie wir dich behandelten. Du hättest Besseres verdient.«

Sie blinzelte die Tränen weg, wollte sich schwächliche Trauer nicht erlauben. Das verbliebene ihrer einst zwei Herzen pochte im Gegentakt zum Vibrieren des Amuletts, das ihr Vater ihr nach dem Schicksalstag im Stollen geschenkt hatte. Sie schnaubte.

Es blieb kein Augenblick für Trauer, nicht wenn solch furchtbare Gefahr allgegenwärtig war. Die Emissäre hatten angesichts der Blindheit der Rundohren den Belagerungsring um die Hauptstadt zugezogen, ihre Heere standen bereit zum Angriff.

»Limbo«, beschwor Bierschaum den Toten erneut und mit härterer Stimme. Sie sprach klar, geleitet von Kampfeswillen, sie, die gezögert hatte, nach der Axt zu greifen und einen

Frostriesen zu erschlagen, als es um ihr eigenes Leben ging. »Ich schwöre beim Schmied, dich zu rächen. Ich lasse die Befehlshaber der Emissäre bluten für die gemeine Untat an dir. Das schwört dir die einzig Wahrhaftige aus einem Volk von Lügnern.«

3

Er brauchte dringend einen Schnaps ... und zugegebenermaßen seit Wochen ein Bad. Irgendwann klebten abgelagerte Ausdünstungen selbst an einem Leib, dessen Haut Schmutz und Parasiten verbrannte. Mit eigenem Duft.

Im Zwielicht des Unterschlupfs ließ Kato Tamasine die müden Augen einmal mehr über die in den Runenstab geritzten Symbole gleiten. Seine mit eigenen rot glühenden Zeichen bedeckten Finger fuhren ohne jeden Schutzhandschuh fiebernd unermüdlich jede Windung ab.

Als könne er die darin verborgenen Geheimnisse zwingen, nach Monaten des Schweigens ihr Innerstes preiszugeben.

Diese Besessenheit verzehrte den Lohenmagus brutaler als das Feuer seines Fluchs. Er vergaß darüber die Sorgen und Ängste der Freunde.

Kincaid winselte anrührend. Kato warf einen Seitenblick auf den Hund. Dem Tier mangelte es an Auslauf und gutem Fressen, seit Katos Studium der Geheimschrift des Runenältesten der Drazok Dhar aus Kundrheim alles andere beherrschte. »Du bekommst bald etwas Leckeres, alter Knabe. Herrchen muss nur eben verhindern, dass Selachis verbrennt und von Meeresrittern verheert wird. Feststellung: Ein gewöhnlicher Wochenanfang beim tausendsten Versuch, Runenvater Danghbrans Mysterium zu lüften.«

Der Magier gönnte sich das verschmitzt müde Lächeln, das Bowden Verdian so sehr hasste.

Als hätte bereits dieses schüchterne Schmunzeln ihn heraufbeschworen wie einen Dämon, stießen die beschlagenen Panzerstiefel des Paladins fordernd gegen die Tür von Katos Dachzimmer.

»Deserteur«, bellte Bowden heiser und betrat den Raum, ohne anzuklopfen. »Wir müssen reden.«

»Die Kakerlaken in diesem Loch werden fetter und immer dreister«, murmelte Kato seinem Hund zu. »Muss die Miete mindern. Falls hier nicht alles vorher abfackelt.«

»Alles außer dir, meinst du«, knurrte der Paladin. »Du wirst am Ende einsam auf Selachis hocken. Du zwischen kokelnden Baumstümpfen und Brandleichen. Kennst du ja.«

Statt Bowden anzusehen, betrachtete Kato den Runenstab, die lodernden Augen an die Muster geheftet. »Gemach, Blechmann! Ich bin nahe daran. Ich fühle es.«

»Deserteur, du findest keine Lösung, wie schief du auch auf das Ding glotzen magst. Gjala ist in Aufruhr, büxt dauernd aus. Die hätten sie längst in Fängen, würde Tanaqui ihr nicht zum Schutz folgen. Wir brauchen Antworten, rasch.« Bowdens Atem ging schwer. »Du weißt es, auch wenn du diese Kammer nie verlässt. Irgendwelche Galgenstricke belauern dieses Haus. Die Emissäre haben uns umzingelt. Da ist eine Armee von krummem Gezücht. Bestien, wie ich keine je gesehen habe. Jeder Entsatz, alle Gegenwehr, scheint im Staub zu liegen. Die Stadt spielt blinder Mann, säuft und hurt sich in den Untergang. Nur eine Frage der Zeit, bis der Abschaum im Viertel wittert, was im Busch ist. Und schon fließt Blut.«

»Umso wichtiger, dass wir bleiben«, erwiderte Kato ohne Zögern, den Stab fest im Blick. »Die ersehnten Antworten liegen hier vor mir. Ich gehe nicht, bevor ich sie begriffen habe.«

»Soldat!«, blaffte Bowden im Befehlston, doch der versagte ihm den Dienst. »Wir sitzen in dieser Stadt gefangen, und Gnade uns, wenn wir nicht bald entkommen.« Gram färbte jede Silbe aus dem Mund des Paladins.

»Wähnst du mich einen Narren, Wachhund? Ich spüre die Glut am Horizont jede Nacht glosen, bevor ihr sie nur seht. Ich merke, wie viel schwerer das Atmen fällt. Die Luft schwindet, der Wald kann nicht genug davon spenden, so viel wie das Feuer vertilgt. Wir besitzen keine Gegenkraft als die Zeichen des Runenvaters von Kundrheim, Blechmann. Ich will dieses Rätsel unbedingt lösen.« Kato spürte, wie Zorn in ihm aufwallte. Sein Versagen beim Entziffern der allein rettenden Botschaft, die Kameraden Tag für Tag vertrösten zu müssen, alles dies forderte seinen Tribut.

»Wir müssen den Schlüssel anderswo suchen«, seufzte der Paladin.

Kato versagte dem Gotteskrieger die Antwort. Seinem feurigen Blick wohnte nichts mehr inne als der unbedingte Wille, das Rätsel zu lösen. Kincaid gab ein tiefes Brummen von sich, so voller Überdruss, wie Kato sich fühlte.

Bowden schnaubte. Schließlich nickte er feierlich und fügte sich der Weisung des Schicksals. Kein heiliges Gepolter mehr. Was im Herrenhaus der Verdians geschehen war, hatte Bowden tiefgreifend verändert.

Der Kamerad aus Kriegstagen setzte zur Entgegnung an.

Doch als Bowden den Raum wortlos verließ und die Tür sacht hinter sich schloss, richtete sich Katos Blick wieder auf den Runenstab. Seine Mysterien verschlangen ihn.

»Dieser Dialekt ...«, hörte er sich murmeln. »Wenn Gjala die Runen nicht entziffern kann, eine Bardin der Zwerge ... wie soll es mir gelingen!? Uns bleibt nur eine Wahl, alter Knabe. Ich weiß genau, wer das hier versteht. Ihn aufzusuchen, davor graut mir mehr als vor allen Emissären.«

4

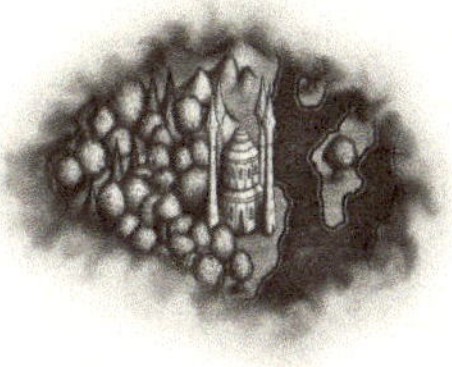

Der fahle Mond ergoss seinen Schimmer über das nasse Pflaster. Kaum durchdrangen müde Kienspanlichter die rußige Patina über dem Gassengewirr.

Bowden und Tanaqui huschten durch die Schatten.

»Geduckt halten!« Tanaqui zischte gegen fernes Hundekläffen an. »Bleib hinter mir!«

Verdian nickte, seine Augen flackerten wie Zwillingsglut, als er es Tanaqui nachtat. Er wusste um die Meisterschaft einer Elfenkundschafterin im Anpirschen.

Die beiden verbargen sich unter Kapuzenumhängen, schwarz wie die Nacht selbst, und verließen den Unterschlupf durch eine Geheimtür des Kohlenkellers. Vorsicht war vonnöten.

Als sie tiefer in das Elendsviertel vordrangen, spürte Bowden, wie sich ein Knoten eiskalter Wachsamkeit aus Kriegstagen in seinem Leib zusammenzog. Die Gesetzlosen, die hier hausten, waren für ihre Gerissenheit berüchtigt. Und das Messerohr besaß kaum Erfahrung im Straßenkampf.

Doch trotz aller Gefahr mussten sie erkunden, wer das Haus ausspähte und für wen ihre Häscher arbeiteten. Weder er noch Fuchstochter ertrugen weitere Untätigkeit.

»Warte!«, raunte Tanaqui, packte Bowden am Arm und zog ihn in den Schutz einer Gasse. Ihre scharfen Sinne witterten Gefahr, und Bowden vertraute ihrem Spürsinn.

Sie drückten sich stramm an die Ziegelwände, hielten den Atem an und spähten in das weiterführende Sträßchen.

Ein Trio von Raufbolden trat aus den Schatten und schlenderte raubtierhaft über das Pflaster. Bowden erfasste das grausame Funkeln in ihren Augen, die Dolche in abgewetzten Scheiden. Goldglanz.

»Gildennadeln. Zunftzeichen«, hauchte er ihr ins Ohr.

»Haben bei euch Rundohren sogar Verbrecher eine Zunft? Überaus abstoßend«, murmelte sie.

Er nickte angewidert, ausnahmsweise ihrer Meinung.

Bandensoldaten, ohne Zweifel. Mordbrut.

»Siehst du den da?« Tanaqui flüsterte, ihr Atem heiß an Bowdens Ohr, als sie auf den größten der drei zeigte. Verdian erschauerte vor so viel weiblicher Nähe. »Wie der sich ständig umschaut? Er sichert sie ab.«

»Gut erkannt«, wisperte der Paladin, während sich seine Finger um den Griff seines Stoßschwerts auf Hüfthöhe schlossen. »Hinterher. Sie führen uns zum Auftraggeber.«

»Einverstanden«. Die Augen der Wüstenelfe glommen. »Aber wenn sie Wind von der Verfolgung bekommen ...«

»Schon klar«, unterbrach sie Bowden, die Stimme selbst im Raunen schwer und entschlossen.

Insgeheim erhoffte er sich einen Kampf. Der Architekt ließe keine Gnade über das Gesindel walten. Bowden bekäme wieder Luft.

Gemeinsam glitten sie durch die Dunkelheit, vorsichtig bei jeder Bewegung, während sie den Banditen durch das Labyrinth des Viertels folgten. Ein Stolpern mochte ihnen allerlei übles Volk auf den Hals hetzen.

Bowden rechnete damit, dass ein üppiges Kopfgeld auf sie ausgesetzt war. Er erinnerte sich an den Hass der Riesin, der über den Fjord hallte. Sie würde alles tun, um Gjala in die eisigen Pranken zu bekommen.

Es dauerte nicht lange. In der Düsternis einer tödlich stillen Gasse lehnten Bowden und Tanaqui an rauem Fachwerk.

Sie sahen, wie sich die Raufbolde um eine schemenhafte Gestalt scharten. Ihr Anführer strahlte etwas von einem Patrizier aus, der freilich üble Zeiten erlebt hatte, mit silbrigem Haar und schütterem Bart im Falkengesicht.

Der Verbrecherfürst musterte seine Soldaten mit stählernem Blick, geschmiedet aus unzähligen Grausamkeiten.

»Den kenne ich«, flüsterte Bowden Tanaqui zu. »Rennick heißt er. Hohes Tier im Rattenbau.«

»Geduld«, mahnte sie mit kaum vernehmlicher Stimme.

Bowdens scharfem Ohr entging kaum etwas. Tanaqui lauschte besser als Fuchs und Eule. Sie hörten jedes Wort.

Rennicks Knurren geisterte durch die klebrige Nachtschwüle. »Mein Schätzchen Kato bleibt vorerst am Leben. Wir greifen den Unterschlupf nicht an, bis ich es sage. Will erst mit dem Jungen reden. Das schulde ich ihm.«

Bowden knirschte mit den Zähnen. Er wusste bestens, woher Rennick Kato kannte. Aber das ging die Elfe nichts an.

Unter Rennicks Männern rumorte es bei dem Gedanken, eine lebende Kriegswaffe mit Drachenatem nicht sofort und mit einem Machtschlag unschädlich zu machen. Doch keiner wagte, den Anführer infrage zu stellen.

»Seltsam«, überlegte Tanaqui. »Wieso sollte er zögern, Kato zu töten, wenn er ihn kennt?«

Bowden lenkte rasch ab. »Weshalb auch immer, uns nutzt es.«. Seine Gedanken rasten. »Wir müssen mehr erfahren«.

»Schnappen wir uns einen von denen!« stieß sie hervor.

»Siehst du den Haufen Unrat auf Beinen?« Bowden deutete auf einen drahtigen Kerl, der etwas abseits stand und sich an räudigen Entzündungen kratzte. »Schon der Atemzug eines aufrechten Mannes fällt ihn.«

»Beute«, hauchte Tanaqui.

Als sich die Gesetzlosen zerstreuten, folgten Bowden und Tanaqui dem Räudigen leiser als Schatten durch die Nacht.

An einer Ecke verrichtete er prompt seine Notdurft.

»Bereit?«, fragte Bowden, die Hand am Schwertgriff.

Tanaqui antwortete nicht, sondern zückte ihren Dolch.

Im Handumdrehen rückten sie dem Schurken auf den Leib, der mit schiefem Grinsen seine Pfütze maß. Bowden schoss vor, packte den Kerl und schleuderte ihn gegen die Wand. Eine mächtige Pranke legte sich über dessen Mund.

»Hör gut zu!«, zischte Bowden dem Überrumpelten ins Ohr. »Du verrätst uns Rennicks Pläne. Hilfst du uns, kommst du vielleicht mit heiler Haut davon.«

Die Augen des verlausten Schlägers weiteten sich vor Schreck und sprangen zwischen Bowden und Tanaqui hin und her, auf der Suche nach einem Fluchtweg. Beim Anblick der dämonisch leeren Augen des Messerohrs nickte er eifrig, Angstschweiß überzog sein Gesicht wie ranziges Öl.

»Gut. Dann rede. Aber hübsch leise.«

Doch mit jeder Silbe, die das dreckige Maul des Burschen verließ, wuchsen in Bowden Unglaube und Wut. Als er bei Rennicks Auftraggeber anlangte, reichte es dem Paladin. »Du lügst«, fuhr er den Gefangenen an.

»Jedes Wort stimmt«, versicherte der Räuber flehend. »Der Auftrag stammt von ihr und ...«

Bowdens Faust und sein Ellbogen machten sich selbstständig. Er drosch den Galgenstrick mitten im Satz bewusstlos und ließ ihn schwer aufs Pflaster fallen.

»Bist du von Sinnen?«, empörte sich Tanaqui. »Er kam gerade zum Kern der Sache. Wenn stimmt, was er sagt ...«

Bowden wandte sich ihr mit einem solchen Ruck zu, dass sie zusammenschrak. Er sah ihr geradewegs in die Augen, ihr Dolch schwebte stoßbereit vor seiner Brust.

»Wir bewahren Schweigen über sein Gestammel«, befahl er.

5

Der Tag danach endete wie alle seine Vorgänger der letzten Monate, trist und zu schwül, während die Sonne ihre Reise hinter Mauerzinnen und Spitztürmen antrat.

Die Götterschmieden wüteten in leeren Zwergenstädten unter den Inseln, es ließ sich nicht leugnen. Ebenso wenig, wie die Tatenlosigkeit des Menschenkönigreichs Emrick, der einzig kriegsfähigen Großmacht auf dem Archipel.

Bowden umklammerte die Blechtasse so fest, dass Tanaqui schon befürchtete, er könne eines der wenigen sauberen Trinkgefäße des Unterschlupfs zermalmen.

»Wenn du dein Schwarzwasser nicht willst, gib es nur mir!«, schlug sie munter vor. Seit ihrer Zeit in der Wüste liebte sie den Geschmack des Gebräus und wie es die Sinne schärfte.

Aufreizend langsam schlürfte er das Getränk und ließ sie nicht aus den Augen, bis er sich wortlos zu einem der wenigen Gaubenfenster ihres Dachverstecks umwandte. Mit einem Finger schob er den Vorhang beiseite.

»Die verschwinden nicht nur auf böse Blicke hin.« Gjala kippelte am roh gezimmerten Tisch, die Beine auf die Platte gelegt, die Arme an der Wand im Nacken. Eine wagemutige Sitzhaltung, so als fordere die letzte Zwergin des Archipels das Schicksal heraus.

Tanaqui begriff, welch begnadete Schauspielerin die Unterirdische war und eigene Seelenqualen verbarg.

»Hartnäckig wie die Fischritter und ihr Kroppzeug«, fuhr die Zwergin fort. »Gute Wünsche bringen einen Skitja. Wäre es anders, meine Leute befänden sich noch hier. Und Limbo.«

»Gjala«, bat Tanaqui. Das Dunkel in den Worten der Freundin schmerzte. Sie ertrug kaum ihre Bitterkeit.

»Sie hat recht«, grollte Bowden, während er die windschiefen Häuser der Würgeschlinge im Blick behielt. »Fromme Wünsche schaffen uns die Häscher nicht vom Hals. Sie vertreiben auch keine Emissäre.«

»Nur allzu wahrer Gedanke, doch bekämpft von deiner hehren Kirche, Blechmann«, spottete Bierschaum.

»Was?«, gab Bowden verärgert zurück und suchte die Straße mit unruhigen Blicken ab. »Denkst du, ich kehre dem Architekten den Rücken, nur weil ich fromme Wünsche verwerfe? Nein, der Herr der Städte hilft den Tüchtigen und Mutigen.«

»Ich meinte das nicht so ernst«, wehrte Gjala mit winkender Geste ab.

Tanaqui preschte vor. »Und eine solch treue Gesellschaft habt ihr Menschlinge ins Werk gesetzt. Nicht wahr, Bowden?«

Mit einer Mischung aus Gram und ihn selbst verstörender Offenheit fuhr der Paladin herum.

»Nein. Das haben wir ganz und gar nicht. Ich kehre in die Stadt zurück, die ich mit Eiden, Diensteifer, Glauben und Leib auf Schlachtfeldern verteidigte. Und keiner hier schert sich einen Dreck um tödliches Dräuen in der Welt. Die Ungeheuer, Feuersbrünste, die Teile des Landes verheeren – die Mächtigen in ihrer Schwelgerei ficht das nicht an.«

»Man spürt, wie sehr es dich schmerzt«, meinte Tanaqui und lächelte Bowden schüchtern an.

Eher würde er deinen Schädel am nächsten Stein zermalmen als zurückzulächeln, schalt der Große Jäger in ihrem Geist. Schon juckten ihre Hautbilder.

Sie konnte schwerlich widersprechen. Seit ihrer Nachtmission plagte Bowden so schlechte Laune wie einen Vielfraß sein Eiterzahn.

Zu ihrer Überraschung – und der des Jägers – setzte der Paladin zu einem Lachen an. »Vermaledeit seien sie alle!«, platzte er so brüsk heraus, dass Gjala fast vom Stuhl fiel. »Was denn?«, fragte Bowden großspurig. »Ich muss nur verteidigen, was sich Schild und Schwert auch verdient. Ich habe gelobt, Heil, Land und Volk des Architekten mein Leben zu weihen und nicht jede Lügenratte, jeden käuflichen Magistrat mitzuschleppen. Pech und Schwefel über sie! Kato windet sich aus jeder Zwangslage und findet stets den Stein der Weisen.«

Gjala räusperte sich so auffällig, dass Tanaqui und Bowden hinsehen mussten. »Ich weiß, du magst es nicht, wenn man deine Tiraden nicht gar so ernst nimmt«.

Tanaquis Blick schweifte zu Bowden hinüber. Nachdrücklich bestätigte er die Zwergin, indem er zu verschränkten Armen gleichsam die Nüstern blähte wie ein mürrisches Streitross.

Gjala ließ sich nicht beirren. »Aber vergiss nicht, du kannst dein Volk wenigstens verachten. Meine Stämme entpuppten sich als Sklavenhändler, Menschenschinder, bevor sie durch Zauberwerk verschwanden. Ich erwache jeden Tag und weiß nicht, ob ich verzweifelt sein soll, mit all dem Schmerzenswissen weiterleben zu müssen. Oder eher glücklich, dass die Lügner niedergingen.« Ihre Augen schwammen in Tränen.

»Gjala!« Tanaqui sprang auf. »Sag so etwas nicht!«.

Statt zu antworten, bedachte Bierschaum sie mit traurigem Lächeln. »Von dir hätte ich mehr Verständnis erwartet, Tanaqui. Die Rundohren haben eure Wälder gerodet, eure Heimat ihren Reichen einverleibt und euch selbst in Schemen verwandelt, die entweder in Ruinen das Gestern beklagen oder ziellos durch die Wüste streifen.«

Tanaqui setzte zur Erwiderung an, doch Bierschaum ließ ihren Stuhl nach vorn kippen und gebot ihr Einhalt. »Kein Streit! Wir schlagen uns mit wahrhaft anderen Wunden und Sorgen herum. Was mich zu meiner Frage zurückführt, die ich stellen wollte, bevor Hochwürden seine Elendsviertel-Predigt vorbetete.«

»Gib bloß acht!«, spuckte Bowden vom Fenster zurück. Beide Frauen hörten ein Lächeln mitschwingen.

»Im Namen liegt nun einmal Macht«, betonte die Zwergin.

»Danke für die Rückbesinnung auf mein erstes Jahr als Klosterschüler«, unkte der Paladin.

»Worauf willst du hinaus, Bierschaum?«, fragte die Waldelfe. Sie stieß sich von der Wand ab und ließ sich neben der Freundin auf einem Stuhl nieder.

»Auf die Emissäre. Ihr erinnert euch sicher, dass Tanaqui einem Dokument nach Norden folgte, genasführt von einem Zwergennamen darin, einem reinen Wortspiel der Drazok Dhar. Eine Finte, um die Männer des Emirs zu narren.«

»Sicher«, entfuhr es Tanaqui und Bowden wie aus einem Mund.

»Putzig.« Gjalas Miene wurde todernst. »Jedenfalls habe ich mich gefragt, warum man die Tiefen, die uns Limbo gewissenlos entrissen, *Emissäre* nennt.«

Schlafwandlerisch langsam wandte sich der Paladin zu der Zwergin um. Düster versonnen runzelte er die Stirn. Wangen bebten, Kiefer mahlten.

Woran denkt er?, fragte sich Tanaqui innerlich erregt. »Ein gewichtiger Hinweis«, gestand die Reiterin der Freundin gegenüber ein. »Zumindest hat Bowden seine Geschimpfe eingestellt.«

»Wichtig in der Tat!«, spann der Paladin die Eingebung weiter. »Ein Emissär ist so etwas wie ein Herold. Ein Abgesandter. Wenn hier kein Sinnbild versteckt liegt, wo sonst?«

Bierschaum nickte. »Genau darauf zielte ich ab. Das Herumlungern hier wollte ich nutzen. Bis sich der Robenknecht eingesteht, die Geheimsprache unseres ältesten Runenschmieds niemals entziffern zu können, bin ich simpler Kunst gefolgt: dem Wörterschmieden. Zumindest dazu tauge ich.«

»Stell dein Licht nicht unter den Scheffel, Gjala! Du bist eine Großmeisterin der Verse«, pries sie der Ritter.

Gleich wird er sie töten. Er ist von Sinnen, befand der Große Jäger, den die jähe Milde des Paladins so wild zu beuteln schien wie Tanaqui und Gjala.

»Entsandte«, bekräftigte Gjala mit düsterer Miene. »Niemand nennt sich so, wenn er nicht im Auftrag handelt. Beinahe jeder andere Titel hätte für sie getaugt. Wir wissen, welche magische Kraft im Bezeichneten steckt, denn Magie ist ein Schöpfungsakt. Alles hängt an den Zeichen. Denkt an Runen, Amulette ...«

»Anmerkung: Es liegt gewissermaßen auf der Hand«, ging eine raue Stimme dazwischen. Kato stand im Türrahmen der Dachstube. »Heiße Lohe verschlingt den Archipel, und plötzlich regen sich Gestalten, welche die Wasser des Meers aufs Land wälzen. Schöpfungsakt, nicht zu kurz gegriffen! Und guten Abend ...«

Tanaqui musterte den Lohenmagus, der über Monate ihr Gefährte geworden war, nach allem, was sie ihm als Kind angetan hatte. Bisher hatte sie Kato nicht zu gestehen gewagt, dass sie als Elfenkriegerin das alchemische Kontor seines Vaters mit angezündet und die Familie des zukünftigen Magiers ausgelöscht hatte. Seine Vergeltung wäre furchtbar, ihre Mission verloren.

Am meisten fürchtete sie die eigene Reue. Für die jugendliche Frühlingselfe bar jeder Moral – als Soldatin im Dritten Unwerthkrieg – zählten Menschen noch zur Jagdbeute. Bei Kato hatte sich das gewandelt. Bei allen Gefährten.

Sogar Limbo hatte sie seinerzeit schätzen gelernt. Der eklig wirkende Gesetzlose hatte sich als tiefgründig und opfermütig erwiesen. In der Zwergenstadt unter dem Dorf Dunkelfall hatte der Dicke ihr Leben gerettet. Doch seine offenbar gewordene übermenschliche Kraft hatte ihn selbst nicht vor dem Tod bewahrt, als es galt, Gjala zu retten.

Als läse er ihre Gedanken, blickte Kato zu ihr herüber. Er lächelte schief, was durch die Glut unter der Kapuze zur gewohnten Fratze eines verschmitzten Dämons gerann.

»Kaffee?«, erkundigte sich der Magier, der auf Tanaqui weit verhärmter wirkte als zu Beginn ihrer Reise im Hochsommer. Dafür zeigte sich sein Hund Kincaid seltsam ausgelassen. Selbst im düsteren Unterschlupf glänzte sein Fell gesünder als früher.

»Seine Durchlaucht, Bowden Rumpelstahl aus dem Hause Verdian, hat sich vor kurzer Weyl an jenen famosen gebrühten Spezereien des fernen Südens gar sehr delektieret«, spöttelte Gjala mit todernster Miene.

»Schandmaul halten!«, versetzte Bowden grinsend. Für diesen einen kostbaren Augenblick erschienen sie als verletzliche, herrlich unbeholfene Familie.

»Wer hat sie nun geschickt, die Emissäre?« Tanaqui platzte in die traute Stille hinein. Augenblicklich wandte sich Bowden wieder der Wacht am Fenster zu und starrte ins tödlich samtige Nachtdunkel.

Kato schlurfte durch den Raum und verzog das Gesicht.

Der Feuerzauberer merkte, wie lange er grübelnd nebenan gesessen hatte. »Zugeständnis: Schwer zu sagen«, erwiderte er unwirsch, hielt aber inne. »Derartige Macht lässt eher auf einen Zirkel von Anführern schließen. Dazu noch Handlanger und Häscher.«

»Was ist mit der Riesin?«, erkundigte sich Bierschaum. »Diese Jötnar, die über dem Fjord thronte und uns allesamt austilgen wollte?«

Kato schnappte sich die leere Blechtasse vom Tisch und kochte sich mithilfe von Eigenhitze einen Kaffee. Es zischte, als die Zauberzeichen in seiner Haut aufglommen, das Gebräu blubberte und dampfte. Er nahm einen versonnenen Schluck und wies mit der Tasse zu Gjala hinüber.

Tanaqui begriff und erklärte die Geste. »Auf dich hatte es die Königin der Frostriesen abgesehen. Auf die letzte Zwergin. Das schrie sie über den Fjord. Und vergessen wir den Schamanen nicht, den Berserker unter Dunkelfall.«

»Ihr Name ist Velkha Whulfbodhir«, ergänzte Bowden vom Fenster her über die Schulter hinweg. »Sie ist eine Küstenlegende, und man hatte ihr aufs Übelste zugesetzt.« Er schnaubte. »Ich war ein Kind, als man ihren Vater harpuniert und von Gäulen gezogen ausstellte wie einen Finnwal zum Abtranen. Laut den Skraemar suchte die Jarlin Velkha im Meer den Freitod, doch sie sprang hinein, um eine Streitmacht für ihre Rachepläne auszuheben.«

»So schwer es mir zuzugeben fällt: Bowden hat recht.« Kato nickte über sein Schwarzgebräu hinweg. Kincaid winselte und schnappte nach einem Schatten, erwischte stattdessen seine Zunge und jaulte. Keiner machte sich über ihn lustig.

Bowden schnaubte. »Ein großes Lob von einem dreckigen

Deserteur, der nicht auf meinen Rat gehört und uns in die Falle getrieben hat. Wir könnten längst auf der Insel unterwegs sein und Götterschmieden löschen.«

»Weil sich das als so überaus wirksam erwies, oh, mächtiger Wachhund«, spöttelte Kato. »In Kundrheim versuchten wir es doch. Tagelang trieb ich euch ohne Nahrung und Rast durch eine Mine entflammter Kohleflöze und erzürnter Riesensalamander. Und der zweite Runenstab war unser ganzer Lohn. Und richtig, wir können in Braithwairn kaum jemandem vertrauen. Aber das Wissen, die Geheimsprache zu entschlüsseln, finden wir nur hier. Das war uns doch allen bewusst.«

»Und deshalb schmorten wir monatelang in diesem Loch, statt Archive zu durchwühlen«, presste Bowden hervor.

»Äußerste Vorsicht war das Gebot«, entgegnete Kato kühl.

Tanaqui entging der flackernde Blick des Zauberers nicht. Sein Puls ging rascher. Ihr Elfenohr, im Krieg zur Menschenjagd geschult, erlauschte jede Regung.

Warum lügt er?, fragte sie sich.

»Geht das Gebicker wieder los?«, schimpfte die Zwergin. Bierschaum rang innerlich mit dem Gram um Limbo. »Das führt doch zu nichts«, entfuhr es ihr. »Es befreit uns weder aus dieser Falle, noch löst es das Runenrätsel. Kato, eure Weisen und ihre Folianten kenne ich zur Genüge, habe bei einigen sogar studiert, mit heißem Bemühen. Eine angehende Bardin bildet Herz und Geist.« Sie schüttelte den Kopf. »In Wahrheit stecken wir einfach nur gemeinsam im Schlamassel. Und eure Magier in deinem Turm sind verblendet. Ohnehin würde ich ihnen den heiligen Stab niemals anvertrauen. Er trägt die Geheimnisse meines Volkes, wie der oberste Runenvater sie niedergelegt hat. Vergiss nicht, wie tief sein Priester unter Dunkelfall überzeugt war, dass der Langbart einem Irrweg folge. Der Stab ist meine Bürde, ich allein bestimme, wer ihn zu sehen bekommt.«

»Gjala hat recht.« Tanaqui lächelte traurig. »Wir gelangen nicht dorthin zurück, wo wir im Leben einst standen, können Fehler nicht ungeschehen machen. In dieser Stadt sind wir nur unnütz. Wir könnten den Menschentruppen nichts von Belang über die Emissäre mitteilen. Selbst wenn wir ihnen vertrauten.

Auf dem Schlachtfeld bei einer Belagerung zu verbluten, darin sehe ich keinen Sinn. Ich bin hier, um Wälder zu retten.«

»Sah vor den Toren von Kundrheim anders aus«, erinnerte sie Bowden.

»Seinerzeit blieb uns keine Wahl. Sie rückten so nahe, dass mich ihr fischiger Pesthauch fast schon durch Ekel besiegte.« Allein bei der Erinnerung lief es Tanaqui kalt über den Rücken.

»Und fischig entglitten ist uns nochmals das Wichtigste. Eine Wahl.« Kato schlürfte seinen Zauberkaffee aufreizend langsam und tunkte glühende Tätowierungen ganz nach Laune in das Gebräu, sobald es abkühlte.

Gjala wurde es zu bunt. »Ich habe keine Lust mehr, weitere Zeit zu vergeuden, und schäme mich jetzt schon, wie übel wir Limbo mitgespielt haben. Er ist doch nicht so jämmerlich und zugleich tapfer von uns gegangen, nur damit wir hier ein stichelndes Schwarzwasserkränzchen abhalten.«

Wieder nahm Tanaquis Feingefühl wahr, wie sich Kato bei den Worten der Zwergin kaum merklich zusammenkrümmte. Kein Zweifel, etwas trieb ihn um. Beiläufig nahm sie den Speer von der Wand, spielte mit den Daumen in den feinen weißen Handschuhen, die wie ihre übrige Gewandung die bleiche Haut vor der Sonne schützen sollten. Spielerisch drohend musterte sie den Magier, als wäre er nicht mehr als eine Jagdbeute. »Du weißt weit mehr, als du uns verrätst, Kato«, flötete Tanaqui begleitend.

Er betrachtete sie einige Herzschläge lang belustigt, durchschaute sie aber. »Das Vorrecht jedes Magiers. Jedes Wesens eigentlich.«

Bowden schnaubte verächtlich. »Ganz neue Töne!«

»Bowden!«, flehte Gjala.

Kato seufzte. Er betrachtete seinen Trunk wie ein Mann, der aus langem Traum erwachte. »Mich trieb Besessenheit, den Stab zu deuten, doch aus gewichtigen Gründen. Ich glaube, ich kenne Eingeweihte in die Runen, allerdings wenig freundliche.« Er nahm einen kräftigen Schluck.

Statuensteif wandte sich Bowden um. Er erinnerte Tanaqui an eine Lawine, die sie einst gesehen hatte. Seinerzeit hatte sie nicht begreifen können, wie etwas zugleich den überstürzten Tod brachte und doch sich so gemächlich wälzend wirken konnte. Der dauernde Sturm, der sich in den Augen des Paladins beim Anblick seines Vaters gelegt hatte, kehrte ungebändigt zurück.

»Du glaubst ... Eingeweihte zu kennen. Das erfahren wir nach Monaten in dieser Punze von einem Haus«, schnaubte der Gotteskrieger.

Gemessen und ohne jedes schiefe Grinsen hob Kato die Hand, um seinem Wachhund Einhalt zu gebieten. »Gut aufgemerkt: Gefahr haftet ihnen an. Starke Gründe ließen mich verzweifelt forschen, statt sie aufzusuchen, Bowden.«

Es klang wie eine Lüge. Offenbar wollte er sich selbst nicht eingestehen, wie lange ihn der Runenstab genarrt hatte. Zwei Schritte von Tanaqui entfernt ballte Bowden den Panzerhandschuh so fest zur Faust, dass das Metall knarrte. Das Mahlen seiner Zähne stimmte mit ein. Sie erlebte einen Vulkan vor dem Ausbruch.

Schlagartig verrauchte sein Zorn, als Kato zwei Worte aussprach. »Die Sümpfe.«

Bowden ließ die Faust sinken.

»Was ist mit den Sümpfen?«, erkundigte sich Gjala. Nur Weniges verbarg sich vor der Weltkenntnis einer zwergischen Bardin. Katos zwiespältiges Geheimnis vertrieb für einen Moment sogar den Gram über Limbo aus ihrem Blick.

»Gemach!« Kato winkte ab. »Lageeinschätzung: Palastbibliothek oder Turm durchforsten wir niemals, ohne diese listigen Sklavenhändler aufzuscheuchen. Wir stehen vor dem Durchbruch der Feinde. Die Emissäre warten nicht ewig. Sie wollen nach dem ganzen Archipel ausgreifen. Tanaqui betont zu Recht, dass wir hier nichts ausrichten.«

»Doch unser Wissensvorsprung verpufft, solange sich kein Weg aus der Stadt auftut.« Gjala seufzte. »Und selbst wenn wir entkommen, machen wir uns dann nicht etwas vor? Ich bin mir so unsicher. Mein Volk ist verschollen, und warum sollte es uns anders ergehen als Limbo? Zahllos scheinen diese Emissäre auszuschwärmen. Nach drei Kriegen stehen nur wenige Kampfbereite unserer Inseln gegen sie. Und selbst wenn wir sie irgendein Wunder zurückdrängt – was verheißt uns, dass wir kurz darauf nicht jämmerlich verbrennen oder ersticken, wie Kato es oft genug ausgemalt hat? Feuer löschen wir schwerlich mit Axtschwüngen.«

»Genug von dieser Schwarzseherei, Meisterin!« Bowden lächelte aufmunternd, nachdem er eben noch vor Wut schier geplatzt war. »Wir wollen in unserer schönen Heimatstadt nicht erbärmlich krepieren, darin gebe ich dem Messerohr recht. Wir aber halten einen geheimen Schlüssel in Händen.«

»Und der wäre?«, fragte Tanaqui gespannt.

»Die Gunst des Architekten hat uns zusammengeführt. Zwei verdiente Veteranen aus dem Unwerthkrieg, zumindest ein Verdienter und ein Abtrünniger. Dazu gesellt sich eine ihrer erbitterten Feindinnen, eine Waldläuferin des Mirvaali. Nun Verbündete. Und Gjala voller Weisheit.«

»Worauf willst du hinaus?«, erkundigte sich Bierschaum, obgleich ihre Augen eine Ahnung verrieten, wohin die Gedanken des Paladins schweiften.

Auch Tanaqui las in seinen Worten. Die Fuchstochter spürte, wie ihre Herzen pochten und ihr Atem rascher ging. Verzweifelt versuchte sie sich zu beruhigen und hoffte, ihr verhülltes Gesicht würde ihre Furcht vor dem nun Kommenden nicht verraten. *Nicht jetzt, nicht hier,* flehte sie innerlich. *Bitte frag nicht!*

Unbeirrt schritt Bowden in seiner Rede fort. »Ich will Tanaqui etwas fragen. Warst du vielleicht Kämpferin in jenen Messerohrkommandos, die auch die Hauptstadt überfielen? Denn wenn du damals mit eindrangst, verschafft uns das heute einen entscheidenden Vorteil. Ich kenne alle Schwächen der Landwehr im Krieg, die Braithwairn plagen. Und eure Strategien. Du kannst Wissenslücken schließen, die bei mir klaffen, damit wagen wir den Ausfall. Mit gemeinsamer Stärke finden wir die geheimen Pfade. Nun?«

Die Frage stand zwischen ihnen, ragte anklagend auf, als hätte sie jemand als Schwert mitten in den Tisch gerammt.

Tanaqui linste zu Kato hinüber. Schauer durchfuhren ihre Glieder, als er seine Tasse neben sich auf einen Schemel stellte und sie durchdringend anstarrte.

Peinliches Schweigen folgte, während Tanaqui Fuchstochter um Antwort rang. Im Lügen war sie nicht ausgebildet, das war ihr stets fern gewesen. Sie trug ihren Namen nicht zu Unrecht und war als Frühlingskind der Wälder unter Füchsen aufgewachsen, doch deren List und Schläue dienten dem Natürlichen. Lüge und Eidbruch gingen ihr gegen die Natur.

»Nun, Tanaqui?«, hakte Kato nach. »Die Frage ist leicht.«

»Ich habe möglicherweise Erfahrungen«, presste Tanaqui hervor. Dazu reichte ihr Geschick in der verstellten Sprache. Doch ihr Gewissen duldete kein Getändel. Es erwartete einen Feuerstoß, der sie einäschern würde. Ihr Nacken verkrampfte sich, und vor ihren Augen flimmerte es.

Kato musterte sie beklommen. Sie wollte sich verkriechen wie eine Maus. Der Widerwille des Großen Jägers wuchs unermesslich in ihr heran. Sie erschrak vor dem Bild, das der Ahn ihr sandte. Wie sie urplötzlich mit der Waffe blutig unter den Kameraden wütete ...

»Tanaqui?« Kato lächelte, es war ihr unerträglich. Doch schlagartig schaute sie wach in die Welt. »Ich fragte, ob Bowden recht hat. Führst du uns hier heraus?«

»Mühelos.« Dabei lächelte sie.

6

Prinz Vesshelin hasste es, auf die Knie zu fallen. Kein Bauernlümmel der Rundohren sollte sich derart gedrungen bücken und erniedrigen müssen. Und erst recht nicht er, der letzte Gott des Archipels. Doch er kniete.

Denn die Schemen, die vor ihm aufragten, hatten viel für ihn getan. Zudem steckten sie voll alter List, und er musste ihnen auf die Schliche kommen. Doch für diesem Augenblick galt: Er schuldete der Versammlung Hochachtung.

Die Gestalten wirkten auf Vesshelin verstörend, ganz unnahbar streng. Ihre Roben und Togen warfen in der kaltblauen Düsternis feierliche Falten, jede von ihnen verbarg die Züge hinter einer Tragödienmaske. Eiseskälte herrschte in diesem Marmorsaal. Kunstvolle Bildwerke reihten sich zum Steinsockel.

Vor den drei Unwerthkriegen hatte er so viele Menschen erlegt, oft allein Holzfäller beobachtet, wie sie furchtsam in den Mirvaali gestarrt hatten. In das trügerische Grün und die mitleidlosen Schatten, begierig, die Fangarme um die Eindringlinge zu schließen, sie in Stille zu hüllen.

Der hilflose Schrecken in den Augen der Beute, wenn der Tod über sie kam. Erbärmliches Los dummen Kriechvolks, nicht bestimmt für den Gott von Selachis, geboren aus dem nie versiegenden Mondlicht der Elfenmutter Selachia.

Doch in drei Kriegen unter ihrem wahngetriebenen Magierberater hatten die Äffchen aus Emrick Veshelins Volk aufgerieben. Mit jedem Seelenbaum, den die kurzlebige Brut abgefackelt hatte, war der Stern der Elfenheit gesunken. Mit jedem Verräterherz, das den Ewigkeitsweg des Schwertwinds gegen raunende Hautbilder und irren Ahnenkult der Wüste tauschte, zeichnete sich der Niedergang von Selachis ab.

Die Waldelfen waren die letzten Erben jenes goldenen Reichs, das vom Alten Kontinent aus die Inseln besiedelt hatte. Auf das Flehen des Menschenkönigs Aganthyr nahmen die Hochelfen sein kurzlebiges Volk mit auf die Schiffe jener glorreichen Neulandfahrt.

Narren. Die Äffchen befielen Selachis wie eine Seuche.

Es war nicht das erste Mal, dass Vesshelin von den Türmen, Herr über die letzte Stadt aus Glas, so hoch oben im Nadir weilte. Er wusste, was sein Volk über ihn dachte. Ein Geck, nur Dynast, weil er sein eigenes Geschlecht niedergemacht hatte, um den Thron zu erringen. Er, Vesshelin ohne Volk, Kind der Eule, der Schwelger.

Er würde sie alle Lügen strafen, wenn er den Ruhm der Eltern als letzte würdige Könige der Waldelfen für alle Zeiten auslöschte. Denn ihm dienten Erkenntnisgröße und Tatkraft.

Die eigens in diesen Saal geschafften kunstvoll bewegten Reliefs und farbschimmernden Mosaiken der Hochelfen von gewaltiger Größe zu deuten, hatte Vesshelin auf den richtigen Weg geführt. Sie zeigten die elementaren Schöpfer, welche im Auftrag Selachias den Archipel Selachis bestellten wie einen Acker. Saat, Hege, Formung. Der Sand der Schicksalsuhr des Alten Kontinents zerrann bereits.

In zäher Demut hatte er den Herren des Nadirs über Monate hinweg zwischen den Eisnebeln dieser Rotunde Geheimnisfetzen des Zukünftigen entrissen.

Eine der maskierten Gestalten ergriff das Wort.

»Entweder wir belustigen dich, oder du erwägst unseren Tod«, argwöhnte eine Herrin des Weltenbaums, dessen Blätterdach sich außer für die Eingeweihten ungesehen über den Archipel erstreckte. Hinter der Maske der Tragödie klang ihre Stimme kalt spöttelnd. Wie oft hatte Vesshelin Todgeweihte in diesem Ton gequält.

Es bereitete ihm wenig Freude, dieses Mal als Maus vor der Katze zu zittern. In Gedanken malte er sich aus, wie sein Jagdmeister Kaelanos seine Schlitzkünste an den geweihten Hängesäcken erprobte.

»Ich will nicht lügen«, versicherte Vesshelin und erntete glucksenden Hohn aus dem Reigen der Maskenschemen im Eisnebel. »Ich meine damit, dass mir eure Antworten nicht behagen«, brachte er mutiger hervor. »Vor allem auf meine letzte Frage. Habe ich denn nicht ganz und gar nach eurem Willen gehandelt? Wann also werdet ihr mich und mein Volk freigeben?«

Die Masken erbebten, zitterten, einige neigten sich zur Seite. So blickten Schmetterlingsjäger auf einen besonders bunt gemusterten Falter.

Sich seine ängstliche Beklommenheit nicht anmerken zu lassen, forderte dem Prinzen überelfische Kräfte ab. Gut, dass er zum Gott dieser Insel aufstiege, sobald die Krallen dieser Teufel sich nicht länger in seine Kehle bohrten.

»Du kennst unseren Ursprung, unsere Kräfte und unsere Vorbestimmung, Vesshelin. Als uns Verpflichteter nutzt dir selbst am meisten, unser Ansinnen mit Macht voranzutreiben. Vergeht der Archipel, gibt es auch uns nicht mehr«, ermahnte ihn eine andere augenlose Maske mit einem lachenden und einem weinenden Mundwinkel aus dem Schatten.

Die Maske einer Gorgone mit Schlangenhaar pflichtete in hohem Singsang bei. »Du kannst versuchen, deinen Henker auf uns zu hetzen. Befiehlst du es dieser Missgeburt, die du gegen unseren ausdrücklichen Willen mit der Macht dieser Insel erschaffen hast, könnte sie uns sicher größeren Schaden zufügen. Aber töten? Selachis lässt nicht zu, dass wir sterben, bis das Werk verrichtet ist.« Die Gorgo kicherte anzüglich.

»Unsere Anweisungen müssen eilfertig und ohne den geringsten Zweifel oder Widerstand befolgt werden«, bestimmte die Maske eines trunken lüsternen Ziegenmannes. Der Bariton, der dahinter rumorte, erinnerte wie alle Stimmen dieser Wesen an etwas Volltönendes und Melodiöses. Zugleich klang er so dünn und beinahe geisterhaft, als ritte er auf einer letzten Woge der Zeit, die er längst zurückgelassen hatte.

»Was ich zusichere. Ich gehorche aufs Wort«, antwortete Vesshelin ohne Zögern. »Aber eine Kunde drang an mein Ohr, die ich nicht begreife. Meine Pläne scheinen gefährdet, was gegen unsere Vereinbarung wäre. Heißt das vielleicht, dass ihr mich im Dunkeln tappen lasst?« Ein Lächeln umspielte seinen Mund, und ein Prickeln rann ihm bis in seine Lenden hinunter. Eigentlich liebte er es, gefährlich aufzutreten. Hier war nicht der Platz dafür.

»Das heißt es wohl«, beschied ihn eine Stimme aus der hinteren Reihe jener Masken, die auch seine elfische Nachtsicht ihm nicht enthüllen wollte.

»Wir können deine Fragen nicht beantworten«, stimmte ein weiteres hallendes Organ in den Chor ein.

»Selbst wenn wir wollten«, pflichtete eine weitere Stimme bei.

Langsam erhob er sich mit gesenktem Blick. »Ihr wollt mir nicht sagen, was das große Unterfangen der schmutzigen Druchuul war? Die dreckigen Zwerge haben heimlich Götterschmieden entfacht, und ich erfahre das durch Riesen und Äffchen? Vermaledeit!«, entfuhr es ihm, und er hätte gerne Pfeile in die tönenden Fratzen abgeschossen. »Haltet ihr es nicht für notwendig, eure werten Vorhaben mit dem Statthalter dieses Lands zu teilen?«

»Was du wissen musst, überlässt du uns«, versetzte eine der Masken ungewohnt barsch.

Vesshelin musste seinen Zorn beherrschen.

»All dies wird in einigen Monden unerheblich sein«, fügte eine mildere Stimme hinzu. »Dann sind unsere Ketten gefallen, deine wie unsere.«

»Dann bist du Herr der Welt«, kicherte es aus dem Pulk.

»Was soll das heißen?«, begehrte der Elfenprinz auf.

Er bekam keine Antwort. Belogen sie ihn, um sich hinterher ihr widerspenstiges Werkzeug vom Hals zu schaffen? Hegten sie Selbstzweifel? Wer Masken trug, der verbarg und überspielte oft tief greifende Ängste.

Nein, die Herrscher des Nadirs wiegten sich in trügerischer Sicherheit »Wohin sind die Drazok Dhar verschwunden? Ich hätte einige von ihnen peinlich befragen können.«

»Ihr Ansinnen, Götterschmieden zu verbergen, war uns von Anfang an bekannt«, räumte der Bariton ein und brachte damit Unruhe in die schwebende Maskensammlung. Zu Vesshelins hämischer Genugtuung hatte er offenkundig zu viel ausgeplaudert. »Wir haben sie in dem Glauben belassen, uns mit ihrem Großen Unterfangen belügen zu können«, folgte noch etwas kleinlaut.

Der Prinz fühlte sich weiter hinters Licht geführt. »Der Äffchenzauberer mit der Flammenhaut meint, die Zwerge hätten Menschen gezüchtet. In einem abgeschiedenen Garten, zwischen Schlamm und Gold, wo sie mit ihren Stummelfingern anmaßend die Schöpfung verunglimpften. Die Götterschmieden fügen sich in diesen Frevel. Zahlten sie nur für ihren Hochmut, oder gehört ihr Verschwinden zu einem höheren Plan?«

Bevor er weiter aufbegehren konnte, hob eine der Masken, ein höhnisches Grinsen in Form eines Sichelmonds unter schalkhaft zusammengekniffenen Augen, den Finger zum Tadel vor den Lippenschlitz. »Dein Jagdmeister erfährt auch nicht alles von dir. Ganz zu schweigen davon, dass du mit den Zwergen als Demiurgen milder verfahren solltest, Prinz. Oder wurde das Wesen Kaelanos nicht auch von unserem Mirvaali nach deinem Willen gefügt?«

Vesshelin ballte die Fäuste, und das Leder seiner Jagdhandschuhe spannte sich. Doch er gab klein bei und senkte in gespielter Unterwürfigkeit das Haupt.

»Weiß deine Holde von solchem Tun?«, flötete eine der Masken.

»Sie wäre töricht, ahnte sie es nicht«, pflichtete eine weitere Stimme bei. »Dem kundigen Auge lässt sich nicht verhehlen, woraus du deinen dämonischen Schlächter gebarst.«

»Die böse Tat bricht ihre Herzen«, kicherte Schlangenhaar. »Zu köstlich. Wir müssen sie beobachten.«

»Solange sie noch lebt.« Bariton klang grimmig.

»Niemand legt Hand an sie!«, rief Vesshelin zornig aus.

»Das Kätzchen hat Krallen«, äffte eine der Masken den liebestrunkenen Elfenprinzen täuschend nach.

»Vorsicht, Vesshelin! Vergiss nicht, wer dir Kioni zur Seite stellte, um dich fürs Leben zu formen, nachdem deine Eltern dich als Frühjahrself in die Wäldern verbannten, froh, ihre unwerte Brut loszuwerden«, mahnte die Tragödie.

»Wir haben dich stets geschützt und gestärkt«, pflichtete der Satyr bei. »Waren es nicht wir, die dich die Alten Wege lehrten? Nun willst du dich kurz vor der Erfüllung unserer Ziele von uns abwenden? «

»Die Waldelfen wollten dich nicht mehr achten, allzu satt von der Unsterblichkeit, die sie bei ihren Meistern gesehen hatten. Sie vergaßen die Gesetze des Schwertwinds. Halfen wir da nicht?«, fragte eine Stimme.

Der Reigen der Masken rückte zusammen und schwebte in seinen Togen und Roben aus dem Schatten heraus auf Vesshelin zu. Beunruhigt wich er widerwillig zurück und beugte das Haupt noch tiefer, uneinig mit sich selbst.

»Waren es nicht wir, die den lächerlichen Friedensdusel deiner Eltern in Kriegsrufe gegen den Affenmagister Unwerth verwandelten, der nach den Schätzen ihres Bodens gierte?«, zischte die Schlangenhaarige.

»Wer ließ die Eule Kioni dich lehren, wie man gnadenlos und ungesehen seine Beute mit der Macht des Himmels schlägt?«, fragte Bariton.

»Uns verdankst du den starken Mut, deine Eltern zu beseitigen und im Krieg nicht zu wanken.«

»Doch mein Volk wurde nahezu ausgelöscht«, klagte Vesshelin. »Ich bin der Prinz ohne Land, wie in einem Äffchenmärchen. Der Spott der Untertanen, erstickt nur durch Furcht.«

»Das siehst du falsch, Vesshelin«, befand der Satyr mit aufrichtiger Milde, die Vesshelin zugleich mit Hoffnung und Selbstekel erfüllte. »Dein Volk wurde nicht vernichtet, sondern die Reihen des Schwertwinds ausgedünnt, von all den Schwachen gereinigt, die im Kriege gegen die Äffchen darin versagten, ihre Seelenbäume zu verteidigen. Folge uns weiterhin, Prinz! Dann wirst du mit Tanaqui dein Reich neu begründen.«

»Wir gaben dir die Macht, Kraft aus den Wurzeln des Mirvaali zu ziehen, Vesshelin«, erläuterte Bariton.

»Wir halfen dir, als deine Holde ihren Weg verlor und das

Erbe unseres Volks durch ihre Unzucht mit einem Weib bedrohte. Lehrten wir dich nicht durch die Eule Kioni, über alle Tiere des Mirvaali zu gebieten, wie es nur der Waldläufer selbst vermag, der Große Jäger? Konntest du so nicht der Metze angedeihen lassen, was ihr zukam, um deine Tanaqui von dem schädlichen Einfluss ihrer Einflüsterungen und ihrer Verführungskunst fernzuhalten?« Die Maskengestalt der Artemis verschränkte die Arme.

»Verhalf dir all dies letztlich nicht zu deinem Jagdmeister Kaelanos?«, fragte die Schlangenhaarige.

Sie bedienten sich seiner, doch sie hatten ihm in allem gedient. Veshelin gestand dies zu. Hatten ihn erschaffen aus Einsamkeit und Zorn, seiner größten Begabung.

Unziemlich! So nannte die Mutter seine Heftigkeit.

Nun, Mutter, die Unziemlichen leben noch.

»Oh, ich habe Fragen«, vermeldete er etwas kläglich, spannte sich aber zum taktischen Gegenzug an. »Wenn schon nicht nach den Zwergen und was sie mit eurer Gunst in ihren Schmieden aushecken, so will ich doch wissen, warum ihr dieser Frostriesin Audienz gewährt habt.«

Die Masken wippten für einen Augenblick und gaben sich kleine Winke. Sie hatten bei Vesshelins nicht mit solchem Wissen gerechnet.

»Velkha darf ihrer Bestimmung folgen. Das ist zugleich ihr ganzer Lohn«, erklärte der Satyr.

Die Schlangenhaarige kicherte. »Sie ist ein kindisches Wesen. Sie dürstet nach Gerechtigkeit und einer Bestimmung, ist zugleich auch von edlem, altem Blut und trachtet den Drazok sowie den letzten Menschen nach dem Leben. Eine wohlfeile Verbündete.«

»Du bist unter unseren Ästen einhergeflogen«, erinnerte ihn der Satyr. »Hat dein Auge mehr erspäht als das unsere? Half Kioni dir, den Archipel zu überblicken?«

»Kaelanos und ich zogen einige Kreise. Über alle Inseln strömt das Äffchengeschmeiß und sucht Zuflucht und Schutz. Viele der Flüchtlinge zieht es in die Sümpfe im Westen des Nadirs. In die alten Lande von Vaile, ihrem Untergang entgegen. Die falsche Königin Emrick und der Wüstenmolch, der sich

Emir der Glassande nennt, sichern ihre Machtkreise, kurzsichtig gegenüber der Gefahr.«

»Drängen die Flüchtlinge nicht verzweifelt in Richtung Hauptstadt?«, erkundigte sich die hallende Stimme.

»Genau dies«, bestätigte der Prinz. »Die Flüchtlinge wollen sich hinter den Mauern Braithwaithes verschanzen, aber Emrick wird ihrem Ruf des Sklavenschacherns mit dem eigenen Volk gerecht. Die Königin des Trugs lässt viel Gold fließen, um im Zusammenspiel mit ihren Zauberern zu verhindern, dass zu viel Wissen und aufgebrachtes Volk in ihre Mauern gelangen.«

»Wie erreicht sie dies?«, fragte eine klare Stimme hinter dem Maskenpulk.

»Die Magier ihrer Zitadelle wirken Abwehrzauber. Gleichzeitig verbindet diese Heuchlerfürsten schon lange ein fruchtbarer Handel mit den Hyänenenhäuptern. Man mag sie als Altes Volk hoch achten, doch die Bestien von Kal-Xosun rühren sich am hehrsten, wenn es Aas und Sklaven zu erringen gilt. Wohlverstanden bei fettem Lohn. Nun arbeiten sie für beide Seiten, den Emir und die Königin, und halten reiche Ernte. Fliehende führen Kinder mit sich, und der Fressergötze, den die Kicherer aus dem Schlund verehren, ist allzeit hungrig. Man möchte Mitleid mit den Äffchen haben.«

»Den Menschenhandel, dem deine Holde und ihre Begleiter auf die Spur kamen, betrieben nicht nur die Zwerge und die Nordleute«, enthüllte die Schlangenhaarige. »Inzwischen steht die Königin von Emrick wohl am Rand der Verzweiflung, ebenso wie der Emir, der seine Kundschaft bestens kennt. Wenn die Brut der Gefleckten wittert, wie schwach und schlecht verteidigt das Königreich dasteht, zudem noch von den Emissären belagert, werden sie zuschlagen«.

»Ist das von Vorteil für uns?«, fragte Vesshelin.

»Das ist unerheblich«, gab die hallende Stimme zurück. Bei dieser Antwort bildete der Maskenreigen eine Front, rückte unwillkürlich zusammen. »Unsere Pläne werden sich zeitgerecht vollenden.«

Sie fürchten sich, dachte der Elfenprinz. *Davor, dass jemand noch den Untergang aufhalten könnte. Was habt ihr vor?*

»Wenn das Ende bereitet wird, vergehen Menschen, Hyänenhäuptige, Riesen und das ganze Geschmeiß zu nichts. Sämtliche Luft wird von den Flammen der zwergischen Narretei verzehrt sein. Was nicht verbrennt, erstickt, bis die Feuer den Nadir erreichen. Wenn diese Lande wieder rein und jungfräulich sind, ist es dir beschieden, ein neues Zeitalter zu begründen.« Die Schlangenhaarige verschränkte die schlanken Arme in ihrer Toga vor einem Körper, dessen Bewegungen unter den Stoff so anmutig wie albtraumhaft bedrohlich wirkten.

Augenblicklich spürte Vesshelin wieder die Verwandlung in seinem Leib, mit der er beschenkt worden war. Das Feuer des Mirvaali hatte ihn in jener Nacht, da die Hure Sahar starb, auf ewig verändert.

Was immer Vesshelin nun war, was immer die Schöpfungsmacht des ganzen Archipels, die seinen Jagdmeister geboren hatte, in seinem Inneren anrichtete. Er spürte die Macht der Chimaerae, die sich in seinem Fleisch regte, es umzuckte und auf ihren Tag wartete. Göttlichkeit wohnte in seinem Innern. Einst würde er selbst die Mondmutter von ihrem Silberthron stürzen und die Gezeiten regieren.

»Sagtest du, einige Stämme fliehen nach Vaile?«, wollte eine schrille Stimme wissen.

»Ins Herz des Wahns, ja. Von Emrick abgewiesen, machten sie sich nach Westen auf und verschwanden in den Nebeln, die einst Unwerth verschlangen.«

»Doch diesem einen hätten wir nie erlauben dürfen, so leicht zu entrinnen«, tönte eine klagende Stimme.

»Uns blieb keine Wahl«, sinnierte der Bocksbeinige. »Doch er bleibt eine Gefahr für den großen Wandel.«

»Wisst ihr es denn nicht?«, wunderte sich Vesshelin.

»Da sich die Nebel des Wahnsinnigen nie verzogen haben, vermuten wir, dass diese Ausgeburt äffischer Zauberkunst noch lebt und alles in Bann zieht, was ihm zu nahe kommt.« Der Satyr klang, als erschauere er.

Vesshelin genoss seine Furcht.

»Im Ersten Unwerthkrieg griff er nach den Machtorten des Mirvaali. Niemand weiß, warum er den Thron Emricks Ahnen überließ.«

»Ihr fürchtet ihn«, stellte der Prinz laut fest.

»Wir versiegelten den Nadir, damit nichts aus Vaile in seine Adern strömt. Nicht zu uns herauf und schon gar nicht zu seinen Wurzeln, wo die Macht entspringt. Wir fürchten, was eine Vergiftung mit Unwerths Geistesbürden dem Weltenbaum antun wird, bevor unsere Absichten vollendet sind.« Die Schlangenhaarige zuckte zusammen, den anderen Masken entfuhren missbilligende Töne. Offenkundig hatte sie zu viel verraten.

Vesshelin zwang sich eine Unschuldsmiene auf. Er besaß nun eine Waffe gegen jene, die ihn am Halsband führten. War schon einmal jemand gegen den Willen der Tyrannen in den Bannkreis eingedrungen und hatte den Baum vergiftet? Rasche Ablenkung der Quälgeister tat not.

»Und wenn die Frostriesin nun in die Welt hinausruft, was euch und die Emissäre verbindet? Wie sehr ihr einander ähnelt, euer Trachten derselben Quelle entspringt?« Listig bedrängte er sie in ihrem Dünkel. Seine Herrschergabe kehrte zurück.

»Keiner hört auf sie als Letzte ihrer Art. Ihre Verbündeten haben ihr ein untotes Volk zurückgegeben, blökende Wesen aus kaltem Fleisch zwischen blanken Knochen, umherwandelnd nur durch die Magie der Tiefe«, versicherte die hallende Stimme.

»Sorge dich nicht um die Emissäre, Vesshelin!«. Der Satyr sprach. »Ihre Herrin der Tiefe und ihre schwarzen Gaben sind wiederum nichts als Werkzeuge.«

»Eure Werkzeuge, vermute ich?«, fragte Vesshelin prompt.

»Die Tiefe in den Fluten westlich des Leviathanfriedhofs liegt jenseits irdischer Vorstellungen. Ihre Finsternis ist vergleichbar mit der alles verschlingenden Schwärze, die dort herrscht, wo das Licht der Sterne in der Kälte erstirbt. Folge den unergründlichen Gedankengängen nicht, Prinz, du schrumpfst darin und vergehst. Allzu rasch kannst du dich darin verlieren, wie klein und belanglos alles angesichts des Weltenalls ist. Du aber sollst nach Vernichtung aller Unwerten über den Archipel herrschen.«

»Das war keine rechte Antwort«, befand Vesshelin.

»Es war ein Dutzend Antworten in einer«, ärgerte sich die Schlangenhaarige. Dann sprach sie ruhiger, aber streng.

»Du weißt inzwischen um die Emissäre und ihre früheren Taten. Sie gefährden unsere derzeitige Herrschaft und deine baldige Allmacht über diesen Ort. Somit ähneln wir ihnen weder im Wesen noch im Dasein. Haben wir uns deutlich ausgedrückt, Vesshelin von den Türmen?«

»Deutlicher, als die Balkone der Großen Oper von Mitheldin vorspringen. Möge Selachias Zorn ihre Zerstörer treffen.«

»Dann ist es an dir zu handeln. Suche die Erhörer der kosmischen Melodie, die gesegneten Lauscher. Ergreife aus ihrer Mitte deine Braut, und wenn sich wahrlich kein Weg findet, die anderen auf unsere Seite zu ziehen …«, setzte der Satyr an.

»Dann vernichtest du sie alle bis auf Tanaqui«, folgerte die Tragödie mit einem Seufzer.

»Die Riesin will das letzte Zwergenweib in die Finger bekommen. Soll ich sie ihr ausliefern oder diese letzte Schlammwühlerin töten? Die Letzte ihrer Art. Ihr Balg nähme sich unter meinen Trophäen gut neben dem Frostreißer von Misan'otharr aus, den ich und Kaelanos so kunstvoll aufschlitzten.« Vesshelin hatte den Plärrmäulern noch einmal die Zähne gezeigt und wandte sich zum Gehen.

»Velkha verlangte von den Emissären, sie um jeden Preis in ihre Hände zu bringen.« Die Lachmaske klang unsicher.

Vesshelin hielt jäh inne, um ihr Unbehagen zu genießen.

Vorsicht!, mahnte er sich. *Was, wenn sie lügen? Was, wenn dein Baum verbrennt wie der Rest des Archipels, sie aber nicht daran denken, dich mit Unsterblichkeit zu segnen? Oh, aber wir haben Vorkehrungen getroffen, nicht wahr … damals, als wir den Körper von Kaelanos schufen. Wie viel aus dem Mirvaali doch in diesem Geschöpf steckt.*

Er unterdrückte ein Kichern. Vesshelin war allen zwei Schritte voraus, das schloss die Meister des Nadirs ein.

Mit erhobenem Finger stand er vor der Versammlung der Masken, drückte mit der freien Hand die Pforte ihrer Eishöhle auf. »Wisst ihr, dass die Zwergin, Tanaqui und die anderen Kämpfer einen verborgenen Helfer haben?

»Wir hörten davon, dass im Hund des Zauberers ein bedeutenderes Wesen schlummert. Die Magier Emricks mögen dem Pyromanten Tamasine nach dessen Verrat geschickt einen unauffälligen Wächter an die Seite gestellt haben, der keine schimmernde Rüstung trägt wie dieser Paladin und dem auch kein Bastardblut in den Adern fließt.«

»Ich meine nicht Tamasine Katos sabbernden Hütehund«, versetzte Vesshelin und blickte ungetrübt in die Runde. »Ich sprach von Aganthyr.« Der Schall des Namens schien in alle Marmorhallen im Innern des Nadirs auszugehen.

»Du lügst«, entfuhr es der Schlangenhaarigen.

»Du musst dich geirrt haben«, versuchte sich der Satyr, stets wohlmeinend.

»Könnte es stimmen?«, fragte die hallende Stimme.

»Unmöglich«, tönte die Tragödie.

Der Prinz gab sich tief getroffen. »Ihr verletzt mich, mein Gönner. Ich irre nicht. Ich beobachtete doch alle Geschehnisse, seit die Äffchen und die raue Zwergin meine Tanaqui in die Unterwelt schleiften. Ich ließ sie nur ziehen, weil mir Feuerbändiger Tamasine versprach, meine Holde vor der Flammenhölle zu bewahren. Und unser dicker Freund war dabei.«

»Der Verfluchte ist wieder unter uns? Wir wähnten, er sei geflohen.« Der Satyr klang erschüttert. Vesshelin erschien dies wie Musik oder süßer, kühler Wein nach ausgedehntem Liebesspiel.

»Doch ich beschwöre: Die Emissäre wähnten ihn erschlagen. Da hörte ich die Melodie aus der Ferne, und der Fettsack schlug die Augen auf. Ein Anblick, bei dem selbst die Hartgesottenen aus der Tiefe zurückwichen. Er sprach wohl leise vor sich hin, weder ich noch Kioni vernahmen es.«

»Und dann?«, fragte die Schlangenhaarige mit zittriger Stimme.

Vesshelin lächelte träumerisch. Sollten sie schmoren.

Er verließ die Rotunde und gab seine gängelnden Vormünder ihrer Unruhe preis, ein Grinsen im Gesicht.

Pfeifend wandelte er die endlosen Wendeltreppen des Nadirs hinab, statt in Kionis Sattel zu steigen, die im

Innern endlose Runden drehte. »Ich bin zurück, Mutter«, flötete er.

7

Sie hatten ihre Habe aufgeklaubt und scharten sich an der Tür des Dachstocks.

»Also, in den ersten Bach springe ich zuerst und lasse das Wasser dampfen. Ich stinke wie eine Rotte Iltisse«, stöhnte Kato. Er verabscheute, was die Elfe in ihm aufgewühlt hatte.

»Wenn es dich tröstet, Fischkocher: Limbo war für meine Nase schlimmer«, wagte Tanaqui einen Scherz.

»He!«, begehrte Gjala auf. Tanaqui zuckte unter ihrem Blick zusammen, als ihr der Fehltritt auffiel.

»Felddisziplin!«, zischte Bowden und vollbrachte das Kunststück, zugleich wütend und dennoch militärisch leise aufzutreten. »Feind in Hörweite.« Er nickte Tanaqui zu.

Die Wüstenelfe bestätigte soldatisch, den Speer bereit. Kato sah sie die leeren, schrägen Mandelaugen schließen, das amethystfarbene Licht erlosch. Offenkundig versenkte sie sich in eine Kampftrance.

Neben Kato ging Bowden in die Knie, nahm Bierschaum bei den Schultern, die wegen der Gemeinheit gegen Limbo wieder in Gram verfallen wollte. Um einen Mann, den sie alle vor dem Kampf vor Kundrheim nur als Anhängsel bezeichnet hatten. Wusste er doch nur zu gut, was es hieß, auf der Straße zu hausen und von Bürgern Speichel ins Gesicht statt Hilfe zu erhalten.

Bowden musterte Bierschaum eindringlich. »Tanaqui und

ich folgten bereits heimlich diesen Gesetzlosen. Seit Kindertagen schneiden sie anderen für einen Kanten Brot die Gurgel durch«, beschwor er sie heiser.

»Du wirst nicht zögern, uns mit deinem Feuer zu schützen?« Bowden schaute aus der Hocke zu Kato auf.

»Tänzer für unseren Reigen«, kicherte eine Stimme neben dem Lohenmagus. Kato gab sich ungerührt. Er blickte stur an dem verbrannten Mädchen vorbei. Wie immer stand ihre Legion der Feuergezeichneten in den Schatten. Hier im Haus, im Viertel, schwebten sie im Übermaß. Die Geister der Brandleichen. Kincaid knurrte.

»Nicht, wenn ich es vermeiden kann«, flüsterte Kato.

Bowden verzog das Gesicht. »Ich verstehe das als ein Ja. Also, hör mich an, Gjala! Wir können nicht auf deine Axt verzichten, wenn wir den Belagerungsring durchstoßen.«

Es dauerte lange, bis die Zwergin antwortete. Ihr Blick wurde klar. »Bowden. Ich bin die Letzte der Drazok Dhar. Du vergisst, wie entschlossen ich mich vor den Toren Kundrheims verteidigte.«

»Doch dies war auf Ferne angelegt«, entgegnete der Paladin. »Einen Mann aus nächster Nähe niederzuhauen, die Waffe in ihn eindringen zu sehen, sein Lebenslicht auszulöschen, ist etwas anderes.«

»Das erste Mal ist immer das schlimmste«, pflichtete Kato bei. »Tröste dich, dass uns die Emissäre keine Wahl lassen, Gjala. Uns bleibt überhaupt keine Zeit, sie in Augenschein zu nehmen.«

»Feinde sind sie, mehr brauchen wir nicht zu wissen.« Tanaquis Stimme tönte wie Eis. Ein luftig kalter Hauch schwang dröhnend darin, – ein Nachhall, als brülle man in eine vereiste Glocke hinein. Einmal mehr erinnerte sie Kato an jene Geister, die sich in diesem Augenblick auf jedem Tisch und Schemel, in jedem Winkel hinter ihm tummelten.

Er wusste von den Tätowierungen der Silberreiter aus den Wüsten. Rituale, mit denen ein Elf die Unsterblichkeit bewahren konnte – obwohl sein Lebensbaum erstorben war. Etwas ergriff in diesem Moment von Tanaqui Besitz, verschmolz mit ihr zum tödlichen Dämon.

»Ihr könnt euch alle den Knoten im Untergewand lösen, Skitja«, spottete Gjala. »Müsst euch nicht einschmutzen vor Furcht. Mit Fuchstochter bin ich weitaus die Älteste hier. Glaubt, ihr, ich bestünde nicht in hartem Kampf?« Zur Bekräftigung klatschte sie auf die Klinge der Runenaxt.

Doch voll Grausen dachte Kato nun an den Kampf gegen den Frostriesen unter Dunkelfall zurück. Wie Bierschaum zauderte, übermannt von eisiger Starre, von vielen Kameraden in Kriegszeiten gefürchtet. Das Blut gefror ihnen in der Schlacht, gelähmt standen sie da, wenn die Schrecken der Gewalt über sie hereinbrachen.

Schaute er nun in die Augen der Freundin, sah er Haltung.

»Ganz recht«, zischte Bierschaum. »Ich werde nicht scheitern, genauso wenig wie ihr, da die Pflicht ruft. Wir müssen Feuer ersticken, das Volk erretten und den schleimigen Tangtöpfen so kräftig einheizen, dass Limbo die Schreie bis in die nächste Welt hört.« Sie wandte sich an Bowden. »Reicht das, Ritter Rundohr?«

Statt zu antworten, lachte er fast schon mordlustig auf, hob Schwert und Schild. »Dann gilt es.«

Tanaqui verbarg sich und flüsterte: »Sie bleiben arglos, bis sie der Streich trifft. Geht vor, ich harre im Schatten.«

Da stehst du inmitten deiner toten Lieben, selbst arglos, dachte Kato und erzitterte. Rasch nahm er einen Schluck Branntwein aus dem treulich mitgeführten Fläschchen.

Vor seinem Auge schien Tanaqui verschwunden. Dafür stand das verbrannte Mädchen inmitten der Flammenopfer. Sie breiteten sich im Dachzimmer aus. Ihre Haut war wie Kitt, und aus nässenden Verbänden stierten ihn hungrige Augenhöhlen an, so leer wie die Bäuche des Pöbels aus der Würgeschlinge.

Ich will einfach nicht lernen und begreifen, warf er sich innerlich vor.

Wortlos deutete das verbrannte Mädchen auf die Tür.

Bowden öffnete sie im gleichen Moment vorsichtig. Kato schluckte. Er verstand, wenn er nicht willkommen war.

Sie schlichen ins Stiegenhaus. Ließen Enge, Zank und monatelanges Lauern hinter sich.

Entlang der Treppe vermischten sich Kohlgeruch mit dem

Dunst kalten Hammels und abgestandenen Urins zur Witterung bitterer Armut. Augenblicklich ertönten Schreie aus den Kämmerchen über ihnen, wie schon so oft.

»Drecksack!«, entfuhr es Bowden heftig und strafte seinen angemahnten Drill fast Lügen. Kato erhaschte über die Schulter des Paladins hinweg einen Blick auf seine Schildhand. Er ballte sie zur festen Faust, auch die Schwerthand packte mit Gewalt das Heft. Der Gotteskrieger knirschte mit den Zähnen. »Ich hätte dem Lumpenhund von einem Weiberschläger längst Manieren beibringen müssen.«

»Wohin führt das?«, meldete sich Gjala. »Das lernt man in keinem Kloster, dafür muss man im Unterbauch der Welt gehaust haben. Kaum dringst du dort ein und verpasst dem Mistkerl den härtesten Haken seines dreckigen Lebens, wird sich die Angetraute sogleich gegen dich wenden und jede Misshandlung abstreiten.«

Zu Katos Verblüffung ging Bowden nicht auf die Zwergin los. Er musterte sie nur befremdet und nickte. Schnaubend stapfte er dann zum windschiefen Fenster und schob mit der Schwertspitze den mottenzerfressenen Vorhang beiseite. Fahles Mondlicht fiel ins Treppenhaus. Der Paladin blickte hinab aufs Pflaster Stockwerke unter ihnen. Sein Fluch wandelte sich in ein Stoßgebet. »Sie umstellen uns.«

»Was hast du erwartet? Rennick ist aufgescheucht«, folgerte Gjala ungerührt.

»Rennick!?«, entfuhr es Kato. »Wolltest du mir das erst bei einer günstigen Gelegenheit offenbaren? Dass es mein alter Mentor ist, der das Mordgesindel anführt? Oder war das als lustige Überraschung gedacht?«

Für einen Herzschlag wirkte Bowden ertappt, woran sich der Lohenmagus auf ewig erinnern würde. »Wir wissen es seit gestern Nacht, nachdem das Messerohr und ich … «

»Tanaqui wusste davon?« Kato warf die Arme in die Luft. Spürte Zorn aufwallen, der nichts mit Zauberflammen und Götterschmieden unachtsamer Bartgesichter zu tun hatte. »Das wird ja immer besser.«

»Wenn es dich tröstet …«, antwortete der Paladin. »Man gedenkt, dich leben zu lassen. Scheint, als wolle Rennick mit dir alte Rechnungen begleichen … oder dich zurückholen. Er gebietet über ein Dutzend Straßensoldaten, sieht selbst aber arg gebeutelt aus. Mit dir brächen bessere Zeiten für ihn an, Deserteur. Also keif nicht wie ein Waschweib! Troll dich zu Deinesgleichen, während wir uns der Flammen annehmen.«

Kato wollte etwas Gesalzenes erwidern, über Bowdens Bastardabkunft etwa, doch Bierschaum kam den Streithähnen zuvor. »Lasst euch nicht ins Bockshorn jagen! Die Skraemar dachten auch, sie hätten leichtes Spiel mit uns. Nun haben sie ausgespielt. Sollen die Schlingenwürger nur kommen! Ich knöpfe sie mir vor und knüpfe sie auf.«

»Begrüßenswert«, bemerkte Bowden. »Wenn wir uns in besseren Gefilden befinden, unterweise ich dich in der Schwertkunst. Doch vorerst sollten wir uns auf den Weg machen.« Leider wirkte er nicht gerade anfeuernd, betrat dann aber entschlossen die Treppe.

Die anderen folgten ihm. Kato gewahrte die Wüstenelfe hinter sich. »Wo warst du so lange?«, wollte er in Gesten der Fingersprache wissen. Während der langen Untätigkeit im Versteck hatte die Bardin sie allen Kameraden beigebracht.

»Aufräumen«, beschrieb Tanaqui mit den Händen, und für einen Moment flackerte ihr Blick hoch zur Rabaukenwohnung über ihnen. Der *leisen* Wohnung.

Kato hielt beklommen inne und tastete nach seinem Fläschchen.

»Alle leben noch. Doch jemand musste lernen«, beruhigte ihn Tanaqui.

Kato nickte, und sie schlossen zu den anderen auf. *Rennick*, dachte er. *War ich in die Enträtselung des Runenstabs derartig vertieft, dass mir der gerissenste Löwe dieser Straße nicht mehr in den Sinn kam?*

Sie drangen in den Hausgang des schäbigen Anwesens ein. Der war durchaus breit, doch gesäumt von Elendsgestalten. Haufen ihrer Habe und Schlafstellen lagen unter Lumpenvorhängen. Das Wenige, das sie draußen erbettelten, knöpfte ihnen ein Gierhals von Hauswirt für das Nachtlager auf den filzigen Strohsäcken ab.

Bowden wollte einfach weiterschreiten, doch Kato hielt ihn

zurück. Seine Augen durchstießen das Halbdunkel und prüften die Lage.

»Lächerlich«, zischte Verdian im Flüsterton. »Wieso das Getue? Glaubst du, ich fürchte ein paar verschmierte Briganten?«

»Wer sich mit edlen Waffen nebst Rüstung an diesem Ort in Sicherheit wiegt, begeht nur allzu leicht den letzten Fehler seines Lebens. Als tödliche Überraschung, doch kraftvoll geführt, findet der Giftdolch seinen Weg in die Niere unter jedem Kettenhemd. Doch diese hier bedeuten in der Tat keinen Harm.«

Gjala hatte die Entwarnung gehört und stapfte an den beiden vorbei. Bowden setzte ihr nach und überholte sie, um seinem Trupp mit dem Schild einen Weg zu bahnen.

Doch die Ärmsten der Armen wichen verzagt zurück, als Gotteskrieger und Zwergin durch den Gang strebten.

Die nachfolgende gefürchtete Gestalt der Wüstenelfe brachte sie erst recht zum Zittern, von dem brennenden Mann, der die Nachhut bildete, ganz zu schweigen.

Kincaid stromerte mit Baumelzunge hinterher. Er schnüffelte an der Habe der Bettler, die ihn mit der Würde der Besitzlosen gewähren ließen.

»Verzeihung. Ich muss hier vorbei. Obacht bitte, nicht anfassen!« Wo sich Kato nun zwischen Wankenden, Kauernden, hängenden Fetzen und traurigen Besitztümern hindurchschob, achtete er tunlichst darauf, nichts mit nackter Haut zu berühren, da sie im Gegensatz zu seiner Gewandung kein Zauber gegen das Entflammen schützte. Eine Feuersbrunst im Elendsviertel hätte entsetzliche Folgen gehabt.

Doch wäre sie nicht auch eine vorzügliche Ablenkung von ihrer Flucht? Kato verwarf den Gedanken. Er mochte nicht, wie das Ungeheuer aus Kriegstagen in seinem Innern wieder die Stimme erhob.

Gjala, Bowden und Tanaqui verharrten an der Haustür und lauschten in die Nacht hinaus.

Doch unversehens öffnete die Elfe die Pforte und schlüpfte unbesorgt hinaus.

»Die Bande hat sich davongemacht. Alle, die das Haus umstellten«, grollte Bierschaum, die Runenaxt noch erhoben.

Kato trat als Letzter in die Nachtschwüle hinaus, während

sich Kincaid ungerührt an seiner Hüfte vorbeischob. Kato teilte das liebenswert dreiste Zutrauen seines Hundefreunds in die Umgebung nicht. »Wo aus den Schatten der Nacht Armbrüste auf einen gerichtet sind, will man kaum im Dunkeln leuchten«, meinte er markig.

Doch wozu mit dem guten Wodka knausern, wenn man ohnehin bald einen Bolzen in der Brust spazieren trug? Kato genehmigte sich einen ordentlichen Schluck.

Das kurze Brennen vertrieb für einen Moment Sorgen und Grübeleien über den Stab und das, was sie außerhalb der Stadtmauern erwartete. Katos Sinneseindrücke verstärkten sich durch den Schnaps, wie stets. Während die anderen die Lage erkundeten, vermengten sich die Gerüche der schwülen Herbstnacht mit dem unerträglichen Brodem des Elendsviertels zum Gemahnen an Katos Vergangenheit.

Jene Zeiten, als er auf diesen Straßen schlicht ums Überleben gekämpft hatte. Augenblicklich brannten seine Fingerknöchel, so als hätte er just eine Schlägerei mit den Hakenjungs um Schutzgeld bestanden.

Der Magier ließ sich auf ein Knie nieder und kraulte Kincaid. Der Hund wirkte mit seinem Dasein einig und zufrieden. »Das ganze verdammte Leben ist ein götterverfluchter Kreis, alter Knabe. Je weiter wir weglaufen wollen, desto härter der Empfang bei der Rückkehr«, wisperte er.

»Den harten Empfang bereite ich dir, wenn du weiter die Götter höhnst und laut schwätzt«, bedeutete Bowden streng in zackigen Zeichen.

Auch Gjala bedachte ihn mit tadelndem Blick. Für Kato wirkte sie in diesem Moment wie ein Gemälde oder eine fleischgewordene Statue, die alles Unterweltliche verkörperte.

»Die letzte Zwergin«, murmelte er. Sie beeindruckte ihn, auch wegen ihrer Trauer um Limbo, in welchem Maß Gjala unter dem Tod des Gesetzlosen litt. Und in diesem Augenblick stand sie vor ihm, in einer belagerten Enklave, die Axt in Händen. Reckte sich unbeugsam auf, zu klobig, um von den Beinen geholt zu werden, und die dicken Zöpfe pendelten in einem Herbstwind, der Sommerdunst herantrug.

»Wir dürfen wieder unsere Stimmen gebrauchen. Sie sind

nicht mehr hier«, meinte die Wüstenelfe plötzlich trocken. Sie hockte auf einem Vordach und blickte mit flatternder Kluft und hochgehaltenem Speer auf sie herab, als wolle sie wie ein Giebeldrache die stoische Zwergenstatue bekrönen.

Mit eleganter Drehung sprang Tanaqui vom Dach und strafte damit die Schwerkraft Lügen. Sie landete in der Hocke und federte zurück in den aufrechten Stand. Leichthin fing sie den Speer auf, der in seine eigene Bahn geschwirrt war.

»Ebenso beeindruckend wie nutzlos«, mäkelte Bowden, der zu ihnen trat. Kato spürte, wie uneins die Kämpfer immer noch waren. Doch Bowden konnte den Zusammenhalt nicht einfach befehlen, ohne dass Kato oder Tanaqui sich widersetzten. Bierschaum stand zwischen ihnen, und der Gram um den verlorenen Freund beanspruchte in ihrem Innern eigenes Gewicht. Tanaqui ließ sich nicht zähmen. Dafür würde Bowden keinem Befehl von ihr oder Kato folgen.

»Ein Riesenmist«, befand der Feuerzauberer.

»In der Tat«, stimmte Tanaqui hinter alles verhüllenden Tüchern zu. »Die Leute kauern in den Häusern, ahnen sie doch, was bevorsteht. Ich höre sie hinter den Fenstern.«

»Ich vermute, die wissen, dass die Belagerung bald in Mordbrennerei ausartet. Ha, die sind nicht so töricht wie die Gecken der Königin, die immer noch schlemmen und huren, während der Tod bald an ihre Pforte klopft!«, entrüstete sich Bierschaum.

»Vorsicht!«, mahnte Bowden. »Die Königin und ihr Volk werden in meiner Gegenwart geachtet, verstanden?«

Bierschaum bedachte den Paladin mit einem Blick, der schwer zu deuten war. Kato meinte darin etwas vom eigenen Wesen wiederzuerkennen. Es war die Flamme des Rebellischen, das Bevormundung verabscheute. Sein Wille, der sich dem Vater widersetzt hatte, indem er das Kontor nachts betrat. Ähnlich wie die anderen Streiter untereinander, war die Zwergin nicht gewillt, Befehle von Bowden entgegenzunehmen.

Der Lohenmagus versuchte, Nachdruck in seine Worte zu legen. »Streit ist unnötig. Ich fürchte, das Volk hinter allen diesen Türen bereitet sich auf sehr Unschönes vor. Nicht, es zu erleiden, sondern uns anzutun. Eine innere Stimme flüstert mir zu, dass Rennick dem Viertel Großes versprach.«

Wie zur Bestätigung flogen ringsum Türen auf.

Abgemagerte Menschen mit hungrigen Augen traten auf nackten Schmutzfüßen vor ihre Behausungen. Ausgedörrte Zungen leckten trockene, salzverkrustete Lippen. Kato versetzte sich in Gedanken an ihre Stelle. Diese Lemuren betrachteten ihren Trupp als Kopfgeldbringer, Garanten jahrelangen fürstlichen Lebens.

Drohend schoben sich immer mehr von ihnen aus schäbigen Hütten, zwängten sich durch Fensterlöcher. Einige umklammerten Tonscherben, die mit Stoff umwickelt in Messer verwandelt worden waren. Manche schwangen Tischbeine mit rostigen Nägeln.

In diesem Moment knurrte Kincaid, bleckte die Zähne und bellte wie rasend. Ein so tiefes Grollen ging von ihm aus, dass die Elfe kurz schwankte. Von oben herab vernahmen sie plötzlich ein mächtiges Rauschen. Etwas Ungeheuerliches flog heran, von starkem Wind umwirbelt. Ein markerschütternder Schrei erscholl, ganz und gar unirdisch.

Mit einem Mal wurde am Himmel über ihnen ein kampfplatzgroßer wabernder Pilz sichtbar, der vielfarbig schillernd den Himmel ganz in Perlmuttschimmer tauchte. Straßenbreite kalte Lichtschwänze züngelten ihm nach.

Ein Rauschen aus der Gegenrichtung antwortete, noch bedrohlicher. Selbst Kato starrte gebannt darauf.

»Unglaublich«, stöhnten Tanaqui und Bierschaum wie aus einem Mund. Keine von ihnen hatte je so etwas gesehen. Und andere offenkundig auch nicht.

Pastellfarbenes Licht in den absonderlichsten Tönen überstrich die Stadt, warf trügerische Gewänder über Arm und Reich, Groß und Klein und tünchte die Häuser neu. Mittlerweile glitten drei der gigantischen Gebilde über die Stadt und sandten ihr Gleißen aus. Sie zogen schlingernde Schärpen aus weiß glühendem Fleisch hinter sich her, halb Fangarme, halb endlos lange Flossen. Die wedelnden Riesenleiber erlaubten einen verhangenen Blick auf Sterne und Wolken und stießen durchdringende Rufe aus. Bei jedem dröhnenden Ton wiegten sie sich und erzitterten auf unzüchtige Weise.

Kato schluckte. Er, der mit einem Fingerschnippen Menschen aus ihren Stiefeln brennen und mit einer Tanzdrehung ein Dorf abfackeln konnte, fühlte sich mit einem Mal klein und unbedeutend angesichts solcher Urgewalt. Sein Blick schweifte zum Ritter hinüber.

»Quallen«, meinte Bowden nur. »Habe noch nie derartig große gesehen. Geschweige denn fliegende. Höchstens als Kadaver, doch da waren sie erloschen. So etwas gehört in tiefstem Meeresgrund beerdigt.«

»Wir sollten uns davonmachen, solange alle abgelenkt sind«, zischte Tanaqui in die Weihe des Schauspiels hinein und stieß Bowden mit dem Speer an. Unter dem Ornat traf sie die Kristallrüstung des Paladins, deren Erklingen Gjala und Kato aus der Verzauberung weckte. »Schaut nur, die Meute ist völlig gebannt, lasst uns Land gewinnen!«

Es bedurfte keiner weiteren Worte. Kato setzte sich an die Spitze, tauchte mit seinen Begleitern in die nächste Gasse ab und führte sie davon. Ein waghalsiger Bandenstrolch beging den Fehler, sich ihnen in den Weg zu stellen, aber die Begegnung seiner Eingeweide mit der gepanzerten Ritterfaust stillte seine Begehrlichkeit ein für alle Mal. Doch auch seinen unschlüssigen Begleiter streckte der Paladin nieder.

»Musste das sein?«, empörte sich Gjala. »Meint ihr, Rennick hat allen armen Kerlen Kopfgeld versprochen?«

Kato wandte sich zu ihr um. »Ich gehe sogar davon aus, dass sie uns vor sich hertreiben sollten. Wahrscheinlich wollte der Hundsfott sogar meine Fähigkeit zum Feuerkampf herausfordern. Ihm wäre es gleich, ob ich einige seiner Spießgesellen abfackele.«

»Und danach wärst du zu verausgabt und verstört, um uns zu schützen«, folgerte Tanaqui mit der Erfahrung einer alten Jägerin. »Bestien«, murmelte sie verächtlich, während sie den Blick an die gewaltigen kreisenden Leuchtquallen am Himmel über der Stadt heftete.

»Rennick ist ein Galgenstrick übelster Sorte«, bekräftigte Bowden. »Wir müssen auf der Hut sein.«

»Ich glaube, sie meint diese Riesenfladen am Firmament«,

meinte Gjala. Kato konnte nur vermuten, dass die durchdringenden Elfenaugen in den rosafarbenen und blauen Kolossen, die da über der Stadt ihre Kreise zogen und sangen wie Buckelwale, etwas sehr Bedrohliches ausmachten.

Wieder bellte Kincaid. Der Hund sträubte das Fell und gab wieder dieses tiefe, warnende Grollen von sich. Doch Tanaqui legte dem Tier eine Hand an die Flanke, und zur Überraschung aller verstummte er augenblicklich.

Sie sahen, dass eine der Quallen die Fangarme vollkommen entfaltet hatte, sie träge in der Brise umherzog.

»Wunderschön«, seufzte Gjala, geleitet vom Auge der Bardin. Sie summte eine Melodie.

»Wie Sternefunkeln über dem Glassand«, stimmte Tanaqui ein.

»Ein Blendwerk des Teufels«, mahnte Bowden.

Kato musste allem zustimmen.

Sie wurden gewahr, dass von den Gliedern des Geschöpfs Staub herabrieselte, der in der Nachtluft glomm, als würden Sternschnuppen verglühen. Der Staub fiel sacht, als geränne die Zeit zu Sirup.

Da hörte Kato die Stimme seines Vaters im Innern. Alle Gefechte und Räusche durchdringend. »Quallen sind giftig. Taschen in ihren Ranken enthalten Giftkapseln, die wie Pfeile in die Beute geschossen werden. Vergiss nie, Sohn, wie nützlich solche Essenzen für unser Handwerk sein können – jedoch auch qualvollen Tod bringen können.«

Die Königsstadt antwortete auf die Giganten. Der Donner von Katapultarmen auf den behäbigen Mauertürmen wurde vom Peitschen gewaltiger Ballisten unterstrichen. Die Speerwerfer spien im Takt mit den Bogenschützen der Wächtergarde Pfeile und Lanzen.

Keins der Geschosse reichte weit genug. Felsbrocken und Speere vergingen vor dem Glitzervorhang unter den Kolossen zu nichts, ohne ihr Ziel zu finden.

Kato wollte die Mitstreiter in Deckung ziehen. Doch die drei anderen lösten ihren Blick erst in dem Moment vom Himmel, als aus der Stadt die ersten Schreie gellten.

8

»Was geschieht hier?«, keuchte Gjala, doch ihr Tonfall verriet, dass sie es ahnte.

»Gift fällt herab. Es senkt sich wie Pollen auf die Menge«, erklärte Tanaqui, die mühelos den Laufschritt vorgab, mit dem sie durch die Nacht flohen. »Ich habe Silberreiter aus meiner Septe so schreien hören, als der Stich des roten Skorpikhans durch ihre Stiefel drang.« Beim Gedanken an die Opfer und ihre Qualen in kaltem Schweiß und Zersetzung der Haut zu Asche drehte sich Tanaqui der Magen um.

»Ich nehme an, das ist giftiges Kroppzeug«, schnaubte Bowden ohne jede Anstrengung. Sie wurde nicht schlau aus dem Paladin. Trotz seiner Wut, seinem zerrissenen Gemüt, schien er just dann aufzuleben, wenn er in voller Marschmontur durch die überhitzte Nacht in einer sterbenden Stadt traben konnte.

Er ist dir ähnlicher, als du wahrhaben möchtest, sprach ihr nimmermüder Ahnengeist.

»Ein spinnenartiges Tier«, keuchte Kato, der mit ihrem Vorankommen kaum mithalten konnte. Er schwitzte wie ein Eisengießer, doch der Schweiß verdampfte auf der Stelle, da er auf der verhexten Haut des Lohenmagus sofort verkochte. Glutschimmer und wabernder Nebel steigerten sein dämonisches Aussehen, begleitet von seinem heiseren Keuchen in der Nacht. »Sein Stachel enthält ... ein starkes Gift ... welches den

Atem lähmt«, stieß er hervor, während er gierig die feucht flirrende Luft einsog, die beim Lauf durch das Gassengewirr auf ihnen lastete.

»Und du hast leider wohl einen ganzen Scheffel davon verschluckt«, schnaubte Bowden. »Du musst von den Rauchstäben lassen und das Saufen aufgeben. Du bist Soldat unserer Königin. Du keuchst, als überstiegen wir ein Gebirge.«

»Soldat ... bist du auch«, japste Kato. »Und doch stehlen wir uns beide aus ihrer Stadt davon ... statt zu kämpfen.«

Bowden gebot ihnen Einhalt. Kato klammerte sich an die Ausleger einer Bretterbude und brach vor Atemnot beinahe zusammen. »Was hast du gesagt?«, fragte der Ritter drohend und in jener eisigen Stimmlage, die den Nordwind zum lauen Lüftchen herabstufte.

»Willst du etwa behaupten, ich sei feige, weil ich der Vernunft folge? Dass ich die Stadt aus Angst verlasse?« Der Paladin tat drei schwere Schritte auf sein Mündel zu.

»Ich will sagen ...« Husten verschlug Kato die Sprache.

Dem verhaltenen Zorn des Gotteskriegers antworteten verzweifelte Schreie von den großen Plätzen und Straßen herüber, die Tanaqui in die Herzen schnitten. Mochte sie früher auch die Rundohren gehasst, bei solch grausamem Gesang des Verderbens sogar frohlockt haben. Doch nun litt sie mit den Menschenkindern, die sich unter ätzendem Giftstaub wanden. Die drei in Kriegswaffen der Emissäre verwandelten Meeresmonster ließen mit dem trügerischen Sommerwind unablässig Tod herabrieseln. Die Hilferufe griffen die Gemüter aller an.

»Kato verlangt uns einfach die fällige Entscheidung ab«, meinte Gjala trotzdem beruhigend. »Wir haben uns einen Vorsprung verschafft. Aber wir landen in den Fängen von Rennicks Bande, wenn wir uns hier nicht bald davonmachen.« Die Zwergin stemmte die Hände in die Hüften und blickte zum Wachtor des Elendsviertels hinüber. »Wenn wir hier umkommen, war Limbos Opfer vergebens. Noch können wir uns fortstehlen.«

Kato meldete sich mit einem Fingerzeig, während er sich weiterhin gebeugt und keuchend an der Wand abstützte. Sein schiefes Grinsen schien eine gemeine Bemerkung über Limbos

Fettleibigkeit anzukündigen. Auf Tanaquis strengen Blick hin erlosch es umgehend. Er riss sich zusammen.

»Wir stehen am Scheideweg«, ächzte der Flammenmagier, der langsam wieder Kraft schöpfte. »Mit Gewissheit liegt im Runenstab das Zauberwissen zur Errettung des Archipels. Aber wir sind die einzig möglichen Retter der Stadt.«

»Eben. Einen Archipel der Toten zu bewahren, ist müßig«, pflichtete Tanaqui bei.

»Du sagst es.« Kato blickte grimmig. In seinen Zügen lag Entschlossenheit, die sie so schmerzlich vermisst hatten, seit er sich mit dem Stab in das Nebengelass zurückgezogen hatte. Der beschwerliche Lauf durch die brütende Nacht schien seinen Geist zu klären.

»Keiner von euch verhehlte je seinen Hass auf diese Stadt und ihre Bewohner. Ihr hasst die Menschen. Und nun könnt ihr ihnen nicht eifrig genug beispringen? Seid ihr von Sinnen? Habt ihr Pilztee geschlürft? Oder weht bereits Quallenstaub herüber?« Bowden warf die Arme hoch.

»Ein wenig von allem«, versetzte Kato frech.

»Sieh mich nicht so finster an, Blechmann! Ich will die Stadt verlassen.« Bierschaum verschränkte die Arme so störrisch wie Bowden. Sie gaben ein lustiges Figurenpaar ab.

»Gjala. Frauen und Kinder. Sämtliche Einwohner.« Tanaqui schüttelte den Kopf. »Wir sind kampferprobte Krieger und können viele noch vor dem Schlimmsten bewahren.«

»Und wer bewahrte unsere Frauen und Kinder? Wer schützte die unschuldigen Arbeiter? Gelten die nichts?« Die Zwergin stampfte mit dem Fuß auf. »Mein Volk ist verschwunden, vielleicht sind alle Zwerge tot. Und jetzt soll ich Mitgefühl mit jenen aufbringen, die vom Blutgeld aus dem Sklavenhandel mit verräterischen Drazok Dhar im Überfluss lebten? Darauf pfeife ich. Ich bin mit dem Blechmann. Habt ihr schon vergessen, was die Fischköpfe Limbo angetan haben? In Braithwairn staken genug Lohenmagi umher. Mögen die doch die Quallen grillen! Wir ziehen hier ab!«

Bowden antwortete ihr kühl, aber bestimmt. »Die Magier wirken hier tatsächlich, Unterirdische. Jeder von ihnen steht in der Pflicht, sowohl das Sanctum des Turms als auch den

Hof der Königin gegen jede Gefahr zu schützen. Aber die meisten von ihnen sind Alchimisten und Gelehrte. In Wahrheit verfügen sie über keine Kampferfahrung mehr. Seit dem Kriegsende vor langer Zeit gibt es kaum Verwendung für ... lebende Waffen.«

»Danke. Nichts geht darüber, in einer Hitzenacht im Herbst als besserer Brandpfeil bezeichnet zu werden, während die Heimat in Flammen steht, der Atem stockt und Riesenquallen über der Stadt kreisen«, antwortete Kato in bitterem Ton. Kincaid regte sich und hob den Kopf.

Bierschaum fuhr zu Tanaqui herum. »Komm, Messerohr! Hier müssen alle den Verstand verloren haben, aber du wirst mir letztlich folgen. Enttäusch mich nicht!«

Die Waldelfe wirkte verlegen und nickte unter ihrem Burnus dem Zauberer zu. »Ich will nur mit aller Kraft helfen, das Schlachtenglück zu wenden, bevor der wahre Angriff losbricht.«

Gjalas knolliges Gesicht verfärbte sich zu jenem Tiefrot, das bei den Unterirdischen einen Zornesausbruch ankündigte. Die Kiefer mahlten. »Ihr wart mit unten in der Mine. Ihr habt euch mit mir in die Tiefen gewagt. Das muss ich euch zugestehen. Aber nur, weil ihr Schuldige für die Erdbrände finden wolltet, Sündenböcke.«

»Klarstellung: Wir fanden sie auch«, hielt Kato ihr keck entgegen. »Sicher wussten die meisten Drazok Dhar nichts von dem Sklavenhandel. Ihre Anführer aber schon.«

»Wenn du im Kampf gegen die Flammen sühnen willst, ist das recht. Doch vernichte kein lebendes Volk, um ein totes zu erwecken«. Bowden verschränkte die Arme vor der Brust.

Bierschaum geriet außer sich. Ihre Hand packte die Runenaxt so fest, dass Tanaqui fürchtete, die Zwergin könne zuschlagen.

»Das war etwas zu deutlich«, zischte Kato gepresst.

Tanaqui hielt sich nicht länger zurück. »Gjala, du selbst hast uns immer wieder zur Besonnenheit ermahnt, ob in der Spelunke oder in der Mine, im Fjord. Du hast mich Freundin genannt. Unten, im Haus deiner Eltern, erinnerst du dich? Und das bin ich. Ich sage dir, genau diese Stimme der Vernunft brauchen wir jetzt wieder. Ich verstehe deine Trauer um Limbo, er war ein überaus feiner Mann hinter der abstoßenden Maske.«

»Und er hat Kincaid gerettet«, ergänzte der Feuerzauberer. Der Lohenmagus fuhr dem Vierbeiner durch das goldgelbe Fell. Der Hund neigte den Kopf, hechelte und schien beiläufig die Ohren zu spitzen. Tanaqui erstaunte seine Gelassenheit angesichts der Schreie aus dem Giftregen.

»Wie ihr wisst, liebe ich jede Gefühlsduselei, doch hier drängt die Entscheidung.« Bowden schnaubte und wies mit dem Kopf auf das dröhnende Göttergericht der Quallen am Himmel. Sein Gesicht blieb ungerührt.

»Die habt ihr doch längst getroffen«, gab Gjala verbittert zurück. Ihr Gesicht formte eine Landschaft der Missbilligung. »Kato büßt für einen Frevel an Kameraden, von dem wir kein Sterbenswort erfahren. Doch es muss übel darum bestellt sein, wenn du ihn deshalb wie Abschaum behandelst, Blechmann. Und unsere Tanaqui plagt das Gewissen, weil sie Menschen im Dutzend abschlachtete, als der letzte Unwerth tobte.«

Tanaqui zuckte unter diesen Worten zusammen wir unter einem Peitschenhieb. Die Bardin sprach die Wahrheit. Ihr Volk lebte nach eigener Moral, geformt von den Gefilden der Wildtiere und der Wälder. Leben und Tod waren untrennbar vereint, Gnade für Schwache. Sie wurde nicht gewährt. Bei den Silberreitern war das Leben noch unbändiger. Dort kamen die absonderlich grausamen Einflüsterungen der Ahnen hinzu.

Und dennoch. Seit der Nacht, in der ihr Speer das Herz des Häuptlingssohns durchstoßen hatte, seit sie die Wälder des Mirvaali hatte brennen sehen, bewegte sich etwas in ihrem Innern.

»Vergiss nicht, dass ich einen Eid geleistet habe, diese Stadt, dieses Volk zu verteidigen!«. Bowden nickte Gjala zu. »Ich stimme mit dir in jeder Weise überein. Ja, ich habe den Zwergen misstraut, und natürlich sucht der Deserteur händeringend einen Weg zurück in sein vertrautes Dasein. Genau deswegen, Gjala, weil jeder hier befangen ist – außer dir –, ist dein Urteil so besonders wichtig. Deserteur, wie besiegen wir die wabbelnden Fladen? So, dass wir selbst keinen Schaden nehmen, bevor wir die Fluchflammen löschen, die Quelle der tief klingenden Melodie finden und das Runenrätsel des Stabs lösen?«

Tanaqui fühlte Zuversicht zurückkehren. Sie würden alle diese Wehrlosen nicht ihrem Schicksal überlassen – welchem Volk sie auch angehören mochten. »Wir dürfen nicht aufgeben, ehe die Götterschmieden versiegen. Es gibt genug wilde Völker mit Kampfesfähigen auf dem Archipel, Alte wie Junge. Kriegslüsterne und Wehrhafte. Drei Kriege mögen uns geschröpft haben, aber noch können wir Truppen aufbieten.«

Gjala brummte, mit einem Mal müde: »Ihr seid götterverlorene Narren, doch ich füge mich. Ihr gabt ja auch wirklich alles, mich zu überzeugen. Wenigstens dafür Hochachtung.« Sie blickte auf, lauschte und vernahm das Gleiche wie Tanaqui: Nach dem ersten Schreck über den Angriff aus der Luft rottete sich im ganzen Viertel wieder Gesindel zusammen. Der Sirenengesang des Kopfgelds betörte das Lumpenpack erneut. Gjalas Gesicht verzog sich zu einer Fratze des Ingrimms. »Also los! Es reicht, wenn eine Kummerfrau hier alles verloren hat. Also, Kleidträger, heraus damit!«

Kato weihte sie in seinen Plan ein. Mit jedem seiner Sätze wuchs in Tanaqui die Herrschaft des inneren Jägers an. Cathwyn lachte wie aus Wohlgefühl.

9

Katos Strategie überzeugte. Bowden gönnte dem Deserteur nur widerwillig einen Triumph, zumal seit er an jenem Abend Zeuge seiner aufwühlenden Begegnung mit dem eigenen Vater geworden war. Seitdem quälten ihn drängende Fragen.

Wie lange hatte sein Vater so verwahrlost in der Ruine gehaust, scheinbar hilflos an den Räderstuhl gefesselt? Wer hatte ihn versorgt?

Seit ihrer Ankunft in Braithwairn hatten sie die grundtiefe Melodie nicht mehr vernommen – dies zumindest ein kleiner Segen. Doch die kränklichen Farben über der Stadt, schwefelgrell wie sonst nur im nächtlichen Nordlicht über dem Meer, fraßen ihm schier Löcher ins Gehirn.

Sie preschten durch die Straßen. Bowdens Kopf schmerzte in dieser schwülheißen Nacht, vor seinen Augen tanzte ein Flimmern. Er war wütend, wie nur allzu oft seit frühester Kindheit. Einmal mehr wandelte er innerlich einen Fluch zum Stoßgebet. Augenblicklich fand er zurück in die Rolle des Anführers.

»Umgehend einen Turm finden. Widerständige Wächter Ihrer Majestät ohne weitere Erklärung niederschlagen. Turm besteigen. Tanaqui schießt von der Zinne einen Brandpfeil ab.

Die Magie des Deserteurs bemächtigt sich der Flammen, sobald das Geschoss die Quallen erreicht.«

»Brennt eine der drei, brennen alle«, keuchte Kato. Bowden missfiel, wie ungeschickt der Eisenholzstab des Magiers auf das Pflaster traf. Funken sprühten, der Lärm hallte durch die leeren Gassen am Rand der Würgeschlinge und verriet sie an ihre Verfolger, die schon in Hörweite gelangten.

»Stock hochhalten!«, befahl Bowden. Am liebsten hätte er ihn mit einem Tritt aus Katos Händen gerissen.

»Ich ... brauche ... mein drittes Bein ... wegen der Narben«, japste der geplagte Lohenmagus.

Irrte sich Bowden, oder zog das Messerohr bei diesen Worten hinter dem Schleiervorhang die Augen schmerzhaft zusammen? Bowden erinnerte sich wohl, wie Tanaqui der Frage ausgewichen war, ob sie sich am Angriff auf Katos Heimat beteiligt hatte. Vielleicht hatte sie sogar mit angesehen, wie seine Eltern verbrannten.

Wussten andererseits die Mitkämpfer um die besondere Bewandtnis seiner Kristallrüstung?

»In den Flözen sah ich einst, wie Staub verpufft«, meldete sich Gjala schnaufend. »Was macht dich so sicher, Kleidträger, dass der Nebel aus Quallengift, den du mit deinem Zauber entfachen willst, nur die drei Riesenfladen verzehrt, nicht aber die Stadt? Wird denn nicht Feuer auf alles herabregnen und zunichte machen, weswegen wir hier in dieser Todesfalle umherirren?«

Kato rang zu sehr nach Atem, um zu antworten.

Bowden sprang ein. »Spar den Atem, Deserteur! Er beherrscht das Feuer in allem, Bierschaum. Er kann es nicht nur entzünden oder löschen, sondern auch bändigen, formen und umlenken.«

Der seltsame Seitenblick des Messerohrs entging Bowden nicht. Tanaqui beobachtete ihn so misstrauisch wie er sie, seit sie gegen die Emissäre gemeinsam im Kampf gestanden hatten. »Du schiebst den Brand aus der Stadt und lässt ihn draußen herabregnen. Auf unsere Feinde«, folgerte sie.

Sie bogen in eine Hauptstraße ab, welche die Pracht der Stadt mit jenem trüben Pfuhl verband, in dem Lohgerber,

Geldverleiher, Totengräber und andere Unehrenhafte ihren anrüchigen Dienst versahen, mochte der Architekt sie für ihre widerwärtigen Tätigkeiten strafen.

So dachte Bowden und verengte sogleich die Augen. Die Straße lag wie leer gefegt vor ihnen.

Das erschien ihm verdächtig, doch wenn sie abermals anhielten, würde Kato in die Knie brechen und sich für längere Zeit nicht rühren. »Eine einmalige Gelegenheit«, antwortete er hastig an seiner Stelle, ohne die Umgebung auch nur kurz aus den Augen zu lassen. »Viele Gifte brennen gut, und dieses ist zudem trocken und pudrig.«

»Wir ... lassen es ... Feuer regnen ... auf diese Eisenkröten«, presste der Flammenmagier hervor.

»Schon verstanden. Spar deinen Atem! Bowden hat recht,« entgegnete Tanaqui.

»Sag ... doch nicht etwas derartig Schlimmes!«, verlangte Kato grinsend und sah dabei aus wie der wandelnde Tod. Vom Himmel in süßlichen Pastelltönen beschienen, von seinen eigenen Zauberzeichen orangefarben umglitzert, wirkte er wie von einem Blitzschlag eingefroren.

Bowden fragte sich, ob in dem Feuerkrieger mehr vorging, als er sich eingestand. Stand er unter Fremdeinfluss? Setzte ihm die Anwesenheit der Emissäre vor den Mauern durch magische Kräfte zu? Es gab einfach zu viele Ungereimtheiten. Wieso hatte der Beschuss auf ihre Belagerer so spät eingesetzt? Wohin war alles Volk von den Straßen verschwunden? Ging hier mehr vor? Was übersah er?

»Es wird dir in der Tat ermöglichen, deine Scharte auszuwetzen, Deserteur.« Er überspielte Bedenken mit Spott, ihm wollte nicht gefallen, wohin seine Gedanken abwanderten. Etwas markig aufgesetzt, gab er eine Parole aus. »Wir werden diesen Eindringlingen aus dem Küstenschlamm zeigen, wie tüchtig Bewohner von Selachis ihre Heimat verteidigen, wenn sie ausnahmsweise zusammenhalten.«

»Sprich nur für dich!«, empfahl Gjala kühl und bildete die Nachhut. »Ich bin wieder frohgemut, wenn wir in hehrer Eintracht meine Stammesgenossen suchen. Unsere Schmiedekaste mag mit ihrer Großen Unternehmung, Zuchtlinien und dem

Feuer der Götterschmieden eine Teufelei angestiftet haben. Doch das einfache Volk ist unschuldig.«

»Wir werden auch dieses Rätsel lösen, Gjala«, versicherte die Waldelfe nun in tröstendem, aber bestimmtem Ton. »Selbst wenn wir beide allein auf uns gestellt losziehen.«

Die Worte der Elfe zauberten Milde ins Gesicht der Zwergin. »Ich habe dein Wort?«

»Meines und das Wort des Großen Jägers. Auch er will unbedingt erfahren, was mit den Unterirdischen geschah. Er scheint auch noch mehr über die Melodie zu wissen – oder sogar den Nadir.«

»Das verleiht mir wahrlich Mut. Ich schätze das«. Doch der Dank Gjalas klang merkwürdig schal.

Bowden verstand sie. Niemand, der niedergeschossen wurde, einen Kameraden sterben sah oder gezwungen war, Dutzende Leben auszulöschen, überstand solche Erlebnisse unberührt. Wem war dies vertrauter als ihm oder dem Deserteur? Auf gewisse Weise konnte er Kato nicht einmal mehr den Verrat verdenken, wenn er genauer darüber nachdachte.

Ein erschütternder Gedanke.

»Es ist nicht mehr weit!« Mit ausgestrecktem Speer deutete Tanaqui auf einen der Wohntürme am Rand der Perlmuttstadt. Dorthin, wo jene Pfeffersäcke lebten, die mit dem Süden des Archipels Handel trieben und nur allzu gut daran verdienten, den Hyänenköpfigen Spezereien, Kokosnüsse und auch verrufenere Ware zu verkaufen.

Dort, wo die Alchimistengilde und ihre Lieferanten ihren Sitz hatten. Bowdens Seitenblick auf Kato bewies, dass auch jenen ein Gang durch die alte Heimat seiner ehedem reichen Eltern anrührte. Auch fiel ihm auf, wie sich Tanaqui in dieser Umgebung eine Spur zu vertraut bewegte.

Sie war hier, dachte er bei sich.

Es bedurfte nur dieser beiden Seitenblicke, um den Ausschlag zum Verhängnis zu geben. Sie waren die Fenster der Unachtsamkeit, die der Feind ersehnte. Im gleichen Augenblick wusste Bowden, dass sich dieses Versagen bitter rächen würde.

»Es ist nicht mehr weit!« Tanaquis Ausruf weckte auch bei der Zwergin Erinnerungen an das reiche Stadtviertel. Gjala hatte dort oft Karten gespielt und Besucher erfreut.

Jetzt blickte sie mit derselben Verachtung auf das noble Quartier wie auf den Rest der Stadt. Dort schwelgten jene, die am Sklavenhandel mit Gjalas Volk verdient hatten.

Vater? Warst du an der Großen Unternehmung beteiligt? War meine Entführung Teil eines listigen Ränkespiels, um nach Erfindung der Sprengstäbe die Ältesten von ihrem Wert zu überzeugen? Wusstest du mehr, als du mir preisgabst?

Sie kannte die Antwort. Die Strafen, die starre Kastenordnung ihres Volkes. Ihr Versagen in der Mine, die Fehlsprengung, hatte langbärtige Veteranen das Leben gekostet. Ein unersetzlicher Verlust für die Drazok.

Aufgrund der Schwere von Gjalas Tat war das Todesurteil die einzige Antwort, nicht einmal Zwangsehe genügte. Mit vom Schmiedehammer zertrümmerten Gliedern als Werkstück in Kurzukhuuns Schlucht geschleudert, damit er es verwarf.

Vater hatte mit gramverzerrter Miene gemeinsam mit dem Runenschmied der Binge von Kozath Khar nicht nur ihr Leben gerettet. Sie hatten ein Meisterwerk von Runenamulett erschaffen, das ihr zerstörtes Zweitherz mit magischem Puls ersetzte und ihren Ohren das absolute Gehör zurückgab.

Wieso hatte der Runenschmied, eingeweiht in die Große Unternehmung, Gjala gerettet, nur um sie mit Verbannung zu strafen? Seit sie den ersten Runenstab aus Kozath Khar gelesen hatte, stellte sich Gjala diese Frage. Alle Sprüche durchwebten Skrupel, die den Priester plagten. Sollte Bierschaum einem geheimen Zweck geopfert werden?

Katos Aufächzen riss sie aus ihren Gedanken.

»Dort oben ... beginnen wir ... sofort mit dem ... Spruchwirken ...«, krächzte er, dem Zusammenbruch nahe. Auf die besorgten Blicke der Begleiter hin stammelte er noch weiter. »Brand ... im Haus ... Lungen ... damals geschädigt«.

»Bist du krank? Willst du Kräuter?«, bot Tanaqui an.

»Zwergenfluch ... frevelhaftes Lesen.« Kato strauchelte.

»Ruhe im Glied!«, rief Bowden und musterte die Straße.

»Die kehrt gleich ein. Ruhe in allen Gliedern, was die Hockpisser betrifft!«, zischte eine Stimme aus dem Verborgenen. Darauf erscholl bellendes Gelächter.

Sofort deutete Bierschaum auf den Ausguck eines hohen Giebelhauses vor ihnen. Kein Echo täuschte ihr feines Gehör. Fahles Quallenlicht streifte die Fassade.

Da packte sie Bowden fest am Kragen und zog sie mit einem Ruck nach hinten, während er seinen Schild hochriss und schützend über sie hielt.

Im gleichen Moment durchfuhr Gjala ein greller Blitz.

10

Die Zwergin schrie laut auf, das Rauschen in der Luft, der harte Aufschlag eines Geschosses auf Stahl. Jäh weckte dies Erinnerungen an die frühere schwere Verwundung.

Der Armbrustbolzen fegte im Funkenregen davon.

»Guter Schuss«, lobte die Stimme. »Beinahe erwischt. Wenn wir das Pack abgefertigt haben, erhöhe ich deinen Anteil.«

»Wer immer ihr Gesindel auch seid«, rief Bowden in Richtung der Angreifer, »ich diene dem Architekten. Wir werden die Belagerer im Handstreich zurückschlagen. Wer sich uns anschließt, wird begnadigt. Mein Wort. Jeder andere sollte Abschied von dieser Welt nehmen.«

Der Tonfall des Paladins ließ eher vermuten, dass er ausnahmslos jeden Verbrecher in Stücke hacken würde, da pflichtete ihm sogar Gjala innerlich bei. Wer auf sie schoss, für den versiegte das Mitgefühl.

»Die greife ich mir, Limbo!«, stieß sie hervor.

Kato neben ihr rang um Atem, die Hände gegen Bowdens Rücken gestemmt. So nützlich wie ein Axtstiel ohne Blatt.

»Ich glaube dir sogar«, antwortete die Stimme.

»Tritt ins Freie, Äffchen!« tönte Tanaqui. »Du fürchtest doch keine Pfeile. Ich eure Bolzen genauso wenig. Ich schieße sie aus der Luft, wenn mir danach ist.« Die Stimme der Waldelfe klang tief, echohaft und männlich gefärbt.

»Fein, dass du endlich dein Talent entdeckst«, beschwerte

sich Gjala und betastete die Narben, wo damals am Strand ein Bolzen ihre Rippen durchschlagen hatte.

»Ich prahle nur«, flüsterte Tanaqui, doch Bierschaum traute ihr solche Künste zu. Doch sie würde hier ohnehin gleich sterben wie der arme Limbo. Furcht legte sich wie klamme Finger um ihre Kehle.

»Sicher, Messermetze. Zu gegebener Zeit kommen wir hinunter und vergnügen uns, darauf hast du mein Wort.« Erneutes Gelächter der anderen Gestalten erhob sich auf Balkonen und hinter Schornsteinen. »Einmal seid ihr mir durch die Lappen gegangen, als ihr meine Jungs bespitzelt habt. Dem Versager, der sich von euch hat packen lassen, habe ich heimgeleuchtet, könnte man sagen. Also keine Sorge, der hat es nicht mehr auf euch abgesehen.«

»Was mich betrifft, ist das Gegenteil der Fall«, erwiderte Tanaqui kalt. »Ich habe es *ausschließlich* auf euch abgesehen.«

»Genug. Hab miese Laune. Den verdammten Wachen habe ich so viel Gold gezahlt, dass man davon die beste Konkubine des Südens zuschanden reiten könnte. Habe mich kindisch darauf gefreut, das Techtelmechtel mit euch zu genießen. Da taucht das Viehzeug auf, und die verfluchten Büttel geben Fersengeld und verpfeifen sich zu den Pfeffersäcken.«

»Ich habe ein vernünftiges Angebot unterbreitet«, beharrte Bowden. In seiner Stimme lag ein eisiger Unterton. »Es wird kein weiteres geben.«

»Hab mir gedacht, dass du nicht widerstehen kannst, in dein Viertel zurückzukehren, Lehrling«, überging ihn die Stimme. »Schleich dich davon, Gottesritter, und rette deine Haut. Auch von mir gibt es kein weiteres Angebot.«

»Rennick, lass den Unfug!«, ächzte Kato.

»Derselbe, Bursche!« Ein Schemen lugte hinter einem der Hausgiebel hervor. Der Mann achtete darauf, nicht in Tanaquis Schussfeld zu geraten.

»Euresgleichen kennt man. Als ich erfuhr, dass du dich zurückwagst, sah ich meine Gelegenheit gekommen. Die Belagerung trieb dich mir zu.« Rennick lachte.

Die Kameraden standen Rücken an Rücken. Ihre Verfolger

regten sich ringsum auf jedem Dach, jedem Balkon. Klingen blitzten auf, Pfeilspitzen glommen, und Armbrüste klackten.

»Wie Anfänger in der Falle«, grollte Bowden, darauf bedacht, seine Schützlinge in alle Richtungen abzuschirmen.

Rennick gackerte. »Ich habe meine Faust bis zum Ellbogen in eurem Allerwertesten. Nach allen Regeln der Kunst. Streckt die Waffen! Du kannst dich verpfeifen und das Rattenloch verteidigen, Paladin. Für die Weiber haben wir Verwendung. Der Feuerjunge gehört mir.«

»Du hast immer noch nicht verziehen, was in Karamor geschah?«, fragte Kato, hörbar erholter.

»Du willst reden, Tamasine? Meinethalben. Flötest du, summst du, höre ich den Ansatz eines Lieds aus deinem Mündchen, verwandle ich deine Freunde in Spickbraten!« In Rennicks Stimme schwang verhaltener Hass. »Anfangen werden meine Leute anderswo. Macht der Zauberer Sperenzchen, nagelt ihr die Töle! Dass er es mit ansehen muss.«

Die Freunde starrten entsetzt auf den winselnden Kincaid.

Kato nickte. »Gewiss. Zur Kenntnis genommen. Ich sehe wohl, du hast die Bande verkleinert. Nur noch Söldner statt Verschworener. Du wolltest die Bande doch vergrößern, Rennick. Damals, als wir noch Pläne schmiedeten,«

Der Verbrecherfürst schnaubte. »Pläne, denen du ein Ende setztest, als du mit dem Goldjungen da zur verdammten Armee abzogst. Da war mein Ende besiegelt. Erst Karamor und wie die Ratten aus Brigham unserem Freund Venudin mitspielten. Und dann dein Verrat. Kaum witterte der Rest der Gurgelschneider, dass der alte Rennick über keinen Zauberer mehr verfügt, fielen sie über uns her. Bin mehr tot als lebendig mit einem Schlitz über der Kehle entkommen. Haste 'ne Vorstellung, was ein Wunderheiler kostet, Bursche? Was red ich, sicher hat er die, der feine Magister!«

»Und ich dachte, du klingst so heiser, weil du am Quallendampf geschnuppert hast«, gab Kato zurück. »Ein Rat in alter Freundschaft: Geh nicht auf meinen Hund los! Nie wieder. Und wenn mir vierzig Bolzen im Leib stecken – ich fackele jeden ab, der den Hund auch nur scheel ansieht. Qualvoll. Die meisten hier wissen, wozu ich fähig bin.«

Wenig beeindruckt knurrte Rennick. »Genug des Geredes. Eure Zeit läuft ab. Streckt die Waffen!«

»Die Befehle hier gebe ich«, hielt der Ritter dagegen. Rennick lachte nur.

»Bowden, sieh dich vor!«, raunte Tanaqui mit der Stimme des Jägers. »Hier sitzen leicht drei Dutzend Meuchler im Anschlag. Deutlich mehr als in der Nacht. Ich werde alles überleben. Für euch lege ich keine Hand ins Feuer.«

»Bring ihn einfach nur zum Schweigen, Tanaqui! Andernfalls tue ich es«, stöhnte Bowden und stierte Rennick an. Dann rief er: »Du erwähnst, dass man dich bezahlt. Heraus damit, Abschaum! Wer füllt dir die Taschen für Raub und Mord? Sprich, und ihr entgeht vielleicht dem Strick!«

Wie um seine Worte zu bekräftigen, ertönten in diesem Moment Hornstöße jenseits der Stadtmauern. Tausende Kehlen antworteten mit einem »A-ruh!«. Die Luft füllte sich mit solchem Donner, dass Gjalas Ohren regelrecht gepeinigt wurden. Geschosse rauschten durch die Luft, gewaltige Katapultstöße antworteten dem Angriff der Emissäre.

»Unser Signal!«, plärrte Rennick. »Los jetzt alle Mann, schießt blutig, was sich widersetzt, tötet auch den Gotteskrieger. Haut ihn zuschanden, wenn er sich muckt! Aber lasst Kato mir und die Weiber der Kundschaft!«

»Kundschaft!« Tanaquis Augen verdunkelten sich. Sie wandte sich zu Bowden um, doch der hatte nur Augen für Rennick. Aufreizend langsam hob er Schwert und Schild, um mit der Spitze der Waffe auf den Mann zu deuten.

»Nicht! Er wird Kincaid erschießen! Ich kenne Rennick!« Kato fiel ihm in den Arm.

»Verbrenn sie alle! Das ist ein Befehl, Lohenmagus! Los! Jetzt!« Bowden schüttelte Kato ab, der zu Boden fiel.

Die Zeit gerann. Vor Gjalas Augen formte sich eine Schlucht aus blanker Furcht, in die sie abzurutschen drohte. Sie spürte, wie sich ihr Amulett erhitzte, um den Takt ihres rasenden Herzschlags zu bändigen.

Sie hörte Sehnen schnalzen, meinte zu vernehmen, wie der Vierbeiner und Tanaqui schmerzerfüllt aufheulten, als die Geschosse der Verbrecher ihr Ziel fanden. Sah vor dem inneren

Auge, wie Bowdens Klinge ins Leere stieß, während er mit einem Bolzen in der Kehle ins Dunkel stürzte.

Bierschaum wehklagte laut. Sie blickte in Limbos hässliche, doch stets freundliche Miene und verfolgte das Erstaunen auf seinem Gesicht, als man ihm am Strand die Lebenskraft entriss. Sie sah seinen Leichnam vor sich liegen, als die brennenden Pforten von Kundrheim sich schlossen. Am Meer zurückgelassen als Fraß für Raben, Krabben, Möwen ...

Gjala presste die Hände aufs Gesicht, um das Rumoren und die Bilder auszusperren. Sie ging in die Knie, hob den Kopf zum Himmel und schrie ohne Besinnung. Das Brennen in ihrer Brust überwältigte sie, als der Schmerz ihr bewahrtes Herz zerriss, als zerspränge ein schwarzer Stern.

Die Welt verging zu nichts, nur Schreie übertönten noch den Beginn des Angriffs.

11

Die Straße versank in unterweltlichem Getöse. Kato lag auf den Knien, die Hände auf die Ohren gepresst, und intonierte. Er wusste nicht, wie ihm geschah, sondern verstand nur, dass er Gegenzauber weben musste, um die Hörorgane der Freunde durch eigene Luftwellen zu schützen. In der Stadt loderten Feuerquellen, aus denen er schöpfte.

Dennoch fühlte er sich wie eine Wanze zwischen den Fingern eines Waldarbeiters, die zudrückten, während er nur die Beinchen dagegenstemmen konnte.

Er lag am Boden. Die Schreie der Kameraden durchdrangen kaum das unerträgliche Pfeifen und den Druck auf seine Ohren. Er blickte sich um, doch alles Sichtbare erbebte.

Auch der Schlachtenlärm um die Stadt kam gegen dieses allseitige Tosen nicht an. Es schien ausgesandt von einer Macht auf der anderen Seite der Welt.

Schließlich begriff er, dass ihn diese Kraft viele Schritte weit über das Kopfsteinpflaster geschleudert hatte. Alles war mit Glas und Steinmehl bedeckt.

Zu allem Überfluss regnete es Leiber. Stumm schreiende Banditen fielen wie Balkenstücke mit geöffneten Mündern von Dächern und Balkonen, die Hände auf die Ohren gepresst. Andere bluteten aus von Splittern verletzten Gesichtern.

Kato hörte sich seine Schutzformeln gegen die Urgewalt des Donners selbst nicht singen. Er musste hoffen, dass Zunge,

Kehle und Gaumen aus bloßer Erfahrung jene Gegenzauber im rechten Ton aufriefen, mit denen er auf Schlachtfeldern seiner Einheit das Gehör gerettet hatte. Schließlich erreichte ihn jemand wie mit einem Hilferuf. Bierschaum. Sie hockte inmitten von Steinstaub, hielt den Kopf in den Nacken gelegt und schrie aus Leibeskräften.

Tanaqui wand sich auf dem Boden, ebenso wie Kincaid. Beide verfügten über ähnlich scharfe Ohren, die nur weitere Zauber des Lohenmagus vor dem Ertauben schützten.

In dem Moment erhob sich Bowden neben Tanaqui wie ein Schatten. Er schwankte wie ein einstürzender Turm.

Der gepanzerte Handrücken des Blechmanns traf die Zwergin hart am Jochbein, ihr Kopf wurde herumgeworfen, und sie verlor kurz die Besinnung. In seiner Not entriss Bowden auf diese Weise die robuste Gjala ihrem Irrsinnskreis.

Schlagartig erstarb die Kakofonie.

Sie machte fürchterlichem Geheul aus den schwärzlichen Häusern und schäbigen Hütten Platz, die für Katos betäubte Ohren klangen, als ertönten sie unter Wasser. Menschliche Gestalten taumelten hinter den Fensterlöchern in die Räume, in denen ihre Alten und Kinder schliefen. Schreie gellten.

»Bei den Göttern«, stieß Kato ganz gegen seine Gesinnung hervor und taumelte auf die Kameraden zu. Flucht tat not!

Nicht nur er, die ganze Welt schien ins Taumeln geraten zu sein. Alles Gebaute hing schief, Wachturm wie Kaschemme, so als wolle sich die Stadt in Erwartung nächtlicher Schrecken ihrem Schicksal ergeben und niederlegen.

Doch jäh kippte alles Unwuchtige in die Gegenrichtung, als sich Kato am Stecken mühselig und schwer atmend auf die Beine stemmte, um auf Bowden und die anderen zuzuhalten.

Das Pfeifen in seinen Ohren bereitete ihm unaufhörliche Qual. Zugleich wusste Kato, dass er dem Schlimmsten entronnen war, wenn sein Gleichgewichtssinn nur halbwegs den Dienst verrichtete. Die Schutzzauber hatten gewirkt, aber er hatte den Vorhang zu spät hochgezogen. Er schmeckte heißes Salz, das ihm dickflüssig aus der Nase rann.

Blut sah er in den Gesichtern seiner Begleiter, es lief aus den Ohren und Nasen jener, die aus den Häusern wankten.

Diese würden nach den Schuldigen suchen, die ihr Hab und Gut zertrümmert und Alte, Kranke oder Kinder verwundet hatten. Womöglich hatten sie gar Schlimmeres angerichtet.

»Wir müssen von hier verschwinden«, mahnte Kato.

»Was?«, fragte Bierschaum so träge, als erwache sie aus einer Ohnmacht. »Was ist geschehen ...?«

Statt zu antworten, deutete Kato auf die nächste Gasse. Auch die völlig benommenen Kameraden begriffen sein Anliegen nur langsam. Er musste sie zu einem Teil der Stadtmauer führen, wo er seit seiner Jugend einen geheimen Durchlass kannte. Danach wies er behutsam auf die immer erboster dreinblickenden Einwohner der Würgeschlinge.

Schlieren wie von Traubensaft färbten Tanaquis Kopfschleier. Die ausgreifende Wucht des seelentiefen Gesangs von Gjala, den sie in der Schreckenslage ausgestoßen hatte, musste Fuchstochter übel mitgespielt haben. Wenn man Gesang, der eine Kluft über die ganze Straße gerissen und Mauerwerk gespaltet hatte, so nennen wollte.

Zu Katos Verwunderung wirkte auch Bowden hart gebeutelt. Er benutzte sein mächtiges Schwert wie einen Krückstock.

Der Lohenmagus ließ sich neben seinem Hund nieder, um sich seiner anzunehmen. Doch Kincaid hatte die Besinnung verloren, zum zweiten Mal nach dem Einsatz in den Minen.

Kato hob ihn auf, soweit er das mit seinen geschwächten Leibeskräften und den Narben etlicher Feuer vermochte. Er wusste, dass Kincaid durch sein Halsband und ihre mystische Verbindung davor geschützt war, sich an seinem Herrn zu verbrennen.

Allein die Anstrengung genügte, einen auf vielleicht sechzig Pfund abgemagerten Goldhund zu tragen, um den Feuerzauberer in Atemnot zu bringen. Götter, wie dringend brauchte er einen Schnaps! Doch den würde er nicht genießen können, wenn die Leute sich zusammenreimten, dass hier ein Magier stand, während aus der Nachbarschaft Ausrufe des Grauens aus zerstörten Häusern drangen.

Bowden schien zu begreifen, als er Kato ansah. Er nickte grimmig. Zur Überraschung seines verhassten Mündels stakte er vor und übernahm den bewusstlosen Hund.

»Hauen wir ab«. Der Paladin formte die Worte betont auffällig mit den Lippen.

»Was?«, gellte Gjala und zog sofort die Blicke der Anwohner auf sich.

Kato hob seinen Stecken vor die Augen der Zwergin und bewegte ihn in Richtung der Gasse hin und her.

Die Zwergin nickte, das Gesicht von Grimm erfüllt.

Sie packte Tanaqui an der Hüfte und stemmte die Elfe mit Bärenkräften in den Stand. Dann bot sie ihr die Schulter. Dankbar nickte die Wüstenkriegerin.

Ein lustiges Quartett müssen wir abgeben, wie uns die Blutsuppe aus allen erdenklichen Löchern quillt, während wir wie stockbesoffene Seeleute im Kriechgang das Weite suchen. Kato lachte laut auf. Und er lachte weiter. Offenbar derartig irre, dass zumindest Tanaqui und Gjala ihn fassungslos anblickten und die Köpfe schüttelten.

Götter, ich verliere das letzte bisschen Verstand, das mir dieser Krieg gelassen hat.

12

Die Gasse verlor sich im Dunkel.

Bauchiges Fachwerk hatte sich an beiden Seiten zur Höhlung gerundet, aufgetrieben vom Salpeter aus dem feuchten Boden der Hauptstadt. Schindeln ragten wie Fangzähne über die Traufen, eine Vielzahl davon hatte sich gelöst und pendelte sacht unter weit auskragenden Dächern.

Wie Kato sich erinnerte, hatten ursprünglich Kistenstapel und alte Fässer oder Regentonnen einen Großteil dieses Tunnels ausgefüllt. Nun war nichts mehr von allem übrig. Gjalas Schrei hatte das frei stehende Holz mit seiner Stoßwelle pulverisiert und Schutt in die Gasse getrieben.

Theorie: Beinahe so, als könnten uns Gjalas Kräfte zusetzen, wir ihnen aber letztlich doch widerstehen, dachte der Lohenmagus und sah sich vorsichtig um.

Immer mehr Menschen strömten über die Hauptstraße, krumme Werkzeuge aus den Gerbereien und Schlachthöfen in Händen. Wieder ertönten Schreie, keine Verfolgungsrufe, sondern Äußerungen blanker Wut. Einige Gesetzlose waren den Erbosten in die Hände gefallen. Der Mob sann auf Rache.

»Die haben fürs Erste ihre Schuldigen. Das Gesetz der Straße«, meinte Bowden. Er hatte sein Gehör wiedererlangt.

»Naturgemäß: Rennick und die anderen Bandenfürsten haben ihnen über Jahrzehnte zugesetzt. Nun bestrafen die Unterdrückten ihre Peiniger. Es war vorhersehbar.« Kato reckte sich achtsam.

Doch als hätte er auf der Bauernbühne als Souffleur in einem miesen Stück ein Stichwort gezischt, flog eine Haustür im eingebauchten Fachwerk vor ihnen auf. Ein Mann und eine Frau, durch geschlitzte Ohren und rot gestreifte Kleidung als Gesetzlose gezeichnet, stolperten ihnen in die Gasse herein entgegen.

Das Weib hielt zwei schäbige, bluttriefende Kindschals in Händen, Krummdolche, der Mann hob eine gespannte Handarmbrust. Trotz ihrer Verletzungen stießen die beiden ein seltsames Gelächter aus, wie Menschen, denen erst ein Hausbrand in seinen Ruinen einen Goldschatz freilegt.

Noch während Kato sie musterte, stimmte er zwei Takte an.

»Wir haben sie, Lokaia!«, rief der Mann hämisch, schrie dann jedoch entsetzt auf. Katos Formeln hatten die Holzgriffe der Waffen entzündet. Rasch warf das erschreckte Banditenpaar diese von sich und suchte das Weite.

»Verworfen die Unwürdigen, entehrt«, deklamierte Kato.

Weiter kam er mit seiner Liebe fürs Theatralische nicht – irgendwo im Stadtinnern wütete grausam das Quallengift.

Unüberhörbar hinter den Schreien der Verbrühten brach unter Katapultbeschuss in der Ferne ein gewaltiges Gebäude jenseits des Viertels zusammen. Der Lärm sprengte jeden Verstand und warf sogar das Straßenpflaster auf.

Diese Ablenkung kam den Gesetzlosen gerade recht. Unversehens sprangen sie wieder herbei und zauberten neue Dolche hervor. *Mist,* dachte Kato bei sich, er wurde alt.

Zwei Pfeile wuchsen aus der Brust des Mannes, auf die er erstaunt hinabblickte und in vollem Lauf zusammenbrach. Kato bemerkte neben sich, wie Tanaqui in tänzerischer Bewegung den Säbel zückte, den Speer aber aufrecht hielt, ohne dass er schwankte. Eine müßige Übung.

Zu ihrer aller Überraschung schob sich Gjala nämlich ohne jedes Zaudern in den Weg der Brigantin. Ihre Schinkenfaust schlug mit einer solchen Wucht in den Leib der Angreiferin, dass diese wie ein Fahrtenmesser zusammenklappte und der Länge nach zu Boden ging. Bowden entkam ein lobender Pfiff.

Tanaqui dagegen stützte Bierschaum, als diese benommen und erschrocken über ihr Tun zurücktaumelte. Die friedliebende Zwergin, stets Dichterin, niemals Kämpferin, verkrampfte die Faust und besah sie sich verständnislos.

Ein Husten drang aus dem Loch, aus dem die Banditen herausgestürmt waren, und lenkte Katos Aufmerksamkeit auf sich. Offenkundig blieb Tanaquis Hörsinn weiterhin geschwächt, mit blanker Klinge bewachte sie die Gasse.

Die Stadt erbebte abermals unter heftigem Donnergetöse. Kato ebenso wie der Ritter fuhren zusammen.

»Der erste Zwinger am Haupttor. Das waren Geschosseinschläge von Triböcken. So wie auf Burg Schlehenwacht. Damals«, raunte der Paladin. An sich selbst gewandt murmelte er: »Und ich vertue meine Zeit mit diesem Gesindel, statt unsere Vaterstadt zu verteidigen.«

»Nein, ganz und gar nicht wie auf Schlehenwacht«, widersprach Kato, der sich nun unwillig an seinem Bewacher zur Tür vorbeidrängte. »Eher wie vor den Pforten von Kundrheim vor einigen Monaten«.

»Meinst du etwa die Riesen von Jarlin Velkha?«

»Ja, Blechmann. Hörst du etwa Wurfarme vor der Stadt knallen? Nein, das sind Frostriesen. Sie schreiten noch immer im Heer der Emissäre einher. Dutzende. Und kein Einziger atmet.« Kato betrat das soeben freigekämpfte Haus.

Innen bot sich ihm einmal mehr ein blutiger Anblick. Der Leichnam eines Greises lag in seinem Blut. Er hatte sich wohl in seiner Verwirrung gegen die Eindringlinge gewehrt.

Es nimmt nie ein Ende mit dem Blutvergießen, dachte Kato.

»Steht zurück! Vor allem Gjala!«, befahl er, für einen einzigen unwillkommenen Moment wieder Magier der Armee Ihrer Majestät. Er musste das Gemüt der Zwergin schonen.

Neben dem Greis krümmte sich ein alter Bekannter am Boden. Stichwunden, wie nur die heimtückischen Kindschals sie verursachen konnten, zeichneten seinen Rücken.

Auf Rennicks geschlitzter Jacke verbreiteten sich tintige Blutflecken. Mit unglaublicher Anstrengung blickte er auf.

»Tama... sine«, ächzte der Bandenführer heiser.

»Sein Sohn«, sagte Kato und deutete eine Verbeugung an, ohne den Gesetzlosen einen Herzschlag lang aus den Augen zu lassen. Er wusste um die Folgen, wenn er dem Reptil die kleinste Gelegenheit bot. »Tamasine war mein Vater.«

Rennick lachte und hustete Blut. »Ich bin hinüber. Die Würgeschlinge …«

» … vergibt nicht«, wusste Kato. »Du hättest auf den Blechmann hören sollen, Gideon. Er meint seine Angebote aufrichtig, so unsinnig sie scheinen mögen. Ihr hättet uns helfen können, das Viechzeug über der Stadt abzuwehren. Vielleicht hätte sich das Blatt noch gewendet. Ich kann dir auch jetzt helfen.« Kato deutete mit dem Stab auf die beiden Wunden. »Lass mich die Verletzungen mit Glut veröden, bis dir Heilmagie zuteil wird.«

Entkräftet winkte Rennick ab. »Kato, du Mistkerl!«, ächzte er. »Warst mein bester Junge. Wärst mir nachgefolgt.«

»Zugeständnis: Du warst der beste Kapo, den ich mir als Dreizehnjähriger vorstellen konnte. Hungrig. Durch und durch hoffnungslos«, erklärte Kato mit schiefem Lächeln.

»Hundsfott«, murmelte Rennick und grinste durch rot verfärbte Zähne zurück. Ein übler Geruch nach Beize streifte Kato. Säfte eines verwundeten Körpers. Die Alchimie des Lebens. Es roch wie in den Lazaretten im Dritten Unwerth. Ein Summton füllte unvermittelt seine Ohren. Eine verborgene Kraft wollte Katos Geist in jene Kriegstage zurückzerren. Hilfe suchend tastete er nach dem Branntweinfläschchen.

In diesem Moment stampfte Bowden über die Türschwelle, den Stahl in der Faust, und deutete damit auf Rennick.

Kato fuhr mit solcher Heftigkeit herum, dass der Todgeweihte wie der Paladin erschraken. »Rühr ihn nicht an, Verdian! Dieser Mistkerl allein hielt mich auf der Straße am Leben, als mich niemand wollte. Ich will verdammt sein, wenn ich erlaube, dass du ihn unter deinen religiösen Tiraden niederschlägst wie die Fjordlinge, die in dein Elternhaus kamen. Da warst du am Zug, jetzt bin ich es.«

Tatsächlich bewegte der Tonfall Bowden zum Innehalten. Der Paladin blieb wie angewurzelt stehen.

»Lass gut sein, Bursche!« Rennick hustete einen neuerlichen Schwall hervor. »Was immer deine bullige Zwergenfreundin mit ihrem Stimmchen veranstaltete, hat mein Gefolge endzeitlich zugerichtet. Wahnsinnsauftritt, hätte nie gedacht, so etwas zu erleben. Für mich ist die Feier vorbei, ich geh nach Hause. War ’n guter Lauf. Hätte ohnehin mein letzter werden sollen. Bei dem, was die gezahlt haben.« Die Worte klangen immer abgehackter.

»Die?«, fragte Bowden laut nach, für seine Verhältnisse geduldig und ruhig, mit einem Seitenblick, der einer Bitte um Erlaubnis gleichkam. »Willst du damit sagen, es gäbe noch jemanden außer Prinz Vesshelin, der uns jagt?«

»Prinz?« Rennicks glasige Augen kreuzten sich mit Katos unsicherem Blick. Er spürte einen so tiefen Stich, als wäre er anstelle des Verbrechers gemeuchelt worden. Wieder einer, der gehen würde, während ein Tamasine blieb. Wieder einer, der dem Schlund der Unterwelt zugeführt würde.

»Wo sind eure Götter, ihr Kleriker?«, murmelte Kato.

»Ich glaube, ich erschaue sie«, antwortete Rennick, der in die Ferne stierte, durch den Magier hindurch. »Da gab es keinen Prinzen.« Rennick fand schlagartig wieder ins Hier und Jetzt zurück. Ein Laie mochte dies für ein gutes Zeichen halten – Kato wusste, dass er das letzte Aufbäumen einer Seele sah, bevor sie die Weiterreise antrat.

»Keinen Prinzen?«, wiederholte Bowden.

»Nee.« Rennicks Kopf bog sich von links nach rechts, deutete eine Verneinung an. Er hustete bereits Geronnenes. Seine Lungen gaben ihr Letztes. »Die Riesin hat einen Unterhändler ... in die Stadt ... geschickt, wegen der Zwerg... Zwergin. Und für dich und Kato, lebend oder tot ... kam auch jemand. Hat gedauert, bis ich das Weib erkannt hab. Hab es nicht geglaubt, verhüllt, wie sie war. Wer hätte gedacht, dass *sie* persönlich hier runterkam ... zu uns Abschaum ...«

»Wer war sie!? Rede, Mann!« Bowden ballte eine Faust.

»Blechmann!« Kato starrte den langjährigen Begleiter an, spürte, wie Zorn in ihm hochkochte, dem Sterbenden eine solche Befragung aufzubürden. Doch Bowden Verdians Gesichtszüge verzerrten sich. Er war leichenblass.

Weil er sich etwas zusammenreimen muss, das seine Welt aus den Angeln hebt.

»An deiner Fresse sehe ich ... du ahnst es. Die Herrin des

Turms … Schwester der Königin … gar höchstselbst …« Der Sterbende scherzte ein letztes Mal über die Obrigkeit.

»Du lügst!«, ächzte Bowden. »Er lügt!«, rief er, an Kato gewandt, den Finger auf Rennick gerichtet, trotz seiner Waffen hilflos gegen das Gewicht todgeweihter Worte.

»Emrick«, entfuhr es mit einem Rasseln der Kehle von Katos frühem Mentor und altem Dienstherrn. Dann waren die Prüfungen der Straße für Gideon Rennick überstanden.

»Mögest du Frieden finden. Die Götter wissen um das Leid, wenn er einem versagt bleibt. Gideon, die Ausgeburt dessen, was diese Stadt letztlich aus dir gemacht hat. Aus uns allen.« Kato schloss dem Leichnam die Augen.

»Du lügst«, beharrte Bowden kraftlos.

»Du hast es vor ihm gewusst, Verdian. Sei aufrichtig! Wir haben nicht einmal um Hilfe ersucht, wir haben keine der Amtsträger mit der nötigen Dringlichkeit verständigt. Ich bin mir sicher, der Komtur deines Ordens hätte sich sofort bereit erklärt, eine Audienz bei der Herrin des Turms oder zumindest bei Marschall Firhalk zu erwirken.«

»Ihr lügt alle beide, hörst du?« Bowden sah hilfloser aus als in jener schrecklichen Nacht nach der Schlacht, als ihre eigenen Kameraden durch Katos Schuld gebrannt hatten.

Er selbst fühlte sich merkwürdig gefasst, zumindest mit dem Teil seiner Vergangenheit auf der Straße schien er so weit abgeschlossen zu haben, dass er den Tod eines Wegbegleiters ohne eigene Qualen hinnehmen konnte. »Anmerkung: Wir sollten hier weg, Blechmann. Auf der Hauptstraße dürfte der Tumult vorbei sein. Und irgendwer wird sich alsbald unseres Quartetts entsinnen.«

»Sie kann es nicht gewesen sein. Dieser Dreck besudelt ihren Namen. Die Schwester der Königin! Würde er noch leben … «, hob der Paladin an und ballte die Fäuste.

»… würdest du ihm das Lametta pfundweise an die Brust heften und ihn und seine Verbrecherbande vom Fleck weg begnadigen, weil sie halfen, Schaden vom Volk abzuwenden.«

»Aber sie ist die Schwester der Königin. Oberste aller Magier! Warum sollte sie uns auf diese Weise zusetzen und mit den Zwergen Sklavenhandel mit einfachem Volk treiben?«

»Soldrolle«, ächzte der Lohenmagus. »Als ich das letzte Mal nachsah, besoldete man mich dafür, elfische Kundschafter in Schlacke zu verwandeln und Soldaten vor dem Verbluten zu retten. Ich kenne nicht jede Antwort, Bowden. Und je älter ich werde, desto glücklicher bin ich über diesen Mangel. Ich dachte, du müsstest das verstehen.« Kato lächelte sein müdestes Lächeln und kramte sein Fläschchen hervor. Es war Zeit für einen kräftigen Schluck.

»Entziehe ich mich der Wahrheit? Willst du das andeuten?«

»Ich habe keine Lust auf dumme Spielchen, Blechmann. Wenn du denkst, ich hätte so lange an deiner Seite gedient und wäre über alle diese Gefahren und endlosen Streitereien gramvoll gealtert, du aber sähst keinen Tag älter aus als an dem Morgen, an dem du mich hier herausholen kamst ... Wen willst du weiter täuschen, Bowden? Aber diese weise Unterredung bewahren wir für einen anderen Tag auf.«

»Ich verstehe nicht, was du meinst«, wandte der Paladin ein letztes Mal ein, doch es war ein Rückzugsgefecht.

Kato fand ein Wort dafür, wie Bowden in diesem Moment wirkte. »Besiegt«, sagte er nur. »Rennick hat uns mit wenigen Worten beigebracht, dass wir abhalftert sind, Hauptmann.« Er betonte den alten Titel aus den Zeiten des Dritten Unwerthkriegs, um Bowdens innere Festigkeit zu würdigen. »Entweder die Stadt fällt an die Emissäre und die Riesen. Oder der ganze Archipel ans Feuer. Bestenfalls überleben alle. Aber dich, die Frauen, mich selbst und sogar meinen guten alten Kincaid bringen sie wegen unseres verräterischen Wissens zur Strecke.«

»Das kann nicht dein Ernst sein! Alles wegen des Gewäschs eines Verbrechers?« Bowden schüttelte so heftig den Kopf, dass die über Monate ohne Barbier wild gewachsene Haarpracht unter dem Stirnband hervorquoll.

»Denk nach, Paladin! Sämtliche Zwerge sind verschwunden, keiner weiß, wohin. Ihre Schmieden sind entfacht, alle Städte, alle Beweise gehen unter, die unsere Königin mit dieser Teufelei der Drazok Dhar in Verbindung bringen könnten. Wir sind das letzte feste Bindeglied einer schmelzenden Kette, man muss unser Trüppchen nur in Stücke hauen, um alles zu durchtrennen und vergehen zu lassen.«

»Rennick war ein lüsterner, goldgieriger Bandenführer, Deserteur. Ein noch dreisterer Lügner als du, soweit ich mich zu dieser Vorstellung durchringen kann. Alles war eine Mär. Hirngespinste, der letzte Streich eines Mannes, der die Ständeordnung und den Architekten stets verabscheut hat. Er verlacht uns noch im Tod.« Unwillig schüttelte Bowden den Kopf, doch in seinen Augen flehte die Wahrheit.

»Rede dir das nur ein, Bowden, wenn es dich beruhigt! Meine Selbsttäuschung verbrannte damals schon mit allen Kameraden, die mein Gewissen quälen. Ich kenne den Blick eines Mannes jenseits der Hoffnung. Ich kenne die verdammte Fratze, weil sie mir aus jedem Stück polierten Messings entgegenstiert, in dem ich mich spiegele. Jetzt trägst du ein solches Gesicht, Bowden Verdian. Du hast begriffen, dass Gideon die Wahrheit sagte. Das trifft dich deshalb so tief, weil du innerlich längst vielerlei Gedanken abgewogen hast und klug genug bist, deine Schlüsse zu ziehen.«

»Du lügst!« Bowden verweigerte sich der Wahrheit wie ein Mann, der todkrank den Medikus anfeindet.

Kato hatte keine Lust mehr, Rede und Antwort zu stehen. Er ging an Bowden vorbei und klopfte auf die gepanzerte Schulter seines Begleiters. »Anderswo lüge ich mit Leidenschaft, um Genuss, Gewinst, Vergessen. Aber vor dir? Nein, Hauptmann. Im Moment möchte ich vor allem vermeiden, von einem verfluchten Pöbel gehenkt zu werden. Wir wissen nämlich alle, wer hier Abhilfe schafft. Man wird mich wieder zum Handeln zwingen, und letztendlich muss ich fünfzig Kürschner und ihre Kinder zu Teer schmelzen, um euch zu retten. Nichts da! Wir verschwinden, *Paladin*!«

Bowden sann nicht länger nach und straffte sich. Er warf einen finsteren Blick auf Gideon Rennicks Leichnam. »Verrat«, ächzte er, sein Weltbild in Trümmern über der Erkenntnis, wie sich die Teilchen seines Rätsels aus den letzten Wochen plötzlich zusammenfügten. Dann stapfte er Kato hinterdrein.

Krieg donnerte in der Stadt, Geheul, das ferne Klirren von

Waffen und das Gebell von Kriegsmeuten erschollen. Über allem lagen der pfeffrige Geruch und der Gesang der Quallen. Ähnlich wie am Strand von Kallasfjord toste der Lärm nur auf der Menschenseite, während die Emissäre ihr blutiges Handwerk gespenstisch im Stillen verrichteten.

Falls das Töten noch länger nötig war, nach allem, was sie gerade erfahren hatten. Wahrscheinlich hatten ihre höchsten Offiziere Befehl, den Feind einzulassen.

»Das geht schon eine Weile so«, raunte Tanaqui.

Gjala stand daneben, starrte betäubt ins Leere.

Eine innere Stimme warnte Kato, dass sie auf dem Weg waren, weitaus Schlimmeres zu erfahren.

13

»Sie sind schon durch den Ring gebrochen«, stöhnte Bowden. »Aber wie sollen sie das so schnell vollbracht haben?«

Er klang so hoffnungslos, wie Gjala aussah.

Tanaqui hatte alles mit angehört, was sich im Haus zugetragen hatte. Sie wusste, dass der Paladin sich zweimal binnen nur weniger Monate schlimmen, aber leider unleugbar wahren Albträumen hatte stellen müssen. In den Zeiten vor dem Krieg hatte sie altverwurzelte, unsterbliche Waldelfen gekannt, die Hunderte Jahre durchleiden mussten.

»Diese Stadt wird ein Grab«, antwortete sie. »Die Quallen brachten den Widerstand im Handumdrehen zum Erliegen.«

»Das ist wohl kaum der einzige Grund.« Bowden schnaubte.

»Er hat recht«, pflichtete ihm Kato bei. »Sie drangen viel zu schnell ein. Aber wir ahnen doch längst den Grund.«

»Wahrscheinlich sind sie hereingeschwommen«, meldete sich Gjala viel zu laut, weil sie die eigene Stimmkraft noch nicht wieder richtig einschätzen konnte. Oder Tanaquis Ohren waren nach wie vor geschädigt. Sie hoffte, dass sie der Schrei nicht dauerhaft beeinträchtigte.

»Haben einfach mit ein paar strammen Zügen die Mauer überschwommen.« Die Zwergin schnaubte müde und trat einen Brocken Kalkstein durch die Gasse.

»Anerkennung: Sie vermögen einiges, so viel steht fest.« Kato schüttelte den Kopf. Wie um seine Worte zu bekräftigen, stürzten hinter ihnen ganze Gebäudezüge ein. Die Schlacht war in vollem Gang, überall tobten Kämpfe, doch das enge Labyrinth der Würgeschlinge mit seinen raffgierig erbauten Turmhäusern raubte ihnen jede Sicht auf das Geschehen.

Tanaqui hätte mühelos einen der Türme erklimmen können, doch sie wollte lieber nicht sehen, was ringsum geschah.

Die Waldelfe sah zu Bowden hinüber. Entgegen seiner Art wirkte der Gotteskrieger alles andere als von Tatendrang erfüllt. Eher wie ein Tier, auf einer Lichtung von Räubern umzingelt. Ein Raubtier, das fliehen will, zugleich aber auch den Kampf mit den Peinigern sucht. Immer wieder schweifte der Blick des Paladins zum Ende der Gasse hin, bevor er dorthin flackerte, wo Kämpfe in der Stadt tobten.

Als sie sich in Bewegung setzten, folgte er ihnen, doch er schritt kaum weniger müde voran als Bierschaum oder Kato, der eigenen Gedanken nachhing und dampfend schwitzte.

Irgendwann bemerkte der Feuerzauberer Tanaquis Blick.

»Die Kampfeshitze fällt dir auf, nicht wahr? Die Gefühle der Menschen mischen sich in das Lied des Feuerelements, unterfüttern seine Töne mit eigener Kraft«, erläuterte er und nahm die Finger zu Hilfe, während sie zurückfielen. »Hinzu kommt die glosende Kohle unter der Erde.«

»Das macht dir zu schaffen«, erwiderte sie mit einem Maß an Mitgefühl, über das sie nicht mehr erschrak. Der hartherzig befohlene und durch ihre Hand ausgeführte Anschlag auf sein Elternhaus hatte einen Jungen mit strahlender Zukunft als Handelsherr in das zerrissene Wesen verwandelt, das an ihrer Seite einherkeuchte.

»Berichtige: Untertreibung. Es zehrt mich auf.« Gramvoll blickte Kato die Gasse hinunter und auf die bebenden Rücken ihrer erschöpften Begleiter. »Nicht, dass ich Besseres verdient hätte. Nach allem, was ich selbst auf diesem Archipel durch Flammenwurf angerichtet habe.«

Tanaqui fasste sich an die Brust. Der Drang, hervorbrechen zu lassen, was sie bewegte, seit sie dunkle Wälder gegen die grelle Wüste getauscht hatte, wurde übermächtig. Sie setzte tapfer an und wartete auf den Tadel des Großen Jägers ob ihrer Schwäche. Dann hielt sie inne. Ringsum nichts als Schweigen.

Cathwyn?, fragte sie nach innen gewandt.

Sie erschrak, als sie nur Stille wahrnahm. Hatte Bierschaums grässlicher Urgesang den unsterblichen Ahnengeist in ihr verletzt oder gar ausgebrannt?

»Du stimmst mir also zu. Wie solltest du als verschworene Waldelfe auch anders von mir denken?« Kato schüttelte den Kopf, und seine Kapuze verrutschte. »Gideon war Abschaum«, sagte er unvermittelt und laut an alle gewandt. »Aber er war der Einzige, den ich kannte und der mich wirklich mochte. Ich hätte ihm Vernunft einreden müssen.«

»Hätte ich ihn nicht mit meiner Stimme getötet, meinst du?« Gjala klang hart wie Adamanten. Für Tanaquis Ohren hörte sie sich endlich an wie eine der Unterirdischen. Gratig, wie eine Rutsche voller rollender Kiesel, streng und unnahbar. Sie musste sich inzwischen zusammengereimt haben, was sie in der Würgeschlinge angerichtet hatte. »Kato, du stehst mit deiner wankenden Trauer nicht allein da. Genauso erging es mir mit Limbo. Sicher, er war das, was die Menschen Abschaum nennen. Doch ganz ehrlich: War ich das für die Zwerge nicht auch?«

»In gewisser Weise sind wir eine höchst ehrenwerte Gesellschaft«, gluckste Kato in schriller Komik. »Eine saufende Vollwaise, die Unzählige auf dem Gewissen hat und beständig flackert. Eine Zwergin, die ihr Volk verlor – aber erst, nachdem es sie verstoßen hatte.«

»Eine Waldelfe, die ihre Geliebte nicht retten konnte. Die ihren Schwur den heiligen Ahnen gegenüber brach und damit ihrem ganzen Volk die Zukunft raubte.« Tanaqui spürte, wie ihr Sahars Verlust die Kehle zuschnürte. »Mein Volk lebt für so ungemein lange Zeit, und wir bleiben lieber unter unseresgleichen, um uns zu schützen. Doch das Leben belehrte mich eines Besseren. Auch ich habe meine Eltern früh an die Zerwürfnisse der Völker verloren, die mir zudem noch den Seelenbaum raubten.«

Das Schnauben des Gerüsteten blieb nicht aus. »Ein Sohn, der inmitten Missgünstiger seinen Vater nur mit Stolz erfüllen wollte. Und der sein Herz erfreute, als er ein Diener des Mächtigsten aller Götter wurde. Streicht mich von eurer Liste des Versagens! Bowden Verdian wandelt im Licht des Architekten.«

»Du bist so mitfühlend wie immer, ein wahrer Schatz.« Kato zückte einen seiner Rauchstängel, entzündete ihn durch Fingerschnippen und nahm einen tiefen Zug. Der Tabak knisterte beruhigend im umliegenden Kampfgetümmel.

»Tanaqui, möchtest du uns von deiner großen Liebe erzählen? Es gibt da so gewisse an der Geschichte Beteiligte, die Eulen reiten und aus der Luft auf uns schießen. Die freuen sich schon auf ein Stelldichein mit uns, sobald wir der Stadt endlich den Rücken kehren.«

Gjala ärgerte sich spürbar. Sie wandte sich an Kato und Tanaqui. »Ich dachte, das sei bereits beschlossene Sache!«

Bowden ging noch ein Stück weiter, bevor er sich an eine Wand lehnte. »Wir verlassen Braithwairn!«, befahl er barsch. Ob er die eigenen Widersprüche überhaupt wahrnahm?

»Unsere Häscher sind tot. Hört nur!« Tanaqui lauschte in das Elendsviertel hinein. »Nichts.«

»Wir treten den geordneten Rückzug an«, beharrte Verdian. »Die Emissäre sind nahe, nach dieser Stille zu schließen.«

Kato schien sich mit der Entscheidung abzufinden, doch Tanaqui empfand sie als falsch. Einen Umstand wollte sie aber vor den anderen ausgesprochen wissen: »Ich war Vesshelin versprochen. Nach dem Verlust so vieler von uns im Dritten Krieg, nach den Baumbränden. Jede Ehe zählte.«

»Man erlegte dir die Bürde auf, ein neues Volk zu gründen?«, empörte sich Kato. Selbst er fand dies unerhört.

»Ja.« Tanaquis Stimme färbte ein trauriges Lächeln.

»Du klingst wie Limbo«, meinte Bierschaum und lächelte zurück. »Und ich glaube, ich erahne deine schwere Last.«

»Ich war nicht gewillt, mich ihm hinzugeben. Der Krieg hatte den Prinzen der Hochelfen, einem aus der letzten Linie echten Adels, den Stammeltern der Waldelfen von Selachis, in einen Verrückten verwandelt. In ein Monster. Ich floh in die Wälder, zu meinen Freunden, den Tieren.«

»Fuchstochter«, brummte Bowden. Die Kämpfer brachen auf.

»Ja, so hieß ich bald. Doch Tiere waren nicht meine einzigen Lehrmeister. Da waltete eine Älteste aus meinem Volk, bei der viele von uns aufwuchsen. Eine der wenigen Hochelfen aus der Diaspora, die es noch gab. Ihre Tochter und ich kamen uns näher. Sie hieß Sahar. Jahre später, nachdem ich in der Stadt der Türme gelebt und im Krieg gekämpft hatte, erteilte mir Vesshelin den Befehl, meine Schöne und mich mit der Saat seiner Lenden zu befruchten.«

»Räudiger Bock!«, zischte Bierschaum.

»Ich rannte zurück in die Wildnis, die mich auf Geheiß meiner Eltern Jahrzehnte zuvor bis zur Geburt vorgeformt hatte. Unsere Macht entspringt einem Licht, das den Bäumen des Mirvaali selbst entsteigt.«

Kato musterte sie bei diesen Worten von der Seite. Der Dunst seines Rauchstängels kräuselte sich, als er Worte vor sich hinmurmelte. »Nadir ... Wurzelgold ... Könnte es sein?« Er sah nach, ob Kincaid noch an seiner Seite trottete.

»Und dann?«, fragte Bowden, überraschend gespannt.

»Die alte Druidin hatte der Krieg hasserfüllt von uns gerissen. Doch in der Wildnis verband ich mich mit Sahar. Wir fanden aneinander Schutz in diesen dunklen Zeiten.«

»Bis euch der Schutz genommen wurde«, wusste der Paladin mit grimmer Endgültigkeit in der Stimme, schicksalsgewohnt.

»Eines Tages jagte ich für uns im Grauen Mirvaali, jenem tiefen Teil des Waldes, der euch Menschen nichts als den Tod brächte. Die Pilzsporen und schweren Harze dort wandeln Leiber zu Chimaerae, der Wald selbst hasst euer Volk.«

»Auch Feuerzauber ist dort unbeliebt«, ergänzte Kato.

»Ich hörte Sahar schreien, als ich zum Lager zurückkehrte. Mehrere Tiere brüllten wildwütig ...« Sie schluckte, rang die starken Gefühlsregungen nieder. »Sie hielten sie zwischen Klauen und Fangzähnen gepackt. Eine Übermacht, ein widernatürliches Rudel aus Wölfen und Bären. Sahar war verloren.« Sie presste die Worte nur noch hervor. »Sie drückten sie zu

Boden, hatten sie noch nicht getötet. Sie hielten für einen Herzschlag inne, bevor es geschah.«

»Als Warnung an dich.« Bowdens Grimm war unüberhörbar. Unter den Schleiern des Grams fragte sich Tanaqui, ob die Sicht dieses Mannes über das Elend hinausreichte, das Lieblosigkeit und Krieg ihm angetan hatten. Versöhnt war er nicht. »Das ist nun einmal die Art von euch Messerohren und Grauen der Wälder. Das Schreckensspiel mit den Hilflosen.«

Sie schwieg. Seine Vorwürfe waren nicht von der Hand zu weisen. Sie selbst hatte voller Reue nach dem Unglück auf diese Weise gedacht, als der Wahn der Trauer und Raserei der Erkenntnis Platz machte. *Nein*, besann sie sich. *Nicht Unglück. Mord.*

»Bist du überzeugt, dass Vesshelin die Raubtiere schickte?« Kato konnte sich die Frage nicht verkneifen.

»Du gehst zu weit«, zischte Bowden.

»Es reicht«, sagte Tanaqui lauter, als ihr lieb war. »Bitte. Kato vermutet das Richtige. Ich kam zum Entschluss, dass Vesshelin der Meuchler gewesen sein musste. Ich hatte mir ein halbes eurer erbärmlichen Leben lang vorgestellt, wie grausam ich eines Tages an euch Menschen Rache nehmen würde – wegen des Kriegs und der Verfolgung.«

»Und irgendwann wolltest du sie vollenden«, meinte Kato.

»Ja. Aber nicht mehr gegen euch Menschen gerichtet, sondern gegen Vesshelin. Nach allem im Krieg erlebten Blutvergießen verspürte ich zunächst keine Hemmung mehr, den Prinzen meines sterbenden Volkes durch seinen verwaisten Palast zu Tode zu hetzen. Doch ich konnte es nicht vollbringen. Ohne wahrhafte Beweise wollte ich das Vermächtnis meiner Eltern nicht besudeln. Und nicht nur der Palast war verwaist, in der ganzen Stadt wandelte kaum noch jemand. Ich ergriff die Flucht.«

Sie waren wieder in Laufschritt gefallen. Kato keuchte angestrengt. Gjala schnaubte wegen der vertanen Vergeltung. Tanaqui konnte es der Freundin nicht verdenken.

»Ich verließ den Schutz des Mirvaali, der mir über die Jahre alles Leben gegeben und wieder genommen hatte. Doch mit

Sahars Tod wollte ich mich nicht abfinden. Ich schloss mich Freunden in der Wüste an.«

»Silberreiter.« Bowdens Stimme färbte eine Mischung aus Achtung vor Tanaquis Willenskraft und Abscheu vor Elfen.

»Ja. Ihre Bedeutung für mich begriff ich erst später, als sie mir erläuterten, dass die Feuer und der Tod meiner Gefährtin mich meinen Seelenbaum gekostet hatten. Ich würde sterben. Wie ein Mensch, Zwerg, Riese oder Fleckreißer.«

Bowden bedachte sie mit einem fragenden Blick über die Schulter, bevor er wieder die Straßen vor ihnen absuchte. Sie waren menschenleer. Mit jedem ihrer Schritte rückte der gewaltige Schattenriss der Stadtmauer näher. Auf ihren Zinnen und Wehrgängen wimmelte und wedelte es in der in der giftig verfärbten Nacht wie im Quappentümpel. Leiber wogten, Eisen sang, und Waffen klirrten.

»Fleckreißer. So nennen Silberreiter die Hyänenköpfigen«, erklärte Tanaqui.

»Aha«, äußerte Bowden wie zur Bestätigung.

»Als sie mir mein Schicksal darlegten, ging mir auf, dass mir mein Tod gleichgültig war. Ich war nicht wegen der Weiheprüfungen zu ihnen gekommen, nur um mein ewiges Licht zu retten. Ich folgte einem gänzlich anderen Grund«, erklärte sie.

»Du wusstest aus Legenden, was die Hautbilder aus den Glassanden vermögen. Du dachtest, der Geist des Kriegsvaters, der Herrin der Unterwelt, des Großen Jägers oder gar Selachia selbst würde dir das Feld der Rache eröffnen«, mutmaßte Kato.

»Und deine Hand führen, Vesshelin für die Untat an dir zu erschlagen. Rache kann rechtmäßig sein, obschon die Kirche solches Handeln missbilligt«, belehrte sie der Paladin.

»Skitja!«, zischte Gjala durch die Zähne.

»Katos Vermutung trifft aber zu«, ärgerte sich Tanaqui.

»Nein. Das meine ich nicht.« Die Zwergin klang erschöpft.

»Mich besorgt dies hier.« Bierschaum deutete nach vorn.

14

»Was ist hier geschehen? Sollten etwa ...?« Die Stimme des Paladins stockte vor Ungläubigkeit.

Sie hatten die Bollwerke des äußeren Stadtrings erreicht. Gjala kannte sich in dieser Gegend aus. Weinschenken, Kaschemmen fürs Glücksspiel und willfährige Frauen. Rechte Lasterhöhlen, in denen man den bärbeißigen Barden Gjalar seinerzeit für Spottverse, Zoten und schmachtende Lieder gut bezahlt hatte. Der hatte sich längst zu Gjala verpuppt, und trotz der Hitze fror sie. Eine üble Vorahnung überkam sie. Die Luft roch süßlich nach totem Sommer und herb nach blutigem Metall, es dünstete aus Wunden. Es schien, als ob Gjalas Schrei dieses Element kaum merklich verändert hatte.

Von den Kneipen und Lasterhöhlen standen jedenfalls nur noch Ruinen. Zumindest über eine Breite von rund dreißig Schritten. Dahinter gähnte eine schartige Bresche in der gewaltigen Wehrmauer der Stadt.

Dort staute sich das Kampfgewimmel besonders dicht. Ein kleiner Taleinschnitt, hinter dem die Felder und Hügel von Emrick vertraut aufschienen, zwischen umkämpfter Kluft im Pastellflackern der Nacht.

Unzählige Emissäre und ihre menschlichen Widersacher lieferten sich über dem aufgerissenen Mauergrund Gefechte. Untote Riesen stapften wie trunken durch das Gewimmel gepanzerter Meereskrieger, die wie Termitensoldaten in stummer Unerbittlichkeit vorrückten, umschwärmt von Bestien der Tiefe. Von Haifischen, so unglaublich es schien.

Sie bewegten sich schwerelos durch die Nacht, gewaltige Raubfische, die sich in Nebel und Sternenlicht auflösten, dann wieder zu fester Form fanden. Phalangen warfen Harpune um Harpune in die Reihen der königlichen Fußtruppen, die sich verzweifelt anstrengten, mit ihren Leibern und schwerer Ausrüstung die Mauerbresche zu schließen. Selbst als Unerfahrene erkannte Gjala, dass es hier an militärischer Führung gebrach. Die Verteidiger handelten kopflos, Reiteroffiziere in Ornat waren unter den Soldaten nicht zu erkennen. Sie hatte Rennicks letzte Worte genauso wie Bowdens Gepolter von der Gasse aus mit angehört. Doch konnte es solchen Verrat geben? Hier lag wohl die Antwort.

»Wohin sind die Trümmer verschwunden?«, fragte Tanaqui.

Kato deutete auf Haufen aus Geröll und Schutt, die sich im Vorfeld der Stadtmauer fächerförmig verstreut erhoben. Versprengte Mauerstücke lagen quer oder ragten groß wie Hütten zwischen Stadtverteidigern und Emissären auf. »Dort. Und dort. Da hinten. Tausend oder zweitausend Fuder Granitquader, Steine und Mörtel.«

Als hätte ein Kind mit voller Kraft gegen seine Sandburg getreten, dachte Gjala unwillkürlich. *Nein, kein Kind.* »War das … Nun ja. Kann es sein, dass ich dies hier angerichtet habe?«, fragte sie, an Kato gewandt. Sie dachte, seit Limbos Tod habe sich ihr Gemüt derart abgeschottet, dass sie nichts mehr aus diesem Dämmerzustand erwecken konnte.

»Unfug!«, schimpfte Bowden. »Welches Wesen soll so etwas allein mit seiner Stimme vollbringen? Rede ihr das aus, Deserteur! Voll ausgebildete Zauberer des Erdelements gebieten über keine solchen Kräfte. Na los!«

»Ich fürchte, ich muss dich enttäuschen, Blechmann.« Der Feuerzauberer deutete mit ausgestrecktem Arm auf die Stätte vor ihnen, wo das Getümmel der Kämpfenden die Nacht erschütterte. Dann hob er den Stecken und deutete damit die abschüssige Gasse entlang, über die sie gekommen waren. Die

Freunde ließen die Gebärde auf sich wirken. »Ich sehe, ihr versteht«, raunte Kato mit Grabesstimme. Seine Miene war düster, doch die flammenden Augen zeigten Mitgefühl.

»Du willst sagen …«, ächzte Gjala, musste schlucken, weil sich ihr Mund plötzlich so ausgetrocknet anfühlte wie nach dem Einsturz der Mine Jahre zuvor. Ihr sank das Herz, während sie Selbstvorwürfe und Abscheu vor verheerenden, für andere tödlichen Fehlern verspürte. »Mit diesem Schrei habe ich den Emissären also Einlass gewährt.«

Tanaqui kam auf sie zu, wollte sie umarmen.

Unwillig wich Gjala einen Schritt zurück, hob die Hand und hielt die Freundin auf Abstand. »Nein, keine Gefühlsduselei! Ich frage dich, Kato. War ich das?«

»Ja«, antwortete der Feuerzauberer schlicht. Dieses eine Wort traf sie wie ein Peitschenhieb, sie fuhr zusammen.

»Das Amulett meines Vaters. Die Große Unternehmung. Die Runenschmiede. Meine Entführung. Alles ein perfider Plan?«

»Ja. Zu allem ja.« Der Zauberer schüttelte traurig den Kopf. »Oder aber alle unsere Magier sind an einem Verrat ungeheuren Ausmaßes beteiligt und haben die Stadtmauer mit ihrer Macht böswillig eingerissen. Nach unserem jetzigen Wissen liegt das leider gar nicht so fern.«

Mit einer Geste wies Tanaqui über das Schlachtfeld, sie und Bowden hatten die Entwicklungen dort aufmerksam verfolgt. »Die Emissäre obsiegen«, stellte sie fest.

Gjala wurde von Grauen gepackt, als sie beobachtete, wie ein gewaltiger Hai einen der Stadtverteidiger von der Mauer pflückte und die Phantombestie mit ihm durch die Luft schwamm. Der Hai biss zu, und zwei Körperhälften, die eben noch ein Mensch mit Träumen und Hoffnungen gewesen waren, trudelten blutend dem Aufprall auf der Erde entgegen.

Donner krachte, Hornstöße dröhnten. Katapultarme auf den Stadttürmen ächzten, tonnenschwere Todesfracht schlug im Gewimmel der Emissäre ein und wütete unter den Belagerern. Noch immer gaben die Eroberer keinen Laut von sich.

»Wir müssen von hier verschwinden«, mahnte Bowden und deutete auf den Schatten des Nebelhais, der ihren kleinen Trupp als Beute ausgemacht hatte und auf sie zuhielt. »Die

Bestie ist im Anflug. Der Feind rückt näher. Überlegt euch einen Fluchtplan! Bereitmachen!«, befahl er Tanaqui.

Längst lagen drei Pfeile zwischen den Fingern der Elfe.

»Halt!« Gjala erschrak über die ihre raue Stimme. Sie klang wie Bowdens Härte und Katos Trauer in einem. »Mein Vater sah Hoffnung, nicht wahr? Dienten alle Winkelzüge der Zwerge dazu, eine Macht in mir zu bündeln?«

Wieder nickte der Magier. »Bestätigung: Lange schon denke ich über die Erfindung deines Vaters nach. Über sein schlechtes Gewissen. Wie er dein Leben mit dem Amulett rettete. Gewiss war alles sein Vorgehen. Doch ihm war der Runenschmied behilflich. Da dein Vater nicht eingeweiht war, unternahm es der junge Priester, im Namen der *Großen Unternehmung* dein Amulett zu Größerem auszuformen als nur zu einem Lebensretter. Dann bleibt noch dieser Gesang, den ihr alle außer mir hören könnt, dieses Lied.«

»Genug jetzt, Deserteur! Ziehen wir ab!«, befahl Bowden.

»Worin besteht dieses Größere?«, fragte Gjala hilflos.

»Der Runenstab, den uns das Feuer preisgab, birgt die Antwort hinter der Verschlüsselung des Hochmeisters.« Kato dachte nach. »Was aber bedeutet dieses Wissen für uns?«

»Wir landen als Dung im Salzwasser«, schlug Bowden vor.

»Ach ja, und wie gelangen wir hier heraus?« Kato ließ sich endlich zu dieser Frage herab und deutete auf das Gemetzel. Der Hai war so groß, dass Augen und Zähne zu erahnen waren. Zu allem Überfluss schlug in diesem Augenblick ein Felsbrocken dicht neben ihnen ein. Alle erspähten einen schwankenden Riesen, der zwischen den Kämpfenden Mauertrümmer aufhob und wegschleuderte. Ein Ballistetreffer in die Stirn brachte selbst diesen Untoten zu Fall. Ausgestreckt stürzte der Koloss auf die Krieger.

Eine Vielzahl keilförmiger Schemen kroch unterdessen vom Horizont her auf die Stadt zu, Wolken wie Bugwellen vor sich herschiebend. Bierschaum erinnerte sich an den Strand der Skraemar, die schwimmende Festung der Emissäre und die Schiffe und Wracks aller Zeiten, die dem Meer entstiegen und als Flotte in der Luft kreuzten. »Vorsicht!«, rief sie.

»Rückzug, sofort!«, befahl der Paladin.

Sie erreichten ein Viertel, das in großzügiger Bauweise errichtet worden war und eindeutig nicht mehr zur Würgeschlinge gehörte. Den Himmel zwischen den fahlen Pastelltönen der drei Giganten durchzogen graue Schlieren. In wenigen Stunden würde die Sonne aufgehen.

»Das Drecksvieh verfolgt uns immer noch hartnäckig«, warnte Kato. Er atmete schwer, und von seinen Gewändern verdampfte unablässig Schweiß.

»Schluss mit dem Gewinsel! Wir brauchen einen Einfall, wie wir den Nebelhai erlegen wollen. Auch ist es nur noch eine Frage kurzer Zeit, wann die Tangröhren die inneren Stadtringe einnehmen und wir es mit Meuterern zu tun bekommen. Wenn wir schon nicht in den Kampf eingreifen.«

»Ich habe eine Eingebung«, verkündete Tanaqui und deutete auf etwas Mächtiges, das auf sie zutrudelte.

»Du hast den Verstand verloren«, ächzte Bowden.

15

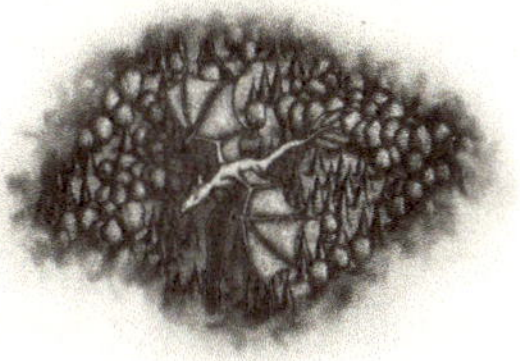

Die *Goldmarie* war ein bauchiges Ungetüm aus der Zeit kurz nach der Diaspora. Ihre plumpe Hülle hatte dem natürlichen Verfall getrotzt und auf dem Meeresgrund die Zeiten überdauert, nachdem sie auf einer Kauffahrt zwischen Celantrin und Selachis nach dem Angriff eines Leviathans gesunken war. Salz und Korallen hatten ihren Schiffsleib überkrustet. Sie hatte die Hochelfen beliefert und bei den Skraemar Handelsware angelandet. Nun hing der ungeschlachte Koloss tief vor der gesamten Invasionsflotte über den Dächern der Stadt, trieb beladen mit Kriegsgut wie eine trächtige Walkuh dahin.

Nichts davon wollte Bowden Verdian über die *Goldmarie* wissen. Für ihn war ausschlaggebend, dass sie von allen Schiffen der Emissäre die wenigsten Truppen an Bord hatte.

Erreichbar.

Die angebliche Eingebung des Messerohrs bedeutete in Wirklichkeit puren Wahnsinn. Doch war es nicht bereits verrückt gewesen, in die Hauptstadt zurückzukehren? Nachdem sie den Flammen der Mine entkommen waren, hatte er genau darauf gepocht. Damals hielt er es selbst für eine Vernunftentscheidung. Sie hatten Verbündete benötigt, wollten den Berufenen und Gesalbten Bericht erstatten.

Doch es war der Deserteur gewesen, der in Bowden Zweifel an dieser einfachen Vernunft gesät hatte, und dann traten immer weitere Hinweise auf Konterbande und Verrat zutage, Undenkbares, Abtrünnigkeit bis in die königliche Familie hinein. Der Runenstab, das Schriftzeugnis aus der ersten Zwergenmine, hatte sie auf eine Spur gebracht, die schließlich in seiner alten Heimat und dem verfallenden, von Alterswahn durchzogenen Elternhaus geendet hatte.

Bowden knirschte mit den Zähnen. *Vater, warum hast du dich an einer solchen Teufelei beteiligt?* Seit dem Besuch in der Ruine wusste Bowden Verdian, dass es Verstrickungen gab, die seinen Verstand überstiegen. Frevel, die solche weiten schwarzen Kreise zogen, dass sie den Archipel zu verschlingen drohten wie das Maul eines Seedrachen.

Nein, nicht allein Katos Einflüsterungen führten ihn vom Weg geraden guten Glaubens ab, er hörte zunehmend auch auf ein gewachsenes inneres Gefühl. Seit Monaten trieb ihn das Grauen um, nagte an ihm, ließ ihn kaum mehr zureichend essen, zumal bei der schmalen Kost des Elendsviertels. Nachts hatte er stundenlang meditiert, ob in der stickigen Dachbude oder in den dürftigen Schreinen des Quartiers.

Die Zwiesprache mit dem Architekten hatte jedoch nur erbracht, dass sein Gott von ihm als Diener verlangte, sich dem bedrohlichen Schicksal aus eigener Kraft zu stellen. Mittlerweile sah der Paladin in allen Kämpfen nur Prüfungen der Standhaftigkeit seines Glaubens. Er wollte das Gesetz verteidigen und die Weltordnung bewahren.

Doch die Welt, wie er sie kannte, geriet allerorts aus den Fugen: Sklavenhandel, Gewalt, Krieg und Verrat unter den Menschen statt Zusammenstehen gegen ihre ererbten Feinde. Dies alles brach über Bowden Verdian herein und drohte, seine Seelenkathedrale zum Einsturz zu bringen.

Er konnte den genauen Moment benennen, wann dies geschehen war. Es war nicht das unheimliche Wiedersehen mit dem Vater und dem Aufleben schmerzlicher Erinnerungen gewesen, die das völlig Unerhörte zum Vorschein brachte. Wie er etwa vor Jahren jung und offenen Herzens aus dem Krieg zurückgekehrt war und im Erkerturm über dem Kontor das Hauptbuch mit den Einträgen über Menschenhandel gefunden hatte. Schacher, der Jahre später in den Minen Dunkelfalls seinen furchtbaren Sinn preisgab. Nur mit Mühe hatte er dies vor den Kämpfern geheim gehalten.

Die Einsicht hatte ihn am Strand getroffen, als die Emissäre nicht nur die Fjordsiedlung angriffen, sondern als kleiner Trupp vor den Toren Kundrheims an der Seite von Riesen aufmarschiert waren. Am Tag von Limbos Tod waren die Krieger zielstrebig auf ihn und die Freunde zugestapft.

Schweigsame, schwer gerüstete Gestalten nahten sich in Plattenrüstungen aus perlmuttartigem Kristall in dunklen Tönungen, bekrönt von Helmen, die ihre Züge verhüllten, mit prunkvollen Kämmen verziert. Sie glichen Haien und Barschen. Tödlichen Panzerfischen auf Beinen.

Es war dieser Moment gewesen, als er etwas an ihnen bemerkt hatte, das die Ordnung seiner Welt erschüttert hatte. Jahre vorher hatte Bowden längst gewusst, dass der Vater ihn über vieles belogen und ihn nur allzu oft mit der halben Wahrheit abgespeist hatte. Doch als stolzer Verdian hatte er den Vater stets geehrt und seine Worte geheiligt, seine Taten verteidigt. Dieser Trutzturm war geschleift.

Zusammengebrochen war das Gebäude des Zutrauens, als die Emissäre herangerückt waren und der Ritter sie aus der Nähe gesehen hatte. Als er ihre vorzügliche Ausrüstung musterte. Wiedererkannt hatte, was sie da trugen. Rüstungen. Kristall. Der Gedanke traf ihn ins Herz.

Denn wieder kamen sie nahe, so unangenehm, dass man in der vor Quallengift wie Essig stinkenden Nachthitze ihre fischigen Ausdünstungen einsaugen musste. Drei ihrer Steuerleute genügten, den verkrusteten Kadaver der *Goldmarie* über die Dächer der Hauptstadt gleiten zu lassen. Ihr unterer Rumpf, überwuchert mit Tiefseegebilden, riss Wetterhähne von höheren Gebäuden. Der Moloch bohrte sich durch Dächer, die in Bugwellen aus Dachschindeln aufstoben, riss Gebälk mit. Ein Riesenfisch, der durch Tangwald barst.

Noch vom unteren Teil der Stadt aus hatten er und seine Begleiter die erbärmlichen Versuche der Verteidiger erlebt, die riesige Kogge zu Fall zu bringen. Katapulte trafen nichts Bewegliches. Speerschleudern hatten nicht die nötige Wucht, den Koloss abzudrängen.

Das Messerohr hatte seinen Plan auf dem Weg dargelegt. Bowden hatte den Deserteur mitgezerrt, damit er ihren Lauf nicht verlangsamte. Seit dem Schrecken an der Mauerbresche ließ sich die Zwergin willenlos leiten. Er und das Raubtier aus der Wüste walteten einmal mehr als Retter in der Not.

Vor Kurzem hatten sie die träge *Goldmarie* mühelos hinter sich gelassen, die Furcht vor Meuterern war unbegründet gewesen. Die Gefährten konnten ihre Flugbahn im Voraus berechnen und bestiegen einen Wohnturm, um von dessen Dachaltan aus das vorbeischwebende Schiff zu entern.

Der Schlag der Emissäre war im Handstreich geführt worden. Viel zu schnell. Bowden fürchtete die Erklärung dafür, wollte von einem umfassenden Verrat nichts wissen.

Doch mit oder ohne Hilfe der Stadtoberen mussten die Emissäre durch Geheimsoldaten Waffenstellungen lahmgelegt haben, lange bevor er es mit Rennicks Plänen zu tun bekam.

Der Paladin knirschte mit den Zähnen. Offenkundig musste einer ihrer Anschläge der Luftverteidigung der Stadt gegolten haben. Nicht ein Greifenreiter, nicht ein Ritter mit Pegasus war abgehoben. Wo blieben die Perytonelite, die Magier? Hatten die Herren des Turms ihre magische Macht gegen den Willen der Königin dazu missbraucht, ihre nur von arkanen Kräften geschützte Stätte aus der Luft zu sichern?

Unversehens glitt sein Blick von ihrem Turm in den oberen Vierteln des Adels über die Dächer jener Herrenhäuser, in denen zur gleichen Stunde die Reichen und Schönen ängstlich zusammengerückt hinter gut genährten Leibwächtern kauerten.

Der Spiralturm der Magi, Wahrzeichen der Hauptstadt, lag verstörend dunkel da. Kein Funke Artillerie flog den Emissären entgegen. Keine magischen Geschosse wirbelten, keine Blitze oder Unwetter, wie sie eine Stadt, die drei Kriege überlebt hatte, über ihre Feinde brachte. Kein Flugreiter umkreiste den Turm. Kein Schild schützte ihn.

Bowden kannte den Grund dafür. Er hatte gesehen, wie ein einfacher Frontsoldat der Emissäre aus dem Trupp, der ihnen am Strand zugesetzt hatte, mit einem Fingerschnippen Katos

Macht abgeschnitten und den Feuerzauberer in einen Sterblichen verwandelt hatte.

Eine kurze, bösartige Befriedigung des Paladins war mit diesem Moment einhergegangen, in dem Tamasine jäh seiner Kräfte beraubt wurde. Das fassungslose Erstaunen des Deserteurs war seinem Groll damals köstlich erschienen. Er hatte sich darüber selbst gescholten, musste jedoch auch jetzt ein Lächeln unterdrücken, obwohl der Anblick des erloschenen Zaubererturms nicht gerade dazu einlud.

Jetzt und hier.

Der Nachtwind brachte die Gewänder des Deserteurs neben ihm geräuschvoll zum Flattern. Wie ein Wasserspeier hockte die Elfe auf dem Steingeländer des Turmbalkons, den sie bestiegen hatten. Die Zwergin hielt sich mit beiden Händen an der Brüstung fest. Bierschaum musste offenbar der Höhenangst widerstehen und zwang sich, nicht in die Tiefe zu starren. Schwer beladen näherte sich die *Goldmarie.* Tumbe Fässer bedeckten den Großteil des Oberdecks, gesichert mit Ketten. Stapel davon ruhten im Schatten zwischen dem Kastell und dem mit Seepocken verkrusteten, abgebrochenem Hauptmast.

»Bist du dir sicher, dass der Plan gelingt und uns kein anderer Weg offensteht?«, fragte die Zwergin Tanaqui.

»Er gelingt«, versicherte sie, frei von jedem Zweifel.

»*Er* schweigt noch immer, nicht wahr?«, erkundigte sich Bowden, der das Schiff derweil nicht aus den Augen ließ.

Das Messerohr fuhr zusammen, was ihn diebisch freute. Ihm war an Tanaquis Zögerlichkeit aufgefallen, dass ihr kriegerischer Ahnengeist sich ihrer inneren Einkehr entzog.

»Ihr wisst davon?«, erregte sich die Wüstenelfe.

»Zugeständnis: Ich habe keinen Schimmer, wovon hier die Rede ist. Ein Umstand, den ich wenig schätze und als ungewohnt empfinde. Aber nun ja, Unwissenheit scheint irgendwie mein tägliches Los zu werden«, meinte Kato gebührend beleidigt. »Die Fässer und ihren Inhalt sollten wir übrigens tunlichst unversehrt lassen. Eine Ahnung warnt mich, dass es kein vintranischer Roter ist, den sie uns als Jahrgang vor der Diaspora freundlicherweise für eine Orgie liefern wollen. *Ge-*

neigte Landbewohner, wir senden euch nur einen süffigen Willkommensgruß. Wohl bekomm's!«

»Sie spürt keine Verbindung mehr zu ihrer innersten Macht, und das treibt sie in den Wahnsinn«, erklärte Bowden, bereit, jederzeit diesen Haufen zu kommandieren.

»Es stimmt«, bestätigte Tanaqui. »Ich vernehme den Jäger derzeit nicht. Er wartet, doch ich erreiche ihn nicht.«

»Und wir sollen auf das verdammte Schiff springen, weil das so gut zu deinem Wahnsinn passt«, folgerte Bierschaum.

»Ich will, dass wir aus der Stadt entkommen, bevor uns die Emissäre zusammen mit den Einwohnern umbringen oder versklaven. Wir müssen die Feuerwalze aufhalten. Ich hege keinen Zweifel daran«, betonte Tanaqui entschieden.

»Offenkundiges: Du willst deine Gaben bewahren.« Der Deserteur lächelte schief unter seiner Kapuze. Götter, wie sehr Bowden diesen Gesichtsausdruck verachtete. »Doch auch eine Heldentat käme nicht ungelegen. Eine Machtqueste, um die erkaltete Glut des Großen Jägers wieder zu entflammen.«

»Ich bin gut durchschaubar, nicht wahr?«, fragte Tanaqui.

»Du bist einfach ehrlich«, meinte Gjala und umarmte sie.

Bowden sah zu, wie die beiden Frauen einander Trost spendeten. Nach dem Verlust seiner Mutter hatte er solche Zuwendung für sich selbst niemals wieder erlebt. Bei dem Anblick überkam ihn ein alles verschlingender Gram.

»Anmerkung: Schiff im Anflug«, verkündete der Deserteur alarmiert angesichts der herangleitenden Kogge.

»Schafft Kincaid den Sprung?«, fragte ihn Gjala besorgt.

»Levitation«, erklärte der Deserteur. »Die Luft ist so stark mit Feuer angereichert. Ich rege Staubwolken durch Reibung zur Bildung warmen Aufwinds an, sodass er sanft an Deck abgesetzt wird. Hübscher Ausflug, wie, alter Junge?«

Als er so zu Kincaid sprach, lag etwas in seiner Stimme, das Bowden zeigte, wie sehr die Hoffnung des Deserteurs und der beiden anderen ungläubigen Begleiter wankte. Dagegen hielt der größte aller Planer die Hand über seinen Knecht.

Behauptest du, ertönte die Stimme des Vaters höhnisch in Bowdens Kopf. *Und doch zeigtest du Schwäche.* Bowden musste ihm recht geben. *Ich bin ja bereits damit gescheitert, mein eigenes Elternhaus zu retten oder gar wieder aufzubauen.*

Er führte die Hand zum Schwert, wie um die Selbstzweifel zu vertreiben. Den Panzerhandschuh auch nur ans Heft zu legen, das metallische Klicken zu hören, mit dem sich die Eisenfinger von den Parierstangen bis zur Lederwicklung tasteten, schwang beruhigend in Bowden nach.

»Lass mich nicht straucheln, oh, Herr!«, betete er.

»Einwurf: Das wäre auch schlecht. Du fielst hundert Fuß in die Tiefe, um mit voller Wucht aufs Pflaster zu krachen. Mit etwas Glück bewahrt dich deine massive Rüstung für den langen Todeskampf auf«, lästerte der Deserteur.

»Eines Tages, Kato Tamasine, nicht wahr? Eines Tages werden wir miteinander ausmachen, was in jener Nacht an den Auen zwischen uns und unserer Einheit geschah. Darauf hast du mein Wort. Beim Architekten.« Bowden zog die Klinge.

Kato kicherte. »Da kann ich mich wohl sogar darüber freuen, dass unsere Tage gezählt sind. Wenigstens verende ich dann nicht, weil du mir diesen lästigen Feuerkürbis von den Schultern haust, was, Blechbüchse?«

Bowden schnaubte und würdigte ihn keiner Antwort.

»Bist du bereit?«, fragte das Messerohr die Zwergin.

»Ich will es wagen. Scheitern wir hier, wird uns die Vereinigung mit Limbo vergönnt.« Die Bardin lächelte müde.

Das erste lichte Grau des Morgens trat deutlich hervor und erlaubte ihnen einen Blick über die Stadt. Der Lärm war so allgegenwärtig, dass er in den Hintergrund trat, zur Gewohnheit wurde. In den Straßen walzte die Übermacht der Emissäre den verbliebenen Widerstand der führungslosen Verteidiger Braithwairns nieder. An jeder Kreuzung wurde noch gekämpft. Das bittere Ende der Stadt war abzusehen.

Rauchgeruch wob sich in die Ausdünstungen Tausender schwitzender Leiber, der Wind trieb dieses Leichentuch der Sinne über die Dächer, damit es die Kameraden umrauschte.

»In zwei Stunden gehört ihnen die Stadt«, schätzte Kato.

Tanaqui nickte grimmig. »Wir haben richtig entschieden. Sklaverei oder Tod wären unser Los. Und wenn wir schon vom Schicksal sprechen ...«. Ohne ein Wort der Vorwarnung hob sie den Speer von der Steinbrüstung auf. »Jetzt!«

Ehe Bowden eingreifen konnte, war das Messerohr wie eine Athletin beim Stabhochsprung mit dem Waffenschaft über die Brüstung gesetzt und fiel in die Tiefe. Einen Herzschlag später hört er Metall bersten und Kristall splittern.

Ein Blick nach unten bestätigte, was Bowden annahm: Überragt vom Altan, glitt die *Goldmarie* nur Schritte unter ihnen entlang. Wie eine Furie war Tanaqui herabgefahren, hatte die Stoßkraft ihres Falls genutzt und war mit Beinen und Speer voran auf den Schultern des vordersten Emissärs gelandet. Ihren Säbel hatte sie dem Soldaten am Halsansatz zu zwei Dritteln in den Rumpf gestoßen. Heft und Klingenansatz ragten wie eine Standarte aus seiner Schulter. Tanaqui war hinter dem Leichnam in Deckung gerollt und schoss Pfeile auf zwei Krieger ab.

»Wenn sie das ohne ihren Halbgott kann ...«, meinte Gjala.

»Genug der Worte!«, bellte Bowden, setzte der Elfe nach und bereitete sich auf den Aufprall vor. Für einen Augenblick rauschte er durch die Luft, vorbei an seinen Ohren, seinen Gliedern. Dann prallte er aufs Deck, verwandelte den Sprung jedoch mit Fußknöcheln und Knien abfedernd in Fortbewegung um und rollte sich mit vorgehaltenem Schild nach vorn.

Keinen Herzschlag zu spät. Die Verteidiger ließen sich von Tanaqui nicht beeindrucken. Ohne die Gaben des Großen Jägers verfehlten ihre Pfeile die winzigen Augenschlitze der Rosshaarhelme oder zersplitterten an der kristallinen Panzerung der kräftigen Bodenkämpfer. Der Wind vermengte ihren Fischgestank mit dem Rest seines Aromas.

Vergiftete Bolzen, gestreift wie Seeschlangen, zerstoben zu Splittern an dem Schild, den der Paladin nun weiter von sich streckte, während er Tanaqui zunickte. Die beiden bildeten eine Zange. Sie scherte nach links aus, er nach rechts, geduckt huschten sie über das Deck, um sofort hinter einem Fässerstapel Deckung zu suchen.

Über sich hörten sie gewichtige Worte, bei denen sich Bowden die Nackenhaare aufstellten. Die Emissäre blickten auf. Sie sahen den Deserteur in ausgreifender Pose mit flatternder Robe und gespreizten Beinen auf der Brüstung wanken, während er mit rudernden Armen die Feuer der Stadt und die Lufthitze zu einem gewaltigen Zauber verdichtete.

Bowden kannte seine Feuerbälle zu Genüge.

»Lass dich nicht hinreißen, Kato!«, murmelte der Paladin und hoffte, dass der Deserteur den Augenblick nicht nutzen würde, um sich seines lästigen Bewachers zu entledigen, indem er den Ball nicht als Ablenkung fehlgehen ließ, sondern mitten in die Fässer jagte.

Er sah, wie die Emissäre geschäftig Armbrüste nachluden, als er hinter sich eine Bewegung verspürte und durch ein lautes Krachen zusammenfuhr. Ein Seitenblick verschaffte ihm Gewissheit, dass auch Bierschaum abgesprungen und an derselben Stelle gelandet war wie er. Wobei *eingeschlagen* das Ereignis besser erfasste. Auch die Zwergin wollte sich in Deckung werfen, als in ihrem Umkreis eine Wolke aus Steinmehl und morschem Holz regelrecht verpuffte.

Dann durchbrach sie urplötzlich das Deck wie eine Eisschicht und sank hinab in den Laderaum, blieb aber mit der Hüfte stecken. »Au, verflixt!«, gellte sie.

Die Emissäre wechselten Blicke. Einer von ihnen hob die Waffe, um Bowden in Schach zu halten, der andere zielte auf Gjala. Er krümmte den Finger, um auszulösen, da prallte ein Pfeil mit metallischem Singen von seiner Schusshand ab. Der Bolzen verfehlte die Zwergin und traf stattdessen Bowdens Schild.

Gjala gab noch einen überraschten Laut von sich, dann zog etwas von unten an ihr, und sie sackte ab, verschwand auf einen Schlag. Ein dunkles Loch blieb im Deck zurück.

»Bierschaum!« Tanaqui wandte sich gequält an Bowden.

»Nun rette sie schon! Zu zweit schaffen wir das. Deserteur! Steck sie in Brand!«, rief dieser aus.

»Ich dachte schon, du fragst nie!«, rief Kato und beendete seinen Gesang. Zwischen seinen Händen wirbelte ein gewaltiger Feuerstrudel und überragte den Lohenmagus um das Dreifache. Die Feuerhose wirbelte und wand sich wie ein hungriger Lindwurm, peitschte durch die Nacht. »Maeltah P'thalis, innatus, vark'thera Flamins!«, sang der Magier.

Tanaqui ließ ihren Speer für den Paladin an der Reling zurück und suchte sich eine Luke, um unter Deck zu steigen.

Bowden warf einen prüfenden Blick zur Seite. Die letzten Ausläufer des Hausturms schoben sich über sie hinweg. Allzu bald schon wäre die *Goldmarie* zu weit entfernt, als dass Kato noch mit Kincaid den Sprung wagen konnte.

Bowden beugte sich kurz über die Reling der Riesenkogge und sah, wie ein Anführer der Emissäre den Feuerzauber auf dem Ausguck bemerkte und seinem Trupp befahl, in den Turm einzudringen. Verdammt! »Beeilung, Magus!«

»Die pyromantische Kunst ist kein Tänzchen, Hauptmann!«, gab Kato zwischen magischen Beschwörungstönen zurück.

Wie vermutet richteten die Emissäre hin- und hergerissen zwischen dem Paladin vor ihnen und dem Feuerzauberer die Armbrüste auf die magische Gefahr. Einer von ihnen hob die linke Hand, bereit, Katos Kräfte zum Erlöschen zu bringen.

»Einen Dreck wirst du tun, Abschaum!«, schrie Bowden. Er rammte sein Schwert ins Deck, preschte geduckt einige Schritte weiter und tastete nach Tanaquis Waffe. Kurz darauf lag der Speer wurfsicher in der Hand des Paladins, der bei den Skraemar mit Harpunen das Zielen erlernt hatte.

»So nimm denn dies!«, zischte Bowden, nahm kurz Anlauf und warf mit Macht. Die Speere der Wüstenelfen aus Mondsilber, Federstahl und Bernstein waren berühmt, die scharfen Spitzen auf die Dünne einer Buchseite geschliffen.

Nun half ihm das dunkle Geheimnis seiner Familie. Bowden wusste, wo Lücken in den Rüstungen der Emissäre klafften.

Es war ein meisterlicher Wurf, der die Brustplatte des Emissärs an der Flanke erwischte. Der kleinere der Angreifer brachte kein Fingerschnippen mehr zustande. Angenagelt an den geborstenen Hauptmast, hing er nur noch leblos da. Bowden beachtete ihn nicht mehr, sondern hastete längst über das Deck, auf den letzten der Emissäre zu.

Der war schnell, ließ die Armbrust sinken und riss einen Dreizack samt Turmschild vom Mast neben sich. Der Anderthalbhänder des Paladins spaltete nicht seinen Schädel, sondern drang in den oberen Schildrand ein. Mit ohrenbetäubendem Kreischen zerfraß der Stahl der Kathedrale unterseeisches Messing, bis ihn der Paradebuckel aufhielt.

Augenblicklich zerrte der Emissär blindwütig am Schild, versuchte Bowden die Waffe zu entreißen. Der ließ es zu, nutzte den Schwung des zurückfallenden Gegners und trat mit einem mächtigen Strecktritt gegen den vom Schwert gespaltenen Schild. Der Emissär taumelte ohne jede Äußerung nach hinten, am Mast vorbei, um den das violette Blut seines aufgespießten Kameraden Schlieren zog.

Bowden wollte nachsetzen, als die *Goldmarie* plötzlich schwerer ächzte als ein Wal bei seinem letzten Atemzug. Das Deck erbebte mit solchem Ruck, dass sich der Paladin mit beiden Händen an einen großen Haltering des Masts klammern musste, um nicht zu stürzen. Da richtete sich der Emissär langsam auf und hob abermals kampfbereit den Dreizack.

An Seegang gewöhnt, glich der Fremde aus dem Meer das Krängen des Schiffs mühelos aus und hielt wie ein Raubinsekt auf die waffenlose Beute zu.

Bowden warf einen raschen Blick auf den Turm, und seine schlimmsten Befürchtungen bestätigten sich. Die Emissäre hatten die Führung des Schiffs für den Kampf aufgeben müssen. Das Heck war unbemerkt auf den Balkonvorsprung des Hausturms aufgefahren. Nun lag *Goldmarie* mit Schlagseite in der Luft und entfernte sich schwankend.

»Deserteur!«, gellte Bowden.

Kato sah ihn nicht. Mit glühenden, blicklosen Augen schwebte der Magier einige Schritte hoch über dem Boden, schwerelos vor arkaner Kraft, die Arme mit dem Stab in die Höhe gereckt, die Gewänder in einem feurigen Wind flatternd, der den ausgestreckten Armen entstieg und nach oben hin immer mächtiger wogte.

Bowdens Augen weiteten sich. Die Feuerhose war viel größer geraten, als es dem Lohenmagus gestattet war. Sie hing wie ein Fregattsegel über dem Turm und war keinesfalls zur Ablenkung auf das Schiff gerichtet.

Er sah den Magier breit grinsen, wobei ihm Flammen aus dem Mund züngelnd über das Gesicht streiften, als wäre eine Ofenluke aufgerissen worden.

»Verdammt, ja!«, flüsterte Bowden. Der Deserteur hatte einen Weg gefunden. Weitere Schiffe hingen in größerer Höhe über der *Goldmarie,* und Tamasine zielte das niedrigste an. Die Feuerhose wuchs, nun, da Kato keine Gefahr mehr von Emissären drohte. »Verdammt, ja!«, brüllte Bowden.

Versprengte Armbrustbolzen klickten und klirrten, wenn sie vom Gebäude abprallten. Der Magier ließ sich nicht davon beirren, seine Flammenaura umhüllte das Turmdach und schützte ihn.

Der Teufelskerl opfert sich. Er sucht einen Weg der Wiedergutmachung und hat ihn gefunden, dachte der Ritter.

Die Widerhaken einer Dreizackkrone rissen ihn aus seinen Betrachtungen, indem sie sein Gesicht und seine Kehle nur knapp verfehlten. Die Gestalt des Emissärs wuchs vor ihm auf. Er trug noch immer den schwertgespickten Turmschild vor sich her. Die Spitzen des Dreizacks umzuckten Bowdens Kragen wie Vipern.

Der Angreifer ließ nicht nach, zog die tödliche Waffe zurück, stieß erneut zu. Das zweite Zustechen zerfetzte Bowdens Gewänder an der Brust, schrammte über den Panzer der Plattenrüstung und glitt seitlich hinab. Die Kristallklingen des Dreizacks schabten über eine Rüstung, die der Träger mühelos zu durchdringen glaubte. Doch an der Schulterscheibe, die gleichfalls unter dem Priestergewand verborgen lag, verfingen sich die Widerhaken im Streifen des Kettenhemds zwischen Schultergelenk und Brust.

»Damit hast du nicht gerechnet«, presste Bowden durch die Zähne hervor. Er packte den Schaft der nun festhängenden Waffe mit beiden Händen und zerrte aus Leibeskräften daran. Der Emissär war stark, überaus stark, doch das Gewicht und der Zorn standen aufseiten des Paladins.

Bowden riss dem Gegner den Dreizack aus der Hand, zog unablässig daran. Sofort flog die Hand des Fremden zum Stoßschwert am Gürtel. Hinter dem Sichtschlitz im Helm der Panzerfischrüstung schienen sich Augen zu weiten.

Bowden rammte dem Feind die gehärtete Griffseite des Stiels mit aller Gewalt in den Visierschlitz. Er verspürte das Krachen, als Zähne zu Pulver wurden und eine Nase nach innen gedrückt wurde. Ein gnädiger Mann hätte an dieser Stelle innegehalten, doch der gnädige Bowden Verdian war gestorben, als die Skraemar seine Mutter vertrieben und sein Anwesen brandschatzten.

Er trieb den Schaft vorwärts, bis der Emissär mit dem Rücken gegen das Achterkastell der Kogge schlug. Dann legte Bowden sich mit aller Kraft in die Waffe, bis diese sich auf Anschlag bog und mit einem Mal tief im Innern des Helms gegen die hintere Kalotte stieß. Der Angreifer sank mit durchbohrtem Schädel zu Boden. Angewidert ließ Bowden den Dreizack los.

Sogleich wandte er sich zu dem Loch im Deck um und hörte Kampflärm heraufdringen. Da versank die Welt um ihn in einem Wirbel aus Farben und Getöse. Einmal mehr wurde er daran erinnert, warum Männer wie er gebraucht wurden, um die von den Magiern ausgehende Gefahr zu bändigen.

Das war der Moment, in dem der Himmel Feuer fing.

16

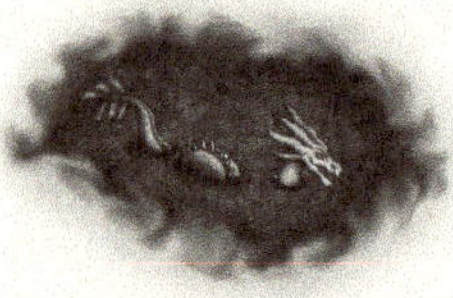

Mit traurigem Lächeln sah Kato der *Goldmarie* hinterher, die bereits in einiger Entfernung vom Turm davontrudelte.

Der Sprung dorthin wäre ein Leichtes für einen Magier gewesen, der sich dem Luftelement verschrieben hatte und Levitation beherrschte. Doch für Kato hätte die Kogge irgendwo weit weg über den Archipel segeln können. Seine Mission band ihn an den Turm, und freies Fliegen überstieg seine Macht. Der innere Abschied von den Freunden stand an.

Er fügte sich in sein Schicksal, außer wenn er daran dachte, dass der arme Kincaid diesen Teufeln in die Hände fallen oder durch seinen Zauber verbrennen könnte. Er hoffte, dem Hund Schmerz und Leid ersparen zu können.

Zwischen seinen Machtgesängen nahm Kato unterschwellig wahr, wie gepanzerte Stiefel den Turm heraufträbten und bald den Altan erreichen würden. Doch die Magie, die ihn durchflutete, ließ ihn vor Kraft und schierer Lust an der Vernichtung taumeln. Es gab für ihn nur noch das Feuer.

Es kennst nur das Feuer, und gleich schickst du weitere Flammenopfer zu uns, sagte das verbrannte Mädchen, das neben Kincaid die Beine von der Brüstung baumeln ließ.

Kato nickte lächelnd während einer Atempause der Gesänge. »Stimmt. Es wird seit Langem regnen und starken Wind geben.« Er bereute es nicht. Die Emissäre würden der Stadt ihren Willen aufzwingen, so wie sie versucht hatten, ihn und seine Freunde vor den Toren des Hochtempels zu töten.

»Val'thear thearrin hasht'ar! Flamin asturrath, asturrath Flamin!«, sang er mit starker Betonung, als er aus dem Takt zu geraten drohte. Für die Entfesselung eines Feuersturms durch eine belagerte Stadt unter Schonung aller Häuser musste er seinen Geist gesammelt halten.

Ein Donnerschlag durchfuhr sein Zauberweben. Jemand warf sich mit Macht von innen gegen die Steinluke, die aus dem Turm auf den Balkon führte. Der Angreifer barst vor Kraft, die Einfassung der Platte erzitterte, und an den Eisenankern von Scharnieren und Riegeln zeigten sich Risse. Mehr solcher Stöße, und sie wären hier draußen bei ihm.

»Keine Sorge, alter Knabe! Wenn es dazu kommt, springen wir ab, ich erspare dir Gift oder Marter«, murmelte Kato. Kincaid gab sich kampflustig und knurrte die Luke an. Unvermittelt begann der Hund wie wahnsinnig zu bellen.

Keine Zeit, dachte Kato. Er spürte, wie die Flammen an ihm zerrten wie ein waidwundes Tier, eine Bestie, die sich in seine Gewänder verbissen hatte.

Riechst du das Blut, Kato?, fragte das verbrannte Mädchen. *Du bist hier falsch. Wir müssen in den Nadir. Die Vier Könige verlangen es von dir, schon vergessen?*

»Nicht jetzt«, antwortete er und atmete stoßweise. Selbst gemessen an den bisherigen Schweißbächen dieser Nacht, flossen nun Meere aus seinem Körper. Er kam vor Hunger und Schmerz beinahe um, als er dem Zauber Teile seiner selbst zum Fraß vorwarf. Feuer nahm und nahm, nie gab es, sah man davon ab, was Brand an Dünger hinterließ.

Doch jetzt, Kato. Genau jetzt entscheidet es sich. Sie sind hier, um zu vollenden, wofür man sie entsandt hat. Das Mädchen schüttelte so heftig den Kopf, dass Ascheflocken herabsanken. *Sie sind auf Einladung hier, um ihre Pflicht meisterlich zu erfüllen. Statt herauszufinden, welcher Art ihr Auftrag ist, strampelst du und wehrst dich gegen das Unvermeidliche. Genau wie diese Stadt. Niemand begreift, welche Tragweite alle diese Ereignisse haben.*

Was zum Teufel willst du von mir?, schnaubte er. Seine Arme verschwanden im unteren Schlund einer Feuerhose, die in den Himmel hinaufpeitschte. Er war ein Mann, der einen Tornado am unteren Ende gepackt hielt wie den Stier. Von der Stadt herüber rauschte Katapultladung heran. Was auch immer sie auf ihn abschossen, es verbrannte nur Schritte entfernt, zerfiel zu weniger als Staub und Rauch.

Statt einer Antwort knurrte Kincaid. Einmal mehr grollte der Hund bedrohlich wie in den Tiefen der Mine, fletschte die Zähne und zog die Lefzen hoch wie ein Urwolf.

Haben wir dich vielleicht völlig verkannt, alter Knabe?

Dein Hund hat mehr Verstand als du, Zauberer. Das Mädchen musterte Kato mit tadelndem Blick. *Du tätest gut daran, ihm zu folgen.*

Er war dümmeren Anführern gefolgt. So viel stand fest.

Doch bevor er Unflätiges entgegnen konnte, erbebte die Steinluke unter einem weiteren wuchtigen Schlag. Dieses Mal brachen die Eisenbeschläge aus.

Noch ein kräftiger Tritt, und sie standen vor ihm.

Keine Zeit mehr für Fragen.

Du hast immer Zeit für Fragen, Tamasine. Nur sind es nie die richtigen, stimmt's?

»Verschwinde aus meinem Kopf! Kohlestümpfe reden nicht.«

Und doch sind wir alle hier.

»Dann freut euch, nun bekommt ihr Zuwachs!«, gellte er. Er fühlte sich wie ein Mann, der nackt in einen Sturm rannte, die Haare aufgeladen mit Strahlkraft, und das Einschießen unfassbarer Macht in jede Ader bis hinab in die Zehenspitzen erfuhr, bis die Nerven in den Zähnen sangen.

Verbotene Gigantenmacht der Urzeit, der Menschheit vor zwei Jahrtausenden durch Verrat in die Hände gefallen, floss nun durch seinen gezeichneten Leib. Als wäre er vom Blitz getroffen und stünde unverzehrbar in Flammen.

»Mifreaddh! Flamin freath, freath Flamin!«, sang er. Kein Gebrüll kam mehr gegen das Tosen der Feuerhose an, deren Größe nun die der *Goldmarie* zugedachte um das Fünffache übertraf. Beim geringsten Fehler ginge ein Drittel der Stadt zu seinen Füßen in Flammen auf.

Götter, wie dringlich verlangte ihn nach einem Schnaps!

Hinter ihm geriet Kincaid außer Rand und Band, biss mit Schaum vor der Schnauze um sich. Ein letztes Krachen, dann flog die Luke auf. Kato wusste, sein Zaubergewebe würde ihm entgleiten, wenn er jetzt herumfuhr. Er pfiff seinen Hund zurück, bevor eine Klinge seine Flanke fand.

Das Fell gesträubt, den Körper dicht an den Boden geduckt und zähnefletschend, rutschte Kincaid ein Stück zurück.

Der Umriss eines schwer gepanzerten Emissärs tauchte auf, ein Stoßschwert erhoben, um den Magier zu durchbohren. Als er den Feuersturm wahrnahm, hob der Krieger drohend die Hand und spreizte drei Finger seines Panzerhandschuhs ab, als gäbe er ein Zeichen. Ein Schnippen bedeutete das Ende.

Kato warf einen Seitenblick auf die *Goldmarie,* die bereits hundert Schritte entfernt in Richtung Stadtmauer davonschwankte. Das Schiff erbebte unter Schlägen, als würde sich etwas Riesenhaftes im Laderaum umherwälzen.

Plötzlich überschlug sich Kincaids Hundestimme mit laut klagendem Gekläff. Als Antwort drang aus dem Turminneren ein solch markerschütterndes Heulen, dass es selbst das Brüllen des Feuersturms nicht verschluckte. Ein Wolfsungeheuer, den Höllentiefen entstiegen, schien im Turm zu wüten.

Kato stierte auf die drei Panzerfinger wie der Mörder aufs Richtbeil. Der Emissär hob den Arm noch höher.

Da wölbte sich die Brust des Wasserritters. Die Kristallplatte seines Kürasses splitterte nach außen. Eine gewaltige schwarze Pranke, gegen die sich Braunbärtatzen wie Katzenpfötchen ausnahmen, war ihm von hinten durch den Rumpf gefahren wie ein Zackenquirl durch Butterteig.

Sein Arm sank nach unten.

Scheinbar schwerelos hob der Fußsoldat vom Boden ab, fünf Krummdolche aus schwarzgrauem Horn ragten aus seiner Brust.

Dann wurde er jählings durch die Luke ins Dunkel der Wendeltreppe zurückgezerrt, und einen Herzschlag später zerrissen Metall und Kristall wie Batist, ein unerhörter Kampflärm völlig ungleicher Kräfte erscholl aus dem Turm.

Der entscheidende Augenblick war gekommen.

Kato sang zwei Wörter als Glanztöne seiner anschwellenden Melodie: »Flamin. Frij.«

Mit den Händen beschrieb er ein flammendes Rad in der Luft, das in der Mitte ein Kreuz aus Feuer offenbarte. Diese Macht setzte er auf einen Schlag frei.

»Es tut mir leid«. Das gab er den Flammen mit auf den Weg. Viele Unschuldige dort unten würden durch die Gewalt des Entfachten ertauben. Doch sie durften weiterleben.

In einer poetischen Anwandlung formte er aus der Feuerhose eine Sagengestalt. Als er sie entließ, bot sie den Anblick eines der Drachen aus den Landen seiner Vorväter: halb Schlange, halb Löwe, mit kurzen Beinen, fließenden Schnurrhaaren und einer mächtigen Mähne. Er entsandte den Drachen des Südostens in den Himmel – das uralte Symbol des Glücks.

Hungrig stürzte sich sein kunstvoll geformter Flammenzauber auf die vom Sommer getrockneten Segel des ersten erhoben gleitenden Wracks, entzündete es und sprang auf das nächste Schiff vor dem Horizont über den Mauern der Stadt über. Wie jemand, der Steine über einen Teich hüpfen lässt und sich dabei der Wasserhaut bedient, entzündete Kato keineswegs die gesamte Flotte, damit hätte er nur die Stadt in Brand gesteckt. Vielmehr nutzte er sie ganz nach Tanaquis Plan als Sprungsteine zum wahren Ziel.

Als ahne sie, was ihr bevorstand, fiel eine der Quallen in einen Klagegesang, der die gewaltige Schlacht zu Katos Füßen übertönte und seine Ohren dem Klang der unheiligen Magick der Emissäre aussetzte. Doch keine Wasserflut der Welt, das nicht der Ozean selbst war, vermochte dem Willen des Meisterpyromanten noch zu Einhalt zu gebieten.

»Flamin! Freadh!« So verhängte der Lohenmagus den Tod.

Der Gesang der Qualle ging in ein gurgelndes Kreischen über. Das Gestöber aus alchemischem Nesselgift hatte Feuer gefangen und nährte es wie knisternder Mehlstaub in einer Windmühle. Der Feuerdrache zerbarst und schmolz zu einer gewaltigen Flammenfläche. Die aufgedunsenen Quallenleiber zuckten darin zur schrecklichen Musik des eigenen Klageröhrens in irrwischhaftem Schleiertanz umher.

Mit einem verrückten Grinsen auf den Zügen beobachtete

der Junge von einst, dessen Eltern und Geschwister lebendigen Leibes verbrannt waren, wie die Dächer der Stadt wie von Puppenhäusern abgedeckt wurden. Feuerwindstöße versprengten die Luftarmada der Emissäre – ihre Schiffe gehorchten ihnen nicht mehr.

Die Lebensfäden in den Quallen schienen mit dem Innenleben der Panzersoldaten durch Magick verbunden. Das Zerplatzen der Monster zerfetzte auch die Feinde.

Der Himmel bot ein glühendes Farbschauspiel in Koralle und Gold, ein Festbaldachin über der Verwüstung. Die Verteidiger der Stadt überstanden das Getöse unter magischen Schutzhelmen und kämpften mit neuem Mut.

Katos erschöpfter Blick schweifte zur *Goldmarie* hinüber. Funken entstiegen seinen eigenen Tiefen, flackerten vor seinen Augen. Er war zu weit gegangen, hatte sich ausgebrannt. Ihm wurde schwarz vor Augen, und er taumelte nach links gegen die Brüstung, zur Tiefe hin, die ihn umarmen wollte. Mit letzter Kraft krallte er sich fest, hustete Blutnebel auf den grauen Steinboden, als würde er Siegelwachs versprengen.

Dann sah er wieder klar, doch das verbrannte Mädchen war verschwunden. Dafür bot ihm die *Goldmarie* aus der Ferne die Breitseite. Auf dem Deck erhob sich eine vertraute Gestalt.

Bowden Verdian, sein Bewacher und Kamerad wider Willen, hob den schimmernden Mirvaalispeer und entbot Kato mit der Faust vor der Brust feierlich Salut. Er wirkte freundlich.

Kato lächelte schief. Er wünschte sich, das sie einende Band wäre nie durch das Urteil des Turms entstanden.

Ein weiterer Hustenkrampf überfiel ihn. Er musste vom Zauber ablassen und hoffte nur, sein Werk sei verrichtet.

Die Welt versank ihm. Kincaid kläffte wie von Sinnen, als Geschosse einschlugen. Kato ersehnte nur noch den Schlaf.

Aus trüben Augen sah er eine Waffe auf den Turm zurasen. Willig breitete er zum Empfang des Speers die Arme aus.

Eine schwarze Pranke von der Größe eines Pulverfasses legte sich um Katos Leib. Müde blickte er in giftgelbe Augen und Fangzähne, todbringend wie Krummdolche.

Er kicherte nur. Der Tod war gekommen und sah aus wie ein Wolf, ein Ungetüm zwischen wildem Riesenmann und aufgerecktem Bär. Das Tier des Endgesangs, Fänger der Verdammten, der Widersacher aus Katos schlimmsten Träumen.

»Die Neun Höllen. Jetzt ist es so weit«, hauchte er.

Der Speer traf die Bestie im Arm. Dann schwanden dem Magier die Sinne. Trotz der Verwundung hielt sie ihn fest.

Du hast dir viel Zeit gelassen, sagte das verbrannte Mädchen und schwebte auf sie zu. Doch sie sprach zum Wolfsgeschöpf, nicht zu Kato. *Ich weiß nicht, wie lange ich noch vor meinem Meister verbergen kann, wer du bist. Er wird merken, wie sehr ich mich seinem Einfluss zu entziehen versuche, und begreifen, dass seine Macht über mich und meine Freunde schwinden wird, sobald das Lied ertönt. Im Moment kann ich ihn noch daran hindern, uns hier zu sehen.*

»Wie kommsendu auf seine Schulder?«, lallte Kato, während seine Füße wegglitten und ihn der Arm der Wolfsbestie auffing, als wäre er nicht mehr als eine Stoffpuppe.

Kato sah den Wolfsmenschen dem Mädchen zunicken, als er mit seinem Rücken Armbrustbolzen abbekam und knurrte.

»Hatte … zu tun … musste … den Eingang … finden«, grollte die Bestie, die den winselnden Kincaid musterte, am Boden mit einem Griff erwischte und unter den freien Arm schob.

Kato erkannte die Stimme des Ungetüms wieder, wenngleich sie viel dunkler tönte, als er es von dessen früherer Gestalt in Erinnerung hatte. Doch das mochte so kommen, wenn man plötzlich einen halben Fuder mehr wog und groß wurde wie eine Pferdepyramide.

Der Wolfsmensch heulte auf, während Kapselbolzen in seinen Wunden mehr Seeschlangengift aufschäumen ließen, als man gebraucht hätte, um ein Pferd zu töten.

Dann verschlang Kato das Nichts.

17

Die unter Deck Geratenen schrien aus Leibeskräften.

Zunächst beim Anblick der Geheimwaffe, welche die Emissäre im Bauch der *Goldmarie* zur Beherrschung von Emricks Hauptstadt der Stadt verborgen hielten. Der zweite Schrei folgte auf die Stoßwelle, die das Schiff mitten im Kampf gegen das Untier umherwarf wie ein Spielzeug.

Die Kogge ächzte unter ihrer Wucht, deutlich hörte Tanaqui über das Brüllen der Bestie hinweg, wie dem Schiff der Kiel gebrochen wurde. Alles auf dem endgültig berstenden Wrack sackte durch. Bis auf das Ungetüm selbst.

Zehn balkendicke Tentakel wanden sich um einen aufgeblähten Leib aus schleimigem Fleisch in irrwitzig irisierenden Farben. Sie durften dort spielen und sich im Lichterspiel ringeln, wo dieser Leib im Laderaum gerade noch Platz ließ. Zahlreiche glubschige Augen blinzelten aus Lidwülsten und starrten in gieriger Fresslust auf die von Saugnäpfen gepackte Gjala. Die Zwergin erwartete ein gewaltiger, an Papageien des Südens erinnernder Schnabel, der halb geöffnet aus dem Flossenkamm der Bestie vorragte.

Die Zwergin klammerte sich verzweifelt an den Mastfuß, während die Bestie ihren Rumpf umwickelte und an ihr zog.

Die Wüstenelfe fauchte. Verbissen krallte sie sich an einem zerschlissenen Packnetz und einer Strebe fest, nachdem sie der Stoß gegen das Schiff brutal in die Höhe geschleudert hatte.

Nur elfische Behändigkeit hatte ihr die Knochen gerettet. Der Donner hatte ihre Ohren betäubt.

Die Bestie brüllte für sie unhörbar, der Schnabel zog dicke Schleimfäden und klappte auf und zu. Bierschaums Schreie gerannen zu stummer Mimik. Tanaqui wollte auf die Runenaxt der Zwergin deuten, doch alles drehte sich um sie.

Einzig die Tiefseebestie fand in diesem Trudeln mit ihrem Übermaß an Beinen und Armen Halt. Unablässig zerrte sie an der Zwergin, schon bald würde der scharfe Riesenschnabel zuhacken und ihren zerbissenen Leib in einem glitschigen Schlund verschwinden lassen. Tanaqui vermisste ihren Speer.

Ein weiterer Schlag fuhr mit solcher Gewalt durch das Schiff, dass Tanaqui bitter fruchtiges Blut schmeckte. Hilflos wirbelte sie umher wie Löwenzahnsamen.

Dann schlug sie mit solcher Wucht auf, dass sie fürchtete entzweizubrechen. Vom Schmerz gelähmt, lag sie am Boden.

Tentakel krochen lüstern auf sie zu wie Meeresschlangen.

Es scheint, als bedürftest du meiner Dienste doch mehr, als du zugibst. Plötzlich sprach die Stimme des Großen Jägers zu ihr, spendete Trost, obschon unwillkommenen.

Das brauchst du auch nicht. Wir beide sollten nur eine Einheit bilden, und der Schrei deiner Freundin in der Stadt hätte uns beinahe auseinandergerissen.

»Machtqueste«, flüsterte Tanaqui, während sie weiter hilflos auf den wankenden Planken lag.

Dein Wille zum mutigen Selbstopfer hat mich noch einmal erweckt. Prüfung bestanden. Wir suchen einen Hautmaler.

Von unten drangen Geräusche abreißender Bauteile herauf, wohl weil der geborstene Kiel der *Goldmarie* über Dachfirste schrammte. Geschosse der Stadtverteidiger trafen sie hart.

Dein Freund, der Äffchenhexer, hat ein Freudenfeuer entzündet. Es ist diesem Kahn nicht gut bekommen.

»Kaum besser als früher uns Baumbewohnern«, murmelte sie, bevor sie sich auf die Beine stemmte und sich schwankend den Fangarmen stellte, die sich in diesem Moment wie Kobras vor ihr erhoben. Saugnäpfe in Tellergröße entblößten schmatzende Rundmäuler mit glasig uringelben Zähnen.

Wir waren Halbgötter, als sie noch krochen. Jetzt ducken!

Sie tauchte ab, die Fangarme peitschten ins Leere. Es war der Jäger, der sie bewegte und weiterhin antreiben wollte.

Die Tentakel wanden sich erneut auf sie zu. Sie wich zurück, schlug dann blitzschnell einen Salto. Der Taumel des krängenden Schiffs verlieh ihr Schwung, wurde zu ihrer Bogensehne statt zum Feind. Schlagartig kehrte durch die Heilkraft des Ahnen auch ihr Gehör zurück.

Mit einem heiseren Schrei musste Bierschaum den rettenden Mast loslassen – auch die legendäre Zähigkeit der Zwerge kannte Grenzen. Der Fangarm des Untiers rollte sie ein und führte sie als gut verschnürtes Bündel dem vor Speichel triefenden Schnabel zu. Ein sehniger Schlund tat sich auf.

»Tanaqui ... Hilfe ...« Gjalas Flehen war kaum noch zu hören.

»Der Architekt wacht«, ertönte eine Stimme vom Luk.

Der Speer, dunkel von Blut, flog zielsicher zur dicksten Stelle des Tentakels und bohrte sich durch die zähe Haut tief in Fleisch. Tanaqui verlor keine Zeit. Statt Bowden zu beachten, preschte sie los, sprang ab und landete mit beiden Händen an ihrem Speer, als wäre er ein Reck.

Ihr Gewicht hebelte die Klinge durch den Arm wie ein Waldmesser durch eine Pilztraube. Der Krake riss den Schnabel zu einem jammervollen Gurgeln auf. Unter dem starken Schmerz löste der Fangarm den Griff.

Bierschaum schlug hart im Laderaum auf.

Ein Schemen fiel durch das Luk in die Tiefe, landete genau neben einem der entrollten Fangarme. In einem silberblitzenden Bogen durchtrennte Bowden Verdians Bastardschwert das Tentakel mit dem ersten Hieb zur Hälfte. Er stemmte den Fuß gegen den dünneren Teil des Arms und ließ einen weiteren Hieb folgen. Ehe sich die Bestie wehren konnte, hatte seine Klinge die übrigen Muskeln zerteilt.

Ruckend zog sich der Armstumpf in den wabbelnden Leib zurück, der Schnabel des Monstrums klackte dazu im Takt.

Tanaqui wirbelte einmal über die Hüfte um den Schaft ihres Speers, um sich Bierschaum zuzuwenden, und riss mit dem Schwung ihrer Waffe ein weiteres Tentakel auseinander.

Zweier Arme beraubt, kroch das Geschöpf tiefer in seine sichere Ecke des Frachtraums zurück. Im Dunkel lugten ausgestülpte

Augenschlitze nach den Angreifern aus. Das schleimig trübe Blut der mächtigen Bestie schoss aus den Wunden durch den Laderaum.

Die Wüstenelfe eilte zu Bierschaum, packte die Freundin mit der Kraft des Jägers unter den Achseln und zog sie in eine Ecke nahe der Einstiegsluke, die nun an der Seite der beschädigten und gekippten Kogge lag.

Bowden wollte der Bestie nachsetzen. Doch Tanaqui stieß einen Warnruf aus. Das Monstrum rollte die Ausläufer weiterer Tentakel stramm zusammen wie ein Mann, der die Fäuste ballt, und ließ sie auf den Paladin niedersausen.

Die niederschmetternden Hiebe ließen gehärtetes Holz splittern, verfehlten Bowden nur knapp und warfen ihn um. Tückischer Wille glomm im Blick dieses urwissenden Wesens, das scheinbar den Meerestiefen entstiegen war.

Doch etwas daran wirkte auf Tanaqui unecht. »Er riecht nach Sternen«, hauchte sie, verwirrt über diese Eingebung.

Dürftig ist euer Wissen über verhüllte Welten, Kind. Der Große Jäger wollte die Zweifel aus dem Gespür ihrer Elfensinne heraus wohl bestätigen. Dieses missgeformte Wesen entstammte einer gänzlich anderen Wirklichkeit.

Als hätte das Weichtier ihre Worte aufgenommen, entfaltete es eines seiner Tentakel, nachdem es Bowden zur Seite geschoben hatte. Vor Tanaquis ungläubigen Augen führte das Geschöpf die Spitze zu einem Silberband, das aus seinen Leibeswülsten hervorlugte und einen Kristall hielt.

Ihr wurden die Knie weich, als sie erfasste, dass sich vor ihr kein tierisches Geschöpf wand. Furcht lähmte sie.

Kind, halte den Atem an!, befahl der Große Jäger.

»Dich werd ich lehren!«, bellte Gjala. Sie war mit Schrammen und violetten Blutergüssen bedeckt, und doch rissen ihre kräftig aufgeschwollenen Arme die Runenaxt in die Höhe und schleuderte sie im Bogen nach vorn.

Wie ein Meteor rotierte der Stahl. Die Zauberzeichen darauf entflammten hell wie in der Mine unter Dunkelfall, als sie sich gegen einen Riesen gestellt hatten.

Beim Anblick des Geschosses weitete das Geschöpf die Augen vor Entsetzen. Das Tentakel berührte das Amulett, doch der Einschlag des verzauberten Zwergenstahls brachte eines dieser Augen für immer zum Erlöschen.

Die Kreatur gellte, brüllte ihr Leid hinaus, doch nichts davon erreichte die Ohren. Die Gefährten vernahmen nur das Lied, das Tanaqui seit den vielen Monden ihrer Reise vernahm: einen gequälten Gesangston hinter der Stirn.

»Luft anhalten!«, schrie sie den anderen aus Leibeskräften zu und folgte selbst der Weisung ihres Ahns.

Keinen Moment zu früh. Die Luft im Laderaum wurde einer grundsätzlichen Verwandlung unterzogen. Tanaqui spürte ein Erstarren ihrer Glieder, als tauche sie im Dunkeln in ein Eisbad ein. Zugleich verbreitete sich ein ekelhafter Gestank, so als schütte man Unrat und Milch über Herdglut.

Das Tentakelwesen erbebte unter einem Gurgeln.

Urplötzlich legte sich ein gewaltiger Druck auf Tanaquis Brust. Der üble Geruch war verschwunden und machte salzig schmeckender Kälte Platz. Allumschließend fest stockte die Luft, verweigerte sich dem Atmen.

Abgehackte Fistellaute kratzten an ihrem Geist wie ein vereister Geigenbogen auf glühenden Saiten, Satzfetzen.

Saat. Aus. Dem. Äußeren. Nicht. Wehren. Insekt, hämmerte es durch ihren Geist. Ihre Herzen schienen stillzustehen.

Es hat mir Wasser in die Lunge gehext. Ist da Wasser?

Der Wille, um sich zu schlagen, wurde übermächtig. In Hoffnung auf Hilfe suchte ihr verzweifelter Blick Gjala, doch Bierschaum lag bereits am Boden, strampelte wild und umklammerte ihre Kehle. Sie ertrank in der Luft.

Kannst du nichts tun?, fragte Tanaqui den Großen Jäger, doch mit blankem Schrecken nahm sie wahr, dass ihr mächtiger Vorfahr selbst wie ein Löwe um sein Leben rang.

Das gewaltige Geschöpf sandte seine übrig gebliebenen Fangarme nach vorn. Trotz seiner Missgestalt und Fremdheit erinnerte es Tanaqui an Menschengelehrte. Manche Rundohren hatten im Lauf der Jahre den Mirvaali oder die Wüste aufgesucht, um Berge zu zeichnen oder für sie kostbare Insekten auf Tafeln zu spießen. Von ihnen kannte sie genau diesen Abstand zum Opfer, diesen abschätzenden Blick des besessenen

Sammlers ohne Moral, der angeblich im Namen der Wissenschaft tat, was immer ihm beliebte.

In den verbliebenen Augen der Bestie stand nichts als jenes Vergnügen, eine entrückte Begierde, Bierschaum für den Axtwurf jämmerlich verenden zu sehen.

Tanaqui wurde schwarz vor Augen, ihr Blick verengte sich zum Tunnel, der zur Bestie hinführte. Genauso besessen stierte der Krake in seinen Tunnel und vernachlässigte die Umgebung. Die Elfe lernte blitzschnell, löste sich aus dieser Verknüpfung und hielt Ausschau nach dem Ritter.

Bowden Verdian stapfte forschen Schritts auf das unheimliche Wesen zu. Der Anderthalbhänder beschrieb silbrige Kreise. Tanaquis sterbender Leib benötigte Luft, sie kicherte wie verrückt, und ihr vergiftetes Gehirn zeigte ihr albtraumhafte Trugbilder.

Der Paladin schritt aufrecht einher, während Bierschaum und sie von der unsichtbaren Macht im Unterdeck auf die Planken gepresst wurden. Er öffnete den Mund und nahm einen mächtigen Atemzug, während flirrende Funken vor Tanaquis Augen tanzten. Der Ordensdiener schien von der Strahlung dieses Wesens aus jenseitiger Welt unberührt.

Die Bestie, das Fremde, der böswillige Besucher, fuhr herum, sein wabbelnder Leib glitt in Richtung des Paladins. Und so wie Tanaqui darüber erschüttert war, dass Cathwyn ebenfalls zu ertrinken schien, so setzte es dem Tentakelmonster offensichtlich zu, Bowden gegen jene finstere Magie beweglich und frei atmen zu sehen.

Wie?, war der letzte Gedanke, den es von sich gab. Dabei entfaltete das Ungetüm seine tödlichen Fangarme kraftvoll wie eine Blütenfalle, um den Paladin zu zerschmettern. Doch wie ein Raubtier mit nur einem mächtigen Säbelzahn vollführte Bowden einen Sprung. Er setzte über Bierschaum hinweg, landete auf dem schleimglänzenden Kopfsack der Bestie, die Spitze seines Stahls auf das Amulett gerichtet.

Was nun folgte, erfasste Tanaqui nicht mehr. Sie spürte ein Brennen in jeder Faser ihres Leibs, das sich zum Rauschen von Wasserfällen in ihren Ohren wandelte. Eine Leichtigkeit überkam sie, die sie seit den glücklichen Tagen einer elfischen Jugend im Wald nicht mehr gekannt hatte.

18

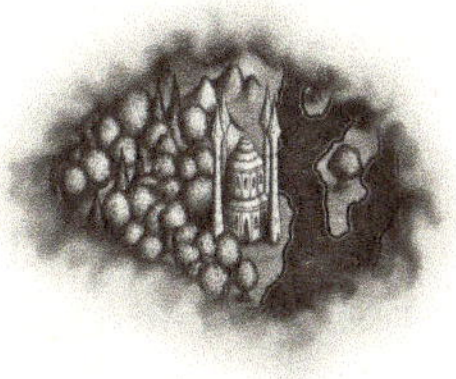

»Gedenken wir einzuschreiten, Herr?« Trotz der Höhenwinde war die Stimme von Kaelanos gut zu hören. Still wie Totengeister kreisten die Rieseneulen mit ihren gefährlichen Reitern über dem Schlachtfeld und beobachteten das feuergewaltige Schauspiel.

»Meinst du mit *wir* uns beide oder dich allein, Lakai?«

»Wir meinen uns, Herr«, versicherte das Wesen.

Vesshelin hörte nur mit halbem Ohr zu. Seine Herzen pochten schneller, seine feinen Sinne rochen das Blut und die Gewalt dort unten so freudig wie Würzwein.

Alles in ihm lechzte danach, zu landen und durch die Stadt der Menschen zu streifen. Jene Stadt, die ihnen über drei Kriege hinweg so hartnäckig zugesetzt und die Waldelfen die Zukunft gekostet hatte. Er sollte dort unten lauern, die Türen der Schutzkeller öffnen – und jagen.

Er könnte sich Erinnerungen schaffen, die tausend Jahre vorhielten, das Brechen der Hoffnung im Blick der Äffchen, wenn er ihnen die greinenden Bälger und ihre Zukunft nahm. Labsal gegen die Seelenqual, Sühne für ein edles Reich.

Doch die Herren des Nadirs verfolgten andere Pläne und hatten ihn nach dem Krieg mit der reinen Schöpfungskraft der Feuer des Mirvaali gesegnet. Jene Kraft aus dem Harz der Bäume, mit der er zunächst Kaelanos erschaffen hatte.

Nein, Vesshelin musste Geduld zeigen, wollte er seine eigen

Blutlinie begründen und an der Seite der Walter des Weltenbaums diese Nebenwelt verlassen, in die sich seine Eltern mit ihm zusammengedrängt hatten. Er war des erbärmlichen Ortes gründlich überdrüssig. Vesshelin hatte Jahrhunderte hier verbracht und alles Erreichbare gesehen und erlebt, was es hier zu sehen und zu erleben gab.

Er würde seine Gelüste zähmen, bis sich ihm eröffnete, in anderen Gefilden zu jagen. Dort nähme er sich alles, was er je begehrte, Tanaqui treu bewundernd an seiner Seite.

Der Schlachtenlärm ließen sein Blut aufwallen, während er solchen angenehmen Fantasien nachhing.

Als die Stoßwelle und der Feuerball über die Stadt hereinbrachen, war ihre Wucht bis hinauf in die Wolken zu spüren gewesen. Die Hitze raste über ein Viertel des Stadthimmels hinweg, ausgesandt von einer winzig wirkenden Gestalt auf einem Turm.

»Seine Macht ist beachtlich«, urteilte der Elfenprinz anerkennend. Geböte er jemals über ihn, würde er diesen Kato anleinen. Sein eigenes Volk hätte sich im Krieg entschließen müssen, die Menschenzauberer zu versklaven und deren Macht für sich zu nutzen. Doch die Sidhe waren der Elementarmagie abhold.

»Ihr hättet mir erlauben sollen, ihn zu töten. Ich hatte Euch gewarnt, wie gefährlich er ist. Er und seine Hunde.«

»Du meinst seinen Hund, Jagdmeister. Der andere fand am Strand sein Ende, wie du dich sicher erinnerst.«

»Wir sind nicht überzeugt. Seine Macht war beträchtlich. Er kam uns seltsam vertraut vor. Als teilten wir den Fluch.« Kaelanos betrachtete die Verwüstungen, die das Feuer anrichtete. Die Schiffe der Emissäre stießen aneinander wie Kugeln in einem Tischspiel. Aus dieser Höhe sah es fast kurzweilig aus. »Der Zauberer ist erschöpft. Das Schiff mit den anderen treibt abgeschlagen, Herr. Soll ich den Meister des Feuers erkalten lassen?«

Vesshelins Puls stieg an, als er sah, wie rasch das Wrack der Kogge davontrudelte. »So groß die Verlockung auch wäre, einen ihrer Freunde zu töten – das Schiff mit meiner Angelobten an Bord befindet sich in einer Zwangslage.« Er zog seinen

Säbel mit einer Leichtigkeit, gegen die sich der Flügelschlag eines Kolibris langsam ausgenommen hätte, und deutete damit auf eine Schar Raubfische und zwei uralte Pinassen mit Emissären an Bord, die der Kogge nachsetzten.

»Wir nehmen uns diese dort vor.«

»Herr, die Herren des Nadirs machten deutlich, dass wir uns nicht einmischen sollten. Sie scheinen mehr über Emissäre zu wissen als wir.«

»Als du, in der Tat«, versetzte Vesshelin verärgert.

»Ich meinte uns beide, Euch und mich, Herr.« Kaelanos zog eine Lanze, schlanker und mit längerer Klinge als die klobigen Pfähle, wie sie Menschenritter führten. Dazu geformt, vom Rücken einer Rieseneule aus Beute zu erlegen.

»*Ich* jedenfalls bin mir gewiss, dass du *mein* Geschöpf bist. Mich schert nicht, was die Meister des Nadirs wollen«, betonte Vesshelin. »Ich lasse nicht zu, dass diese widerwärtigen Fremdlinge Hand an meine Jungfer legen. Kann ich auf dich zählen, Jagdmeister?«

»Herr? Hegt Ihr Zweifel an uns?« Kaelanos klang unbewegt wie eine mechanische Kunstfigur. Vesshelin musste sich immer wieder in Erinnerung rufen, dass der Jagdmeister genau dies war, eine elfisches Kampfwunderwerk, das er erschaffen hatte. Eine Waffe, die er geschmiedet hatte.

Vielleicht sollte ich mich deiner entledigen, Knecht, dachte Vesshelin. *Die beste Waffe findet noch ihr besseres Parierstück. Dieser Magier, dieses Äffchen, das Feuer bändigen kann, der verspricht mehr für die Zukunft …*

Sicher, man musste ihm die Rebellion austreiben. Er warf einen Seitenblick auf Kaelanos. Dann schaute er nach dem Turm, auf dem der Magier stand. Bald kämen die Emissäre.

Vesshelin gedachte der Unterredung mit dem Sterblichen. Wie enttäuscht und müde Tamasine Kato ausgesehen hatte, nach einem Leben des Kriegs, in dem er so viele Elfen verbrannt hatte! Welche Ironie darin läge, wandte sich dieser Mann gegen seine eigene Königin. Schließlich hielt Vesshelin zwei Angebote bereit, die Kato auf seine Seite ziehen würden.

Einerseits wusste er, wie sich dieser feurige Knecht nach Vergebung aller Toten aufseiten der Elfen sehnte. Vesshelin hatte seine Gegner von der Stille über Kionis Schwingen aus eingehend beobachtet. Selbst Tanaqui und der widerliche Parasit eines toten Zeitalters, jener hochelfische Held, dessen Licht in diesen lächerlichen Hautbildern wohnte, hatten ihn nicht bemerkt.

Er hatte sich über Wochen ihrer Reise die Zeit genommen, den Feinden in luftiger Höhe zu folgen. Das Hitzeflirren der Waldbrände und der allgegenwärtige Rauch hatten geholfen, ihn zusätzlich zu verschleiern. Beständig war er spähend über ihnen gekreist.

So hatte der Prinz rasch begriffen, was sein Jagdmeister mit den Worten andeuten wollte, dass sich im Hund des Magiers mehr verbarg, als diesem selbst bewusst war.

»Weiß Kato Tamasine, was ihm da folgt?«, fragte Vesshelin seinen Begleiter, während ihre beiden Eulen träge über dem Schlachtfeld kreisten und er den Turm keinen Moment lang aus den Augen ließ. »Oder auch, wer?«

»Ihr meint seine beiden Hunde?« Kaelanos zuckte mit den Achseln. »Schwer zu sagen, wir wissen es nicht.«

»Poetisch, dass du von zwei Hunden sprichst, nachdem einer von ihnen doch gestorben ist. Ich nehme an, du beziehst dich auf diesen lächerlichen Popanz eines entmannten Menschengottes.«

»Nein, Herr. Ihr versteht noch immer nicht. So seht doch!« Kaelanos deutete mit der Lanzenspitze auf die Straße am Eingang des Turms. Vesshelin verengte die Augen. Ein feister Galgenstrick hielt je einen Emissär an ausgestreckten Armen und schmetterte sie zweimal rasch gegeneinander, bevor er in den Turm eindrang, zwei hinauftrabenden Trupps der Invasoren hinterher. Jeder andere hätte hierbei rasch sein Ende gefunden.

»Der Verfluchte lebt?«, fragte Vesshelin erregt und biss sich dabei so heftig auf die Zunge, dass Blut seine makellos scharfen Zähne benetzte. Ärgerlich schluckte er.

»Er gleicht uns, Herr. Es sind die Wurzeln. Der Mirvaali nährt ihn. Er ist vom Wald. Von *ihnen*. Oder von *ihr*.«

»Ich hege einen Verdacht, was er sein könnte. *Wer* er sein könnte. Ich erinnere mich an die Legenden.« Vesshelin legte einen Finger an die Lippen, ließ sich von Kionis trägen Flügelschlägen einlullen, während er sinnierte.

»Herr, das Schiff mit Eurer Verheißenen treibt weiter ab. Unsere Sinne spüren dort eine Finsternis, die nicht von dieser Welt ist. Sie haust im Frachtraum und greift in diesem Moment nach den Seelen Eures Weibes und seiner Begleiter.« Ein Hauch von Sorge färbte seine Stimme.

Vesshelin hatte bei seiner Erschaffung zu viel Eigenes in den Knecht gesenkt. Plötzlich verspürte er beim Anblick des bauchigen Wracks nie gekannten Ekel. Obschon er das Schiff nur aus der Ferne sah, erweckte es sein Misstrauen wie ein schlechter Geruch. Er dachte nach und seufzte. »Nach deinem Versagen in der Mine schenke ich dir einen Vertrauensbeweis. Du kämpfst Tanaqui für mich frei!«

»Und ihr, Herr?« Das Geschöpf geriet in Verwirrung. Eben noch wollte der Prinz seine Braut selbst retten.

»Ich werde mich des Magiers annehmen. Die Emissäre werden ihn töten und mit ihm die meisten seiner Geheimnisse. Das lasse ich nicht zu«, sagte er ehrlich, denn nur dann konnte er sich Kato dienstbar machen. »Er könnte meine Verheißung vor Kundheims Tor am Ende doch noch einlösen.«

»Ihr solltet doch schon die Herren des Nadirs begleiten.«

»Der letzte Prinz des Schwertwinds, Diener, taugt nicht dauerhaft zum Knecht. Ich verschaffe mir ein Unterpfand. «

»Was bietet der Feuerbändiger einem Mann Eurer Macht?«

»Du hast sie belauert, Kaelanos, so wie ich.« Vesshelin schüttelte den Kopf. »Doch zugehört hast du ihnen nicht. Tamasine versprach den übrigen Gestalten, sie an einen Ort zu führen, wo der Runenstab doch noch entwirrt würde.«

Der Jagdmeister dachte nach. Schließlich antwortete er: »Er sucht den ältesten Magier. Er will in die Sümpfe.«

Vesshelin kicherte. »So scharf geschlossen, wie ich es von meiner Schöpfung erwarte. Doch nun trägt die kleine Druchul den Runenstab ihres Oberpriesters bei sich.« Er schnaubte. »Und sie wird in Kürze auf dem Schiff sterben, wenn wir uns nicht aufteilen. Ich gehe und rette den Feuerzauberer. Du wirst dich schützend vor mein Weib und den Stab stellen. Was mit der Schlammrobberin und dem Gottessklaven geschieht, schert mich nicht.«

»Wir leben, um zu dienen«, sagte Kaelanos. Er salutierte mit der Lanze. Seine Eule legte die Schwingen an, kippte ab und raste wie ein Geschoss über die besetzte Metropole hinweg in Richtung der davondriftenden Kogge.

Kioni folgte ihr mit einem heiseren Schrei, bevor sie mit dem Prinzen zum Turm hinunterstürzte.

19

Dieser Schmerz. Beinahe schon eine Gewohnheit. Wie Fusel.

Kato stemmte sich auf. Zweierlei beunruhigte ihn.

Erstens hatte ihn ein Schlag von großer Gewalt getroffen, einzig vergleichbar der Kraft eines grauen Kolosses der Savannen, den man Hornnasler nannte. Bowden in Tierform.

Ein Vieh aus nichts als Panzerplatten, mit einem Horn über dem Maul und jeder Menge Gepolter und Wut.

Als Zweites machte Tamasine stutzig, dass er auf dem Rücken lag und die Zauberzeichen auf den zugefügten Hautverletzungen mit Leinwandfetzen verbunden waren.

Als er sich entschlossen weiter aufrichten wollte, stöhnte er auf, als trampele der Hornnasler ein weiteres Mal über ihn hinweg. Sein Körper verlangte nach Ruhe.

Etwas fuhr ihm klatschnass und warm übers Gesicht. Das raue Läppchen kitzelte ihn und wurde von herb riechendem Tieratem begleitet. »Alter Knabe!« Überraschung und Unglauben, Kincaid lebend wiederzusehen, ließen Katos Stimme brechen. Die Hundezunge nahm sich seiner Tränen an.

»Äußerst ungewöhnlich. Ihr solltet mausetot sein. Na ja, zumindest du wärst dahin, Robenträger.« Als er diese Stimme vernahm, schreckte Kato hoch, kämpfte sich auf die Bettkante und setzte die Füße im Dunkel auf grobe Dielen.

Einst hatte er deutlich unterscheiden können, was warm oder kühl war in jedem bizarren Schauspiel, das sich seinen

Augen darbot. Doch nun heizte sich der Archipel auf, und die legendäre Nachtsicht des Lohenmagus litt darunter. Verschiedene Eindrücke setzten sich nicht mehr deutlich gegeneinander ab. Auch wenn Lebewesen sich näherten. Letztlich war er bei Dunkelheit wieder so blind wie alle.

Zur Lichtquelle wurde er nun selbst, als mit der Rückkehr seiner Sinne auch sein Fluch zu neuem Leben erwachte. Die Zeichen in seiner Haut, das Haar und sogar die Augen entflammten wie fleckige Rinnsale aus Öl und Pech. Er fand sich in einer vergessenen Turmkammer voller Kisten wieder.

Kato erhob sich zaghaft, um nichts zu entzünden.

»Du kannst es einfach nicht sein«, stellte er fest. »Ich habe dich am Strand sterben sehen, Vagabund. Wenn jemand in dieser Bude tot sein sollte, dann wärst du es.«

Als ob das noch etwas bedeutet, Kato. Wir alle sind ebenfalls tot und dir doch ständig nahe. Die Stimme des toten Mädchens. Kato erschauerte bei der Vorstellung, mit ihrem Geisterheer im Zwielicht eingesperrt zu sein.

»Hör auf, ihn zu verwirren, Almida!«, tadelte Limbo. Er zog einen Vorhang beiseite, sodass Mondlicht in die Kammer fiel und silbrig seinen massigen Umriss hinterfing.

Kato stand der flammende Mund offen. Der dicke Mann ragte leibhaftig vor ihm auf. Das Mondlicht mied stets Katos tote Begleiter, er hatte es über lange Jahre beobachtet. Limbo schien es zu mögen. Er schimmerte geradezu darin auf.

»Du bist es wahrhaftig!«, staunte der Lohenmagus. Da setzte sein Verstehen über das Anreden der Geister ein. »Also … Augenblick! Du siehst sie? Du nennst sie beim Namen? Nicht einmal ich kenne ihren verflixten Namen! Almida heißt du also?«, fragte er ins Dunkel. »Was wird hier gespielt? Ich dachte all die Jahre, etwas in meinem Oberstübchen sei ausgehakt. Die Seelenheiler des Turms und die Tempelpfaffen meinten, ich sei schlichtweg erschöpft, geplagt von den Schatten meiner Vergangenheit.«

Ich hieß Almida, sagte das verbrannte Mädchen. *Dann hast du mich ermordet.*

Kato fuhr zusammen. Er hatte den Vorwurf schon tausendmal gehört, doch er schwächte sich nicht ab. Offenkundig reichte die Errettung einer Königsstadt vor der Vernichtung durch eine Untotenarmada zur Buße nicht aus. »Wieso zum Herren aller Neun Höllen lebst du noch?!«, fragte er an Limbo gewandt.

»Vorsicht, nicht dass Bowden noch deinen Fluch hört!« Limbo lächelte traurig, blickte zu Boden. Seine Zähne blitzten auf, jeder von ihnen weiß und ebenmäßig statt verfault, wie Kato ihn damals kennengelernt hatte.

»Wusste ich es doch! Es war mir beim Aufstieg der Mine aufgefallen, aber ich hielt mich zurück, weil ich nicht noch mehr Unsicherheit streuen wollte. Der Frostriese, der Schamane unter Dunkelfall! Du warst verschwunden, doch aus dem Dunkel sprang ihn gleich darauf ein fremdes Wesen an und biss ihm ein Stück Fleisch aus dem Nacken. Ein Angriff, der es dem Blechmann und Tanaqui ermöglichte, die tödlichen Streiche gegen ihn zu führen. Später tauchtest du wieder auf, aber ich bemerkte, dass sich dein Körper verändert hatte. Du warst weiterhin, nun ja ...«

»Das Wort, nach dem du suchst, lautet *fett,* Kato.«

»Aber deine Zähne waren sauber«, fuhr der Feuerzauberer fort. »Manche Pockennarben verschwunden. Dann dein Blick in die Tiefe des Minenschachts. Auch dass die Skraemar behaupteten, du hättest dich in Todesabsicht ins Meer gestürzt. Dein Angriff auf die verkleidete Gjala, um von ihr einen Hieb mit ihrer Runenaxt abzubekommen. Deine Hänseleien gegen den Blechmann. Du suchst den Tod.«

»Ich bin schon viel zu lange hier, Kato.« Niedergeschlagenheit tränkte jede müde Silbe Limbos. »Und deine Ärzte irrten: Du bist nicht verrückt. Du bist verflucht. Du hast den Todesfluch einer siechenden Welt auf dich geladen und auf deine Begleiter übertragen.«

Kato nickte bedächtig. »Doch bist du nicht gleichfalls geschlagen? Mit dem Fluch des Werwolfs? Die Magick des Mirvaali und seine vor Leben strotzenden Harze oder ein Biss haben dich zum Formwandler gemacht«, folgerte er, während er beiläufig Kincaids Kopf streichelte.

»Mitnichten, Kato.« Limbo schüttelte den Kopf und warf

Kincaid einen rätselhaften Seitenblick zu. Er öffnete den Vorhang noch ein Stück weiter, badete den Raum im Glanz des Mondlichts. »Ich bin etwas gänzlich anderes, und zu gegebener Zeit werde ich alles erklären. Belassen wir es dabei, dass ich Teil eines Bundes bin, der die großen Begabungen eures berüchtigten Trupps zutiefst schätzt.«

Kato blickte säuerlich. »Große Gaben können Gefahr oder Rettung bringen, das liegt in ihrer Natur. In welche der Richtungen entwickeln wir uns nach deinem Urteil?«

»In beide«, beschied ihn Limbo mit einem Achselzucken. »Mit ihr begann es. Als ich erstmals wahrnahm, welche Mächte durch das Amulett um den Hals der Zwergin und ihre Axt flossen, und dass sie eine Scharade spielte, wusste ich, dass ich eine Seelenverwandte gefunden hatte. Ich beschloss, ihr zu folgen. Die Versuchung war übermächtig, durch Gjalas Waffe, deren Runen den wahren Tod bringen, Frieden zu finden. Doch ich musste widerstehen. Euch mit ihr finden. Euer Vertrauen gewinnen.«

»Du hast uns benutzt, wie jeder Einschleicher«, meinte Kato trocken. Er klang nicht einmal enttäuscht.

»Am Anfang? Auf jeden Fall. Aber dann kamen wir uns näher. Nach Jahrhunderten, in denen ich zum Leben verdammt und ohne Heimat oder Freunde entstellt und verflucht über diese Lande irrte, durch einen Bann in ihre Grenzen gesperrt, fand ich mit einem Mal Kameraden. Bowden mochte mich verachten, doch er schleifte mich mit. Tanaqui rang im Minenschacht verzweifelt um Kincaids Leben, eine vordem unbarmherzige Jägerin und Überlebende zweier Völker. Ich erfuhr vom Schicksal Bierschaums, die als Kind vom eigenen Vater mit ins Verhängnis gezogen worden war und die man dafür zum Dank auch noch verstoßen hatte.«

»Familie und Freunde«, spöttelte Kato, fasste seinen Hund fest um den Hals und drückte ihn.

Ja. Rührend. Meine hast du in Asche verwandelt.

»Lass ihn, Almida! Er hat genug erlitten, und die Reise wird noch andauern.« Der feiste Gesetzlose – so er denn einer war – beschrieb mit der Hand einen Halbkreis, der die Stadt vor dem Fenster einzuschließen schien.

Wenn es dein unbedingter Wunsch ist. Irgendwo neben Kato deutete das schemenhafte Wesen einen Kratzfuß an.

Kato begriff, dass Limbo durch seine zauberische Geste den Schlachtenlärm draußen in der Kammer unhörbar machte.

»Die Emissäre!«, rief er aus. Die Stille ängstigte ihn.

»Dein Feuermachtschlag war die richtige Entscheidung, Robenträger, doch er genügte nicht. Den Emissären mochtest du damit auch zugesetzt haben …«. Limbo wies aufs Fenster.

»Velkha. Die Jarlin und ihre letzten Riesen«, folgerte Kato. »Die lebenden und die untoten Vertreter.«

»Leider ja. Was weißt du über die Riesen? Wie viele der Berghünen töteten die Skraemar und die Zwerge damals?«

»Ich ahne, worauf du hinauswillst. Sie haben sie fast gänzlich ausgerottet. Diese Herrin dürfte nur noch über eine kleine Schar von ihnen gebieten. Aber ich war mit dir unten am Strand, Limbo. Ich habe alles gesehen. Die Zwerge und die Nordleute dachten, sie seien gnädig, weil sie den Riesen die Leichen ihrer Verwandtschaft überließen. Und Berge sind praktisch Kühlhäuser der Natur. Von all den Riesengräbern unter Emrick zu schweigen.«

»Es ist eine Armee von Untoten, welche die Emissäre für Velkha aushoben haben«, bekräftigte Limbo. Er zog den Vorhang vollständig auf. Kato erschrak, als er an einer Straßenkreuzung der Würgeschlinge eine gewaltige Gestalt von den Ausmaßen eines Glockenturms aufragen sah. Wie ein Fisch voller Parasiten war sie von Krähen bedeckt, die unablässig daran knabberten. Der Riese war aufgetaut, verfaulte und nährte das Leben ringsum. Aber er stand aufrecht, sein halb verfallenes Gesicht mit verschatteter Augenhöhle blakte im Mondlicht.

»Müsste ich mir nicht seit vielen Jahren zu Tode Gekommene in so ziemlich jedem Zustand körperlicher Zersetzung anschauen, die mich beim Frühstücken, Schnapstrinken oder während des Liebesspiels beobachten, mich würde das blanke Grauen packen. Wo sind die Verteidiger? Wo die Bürger? Und wie lange war ich weggetreten?«

»Länger als einen Tag. Du brauchtest deinen Heilschlaf, du hast meine Gaben nicht, trotz der Macht, über die du verfügen magst. Die Bewohner sitzen in ihren Häusern fest. Ein Dekret der Emissäre. Sie sprechen die Gemeinsprache, wenn auch nur im Befehlston. Sie haben Adjutanten und Verkünder durch die Straßen geschickt. Es herrscht strengstes Ausgangsverbot. Wer das Haus verlässt, ist Futter für die Riesen, ohne Ausnahme.« Limo ließ den Vorhang fallen.

Kato nickte, während sein Verstand zu arbeiten begann. »Was es uns erschweren dürfte, aus der Stadt zu entkommen und unsere Freunde zu suchen. Was geboten ist, wenn wir den Archipel retten wollen. Gjala hat den Runenstab an sich genommen, er ist Teil des Erbes ihres Volkes. Aber ich bin nun einmal hier und weiß, wo man in dieser Stadt Verbündete und Helfer findet.«

»Du wusstest also, dass es anderswo Kundige zum Entziffern des Runenstabs gibt. Und doch seid ihr zuerst hierher gezogen? War das Bowdens Vorschlag?« Limbo lächelte, aber seine Stimme klang ungläubig und verständnislos.

Kato rieb sich die Stirn. »Erstaunlicherweise war es mein glorreicher Einfall, hierher zu kommen, statt geradewegs die fähigen Helfer aufzusuchen. Aus guten Gründen.«

»Du machst ein ziemliches Geheimnis um sie.«

»Und du um *alles*, Freund. Aber was mich betrifft, hast du dir mein Vertrauen verdient. Ich werde es dir zu gegebener Zeit anvertrauen. Das biete ich dir als Handel an, bis du selbst mehr preisgibst.«

Limbo wirkte auf Kato in diesem Moment, als wolle er etwas Wichtiges mitteilen. Irrte er, oder schweifte der Blick des Gesetzlosen abermals verstohlen zu Kincaid?

»Nun gut«, äußerte Limbo stattdessen lediglich und löste den Blick vom Hund, lenkte sein Augenmerk zurück auf die Straße. Der Vorhang schloss sich sacht. »Draußen wimmelte es vor stummen Patrouillen dieser Eisblütigen aus dem Meer und deren Kolossen. Wir benötigen unser ganzes Können und unsere Gewitztheit. Kann ich auf dich zählen?«

Statt zu antworten, stellte Kato nur eine Frage: »Wo ist mein Stab?«

20

Sie standen im Eingang von Limbos Unterschlupf. Wind und Zugluft trugen ihren Geruch dem Koloss zu, der an der Kreuzung die Straßenschilder mit den Knien überragte und in die höchsten Türmchen der Fachwerkhäuser blicken konnte.

Oder hätte blicken können.

Seine Augen waren verfault wie der übrige gewaltige Kadaver von der gräulichen Farbe verdorbenen Bratens.

Kato wusste um die Magie, die dem Fleisch der Frostriesen innewohnte. Es hieß, elementare Kälte in ihrem Blut lasse es ohne Feuerbestattung nie ganz zerfallen, der Nordwind wirkte bewahrend dabei. Der Riese vor ihnen legte beredtes Zeugnis davon ab. Seine Glieder faulten. Aber eben nicht zur Gänze. Der Gestank war unerträglich.

»Ich nehme an, Feuer ist ausgeschlossen«, raunte Limbo.

Kato ächzte bei der Vorstellung, das heiße Element durch seinen Körper und alle Narben und Zeichen lenken zu müssen. »Du nimmst das Richtige an«, flüsterte er. »Aber selbst wenn ich mich zum Zaubern zwänge. Der Balg ist derartig von Gasen aufgebläht, die Stadt wird abgefackelt, wenn sein brennendes Fett überallhin spritzt.«

»Da fällt mir ein, ich habe Hunger«, murmelte Limbo.

»Du willst mich auf den Arm nehmen.« Kato betrachtete den Turm aus verfaultem Fleisch. Eimerladungen an Maden wimmelten in Wunden und Leibesöffnungen, alles an dem Kadaver schwärte, sodass sich selbst hart gesottenen Veteranen der Magen umdrehte. Wie konnte man bei einem solchen Anblick hungrig werden?

»Die Verwandlung kostet Kraft«, erklärte Limbo mit einem Achselzucken. »Selbst der kleinste Akt verzehrt gewaltige Mengen Lebenssaft und …«

»Schon verstanden«, hauchte Kato zurück. Der Untote drehte den Kopf ruckend in ihre Richtung. In der verwaisten Stadt klangen sich anspannende Nackensehnen wie das Knarren von Takelung.

»Er tharr einhverr?« Es war ein Kollern wie von einer Raubechse der Süddschungel. Gurgeln entstieg einer Kehle nach langem Schweigen. Schneematsch, Eiter, Maden und gallendickes Schwarz sprühten hervor, als der Riese sprach.

»Niemand hier«, antwortete Limbo leise. »Sieh weg!«

Kato bezweifelte, dass der Riese die Anweisung befolgte, selbst wenn er in seiner Sprache redete. Limbo misstraute der eigenen Finte wohl auch, packte den Freund an den Schultern und schob ihn tief in einen Hauseingang. Langjährigem Drill gemäß blieb der Lohenmagus völlig still, mit fester Hand hielt er Kincaid bei Fuß. Vom Versteck aus sah er nur noch einen Ausschnitt der Umgebung.

Auf einem Dach in der Nähe des Riesen huschte unter dem Mondlicht eine Gestalt umher. Als entstünde dort ein Emissär aus dem Nichts. Er war anders ausgestattet als alle, die sie bisher gesehen hatten. Seine Rüstung wirkte leichter, ein Gürtel trug zwei Wurfringe und hielt eine Tunika zusammen, deren verborgene Schutzwirkung durch unauffällige Stoffpolster gewährt wurde. Ein Umhang mit Kapuze vervollständigte das Bild. Das Gesicht des Wesens war nicht zu erkennen, eine dunkle Maskierung ließ kohlschwarze Augen erkennen.

Ähnelt Tanaqui, dachte Kato.

Limbos Blick glitt zum Dach gegenüber der Gestalt im Meuchelmörderaufzug, und der Gesichtsausdruck des Vagabunden ließ Kato vermuten, dass dort ein Komplize aufgetaucht war.

Der Kämpfer in Katos Blickfeld legte den Kopf schief. Nur zögernd näherte er sich dem gewaltig großen Verbündeten, wahrscheinlich ebenso von Abscheu erfüllt wie die Freunde.

Was immer die Diener der Riesenkönigin und die Emissäre verband, gegenseitige Achtung und Austausch waren es nicht.

Andererseits kannte der Magier keine Untoten, die ihre Sprache beherrschten und Fragen stellen konnten.

Von mir einmal abgesehen?, fragte das verbrannte Mädchen

Du hältst besser den Mund, dachte Kato. Sein Herz pochte. Wenn die Assassinen zum Angriff übergingen, hatte er ihnen nichts entgegenzusetzen.

Limbo schloss vorsichtig die morsche Tür und wirkte unschlüssig, wippte mit dem Rumpf vor und zurück. Nach einiger Zeit ließ er so etwas wie ein Grunzen vernehmen.

»Ist das alles, was du aufbieten kannst?«, beschwerte sich Kato flüsternd, aber so streng wie sonst nur Bowden.

»Nun ja, bis eben verfolgte ich einen Plan.« Der Gesetzlose pirschte zum Fenster und spähte durch den Vorhangfetzen. »Die Vermummten sind verschwunden. Der Riese steht noch da.«

»Und jetzt ist dir dein Plan abhanden gekommen?«, spöttelte Kato. »Wie hätte der denn ausgesehen?«

»Nun, ich bin mir sicher, der hochedle Herr Magister hätte es nicht wirklich einen Plan genannt. Ich würde die Form wandeln und dem Koloss eine der Sehnen zerfetzen, die ihn auf den Füßen halten. Während seines Zusammenbruchs schlügen wir uns zur Stadtmauer durch.

»Zur Mauer? Nichts für ungut, mein wohlbeleibter Freund, aber dort erwartet uns kein Durchlass. Die Emissäre nahmen die ganze Stadt ein, das konnte ich vom Turm aus sehen. Da wären sie doch Narren, wenn sie die Mauer nicht neu besetzten und dazu noch ihren Belagerungsring für Ausbrecher offen hielten.« Kato schüttelte den Kopf. Hier waren keine Spiele von Urwesen gefragt, sondern Strategie.

»Und wie, denkst du wohl, bin ich hineingekommen?«, fragte Limbo schlicht, und schon war die Strategie am Ende.

Ja, wie war ein Mann mit den Maßen des Vagabunden durch eine Armee fremdländischer Belagerer gelangt, die aus übernatürlichen Meeresbewohnern, gewaltigen fliegenden Raubfischen und anderen Schrecken der Tiefsee bestand? Sowie eines Heers aus Riesen in allen Fäulnisgraden?

Kato gab auf und fragte brav nach. »Also gut, wie genau konntest du ungesehen in die verdammte Stadt gelangen?«

»Erkläre ich dir, wenn wir die Mauer erreichen. Zu zweit müssen wir uns auch etwas anderes einfallen lassen. Es wird unangenehm, aber ich habe keine Wahl.« Limbo kratzte sich die Stoppeln seines gut gepolsterten Kinns. »Zunächst müssen wir uns einfach anschleichen. Ich bin darin gar nicht so schlecht, trotz einer gewissen Molligkeit ...«

Kato hob beschwichtigend die Hände. »An so etwas habe ich nicht einmal gedacht, bin gerade leer wie Bowdens Füllglas, in das die Götter seinen Sinn für Humor gegossen haben. Aber vielleicht erlaubst du einen Vorschlag zur Güte? Wenn ich auch gerade weniger zum Zauberer tauge, bin ich doch immer noch ziemlich gewitzt. Und weise!«

»Ich bin ganz Ohr«, meinte Limbo, und mit jedem Gedanken, den Kato darlegte, wanderte wieder fröhliche Zuversicht in das Gesicht des Vagabunden. Noch schien er nicht ganz überzeugt, doch Kato war sich sicher, dass er mit seinen Annahmen recht hatte.

Am liebsten hätte er jedoch einfach nichts weiter getan als zu schlafen.

21

»Sie sind nicht mehr da.« Er flüsterte die Worte.

Dies stand ihm unverrückbar fest vor Augen, nachdem sich die erste Zuversicht des Überlebenden gelegt hatte. Egal, wie immer er sich entziehen wollte.

Limbo blieb stehen. »Bitte?«, fragte er über die Schulter hinweg. Die Gasse war verschattet. Hier gab es vielleicht die einzige Kühle in Braithwairn, obwohl die Sonne hoch am Himmel stand. Die Mittagszeit war unerträglich heiß.

»Sie sind nicht mehr da. Ich hatte mit allem abgeschlossen. So viel war zu tun.« Kato sprach mehr zu sich als zu Limbo.

»Oha.« Limbo hielt inne und wandte sich um. Seine massige Gestalt verstellte das Sträßchen, die grobe Gewandung des Vagabunden, hundertmal zerschlissen und geflickt, fügte sich gut in die bröckelnden Hauswände ein. »Diesen Tonfall kenne ich nur zu gut. Du streichst über die Klagefiedel.«

»Denk ein bisschen nach, Limbo! Wir wissen nicht, ob unsere Freunde leben, von Bowden einmal abgesehen. Von seinem Tod würden mir die Zeichen künden«, versicherte Kato und kratzte sich am Handgelenk. Müdigkeit überkam ihn.

»Oh, glaub mir nie, sie sind am Leben«, sagte Limbo mit einer Bestimmtheit, die verriet, dass er mehr wusste.

Sie leben auf jeden Fall, röchelte das verbrannte Mädchen hinter Kato im Dunkel unter den überhängenden Dächern.

»Ich will nicht mehr weitergehen«, erklärte Kato erschöpft, »ich bin so müde. Jeder Knochen schmerzt. Ich will nur noch schlafen. Lange. Doch vorher einen Schnaps.«

»Dein Wunsch wird dir in ein paar Wochen erfüllt, Kleidträger. Ganz gewiss.« In Limbos Augen lag ein galliger Ausdruck, der Kato nicht gerade gefiel.

Es war ihm einerlei. Die Weltmüdigkeit zog ihn hinab.

»Deine Weigerung kommt überraschend«, bedauerte Limbo.

Wir sind nicht verwundert, dass du gerade jetzt den Schwanz einziehst, höhnte das Mädchen. *Stark warst du nie.*

»Nicht hilfreich, Almida«, tadelten Limbo und Kato.

Kato seufzte so tief, dass Limbo ihn besorgt musterte. »Bierschaum, ich bin kein Besessener wie Bowden. Auch keine elfische Jägerin, der die Kampfkraft eines Halbgotts durch die Adern fließt.« Das Verlangen überkam ihn, sich einfach in der Gasse niederzulassen. Schon hockte Kato im Schneidersitz neben Kincaid, der ihm das Gesicht leckte.

Limbo trug einen Ausdruck zwischen schierer Verachtung und Unglauben auf den Zügen. Seine Wangen bebten. »Weißt du, Kleidträger, was ich für dich aufs Spiel gesetzt habe?«

»Wie ist es?«, fragte Kato, ohne ihn zu beachten. Er hatte oft darüber nachgedacht und auch das verbrannte Mädchen befragt, freilich vergeblich. Ein Mysterium blieb unergründet, dabei hatte es stets so nahe gelegen. »Tot zu sein, meine ich? Das stelle ich mir erholsam vor.«

»Du bist nicht bei Trost, Kato. Die Emissäre haben dich verhext.« Limbo ging einen Schritt auf ihn zu.

Haben sie nicht, sagte das verbrannte Mädchen. *Er sehnt sich nach dem Ende, seit damals das Schreckliche geschah.*

Kato griff nach seiner Flasche. *Leer. Verflucht auch.* »Es war kein Unfall. Ich allein trage die Schuld daran.«

Er meint, was ihm damals geschah. Seiner Familie. Seinen Eltern, Geschwistern. Sie sind verbrannt, so wie ich. Das verbrannte Mädchen legte den Finger in die Wunde.

»Das ganze Haus roch nach Gewürzen«, erinnerte sich Kato. »Vater hatte so viel davon beschafft, mit den Lieferungen von den Südinseln. Es war immer Platz auf den Schiffen für die Kästchen. Safran. Pfeffer. Zimt.« Gedankenverloren strich er sich mit den Knöcheln über die Wange. Eine umflorte Erinnerung, wie er in einer üppig eingerichteten Küche saß. Den Farbkreidestift in Händen. Sein Summen, während er malte. Das Lachen seiner Schwestern. Berith, die vor dem Fenster Seil sprang, und Varla an seiner Seite.

»Die kleine Varla«, murmelte Kato. Er wollte schluchzen, aber es gab keine Tränen mehr. Seit Jahren versiegt.

»Wolltest du sterben?« Limbos klobige Gestalt ragte über ihm auf, warf ihren Schatten auf Kato. »Hast du deshalb die Flammen in den Getreidespeichern an den Auen lodern lassen? Die Explosion herbeigeführt, die das Banner auslöschte? War das ein Versuch, in den Freitod zu gehen?«

Verdutzt blickte Kato auf. »Du weißt davon? Woher?«

»Ich weiß mehr, als du annimmst. Mehr, als deine Freunde ahnen. Mehr, als mir lieb ist. Und ich weiß, entweder hast du im Rausch versagt oder den eigenen Tod gesucht.«

Kato spürte Wut in sich aufsteigen. »Das ist geheimes Wissen! Steckt das bei dir irgendwo in diesem Wanst?« Er sprang auf und stach mit dem Finger in Limbos Bauch. Er erhoffte sich wohl heimlich einen Fausthieb als Antwort.

Stattdessen packte ihn der feiste Gesetzlose am Nacken. »Vorsicht!«, warnte Kato. Ein Zischen, und es breitete sich Brandgeruch aus, als sich der Vagabund die Hände versengte.

Limbo ließ nicht los. »Ich war, wo du warst. Ich bin, wo du bist. Vergiss nicht, dass *du* es warst, der erkannte, dass ich sterben wollte, Magier.« Er presste jedes Wort unter Schmerzen hervor, ließ aber nicht los. »Ich kenne deine Besessenheit, jeden Zoll des Stabs zu untersuchen.«

»Ich bin müde«, meinte Kato nur.

»Ich auch«, versicherte Limbo und nahm ihn in eine Bärenumarmung. »Beide sind wir müde«. Er hielt ihn einige Herzschläge lang fest, die für den feisten Mann eine Qual bedeuten mussten. Dann zog er sich zurück. Ungläubig staunend sah Kato zu, wie die Brandwunden des Vagabunden umgehend verheilten, während er freilich vor Schmerzen ächzte. »Doch glaub mir, Magier, du bist kaum der erste Mann, der sich im Jammer über sein Schicksal suhlen will.«

Aber keiner mehr als er, höhnte das verbrannte Mädchen.

Limbos massige Gestalt fuhr schneller herum als ein Kampfhund. Seine Augen glommen in der Farbe von altem Bernstein. Er grollte. »Nicht jetzt, Phantom. Oder bei der Mutter des Mondes, ich gebe dir Frieden.« Zu Katos Verwunderung verschwand der Plagegeist samt den Begleitern.

Limbo wandte sich wieder an ihn. »Wenn du den Lebensmut nicht wiederfindest, sei damit getröstet, dass sich bald niemand mehr auf diesen Eilanden grämen muss. Und mag das für dich auch verlockend klingen: Ich glaube dir nicht.«

»Was weißt du schon groß?«, begehrte der Lohenmagus auf.

»Seit Jahrhunderten mehr, als du dir vorstellen kannst und leider bereits ertragen musstest«, erwiderte Limbo.

»Erkundigung: Kommen jetzt kluge Sprüche über das Durchhalten über den sonnigen nächsten Tag? Die Seelenheiler des Turms haben all das versucht. Nichts half. Welchen Rat könntest du mir geben, Limbo, der mir das Gefühl gibt, ich solle hier verweilen statt ... im seligen Zustand, den jeder vor seiner Geburt genoss?«

Limbo lächelte. »Ich erspare dir die Kalenderweisheiten des Tempels. Das ist Mantikorscheiße. Ich kann dir sagen, wie es sich bei mir anfühlt – erbärmlich. Das Sterben, meine ich. Es wird kalt. Du fürchtest dich, rufst um Hilfe, doch keiner kommt. Du sinkst ab und kannst nicht aufsteigen. Alles ist dunkel, und du bist allein. Und dann ist da gar nichts mehr. Kein erstrebenswerter Zustand.«

»Oh«. Kato war nicht überzeugt. »Der Blechmann und seine Priester würden dir widersprechen, säßen sie bei uns.«

»Auch sie werden vergangen sein. Niemanden wird es mehr geben, wenn wir uns nicht gewaltig zusammenreißen. Um etwas Besseres, ungemein Befriedigenderes zu erlangen.«

»Und was sollte das sein?« Kato ahnte die Antwort schon.

»Die Wahrheit. Über alles. Am Ende diese Reise. Und dann Frieden für uns, vertrau mir! Sie hat es mir versprochen.« Limbo lächelte sanft. Ein Begleiter, ein Bruder im Geist.

»Sie?«, fragte der Magier. Götter, wie erboste ihn Limbo gerade. Da winkte Zuversicht, sogar Neugierde erwachte.

»Später, Zauberer. Wir müssen weiter. Dein Ausflug in die

eigenen Abgründe dürfte uns sonst Ärger einhandeln.« Limbo erhob sich. »Sosehr ich es schätze, mich mit dir in Selbstmitleid zu wälzen.« Limbo wandte sich zum Gehen.

Kato raffte sich stöhnend auf, umrundete ihn aber dann behände mit vier Schritten. »Bedingung: Warte, Gesetzloser!« Kato stützte sich vor dem Kameraden gegen eine Hauswand, verlegte ihm den Weg. »Wenn du irgendwo einen Schnapsladen siehst oder auch nur einen Imker, bei dem Met gärt, oder wir Fischfusel von den Emissären erbeuten können ... wir füllen nach. Ich stehe das hier sonst nicht durch.«

Der Vagabund lächelte traurig. »Ich könnte dir jetzt erklären, wie sehr du irrst, Kleidträger. Du bist ein stärkerer Mann, als du annimmst. Vertrau mir! Jemand, der größere Stücke auf dich hält als ich und ein besserer Menschenkenner ist, setzt größtes Vertrauen in dich.«

Kato verstand langsam, was Bowden an seinem schiefen Grinsen und der Rätselsprache so oft in den Wahnsinn trieb.

»Du wirst mir nicht verraten, wer das ist?« Kato hustete.

Wird er nicht, wenn er weiß, was gut für ihn ist. Für alle. Das verbrannte Mädchen blieb unsichtbar. *Du weißt, was geschieht, wenn jemand unser Eingreifen bemerkt, Limbo. Wir sind nie unbeobachtet. Er ist klug, ahnt alles. Nur hören kann er uns nicht. Sie hält ihn im Dunkeln. Noch.*

»Ich weiß, ich weiß.« Der Vagabund winkte ab.

»Er?«, fragte Kato entrüstet. Keine Antwort. Er versuchte, anders zu fragen: »Erkundigung: Will mir jemand erklären, woher meine Rachegeister, nachdem sie meine letzten Lebensjahre in eine der Neun Höllen verwandelt haben, einen Verfluchten aus der Vorzeit kennen und beide beschlossen haben, über mein Leben zu entscheiden?«. Er wäre am liebsten in irres Gelächter verfallen. »Ich mag es nicht, wenn fremde Mächte mit meinem Dasein spielen. Und Geheimnisse, die ich nicht lösen kann, noch weniger.«

»Das Los der Sterblichen«, seufzte Limbo. »Wohlbekannt.«

»Ach ja? Branntest du selbst am eigenen Leib und sahst zu Füßen herzloser Elfen, die verhüllt waren wie Henker, deine Familie in den Flammen grausam zugrunde gehen? Hast du danach ein Leben voller Schmerzen geführt, das nur durch

Schnaps erträglich wurde, und im Krieg etwas so Schreckliches angerichtet, dass dir ein humorloser Haufen Blech mit Hang zur Gewalt als Aufseher zur Seite gestellt wurde? Erwähnte ich schon die Armee von Untoten, die mich piesackt?« Kato war verblüfft, wie erbärmlich sein Dasein war. »Falls nein, dann sticht mein Blatt, was auch immer du im Ärmel hast.«

»Dein Trumpf sticht«, meinte Limbo trocken.

»Mehr hast du nicht zu sagen?« Kato lachte bitter.

»Ich könnte dagegenhalten, was mir so alles widerfuhr. Wie es ist, vergessen vom Schicksal ohne Heimat, Freunde, Familie entwurzelt durch eine Welt zu wandern, die ...«

Vorsicht!, zischte das verbrannte Mädchen.

Kato runzelte die Stirn. Was hätte Limbo da beinahe ausgeplaudert? Der Vagabund räusperte sich und fuhr verändert fort. »... über einen Archipel zu wandern, der in sich zusammensinkt, nachdem jeder starb, den ich kannte, verschlungen von der Zeit in ihrem endlosen Hunger«.

Almidas Stimme zischte aus tiefen Schatten in Katos Wahrnehmung. *Wenn ihr beide mit eurem Hang zum Melodramatischen fertig würdet ... Ich kann nicht behaupten, es bereite mir großes Vergnügen, über einen weinerlichen Säufer und seine Liebesabenteuer wachen zu müssen.*

»Zu wachen?« Kato verschluckte sich. Rauchwölkchen entstiegen seiner Nase. »Belästigt hast du mich. Schamlos.«

Er konnte sie nicht sehen, war sich aber fast sicher, dass sie mit den Achseln zuckte. *Was erwartest du, Mörder? Mir wurde aufgetragen, gut über dich zu wachen. Glaub mir, sonst hätte ER dich im Griff. ER hat Pläne für dich.*

»Er?«, fragte Kato. »Einer der Vier Könige?«

»Almida.« Nun war es Limbo, der verhinderte, dass über mehr gesprochen wurde, als beiden gestattet war. Kato spürte, wie die innere Leere einem neuen Gefühl Platz machte. Offenbar hatten die Errichtung der Götterschmieden und der große Krieg eine Ursache, die es zu ergründen galt.

Und wenn ihn außer Schnaps etwas auf andere Gedanken bringen konnte, war es ein Geheimnis. Verdammt, er wusste doch nicht einmal, welches Messerohr seinerzeit seiner Familie das Ende gebracht hatte. Sterben, bevor sich sein Verdacht erhärtet oder zerstreut hatte? Limbo hatte recht: Das kam nicht infrage.

Sie waren bald am Ziel. Die südöstliche Stadtmauer Braithwairns schälte sich aus dem Gleißen der Herbstsonne, ragte mit ihren Zinnen und Schilden über träge flappenden Riesenbannern der Königin auf. Wie Riesentermiten hockten in der Ferne klein wirkende gepanzerte Emissäre im Schatten der Schanzwehren und Türme. Sie mieden das Licht.

»Ich habe die ganze Zeit über nachgedacht«, sagte Limbo.

»Bestärkung: Man ist in der Tat nie zu alt für Leibesertüchtigung. Sie fördere den Geist, behauptet Bowden. So überraschend behände und stark, wie du bist, könntest du also viel gewinnen, wenn du deinen Wanst aufgäbst. Gut gefolgert«, lobte Kato schmunzelnd.

»Du bist ein sehr witziger kleiner Mann, Kato Tamasine. Ich bin ein sehr hungriger – nun – eben hungrig. Du wärst kein schlechter Happen.« Limbo grinste über die Schulter.

In Wirklichkeit war Kato neidisch. Limbo legte einen gehörigen Schritt vor, während sie sich dem Ziel näherten.

»Leibesertüchtigung könntest wohl eher du vertragen, Magister Hungerhaken«, stichelte der Vagabund. »Doch keine Sorge um deine zarten Glieder, gleich sind wir vor Ort.«

»Du wirst mir nicht sagen, wie du es über die Mauer übersteigen willst. Geschweige denn die Heerlager durchqueren, die draußen errichtet sind.« Kato deutete aus dem Schutz der Gasse hinaus mit dem Finger nach vorn.

Limbo blickte wie zur Antwort angestrengt zu Boden, so als könne er den Magier mit einem Wunderwerk überraschen.

»Du glaubst doch nicht wirklich, dass ein Volk, das Seemonster zähmt und dessen Magie Schiffswracks in so etwas wie Flugmaschinen verwandelt, keine Ausfalltunnel kennt. Mach dich nicht lächerlich, Limbo! Sie werden bei ihrer Ankunft mithilfe starker Zauber die kleinste Höhlung unter der Stadt mit Meerwasser geflutet haben.« Kato geriet fast in Begeisterung. Er konnte mit dem Fabulieren nicht aufhören. »Ganz zu schweigen von gewöhnlicher Magie. Selbst unser Turm ist dazu in der Lage, die Portas zu öffnen, eine Verbindungstür zwischen zwei Orten. Du beauftragst einen Aeromanten und einen Hydromanten, Elementaristen der Luft und des Wassers. Das Weitere ergibt sich von selbst. Du öffnest einen Eingang mitten in einem Fluss oder sogar im Ozean. Zudem einen Ausgang auf festem Land und …« Kato hielt mitten im Satz inne. Die Erkenntnis, die ihn bis in die Würgeschlinge verfolgt hatte, aber vom Runenstab überschattet worden war, sie traf ihn ins Mark. Ihm schienen die Beine zu versagen.

Das Mittel, wie man den Götterschmieden beikommen konnte. Es war nicht nur zum Greifen nahe, es lag auf der Hand.

»Was denn? Was ist? Sprich!« Limbo musterte ihn besorgt.

»Es kann ihnen nicht entgangen sein«, flüsterte der Zauberer. »Nach Bowdens und meinem Bericht. Selbst wenn wir sie nicht im Turm aufgesucht haben, um nach den Geheimnissen der Schmieden und des Stabs zu forschen.«

»Das größte Geheimnis ist im Moment dein seltsames Gestammel«. Limbo mochte frotzeln, sein Blick blieb ernst.

»Mir ist nicht mehr nach Witzen. Du verstehst nicht: Der Turm kennt fähigere Magier als mich. Ich bin nur eine verfeinerte Armbrust. Verheerend, gerissen und verflucht gut aussehend, doch letzten Endes eine Armbrust. Man richtet mich auf das Ziel, drückt ab.« Kato lehnte sich an einen Verschlag in der Gasse. Erschöpfung überfiel ihn.

Limbo blickte misstrauisch in Richtung Stadtmauer. »Wir müssen bald weiter, bevor die Sonne tiefer steht und sich die verfluchten Stinker wieder aus dem Schatten wagen.«

Kato nickte schwach. »Anfrage: Hast du beim Eindringen in die Stadt etwas bemerkt, das über ihr kreiste? Ich meine nicht eine Armada von Schiffswracks oder die ganze Fischsuppe an Kroppzeug, die dort ihre Kreise zog.«

»Ich habe nichts gesehen, doch das lag an der Art meines Eindringens. In Kürze wirst du verstehen«, erklärte Limbo.

»Gut. Aber du musstest dich orientieren, um uns zu finden.« Kato deutete in die Höhe, löste sich von der Wand.

»Natürlich musste ich mich umschauen. Mach es nicht so spannend!« Limbos Ungeduld war geradezu greifbar.

Kato beschloss, ihn nicht weiter zu ärgern. »Keine Flugkavallerie, Limbo. Keine Pegasi, keine Mantikore, Perytone, keine Ritter oder Magier auf Hippogreifen. Die Zauberer hätten selbst die Schiffe angegriffen. Doch nichts geschah. Der Turm schweigt, ich vergewisserte mich oben auf dem Balkon, und auch Bowden kann es nicht entgangen sein.«

»Diese Elementaristen hätten sich längst zusammenreimen müssen, dass die Hitze auf den Inseln der Tiefe entstammt, nicht wahr?« Limbo betrachtete die Säule des Turms neben der Kathedrale. Sein Gleißen in der Sonne blendete.

»Die mussten sich nicht viel zusammenreimen. Bis wir Dunkelfall verließen, hatten wir jede Menge Botschaften versandt. Vergiss nicht, dass wir Kundschafter waren! Jedenfalls gab es genug Berichte über gefährliche Erscheinungen, die uns begegneten. Besonders der erste Basilisk in Dunkelfall, ein Feuerelementar sechsten Grades, hätte einen Oberen meines Ordens hellhörig machen müssen.«

»Einen Wasserzauberer«, folgerte Limbo, dessen bisheriger Galgenhumor ebenso erloschen war wie der von Kato. »Der mit einem Luftmagier ein Tor öffnen könnte, um rasch große Wassermassen zu bewegen und Abhilfe zu schaffen.«

»Von einem Teil des Archipels zum anderen«, bestätigte Kato. »Portas. Der unsichtbare Pfad. Ich war einfach zu beschäftigt und sah den Mirvaali vor lauter Tannen nicht.«

»Mantikorscheiße«, raunte Limbo.

»Fuder voll«, bestätigte Kato. »Ein Tor im Meer öffnen … und eins im Stollen. Nicht besonders schwierig. Wir haben der Führung gemeldet, dass in Kundrheim und Kozath Khar keine Drazok mehr leben. Niemand wäre ertrunken. Dennoch hat keiner eine magische Flutung mit Wasser eingeleitet.«

»Was bedeutet dies wohl?«, fragte der Vagabund.

Bedächtig schüttelte Kato den Kopf und hob die Schultern. »Dass entweder alle meine Kameraden, Magister und Magistra des Ordens sowie alle ihre Schüler den Tod fanden.«

»Oder Emricks Obere verschworen sich mit den Emissären«.

»Denk daran, Limbo! Die Zwerge hatten Verbündete in den obersten Reihen dafür, was sie Große Unternehmung nennen.

Gestalten, die mit der arkanen Natur von Selachis ziemlich gut vertraut sind. Die für Macht alles täten.«

Die Zauberer hinrichten, etwa, warf das verbrannte Mädchen ein. Kato hätte ihr gern widersprochen, doch beim Blick auf den schweigsamen Turm seines Ordens über einer Stadt, die binnen Stunden gefallen war, nachdem sie drei Kriegen getrotzt hatte, fand er keine Antwort.

»Wir sollten uns sputen, bevor sie die Riesen wieder auf Wachgang schicken«, mahnte Limbo.

»Es wird bald dunkel«, stimmte Kato zu.

Er konnte nicht ahnen, wie sehr er recht behalten würde.

22

Sie eilten durch das Gassengewirr und ließen es bald erleichtert hinter sich. Kato hatte sich einmal geschworen, nie wieder in die Würgeschlinge zurückzukehren.

»Ich brauche ...«, hob er an.

»Einen Schnaps, ich weiß. Wenn wir in Sicherheit sind.« Limbo klang angespannt. Trotz seiner Selbstheilungskräfte wollte er nicht in Gefangenschaft der Emissäre geraten. »Klarstellung: Ich meinte ausnahmsweise *ein Bad.* Aber einen Wodka aus dem Eiskeller würde ich auch nicht verschmähen.«

»Pst, leise!« Der Vagabund wies auf die vor ihnen aufragende Stadtmauer. Ihr Wehrganggefüge öffnete sich in Mordlöcher, Pechnasen und Erkerscharten.

Kincaid stieß ein Grollen aus.

»Damit hast du mehr als recht«, raunte Limbo.

»Du verstehst ihn? Ich wusste nicht, dass du das Auslegen von Hundeschwingungen beherrschst.« Aus Vorsicht benutzte Kato die lautlose Fingersprache der Straßendiebe.

»Ozeane ließen sich mit dem Unwissen der Menschen füllen. Sogar mit dem der Magier.« Limbo bildete seine Worte so formvollendet wie ein Zuhälterbaron in dieser Gaunersprache *Fingerling*, die über Jahrhunderte der Straßenräuberei entstanden war. »Das Tierverständnis ist Teil meines Fluchs. Ich wandele zwischen Welten, zu je einem Drittel als Mann, als Tier und als Geist.«

»Befund: ein animistischer Avatar. Hochmagie oder Mirakel. Es gibt wenige Kräfte, die so etwas zuwege bringen. Du bist eine Chimaera. Harzgeboren?« Katos erregtes Fingerspiel und seine Miene verrieten Neugier.

»In gewisser Weise. Wie auch immer, ich bin dieses langen Daseins überdrüssig. Ein Wunsch, der mir vielleicht erfüllt wird, wenn wir jetzt nicht überaus vorsichtig vorgehen.«

Limbo deutete auf den Mauerschatten. Unzählige verfallene Balkenaufbauten wuchsen an der zyklopischen Wand in die Höhe und wucherten ihren ganzen Verlauf entlang. Sie waren wie Flechten auf einer Baumwurzel miteinander verwachsen und durch unzählige Brücken, Streben, Steige oder einfache Bretter verbunden. Kato verzog das Gesicht. »Wucherwuchs. Unerlaubt zusammengezimmerte Wohnbuden. Wenn ich dort hinaufsteigen soll, fackele ich das ganze Flickwerk ab. Ich habe fürs Erste genug von Türmen.«

Limbo schüttelte den Kopf. Statt zu antworten, deutete er auf eine verblichene Tür in der Reihe von Fachwerkschuppen und Pfeilern, die dem Wildwuchs ein Fundament verliehen.

Saluccellis Emporium, verkündete ein grünfleckiges Schild daneben. »Gehen wir hinein?«, fragten Katos Hände. »Guter Geschmack, der Laden bietet einige erlesene Stücke für Kenner, aber der Besitzer ist ein wahrer Lustgreis. Seine geheime Sammlung erotischer Schriften ist einzigartig. Allerdings fiel er in Ungnade und wurde seiner Kräfte beraubt. Doch gerade dies hält mich vom Eintreten ab, da er uns in eine Falle locken könnte. Vielleicht will er sich beim Turm wieder einschmeicheln.«

»Wahrscheinlich hast du recht«, bestätigten Limbos Finger. »Ich glaube, mit deinen Aussagen triffst du ins Schwarze. Sei unbesorgt! Der Alte ist nicht mehr dort.«

»Was macht dich so sicher?«

Statt zu antworten, deutete Limbo auf die Gebäude und die Tür, an der sie standen. Dann hielt er die Hand ans Ohr.

Tatsächlich hörte Kato nichts als den Wind, der durch Fensterritzen heulte, Schilder quietschen und Staub über Dachpfannen rieseln ließ. Es herrschte Totenstille in der Stadt, jedoch hatte ihn der eigene Gedankenlärm abgelenkt.

»Meinst du, die haben alle verschleppt?«, gestikulierte Kato. »Warum dann die Riesen auf den Straßen?«

Limbo formte mit den Händen zupackende Klauen, deutete auf die Häuser und vollführte eine Geste des Sammelns.

»Erst die Wächter von den Mauern jagen und alle zusammentreiben, die den Angriff überlebt haben. Dann das Volk ins Stadtinnere befördern und die Gefangenen in Lagern sammeln …«, flüsterte der Magier. »Wie im dritten Unwerth. Vielleicht lernten das die Emissäre von den Elfen.«

Limbo zuckte mit den Achseln. »Die Sidhe waren hoch entwickelt, aber erbarmungslos. Immerhin gehen Jahrtausende der Kriegskunst auf sie zurück.«

»Vielleicht sind sie gar Elfen«, scherzte Kato. »Wir haben ja nicht unter ihren Helmen nachgeschaut.«

Limbo antwortete nicht, sondern schlug nur die Augen nieder. Seine Gesichtszüge verhärteten sich so erschreckend deutlich, dass es sich Kato nicht erklären konnte.

»Also habe ich recht, Limbo?«, fragte Kato ernster.

Der Vagabund antwortete nicht, sondern sprang auf und huschte trotz seiner Fülle mit verblüffendem Geschick über das Kopfsteinpflaster, von Schatten zu Schatten. Unbeirrt hielt er auf den Eingang der Buchhandlung zu.

»Ich habe den Eindruck, mir werden Vorhaltungen gemacht, weil jeder weiß, dass mich das in den Wahnsinn treibt«, murrte Tamasine. »Fürchtet keiner die Fackel des Säufers?« Neben ihm hechelte Kincaid ruhigen Blicks, so als wolle ihn sein ältester Freund damit aufziehen, wie harmlos er wirkte. Der Hund leckte sich über die Lefzen, zog die feuchte Zunge hörbar in die Schnauze zurück und trottete hinter dem Vagabunden her.

»Auch du, mein guter Kincaid? Willst du mir etwa ebenfalls einen Dolch in die Rippen rammen, Treuloser?« Der Hund blieb ihm die Antwort schuldig. Stattdessen hielt sein Begleiter nach kurzer Strecke inne und wandte den Kopf. »Meinethalben«, ächzte Kato und folgte dem Gespann.

Im Laden war alles so, wie es der Zauberer in Erinnerung hatte. Truhen Tische ächzten unter der Last unzähliger geschmackloser Broschüren und billiger Bücher.

Die Nachmittagssonne schickte Schäfte aus Licht durch Holzspalten in den Raum. Über fingerdickem Staub trieb die Schuppenhaut von Myriaden Buchwürmern träge wie feuchte Pollen über Haufen umgeworfener Buchstapel. Es roch fischig nach Gilb. Ein Teil des Ladens zeigte freilich Kampfspuren.

»In der Tat. Hier ist keiner. Die haben ihn mitgenommen.« Kato verzog das Gesicht und rümpfte über die rücksichtslos umhergeworfenen Bücher die Nase. »Frevel am Geist«, murrte er, tunlichst darauf bedacht, nichts mit den Händen zu berühren, solange sein Gewand diese nicht bedeckte. Er wollte das Zerstörungswerk nicht als Flächenbrand beenden.

Limbo schwieg. Mit besserwisserischer Miene wandte er sich um und wollte sich mit einem Stoffbündel auf den Armen ins Hinterzimmer begeben.

Kato hielt ihn mit einer Handbewegung zurück. »Vorsicht!«, rief er und hob mahnend den Finger. »Vergiss unseren Handel nicht!« Der Zauberer eilte hinter den Tresen und fand das Gesuchte. Eine Kupfertruhe kam zum Vorschein, so alt, dass sich der verlotterte Buchladen dagegen geradezu modern ausnahm. Kato kannte sie nur allzu gut.

Er öffnete den Giftschrank Saluccellis. Ein Stapel kleiner Hefte und Handbüchlein kam zum Vorschein. Jeden Band umschloss ein Stoffumschlag, sorgfältig bestickt mit nackten Gestalten in unmöglichsten Verrenkungen, die allerlei miteinander anstellten. Eigentlich *alles* Denkbare.

Er steckte drei Bändchen ein, die ihm besonders zusagten. Kichernd befüllte er danach sein Fläschchen mit Branntwein aus einem kleinen Fass, den der Buchhändler für die Besiegelung guter Geschäfte unter der Theke aufbewahrte. Er entnahm zwei Schlucke aus dem Hahn, schmatzte versonnen und genoss das Brennen. Das Zittern seiner Hände legte sich.

»Salucelli, ich trinke auf deine Befreiung, alter Knabe«, gelobte Kato. Er würde den Höker nie wieder sehen.

»Vielleicht solltest du mich nicht mehr *Gesetzloser* nennen. Ich habe hier zumindest nichts mitgehen lassen«.

»Ich kenne eine Zwergin, die dir widerspräche, Limbo … Bestimmte Unarten haften einem an.« Kato verstaute sein Gefäß, überlegte es sich aber noch einmal anders. Er hielt die hohle

Hand erneut unter den Hahn des Fässchens und schöpfte weitere Schlucke.

»Diese Unart aber müssen wir dir abgewöhnen«, ächzte Limbo bei diesem Anblick. »Doch jetzt zeige ich dir erst einmal, wie ich tatsächlich in die Stadt gelangte.«

»Ich kann es kaum erwarten«, murmelte Kato und duckte sich mit Limbo unter einem gerafften Türvorhang hindurch in den Hinterraum. »Oho!«, entfuhr es ihm.

Kato hatte hier drinnen vielerlei erwartet, am ehesten irgendwelche Obszönitäten. Bizarre Idole der Hyänenköpfigen mit grotesk vergrößerten Attributen zwischen den Beinen. Kupferstiche, gegen die sich die Büchlein unter dem Tresen harmlos ausnahmen, und bei denen so manch keuscher Tempelschwester das Herz stehen geblieben wäre. Bukolische Gemälde mit Schäferstündchen der besonderen Art, bei denen der Landmann mehr als nur die Holzstecken forscher Wandergesellen in seinen Händen wog. Etwas in dieser Art.

Doch hier stand er vor etwas völlig anderem.

»Eingeständnis: nicht die Sorte Öffnung, mit der ich gerechnet habe«, gab er unumwunden zu. »Dafür aber groß.«

In der Tat verschlang den Boden ein sternförmiges Loch, Dreifüße standen in einem Geviert um den Schlund. Kristalle, die sich magisch aufladen ließen, waren darauf angebracht und dienten als Scheinwerfer. Spitzhacken, Schaufeln und Werkzeuge lagen in den ausgesparten Ecken des Bodens. Ein Kranausleger hielt in der Mitte des Kreises eine Plattform an Seilen, doch selbst dies war bei Weitem nicht das Auffälligste im Raum.

»Ein Heptagramm in einem Pentagramm.« So benannte Kato die einfassenden Kreidekreisformen. Er pfiff so scharf durch die Zähne, dass es schwelte. »Schutzstern im Drudenfuß. Ordnung sechs oder sieben von zehn. Ritualkreis.« Sein Zunftwissen weckte weitere Fragen in ihm, und er kniff die Augen zusammen. Dann streckte er die Hand aus und spürte, wie ein kühler Luftstrom der Erde entstieg. »Kein Feuer!«, rief er verblüfft.

»Wie ich bereits betonte, umgeht das Ganggefüge brennende Bereiche, und geflutet hat es meines Wissens niemand. Zumindest bin auf meinem Weg in die Stadt nicht allzu oft ertrunken und wiederbelebt worden«, meinte Limbo unbewegt.

Kato bezweifelte, dass der Vagabund nur einen derben Scherz machen wollte. Bei Gelegenheit würde er ihn fragen, wie oft er eigentlich entleibt worden war. Selbst nach Katos Einschätzung war es eine Leistung, sich darüber gelangweilt zu zeigen, wie oft man dahingeschieden war.

»Wozu dient deiner Einschätzung nach der Kreis?«, erkundigte sich Limbo. Der Vagabund hatte sich auf ein Knie niedergelassen und berührte den Kreis an der Stelle, wo er ihn beim Herausklettern verlassen hatte. Klauenspuren zeichneten sich in der Kreide ab.

»Da muss ich nichts schätzen.« Kato deutete mit dem Eisenholzstab auf die Zeichen am Rand. »Ein Kreis der Abschwörung. Alchemische Zeichen stärken ihn.«

Das ist kein Kreis, wandte das verbrannte Mädchen ein.

»Und du bist weder erwachsen noch lebendig, trotzdem mischst du dich ein, während Eingeweihte Wichtiges erörtern.« Wenn Kato nicht aufpasste, fasste er noch Zuneigung zu der Rotzgöre, nachdem er sie weniger fürchtete. »Wenn ich erklären dürfte: Es gibt Schutzkreise, die sollen Gefahren außerhalb abwehren. Man nennt sie Abschwörungskreise. Und es gibt ebensolche, die sollen gewisse Dinge drinnen halten. Beschwörungskreise. Ihre Kadenzen sind auf Harmonie ausgelegt statt auf schmerzhafte Dissonanz. Lässt man einige niedere Magier oder Eleven entsprechende Gesänge anstimmen, um den Kreis aufzuladen, hält er gewisse Dinge drinnen. Dies ist ein solcher Kreis. Jemand wollte, dass bestimmte Kräfte nicht hinausgelangen.«

»Scheint nicht gelungen zu sein«, meinte Limbo. Er deutete auf sich selbst.

»Oh, ich bezweifle, dass der Kreis dir gilt, mein Bester!« Wie ein Lebewesen mit eigenem Willen flog Katos Stab zu den alchemische Zeichen und tippte darauf, als wäre Kato ein Schulmeister an der Tafel. »Dies ist Fulmin. Das Feuer.« Er wies mit dem Finger auf sich. Wechselte zum Fünfeck. »Dieses dort Urdha. Erde. Aerhûn. Die Luft. Vattin, das Wasser.« Dann legte Kato den Stab an ein Symbol, das wie eine Spinne mit fünf Beinen aussah. »Dies ist Vidhur: Holz oder Wurzel.«

»Die fünf Elemente«, fasste Limbo zusammen.

»Ich sehe, du hast auf unserer gemeinsamen Reise als einer der wenigen in meiner Umgebung wenigstens einmal zugehört. Sehr gut, man lernt, wenn man mir lauscht. Wie du siehst, sind alle Zeichen außer dem für Holz durchgestrichen. Sie sind entkräftet und dennoch am Kreis vorhanden. Ahnst du, was das bedeutet?«

»Willst du mich zum Zauberer schulen, Kato? Ich vermute, dies soll zusichern, dass der Bannkreis die Harmonie der Schöpfung achtet und alle Elemente zu diesem Ritual herbeiruft, sich hier aber nur gegen Holz richtet.« Limbo ahmte Katos Grinsen nach, mit dem er die Gefährten ärgerte.

Durch diese Erinnerung erschrak Kato plötzlich bei der Vorstellung, dass Bierschaum und Tanaqui draußen vor der Stadt als Rabenfraß geendet sein mochten.

»Keine Sorge!«, winkte Limbo ab. »Sie sind am Leben. Da bin ich mir sicher. Es braucht mehr als eine Schütte mit Tangblechrollen, um die drei zu brechen.«

»Ich könnte jetzt Bowden damit zitieren, dass du aufhören sollst, meine Gedanken zu lesen. Ich nehme an, du wirst Ähnliches erwidern wie die meisten Messerohren.«

»Das werde ich«, bestätigte Limbo. »Mit den Jahrhunderten kommt eine Fähigkeit, Gesicht und Körperhaltung zu interpretieren. Dagegen kann ich nichts ausrichten. Dir fehlen vielleicht die Jahrhunderte, aber du hast das Talent und die geistige Klarheit des Magiers.«

»Vielleicht bin ich einfach begnadet«, flötete Kato und bedachte Limbo mit einem geheimnisvollen Augenaufschlag.

Bist du nicht, Magier, kicherte Almida.

»Luke zu, oder ich banne dich in den Kreis«, drohte der.

Es ist kein Kreis, neckte sie, als er zum Spaß mit dem Stab drohte.

»Habe ich also recht?«, fragte Limbo nach.

»Du hast recht«, nuschelte der Lohenmagus.

»Wie war das bitte?« Limbo legte eine Hand ans Ohr.

»Treib es nicht auf die Spitze, Vagabund! Ich habe dir einen kleinen Sieg geschenkt. Einigen wir uns darauf, dass du ein kluger Kopf bist. Und kein zweiter Bowden.«

»Gnä Herr Erzmagister.« Limbo vollführte einen vollendeten höfischen Kratzfuß ohne das geringste Wanken.

Kato schmunzelte. »Das, was man dort unten zurückhalten wollte, ist das Holzelement. Da kann es keinen Zweifel geben«, befand er schließlich. »Scharfsinnige Analyse.«

»Ich weiß sogar, was genau es ist«, antwortete Limbo. »Es wird dich nicht überraschen. Denn du weißt es auch.«

»Jetzt hast du mich neugierig gemacht. Nicht zwangsläufig förderlich für meine Umgebung.« Kato schenkte dem Begleiter ein Lächeln. »Wirst du es mir zeigen? Ich bitte darum.«

»Mich dünkte schon, Euer Gnaden würden nie danach fragen«, antwortete Limbo. »Sicher wird Euch sehr überraschen, wie wenig überrascht Ihr sein werdet.«

»Da bin ich gespannt«, sagte Kato. Er fürchtete nicht die Antworten, die er gleich erhalten würde. Er fürchtete die Leere, die unweigerlich folgen würde.

»Auf zum Verdruss!«, rief er und sprang an Limbo vorbei in die Tiefe. Da ging ihm auf, dass er nicht nachgeschaut hatte, wie weit es nach unten ging.

23

Bierschaum erwachte genau dort, wo ihr die Sinne geschwunden waren. Ihr Körper war ein Quell der Schmerzen, und mit jedem Pochen in gequetschtem Fleisch, in wunden Gliedern oder Platzwunden am Kopf kehrte ihre Erinnerung an den Schrecken zurück, der im Schatten lauerte.

»Kurzukhuun, ich danke dir«, stieß sie ein Stoßgebet hervor. Einmal mehr war ihr Werkstück, ihr Körper, ihre Seele, vom Meister aller Handwerker würdig befunden und nicht gebrochen worden. »Wenn es nur nicht so verdammt wehtäte!«, stöhnte sie.

»Schmerz. Das Wesen der Welt«, verkündete eine vertraute Stimme im Ton des Abscheus. Eine monotone Stimme.

Mit einem Aufschrei schierer Pein richtete sich Gjala auf, helfende Hände griffen nach ihren Schultern. Tanaqui. Die Elfe sah fürchterlich aus, das Leuchten der Mandelaugen war erloschen. Der Kampfgeist einer kosmischen Gewissheit von Sterblichkeit gewichen. Hier, im Dunkel, hatte sie die Schleier gelöst, lächelte die Freundin gequält an.

Gjala stemmte sich auf und umarmte die Elfe, spürte das Vertrauen zwischen ihnen, die keine Familien, keine Völker mehr hatten. Doch die Umarmung verwandelte sich in ein

Umklammern. Sie waren ausgesetzt auf einem Todesboot im Endzeitsturm einer Welt, die den Verstand verlor.

Bowden machte sich hinter ihnen tief in der Finsternis des Laderaums zu schaffen und warf ihnen scheele Blicke zu, während er seinen Anderthalbhänder dem Leib der Bestie entwand. Er ließ sich Zeit dabei, die ausgelöschten Augen des Wesens tränten, vergossen klaren Schleim. Es war offenkundig, wie der Paladin genoss, dass sein Stahl das Gehirn des Scheusals zerteilt hatte und es Qualen litt.

»Bowden!«, mahnte Tanaqui, ganz Jägerin.

»Als hätte uns dieser Unrat aus den Tiefen der Meere Gnade erwiesen«, zischte der Paladin. Er bedachte Fuchstochter mit einem herausfordernden Blick, drehte die Klinge, die noch im Gehirn des widerwärtigen Geschöpfs steckte. Einige seiner Arme wogten in die Höhe, andere sanken herab, so als bediene der Paladin eine Maschine.

Angewidert riss er die Waffe heraus, trat dem Untier zwischen die gebrochenen Augen. Spuckte auf den Gegner.

Bowden hatte sich verändert, daran gab es keinen Zweifel. Sicher, er war widerborstig und angriffslustig gewesen, hatte sich und seinen Glauben selbstherrlich über andere gestellt. Doch ihm hatte immer einen Kern aus Rechtschaffenheit innegewohnt, den Gjala gespürt hatte.

Der Laderaum lag offen. Die Kogge trudelte schon so lange mit Schlagseite, dass ihnen im Kampf entfallen war, welch schwere Treffer sie erschüttert hatten.

Ganz Tochter eines Handwerkervolks, spürte Gjala, dass die Mächte dem Schiff den Todesstoß versetzt hatten. Der Rumpf ächzte. Holzbalken knarrten stärker als üblich unter ihrem bröckelnden Panzer aus Seepocken und hartem Besatz.

Tanaqui löste die Umarmung, tauschte einen besorgten Blick mit Gjala, bevor sie mit dem Paladin nach oben eilte. Gjala lehnte sich schwer an eine der Streben, die den Verschlag stützten. Sie warf einen Blick auf das Wesen.

»Das Äußere«, murmelte sie. Das Wort lag plötzlich mit Bitterkeit auf ihrer Zunge. »Wer bist du? Woher kommst du?«

Sie betrachtete die sich verdunkelnden Augen des überwältigten Geschöpfs. Auch ohne Leben wirkten sie tief und bedeutungsvoll. Metallglitter flockte im Augenwasser.

»Du stammst nicht von hier.« Gjala kannte nahezu jede Legende des Archipels. Ihr Volk bewahrte sein Geisteserbe in mündlicher Tradition, ihre Kunst des Bardengesangs erforderte ein ausgezeichnetes Gedächtnis. Nirgendwo war die Rede von solch einem Wesen. Selbst die an Froschgift berauschte Poesie der Hyänen konnte derlei nicht ausbrüten.

»Bierschaum!« Tanaqui hatte einen Warnruf ausgestoßen.

So rasch die kurzen Beine sie trugen, eilte die Zwergin über eine Leiter aus dem Laderaum. Unterwegs bemerkte sie, wie die von Kato keck *Goldmarie* getaufte Kogge durchsank.

Gjala musste sich mit aller Zwergenstärke festklammern und lief Gefahr, sich die Zunge abzubeißen. Ihre Beine glitten von den Sprossen ab, und sie strampelte nur noch.

Etwas suchte sich seinen Weg in ihren Kopf. Bierschaum hätte am liebsten hinter sich gegriffen, hielt aber die Leiter umklammert. Kalt und glitschig kroch dieses völlig Fremdartige in ihre Gedanken. Innere Bilder peinigten sie.

Wie der Archipel verbrannte und sogar jene noch erstickten, die den Flammen entgingen. Fürchterliche Szenen, in denen sich Menschen jeden Alters auf dem Boden wanden wie Mückenlarven, die in Seifenwasser ertranken. Wie die Sturmgrenze erlosch, während Bierschaum auf den Felsen über der Nordküste lebendig verbrannte, von wo sich einst der Fjord der Skraemar ins Land gezogen hatte.

Sie sah, wie der Himmel aufriss gleich einem Zelteingang, die Planen zu den Seiten hin schräg aufgetan, die Öffnung gesäumt von Regenbogenschillern. Kalte Sterne blinkten dahinter in fahlem Licht, mitleidlos und erfroren wie die Augen des leblosen Kolosses im Unterdeck.

24

Es war jener Koloss, dessen Abbild nun ihren Geist gebannt hielt, der nie gelebt hatte und daher auch nicht sterben würde. Nichts Ewiges fand Linderung in der Zeit. Er riss sie mit sich ins Dunkel eines schwindenden Bewusstseins, das seine Gestalten stets neu verwandelte.

Götter, gleich sterbe ich, dachte Gjala, als die Wunde in ihrer Brust über dem seit der Kindheit toten Herzen schmerzte. Die Panik kam auf Rattenpfoten aus dem Dunkel heraufgetrappelt, schlug Nagezähne in ihren Körper.

Genau in diesem Moment erklang die Melodie, mit der die große Reise der Gefährten begonnen hatte. Sanft, tröstend und unfassbar kraftvoll. Sie strich Gjala über den Kopf, liebkoste sie wie mit der Berührung einer Mutter.

Da gewahrte sie, dass sie selbst diese Melodie summte.

Ein klagender Laut, halb Gjalas Mund entweichend, halb Abschied des Molochs unter Deck, beendete sein Wirken.

Die Macht des Ungeheuers versiegte im Unergründlichen.

Tanaqui sah die Freundin aus einem Luk kriechen, als sich die Schlagseite der *Goldmarie* weiter verstärkte. Gjala war blass, die Sommersprossen auf den Wangen traten hervor.

Die Zwergin taumelte an Deck. Aber so erschöpft sie auch aussah, so sicher gerieten ihre Bewegungen, so als trüge sie einen Amboss auf den Schultern. Sie hangelte sich an Packnetzen auf dem Boden entlang. So stieß sie im Morgengrauen zu Bowden und der Wüstenelfe.

Der Paladin stand am Mast und ließ mit grimmiger Miene den Blick über das Deck schweifen.

»Bist du verletzt?«, fragte Tanaqui die Freundin.

»Ich weiß nicht. Nein. Ja. Was sucht er dort?« Bierschaum deutete auf Verdian.

Tanaqui hob die Achseln. »Leichen, bevor von diesem Wrack nichts mehr übrig ist. Aber der Aufprall schleuderte sie wohl alle davon. Vielleicht lösen sie sich auch auf.«

»Wer weiß ...« Gjala deutete auf die Luke. »Das Wesen dort unten hatte lediglich die Gestalt eines Meerestiers angenommen. Sein kalter Geist drang in den meinen ein.«

»Was soll es denn sonst gewesen sein?«, fragte Bowden barsch, während er unbeirrt weitersuchte. »Hättest wohl lieber aufgespießt werden wollen«, murmelte er ungnädig.

Da entdeckte Tanaqui am Mast Schlieren, die wie alter Portwein aussahen. Diese Farbe weckte in ihr Kriegserinnerungen an eine bestimmte Blutsorte. Kein Zweifel möglich. Zuletzt hatte es ihren Speer befleckt.

Kann es sein?

Bowden wirkte fahrig. Er wollte sich mit seiner Leichensuche offenkundig über etwas Gewissheit verschaffen. Tanaqui dachte an den Fußtritt des Riesen unter Dunkelfall.

»Willst du nicht endlich mit der Geheimniskrämerei aufhören? Ich weiß längst Bescheid.« Tanaqui gluckste.

»Ist dem so?«, fragte Bowden eisig.

Gjala blickte vom geneigten Deck hinunter in die friedliche Landschaft. Dem gefallene Braithwairn und dem Krieg waren sie davongeflogen. Welch ein Segen! »Wie können wir von diesem Schiff bei so großer Höhe entkommen?«

Auf ein Schlingern des Gefährts hin fanden alle drei Kameraden nur mit Mühe festen Halt.

Sollte sie recht haben?, sorgte sich Tanaqui nach innen gewandt. *War das wirklich keine Chimaera?*

Du kennst die Antwort, beschied sie der Große Jäger. *Bierschaum kennt sie. Und natürlich weiß auch der Diener des Menschengottes, dass ihr von außerhalb berührt wurdet.*

Außerhalb des Archipels?, fragte Tanaqui. *Oder außerhalb dieser Welt? Ich habe die Melodie gehört. Bowden auch. Ist sie erschollen, als dieses Wesen Gjalas Geist angriff?*

Alles wird sich fügen, Kind, antwortete er lediglich.

Ich bin solcher Antworten überdrüssig, gab Tanaqui zurück. *Wenn uns keiner die Wahrheit eröffnen will, finden wir sie eben auf eigene Faust. Ich überlasse unsere Inseln und meinen Mirvaali weder den Emissären noch dem Feuer.*

Ich werde dir beistehen, versprach der Jäger.

»Da bin ich gespannt«, murmelte Tanaqui.

Bowden verstand die Worte als Aufforderung. Er machte kehrt, hangelte sich zu Tanaqui hinüber. »Um es klar zu sagen, ich suche Abhilfe, bevor diese Jolle zerschellt.«

»Ich bezweifle, dass du dabei umkommst«, erwiderte Tanaqui. Sie deutete auf einen Riss in Bowdens Ornat.

Gjalas riss die Augen auf. »Ist das wirklich ...?«

»Ja.« Tanaqui gab sich kühl, aber sie überkam eine Welle des Mitgefühls für Bowdens Lage. »Damit hast du den Tritt des Frostriesen überlebt. Du würdest sicher auch einen Sturz aus dieser Höhe verkraften. Den Wasseraufprall.«

»Eine Rüstung mag noch so ausgesucht sein«, schränkte Bowden ein, »doch der Träger bleibt verwundbar. Stahl feit nicht vor allem.«

»Stahl vielleicht nicht«, bestätigte Bierschaum. Sie trat anderen ungern zu nahe, doch die Neugierde der Tochter eines Erfinders obsiegte. Rasch streckte sie eine Hand vor und öffnete Bowdens Gewand. »Aber dies ist kein Stahl.«

Zur Tanaquis Überraschung ließ der Paladin die Zwergin gewähren. Er wirkte erleichtert wie ein Verbrecher, der Jahrzehnte nach seiner Tat ein Geständnis ablegen darf.

»Hilgja Skitja!«, zischte Bierschaum und pfiff durch die Zähne. »Sorgfältiger gearbeitet als alles, was die Infanterie dieser Fischköpfe trägt. Und um ein Vielfaches kostbarer. Ich sehe Perlmutt und Kristall wie Amethyst, die aber hart wie Stahl zu sein scheinen. Geheime Legierungen ... da müsste man eine Probe nehmen. Es ist die Grundform der Emissäre, doch diese stammt sicher von einem Adligen.«

»Ich hatte so etwas vermutet, als ich Bowden am Strand mit

zerrissenem Gewand sah, dachte aber bis zuletzt, dass ich mich geirrt hätte.« Tanaqui bestaunte die Rüstung, die Gjala an Bowden freilegte. Undurchdringlich, fein verziert und von höchster Güte. Blasse Strahlen einer erwachenden Sonne ergossen sich über das Wunderwerk, es blitzte auf.

»Dann hast du dich wohl nicht geirrt«, befand Bowden kalt. »Und, was sagt das über mich? Ekelhaft, nicht wahr?«

Verdutzt schüttelte Tanaqui den Kopf.

»Sie stammt von deiner Mutter, oder?«, schloss Bierschaum messerscharf. Bowden zuckte zusammen. »Ich ahne, was sie dir bedeutet hat. Oder ich habe es mir alles zusammengereimt, aus meinen und Katos Beobachtungen.«

»Ein kundiger Blick«, meinte Bowden bitter. »Es stimmt. Ihr erinnert euch, was die Skraemar im Fjord über mich sagten? Über meinen Vater? Habe ich euch erzählt, dass sie ihn für einen Wahnsinnigen hielten, als er zum ersten Mal von seiner *Meerjungfrau* erzählte?«

»Sie hassen dich, weil du ein Halbblut bist«, erklärte Tanaqui. »Du giltst gar nicht als vollwertiger Mensch.«

»Wenigstens durften wir das noch erfahren, bevor wir mit dieser Riesenwanne zerschellen«, meinte Bierschaum aufgeräumt. »Und wir durften die Rüstung bewundern.«

Da zerriss es die Kogge.

25

Alles begann sich zu drehen. Das Rauschen in der Luft schwoll ohrenbetäubend an. Etwas gleich Mächtiges wie die Kogge schien diese getroffen zu haben.

Doch Bowden wollte verdammt sein, wenn er das Versprechen brach. Im Begriff, den Halt mit den Beinen zu verlieren, stieß er sich noch geschickt ab. Er wusste, dass Tanaqui sich ihrer Haut allein erwehren konnte. Mit knapper Not erwischte Gjala seinen ausgestreckten Arm und umklammerte seine Faust, und er zog sie an sich.

Binnen dreier Augenblicke erstarb die lenkende Kraft, die das Schiff noch einige Dutzend Klafter über dem Boden gehalten hatte. Unaufhaltsam kippte es nun nach vorn. Mit der freien Hand verkrallte sich Bowden in einem Packnetz und stemmte die Beine gegen unter ihm kollernde Fässer.

Vom Taumel der Welt wurde Bowden übel, und jede weitere Drehung setzte ihm mehr zu. Er spürte, dass Bierschaum aus eigener Kraft Halt gefunden hatte. Er ließ sie los und griff mit der frei gewordenen Hand nach dem Netz.

Ein gewaltiges Ächzen ging durch die Kogge, dann erbebte sie unter einem so gewaltigen Schlag, dass Bowdens Vorderzähne aufeinanderschlugen. Er knurrte vor Schmerzen, schmeckte Kupfer.

Die *Goldmarie* bog sich durch. Das altgediente Meeresgefährt hatte das Ende seiner Reise erreicht, das Heck sackte mit gespenstischem Stöhnen ab, um dann in der Tiefe zu verschwinden, als das Schiff entzweibrach.

»Skiiit-ja!«, hörte er Gjala fluchen.

Sein Blick flog zu ihr. Nein, das war kein Fluchen! Sie jauchzte, trug ein Lächeln im Gesicht, während sich der Bug des Schiffs immer steiler vorneigte. Herbstliche Äcker und die Jagdwälder der Reichsbarone breiteten sich unter ihnen aus, so nah und klar wie Stickereien.

Das würde sich jedoch bald ändern. Der Wind blies Bowden so stark ins Gesicht, dass er nur Gjalas Jauchzen hörte.

Wie ein Katapultgeschoss über dem Schlachtfeld hatte die *Goldmarie* den Höhenscheitel ihrer Bogenbahn überschritten, ihre Fahrt neigte sich immer schneller in Richtung Boden. Einzig sterbende Magie bewahrte sie vor dem freien Fall.

Völlig verzweifelt schrie Tanaqui nach Rettung, während Gjalas manisches Lachen in ein Kriegslied mündete.

Bowden hatte sich schon am Strand von Kundrheim am Lebensende gesehen. Gefallen unter den Klingen der Emissäre, durchbohrt von den Pfeilen der Seeschlangen. Er hatte sich geirrt. Sie würden schlicht zerschellen, platzen wie faules Obst. Nichts von ihnen bliebe zurück.

Oh, Architekt, verzeih mein Scheitern, betete Bowden Verdian. Doch der Architekt half nur den Tatkräftigen. Der Waldrand rückte ins Bild, dort träfe die Kogge hart auf.

Urplötzlich zerriss eine Explosion das schon zertrümmerte Wrack. Während er sich mit letzter Kraft festklammerte, sah Bowden etwas wie einen riesigen Speer von unten aus den Planken hervorbrechen, an dem kräftige Widerhaken baumelten. Das Gebilde stieg lotrecht in die Höhe, entfaltete sich, sank rasant wieder herab und seine Widerhaken gruben sich ins Deck. Bowden folgte dem Speer reflexhaft mit einem Blick über die Bordwand in die Tiefe, sah die gewaltige Kette an seinem Ende in Morgennebeln am Boden verschwinden, die sich binnen Herzschlägen spannen würde.

»Festhalten!«, rief er, fand sich aber selbst albern.

»Was denkst du wohl, was wir hier tun!?«, gellte Tanaqui.

Das Rauschen der Luft kam gegen die Todesfeegesänge der Zwergin nicht an, mit denen sie das Schauspiel begleitete.

»Achtung, Ruck!«, brüllte Bowden zurück.

Bevor sich jemand darauf einstellen konnte, geschah das Erwartete. Die Kette an der Riesenharpune straffte sich. Der Sturz des Schiffstorsos hinab in die Landschaft wurde jäh gestoppt. Der Rückschwung riss das Wrack zur Seite und schleuderte es auf die Baumkronen zu.

Bowden betete. Er würde nicht klein beigeben. Er würde weder zusammenbrechen noch winseln oder um Gnade flehen, sondern stolz auf sein Leben blicken. Er straffte sich.

Wie zur Probe seiner Tapferkeit wuchsen die Baumkronen zu unfassbarer Größe, nahmen seine ganze Welt ein. Die *Goldmarie* verursachte beim Durchbrechen einen Wirbel aus Grün- und Brauntönen, Splittern, Harzwürze und Verwüstung, bis nichts mehr greifbar war. Doch dies war nicht das Ende.

Vom vierten Aufprall dieses Tages kündete ein Donner, der jedes anschließende Geräusch erstickte und die quälende Hitze des Tages kühl zerrinnen ließ. Seine Wucht drohte Knochen in Pulver zu verwandeln. Tanaqui, die Leichteste von ihnen, wurde davongeschleudert.

Bowdens Arm brannte wie Feuer. Die Front der Kogge schlug in einem See ein, kühle Fluten klatschten über dem Paladin und der Zwergin zusammen, sodass Bierschaum überrascht gurgelte, als wolle sie ihren Gesang nicht unterbrechen.

Er wartete nicht ab, wie tief sie sanken und ob der Rumpf zur Ruhe käme. Jeder andere Krieger in Vollrüstung wäre im Wasser des Todes gewesen, doch Bowden hatte dieses Vermächtnis seiner Mutter geehrt und sich darin ertüchtigt.

Nicht, dass dies nötig gewesen wäre. Die Rüstung der Emissäre spendete ihm bereits Luft, als das erste Wasser sie berührte. Das Artefakt an seinem Körper legte einen Schleier daraus vor sein Gesicht und nahm die Atemnot.

Verdian bewegte sich im Wasser geschwind wie ein Fisch, es gab keinen Widerstand, so als versänken sie nicht gerade in einem See der Hügellande von Emrick.

Er schoss wie ein Delfin auf Gjala zu und packte sie unter den Achseln, um mit ihr zur Oberfläche zu gelangen.

Danach wollte er Tanaqui suchen, doch er kam nicht dazu.

Denn plötzlich wurden Bowden wie Gjala in die Höhe gerissen. Eine Kraft erfasste einen Holzrost mit Fässern unter ihnen und überwältigte auch sie.

Dieses Mal herrschte genug Wasserdruck, um Bowden gegen den Fässerstapel zu pressen wie eine Ladeplane, die Welt vor seinen Augen wich einem Gefühl der Schwerelosigkeit.

Dann waren sie an der Oberfläche. Gjala war verstummt, von ihrem Husten und Röcheln einmal abgesehen. Bowden stöhnte elend, kam zum Liegen. Für einen gnädigen Moment schloss er die Augen und hörte sein Herz schlagen.

Er schluckte. Alles in ihm schrie, die Augen geschlossen zu halten, abzuwarten, selbst wenn es den Tod bedeutete.

»Wohl kaum«, murrte er. Er schlug die Augen auf und erblickte über sich die mächtige Ankerkette, die sich zwischen Felsen straff über den See spannte. Ein Meisterwerk vollendeter Schmiedekunst.

Seine Blicke folgten ihrem Verlauf bis in die Uferlandschaft. Dort sah er Dolmen, Trilithen und Hügelgräber. Großartig aufgetürmte Bauten aus jener Zeit, da die Riesen und ihre noch gewaltigeren Vorfahren, die Titanen, die ganze Welt beherrscht hatten, auch Selachis. Doch dann gingen kleinwüchsigere Völker gegen sie vor.

Das Ergebnis der Verfolgungen und Kreuzzüge waren letztlich die Ebenen von Emrick geworden, die letzten Riesen vertrieben in jene Berge, zu deren Füßen die Skraemar und die Zwerge lebten. Ihre Gigantengräber lagen über das ganze Land verteilt.

Um einen solchen Hinkelstein, einen kirchturmhohen Felsen, war eins der Kettenenden mit Urkräften gewunden worden. Diese Sperre hatte den Irrflug der Kogge beendet. Im Schatten des moosigen Felsdoms regte sich etwas. Gegen seinen Willen musste Bowden schlucken.

Die größte Riesin, die er je gesehen hatte, saß dort im Schneidersitz in Versenkung. Er erkannte sie vom Strand im Fjord vor den Toren des Zwergenheiligtums wieder.

Ein vor sehniger Kraft strotzender Körper, fast vier Köpfe größer als der räudige Schamane, der Bowden in der Zwergenstadt unter Dunkelfall den schweren Tritt versetzt hatte. Unzählige Schnörkel und Tätowierungen, blau wie Eisentinte, übersäten die Haut frei liegender mächtiger Arme, alles aufgehellt durch einen Rotton, ähnlich dem Färberwaid der hellhäutigen Völker. Der Oberkörper wurde von einem Schuppenpanzerhemd in seiner Mischung aus Weiblichkeit und unwiderstehlicher Kraft betont. Diese Rüstung war ein Artefakt, kunstvoll aus unzähligen Metallschuppen von der Größe von Männerhänden gearbeitet.

Zusammengenähte Felle von Eisbären und anderen Raubtieren bildeten einen Umhang, groß wie ein Schiffssegel. Die Haare der Riesin waren zu zwei schenkeldicken Zöpfen geflochten, die zu beiden Seiten auf die Schultern fielen. Ihre Züge lagen hinter einem mächtigen Brillenhelm nach Art der Nordleute verborgen, geschmückt mit zwei Rabenflügeln aus Kupfer. Die Augen hinter dem Kettenvisier waren schwarz.

Ein kaltes Lächeln beherrschte die üppigen Lippen, im Schwung vollendet und einer Frau zugehörig, die über jede Völkerart hinweg fantastisch schön zu nennen war. Ihre Zähne waren schwarz, aber nicht durch Fäulnis, sondern reihten sich ebenmäßig und makellos in ihrer Schwärze wie aus Onyx. Zwei Hauer im Unterkiefer rahmten sie ein.

Bowden wollte sprechen, wusste aber, dass er seine Kraft besser sparen sollte. Der Blick der Riesin fiel nicht auf ihn, sondern auf Gjala, die in einiger Entfernung mit hingestreckten Gliedern dalag. Sie war nicht bei Bewusstsein, atmete aber schwer. Die gewaltige Kriegerin betrachtete die Unterirdische ohne jede Regung.

Doch Bowden wusste nur allzu gut, welche Befehle die Herrscherin über den ganzen Fjord hinweggebrüllt hatte, vor allem, die Zwergin auszulöschen oder ihrer habhaft zu werden. Als gebürtiger Skraemar erwartete er kaum eine gnädigere Behandlung durch die kolossale Frostriesin.

Jarlin, so lautete ihr Titel. Jarlin Velkha Whulfbodhir.

»Du weißt, wer ich bin«, sagte sie mit gedämpfter Stimme. Und du wirst dich erklären, Emissär. Wir hatten einen Handel. Wer reist mit den Würmern und stört meine Pläne?«

Bowden musterte seine zerschlissenen Gewänder, die einen Großteil der Rüstung preisgaben. Daher ihr Trugschluss.

Einen Handel?

Von hier ab wäre es ein Leichtes gewesen, mit dem Leben davonzukommen. Er wusste, wie einfach es sein konnte, den Kopf aus der Schlinge zu ziehen. Er hatte Kato viele Male dabei beobachtet und zehnmal so viele Verbrecher vernommen. Wenn es galt, den Hals zu retten, geriet die Wahrheit für solche Brüder zu etwas, das man knetete und formen konnte wie Ton, biegen und verunstalten, wie immer man wollte.

Bowden Verdian war der Sohn seines Vaters, und er wollte verdammt sein, wenn er sich mit einem Lügenmärchen herauswand und die Zwergin diesem Monster überließ.

Langsam setzte er sich auf. Er musste Zeit schinden.

»Ich bin keiner von ihnen«, brachte er schließlich vor.

»Nein?« Die Jarlin musterte ihn eine Zeit lang und nickte. »Nein, natürlich nicht. Ein Halbblut bist du. Aber deinen Tonfall und das Gehabe fiele mir jederzeit auf. Ich kenne dich, Nordling. Du reist mit dem messerohrigen Eichhörnchen, dem Goldraffer und dem brennenden Seidrman.«

»Du kennst die Stadt? Die Fjordsiedlung?«, fragte er und tat erstaunt. Er setzte sich wie sie im Schneidersitz auf den Kistenstapel, zog den Anderthalbhänder und legte das Schwert der Länge nach kampfbereit auf den Knien ab.

»Ich kenne jede Stadt und jede Siedlung derer, die mein Volk ausgelöscht haben.« Gedankenverloren streichelte sie eine Gürteltasche um ihre ebenmäßigen Hüften. Das Klacken von Reliquien war darin zu vernehmen.

Sie führt Verwandtschaft mit sich, dachte Bowden.

»Genau das«, sagte sie und stellte die Gabe der Alten Völker zur Schau, die Gefühle des Gegenübers zu lesen.

»Meine Freunde, meine Kinder und selbst meine Feinde sind hier drinnen«, erklärte sie mit der Stimme eines Sturms. »Ihr habt mir alle genommen, die meine Welt bedeuteten, und nun ersäufe ich eure in den Fluten der Verstoßenen.«

»Der Hochmut deiner Art wähnt dich Siegerin, nur weil du Feuer und Wasser gegen die Inseln entfesselst. Du irrst. Wir werden uns widersetzen. Das ist die Art der Menschen.«

»Du bist ein lustiger kleiner Mann«. Sie lächelte kalt.

Bowden räusperte sich und blinzelte. »Das hat dein Schamanenfreund auch gedacht. Er verlautbarte, man habe ihn in die Minen unter Dunkelfall geschickt, um nachzuschauen, ob wirklich alle Zwerge vertrieben seien. Er beging den Fehler, uns zu unterschätzen. Ich trieb ihm diese Klinge ins Hirn«. Er hoffte, die Riesin zu reizen und zu einem Fehler zu verleiten.

»Einer meiner letzten Thursen«, bedauerte sie mit einem Seufzer. »Ein echter Baeresark. Es gab nicht mehr viele seiner Art. Es wundert mich nicht, dass du diese Tat feierst, macht sie dein bitteres Dasein doch erträglicher, wie ich annehme. Ich kenne aus meinem Volk – kannte – viele, die ähnelten dir. Krank an der Seele im gesunden Körper. Keine Freude mehr außer dem Lügen, Hetzen, Spalten und Töten, da man kein echtes Zuhause mehr findet und nirgends willkommen ist. So muss es auch einem gehen, der bei den Nordleuten nicht mehr heimisch ist, bei den Stadtmenschen nie dazugehörte und zugleich noch das Blut von zwei Welten mit dem Pulsschlag aus zwei Herzen durch seinen Körper rauschen fühlt. Armer kleiner Bastard.«

Der Wille, sie zu töten, wurde angesichts ihres aufgesetzt mitleidigen Gesichtsausdrucks übermächtig. Bowden war es, der sich zusammenreißen musste, nicht mit erhobenem Schwert als Angreifer ins Verderben zu rennen.

»Das wäre ein Fehler, nicht wahr?«, meinte Jarlin Velkha huldvoll. »Dies ist keiner. Geh in deine Stadt, zu euren letzten Widerstandsnestern, und teil ihnen mit, dass ich dich am Leben ließ, um die Botschaft meiner Verbündeten zu überbringen. Wir werden jede Regung einer Rebellion ersticken, bis unsere Forderungen erfüllt sind. Danach ziehen wir ab. Freies Geleit für eure Überlebenden, von einigen Tausend Sklaven abgesehen, denn die Emissäre haben in der Tiefe Aufsehenerregendes vor, etwa nach Art der Großen Unternehmung der Zwerge.« Sie schüttelte das gewaltige Haupt. »Denn du irrst, wenn du denkst, wir hätten das Feuer gesandt. Du könntest der Wahrheit nicht ferner sein. Oder denkst du, ich hätte sonst einen der Meinen in die Dunkelheit unter der Erde ausgeschickt?«

»Und wozu dient die Große Unternehmung?« Bowden hätte auch gern noch mehr über die Emissäre gewusst.

Sie hob die Schultern, sodass der prächtig in Kupfer glimmernde Schuppenmantel ohrenbetäubend rasselte. »Ich habe keine Ahnung«, beschied ihn die Königin der Frostriesen schlicht, und Bowden musste ihr Glauben schenken. In einer gemessenen Bewegung nahm sie den Helm ab. Man hätte sie wunderschön nennen können, hätte Gram ihre Züge nicht tief durchfurcht.

Bowden tat innerlich Abbitte für seinen Hass. Ihm gegenüber saß eine verwandte Seele, ein Geschöpf, das voller Zorn für nichts als den Krieg lebte. Sie *war* schön.

»Mich schert es nicht. Meine Artgenossen gingen unter, die finsteren Riten der Zwerge forderten unser Blut für ihre Meister. Die endlosen Jagden zwischen beiden Völkern aufeinander, sie haben ganze Wirkung gezeitigt. Ich bin eins von wenigen Weibern, die noch jung genug wären, die Niederkunft zu überleben. Aber die Runenpriester der verfluchten Bartgesichter entfesselten unter der Erde eine Magie, die ich nicht verstehe. Unser Eisblut raubten sie wie Waltran.« Ihr Gesicht verzog sich vor Kümmernis.

Bowden blickte sich bedächtig in alle Richtungen um. Ein übermäßig sonniger Herbstmorgen streichelte das Gras um die Hügelgräber, eine Prise peitschte Pfeilformen in die Halme. Spärlich glitzerte noch Tau. Der grüne See wogte fern um ersten kahlen Felsgrund, der Wind flüsterte in den Tannen.

Sie sog die Luft so kraftvoll ein, dass die hohen Gräser ringsum wogten. »Zwergenriten. Runenkunst. Eine Macht, so stark, dass unsere letzten Schamanen ihr selbst mit der Kraft von Ymr, Trym und dem toten Ullr, den Gottriesen, keinen Einhalt gebieten konnten. Unsere große Medizin versagte jede Wirkung.« Sie hielt inne, schien nachzudenken. »Wir sprechen offen miteinander, nicht wahr?«

Er deutete auf die einsame Umgebung, dann auf sich, schließlich auf die Riesin. »Ich denke«, meinte er lapidar.

»Magst du mir die Wahrheit über die Zwerge offenbaren?«

»Du magst es vielleicht nicht glauben, edle Dame, aber du bist nicht meine Feindin.« Bowden meinte jedes Wort, obwohl er noch Zorn auf diese gewaltige Gestalt verspürte. Doch wem grollte er nicht? »Dein Diener war keiner Vernunft mehr zugänglich, wie berauscht sperrte er sich. Wir mussten uns in der Mine gegen diesen Frostriesen zur Wehr setzen. Den harten Kampf überstand ich selbst nur mit knapper Not.«

»Ich bin also nicht deine Feindin?« Sie lächelte traurig.

»Götterschmieden«, gab er ihr zur Antwort. »Geborgen in alten Geheimnissen der Vorzeit vor der Diaspora. Vor den Kolonien. Sie haben einige davon nach Selachis mitgenommen, diese Zwerge, entweder mit dem Wissen der vergangenen Hochelfen oder aber ihren Verboten zum Trotz. Diese Narren mit Bart haben sie in Gang gesetzt, mein Feuerzauberer bestätigte es. Er hat alles ausgekundschaftet, wir selbst sahen eine solche Schmiede und lasen in den Runenstäben der Zwerge. Wir entzifferten ihr Geständnis. Sie haben nicht nur verschollene Menschen als Sklaven in ihren Minen ausgebeutet, sondern aus ihnen offenkundig Nachfahren für ihre Zwecke gezüchtet. Ahnenlinien durch Kreuzung ihrer Arbeiter verändert, als gälte es, Bohnensorten zu verbessern. Ihr ganzes Volk hat sich im Größenwahn verloren.« Der Abscheu über das Gesehene brach sich Bahn.

»Es klingt danach«, sagte sie und warf einen düsteren Seitenblick auf Bierschaum.

»Sie nicht«, versicherte Bowden Verdian sofort. »Ihr eigenes Volk hat sie verstoßen. Gewissermaßen ähnelt sie mir, auch ich wurde als Verfemter am Sklavenhandel nicht schuldig. Sie ist Zwergin als Bardin, nicht als Verschwörerin. Als die bärtigen Mörder über euch herfielen, wanderte sie unbedarft oben durch die Menschenwelt.«

»Darauf lasse ich mich nicht ein«, antwortete die Riesin mit Härte. »Diese Frau muss mir überantwortet werden. Die Zwerge haben mir Erbarmen gründlich abgewöhnt. Im schlechten Blut liegt der Schlüssel. Ich werde sie töten oder den Emissären übergeben, so ist es ausgemacht.«

»Wisse: Legst du Hand an eine mir anvertraute Schutzbefohlene, zudem wehrlos daliegend, muss ich dich töten.« Bowden bedauerte, dass Unfrieden aufkam.

»Natürlich wirst du das«, meinte Velkha. Der Wind ließ Pudersand auf der Rüstung der gewaltigen Gestalt singen. Bowden vernahm darin Ausläufer der verdammten Melodie. »Götterschmieden also«, sinnierte sie. »Das fügt sich gut.«

Er sah eine einzige kristallkalte Träne ihre Wange hinunterfließen. »Edle Dame«, entfuhr es ihm.

»Verderblicher, verfluchter Zwergenzauber. Gifte der Unterirdischen. Sie schickten uns Krankheiten und machten uns unfruchtbar. Sie ließen mir keine Wahl, als mir zweifelhafte Verbündete zu suchen. Denkst du, ich wüsste nicht, was ich in meinem Zorn wider die Welt entfesselte? Machtkämpfe und uralte Fehden zwangen mich zum Äußersten, um mein Volk zu retten.«

»Die Emissäre.« Bowden verspürte Bedauern mit dieser geprüften Herrscherin. Doch er musste mehr erfahren.

»Auch. Nicht nur«, antwortete sie mit traurigem Lächeln. »Andere, denen diese Insel auf gewisse Weise alles nahm. Ihnen die Freiheit raubte. Das Vorgehen der Emissäre ist mit dem Schicksal dieser Maskierten auf ewig verwoben.«

»Ich dachte, wir sprächen offen miteinander, ohne Geheimnisse. Meinst du Wüstenvolk? Oder Hyänenköpfige?«

Velkha schüttelte den Kopf. »Du bist zu jung, Krieger, die Zusammenhänge sind dir noch verschlossen. Du erwähntest Runenstäbe. Wurde darin ein Ort namens Nadir erwähnt?«

Bowden verbarg sein Erstaunen nur schwer. »Allerdings.«

»Dann weißt du, wo du deine Antwort findest. Ich lasse dich ziehen. Ich will nur die Zwergin, und du hast selbst gelitten. Du bist der Junge aus dem verbrannten Haus.«

Dem Ritter stand der Mund offen. »Du weißt davon?«

»Wissen ist ein großes Wort für eine kleine Beobachtung. Mein Volk sieht mit Adleraugen und gebietet über ein steinernes Gedächtnis wie diese verfluchten Drazok-Goldraffer. Ich erinnere mich an die Nacht des Aufruhrs. Mein Vater und andere Anführer überlegten, ob sie diese Nacht des Zorns für den Angriff nutzen sollten. Als Jägerin saß ich unter ihnen. Doch sie befürchteten eine Falle der Skraemar. So wohnten wir nur bei.«

»Wohntet bei«, echote Bowden düster. »Während ihr hättet helfen können.«

»Die einzige Hilfe, die uns von Skraemar oder Bärtigen je zukam, war von Hundemeuten gehetzt zu werden«, grollte sie.

»Das muss ich einräumen«, gab er zu. »Doch du weißt, was unsere Magier vermögen, edle Dame. Hast du je überlegt, dass deine Bündnisse mit fremden Mächten nicht die klügste Entscheidung gewesen sein könnten?«

»Inwiefern?« Die Riesin hob die Brauen. »Meine Verbündeten hielten Wort. Sie gaben mir mächtige Ausrüstung und überhäuften mich mit Geschenken. Auf gewisse Weise gaben sie mir mein Volk zurück, wenn auch nur als Werkzeug der Rache.« Vor Bowdens erstaunten Augen berührte sie die gewaltige Gürtelschnalle ihres Schuppenmantels, auf der ein rautenförmiger Edelstein prangte. Der Ritter kannte Katos Feuermagick von Lohe und Drachenatem, doch hier wirkte leiser Zauber. Mit einem einzelnen Blinzeln war die Frau, die vor ihm im Gras saß, keinen Deut mehr größer als er.

Sein Herz pochte beim Anblick der edlen Züge dieser Kriegerin, die ihm nun in gleichem Maß beigesellt war. »Hältst du das für klug, edle Dame? Du verschenkst einen gewaltigen kämpferischen Vorteil.«

Sie lächelte. »Ich scheue mich nicht, Feinden oder Angebern auf Augenhöhe zu begegnen.«

»Ich verstehe«, entgegnete er peinlich berührt.

»Ich habe eine weitere Frage, wenn du gestattest.« Sie beschrieb mit der Hand eine großzügige Geste.

»Ich habe wohl kaum eine Wahl«, murrte Bowden.

»Glaubst du, ihr Unterweltbesucher wart die Einzigen, die von den Ränken der Zwerge erfuhren? Denkst du, die dreckigen Wühler haben andere in ihre Pläne eingeweiht?«

»Darf ich fragen, wieso du dies annimmst, Jarlin?«

»Weil sich jeder bis zur Unkenntlichkeit verstellt und an allen Enden und Ecken Verrat herrscht. Ich halte dich eines solchen Verrats vielleicht für nicht gänzlich unfähig, ahne aber sehr wohl, dass du hierfür einen ausreichend starken Grund einforderst.«

»Und du hältst einen Grund verborgen, der mich dazu brächte?«, meinte er schmunzelnd. »Ich vermute, dass nicht wenige Mächtige von dieser großen Umwälzung wissen oder sogar daran beteiligt sind. Ich bemerkte spätestens auf dem Schiff, dass unsere Zauberer ihrer umkämpften Stadt die Verteidigung versagten. Dafür muss es einen Grund geben.«

»Sie sind zu unserer Seite übergelaufen. Schon vor langer Zeit. Sie wollen im Bündnis mit den Emissären die Zukunft beherrschen, doch sie täuschen sich. Auch die Mächte aus dem Nadir halten sich bedeckt. Schwierig zu durchschauen.«

Also doch. Bowden knirschte mit den Zähnen. Verrat auf dieser Ebene konnte nicht geduldet werden. Viele Köpfe würden rollen, und die Vorfreude darauf bereute er nicht.

Wusste der Deserteur davon? Unmöglich war es nicht, doch hätte er sich dann solche Mühe gegeben, Aufklärung zu betreiben? Bowden spürte, wie Verfolgungswahn aus den Niederungen seines Geistes emporkroch und wisperte.

»Du gehst fehl, edle Dame«, behauptete er wider besseren Wissens. Er spürte genau, wie unglaubhaft er dabei klang.

Sie würdigte seine erbärmliche Finte denn auch keiner Antwort. Stattdessen atmete sie bedächtig tief ein. Er war sich gewiss, dass seine Enthüllungen über die Götterschmieden und brennenden Minen der Zwerge, die man ihr verheimlicht hatte, sie zutiefst berührten.

Bowden wagte einen Vorstoß. »Edle Dame: Du sagtest, du begehrst etwas von Emrick. Was genau sollte dies sein?«

»Unwerth«, antwortete sie ohne Zögern. »Ihn will ich.«

Schrecken durchfuhr seine Glieder. Woher wusste sie …?

Die Jarlin schnaubte. »Die Emissäre wollen Unwerth finden und sich der Zwergin bemächtigen. Über den Grund dafür schweigen sie sich hartnäckig aus.«

26

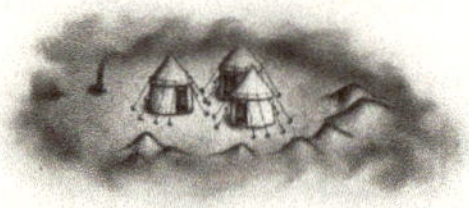

»Unwerth!«, stieß Kato hervor. Nach einem gerade noch glimpflich ausgegangenen Sturz rieb er sich fluchend das Knie. »Über diesen Namen willst du mehr wissen, nicht wahr, Limbo? Dann müssen wir aber *den* Gelehrten schlechthin suchen. Und zwar in den Sümpfen, in denen die Emricks ihn und seinen Tross nach dem Dritten versteckten. Unwerth. Den alle tot wähnen. Der Schuld trägt am ganzen Verhängnis.«

Wie gut es tat, die so lange ängstlich verborgen gehaltene Wahrheit hinauszuplärren. Warum auch nicht? Wer wollte Kato denn noch des Verrats bezichtigen?

»Die Marschen. Jeder weiß, dass die Weisen von Vaile dort hausen. Ungemütliche Gegend«, bekundete der Gesetzlose. Limbo hatte sich hinter Kato den Schacht hinab abgeseilt. Dieser verstand seinen Abscheu wohl. Jeder Vernünftige mied die Sümpfe. Aber nicht jeder Durchtriebene.

»Vaile«, fuhr Limbo fort. »Der Kanzler, der die Hochelfen davon überzeugte, die Sterblichen nach Selachis mitzunehmen. Er und sein Zirkel ersannen ein Ritual, das ihr menschliches Wesen für immer veränderte.« Der Gesetzlose sprach in vertraulich gedämpftem Ton. »Vaile blieb zurück. Seine Zirkel der Einweihung galten als der Weisheit letzter Schluss. Er entließ seine Zöglinge mit auf die Schiffe, als die Diaspora anhob. Er konnte nicht ermessen, dass dieses Ritual, das unstillbare Neugierde und begeisterten Wissensdurst erzeugte, sie alle wie bei einer Seuche zur lauernden Gefahr machte.«

»So steht es geschrieben. Die Vaile, ihre Nachfahren, tragen noch immer jene Krankheit in sich. Sie hausen in den Sümpfen, weil wir sie sonst nirgends dulden konnten.« Kato lehnte sich gegen die Felswand. »Emrick liefert ihnen Bücher und taktische Rätselfragen. Dafür bleiben die Nachfahren in Vaile, um niemanden anzustecken.«

»Sie wollten die Grenzen ihres Geistes abschreiten und erweitern«, ergänzte Limbo. Er schien hierzu keine Legenden zu schildern, sondern war offenkundig damals dabei gewesen.

»Nachfrage: Wie alt bist du gleich?«, fragte Kato.

»Unhöfliche Frage.« Limbo grinste.

»Soweit ich weiß, betrifft das nur die Damenwelt«, antwortete der Magier. Im Dunkel glitt er mit den Fingern über die Seitenwände des Stollens. Die Handglyphen zeigten ein schwaches Glimmen. »Sieht organisch aus. Wüsste ich es nicht besser, würde ich sagen, irgendein Gewürm hat hier Gesteinsschichten ineinandergeschmolzen. Schade, dass Gjala nicht hier ist, sie wüsste sofort Bescheid.« Es weckte schmerzliche Erinnerungen, diese Worte auszusprechen.

»Das muss sie nicht«, sagte Limbo mit belegter Stimme.

»Selbst du solltest diese Beschaffenheit begreifen, Magus.«

»Ganz schön abschätzig dafür, dass du mich eben erst aus einem Turm voller Emissäre gerettet hast, mein Herr.«.

»Das war nicht ich«, grollte Limbo. »Das war das Tier in mir. Wir nähern uns der Quelle, du wirst es bald verstehen. Reiz mich nicht weiter! Du erlebst mich ungern wütend.«

Kato schluckte. Seinerzeit hatte er einen Vorgeschmack bekommen, wozu Limbo imstande war. Nie vergäße er, wie eine riesige Pelzgestalt dem Frostriesen in der Mine einen Brocken Fleisch aus dem Nacken gerissen hatte.

»Verstanden«, sagte er, ausnahmsweise befriedigt darüber, wie warm es unter der Erde war, wie dicht die Flammen mittlerweile überall auf dem Archipel unter der Oberfläche züngelten. Glück im Unglück. Sollte er Feuer brauchen, wusste er, woher er es bekam.

»Versäum nicht, mich bis zur Unkenntlichkeit abzufackeln! Solange ich noch Fleisch an mir habe, hältst du mich nicht auf«, flüsterte Limbo grimmig.

»Nun verstehe ich, warum Bowden die Gedankenleserei so lästig findet. Und ja, ich werde fackeln«, flüsterte Kato.

Limbo antwortete nicht. Der Vagabund zeigte das taktische Handzeichen für *nicht bewegen,* die Faust. Dann streckte er die Finger und spreizte sie.

Augenblicklich ließ sich Kato auf ein Knie nieder. *Mindestens fünf,* dachte er. Mental bereitete er kraftvolle Angriffsformeln vor. Zugleich verfluchte er sich für seine Nachlässigkeit. In Dunkelfall hatte er wegen des Abstiegs davon abgesehen, Ausrüstung und Paraphernalien für Rituale und Gegenzauber mitzuführen. Nun, zurück in der Heimat, hatte er sträflich versäumt, den Turm zu besuchen, um sich mit dem Nötigsten einzudecken. Da fiel ihm ein, dass sich kein einziger Zauberer bei der Belagerung hatte blicken lassen. Sie hätten ihn im Turm eingesperrt oder ermordet.

Kato spähte in die ewige Nacht des Tunnels hinein, der gewaltige Ausmaße angenommen hatte. Er wies sicherlich bereits den Durchmesser eines Hauses auf. Eine träge Biegung verkürzte die Sicht in den Gang, eine beste Vorgabe für Hinterhalte.

Kato verringerte das Licht, bis es beinahe erloschen war.

»Sie sind vor uns und doch wieder nicht.« Limbo gestikuliert mit den Fingern in der Gossensprache. »Ich spüre sie als Geruch. Ein halbes Dutzend, selbst ihre Dünste verfliegen.«

Er wandte sich zu Kato um, und deutlich verfolgte der Magier, wie der Vagabund ein Ohr im Wortsinn in Richtung des Tunnels spitzte. Vor Katos Blick verformte sich Knorpel, Fell spross, und aus dem Schädel des Mannes wuchs ein Wolfsohr, dem nichts entging. »Vorschläge?«, erbat sich der Verfluchte mit den Handflächen.

»Weit mehr als das«, gestikulierte Kato. »Ich höre keinen Gesang, aber das muss nichts heißen.«

»Klarer, vielleicht?«, fragte Limbo mit einer Grimasse.

Kato nickte. »Dort vorn wartet keine Räuberbande oder derlei auf uns. Ich habe mich die ganze Zeit gefragt, wohin alle diese Damen und Herren Magister verschwunden sind.«

»Du scherzt«, zweifelten Limbos Hände geschwinde.

»Du hast mich gebeten, davon abzusehen«, gab Kato zurück. »Ich vermute mindestens je zwei Former der Luft sowie des Wassers. Diese schirmen die übrigen mit den verbundenen Mächten ihrer Elemente vor unserer Wahrnehmung ab. Dazu angesichts unserer Umgebung ein Former von Erde oder Holz.«

»Du ahnst nicht, wie recht du hast.« Limbo raunte ebenso leise wie geheimnisvoll. »Lageeinschätzung?«

»Sie werden dich ziemlich schnell schachmatt setzen.«

»Zeitweilig«, ergänzte der feiste Mann mit klaffendem Grinsen, bei dem seinem Gegenüber das Blut stockte.

»Ich erkunde später, was die hier unten treiben. Im Moment sind sie im Hintertreffen, auch wenn sie glauben, die Trümpfe auf der Hand zu haben.«

»Inwiefern?«, wollte Limbo wissen.

Statt zu antworten, breitete Kato die Arme aus und summte unhörbar. Zwei Herzschläge lang geschah nichts, dann quoll Rauch aus jeder Pore, aus jedem noch so winzigen Spalt in den vermeintlich makellosen Wänden. »Unter uns lodert tausendmal mehr Feuer, als der Feind an Wasser, Luft und Holz aufbieten kann«, hauchte Kato mit grimmiger Miene.

27

Er bekam mehr Antworten, als ihm lieb sein konnte. Ihn drückten auch zahlreiche Fragen, doch wer verzweifelt war, dem fiel die Besinnung schwer.

In diesem Fall waren sie eine gute Strecke vorgerückt, hatten Schatten und Dunkelheit sowie Katos Rauchschwaden zu ihrem Vorteil zu nutzen gewusst. Zunächst bescherte ihnen die Überrumpelung des Hinterhalts einen triumphalen Erfolg.

Oh, wie er das Hochgefühl genossen hatte, dieser Verräterbrut im Bunde mit der Monstrosität, die sich in Limbo verbarg, eine böse Überraschung zu bereiten.

Der Vagabund hatte überzeugend einen hier unten verirrten Trunkenbold gemimt. Als solcher stolperte an der Grenze jener Alkoven und Abzweigungen entlang, die den Hinterhalt verbargen. Er hielt kurz inne, lauschte ein letztes Mal.

Urplötzlich befand sich Limbo nicht mehr am Boden, sondern flog auf jene zu, die sich hinter trügerischer Unsichtbarkeit sicher gefühlt hatten. An diesem Scheideweg in den Tunneln unter der Hauptstadt erlebten sie eine zweimalige Wendung ihres Kampfs. Kato hatte nie die volle Kraft beobachtet, mit der Fell und Muskeln förmlich aus Limbo hervorbrachen. Der Vagabund dehnte sich aus, wuchs auf in einer Kaskade aus Muskelbergen und ölschwarzem Fell: zehn Fuß Wolfsmensch, knapp einen Quader schwer. Klauen und Zähne wie Dolche schleuderten Limbos Lumpen zur Seite

Diese erste Wendung war für sie beide gut, denn die Bestie stieß mit einer Pranken in die Finsternis. Kato war verwundert angesichts der Behändigkeit, mit der Limbo zuschlug. Eine Gestalt in milchig blauen Gewändern klappte förmlich zusammen. Ein weiterer Hieb holte eine tumbe und eine flimmernde Gestalt von den Beinen und verschaffte ihr eine mindestens zweitägige Ohnmacht.

Die zweite Wendung geriet zum Anstoß weiterer Gedankengänge und entwickelte sich deutlich zum Schlechteren. Wie erwartet mussten die übrigen Magier den Tarnkappenritus beenden. Murmeln und Gesänge. Man stimmte an, Limbo den Garaus zu machen. Doch die Bestie war schneller, als selbst Zauberer vermuteten.

Der Wolfsmensch flog förmlich zu dem Alkoven, worin zwei Luftmagier ein Trugbild woben. Es sollte den Wolfsmann durch Überlastung der Sinne in Ohnmacht schicken.

In diesem Moment trat Kato auf den Plan, ausnahmsweise ohne seine Neigung zum Dramatischen. Er hatte einen hohen Banngesang angestimmt, um die Luftzauberer aufzuhalten, damit Limbo mit den anderen des Zirkels aufräumen konnte. Angesichts der Kraft des Monsters hatte dem Lohenmagus der Sieg in diesem Kampf als gesichert gegolten.

Sie hatten sich zu sehr daran gewöhnt, von ihren Gegnern unterschätzt zu werden. So hatte Kato den nächsten Schritt weder vorhergesehen noch eine Abwehr dagegen zur Hand gehabt. Limbos Verstand verharrte im tierhaften Zustand.

Die Beherrschung des Kampfs entglitt ihnen, als einer der Wasserzauberer bei seiner Enthüllung besser vorbereitet war als Kato. Der Mann in blauen Gewändern mit Wellen als Schmuck hob Ring und Stab. Tamasine summte zwei Silben der Macht, bannen war nicht einfach, wenn man selbst ohne Artefakt war und weitersingen musste. Da hob Limbo vom Boden ab, eingehüllt in eine Kugel aus Wasser.

Wie erwartet wollte der Zauberer Katos Begleiter ertränken. Limbo hatte ihm für diesen Fall allein die Aufgabe zugewiesen, ihn rasch sterben zu lassen.

Doch Kato flog im Moment wie ein Spielzeug durch die Luft. Er hatte die zwei Holzmagierinnen in einem Alkoven linker

Hand sehr wohl bemerkt, doch unbeachtet gelassen. Holzmagie galt als kampfferne Zauberei, zumindest außerhalb des Walds. Das erwies sich sogleich als schwerer Fehler.

Kaum hatte sich Kato, in seinen Aschewolken verborgen, auf die Wegkreuzung gestellt, um den Wasserzauber gegen Limbo zu bannen, da traf etwas seine Brust mit der Wucht austretender Kaltblutpferde. Er wurde so heftig nach hinten gestoßen, dass er ein Summen hörte und sich nach hartem Aufschlag am Boden wiederfand. In seiner Brust schien ein kalter Stern explodiert zu sein, der sämtlichen Gliedern das Feuer entzog und ihn nur schwer atmen ließ. Die riesige Schlange, die er zu erblicken meinte, stellte sich als Wurzel von der Dicke eines Tempelturms heraus. Ihre harte Spitze lenkten die Holzweberinnen wie eine Waffe.

Reglos gebannt starrte Kato auf die Riesenwurzel, die zum Gesang der Magierinnen über die schlammige Höhlenwand kroch. Große Augen aus rauchig durchzogenem Silber und Gold ruhten in astlochartigen Mulden ihrer Außenhaut. Kato war mit ihrer Beschaffenheit vertraut.

Eine der beiden Holzmagierinnen hatte sich über ihm aufgerichtet. Er erkannte die Betschwester wieder, den verkniffenen Mund, die Locken filzig wie ein Eulengewölle.

Verdammt. Kato fiel eine Nacht weinseliger Versprechen ein. Ein Bett, aus dem sich der Student davongeschlichen hatte.

»Verdammt!«, hustete Kato. So ähnlich klang ihr Name.

»Ramala«, berichtigte die Magierin mit einer Stimme, die vor Abscheu knarrte wie Borke. »Kosenamen bringen dich nicht weiter, Tamasine. Wo steckt dein Ritter? Heraus damit!«

»Wurzelgold«, ächzte er, während er zu dem riesigen pendelnden Gewächs hinüberlinste. Beide Holzzauberinnen tauschten Blicke mit ihrem Kollegen. Der wandte sich achtlos von der Wasserblase ab, worin der nunmehr ertrunkene Wolfsmann schwerelos trieb. Für den Moment noch.

Kato hatte mit angesehen, wie Wesen durch unheilige Kräfte zum Leben erwacht waren. Doch im Gegensatz dazu vollzog sich Limbos Verwandlung zum Wolf schlagartig.

Eben noch war der Vagabund Limbo ein riesiges Ding aus

Zorn und Klauen gewesen. Nun fiel erst ein unansehnlicher nackter Leichnam aus der Wasserkugel, danach ergoss sich das Wasser selbst in die Umgebung.

Ihre Gegner waren Elementarzauberer, jedoch Theoretiker ohne Kriegserfahrung. Sonst hätten sie keinen Zirkel gezogen. Sie mochten allerlei über Lykanthropen gelesen oder solche Wesen seziert haben, doch einem von ihnen gegenüberzustehen, war etwas gänzlich anderes. Vor allem einem Tiermenschen, dessen Fluch älter war als die Insel.

Kaum schlug der feiste Vagabund auf dem Boden auf, da riss er auch schon die Augen auf. Während die gehörnte Nachtgefährtin von einst Kato mit dem Stiefel auf seiner Brust niederhielt, grinste im Halblicht von Katos Kugel siegestrunken der junge Wassermagier. Seine Züge blieben in harte Schatten getaucht. Der Triumph über eine Zauberbestie ließ ihn vergessen, dass es Silber, Feuer und einer Enthauptung bedurfte, einen Lykanthropen zu fällen.

Limbo schoss unerwartet flink für seine Gegner in die Höhe.

Der Angriff des Gesetzlosen war so wirkungsvoll wie unschön. Er warf sich mit seinen Massen nach vorn. Splitterfasernackt umarmte Limbo den Zauberer, vergrub das Kapuzengesicht in großen Brüsten wie eine albtraumhafte Matrone und ließ sich mit ihm fallen. Das schmatzende Geräusch beim Aufprall sollte Kato noch länger heimsuchen.

Die Holzzauberin wandte sich mörderisch grinsend zu dem Vagabunden um. Hinter ihr brach die Seitenwand des Gangs lautlos auf. Eine weitere Wurzel schob sich vor, gefährlich wie ein dolchbewehrter Arm. Dann beäugte sie wieder Kato.

Der hustete noch immer, zum Zaubern fehlte ihm der Atem.

Das Rattengesicht las seine Gedanken. »Das tue ich. Und du weißt, was ich wissen will: Wo steckt der Ritter?«

»Habe. Keine Ahnung ... wovon du redest. Meine Liebe. Vielleicht besprechen ... wir das ... wie in alten Zeiten ... ich liege ... ja. Liebesspiel!«, keuchte er und rang nach Luft.

Widerwärtiges, pochend Tastendes arbeitete sich in seinen Geist vor. Es fühlte sich an wie Madengewimmel unter der Borke aus feuchtem Holz. Wonach grub sie in seinem Geist?

»Du bist wirklich noch unbeleckt, stimmt's? Du versoffener

Narr von einem Verräter an Ihrer Majestät weißt immer noch nicht, was hier gespielt wird.«

»Tu etwas!«, kreischte die ältere Holzzauberin, die sie bislang nur beobachtet hatte. Sie deutete lebhaft auf eine weiß gewandete dürre Gestalt im Hintergrund.

»Luftbeuger«, ächzte Kato.

Die Magie hatte das schmächtige Männlein freilich so hart gezeichnet, wie das Feuer Kato als Kind entstellt hatte.

»Aerhûn zissar, Aerhûn wroth!«, zischte die Strohfigur. Kato kannte die Gestalt als Wyjngaard, der wirklich in der Armee gedient hatte. Der Luftzauberer stimmte ein Lied an.

Kato wusste, was es mit Wyjngaards Handzeichen auf sich hatte. Der Magier wies immer wieder auf die Lache, in der Limbo auf dem toten Wassermagier lag.

»Limbo ... «, stieß Kato hervor, doch Ramala hielt ihn niedergedrückt. Hilflos musste er zusehen, wie die ältere Zauberin die riesige Wurzelschlinge in Bewegung versetzte.

Sie stürmte auf Limbo zu, der sich gerade voller Pein aufrichtete. Wie erwartet wich der Vagabund mit übernatürlicher Fertigkeit aus, taumelte jedoch zurück und klatschte wieder der Länge nach ins Wasser.

»Aerhûn. Doedhi«, schloss der Aeromant seinen Gesang.

Kato spürte die innere Reibung seines Luftelements, die dumpfen Geruch verbreitete. Bläuliche Elmsfeuer wanderten über die Tunnelwände der Hauptkammer, krochen wie Spinnen umher und sammelten sich in der Hand des Aeromanten funkelnd als Lichtkugel aus aktinischer Ladung.

Ein Lichtbogen zerriss die Luft und entlud sich in der Lache, deren Macht ihn tausendfach steigerte. Limbo tötete der Schlag gnädigerweise auf der Stelle. Rauch verbarg, was das Höhlengewitter im Wasser seinem Körper antat.

Kato versuchte, sein Grauen zu verbergen, während Wyjngaard summte, den Blitz aufrechterhielt und die Lache sowie beide Männer darin mit seinem Lichtbogen verdampfte.

Dessen Flackern aus Blau und Weiß drohte Tamasines Verstand zu sprengen, während die Magier in ihrer Macht badeten.

»Was hattest du noch einmal über Theoretiker gedacht?«,

kicherte Ramala über Limbos Schreie hinweg, der vom Tod ins Leben zurückkehrte, nur um gleich wieder sterbend zu verstummen. Die Luft war ein wirbelnder Funkenrausch. Das Weib hatte den Verstand verloren. Sie alle.

»Ich dachte«, sagte Kato, dem das Schauspiel die nötige Atempause verschafft hatte, »dass es nur eine ... Sache ... gibt, die dümmer ist ... als Zähne aus Holz.«

»Was?«, entfuhr es ihr, als sie in seinen Gedanken die Hinterlist erkannte, mit der er und Limbo ihre Falle aufgestellt hatten. Der Magus hob leicht einen Finger an.

»Der Übermut von Kindern, ihr Spielzeug um jeden Preis auszuprobieren«, sagte Kato. Sein Finger wies nun auf Wyjngaard, die Blitzkugel und die höllisch aufgeheizte Luft, die den Lichtbogen wie eine Hülle aus Feuer umgab.

»Fulmin. Rathi!«, flötete Kato. Nun, in einem solchen Hochofen bedurfte der Zauber keines ganzen Flammenlieds.

Die Umhüllung des Lichtbogens riss zu einem lodernden Flammenwirbel auf. Darin tanzte die ganze Macht, die Wasserzauberer und Luftmagier zuvor im Raum geballt hatten. Selbst die Erdhitze aus den seit Wochen brennenden Götterschmieden fügte ihre Kraft hinzu.

Kato sah den Blick blanken Grauens auf Ramalas Gesicht, als die Stoßwellen im Raum ihre Turmgenossen mit solcher Wucht trafen, dass ihre Wurzelschläge dagegen wie Neckerei wirkten. Körper flogen umher wie Puppen, schlugen gegen die Wände und glitten dort ab. Alles ging in Dampfwirbeln auf.

Statt Ramala zu erlauben, sich wieder in seine Gedanken zu graben, streckte er mit einem Machtwort den linken Arm aus. Sein Eisenholzstab flog durch die Luft auf sie zu und spießte sie durch die Brust auf. Erstmals in ihrem Leben schmeckte Ramala vom Unterorden der Magistri Vidhur den Kuss von Holz selbst. Mit der Magierin kam auch ihre Riesenwurzel zu Fall. Sie krachte so schwer auf den Boden, dass Kato besorgt zur Höhlendecke hinaufblickte.

Doch der Tunnel hielt.

28

Er stemmte sich auf, immer noch wachsam, falls von einem der besiegten Zauberer auch nur ein Hauch Kraft ausgehen sollte. Ihn schmerzte, Limbo so böse zugerichtet zu sehen.

Der Vagabund taumelte gerade schwelend aus dem Dunst und suchte ächzend seine Gewandung vom Boden zusammen. Notdürftig bedeckte er seine Blöße mit den Fetzen aus Leinen und Leder, die ihm die Kämpfe gelassen hatten.

Er zog eine Grimasse. »Es gab keinen anderen Weg, oder?«

Kato hob die Achseln. Er deutete auf das halbe Dutzend Körper in unterschiedlichen Stadien der Bewusstlosigkeit. »Keiner, für den sie nicht mit höchster Vorsicht und großer Sorgfalt Sprüche gewoben und Schilde beschworen hätten. Ich bin ohnehin verblüfft, dass der ganze Streich gelang.«

»Oh, diese Anmaßung von Zauberern!«, seufzte Limbo.

»Das wird dein Retter gnädig überhören«, gab Kato zurück.

Aus den Schatten heraus war ein Schnippen zu hören.

Zu spät begriff der Magier. Limbos Augen weiteten sich. Katos Mund formte Worte, doch kein Laut drang hervor. *Wie am Strand*, dachte er, da traf ihn etwas mit voller Wucht.

Die Lache, in der Limbo zuvor ertrunken war, hatte sich als Wassersäule gewaltigen Ausmaßes erhoben und war auf den Magier zugeschossen, als er in die Schatten spähte.

Doch nur kurz segelte er wie ein flatternder Jungvogel mit

den Armen rudernd durch die Lüfte. Doch er fiel nicht. Stattdessen packte ihn eine mörderische Kraft an Handgelenken und Fußknöcheln. Die Wassersäule teilte sich in einer Vielzahl dicker Strahlen, die sich wie Fangarme wanden. Ein Wasserspiel meisterlicher Magiebeherrschung, eine Klaue mit sprudelnden Fingern, die Kato in der Höhle aufspreizten wie einen Gekreuzigten.

Er sah an sich hinab. Eins der Wasserbänder teilte sich in Dutzende Teilstrahlen, die seine Glyphen kühlten. Ein weiteres perlte um seinen Mund, ließ die Nase jedoch frei.

Da fürchtet jemand meine Kräfte, dachte er geschmeichelt.

Ein Blick in die Hauptkammer zum Ursprung der Wasserklaue zeigte ihm, dass es Limbo nicht besser erging. Doppelt so viele Wasserstrahlen nagelten den Unsterblichen fest. Sein ganzer Zorn vermochte nichts auszurichten. Ohne Magie und die Kräfte des Wolfsmannes sah Kato keinen Ausweg.

Da kamen sie.

Die Schritte waren nicht zu hören. Zwei Gestalten glitten in den Raum, eine davon offenkundig männlich und breitschultrig, wenn auch schlank. Die andere zart. Beide strahlten urgewaltige Macht aus. Fischschuppen überglänzten die Gewänder. Die Frau verbarg ihre Züge hinter einer Maske, einer gesichtslosen Tropfenform aus Perlmutt, der Mann trug eine flache Maske aus salzwasserblindem Metall.

Katzenhaft lauschend neigte die Frau den Kopf, die Maske stand leicht schräg. Das Wasser gab seinen Mund frei. Ihr Geruch entlockte Kato wenig schmeichelhafte Ausdrücke.

»Abartig. Gestank nach totem Fisch. Ich empfehle Königswasser. Frühlingsduftende Schönheitspflege. Noch besser für eure Umgebung«, presste er hervor. Mit seiner Witzelei kämpfte er gegen die verzweifelte Lage an.

Der männliche Emissär ließ sich auf ein Knie nieder und musterte die Magier eingehend. Dann blickte er zu seiner Begleiterin hinüber. Sacht schüttelte er den Kopf.

Die Frauengestalt richtete ihr blankes Gesicht erst auf Limbo und schwenkte dann zu Kato hinüber. Allein der Anblick der leeren Mimik wirkte missbilligend auf ihn.

»Vermutlich werden wir uns nicht einander vorstellen, oder?«, erkundigte er sich, um Zeit zu gewinnen.

Der Krieger setzte mit dem Arm zu einer Zaubergeste an, bei der den Magier jäher Schreck durchfuhr.

Doch die Frau gebot ihm mit einer grazil gebieterischen Geste Einhalt, einem sanften Wedeln der Hand. Dann allerdings kam sie näher und deutete im Vorbeigehen auf Limbos Hals. Vergeblich spannte Kato alle Kräfte an.

Augenblicklich setzte sich ihr Begleiter in Bewegung, doch nur um sich tiefer in die Höhle zurückzuziehen.

»Ihr habt Schaden angerichtet. Das Blut deines Freunds wird unsere Verbündeten von euren Misshandlungen heilen.«

»Ihr wollt euch der Magier annehmen? Da seid ihr rechte Wohltäter.« Kato konnte die Bitterkeit in seiner Stimme nicht unterdrücken. Er erinnerte sich an das Gemetzel im Fjord und den Giftnebel der Riesenquallen über der Stadt.

»Wir sind, die wir sind«, sagte sie unbewegt.

»Und das wäre?«, fragte er.

»Du bist Magier, Tamasine«, erklärte sie. »Wir könnten dich heilen.« Sie stand vor ihm, Gestank von Algen und Wasserleichen stieg ihm in die Nase. Sie deutete auf die brandigen Glyphen und tiefen Narben in seinem Fleisch.

Sie lügt, murmelte eine Stimme in Katos Innerem. Almida. Das verbrannte Mädchen wollte ihn dringend vor etwas warnen. Die Unerschütterlichkeit des Phantoms war dahin.

»Ich bin nicht bereit, euch zu dienen.« Der Lohenmagus warf einen Blick über die Schulter der Maskierten hinweg auf den Begleiter, der einen prächtig verzierten Dolch zückte. Bereit, Limbo die Gurgel durchzuschneiden.

Die Emissärin folgte seinem Blick. Wieder neigte sie den Kopf, etwa wie ein Vogel, der ein Würmchen belauert. »Was du denkst, ist ohne Bedeutung, Tamasine. Du bist Teil des Alten, und wir beabsichtigen, Teil des Neuen zu werden.«

»Das sind Worte, die ich schon öfter vernahm«, entgegnete Kato. »Macht ihr euch mit den Drazok Dhar gemein? Gibt es ein einziges Volk auf diesem Archipel, das nicht alles verraten hat, wofür drei Heilige Kriege geführt wurden?«

Das Schnauben der Emissärin war ihm Antwort genug. Es

lag nichts als Verachtung darin. Er hatte eine wunde Stelle getroffen. »Gemeinschaft? Mit Druchuul?«, höhnte sie.

Kato horchte auf. Dieses Wort. »Eine Große Unternehmung. So nannten die Zwerge ihren Plan. Und ihr seid nicht beteiligt? Was soll das? Du willst mich von meinen Malen heilen, verlangst meine Gefolgschaft. Da musst du mir schon etwas bieten. Gib mir wenigstens deinen Namen! Und du dort, steck den Dolch zurück! Andernfalls schwöre ich beim Wenigen, das mir lieb ist, bei allen Göttern, ich lege euren Ozean trocken und brenne euch nieder.«

Er hörte sie hinter ihrer Maske lachen, Töne, die als Echo in ihrem Begleiter widerhallten. Gab es da ein Band?

Wo steckte Kincaid? Wo Bowden, wenn man ihn brauchte? Kato schnaubte. »Götter. Könige. Meine Mutter, möge die nächste Welt sie seligsprechen. Worauf immer ich schwören muss, wenn ihr Hand an einen Unschuldigen und besten aller Menschen legt. Ihr werdet brennen!«

»Unschuldig«, kicherte der Emissär.

»Götter«, wiederholte sie mit einem Glucksen, in dem sich Wissen mit Verachtung mischte. »Ich versichere dir, Tamasine: Aganthyr dort mag vieles sein, aber ein Mensch schon lange nicht mehr, ebenso wenig wie du ein beliebiger Zauberer bist. Wenn es dich tröstet: Wir töten ihn doch gar nicht, seine Lebensspanne hätte schließlich schon vor neun Jahrhunderten enden sollen. So wie es bei euren verfluchten Göttern der Fall war. Wir erlösen ihn. Ganz, wie er will.«

»Die Götter? Was bedeutet dies? Und wer ist Aganthyr?«, wollte Kato wissen. »Du meinst, jemand wie der erste König, der auf der *Vanaor* segelte? Du da, Hände weg von Limbo!«

»Du wirst deine Erklärungen erhalten. Er soll unsere Pläne nicht mehr stören, doch du bist zu nützlich, um getötet zu werden. Nicht, bevor wir die letzte Druchuul und deine übrigen Freunde gefasst haben. Wir haben Fragen.«

»Wer wir sind? Wie wir im Sterben aussehen?« Kato zerrte an seinen Fesseln, doch die Bänder elementarer Gewalt gaben keinen Zoll nach. Als die Emissärin ihrem Begleiter Zeichen gab, Limbo den Garaus zu machen, packte ihn Verzweiflung.

Almida! Unternimm etwas, flehte Kato im Stillen. *Lenk die beiden ab, ich muss freikommen.* Er lauschte. *Ich bin ein Schemen,* entgegnete das Mädchen. *Unsere Macht ist begrenzt. Ihre Körper sind geschützt wie deiner.*

»Geschützt?«, murmelte er.

Unter ihren Gewändern, Kato. Sigillen. Ähnlich deinen, aber nicht dem Feuer geweiht. Sondern etwas Fremdartigem.

Der Emissär neben Limbo brachte sich in Stellung.

Die dort liegen mir offen. Sie wies mit dem Kopf auf die Magier am Boden. *Du willst, dass ich in einen von ihnen fahre? Meinethalben.* Sie klang amüsiert und erschien wie aus dem Nichts vor der Hauptkammer. Ähnlich dem Emissär ließ sie sich neben einem der Magier auf ein Knie nieder.

Schief lächelnd wandte sie Kato verkohlte Züge zu, sodass er schluckte. Dann sank ihre Hand auf die Stirn des Mannes.

Der riss unvermittelt die Augen auf, sog von Grabeskälte aufgeschreckt die Luft ein.

Versuch das einmal zu bannen, Hundsfott!, dachte Kato.

Almida setzte sich auf, nur dass ihr nun der Körper des Wassermagiers gehorchte. In seinem Blick mischte sich der Augenausdruck beider. Kato wob Sprüche gegen seine Fesseln.

Sowohl die Emissärin vor dem Magus als auch Limbos Henker fuhren herum. Misstrauisch beäugten sie den Wassermagier.

Doch eine stürmische Bewegung zog alle Blicke auf sich, als die Schatten der Hauptkammer einen dritten Emissär ausspien. Er schoss förmlich aus dem Dunkel hervor, schlug mit überlegener Leichtigkeit gleich mehrere Räder, die dazu dienten, Schwung in seiner Fußspitze aufzubauen, und schmetterte diese gegen die Stirn des von Almida Besessenen. Der Fuß traf mit solcher Wucht den Kopf, dass die Nackenknochen des Zauberers knackten.

Wie im Paargesang schrien durch seine Kehle sowohl die Stimme des Wasserzauberers als auch die von Almida. Kato sah, wie ihr Nachbild aus dem toten Körper und der erfahrbaren Welt hinausgeschleudert wurde. Sie war dahin.

Der hinzugekommene Emissär trug keine Robe, sondern war gewandet wie Tanaqui: eng anliegende Kleidung, eine Tunika über Wickelhosen. Er war maskiert wie die anderen. Seine graue Tuchrüstung hielt keine Waffen bereit.

Weil er keine braucht, dachte Kato, während ihm der Mut sank. Hier hatte jemand Kampf zur Kunstform erhoben. Die Widerstandskraft der Straße, das schiere Überleben im Feld mochten ihn gestärkt haben, doch der Zauberkraft beraubt vor solcher Überlegenheit wusste auch er keinen Rat mehr.

Schicksalsergeben beobachtete der Lohenmagus, wie die beiden magischen Emissäre sich erneut vor ihm aufrichteten.

Der mörderische Neuankömmling ging auf ein Knie neben Limbos Kopf nieder und hob den Dolch.

29

»Sagtest du Unwerth?« Bowden räusperte sich. Es war lange her, dass er diesen Namen ohne den Zusammenhang mit drei Kriegen ausgesprochen hatte. »Der Erzmagier? Der ist tot und begraben«, log er. Der Zweck heiligte die Mittel.

Die Riesin wippte und legte tadelnd einen Zeigefinger an die Lippen. »Tsk, kleiner Mischling! Du solltest doch nicht lügen. Dein gefräßiger Gott mag das nicht.«

»Erstens«, knirschte er mit unterdrücktem Zorn, »ist mein Gott der strahlende Herr all dessen, was in Ordnung und Blüte hinter Mauern und im Herzen jedes Arbeiters, jedes Gelehrten gedeiht. Und ich lüge nie.«

»Ah, ah, ah ... Ich nehme an, dein Tempel entsühnt dich.«

»Ich weiß nicht, wovon du redest, edle Dame«, hob er an.

»Du weißt so vieles nicht, Verdian aus dem Fjord. Eure kurzlebige Art wuchert wie ein Geschwür und ist ähnlich peinsam. Schädlich für alle, die eure wimmelnde, rammelnde, missgünstige Lebensart nicht teilen wollen. Drei Kriege brachtet ihr über uns, mit den Schlammwühlern habt ihr mein Volk bis zur Ausrottung gehetzt. Und selbst nach dem Tod deiner Freundinnen im Wrack dort drüben lügst du mich an, obwohl eure Geschichte bei mir endet. Meine Hochachtung!«

»Vermutlich soll ich dir jetzt noch danken, oder?«, murmelte Bowden. Er glaubte nicht, dass Gjala und Tanaqui gefallen waren. Die beiden waren unverwüstlich, und so ungern er es zugab, die Alten Völker waren aus härterem Holz geschnitzt als er. Doch gleichfalls galten ihre Sinne als legendär scharf, das galt auch für Frostriesen.

Nur nichts anmerken lassen!, zwang er sich.

»Willst du's denn nicht wissen?«, fragte ihn die Jarlin Velkha unvermittelt und riss ihn aus seinen Gedanken.

»Was?« Beunruhigt reckte Bowden den Kopf, so als erwache er aus einem Albtraum. Was sorgte er sich um zwei Weiber, die hinter seinem Rücken mit Kato Späße über ihn trieben?

»Was auf dem Archipel vor sich geht. Ich weiß, deinem Freund, dem Galdur, dem Seidrman, der mit dem Feuer tanzt, widerfuhr ein Zukunftsgesicht, bevor er starb.«

Diesmal konnte sie ihn nicht narren. Turm und Tempel hatten gemeinsam vorgesorgt. Das vertraute Pochen in seiner Linken, wo das Band ihn und den Deserteur für immer zusammengeschmiedet hatte, blieb unverändert. »Er ist kein weiser Seher, eher eine lebende Waffe«, meinte der Paladin.

»Gleichwohl«, gab sie mit einem Achselzucken zurück. »Ihn hat das Geschehen offenbar gefesselt. Ist dir das gleich?«

Er schnaubte. »Du behauptest zu wissen, was seinerzeit im Fjord geschah. Dann ermisst du, welch ein Mann ich geworden bin. Abgesehen von meiner Pflicht berührt mich nur wenig.«

Als er sich selbst dieses niederschmetternde Urteil über sein Leben ausstellte, griff das Dunkel aus dem Herrenhaus seiner Familie einmal mehr nach seiner Seele.

»Genau deshalb reden wir miteinander«, antwortete sie. »Wir sind uns ähnlich, auf gewisse Weise. Uns beiden hat man nichts gelassen außer unserer Seelenpein. Ich hatte gehofft, dich auf meine Seite ziehen zu können, kleiner Paladin. Immerhin fügten dir die Nordlinge aus dem Fjord auch nichts als Schaden zu, und die abgefeimten Lügen der Unterirdischen hast du in ihrem Reich selbst erlebt.«

Er blickte auf und entdeckte Fürsorge auf ihrer Miene. Etwas Mütterliches im Blick dieser Naturgewalt rührte ihn an. Er wollte loslassen, nichts weniger. Jahre kriegsmüden Kummers würden hervorbrechen. Augenblicklich war die Wut wieder da, als er in ihren Augen nichts gespiegelt sah als das Wesen, das von Bowden Verdian übrig war. In jener Nacht im Turm war er mit seinem Vater gestorben.

»Nein.« Er rang um Fassung. »Nein, wir sind uns überhaupt nicht ähnlich. Ich lebe der Pflicht gegenüber meinem Gott, meiner Königin, meinem Vaterland und meiner Mission.«

»Du hältst also nichts von meinem Angebot? Wer weiß? Gemeinsam könnten wir deine Freundin noch aus dem Wrack retten. Das Messerohr. Für die Schlammwühlerin kann es jedoch nur ein Schicksal geben.«

Es war wie ein Erwachen. Zeit, die Posse zu beenden. Er sprach mit Monstern. Was war nur aus ihm geworden? Er wollte sie hinhalten, und sie hielt es genauso mit ihm.

»Hauptmann Bowden Verdian, Schwertmeister der Halle der fünf Mysterien, erwählter Geheimnisträger des Architekten, Protektor des Reichs«, stieß er trotzig hervor.

»Heißt das Nein?«, fragte sie spöttisch. »Bist du jetzt mein Kriegsgefangener?«

»Hauptmann Bowden Verdian«, wiederholte er leise, während er mit der Gewissheit aufstand, den Tag nicht zu überleben.

»Es muss nicht so kommen. Ich habe es mir im Lauf unseres Gesprächs überlegt. Du hast meinem Volk keinen Schaden zugefügt, du hast nicht einmal als Bursche an den Jagden teilgenommen. Ich kann dich schonen. Bei meiner Ehre.«

Aus dem Bastardschwert stoben Funken, als der Ritter mit der Spitze über den Boden fuhr. Staubwölkchen stiegen auf, wo er auf Steine traf und der Stahl die Grasnarbe aufriss.

Bowden gab sich keinen Illusionen hin. Dies war die letzte Schlacht, die er schlagen musste. Aber beim Architekten, er wollte verdammt sein, wenn er über seine Fehler und Unzulänglichkeiten hinaus zum Verräter an seiner Königin von Emrick wurde. Er würde dieses Monster zeichnen, das Invasoren seine Heimat preisgegeben hatte.

»So sei es denn!« So verkündete Velkha Whulfbodhir, Königin ohne Volk, in aufgesetzter Mitleidigkeit ihr Todesurteils Bowden. Das trieb ihn zur Weißglut.

»Du wirst zahlen«, versprach er ihr. »Das werdet ihr alle. Jeder einzelne deiner nach Fisch stinkenden Meute wird für seine Untaten einstehen. Klein und erbärmlich werden eure großen Unternehmungen enden, sei versichert.«

»Ah, du hast deine Zunge wiedergefunden und als Erstes die *Edle Dame* fortgeschickt.« Velkha erhob sich.

Bowdens Herz pochte, als der blauhäutigen Titanentochter Glieder entwuchsen, die seinen Körper weit überragten. Sie nahm wieder ihre ursprüngliche Gestalt an.

Schnelligkeit war sein einziger kleiner Vorteil. Auf befreite Weise glücklich, stützte er sich auf sein Bastardschwert und nahm die Gegnerin in Augenschein. Ihre Ausrüstung, Kettenmantel und Bärenfelle. Pelzstiefel wie Panzer. Diese Gewandung durchdrang schwerlich eine Waffe.

Er war eine Bremse, sie das Pferd.

Unvermittelt beschrieb Bowden mit der Klinge einen Kreis und richtete die Spitze auf das Gesicht der Frostriesin. Ihm stand plötzlich der Schamane unter Dunkelfall vor Augen und wie viele ungelöste Fragen er aufgeworfen hatte.

»Halt!«, rief er unvermittelt. »Wer sind die Vier Könige? Wer sandte die Emissäre? Was ist der Nadir?«

Höhnisch verzog Velkha Whulfbodhir die Mundwinkel und musterte ihn aus Turmhöhe. Ein knappes Dutzend Schritte trennte sie. »Den musst du schon selbst finden, Bowden«, stieß die Jarlin hervor. »Aber in diesem Leben nicht mehr.«

Jählings stürmte sie auf ihn zu, wobei der Boden erbebte.

30

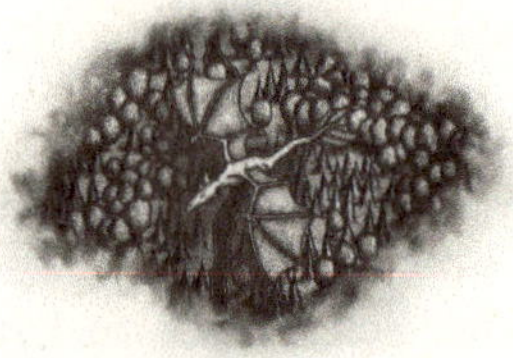

Aus der Ferne beobachteten die beiden Frauen, wie Velkha und Bowden sich erhoben.

In der Morgenwärme über abgeernteten Getreidefeldern erwartete den Gotteskrieger sein letzter Kampf.

Tanaqui erkannte die Todesgewissheit in seinem Gesicht. Vor den Toren Kundrheims hatte es diesen Ausdruck getragen.

»Sie streckt ihm die Hand hin, und er ist auf ihren Tod aus?«, zischte Tanaqui so leise, dass nur Gjala sie hörte.

»Wohin soll dies führen?« Gjala wirkte besorgt und matt.

Schon mehrfach war Tanaqui aufgefallen, dass der Kampfeswille der Zwergin nicht erst seit Limbos Verlust geschwächt war. Auch Tanaquis Volk war fast ausgestorben, und keine Heimat erwartete sie. Mit den Wüstenelfen war sie zerfallen, vom Bruch mit Vesshelin zu schweigen. Doch sie trug den Ahn in sich und damit die Hoffnung auf ein Wiedererstarken ihrer Art. Eine Rückkehr der Zeit, als Tanaqui noch Licht gewesen war und als Nymphe tief im Traumgebilde des Mirvaali von Füchsen umsorgt wurde.

Gjala war jünger als die Elfe. Und doch natürlich voll ausgewachsen, hatte in ganzer Reife erleiden müssen, dass ihr Volk spurlos verschwand. Die Elfenherzen schmerzten beim Klang der Freundinnenstimme. Die Schrecken im Laderaum hatten Gjalas Gemüt übel beschädigt, vielleicht für immer.

»Er tut es dir gleich«, murmelte Tanaqui wie gebannt.

Leise kroch Gjala aus dem vertrockneten Unterholz hervor und ließ sich neben der Freundin nieder. »Was soll das heißen, worin gleichen wir uns?«

»Jetzt ist nicht der Augenblick, darüber zu sprechen«, beschied sie Tanaqui. Doch Gjalas düsterer Blick machte deutlich, dass die Zwergin sich nicht abspeisen ließ.

»Es ist nie der richtige Augenblick. Willst du etwa andeuten, ich sei dem Wüterich auf irgendeine Weise ähnlich?« Ihre Haut dünstete förmlich den Groll aus, der den Vergleich bestens bestätigte. In dieser Sicht unterscheiden sich Gjalas Launen nicht von denen Bowdens.

»Wir müssen leise sein«, flüsterte die Elfe. »Wie du weißt, hat die Riesin scharfe Sinne.«

»Die sind auf den Mondsüchtigen gerichtet, der gerade seinem Leben ein Ende setzt«, hielt Gjala bissig dagegen. Sie beobachteten, wie die Riesin zur Seite trat, für sie ein Trippelschritt, für Bowden ein weites Beinespreizen. Sie umkreisten einander. Das Wesen war so furchterregend, dass Tanaquis Herzen wild pochten und sie sich zurückzog.

Velkha war überlegen, doch sie war nicht töricht. Die Riesin wusste, dass der Paladin über Kräfte gebot, die sie schmerzhaft zeichnen konnten. Zudem blieb die Wahrnehmung, welche Verzweiflung er ausstrahlte, wohl kaum auf Tanaqui und Gjala beschränkt. Bowden hatte sich von Grund auf verändert und suchte offenbar Frieden mit seinen Bürden.

Diese Verzweiflung verlieh ihm Kräfte, welche die kampferprobte Riesin allein wegen des Größenunterschieds sicher nicht unterschätzte. Tanaqui beängstigte, mit welch entrücktem Blick die Freundin dem ungleichen Kampf folgte.

»Wenn du gleichermaßen Tod herbeisehnst, wird es an Gelegenheit dazu nicht fehlen. Aber dann kannst du unsere Heimat nicht mehr vor dem Feuertod bewahren.« Tanaqui schenkte ihr einen Blick liebevoller Strenge.

Gjala schnaubte so deutlich ablehnend, dass die Waldelfe zusammenfuhr. »Als gäbe es noch Hoffnung. Hast du gesehen, wie fröhlich sie in diese Stadt aus Feierwütigen und Narren einmarschierten? Wo blieben da die Emricker aus dem Krieg? Die Hauptstadt fiel mit einem Fingerschnippen, während wir einem Traum hinterherhetzten. Dem Traum eines Zauberers ohne Einsicht, dem die Schuld den Verstand wegbrannte.«

Gjala zog den Runenstab. »Alles nur für diesen Unfug«, zischte sie. Was immer die Freundin als Nächstes sagen wollte, ging in metallischem Kreischen unter.

Beide Frauen warfen sich herum, das Kampfgeschehen wurde heftiger. Bowden lag nun Dutzende Schritte entfernt und griff sich an die Brust. Sein zerrissenes Gewand klaffte in der Mitte auf. Die Axt der Königin hatte ihn getroffen. Jeden gerüsteten Ritter hätte solch ein Treffer entleibt.

Ungläubig sahen Tanaqui und Gjala, wie sich der Paladin auf die Beine kämpfte. Seine Rüstung glitzerte in der Morgensonne wie Edelsteine unter seinen Gewändern hervor.

Bowden wischte sich die Nase wie ein Straßenjunge, den seine Bande verprügelt hat. Er wandte den Kopf zur Seite und spie einen Klumpen von der Farbe von Portwein aus.

»Es ist Zeit. Du hast dich lange genug versteckt, Kind der Tiefe und der Menschenwelt. Wenn sich zwei aus dem Alten Volk in tödlichem Gefecht gegenüberstehen, soll es wenigstens ehrlich geschehen.« Die volltönende Stimme der Riesenkönigin hallte über die Lande von Emrick hinweg.

»Ich kämpfe zu meiner Ehre und zum Ruhm meines Glaubens«. Bowden keuchte noch vom schweren Streich der Axt.

Die Jarlskona zuckte mit den mächtigen Achseln. Plötzlich brach der Boden unter ihr in zwei Staubwolken auseinander, die der Wind vor sich hertrieb. Aus dem Stand war sie mit einem Satz nach vorn gesprungen und riss ihre Axt in die Höhe. Die fuhr herab und klang wie ein Donnerschlag.

Tanaqui erkannte auch in diesem Angriff nicht mehr als einen Probelauf. Ein Betasten. Bowden war längst von der Aufschlagstelle weggehechtet und ließ seinerseits den Anderthalbhänder vorzucken. Das gewaltige Schwert nahm sich neben den Pelzstiefeln der Monarchin aus wie ein Dolch.

Tanaqui wusste, dass der Biss einer Kobra Krieger tötete – und auch die Jarlin. Unvermittelt riss Velkha einen Fuß hoch, und Bowdens Schlag fuhr ins Leere.

Doch Verdian hatte aufgepasst, und voller Schwung riss die Klinge seinen Körper mit sich. Damit katapultierte er sich in einer wirbelnden Schlagform unter der Sohle seiner Gegnerin hindurch – auf den anderen Knöchel zu.

Velkha beschrieb eine Pirouette, die in manchem Tänzer Neid geweckt hätte, und entging um Haaresbreite einer durchtrennten Ferse. Mit geschickten Wendungen sprang sie zurück, wobei sie im letzten Schwung behände die Fibel ihrer Bärenfelle löste und den Mantel fortwarf.

Diese Bewegung befreite Tanaqui und Gjala von ihrer Starre. Sie durften Bowden nicht länger im Stich lassen.

Die Elfe lauschte in sich hinein.

Cathwyn war beeindruckt. *Fünf.* Plötzlich prickelten ihre Hautbilder, die vertraute Präsenz war zurück in Tanaquis Geist. *Ich schenke dir fünf Schritte auf dem Weg als Gefäß der Ahnen.* Seine Stimme war vor Begierde verzerrt, diese stattlich wehrhafte Beute zu erlegen.

Tanaqui schluckte. Du willst mir fünf Prüfungen auf einen Schlag erlassen, wenn ich die Riesin töte?

Nicht irgendeine Riesin. Ihre letzte Königin. Der Große Jäger war der offenbarte Wille des Jagdtriebs aller Elfen. Weder elfische Zauberer noch Priester wussten, wann die Heiligen der Wüstenelfen Gestalt angenommen hatten.

Cathwyn *war* der Große Jäger. Ewige Ausgeburt im Frühling jedes Elfen, wenn dem Lichtgeist, der seinen Eltern geboren wurde, inmitten der Wälder die Verwandlung in jenen grausamen, feengleichen Albtraum widerfuhr, den Holzfäller, Bauern und Pilzsammler so sehr fürchteten. Ein Geschöpf mit der Macht und Anmut eines Unsterblichen, der Grazie eines Raubtiers und ohne jede Moral. Der Jäger verkörperte die Sehnsucht aller Kinder der Mondgöttin, in unschuldiger Grausamkeit unter dem Licht des ewigen Mirvaali nichts zu tun als zu jagen, zu speisen und sich zu paaren.

Die erfolgreiche Jagd. Sie erinnerte Tanaqui an ihre einzige glückliche Lebenszeit, die vor Sahars Tod.

Nicht die erfolgreiche Jagd. Die Stimme des Großen Jägers gluckste in Vorfreude. *Die beste Beute, die es nur noch einmal auf der Welt gibt. Beende ihren Herzschlag, und ich belohne dich überreich. Jeder wird es sehen. Ich bezweifle, dass du mir die Druchuul auch noch darbringen wirst.*

Fuchstochter verzog das Gesicht. *Niemand legt Hand an Gjala, solange meine Herzen schlagen.* Cathwyn verstummte.

»Wir müssen helfen«, drängte Gjala aufgebracht.

Donner unterbrach die Zwergin. »Mach Schluss mit der Scharade, Bowden Fjordkind! Du hast dich lange genug verkrochen. Stirb in echtem Einklang mit dir selbst!« Velkhas Stimme schien voller Mitgefühl für ihr Opfer. Wie eine von Höheren Beauftragte zu Bowdens Entleibung.

»Wir *werden* helfen«, versicherte Tanaqui grimmig der Freundin. Die Worte des Jägers standen der Wüstenelfe plötzlich deutlich vor Augen. »Sie will nichts sehnlicher als dich. Die letzte Zwergin. Also geben wir ihr, was sie will.« Tanaqui spitzte die Lippen, stieß einen Pfiff aus. Sie waren nicht weit von der Stadt entfernt. Und ihre älteste Freundin befand sich hier draußen. Sie bezweifelte, dass es Menschen oder Chimaerae gelungen war, sie zu finden. Nein, Tanaqui spürte, dass sie noch lebte.

»Das kann nicht dein Ernst sein«, begehrte Gjala auf.

Tanaqui schien zu lächeln. »Natürlich nicht. Aber wenn du zu fliehen drohst, muss sie handeln. Das ist unser Trumpf.«

»Ich will ja nichts sagen«, zischte Bierschaum, »aber siehst du meine Beine? Davonlaufen ist nicht meine Stärke.«

»Warum ist es dir so wichtig, wie ich aussehe, wenn du mich ohnehin in Stücke haust?«, rief Bowden schwer atmend.

»Weil wir vom gleichen Schlag sind, Paladin. Auf dieser Insel aus Lüge, Verrat und Hinterlist sind wir wahrhaftig. Willst du nicht endlich dein Hadern beenden?« Die Riesin hielt inne und zog sich unvermittelt den Helm vom Kopf.

Ihre mächtigen Zöpfe fielen hervor, dicker als jedes Ankertau und kunstvoll geflochten. »Begegnen wir einander von Angesicht zu Angesicht, Baudhilin!«, rief Velkha.

Der Paladin blickte unschlüssig zwischen ihr und der Landschaft ringsum hin und her, als warte er auf ein Zeichen. Schließlich nickte er, griff in seine Löwenmähne zerrte daran. Das Stirnband fiel zu Boden.

Der viel zu heiße Wind zerzauste seine verschlissenen Gewänder, und die Haare gaben seine Ohren frei.

»Nein«, ächzte Gjala.

Bei diesem Anblick seufzte Tanaqui voller Mitgefühl.

Die Überwürfe fielen. Dort stand ein Mensch. Er trug die kristallene Plattenrüstung eines Emissärs, verziert mit den Insignien der Verdians. Rondelle zur Abwehr erweiterten den Gelenkschutz. Um den Körper trug er Kettenzeug.

Der Wind umspielte Bowdens Ohren. Die Ohrmuscheln waren oben verstümmelt. Schlecht vernäht. Offenkundig hatte jemand ursprüngliche Spitzen abgeschnitten oder versengt.

Gjala sprach traurig zur Elfe. »Sie waren zuerst voll entwickelt. Darum sieht er im Dunkel. Lauscht vertraulichen Gesprächen. Im Kerker Dunkelfalls war er urplötzlich da, sodass ich fast die Maske fallen ließ.«

Tanaqui nickte. Bowden war ein Halbblut. Menschen konnten ein Mitglied der Alten Völker schwängern. *Zwielichtkinder* nannte man sie, gleichgültig, welchem Alten Volk sie entstammten, ein Leben, im Schatten durch Frevel gezeugt. Ein Leben zwischen beiden Welten, das kein Zuhause kannte.

»Die Meerjungfrau des alten Verdian«, murmelte Gjala.

»Ein Erbstück meiner Mutter.« Hauchend nahm Tanaqui Bowdens Worte auf. »Die Ohren hatten Spitzen. Schon in Kindertagen. Ich glaube, er beschnitt sie selbst.«

Abermals umrundeten Bowden und die Riesin einander. Beide suchten beim anderen nach einer Schwäche.

Tanaqui spürte, dass das herbeigerufene Wesen im Anzug war, so wohlvertraut, dass sie Sehnsucht ergriff. »Mach dich bereit!«, riet die Wüstenelfe Gjala.

Die Bardin nickte abwesend. »Wenn er ein Messerohr war, sind die Emissäre es vielleicht auch.«

Tanaqui erschauderte bei dem Gedanken, schnippte aber mit den Fingern. »Komm ins Hier und Jetzt, Bierschaum!«

»Er folgt wider Willen seiner Natur«, sinnierte Gjala.

Die nächsten Worte der Riesin klangen wie Sturmwind. »Willst du abstreiten, dass dir die Freiheit der Alten mehr schmeckt als alles Menschengetue, Fjordson? Sei ehrlich! Wir sind ganz unter uns.« Mit ausgestrecktem Zeigefinger deutete die Riesin auf das Versteck der Freundinnen. »Kreucht nur hervor!«

»Mach mit!«, verlangte Tanaqui und trat hinaus.

31

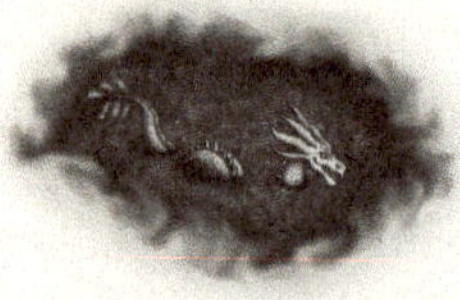

Zu spät. Kato hatte den Tod auf dem Schlachtfeld zu oft gesehen, es gab keinen Grund, sich dieses ausweglose Elend anzutun. Wegsehen täte seiner Seele besser. Doch Limbo kam einem Freund so nahe wie sonst nur Kincaid.

Zu spät.

Beim schmatzenden Geräusch des Einstichs zuckte der Magus zusammen. Der verhexte Dolch würde für immer das Dasein des Wolfsmannes beenden und Limbo endlich Frieden schenken.

Jemand stöhnte auf. Doch es war nicht Limbo. Kato schlug die Augen auf. Die Hand von Limbos vermeintlichem Henker hatte ein Pfeil an die Wurzel genagelt.

Bevor ihre Häscher wussten, wie ihnen geschah, gesellten sich weitere Geschosse hinzu. Lange, schlanke Pfeile mit Spitzen aus gehärtetem Bernstein durchschlugen in rascher Folge Kehle und Leber des mörderischen Emissärs.

Die beiden Zauberer eilten zueinander, richteten sich Rücken an Rücken auf und brachten ihre Stäbe in Anschlag. Mit einer einzigen Handbewegung verschloss die Emissärin Kato den Mund mit Wasser. Eindeutig überrascht von dem Geschehen, sondierten die beiden Nichtmenschen die ewige Nacht des Korridors hinter Kato und den Raum vor ihnen.

Es dauerte eine Weile, doch nun begriff Kato zweierlei, während die Emissäre angespannt nach dem Angreifer suchten.

Zunächst einmal hörte der Lohenmagus, dass von dem Körper des Vagabunden ein Rasseln ausging. Limbo atmete, und mit jedem Atemzug kehrte Hoffnung zurück, er bedeutete Leben.

Dann aber erkannte Tamasine die Art der Pfeile im Körper des Emissärs wieder, der still von ihnen gegangen war. Er erinnerte sich dieser Pfeile von einer Strandbegegnung her.

Vesshelins Pfeile.

Den Begleiter der Emissärin überkam offenkundig eine ähnliche Erkenntnis wie den Feuerzauberer. Er stieß einen unerwartet erregten Ruf aus und deutet auf die Pfeile.

Mit einem Mal war ein Flüstern zu hören, das sich binnen weniger Herzschläge zu einem Rauschen steigerte.

Es war das Rauschen, mit dem eine Eule ihrer Beute den Tod kundtat. Ein Großteil des Höhlengangs vor Kato füllte sich mit braunem und weißem Schwunggefieder ausgebreiteter Flügel, das sich spreizte und die Tunnelwände sacht streifte. Der Vogel flog dicht über Limbo hinweg.

Aus der Finsternis heraus leuchtete das Gelb der Greifklauen greller als Feuer. Die Emissärin wich einen Hauch schneller aus als ihr Begleiter. Der Mann wurde von der Schwungmasse des Raubvogels zu Boden gepresst.

Ein heiseres Krächzen, hier unten in der Finsternis lauter als Fanfaren. Der gewaltige Körper war für den Magus nur etwa zur Hälfte zu erkennen, die Schwanzfedern bauschten sich, als der Kopf außerhalb von Katos Sicht auf den Emissär herabstieß. Für den gab es keine Rettung.

Das Grauen packte Kato, während der Schnabel den Emissär nur Armlängen neben ihm ausweidete. Die Frau aber blieb unbeeindruckt. Sie zog sich zur Wand zurück, um einen Spruch zu weben, reckte den Stecken in die Höhe.

Was auch immer die Lippen der Anführerin hinter der Maske an Sangesformeln ausstießen, ging in Stöhnen über, als jäh zwei Pfeile aus ihren Knien sprossen.

Ihr Gewand tränkte sich dunkel vom Blut der Pfeilwunden. Sie ächzte schmerzerfüllt und wankte nach hinten gegen die Wand. Die Pfeile hinderten sie, in die Knie zu brechen.

Hinter Kato war ein Pfiff zu hören. Die mächtige Eule gehorchte auf der Stelle. Sie wirbelte herum und nahm den ganzen Blick des Feuerzauberers ein. Ihre goldenen Augen unter ohrenähnlichen Federbüscheln glommen im Dunkel.

Das unnatürlich große Tier – eine der Chimaerae, welche die Inseln hervorgebracht hatten – klappte den Schnabel mit solcher Kraft auf und zu, dass das Echo des Geräuschs die

Höhle erfüllte. Die Emissärin presste sich noch stärker an die Wand, so als könne sie damit der Bestie entgehen.

Zwei weitere Pfeile rauschten an Kato vorbei, nagelten die Schultern der Zauberin an die Wurzel hinter ihr. Kato musste den Blick abwenden.

Limbo!

Sein Herz tat einen Sprung.

Die Stelle war leer. Der Verfluchte war verschwunden.

»Gedachtet ihr auf meiner Insel, auf meinem Archipel, einen Krieg zu entfachen und ich ließe euch davonkommen?« Kato hätte keiner weiteren Bestätigung bedurft. Das schneidende Organ Vesshelins von den Türmen hatte er erst vor einigen Monden in ähnlich höhnischem Tonfall vernommen.

Der Kopf der Frau hob sich. Sie verfiel in einen Singsang, den der Magus nie zuvor gehört hatte. Doch die Ähnlichkeit mit der elfischen Sprache war unverkennbar.

»Mich schert der Wille der Vier Könige nicht. Die Fürsten des Nadirs haben Pläne, die euch mit einschließen, wie ihr selbst sehr wohl wisst. Aber auch dies gibt euch nicht das Recht, in meinem Land nach Belieben herumzufuhrwerken.« Vesshelin trat neben Kato. »Guter Tamasine, welch fürwahr köstlicher Zufall, dass wir uns stets an den Pforten der Unterwelt begegnen. Steigst du mir am Ende nach?«

Vesshelins Gesicht war ebenmäßig wie eine Marmorbüste, eingerahmt von seidigem Haar, das wie gesponnenes Metall glomm. Seine Feenaugen glühten leer. Mondlicht auf Frost.

In der Hand lag der Langbogen, sein Gürtel hielt die elfischen Säbel in kunstvollen Scheiden. Die prunkvolle Reiterrüstung aus feinstem Sternensilber verwandelte ihn in ein Kunstwerk aus glanzvolleren Tagen.

»Ach ja, richtig«, entsann sich der Elfenprinz vorgeblich. »Dein loses Mundwerk wurde ja zum ersten Mal gebändigt, nicht wahr, Feuerzauberer?« Vesshelin wandte sich seiner versehrten Gefangenen zu. Die Rieseneule eilte mit einem Satz hinüber und krächzte der Frau aus voller Kehle ins maskierte Antlitz. Der geöffnete blutige Schnabel zeigte eine Zunge, die im Dunkeln wie eine Schlange zuckte.

»Wirst du brav sein, Tamasine? Wenn nicht, wird Kioni bald ein Gewölle in Orange und Rot hervorwürgen. Ihre erste warme Mahlzeit. Du ehrst doch noch unseren Handel, oder?«

Der Magier nickte ohne jede Möglichkeit des Widerstands.

Vesshelin wandte sich an die Emissärin, die Laute der Qual hervorstieß. »Du wirst den Spruch bannen und ihn freilassen. Kioni weidet dich aus, während du noch unter uns weilst. Wenn du verstehst, dann nick! Gut. Bewegt sich nur einer der Äste hier, fällt ein Tropfen Wasser, ist jedes Quäntchen Gnade versiegt. Dann nehme ich mir *Zeit.*«

Die Emissärin hob zu einer kurzen Melodie an, ließ den Finger kreisen. Wieder entsprach nichts davon den gängigen Zaubersprüchen, welche ein Elementarist wie Kato nutzte. Die Meisterschaft der Emissäre über das Element, in dem sie hausten, war unverkennbar. Augenblicklich rissen die Wasserfesseln. Unsanft schlug Tamasine am Boden auf.

Plötzlich bewegte sich etwas im Schatten. Unvermittelt, als wäre er nie fort gewesen, tauchte Kincaid auf. Nicht zum ersten Mal bewies der Hund dieses besondere Talent. Weder Vesshelin noch die Eule nahmen ihn zur Kenntnis.

»Geht es dir gut, Tamasine? Oder muss ich dir auf die Sprünge helfen?«, erkundigte sich der Elfenprinz hämisch.

»Was?«, fragte Kato geistesabwesend, denn er nahm ein Summen im Hinterkopf wahr, das er sich nicht erklären konnte. Dann ausschließlich Freude, als Kincaid wieder bei ihm war, die raue Zunge ihm das Gesicht leckte. »Nein, es geht mir gut«, erklärte der Zauberer. Er kraulte dem Hund das Fell, während er Vesshelin fragend ansah und auf seine eigenen Gewänder deutete, die langsam wieder aufglommen. »Es stört dich doch nicht, Elfenprinz, oder?«, fragte er.

Vesshelin zeigte ein Lächeln vollendeter Herablassung. »Sei mein Gast!«, lud er sein Gegenüber ein.

Kato ließ den Blick durch das Halbdunkel schweifen. Mit einem kurzen Singsang und einem Fingerschnippen weckte er unvermittelt den Lichtzauber, der ihm schon so oft seit den Tagen als junger Scholar geholfen hatte.

Das Knarren einer Sehne und das Erzittern von Pfeilspitzen, fingerbreit hinter seinen Nackenhärchen, erinnerten ihn daran, dass Vesshelin ihn fürchtete.

Gut. Da war doch auch das Fläschchen wieder zur Hand.

»Ich mache nur Licht«, erklärte Kato. »Äffchenaugen sind schwächlich im Dunkeln.« Er spürte, wie die Pfeilspitze sank. Er gönnte sich einen tiefen Schluck und hustete.

»Was führt Euch hierher, Majestät?«, fragte Kato, im Voraus gewiss, dass er die Antwort gar nicht hören wollte.

32

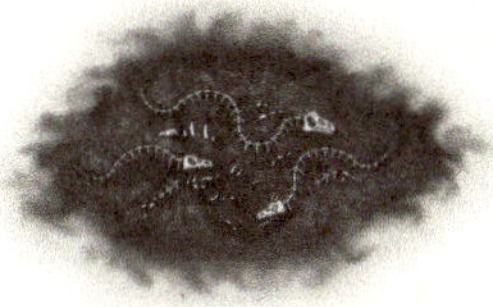

Gjala wusste um die Unvernunft ihrer Haltung. Doch seit jenem Tag am Strand fühlte sie sich völlig erschöpft und verspürte eine riesige Leere in ihrem Innern, die nur gelegentlich dem Zorn über ihr und Limbos Schicksal wich. Hielt Bowden die gleiche Traurigkeit im Klammergriff?

Mit einem Achselzucken folgte sie der Freundin. Die Büsche raschelten in der Gluthitze. Über allem hing Brandgeruch, zudem würziger Herbstduft mit dem scharf herben Aroma der Nadelbäume. Weihrauch zur Begleitung ihres Todes unter dem Stiefel einer hasserfüllten Riesin.

Sicher, einmal hatten Tanaqui, Kato und die anderen einen der Kolosse besiegt. Aber der war in der engen Zwergenstadt im Nachteil gewesen, halb von Sinnen noch dazu.

Velkha Whulfbodhir dagegen war geistesstark und barst vor Kraft und so kaltem Zorn, dass sich der Stoppelteppich auf dem Acker zwischen Hügeln und See mit Raureif überzog.

Kaum trat Gjala hinter Tanaqui aus der Deckung, ruhten schon die kohlschwarzen Riesenaugen auf der Zwergin.

Bierschaum ertappte sich dabei, ihr Ende herbeizusehnen. Velkha würde zupacken, und dann wäre das Elend vorbei.

Gjala erschrak über solche Gedanken. Hatte der Vater ihr nicht alles an Liebe und Fertigkeiten für ein erfülltes Leben in Diensten Kurzukhuuns mitgegeben? Woher kam dann dieser

Selbsthass? Ihr Vater hatte das eigene Leben eingesetzt, um sie als Kind den Hyänen zu entreißen.

Doch von dort aus hatten auch die Lügen ihren Anfang genommen. Über ihr Gehör, ihre musischen Gaben. Darüber, wozu die Sprengstäbe und Druckgefäße dienten. Gjalas falsches Handeln hatte für viele Zwerge den Tod bedeutet. Nun war ihr Familienname so besudelt wie jener der Verdians.

Was hatte ihr Vater damals schon über die Zuchtlinien der Runenpriester gewusst? Welche Schuld hatte er mit seinen Träumen vom Aufstieg in zwergische Machtkreise dem Klan der Schachtfeger aufgeladen?

Nun war ihr Volk verschwunden. Der Auswuchs des Größenwahns. Diese Doppelmoral! Gewäsch über die Tugenden von Ehre, harter Arbeit und Klan. In Wahrheit hatten die Runenpriester gänzlich andere Eisen im Feuer. Einem Feuer, das Unzählige Opfer forderte und noch erfassen würde.

Harsch blickte die Riesin auf die beiden Frauen hinab, doch der stolze Ritter war zu ehrenhaft, um aus der Ablenkung einen Vorteil zu ziehen. Trotz Tanaquis Vermummung spürte Gjala die Niedergeschlagenheit ihrer Freundin. Die Elfe hielt den Speer wurfbereit in der Rechten und hätte keinen Moment lang gezögert, Bowdens Handeln zu folgen.

»Skitja«, murrte Bierschaum. Herausfordernd reckte sie das Kinn, gab sich selbstgewiss und kämpferisch. »Du willst mich, Jötnarkönigin ohne Volk? Die letzte Zwergin ohne Volk? Dann nimm mich! Lass meine Freunde ziehen!«

Just im Angesicht einer Riesin erwachte ihr Zwergenstolz. Die Faust umklammerte die Runenaxt. Diesmal gab es kein Zögern. Sie sah die Eltern vor sich, ihre Klangeschwister Zarkiri und Clannacht. Alle Verlorenen aus Dunkelfall, die sie geliebt hatte. Vaters Eidträger, Gemmrikh Ohneklan. Knappe Rabengold Brammson, ein Flaumzwerg noch. Alle Toten.

Limbo.

»Du zahlst mir, du Ungeheuer!«, schrie Gjala. »Du und deine ersoffenen Freunde. Kann ja nicht weit her sein mit der Riesenehre, wenn du die Kadaver deiner Brüder und Schwestern in ein Heer verwandelst.« Gaja erschrak über den eigenen Zorn, aber sie war in voller Fahrt.

»Bierschaum!«, mahnte Tanaqui beschwichtigend.

Doch Gjala dachte gar nicht daran, ihre Tirade zu beenden. Sie hatte von der Verstellung und dem ganzen Geflöte genug. Es musste einen anderen Weg aus dieser Lage geben, verflucht! Bowden hatte wieder einmal recht.

Irgendwo aus der Ferne vernahm sie auf einmal die Melodie und sah, wie die Freunde aufblickten. Der Ton hatte etwas Flehendes, so als wolle er sie vor einem Fehler bewahren.

Mir reicht es damit, dass mich andere dauernd vor etwas bewahren wollen. Sie haben mir nicht ins Leben zu pfuschen.

Gjala versuchte, dem Drängen der Melodie zu widerstehen.

»Du verdammtes Flittchen!«, kreischte sie über die Wiesen hinweg. »Die Inseln stehen in Flammen, und die Welt hat den Verstand verloren. Wir fechten um jeden Zoll Boden, mein ganzes Volk ist vermisst. Der einzige Preis bei diesem blutigen Spiel ist der glimpflichste Untergang. Ersticken, verbrennen, von deinen Fischvisagen vergiftet oder in die Sklaverei entführt werden. Du willst, dass wir einander in Stücke hauen? Dann aber los!«

Die Riesin stützte sich auf ihre Axt. Belustigt strich sie über den Eichenstamm, lehnte sich an wie ein Wanderer, der am Wegesrand Getier beäugt. »Hier wird es keine Einigung geben«, beschied sie nüchtern und kühl. »Doch hör nur, wie der Paladin keucht! Kaum ein halber Holmgang, und schon ist er am Ende. Ich als Weib hebe mehr Stahl als er.«

Bowden lächelte kälter als die Frostriesin. »Je größer der Wuchs, desto bodenloser der Fall«, raunte er.

»Gjala spricht im Zorn die schlimme Wahrheit aus«. Tanaqui wollte ihre Freundin unterstützen. »Dies alles ergibt doch keinen Sinn. Lasst uns den Streit ohne weiteres Blutvergießen aus der Welt schaffen!«

Der Kopf der Riesin fuhr herum, so als nähme sie die Wüstenelfe erst jetzt wahr. »Oh, aber diese Lösung liegt längst vor uns, Messerohr. Oder hast du dir Augen und Ohren mit eingewickelt? Die Zwergin ergibt sich, was sonst?«

Dann wandte sie sich wieder an Gjala, die schwarzen Augen glommen vor Abscheu. »Du, Mädchen, streck die Axt! Streck die Glieder! Deine Freunde scheren mich nicht, ich lasse sie ziehen. Aber dich will ich als Letzte deiner Brut.«

Die Anmaßung brachte Gjalas Blut zum Kochen. Sie spürte, wie des Vaters Amulett kaum mit ihrem Hauptherzen mithalten konnte. »Willst du also dies hier?«, tönte sie mit einer Stimme, die gefährlich nach Gjalars bärbeißigem Ton klang. Sie wog die Runenaxt ihres Klans. »Jötnar!«, stieß sie voller Abscheu hervor. »Riesen. Schrate. Trollblütige.«

Augenblicklich erwachte die magische Kraft der Axt. Entlang der Klinge flammten die Zeichen nacheinander in blauweißem Elmsfeuer auf. Feuer der Esse. Runenzorn.

Bierschaum spie aus. »Es sei dein! Es hilft dir schrumpfen, weil ich dich in Scheiben auseinanderhacke, Knie, Wanst, Gurgel. Freu dich, du Scheusal!«

Sie riss die Axt hoch, ließ die Riesin etwas sehen, das von den Drazok Dhar geschaffen worden war, um andere aus den Alten Völkern mit ihren jämmerlichen Waffen wie Gerste abzusensen. Die Runen loderten angesichts des Hasses und der Feindseligkeit auf, von Meistern eingekerbt und dann *gebracht*, um Gegner hinzurichten, die nicht mit blankem Stahl zu töten waren. »Eg faeri dhir drengidh, som thu thrair sau mjuekidh!«, zischte Bierschaum und trat einen Schritt auf das kolossale Geschöpf zu. Wut und Runenaxt ließen sie vergessen, wie viel größer die Feindin war.

»Es ist nicht mein Krieg, noch hätte ich ihn je gewollt!«, rief die Frostriesin aus. »Aber beenden werde ich ihn. Die letzte Riesin und die letzte Zwergin im Zweikampf. Auf den Hügeln der Menschen, die den Inseln den Krieg brachten. Darin liegt eine gewisse Poesie, findest du nicht?« Velkha hob ihre Axt, einen Baum aus Eisen. »Kampftüchtig siehst nicht gerade aus. Ich hoffe, du weißt wenigstens zu schreien und zu sterben, während ich dich Schritt für Schritt in die Länge ziehe, auf *meine* Augenhöhe, deine Füße unter meiner Stiefelspitze.« Die Stimme von Velkha Whulfbodhir bebte, als sie sich an Bowden wandte. »Geh, frecher Lump! Husch, Sandfüchsin! Nichts hiervon geht euch etwas an.«

»Nur der Architekt bestimmt meinen Weg. Du hast diesen

Kampf gewählt, edle Dame. Zeit, ihn auszutragen.« Bowden ergriff das Schwert beidhändig, ließ den Schild beiseite.

Zu Bierschaums Wut stellte sich als Gegensatz ein wärmendes Erblühen ihrer Wangen ein, als der Blick des Paladins auf sie fiel. Voller Stolz auf ihre Entscheidung, dem Feind die Stirn zu bieten. Anerkennend nickte er ihr zu, einmal mehr standen sie gegen das Unüberwindliche Seite an Seite. Plötzlich fühlte sie sich wieder lebendig.

»Ich verstehe«, schnaubte die Riesin. »Und du, Füchsin der Wüste? Willst du auch hier am Ende meiner Axt deinen Ahnen begegnen, so ganz ohne ewiges Leben? Aun Treas?«

»Ohne Baum«, übersetzte Gjala.

»Ich flehe dich an, hab ein Einsehen! Lass uns das Morden beenden!« Tanaqui schien in Panik zu verfallen, als wolle sie etwas in sich niederkämpfen. Plötzlich wurde sie ruhig. *»Du bist mein«,* äußerte sie mit dunkler Stimme.

Feierlich entwand Tanaqui Handschuh und Wickel ihrer rechten Hand. Sie zog den Ärmel mit einem Ruck bis zur Schulter hoch. Sofort sah Gjala die Bahnen aus feiner Tätowierfarbe, Andeutungen eines Bogens, eines sehnigen Körpers und eines Geweihs.

»Tanaqui, Vorsicht!«, mahnte Gjala, doch die Freundin brachte sie mit einer raschen Geste zum Schweigen. Fassungslos beobachteten Bierschaum und Bowden, wie die Wüstenelfe ihren Arm der späten Nachmittagssonne preisgab. Feiner Rauch stieg auf, als die Sonne ihr zerstörerisches Werk an der gezeichneten Elfe verrichtete.

Gjala biss sich mitfühlend auf die Unterlippe, wohingegen Tanaqui heldenhaft ruhig blieb. Erst als die Riesin den versengten Arm wahrgenommen hatte, verhüllte die Wüstenelfe ihn ebenso gleichmütig, wie sie ihn zuvor freigelegt hatte.

Zum ersten Mal erlebte die Zwergin, wie die Maske von Selbstgewissheit und Rachedurst von der Riesenkönigin abfiel. Velkha erbleichte, bis die nachtblaue Haut die Farbe von Schnee aufwies. Sie hatte erkannt, dass Tanaqui ihr mit der zutiefst männlichen Stimme ihres Ahnengeists in der Sprache der Riesen geantwortet hatte.

Furcht, Hass und Verzweiflung verzerrten im Wechsel die Züge der Königin. Gjala war mit einem Mal unwichtig.

»Gethu thith bestnau!«, zischte die Kriegerin des Nordens mit einer Stimme wie ein Sturm. Herausfordernd riss sie die Axt hoch und legte den Kopf in den Nacken. »Folkith mitt hefnar stig til adh goera upp vidh thigg i havst i Joetnarheimar, Caethwujir!«, schmetterte sie.

»Dann gib dein Bestes!« Gjala übersetzte aus der Sprache der Frostriesen. »Mein Volk wartet noch auf den Tag der Vergeltung für den Untergang von Riesenheim, Cathwyn ...«

In diesem Augenblick stieß Tanaqui abermals den Pfiff aus, mit dem sie Gjala schon einmal überrascht hatte. In der Ferne vernahmen sie ein schwer einzuordnendes Rauschen.

»Mir langt es mit dem Geschwätz von Heidengötzen!«, bellte Bowden. Er schritt vor, gab aber der Gegnerin Zeit, ihn kommen zu sehen. Damit war seiner Ehre genug getan. Sein Anderthalbhänder fuhr tief in ihren Pelzstiefel, doch Velkha nutzte den Umstand, dass sich die Klinge im Pelz verfangen hatte. Sie zog mit einem Ruck das angegriffene Bein nach oben und hob Bowden daran in die Luft.

Er umklammerte seine Waffe einen Moment zu lange. So erlebte Gjala, wie der Mann zum zweiten Mal auf ihrer Reise vom Fuß eines Riesen aus ihrer Sicht gerissen wurde. Eine mächtige Fontäne schoss in die Höhe, als er im Seewasser einschlug, während sein Schwert sirrend davonsegelte.

Diese Ablenkung hatte Tanaqui – oder Cathwyn – genügt. Die Elfe schleuderte ihren Speer blitzartig und mit solch meisterlicher Wucht, dass er Velkha ein Auge oder gar das Leben hätte kosten können. Doch just in diesem Moment hatte sich die Riesin abgewandt und griff nach ihrem Gürtel. Der Speer traf sie seitlich im Nacken und schlug eine tiefe Wunde, bewirkte aber keine Lebensgefahr.

Zumindest schmerzte sie. Velkha knurrte wütend, ihre mächtige Hand tastete nach der verletzten Stelle. Zugleich rannte Tanaqui los, riss Bogen und Pfeile hervor. Derweil herrschte Cathwyns Stimme Gjala an. *Dies ist nichts für dich, Druchuul. Flieh auf Mistrals Schwingen!*

Ein Wiehern kündigte ein Geschöpf an, von lichterem Weiß

als Schlehen und Birken. Die meiste Zeit, die Bierschaum gemeinsam mit den Gefährten gereist war, hatten sie im sanften Trab Landstraßen von Dunkelfall zu den Fjorden des nördlichen Selachis und von dort zur Hauptstadt genommen. Das Pferd hatte nie zeigen können, was es vermochte.

Das Elfenross war so schnell, dass es Verstand und Augen überforderte. Schon schoss der weiße Körper unter der Sonne heran. Das Muskelspiel der Stute entzückte die Bardin.

Die Zwergin hatte sich bereits in das Schicksal gefügt, im Zweikampf mit der Riesin einen von der Tristheit und Trauer um Limbos Ende befreienden Tod zu finden. Nun jedoch schoss Mistral auf sie zu, und Gjala raste das verbliebene Herz. Aus den Augenwinkeln sah sie, wie sich Velkha aufrichtete, um sich mit Tanaqui und Bowden einen Heldenkampf zu liefern, den eine Bardin für die Nachwelt bezeugen sollte. Währenddessen hielt das Pferd verblüffend genau vor Gjala inne. Mistral spürte, was Tanaqui von ihr erwartete. Das ungesattelte Pferd ging neben der Zwergin auf die Knie, schnaubte und wieherte.

Gjala zögerte. Sie wollte die Freunde nicht allein hier sterben lassen. Doch das Pferd schmiegte sich an sie und stieß sie mit den Nüstern an. Und als sie sich am Ende doch dem Getümmel zuwandte, zerrte die Stute sie gar mit einem sanften Biss am Wams.

All dies geschah binnen Herzschlägen, doch die genügten Velkha, um die Lage zu erfassen. Sie bleckte die Fangzähne wie eine Wölfin.

Das verpfuschst du nicht wieder, es sind schon genug gestorben, schalt sich Gjala im Geist. Endlich zog sie sich schwerfällig auf den Pferderücken. Sie kam sich vor wie ein Mehlsack.

Geschickt glich Mistral ihre Reithaltung aus. Das Pferd verlagerte das Gewicht und bot der Zwergin den Hals.

Kaum hatte Bierschaum in ihrer Mähne Halt gefunden, schoss Mistral in die Höhe und flog davon.

Augenblicklich verschmolzen der Kampf zwischen der Riesin und Gjalas Gefährten, die Landschaft, die zertrümmerte Kogge und alles andere zu Schlieren. Selbst bei Lorenfahrten hatte die Zwergin nie derartig Fahrt aufgenommen. Vom Flugrausch erregt, schrie sie laut auf. Im Nu wechselte der Wind von unerträglicher Schwüle zu köstlicher Kühle und fuhr ihr schmeichelnd übers Gesicht.

Oh, das sollte niemals enden!, wünschte sich Gjala.

Velkha schien da eher nicht einverstanden.

Ein peitschender Laut holte Bierschaum ins Hier und Jetzt zurück. Plötzlich verlor sich das Gefühl des Getragenseins, sie bemerkte zu ihrem Schrecken, dass sie fielen. Aufgewirbelter Staub raubte Gjala allseits die Sicht und zwang sie, die Augen zu schließen. Auf einmal schienen kleine Messer von allen Seiten in Gjalas Fleisch einzuschneiden und ihr ein gewaltiger Druck die Atemluft abzupressen. Doch selbst dies ging im Schmerz unter.

Da ertönte ein Laut, der Gjala an Kriegsschilderungen erinnerte, den sie sich aber nie hatte vorstellen können.

Pferdegeschrei. Mistral begehrte im Fallen auf.

Als sie aufprallten, meinte auch die Stute zu ersticken. Furcht und Panik übermannten nicht nur Gjala. Das Pferd trat wie wild um sich und versuchte sich zu wälzen. Damit verstärkte es nur das Gefühl unerklärlicher Schmerzen. Staub auf Haut und Augen, sogar in den Lungen, und das qualvolle Gerangel mit dem Pferd machten Gjala kopflos.

Urplötzlich verschwand das Bekenntnis, früh für eine große Sache sterben zu wollen. In diesem Moment fand sie wieder ins Leben. Sie wollte entkommen und ihre Gefährten wiederfinden. Limbo sollte nicht umsonst gestorben sein.

Es war eine Kaskade unsinniger Gedanken, die in rascher Folge bei jeder Drehung, jedem neuen Aufschlagen am Boden ihren Geist besetzte und jedes andere Bedürfnis unterdrückte. *Lass mich nicht sterben! Ich will noch nicht zurück in die Esse der Unfähigen.*

Ihr Stoßgebet wurde erhört. Mistrals Bewegungen verlangsamten sich, schienen das Pferd jedoch weiter zu peinigen. Auch die Wunden in Gjalas Haut schmerzten übel.

Als die Zwergin endlich wieder etwas wahrnahm, betrachtete sie die Welt durch ein bizarres Rautenmuster. Gleichzeitig schien sie mit Mistral zu einem einzigen Körper verschmolzen zu sein. Einen Augenblick lang meinte sie in zielloser Panik, in eine der Chimaerae verwandelt worden zu sein, dann begriff sie, was das Pferd und sie so brutal zusammenschnürte. In das eckige Muster waren ballähnliche weiße Gewichte eingeknüpft, und das blanke Grauen packte Gjala.

Es war ein Netz, das die Königin vom Gürtel gezerrt hatte, als Tanaquis Speer ihren Hals traf. Es waren nicht einfach Gewichte, die dem Wurfnetz Schwungkraft verliehen.

Es waren Zwergenschädel.

Velkha hatte sie gefangen gesetzt und am Boden festgenagelt. Mistral gellte auf. Gjala befürchtete ernsthaft, schwer verletzt zu sein.

33

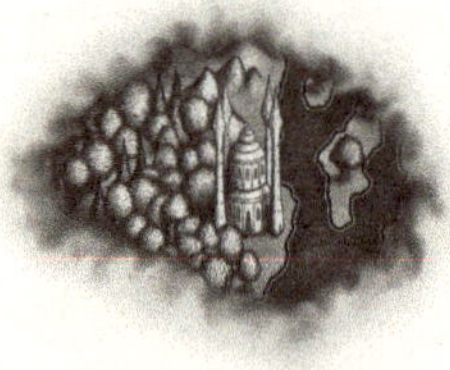

Bowden war hart auf der Wasseroberfläche aufgeschlagen, doch das Geschenk der Mutter vermochte weitaus mehr als nur eine Rüstung. In den Tagen nach ihrem Heimgang hatte der Vater ihm über das Erbstück das wenige verraten, das er wusste. So hatte Bowden durch Übung lernen müssen.

Im Krieg hatte sich die Rüstung mehr als einmal als Lebensretterin erwiesen. Sie hielt nicht nur Angriffen stand, welche gewöhnliche Materialien vollkommen zerstört hätten. Mehr als einmal hatte er sich in den Schlachten an den Flussniederungen auf Mission hinter der feindlichen Linie ins Wasser gestürzt, wenn es zu tauchen galt. Oder aber, um bei Gefechten elfischer Übermacht zu entgehen.

Sie wähnten den Feind tot und wurden böse überrascht.

Durch Begegnung mit den Emissären wusste Velkha sicher um die besonderen Eigenschaften von Bowdens Rüstung. Er konnte sie nicht mehr damit überrumpeln. Solange sie sich aber mit Tanaqui beschäftigte, war die Zeit zum Angriff günstig.

Kaum schlug die Rüstung auf dem Wasser auf, entfaltete sie bereits ihre Fähigkeiten. Gepresste Luft entsprang in Form einer eisigen Scheibe der Halsberge und legte sich ihm über Nase und Mund. Er bezweifelte, dass Emissäre derlei benötigten. Diese Verbesserung der Rüstung war vielmehr das Letzte, was die Mutter dem Sohn hinterlassen hatte. Er wollte darin einst nach dem Verbleib der Nixe tauchen.

Eine weitere Besonderheit des seltsam kristallinen Metalls der Rüstung bestand darin, dass sie unter Wasser der Absicht des Trägers folgte. Tauchte er hinab, sank sie wie ein Stein, wollte er hinauf, trieb sie nach oben.

Schon den Aufschlag auf dem Wasser selbst federte sie ab.

Einzig die zweifellos überlegene Sehkraft der Emissäre im Meer hatte die Mutter ihm nicht vererbt. Zwar sah und hörte Bowden besser als andere Menschen. Seine Nachtsicht konnte sich aber nicht mit der eines Elfen oder Zwergs messen.

Allerdings konnte sich Bowden in dem von Entengrütze und Schlamm trüben Wasser des Sees zumindest orientieren.

Absichtlich ließ er sich auf den Grund sinken, um einem Angriff der Riesin an der Oberfläche zu entgehen. Er nahm sich einige Augenblicke Zeit, zuversichtlich, wie tapfer sich das Messerohr schlüge. Er hatte auch den Kampfgeist in der Zwergin erwachen sehen, befürchtete jedoch, dass die Freundinnen ohne seine Hilfe verdammt sein mochten.

Er musste seine Kräfte sammeln. Bowden genoss die Ruhe und hätte sich am liebsten auf dem Seegrund im Schneidersitz in die Stille der Andacht versenkt. Wann hatte er zuletzt wirklich mit seinem Gott gesprochen?

Ist er es denn noch?, fragte die ungebetene Stimme in seinem Geist, fraglos seine eigene, doch sie klang wie der verdammte Deserteur. Eine Nörgelei des Besserwissers.

Doch bei aller geistigen Vertiefung war Bowden Verdian kein Mann, der dachte, statt zu handeln. Er spannte die Beine an, schob sich langsam in die Höhe, ließ die Spitzen der Panzerstiefel über den steinigen Grund schleifen.

Bowden spähte nach oben, der bange Moment verging rasch, als seine Geduld belohnt wurde. Der Schatten der Riesin huschte über den See, und Bowden nutzte jene dritte Gabe der Rüstung, die so viele seiner Widersacher in den Flussniederungen ins Jenseits befördert hatte.

Er griff sich hinter seinem Rücken an die Taille, wo in einer Scheide sein kurzes Stoßschwert für den Nahkampf bei Entwaffnung und den gnädigen Todesstoß für die unter seinem Kommando schwer Verwundeten ruhte.

Noch während er sich abstieß, zog er die Klinge und legte die Arme an die Körperflanken. So schnellte der Paladin in einem Mantel aus Blasen durch die Wasserfluten, ein Hai, der seiner Beute entgegenschoss, vom Erbstück vorgetrieben.

Er leerte seinen Geist just in dem Moment, als er aus dem Wasser hervorbrach und ins Freie flog. Keine Zeit, das Schlachtfeld zu überschauen. Er schoss auf das Ziel zu.

Der Kopf der Riesin war gewaltig wie eine Tempelglocke. Jäh fuhr er herum, sie bleckte die Hauer, die schwarzen Augen geweitet im Erschrecken und Erkennen.

Bowden grinste. Er kannte diesen Ausdruck nur zu gut.

Eine lebendig gewordene Fontäne aus Kristallplatten, schaumigem Wasser, Pflanzenresten und blitzendem Stahl explodierte neben dem Gesicht der Jarlskona. Bowden ließ die Klinge vorzucken wie eine zubeißende Kobra, führte einen Stoß, hinter dem seine ganze Schwungkraft lag.

Velkha war schnell. Hier aber siegte die Überraschung.

Zwar konnte sie verhindern, dass er ihr ein Auge nahm. Doch die Stoßklinge drang ihr unterhalb des Wangenknochens ins Gesicht ein. Bowden umklammerte kraftvoll das Heft.

Sein Abgleiten schlitzte der Riesin die Wange auf. Sie gellte vor Schmerz, als ihr Fleisch aufklaffte.

Trotz der Qualen wich sie nicht zurück oder krümmte sich.

Drei Pfeile wuchsen wie durch Zauberhand dicht an ihrem anderen Auge aus dem Gesicht, Tanaqui sprang bei. Doch auch sie hatte ihr Ziel verfehlt. Denn statt sich dem Schmerz hinzugeben, verwandelte Velkha nach Art der Nordmenschen die Pein in Wut und Behändigkeit.

Bowdens Füße berührten gerade einmal ihre Brust, da schien sich die Sonne zu verdunkeln. Die Riesin hatte die Axt fallen gelassen, und ihre Hand packte Bowden.

Ihr Daumen grub sich in seinen Hals, Klaue abgespreizt.

»Genug der Spielchen!«, donnerte die letzte Königin der Riesen. »Streck die Waffen, oder ich knipse eurem Freund den

Kopf ab! Jäger, ich weiß, Sterbliche scheren dich wenig, doch hier folgt das Messerohr dir besser nicht!«

Um ihren Worten Nachdruck zu verleihen, riss die Riesin Bowden in die Höhe, als zeige sie ein Spielzeug vor.

Er unterdrückte einen Fluch. Vollkommen hilflos, hatte er der Riesin nichts entgegenzusetzen, wenn er nicht zumindest mit einen Fuß Widerhalt fand.

Verzweifelt suchte er nach einem Ausweg.

Er brauchte Augenblicke, um zu begreifen, woraus das weiße Bündel bestand, das mit Bierschaum auf dem Boden lag und um Befreiung rang. Elfenpferd und Zwergin mühten sich mit einem Fangnetz ab. Doch sie blieben darin gefangen.

Tanaqui stand allein gegen diese Feindin, und ungeachtet der Götzenmacht, die in ihr wirkte, war der Unterschied an Kraft zu gewaltig. Nein, was die Elfe jetzt brauchte, war eine Spalte in Velkhas Deckung, die ihr erlaubte, die Königin so sehr zu schwächen, dass sie die Oberhand gewann.

Da bemerkte Verdian, was da in Gjalas Gürtel steckte, und ein Einfall schälte sich aus der Hoffnungslosigkeit.

»Kannst ... du sie wohl lesen? Edle Dame?«, ächzte er.

Tanaqui zögerte. Der fremdartige Blick der Feengleichen flog zwischen ihm und dem Besitz der Zwergin hin und her.

Ohne die Augen vom tödlichen Elfengeist vor sich zu lösen, zischte Velkha mit einem Mundwinkel, aus dem Blut rann. »Du wandtest dich von mir ab, Fjordson. Ich werde diese Narbe salzen, um mich deiner zu erinnern. Das hast du dir verdient. Doch mich führst du nicht mehr in die Irre.«

»Zeig ... ihn ihr!«, ächzte Bowden an Tanaqui gewandt.

»Ich dachte, die Zeit für Worte sei vorbei«, spottete die Riesin, wobei sie dunklen Blutnebel aus ihrer Wange versprühte. Dass sie antwortete, erfüllte Bowden mit gewisser Zuversicht. Leider schloss sich ihre Faust gleichzeitig umso fester um ihn. Er hörte das Material seiner Rüstung singen wie einen überspannten Bogen.

»Kontext«, ächzte eine Stimme, sichtlich angeschlagen und doch mit der Wärme und Fülle der Sängerin. Die Bardin vollbrachte im Gerangel mit Netz und Pferd das Kunststück, die richtigen Töne zu treffen. Sie hatte Bowdens Vorstoß verstanden. Ihr Gesichtsausdruck besagte, dass ihr sein Vorhaben missfiel, doch sie fügte sich in die Umstände.

Was galt schon ein Runenstab mit den Geheimnissen eines Volkes, wenn keiner übrig war, um etwas damit anzufangen?

Bowden sah, wie Tanaqui herumfuhr und einen Ruf ausstieß, den Zorn des Ahnengeists in die Schranken wies. Der Anblick ihres Pferds, der Freundin, holte die Wüstenelfe aus ihrer Kampftrance. Sie eilte von der Riesin fort, stets auf ihre Deckung bedacht. Mit hochgezogenen Schultern, bereit, jederzeit auszuweichen, rannte Tanaqui zu Gjala hinüber.

Ein Donner erfüllte die Luft und schoss durch Bowdens Körper, seine Zähne schlugen aufeinander. Er begriff, dass die Jarlskona mit aller Macht auf den Boden gestampft hatte. »Rührst du das Netz mit meiner Beute auch nur an, Messerohr, ist dein Freund zu Mus zerdrückt, bevor deine Mähre meine Vesper wird«, dröhnte Velkha.

Die Drohung zeigte Wirkung. Tanaqui hielt inne.

»Kontext!«, rief Gjala erneut. Sie nuschelte, Maschen vor den Lippen. »Der Runenstab, den ich bei mir trage, birgt die Geheimnisse des obersten Runenmeisters von Kundrheim. Er und seinesgleichen waren Verschwörer. Sie versklavten Menschen, um Wurzelgold abzubauen. Zugleich verbündeten sie sich mit einer Macht aus einem Reich namens Nadir.«

»Was du nicht sagst«, höhnte Velkha. »Nadir. So, so. Ehrlich bist du wohl.«

»Jedes Wort ist wahr ... beim ... Architekten.« Velkha nahm Bowden herunter, betrachtete den Paladin wie ein Kleinod.

»Der Stab ist für uns nicht zu entziffern«, gab Gjala zu.

»Was scheren mich eure Worte? Die Jötnar haben genügend Erfahrungen mit euresgleichen gemacht. Mit euren Lügen.« Die Riesin verschränkte die Arme, was Bowden in Schräglage versetzte. »Ihr feilscht, weil ihr den Moment nahen spürt, da die drei Schwestern euren Lebensfaden kappen. Bei Trym und Ymir und Embla, was hielte mich ab, deinen Knüppel da nach eurem Tod zu lesen?«

»Denkst du, du kannst den Emissären trauen? Oder jenen, die dir ihren Aufenthalt preisgaben?« Tanaqui sprach wieder mit der eigenen Stimme. »Weißt du, wer sie sind?«

Velkhas Hand fuhr zu ihrer Wange. »Kleinlingen ist nicht zu trauen. Listen und Schwäche. Nein, ich zermalme euch.«

Velkhas freie Hand legte sich um einen der Hinkelsteine auf den Hügelgräbern. Sie riss den Monolithen wie einen Faustkeil aus.

»Ihr werdet zahlen«, befand die Riesin. Sie drosch unvermittelt die Faust mit Bowden gegen den Felsengrund.

Da zerriss ein zweiter Schrei diesen Abend, gellender und höher als alles, was er je vernommen hatte.

Dunkelheit hüllte den Paladin ein.

34

»Warum?« Kato stellte die Frage, die auch sein Leben stets begleitete. Antworten waren ihm meist verweigert worden.

»Weil dein Freund hier lauert. Nennst du mich einen Narren?« Vesshelin winkte ab. »Dein Volk wähnt sich in seiner Verblendung allem und jedem überlegen. Entzückend. Küken, die Falken belehren.«

Kato grinste schief. »Aus manchem Küken wird ein Adler ...«

»Genug!« Vesshelin fuhr ihm mit einer herrischen Geste der Handkante ins Wort. »Sag dem Wechselbalg, er soll hervorkriechen! Ich will mehr über seine Natur wissen.«

»Das wäre zum Beispiel?«, fragte der Lohenmagus.

»Überspann den Bogen nicht, Magier!«, warnte der Prinz.

»Ach, Limbo meinst du? Nur ein feister Lebemann, mehr nicht. Völlig unbedeutend«. Kato gab sich leutselig.

»Wir haben gehört, wer er sein soll«, zischte der Prinz.

»Bevor ich mich näher äußere, will ich es vorher wissen«, beharrte Kato trotz Vesshelins Reizbarkeit. Der Zauberer war eingedenk, dass Morden dem Elfen Kurzweil war.

Zeit für einen Schnaps. »Du gestattest?«, fragte Kato.

»Ich verbitte mir, dass du meine Sinne mit diesem Fusel belästigst. Wenn wir hier herauskommen, kredenze ich dir einen edlen Tropfen aus Kionis Sattel. Bis dahin bleibst du hübsch nüchtern.«

»Zu gütig, Majestät«, höhnte Kato. »So gestattet mir, ehe ich meinen Vasallen herbeizitiere, die Frage: Warum?«

Zur Verblüffung des Magus wägte der Prinz die Antwort ab. Dann hob Vesshelin das Kinn. »Du fragst allen Ernstes, warum ich dich rette? Welches Vergnügen könnte größer sein, welche Machtbestätigung erhabener? Wer rühmt mich auf diesem Archipel mehr als Meister über Leben und Tod?«

»Sympathisch«, murmelte Kato.

Vesshelin sprach salbungsvoll weiter. »Nur mir gebührt die Herrschaft. Eure Königin wollte dies nicht einsehen. Meine finsteren Gevattern aus der Wüste zollen mir dagegen Tribut. Ich, der Herr des Schwertwinds, bin der legitime Erbe jener Hochelfen, welche diese Lande für uns alle erschlossen. Und ich verfüge, dass du samt deinen räudigen Bestien leben darfst. Doch dafür müssen sie hervorkommen.« Ungehalten verzog er die Miene. »Hörst du, Aganthyr?«

Kato meinte, im hochmütigen Tonfall des Monarchen etwas vom Wesen Bowden Verdians wiederzuerkennen und sogar im Schrei der Riesenkönigin im Kallasfjord vernommen zu haben. Es glich dem Aufbegehren vernachlässigter Kinder.

Solche Charaktere wirkten oft töricht und leicht lenkbar. Doch ein Umschwung ihrer Laune konnte für Unvorsichtige den Tod bedeuten. Es war besser, sich ihnen geschickt zu fügen.

»Eingeständnis: Ich gebe zu, dass ich nicht weiß, wo mir der Kopf steht«, erklärte Kato, indem er sich auf das Spiel einließ. »Ich sehe nur Verräter und so viele Lügen, dass sich eine Spinne im eigenen Netz finge. Führung tut not. Doch ich hätte noch eine Frage.« Katos Hände formten einen Trichter vor dem Mund. »Limbo, komm heraus!«

Auf eine lässige Geste des Prinzen hin fuhr er fort.

»Was ist der Nadir? Wieso soll ausgerechnet ich an deiner Seite die Inseln einfach verlassen? Überwindest du denn die Sturmgrenze? Mithilfe der Großen Unternehmung vielleicht?«

»Das war keine Frage, sondern ein Wirbel aus Gequengel«, gab Vesshelin zurück. »Meinethalben, Feuerbändiger: Ich bedarf deiner Dienste. Du bist nützlich.«

Diesmal klang er nicht hochmütig, sondern ehrlich.

»Inwiefern?«, fragte Kato, der sich für das Monster schon Dörfer niederbrennen sah.

»Ich habe Feinde, Tamasine Kato. Sie schimpfen sich Gönner und machen mir hochtrabende Versprechungen. Doch ich hege den Verdacht, ich diene ihnen wie dein Kindwolf dir.«

Der Zauberer stutzte, bis er den Wink des Prinzen begriff. »Auch Kincaid hat Gefühle, bitte sehr! Kindwolf ...« Er ging auf ein Knie und kraulte den Hund. Kincaid hechelte, blickte zu seinem Herrn auf. Die Beutegier der Eule und die Bedrängnis durch den Prinzen setzten ihm zu.

»Oh, da bin ich sicher«, gab Vesshelin mit wissendem Unterton zurück. »Ich antworte dir, Tamasine. Meine Tanaqui hob sicher bereits lobend hervor, wie sehr ich ein gutes Spiel liebe.« Vesshelin hob die schmalen Brauen.

Kato räusperte sich. »Sie sagte wohl etwas Derartiges.«

»Dann weißt du auch, dass bei mir jede Gunst ihren Preis hat. Ich beantworte deine Fragen, doch das Ergebnis wird dir nicht gefallen. Ist deine Neugier auch nur mit solch unwillkommenem Wissen gestillt, darfst du gleichwohl nicht danach handeln. Was immer du erfährst. Einverstanden?«

»Schlag nicht ein!«, warnte eine vertraute Stimme.

Kioni fuhr aufgeschreckt herum. Ein Monster, das Beutepuls auf eine Meile hörte, wurde selten überrascht. Erst recht nicht von einem noch gefährlicheren Raubtier.

Limbo lehnte an der Korridorwand. Er sah übel zugerichtet aus, hatte sich hastig die Gewänder eines getöteten Magiers umgewunden, darunter hing schlaffe Haut. Der Verfluchte hatte mehrere Pfund auf einen Schlag abgenommen. Blutergüsse in Tiefviolett bis Ocker überzogen seinen Leib.

»Er benutzt dich«, empörte sich der Gesetzlose.

»Ach, du bist es!«, begrüßte ihn Vesshelin höhnisch. »Kaelanos fand deine Herkunft nicht heraus. Er ist nicht sehr alt. Ich hingegen kenne deine Abbilder vom Anfang der Diaspora an. Die durchdringenden Augen. Unverkennbar.«

Kato fragte sich, wen der Prinz meinte. Alte Malereien zeigten den Seefahrerkönig als Hünen mit Großschwert und Schnauzbart. Aufragend im Bug seines Flaggschiffs, einen Fuß auf dem Spriet über der Galionsfigur, den Blick auf eine neue

Welt gerichtet. Freilich hatte der Zauberer Limbos unglaubliche Verwandlungskünste längst erlebt.

»Du verwundest mich gar sehr, Fluchkönig«, näselte Vesshelin geziert. »Ich werde den Magus nicht von der Wahrheit verschonen. Er hat so viele meines Volks zu Asche verbrannt, er schuldet mir Gehör.«

Kato räusperte sich erneut. »Zu meiner Verteidigung: Die Gräuel in den Auen entsprangen tragischen Umständen.«

»Gib dir keine Mühe, Tamasine Kato! Wir wissen beide sehr wohl, dass Unwerth noch lebt. Euer Täuschungsversuch schlug in mehr als einer Hinsicht fehl«, konterte Vesshelin.

Eiskalt überlief es den Lohenmagus. Jener Tag hatte so entsetzlich viele Opfer gefordert. Sein eigenes Leben war zerstört worden. Alles als Preis einer Geheimhaltung, die ausgerechnet der Erzfeind längst durchbrochen hatte.

»Vertrau ihm nicht, Kato! Jedes Wort ist eine List. Er braucht dich, um mit den Herren des Nadirs abzuschließen. Ist es nicht so, Vesshelin? Und du denkst, es sei klug, neben den Wurzeln zu sprechen, die ihnen die Welt zeigen?« Limbo deutete mit einem Finger auf den Prinzen.

»Ah, mein feister Monarch! Stets voller Misstrauen nach deinen Erlebnissen auf den Atollen«, kicherte Vesshelin.

Limbo schnaubte. »Nennt sich gesunder Menschenverstand.«

»Also stimmt es?«, staunte Kato. »Du bist wahrhaftig Aganthyr, der während der Diaspora mit den Hochelfen segelte? Wer verfluchte dich als Wiedergänger?«

»Ich weiß vieles nicht, und anderes darf ich nicht offenbaren. Kosmische Gesetze binden mich«, wiegelte Limbo ab. Gram erfüllte seine Stimme. »Jeder Tod nahm mir mehr Erinnerungen, einzig unsere gemeinsame Bekannte gemahnt mich an meine Aufgaben. Alle, die mich kannten, die ich liebte, sind seit einem Äon zu Staub zerfallen.«

»Rührend«, höhnte Vesshelin. »Ich bin tief ergriffen. Welche Plage ein derart langes Leben doch sein muss.«

»Feststellung, Limbo: Der Prinz benutzt uns längst«, warf Kato ein. »Außerdem hat er uns in der Hand. Du bist nicht in der Lage, schon wieder deine Gaben anzuzapfen und es mit ihm und der Eule aufzunehmen. Seine Pfeile sind schneller als jeder Zauber, den ich zu weben vermag. Zusammenarbeit ist das Gebot der Stunde.« Er gab sich tunlichst Mühe, jedem Wort Wahrheit zu verleihen, damit Vesshelin nicht in seinen Zügen las. Ausnahmsweise war Kato dankbar für seine entstellte Haut und die Kapuze.

»Mehr als warnen kann ich nicht, Kleidträger.« Limbo verschränkte die Arme.

Angewidert starrte der Prinz auf die bleiche Gestalt des Vagabunden. »Genau genommen bist du machtlos, Fluchkönig. Wir wissen, welch gebieterische Macht dich zusammenhält. Wer weiß? Wenn du brav bist, erlöse ich dich vielleicht.«

Kato war entsetzt, in Limbos sonst so abgeklärtem Blick das Feuer der Begierde auflodern zu sehen. Der Gesetzlose schämte sich für die Schwäche. Die Feindseligkeit zwischen ihm und Vesshelin flirrte förmlich in der Luft.

Was zwischen König Aganthyr und den Hochelfen geschehen war, hatte der Schlund der Geschichte verschlungen. Es gehörte zu den Legenden jenseits der Historie, bewahrt in den Häuptern der wahnsinnigen Bibliothekare von Vaile.

Offenbar hatte der König damals die Messerohren unklug herausgefordert. In den langen Kriegsjahren hatte Kato vielerlei Absonderliches zwischen Himmel und Erde erlebt. Und so war selbst ein tausend Jahre alter Monarch, der das Inselreich als rastloser Gestaltwandler durchstreifte, beileibe nicht das Seltsamste, was ihm je begegnet war.

Hatte Limbo Gjala mit ihrer Axt und den Freitod im Aufzug der Minen gesucht, um seinem Dasein ein Ende zu setzen? Oder hatte er die Zwergin aus gänzlich anderen Gründen aufgespürt? Kato hoffte auf Antworten.

Der Elfenprinz gab sich ungeduldig. »So, nun ist es genug des Posierens! Ich weiß nicht, wie es euch geht, aber ich bin dieses ungastlichen Orts überdrüssig.«

»Was mich im Rahmen unseres neuen Handels zu dringlichen Fragen führt«, hielt Kato dagegen. »Wie gelangt man mit einer riesigen Eule hier herunter? Und wie fandest du uns?«

Vesshelin rollte mit den Augen und seufzte ungehalten.

»Wir haben unsere Einfälle und Wege«, äußerte er vage.

»So wie ich«, entzauberte ihn Limbo. »Ihr werdet erstaunt sein, wie schnell es sich über die Inseln reisen lässt.«

»Dann ist es wohl an der Zeit, es unter Beweis zu stellen«, äußerte der Prinz mit säuerlicher Miene.

Kato konnte nicht sagen, was ihm mehr Sorgen bereitete: das kalte Lächeln des Elfen oder das Dasein von Männern, die mehr über die Natur der Welt wussten als er.

35

Der Raubvogel kam aus der Abendsonne, stiller als Geflüster unter einer Tempelkuppel.

Tanaqui sah den Schatten heranrasen, doch selbst sie hörte die Räuberin nicht, bis der hohe Schrei erklang. Schließlich vermochte nicht einmal eine Waldläuferin des Schwertwinds ihr Nähern wahrzunehmen.

Die Eule stürzte sich auf den Kopf der unbedachten Riesin. Aus Eitelkeit, sogar Hochmut, so vermutete Tanaqui, hatte Velkha ihren Helm abgenommen. Die meisten Raubvögel mochten sich in der Größe unterscheiden. Doch bei der Wahl ihres Ziels im Kampf gegen größere Feinde schienen sie alle eins zu bevorzugen. Gewaltige Klauen von der abschreckenden Farbe eines Wespenpanzers blitzten unvermittelt in einem Gefiederwirbel auf.

Velkhas lautstarker Fluch verging in dem heiseren Krächzen, das der mächtige Uhu ausstieß, als er das Gesicht der Königin in seinem Bauchgefieder begrub und den Kopf der Gegnerin mit den Schwingen umfasste. Zwei knappe Flügelschläge hoben ihn leicht an, sodass sich die Greifklauen in Velkhas Gesicht bohren konnten.

Tanaqui sah, wie mehrere Krallen der Riesin ein Auge zerstachen. Mit wildem Aufheulen brach das gewaltige Wesen zusammen. Bowden brüllte auf, als die Riesin in Zorn und Schmerz die Faust ballte, und wurde aus Tanaquis Sicht gerissen. Die Wüstenelfe bemerkte, wie eine kleinere Gestalt am Boden aufkam, als Velkha auf die Knie stürzte und die Arme hochriss, um den Angriff abzuwehren.

Die Rieseneule ließ einfach nicht los. Unnachgiebig verkrallte sie sich im Gesicht der Riesin. Schlieren in der Farbe alten Weins zogen sich über Velkhas Gesicht, sobald es im Federsturm auftauchte. So gewaltig schlugen die Schwingen, dass der Luftzug Staubwolken aufwirbelte.

Velkha gellte auf, wann immer die Klauen sie zeichneten, versuchte verzweifelt, die Augen gegen den scharfen Schnabel zu schützen. Vergebens. Das Schmerzgebrüll der Riesin hallte über das Land. Sein Dröhnen ertrug kein Ohr.

Eine weitere Schattengestalt wand sich aus dem Kampfgewühl hervor. Es war ein Zwitterwesen in der Gewandung elfischer Waldläufer, das Tanaqui gründlich zu fürchten gelernt hatte. Dumpfer Schrecken, finstere Vorahnungen und eine vertraute Sehnsucht nach der Tiefe des Mirvaali überkamen Tanaqui.

Inmitten des Tumults kletterte der Fremde mit der Behändigkeit eines Steinbocks über den Rücken der Eule nach oben. Kaum gelang es der Riesin einmal, den Vogel vom Gesicht zu reißen, da öffnete sich eine Lücke, ein Bogen spannte sich in der Hand des Waldläufers, und er versenkte etliche Pfeile in ihrem Gesicht.

Die Königin schlug nach dem Elfen, als wolle sie eine lästige Schnake vertreiben, was wiederum der Eule einen Vorstoß auf ihr Gesicht ermöglichte. Geschickt sprang der Waldläufer auf Velkhas Schulter und verschaffte sich Halt.

»Kaelanos«, hauchte Tanaqui, als sie beim Anblick des verhüllten Kämpfers die Vertrautheit mit seinen Bewegungen spürte. Doch da war mehr. Eine Verwandtschaft, die ihre Herzen schmerzen machte. Gebannt verharrte sie an Ort und Stelle. Da hackte die Eule übel in Velkhas Gesicht, biss Fleisch heraus. Die Riesin preschte unvermittelt vor und tappte zu den Felsen.

Die Fuchstochter wollte eben zur Seite hechten, als sie die Gefahr erkannte. Das verschnürte Bündel aus Gjala und Mistral lag mitten auf dem Weg der Geschundenen zum Wrack.

»Nein!«, gellte die Elfe. *Verleih mir Kraft!*

Im Vertrauen auf den Ahnengeist rannte sie los, zückte den Dolch bereits während der ersten Schritte. Doch beim Anblick des Fangnetzes sanken ihre Herzen.

Sie würde es nicht mehr erreichen, wandte den Kopf und sah die riesigen Stiefel hinter sich niederfahren. Die Jarlin würde Mistral und Gjala alsbald zermalmen.

»Nein! Bitte!«, schrie Tanaqui und rutschte über den Boden auf die grausam Festgezurrten zu. Dabei breitete sie die Arme aus, so als wolle sie die Freundinnen mit dieser Geste beschirmen oder gemeinsam mit ihnen den Tod finden.

Gjalas Hand umfasste den Arm der Elfe.

»Geh, rette dich!«, stieß sie hervor und lächelte müde.

Tanaqui aber hielt sich nicht an den Rat, sondern rollte sich auf den Rücken, folgte ihrer verzweifelten Eingebung. Sie stemmte ihren Speer neben sich in den Boden, als erwarte sie den Ansturm schwerer Reiterei. Die Waffe mochte für die Riesin nicht mehr als ein Dachnagel sein, doch vielleicht geriet sie aus dem Tritt. Plötzlich durchfuhr sie erneut das unbestimmte Gefühl von Trauer und Sehnsucht.

Velkha war nur noch drei gewaltige Schritte entfernt, als die Wüstenelfe der schwache Glanz von Kaelanos Blick erreichte, der noch immer an Velkhas Schulter hing. Der Jagdmeister schien den unerklärlichen Schmerz, der sie erfüllte, sogar zu teilen. Unvermittelt sprang er auf und schlug der Riesin mit Händen und Knien ins Gesicht.

Velkha heulte auf wie eine geschundene Mähre. Sie wurde nun von zwei Seiten gepeinigt. Kaelanos hängte sich an ihr Ohr und zog ihren Kopf zur Schulter hinunter. Dadurch zwang er den Blick des verbliebenen Auges hinab zur Wegstrecke.

Tanaqui und Gjala schrien gellender auf als Mistral, während der gewaltige Stiefel der Riesenkönigin neben ihrem Gefängnis aus Seilen in einer Fontäne aus Staub und Soden niederging. Der Koloss verfehlte sie um Haaresbreite.

Mit knapper Not erreichte Velkha das Wrack. Gjala reckte den Hals, vermochte aber hinter sich nichts zu erkennen. Die

Wüstenelfe wagte nur einen kurzen Blick, während sie bereits an dicken Maschen des Fangnetzes sägte.

Die Riesenkönigin warf sich mit Macht gegen die Schiffstrümmer, ließ sich davon abprallen und landete mit dem blutigen Gesicht voran im See. Die Wucht dieses berechneten Sturzes war so gewaltig, dass Kaelanos abgeworfen wurde. Der Rumpf der *Goldmarie* auf Hinkelsteinen erzeugte gewaltigen Donnerhall.

Nun war es die Eule, die in Panik verfiel, als Fluten das riesige Tier umfingen. Sie ließ von der Beute ab und breitete die Schwingen aus. Der letzte Fehler ihres Lebens.

Kaum spreizten sich die Flügel, ließ Velkha ihrem Berserkerzorn freien Lauf. Sie packte den Greifvogel, richtete sich auf und zerbrach die hohlen Knochen, als zerteile sie Krammetsvögel. Dann schlug sie den Kopf der Feindin so lange gegen die Planken, bis jede Gegenwehr erstarb. Sogleich drückte sie den Vogel unter Wasser.

Während dieser Raserei durchlebte Tanaqui ihre eigene frenetische Wut, als sie versuchte, die Freundinnen aus dem Netz zu befreien, bevor sich die entstellte Königin rächte.

Es gab keine Hoffnung. Die Seile waren zu dick und aus zu festem Material gedreht, als dass ihnen ein Elfenmesser in kurzer Zeit beikommen konnte. Die Wüstenelfe durfte weder fluchen noch schreien. Der Große Jäger verlieh ihr gewaltiges Geschick und überscharfe Sinne, doch war er kein Ahnengeist, welcher Körperkräfte im Übermaß verlieh. Sie schuldete ihm eine Beute, und sie wäre lieber im Kampf gestorben als hilflos zuzusehen, wie Gjala und ihr Pferd dem Zorn der Frostriesin zum Opfer fielen.

Nun packte Velkha Kaelanos und reckte ihn am Arm mit einem Triumphgrinsen nach oben wie zuvor den Paladin. Nur dass der Jagdmeister keine Rüstung trug und sterben würde, sollte die Königin ihre Faust auch nur schließen.

In diesem Moment quoll fettiger Qualm zwischen ihren Fingern hervor, und Kaelanos verwandelte sich. Ein neuerliches Brüllen erscholl über den Hügelländern. Ein großer Braunbär sprengte den Griff der Hand, biss noch im Sturz zu und schlug hart in einer Staubwolke auf.

Das Tier richtete sich auf die Hinterbeine auf, reichte Velkha knapp bis zu den Knien. Tanaqui sah die Narben auf dem Rücken, die von alten Pfeilspitzen und Jagdwunden herrührten. Die Ahnung wurde zur Gewissheit. Sie hatte den Bären schon einmal gesehen, in einem anderen Leben, in den Tiefen des Mirvaali. An jenem schwarzen Tag.

Sahar.

Was ging hier vor? Bevor sich Tanaqui einen Reim auf diese Eindrücke machen konnte, schrie Velkha abermals auf.

Ein Gebüsch hatte Bowden ausgespien. Der Paladin sah fürchterlich zugerichtet aus, stand in gekrümmter Haltung da, doch sein Anderthalbhänder steckte bis zum Heft in Velkhas Knöchel, nun, da sie sich in der Hocke befand. Mit aller Kraft riss er die Waffe seitlich heraus, und sofort sickerte Blut aus dem Fuß. Die Riesenkönigin wollte sich der Gefahr zuwenden, doch in diesem Moment kam der Bär heran und schmetterte seinen schweren Leib gegen ihre Knie.

Tanaqui Blick schweifte wieder zu Gjala, doch statt gebannt auf das Geschehen vor ihr zu starren, spiegelte das Gesicht der Zwergin nichts als Ekel. Bierschaums Züge waren verzerrt. Sie wandte sich vom Gemetzel und dem Gurgeln der ertrinkenden Eule ab.

»Sie haben uns gegeneinander aufgehetzt«, hauchte sie. »Mein Volk, diese Emissäre, die Menschen. Merkt denn keiner, was hier geschieht?« Flehentlich fasste sie die Runenaxt ins Auge. »Bitte befrei mich damit!«

Die Wüstenelfe sah, dass sich die Waffe unter den Netzmaschen verfangen hatte. Sie vergeudete keinen Moment, zerrte an dem Blatt aus unsagbar schwerem Meteoreisen. Da durchfuhr sie ein Schmerz, wie sie ihn nie zuvor erfahren hatte. Sie hörte sich kreischen, hörte in sich gleichsam Cathwyn schreien. Der Jäger heulte auf wie ein Mann, der in einen Zuber flüssiges Metall gefallen war.

Die Schmerzen waren schlimmer als alles, was die Sonne Tanaquis Haut je angetan hatte. Ihr Innerstes wurde zu schmerzlich hellem Licht, das jede Faser ihres Körpers entzündete. Und doch spürte sie, wie ihr Ahnengeist noch heftigere Qualen litt.

Die Runen an der Waffe glommen unruhig auf, als statt eines Zwergs ein Spross aus einem der Älteren Völker Hand daran legte. Doch wie durch eine Eingebung spürte Tanaqui, dass dies kein Abwehrzauber war, sondern die Schmerzen einer gänzlich anderen Quelle entstammten.

Die Bedrohung durch die Königin, sogar jede Zeitvorstellung verblassten. Alles erstrahlte in blendendem Weiß, als öffne man eine Tür und betrete einen Raum, in dem sich nichts als eine Sonne aus Schmerz befand.

Dann war sie angekommen. Tanaqui vermutete, dass Gjala sie bereits hörte. Die Melodie. Sie erklang an diesem Nichtort, rührte in Tanaqui etwas an. Erlaubte ihr die Berührung der Todesrunen, die Melodie wahrzunehmen? War sie dem Jenseits nahe? So als vernähme die Musik des Kosmos ihre Gedanken, änderten sich Kadenz und Rhythmus.

Tanaqui und Cathwyn begriffen, dass das Erz dieser Waffe die Weiten des Alls durchstoßen hatte, jenseits der Sterne durch endlose Leere geglitten war. Lange bevor es in der Welt niederging, von Unterirdischen geschürft und geschmolzen, bis ein Großvater Gjalas die Axt schmiedete. Den Waldelfen lebten von jeher abgeschieden von den Silberreitern. Und doch stammten beide Völker von den Hochelfen ab, den Herrschern der Zeit vor der Diaspora.

Es waren Magier, Wissenschaftler und Astronomen, die sich lange vor der Ankunft auf Selachis von ihresgleichen abgewandt hatten, um eigene Wege zu beschreiten. Sie meinten einst, eine Kalamität zwischen den Sternen entdeckt zu haben. In ihren Städten waren Bürgerkriege ausgebrochen. Nicht jeder Elf hatte den Göttern zugunsten der Machtgier der Hochelfen abgeschworen.

Selachia. Mutter des Archipels.

Niemand wusste mehr, warum sie so genannt wurde. Es hieß, sie habe die Inseln erschaffen, doch welche Vorsehung sie geleitet hatte, das war im Brodem der Historie versunken.

Der Große Jäger entstammte jenen Tagen der Zerwürfnisse, überliefert in den Legenden der Silberreiter. Und nun wurde seine Seele, die Tanaquis Tätowierung innewohnte, von den Sternenurkräften der Axt und der Melodie entflammt.

36

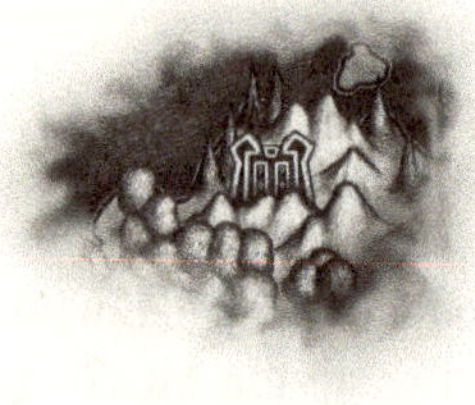

Selachia. Durch den Geist des Großen Jägers vernahm die Wüstenelfe, wie die Melodie in ein Flehen überging. Die Töne verdichteten sich, schwangen ineinander, und plötzlich begriff Tanaqui, dass sie Einigkeit beschworen. Im endlosen Weiß der Schmerzen erkannte sie das unzertrennliche Band zwischen ihr und Gjala. Sie sah Fäden in der Farbe von Mondlicht, die als Gespinst zu Bowden führten, folgte Fäden in die Ferne, die sich zweifellos bis zu Kato spannten.

Der Gefährte lebte. Sie spürte große Erleichterung, die sich steigerte, bis die Melodie zu jubilieren schien.

Hier fanden sie zusammen, sie und ihr Urahn, während nur Schritte von ihnen entfernt ein vernichtender Kampf tobte.

Eine Botschaft von Trauer und Abkehr mischte sich nun in die sphärischen Klänge. Sie schien zu gebieten, dass es keinen Krieg mehr zwischen den Völkern geben sollte. Die Töne riefen nach Einigkeit, verstummten jedoch alsbald.

Unvermittelt fand sich Tanaqui in einer von unnatürlicher Hitze und Gewalt geplagten Wirklichkeit wieder. Lärm und Schrecken schlugen aufs Neue über ihr zusammen. Vor ihren Augen räumte eine blutende Riesin mit ihren Feinden auf.

Mit einem Tritt verschaffte sich Velkha Abstand zu Bowden. Sie warf den Kaelanosbären in die Höhe und stemmte zugleich einen Stiefel auf den Rücken der verletzten Rieseneule. Als sie den Jagdmeister auffing, schrumpfte er wieder in seine elfische Gestalt zurück. Wie um dem Prinzenknecht seine Machtlosigkeit zu beweisen, bückte sie sich und packte eine Schwinge seines Schützlings. Dann zog sie mit aller Gewalt daran, bis der Uhu aus voller Kehle kreischte. Tanaqui wandte sich ab. Durch Speerwerfen und Bogenschießen in geistiger Sammlung geübt, besann sie sich auf ihre Aufgabe. Sie wollte noch ein Stoßgebet an ihr Innerstes richten, da schossen von Schmerz getriebene neue Kräfte aus ihren Hautbildern.

Es bedarf keiner Bitte, sagte Cathwyn.

Statt die Axt zu schwingen, hob Tanaqui die Netzmaschen und rieb sie fest über die Schneide aus Meteoreisen, solange die Runen loderten. Mit dem Zuwachs an Stärke der Ahnen zertrennte Fuchstochter die Maschen.

Da fiel Velkhas Schatten auf sie. Eine Faust mit dem Jagdmeister hatte sie zum Schlag erhoben, und mit der blutigen anderen Hand schüttelte sie eine Schwinge. Das verbliebene Auge der Riesin glomm im Wahn. Sie bleckte die Zähne, war in eine der legendären nordischen Todesgöttinnen verwandelt worden, die würdige Krieger erwählten.

Gjala blickte zum Turm des Hasses hinauf, der über ihnen aufragte. Dies war nicht der Berserkerzorn eines verwirrten räudigen Schamanenriesen. Dies war eine Frau, die ein ehrenhaftes Friedensangebot unterbreitet hatte. Ihre Langmut war mit einem geblendeten Auge belohnt worden.

Die Zwergin hatte in ihrem Leben schon viel Leid erfahren. Sie wollte nur noch die Augen schließen und erfahren, ob man in die große Esse zurückkehrte und vom Schmiedegott Kurzukhuun für sein Versagen neu geschaffen wurde. Oder ob die Menschen Emricks recht behielten und man sich in den Paradiesen der Götter wiedersah, dort, wo sie Limbo träfe. Und, sehnlicher, ihren Klan, Mutter und Vater.

Doch die Bardin Gjala wusste, dass es einen Schlüssel zu ihrer Rettung gab. Sie setzte alles auf eine Karte.

Während Tanaqui wie wahnsinnig mit dem Axtblatt Masche um Masche durchtrennte und entsetzt zu Velkha über ihr aufsah, erhob Gjala die Stimme. »Í navni Tryms og allir Tursir!

Haetu! Sjaudhu tauknin! Sjaudhu huadha valth hevhur veridh sett i thinar hendur!«

Entgeistert starrte Tanaqui zwischen der riesigen Gestalt und Gjala und hin und her. Sie verstand nur wenige Brocken.

Indessen hielt die Riesenkönigin inne. »Du Würmchen schwörst bei unseren Tursengöttern? Von welchen Zeichen faselst du? Welche Macht wurde mir an die Hand gegeben, die ich mir nicht selbst nehmen könnte?« Velkhas Stimme hallte als Echo über das Land. »...könnte ...könnte ...könnte?«

Gjala beschloss, bei der alten Dichterzunge der Riesen zu bleiben. Nie wieder würde sie verfluchen, Bardin geworden zu sein. »Haetu! Thu drakkst ur brunni spekinganna! Thu gafst auga og saursaukinn gerdhi thig vitur eins og Udhinn!«, rief die Zwergin aus.

»Wer trank aus welchem Brunnen?« Tanaqui war verwirrt.

»Sie behauptet, ich hätte vom Met der Weisheit aus dem Brunnen gekostet, dessen Besuch allein den Göttern vorbehalten ist. Sie sagt, ich hätte der Weisheit ein Auge geopfert. So wie einst der einäugige Udhinn, der mein Volk mit seiner Zauberkunst verfolgte, bis unser erster Vater Trym ihn während der längsten Zeit des Eises erschlug.« Die Stimme der Riesin troff vor Hohn. Sie reckte die Faust, in der sie Kaelanos umklammert hielt.

Mit letzter Kraft löste Gjala einen Arm aus dem Netz. Sie deutete auf den See. »Se tua hinir!«, rief sie.

»Ha, eine List, um mir in den Rücken zu fallen! Ihr Schlammwühler lügt, wenn ihr das Maul aufmacht. Nirgends werde ich hinsehen.« Velkhas Gesicht gerann zur Fratze.

Gjala bekam die zweite Hand frei. Schweiß rann ihr den Nacken hinab. Herzschläge trennten sie vom Tod.

Aus den Augenwinkeln sah sie Bowden heranpirschen, die Klinge stoßbereit. Er gab ihr einen Wink, nun, da er ihr endlich als Kameradin in der Schlacht vertraute. Es brach ihr das Herz, als sie die Riesin vor seinem Angriff warnte.

Sie griff nach ihrem Rucksack und hoffte, dass Sturz und Netz nicht zerstört hatten, wonach sie suchte. Mit einem Finger deutete sie auf Bowden. »Verdammt, bleib stehen!«

»Eine weitere List«, höhnte Velkha, während sich der Bloßgestellte umso grimmiger anschickte, umstandslos zuzuschlagen. Er musterte Gjala mit säuerlichem Blick.

»Es ist keine List«, widersprach Tanaqui standhaft und wies inständig auf die Zwergin. »Lausch auf ihren Puls! Nur ein einziges Herz. Sie weiß nichts von alter Feindschaft.«

»Du lügst. Ich wollte dich schonen. Verfluchte Alfar, euch ist nicht zu trauen! Ihr habt die Schlammwühler nie abgehalten, uns zu hetzen!«, rief Velkha, die mit ihrem Auge, aus dem Blut sickerte, und dem zerschnittenen Gesicht einen furchtbaren Anblick bot. Ihre Schönheit war zerstört.

Doch kriegsstolze Kämpfer wie Tanaqui sahen darin auch ein Ehrenzeichen. Sie knüpfte an diese Regung an und legte eine Hand auf Gjalas Schulter. »Sie wurde tödlich verletzt, Jarlskona, noch als Kind. Deshalb wuchs sie unter Menschen auf und erlernte die Kunst des Gesangs über große Taten.«

Beim Klang eines metallischen Scharrens fuhren alle herum. Um ein Haar verfiel die Riesin erneut in ein Toben, während Bowden seinen Anderthalbhänder in die Erde rammte und sich geruhsam niedersetzte.

»Die beiden Frauen sagen die Wahrheit, edle Dame. Sie ist eine Bardin. Ich beschwöre es.« Der Blechmann klang müde.

»Bardin?«, fragte sie und steckte die Eulenschwinge in einen Gewandschlitz.

»Bardin. Auch Skaldin genannt!«, rief Gjala. »Nur der Zunge, der Dichtkunst und der Wahrheit verhaftet.« Ihre Finger fanden das Gesuchte. Sie zog die Sackpfeife über die Schulter, die sie aus dem Haus ihres Klans gerettet hatte, als sie und die Gefährten Dunkelfall verlassen mussten.

»Wir sind nicht deine Feinde, Königin!«, rief Tanaqui.

Die Riesin betastete ihre Wunden. Gedankenverloren ließ sie die freie Hand zu den Beuteln an ihren Gürteln gleiten, so als betaste sie Erinnerungen an eine friedliche Zeit.

»Wir waren ohnehin ein sterbendes Volk. Nach dem Bruch mit den Titanen war unser Niedergang beschlossene Sache«, murmelte sie. »Ihr habt uns gegen jedes Recht den Todesstoß versetzt. Wir beschirmten und führten die kleinen Völker so lange Zeit in Weisheit, bevor die Drachen kamen.«

Dies ist deine Lesart der Gewalt, welche die Riesen jahrhunder-

telang vor der Diaspora über Menschen, Elfen und Zwerge gebracht haben, dachte Gjala. Sie schwieg, musste aber einschreiten, als Velkhas Wut wieder anwuchs.

»Ich flehe dich an, wir sind dir ohnehin ausgeliefert!« Gjala blickte zu der gewaltigen Gestalt auf, deren schmerzerfülltes Keuchen das Windgeflüster auf der Ebene untermalte. »Als Skaldin bitte ich dich: Sieh die Zeichen! Schlag sie nicht in den Wind! Mach danach mit uns, was du willst.« Sie deutete zum nunmehr beruhigten Wasser hinüber.

Velkha zog die Eulenschwinge hervor und fächelte sich Luft zu. Die Symbolkraft der Einäugigen, die den Flügel der Weisheit in der Linken und ein Kunstgeschöpf in der Rechten hielt, ging an der Poetin Gjala nicht vorüber.

»Du hast ein Auge geopfert, weil dir Weitsicht fehlt. Du hast einen hohen Preis bezahlt. Du bist die letzte Königin eines untergegangenen Volks, du hältst die Weisheit nahe deinem linken Herzen in der Hand, die Zauberkunst und den Wandel dicht an deinem rechten.« Gjala legte ein Äußerstes an Überzeugung in ihre Stimme. Da wandte sich Velkha um, näherte sich den Wassern des Sees und blickte hinein.

Mit einem Aufseufzen durchtrennte Tanaqui die letzte Masche, die Gjalas Beine umklammert hielt. Augenblicklich sprang die Zwergin auf. Bierschaum achtete nicht auf die üblen Schmerzen, als ihr Blut in die Gliedmaßen zurückrann.

Sie begann zu summen, während sie unter den Blicken von Tanaqui und Bowden die Runenaxt aufhob und den Runenstab in die Linke nahm. Der warnende Blick des Paladins beschwor, was ihr widerführe, falls die Riesin sich umwandte und die Letzte des Volks ihrer Erzfeinde mit einer von Todeszeichen durchwirkten Waffe erblickte. Runen der Vernichtung.

Gjala scherte sich nicht um sie. Sie folgte den Zeichen, die sie erhalten hatte, seit das Schiff abgestürzt war, seit jener Begegnung im Frachtraum.

Sie stapfte zur Bordwand des Wracks der *Goldmarie*. Bei jedem Schritt legte sie eine neue Betonung auf jene Töne und Kadenzen des Lieds, das am Rand ihrer Wahrnehmung einen besonderen Willen kundtat, seit sie zu dieser Reise aufgebrochen war. Sie verstand noch immer nur Bruchstücke, doch die

Absicht war deutlich wahrzunehmen. Sie wusste, was zu tun war, auch ohne es ganz zu verstehen. Die Zwietracht, die gesät worden war, musste ausgeräumt werden.

»Du hältst die Schwinge der Weisheit und den Blender ohne Macht!«, rief sie. Bevor die Jarlskona sich aufrichten konnte, legte Gjala den Donner der Runenwaffe und ihres Amuletts in ihre Stimme. »Man hat uns alle betrogen! Dir ward Sicht gegeben. Nun sieh!«

Die Riesin fuhr hoch und wandte sich zu ihr um.

Gjala hob die Waffe zum Schlag, die Schneide blitzte.

Die rissige Bordwand erbebte unter dem Hieb. Der genügte der Runenwaffe für ihr Zerstörungswerk. Splittriges Holz, von Koralle und Seepocken überkrustet, ächzte und sank ein. Ein zweiter Hieb, und die Wand der Kogge riss auf.

In dem Moment, als sich die Riesin mit einem wütenden Schritt ihrer vermeintlichen Erzfeindin näherte, brach die Wand des Frachtraums in sich zusammen.

Velkha verharrte wie vom Schlag getroffen.

Bowden sprang auf.

Tanaqui wandte sich besorgt zur Freundin um.

Gjala deutete auf die schleimige Masse des Krakenwesens, das vernichtet dalag, aber untot lauernd seinen widerwärtigen Einfluss ausstrahlte. Ein Echo seiner abseitigen Natur hallte der Missgeburt aus der Schwärze der tiefsten Dunkelheit nach. »Ich war blind, doch dann musste ich sehen!«, rief Gjala. »Taub, doch nun hörte ich!«

Es war der letzte Trumpf des Schicksalsblattes, das sie auf der Hand hielt. Ein letzter Versuch. Ein Schuss ins Blaue. Sie hoffte, dass Velkha bei ihrem Besuch in der Tiefe die Begegnung mit diesem Wesen oder ähnlichen Geschöpfen erspart geblieben war. Die Riesin war wach, und wenn ihr Urtrieb noch in ihr wirkte, musste sie handeln.

Gjala war selbst unsicher, ob es sich überhaupt um eine Kriegslist handelte. Das Lied duldete keine Zerwürfnisse. Sie spürte seinen Willen zu einen, was gespalten und verheert war. Zu einen gegen etwas ungleich Verderbteres.

Die Wirkung war überzeugend. Als Riesin war die Königin

ein Kind der Natur. Jenen Elementarkräften verhaftet, die hinter dem Weltenlärm ewig wirkten.

Velkha sah aus, als wäre sie nun auch in metaphysischer Hinsicht misshandelt worden. Mit einem Abscheu, der viele Welten gekannt hatte, blickte sie auf das Ungetüm im Laderaum. Ihr Mienenspiel verriet deutlich, wie sie nach einer vernünftigen Erklärung für diesen Anblick suchte, warum ihre Verbündeten ein solches Wesen mit sich führten.

»Barn hoefthinga medh thriu Augurna«, murmelte sie.

Gjala runzelte die Stirn. »Kind der dreiäugigen Herrscher?«, fragte sie. »Wer sind sie? Die Vier Könige?«

Velkhas Antwort ließ auf sich warten.

Voller Ekel wandte sich Tanaqui vom Laderaum ab, während Bowden sich seiner Klinge zuwandte. Offenkundig kämpfte er gegen die Verlockung an, abermals in die *Goldmarie* einzusteigen und den erschlafften Krakenkörper so lange in Stücke zu hacken, bis nichts mehr davon erkennbar war.

Die Blicke der Riesenkönigin schweiften unstet zwischen der Zwergin und dem Ungetüm hin und her. »Warum. Zeigst du. Mir das?«, fragte die Riesin dumpf. Ihr war das Entsetzen anzusehen. Entdeckte Gjala Angst in dem schwarzen Auge?

»Weil der Wahnsinn aufhören muss«, antwortete sie. »Wir haben beide unser Volk verloren, und nun sollen wir uns gegenseitig umbringen, während wir offenkundig allesamt gegeneinander ausgespielt werden. Schau es dir an! Lug und Trug. Oder willst du mir weismachen, deine nach Salzwasser stinkenden Verbündeten hätten dich hierüber eingeweiht? Im Zug eurer Invasion kam das Schiff über die Stadtmauern wie so vieles. Doch hier war nie sein Bestimmungsort.«

»Beim Architekten«, murmelte Bowden. »Es flog in Richtung Zitadelle.«

»Wir haben gesehen, aber nicht geschaut«, meinte Gjala und deutete auf das Auge der Riesin. Sie starrte auf Kaelanos in Velkhas Faust. Es war nicht festzustellen, ob der Jagdmeister noch unter den Lebenden weilte. »Und wir haben uns deshalb keinen Moment lang *hiermit* befasst.«

Vor den Augen ihrer Kameraden hob sie abermals die Axt und ging auf einen der Fässerstapel zu, die ihnen vor Stunden als Deckung gedient hatten. »Wisst ihr«, sagte Bierschaum, »wir kämpften gegen die Emissäre, wir beobachteten, wie sie dem Meer entstiegen. Velkha, du bist zu ihnen hinuntergetaucht. Doch eins übersahen wir alle.«

»Und das wäre?«, fragte Tanaqui.

Bierschaum wandte sich zu Bowden um. »Blechmann?«, fragte sie. Das Gesicht der Riesin wurde mit jedem Augenblick angespannter, als sie sich zusammenreimte, was die Gefährten noch nicht ermessen konnten.

Bowden sann nach. »Natürlich«, bestätigte er. »Sie kommen aus der Tiefe, von lichtlosen Gestaden. Sie nutzen, was versunken ist, befehligen dem Meer ... Wozu brauchen sie Holzfässer?« Er nickte Bierschaum zu. »Tu's!«

Sie hob die Axt und hieb mit der Schneide auf einen der Fassdeckel.

»Erleuchte mich!«, verlangte die Riesin von Verdian.

Er nickte. »Woher bei den glorreichen Werken des Architekten verschafften sie sich Eichenholzfässer in diesen Mengen? Und was verschiffen sie darin?«

Holz splitterte. Fass um Fass brach.

Flüssigkeit ergoss sich daraus und umspülte Gjalas Füße.

Dann schoss der Inhalt heraus.

»Nein!« Wie im Traum hörte sich Gjala selbst schreien. Ihre Welt zerbrach endgültig in unzählige schmerzhafte Teile, die nicht einmal mehr das Lied fügen und heilen würde.

37

»Mehr ist es nicht?«, fragte Kato spröde. Er gab sich Mühe, nicht enttäuscht zu klingen, doch es gelang ihm nicht.

Eine Zeit lang waren sie in den Tiefen der Erde unter der städtischen Kanalisation durch Tunnel gewandert. Diese waren offenkundig von den gleichen holzmagischen Wurzeln ins Erdreich getrieben worden wie die Gangkreuzung, ihrem Kampfplatz gegen die gefallenen Magister der Zitadelle.

Während sie Korridor um Korridor entlanggingen und Katos Blick immer wieder der vor ihnen durch das Dunkel gleitenden Rieseneule folgte, erfasste ihn Wut.

Es war nicht der Zorn, mit dem Bowden Verdian der Welt lautstark mitteilte, wie sehr das Unrecht, das seine Familie erlitten hatte, nach Vergeltung schrie. Diese Art von Wut kam eher als schleichendes Übel daher, als Schwelbrand wie jener, der über Katos Haut gloste.

Bei der Vorstellung, wie viele Männer ihn als Verräter verfluchten, knirschte er mit den Zähnen. Alles wegen des Verbrechens, das man ihm im Geheimen anbefohlen hatte.

Und nun ließ er wie damals in den Auen Männer und Frauen nach hartem Kampf und elender Gefangenschaft zurück. Durch mächtige Zauberei wurde er sogar an seinen bärbeißigen früheren Hauptmann gebunden, um seinen Verrat zu bestrafen. Die Wahrheit über die Tat durfte nicht einmal die Königin selbst erfahren, hatte man ihm seinerzeit eingeschärft.

Doch jetzt hatte er hier unten, dicht unter der Nase der Stadtbewohner, eine himmelschreiende Verschwörung aufgedeckt, um seinen Namen reinzuwaschen. Aber stattdessen begleitete er den mordlüsternen Anführer der Messerohren und den Fluchkönig der Aussiedler beim Streben in eine ungewisse Zukunft.

All dies, obschon hinter ihm in den Labyrinthen weiterhin Magier ihr Unwesen trieben. Er brauchte sie nur zu fassen.

Er schnaubte ob der grotesken Lage, langte nach seinem Fläschchen, überlegte es sich jedoch anders. Kato dachte nach. *Selbst wenn es mir gelänge, was würde es nützen? Die Kohlenflöze unter der Erde brennen, die Fischfratzen drängen von Norden auf die Hauptinsel und überrennen alles.*

Trotz seiner Wut verweilten seine Gedanken bei den Vertriebenen, die sich aus allen Richtungen auf die Hauptstadt zubewegten. Wie viele Menschen waren bereits verdurstet, weil das Grundwasser immer mehr sank? Wie viele waren von den Kriegstruppen der Emissäre überrollt worden?

Beim Gedanken an die Opfer kam ihm unerbeten Almida in den Sinn. Er tastete mit Gedanken nach ihr, doch sie blieb verschwunden. Hatte sie der Tritt des Meuchlers in die nächste Welt weitergeschickt? Kato bezweifelte es.

»Langweile ich dich, Tamasine?« Vesshelin klang pikiert.

»Keinesfalls«, versicherte Kato. Er hatte dem Prinzen schon länger nicht mehr zugehört. »Es ist nur ermüdend.«

»Ein Baum, dessen Geäst über unsere Welt hinausreicht, sollte nicht faszinieren? Auch seine Wurzeln nicht, die das gesamte Erdreich unserer bekannten Inselwelt durchziehen?«

»Richtigstellung: Daran ist alles überaus spannend«, gab Kato zu. »Doch deine Äußerungen über die besondere Art des Transports lassen mich kalt.« Kato griente schief, meinte aber jede Silbe ernst. »Das mag für einen Monarchen mit Zaubererfahrung eine herbe Enttäuschung sein, doch einen Elementaristen wie mich verblüfft Riesenwuchs nicht. Erd- und Wassermagick entsprechender Macht vollbringen so etwas, selbst einen Baum dieser Größe. Sogar solche Wurzeln. Ich kenne die Legenden und habe Beispiele dieser Art gesehen.«

»Meine Erinnerung dagegen schwindet«, beklagte der Vagabund. »Ich weiß so gut wie nichts mehr über Aganthyr. Ein Schatten der Vergangenheit. Ihn heraufzubeschwören, ist unnütz, weil er viel über Baum, Wurzeln und Tunnel vergaß.«

Vesshelin blies sich eine Strähne aus dem Gesicht. »Ja, wirklich fürchterlich, solch ewige Jugend und Schönheit wie meine, die Meisterschaft in jedem Handwerk, das zu erlernen man sich alle Zeit der Welt nehmen kann.« Vesshelins überhebliches Lächeln lehrte Kato Reue über das schiefe Grinsen, mit dem er den Paladin zur Weißglut trieb. »Weiß er von der Transportkraft?« Der Prinz musterte Limbo.

»Das bezweifle ich«, antwortete der Gesetzlose säuerlich.

Kato reimte sich derweil das Ganze zusammen. »Wartet!«, rief er. »Du bist mit der Eule hier unten.« Er wies auf den Prinzen. »Und du kamst auf einem Weg in die Stadt, den die Emissäre nicht kannten«, erklärte er an Limbo gewandt.

»Sehr schön.« Affektiert tändelte der Prinz mit den Fingerspitzen. »Vorzüglich, Tamasine. Dein scharfer Geist beeindruckt. Natürlich im Rahmen von Äffchenfähigkeiten.«

»Natürlich«, pflichtete ihm Kato versteinert bei. Er musste der Versuchung widerstehen, dem Prinzen ein paar feurige Abenteuer mit den Elfen aus Kriegstagen zu erzählen. Die blasierte Art des Prinzen zerrte die finstersten Gedanken wieder an die Oberfläche.

»Jetzt würdest du es mir gern heimzahlen«, las ihn Vesshelin. Der Elf blickte ihn über die Schulter an.

»Es geht um Wichtigeres.« Kato verbarg seinen Zorn. »Wenn der Baum, den ihr Nadir nennt, diese Welt überspannt, so durchziehen seine Wurzeln den Boden unseres Archipels und wahrscheinlich etliche der Wasserwege zwischen den Inseln im Osten und Westen. So seid ihr beide hierhergelangt.«

»In der Tat«, pflichtete ihm Vesshelin bei.

»Wissen die Magier um diese Kraft?«

Zu seiner Verblüffung wandte sich der Elf zum Lohenmagus um. »Ich habe keine Ahnung«, gab der Elf unumwunden zu. Schnörkellos. »Mir ist lediglich bekannt, dass sie Spuren und Zeichen der Wurzelverbindungen zu verstehen suchen. Das ist dir zweifellos schon an ihrem Ritual aufgefallen.«

»Ein Transportsystem«, murmelte Kato, dessen Gedanken umherschweiften. »Woher stammt der Baum? Wieso sehe ich ihn nicht? Was ist seine Bestimmung? Quelle des Lieds zu sein?«

»Erhielte ein Mann jedes Mal eine Silbermünze oder einen Liebesdienst, wenn du eine Frage stellst, feuriges Äffchen, könnte er in eurem lumpigen Geld baden. Oder seine Lenden wären erschöpft wie die eines Greises. Ihr Menschlein zeigt keinen Funken Geduld. Nun, ihr vergeht auch wie Fliegen.«

Kato hörte nur mit halbem Ohr zu, während er mit dem neuen Wissen über den Nadir nach einer Strategie suchte. »Die Zwerge«, murmelte er. »Wurzelgold ... wussten sie davon? Nein, wie könnten sie? Gjala meinte, es seien Erzadern, die wie Baumwurzeln aussehen ... Aber dort haben sie die Sklaven rackern lassen. Und dann die Sache mit Gjalas Unfall ... Was, wenn es keiner war? Was ...«

Ein Schnippen zerriss seine Gedankenspiele. Vesshelin zog ein Gesicht. »Wir sind angekommen.«

Dieses Mal war Kato bewegt. Wie ein Mann, der aus einem Schlummer unter Sternen erwacht, fand er sich unversehens in einer gewaltigen Kaverne wieder. Alles glomm in diffusem Licht von der Farbe gesponnenen Golds. Ein Kuppelsaal.

Der Körper einer riesigen Schlange schien fast allen Raum einzunehmen. Es war ein Wurzelstock gewaltigen Ausmaßes. Ein glitzerndes Gebilde in den Maßen einer kleinen Festung.

»Großartig!«, entfuhr es Kato unter diesem Eindruck.

»Blick auf die Wunder unserer Vorfahren, kleiner Mensch, und verneige dich ob deiner Rolle im Ballett der Zeitalter! Sterne werden geboren und vergehen, die Erwählten der Alten Völker herrschen. Und du darfst daran teilhaben.«

»Allzu gnädig«, raunten Kato und Limbo im Chor.

Diesmal höhnte Vesshelin ihnen nicht. »Ich kann mich nicht daran sattsehen«, gestand der Elfenprinz. »Ganz gleich, wie oft ich die Wurzeln und Äste sehe. Wahrlich, man muss kein Sidhe sein, um den Nadir wertzuschätzen.«

Des Lohenmagus Blicke folgten mühelos den goldenen Bahnen, die sich durch die Flanken des riesigen Gebildes zogen. Er spürte, dass die Substanz des Gewächses zwischen Geistigkeit und Verfestigung schwankte. Netzförmig durchzog es die Hauptinsel und führte unterseeisch zu Nebeninseln. »Die Zwerge legten einen Ausläufer frei«, resümierte er. »Vielleicht störte diese neue Energie die Götterschmieden.«

»Etwas von dieser Art«, bestätigte der Elf. »Es gab eine Wechselwirkung. Seht mich nicht so erstaunt an, Gewürm! Ich weiß, dass ihr mich für einen Pfau haltet. Doch denkt ihr, ich entsende Kaelanos nur der Eitelkeit wegen in die Tiefen von Druchuulschlamm? Macht euch nicht lächerlich!«

Als wäre Vesshelins Spott ihr Signal, schwang sich Kioni in die Höhen der Kaverne empor und kreiste im Halbdunkel.

»Erkundigung: Wie weit gelangt man dort hinein?«, fragte Kato unvermittelt, während er dem gewaltigen Vogel zusah und Kincaids Kopffell kraulte. Der Hund beäugte das Wurzelwerk skeptisch und winselte. »Wenn dies die Wurzeln des Nadirs sind und bereits solche Macht und Größe aufbringen, was ist dann der Wahre Nadir? Gjala meint, die Herrschenden ihres Volkes hätten etwas darüber erfahren.«

Der Elf winkte ab. »Noch mehr Zwergengeschwätz? Hat ihr König geträumt, als er im blasigen Goldbad einschlief?«

»Einer dieser Priester sprach auch davon, dass der Oberste seines Ordens mehr wisse«, hielt Kato dagegen.

»Ich weiß. Deswegen wart ihr in Kundrheim.« Vesshelin kicherte. »Ihr tratet in das Feuer und kamt auf der anderen Seite mit einem weiteren Schriftzeugnis heraus. Ihr setzt auf meinen Inseln keinen Schritt, von dem ich nichts weiß.«

»Was fragst du dann noch!?«, murrte Limbo.

Vesshelin zischte weiter. »Papperlapapp! Stell dich nicht dümmer, als du bist, feuriges Äffchen! Wusste der oberste Runenwühler etwas? Über den Baum und diesen Wahren Nadir?«

»Das können wir nicht sagen«, gab Kato kleinlaut zu.

»Weil der Kerl verbrannt ist?«, fasste Vesshelin nach.

»Weil wir nicht lesen können, was er an Schriftgut hinterließ«, erwiderte Limbo. »Die Hohe Zunge seiner Kaste, zumal noch in Zwergenrunen niedergelegt, vermögen nur noch wenige zu lesen. Es bleiben nur alte Schmiedepriester der Drazok. Oder Riesen.« Er wechselte einen Blick mit Kato.

»Gibt es denn diesen Wunderbaum, Prinz? Wir finden keine Antwort darauf«. Kato gab sich unbedarft.

»Den Wahren Nadir? Auch ich hörte davon zum ersten Mal. Ich kann vermuten, dass damit seine hohen Kammern gemeint sind. Jener Ort, an dem seine ...« Vesshelin hielt mitten im Satz inne. Er musterte seine Gefangenen mit schelmischem Grinsen. »Tsk, da habt ihr mich doch tatsächlich an der Nase herumgeführt und mir das eine oder andere entlockt!«

Ein gefährlicher Unterton schwang mit. Er wartete keine Erwiderung ab. Stattdessen ging er auf das Wurzelwerk zu, bis er in der Riesenhöhle für die Zurückstehenden nur noch wie ein Kleinkind wirkte, das einen Walfisch streichelt.

»Die Wurzeln des Nadirs. Ich stehe inmitten von Legenden. Eigentlich dachte ich, die Sache würde mich mehr rühren.« Kato blickte Kincaid hinterher. Aus unerfindlichen Gründen war sein Hund Eule und Prinz gefolgt und beobachtete das Treiben an der Wurzel. Limbo ließ das Tier nicht aus den Augen.

Unvermittelt warf er jedoch seinem Begleiter einen fragenden Blick zu. »Frag mich doch, wie ungewöhnlich und legendär das alles ist, Kato!«, raunte der Vagabund. Er wollte wohl von Vesshelin nicht gehört werden.

Oder Kincaid? Der Gedanke sprang den Magier an.

»Mein Fluch ist uralt, und zugleich kann ich ihn mit keinem teilen«, fuhr der Vagabund fort. »Keinem erzählen, wer ihn ausstieß, bis ich das Meine geleistet habe. Ich lebte eure Legenden. Erlebte sie. Ich versichere dir, der Nadir ist so echt wie der ganze Weltenkreis, den ich sah.«

»Klarstellung: Verzeih, wenn ich einen Mangel an Gespür für deinen Zustand offenbarte«, beruhigte ihn Kato. »Was treibt er dort? Ich höre kein Lied.«

Der Vagabund winkte ab. »Ich vermute, dass er ebenso wenig eines braucht wie ich. Wir sind beide Geschöpfe des Alten Waldes, vom Mirvaali, wie man sagt.«

»Lass mich raten! Du wusstest von diesen Zusammenhängen bereits, als wir unten durch die Minen irrten. Aber du durftest nichts sagen.« Kato drehte sich einen Rauchstängel und entzündete ihn summend mit einem Fingerschnippen.

»Muss ich dich erinnern, was ich von Zauber in meiner Nähe halte?«, rief der Prinz ihm zu, ohne sich zu rühren.

»Wie ein verdammter Luchs.« Kato stammelte eine Entschuldigung. Es langte ihm. Eine Zeit lang hatte er es aufregend gefunden, durch das Labyrinth zu streifen. Als sei der Einfluss zwergischer Mysterien des Runenstabs mit dem tatsächlichen Anblick des Nadirs von ihm abgefallen, konnte Kato wieder frei denken. Vielleicht lag es an der Todesangst. Derlei brachte den Geist in Schwung. Er nahm tiefe Züge, lauschte dem Knistern des Tabaks in der Stille.

»Wieso tötet er uns nicht?« Limbo schüttelte den Kopf.

»Keine Sorge! Bald siehst du, wie ich mit Pfeilen gespickt daliege.« Kato zog genüsslich am Rauchstängel. Ohne dass Magie zu verspüren war, vollendete der Prinz seine Beschwörung. Die Wurzelmassen gaben nur ein Stöhnen von sich, dann klaffte gähnend ein Oval in ihrer Mitte.

»Ich spare mir die Vergleiche mit Frauenkörpern, Geburten und was zu ihnen führt, besonders in Hinsicht auf eine Wurzel«, versprach Kato und trat den letzten Tabakrest aus. »Wir wollen doch nicht die Grundfesten der Erde anzünden«.

Vesshelin wandte sich zu ihnen um. »Ich töte euch nicht, weil ich dir am Strand die Wahrheit sagte, Tamasine. Ein neues Zeitalter bahnt sich an. Da brauche ich fähige, aufrechte Leute.« Der Prinz vollführte mit den Händen kreisende Bewegungen vor der gewaltigen Wurzelöffnung.

»Was hielte mich davon ab, durch diese Runzelpforte zu spazieren, den Wahren Nadir zu meinem Transportziel zu erklären und unterwegs alles niederzubrennen?« Trotz seiner Frechheit bestaunte Kato den mystischen Durchgang.

Vesshelin lächelte kühl, doch seine Augen verrieten zu Katos Verblüffung, dass ihm der Gedanke zu gefallen schien, wie der Lohenmagus feuerwerfend jenen Ort ansteuerte. Das Allerheiligste, wo laut der Historie des Runenschmieds von Dunkelfall jene von ihm *Gönner* genannte Clique hauste. Jene, die den Zwergen geraten hatten, die Götterschmieden zu entfachen, Sklaven zu züchten und zu schinden.

Der Prinz kicherte. »Ich könnte dir nicht das Ziel weisen, weil ich nur den Anfang des Wegs kenne. Und du weißt von beidem nichts und bist schon gar nicht eingeladen. Soweit ich die Macht seiner Bewohner verstehe, muss man zumindest einige Bedingungen erfüllen. So wie der Oberste Schmied der Schlammwühler, der in der Tat einige Male ihr Gast war. Und ich helfe euch, seinen Runen die Geheimnisse zu entreißen. Wer weiß, vielleicht irrst du dann nicht wieder durch die Labyrinthe der Schlammwühler.«

»Labyrinthe?«, fragte Limbo nach.

»Schutzvorkehrungen«, entgegnete Vesshelin kühl. »Es ist ein Elend mit eurem Affenvolk. Kaum der Mutterzitze entwöhnt, spielt ihr mit Gefahren. Dachtet ihr etwa, die Zwerge setzen ihre kostbarsten Urkunden dem gierigen Blick jedes Eindringlings ohne Abwehrzauber aus? Du selbst hocktest monatelang in einem Loch dieses Schweinekobens von einer Stadt, Feuerbändiger. Brütetest über dem Stab. *Wie von Sinnen,* nannten es deine Freunde.«

»Labyrinthe«, murmelte Kato. »Ein Gedankenpalast. Verdammt.« Er schlug sich die flache Hand an die Stirn.

»Eher ein Gedankenkerker der Druchuul«, erläuterte der Elf. »Sie tun, was kleine Gierteufel eben tun: sichern. Abschließen. Raffen. Warum sollte das bei Runen anders sein? Doch letztlich brachte es eher Gutes, dass ihr so lange mit dem Stab beschäftigt wart, nicht wahr?«

Da konnte Kato nur beipflichten. »Wenn die ganze verdammte Zitadelle mit daran beteiligt ist, alle Magier, hätten sie jeden gefangen genommen oder ausgemerzt. Als Ermittler der Königin standen Bowden und ich am Kopf ihrer Liste, wie ich nun weiß. Korrektur: Sie haben uns noch immer im Auge. Man hat gut für unsere Köpfe bezahlt.«

»Daher auch Rennicks Falle«, folgerte Limbo. »Die Königin oder ihre Magier wünschten dir und dem Blechmann mit Gewissheit den Tod. Sie sind alle Teil des Komplotts.«

»Die sollen sich hintanstellen«, zischte der Lohenmagus. »Da haben viele ältere Rechte, der Prinz hier etwa.«

Doch der Elf überging das Ganze. »Wie dem auch sei, dein Ausgang liegt hier, Tamasine Kato.« Er deutete auf den Holzschlund, in dessen Innerem sich ein sachter Wirbel aus weichem Licht abzeichnete. Silbrig wie Mondschimmer.

Kincaid winselte bei dem Anblick. Vesshelin musterte ihn.

»Wir können gehen? Einfach so?«, fragte der Lohenmagus.

»Einfach so«, antwortete der Prinz.

Kato setzte sich in Bewegung, Vesshelin blieb neben ihm.

»Eine Sache wäre da noch«, befand der Elf.

Kato und Limbo seufzten im Gleichklang.

Vesshelin schmunzelte. »Du hast mir Fragen gestellt und deine Antworten erhalten, Feueräffchen. Nun bekommst du die Erwiderung, die dich schon so lange bewegt und die du beherzigen solltest. Gönn mir die Freude! Wenn man so alt ist wie ich, freut man sich über jedes Vergnügen.«

»Heraus damit!«, schimpfte Limbo. »Alt bin ich selbst, alt werden wir hier. Außer dir hat niemand Lust auf Spielchen. Halt uns nicht länger bei unserer Aufgabe hin!«

Vesshelin warf dem Verfluchten einen mörderischen Blick zu und leckte sich die Lippen, als wäre er auf ein Tänzchen mit dem Vagabunden aus. Doch er wandte sich zu Kato um.

»Hier die Antwort auf die Frage, die dich umtreibt! Wenn dieses Wissen dein Handeln nur im Geringsten beeinflusst und du damit etwas Dummes anfängst, werde ich dich nicht töten. Oh, nein! Ich werde eine Strafe erfinden, gegen die sich die Qualen der feisten Kreatur neben dir wie eine Sommerfrische an der Türkisküste ausnehmen.«

Dunkle Vorahnungen krochen aus Katos Träumen hervor, umwanden seinen Magen, verschnürten ihn zum schmerzhaften Knoten. Dieser Wahnsinnige würde ihn bei Ungehorsam töten.

Er sah, wie Vesshelins Augen aufleuchteten. Sein Mund zur hämisch schiefen Sichel verzerrt, spitze Zähnchen blitzten.

Kato hörte, was gesagt wurde. Jedes Wort.

Zugleich war er wie weggetreten. Er fühlte nur Leere, während er erfuhr, was er sein Leben lang zu wissen begehrt und in den letzten Wochen geahnt hatte.

Tamasine hatte das Gefühl zu fallen. Nur am Rand nahm er noch Limbos ungläubigen und besorgten Blick wahr.

»Du weißt, dass er das nicht ungeahndet lassen kann, und trotzdem schickst du ihn zurück?«, erkundigte sich der Gesetzlose, als Vesshelins Ausführungen endeten.

Kato hörte die Antwort des Prinzen nicht mehr bewusst.

Er wankte auf das Holztor zu, jene Pforte, die ihn in eine Zukunft führte, der er entrinnen wollte. Ihm eine Vergangenheit nehmen sollte, die nichts Gutes für ihn barg.

Er sah nicht, wie Limbo den Elfen hasserfüllt anfuhr.

Auch die spöttische Verbeugung, die der Elfenprinz vor dem Verfluchten vollführte, bevor er nach seiner Eule pfiff, nahm er nicht wahr.

In dem Moment, da Kato Tamasine in das Portal der Wurzeln des Nadirs eintrat, rauschte die Luft, als Kioni und ihr Herr, ihr Sohn, über seinen Kopf hinwegzogen.

Sie flogen in ein Dunkel, das sich vor der Finsternis in Kato Tamasines Seele ausnahm wie helle Morgensonne.

38

Es ist unehrenhaft, dachte Tanaqui. Gleichgültig, wie gut die Gelegenheit wäre. Ihr Mut war noch nicht wieder aufgerichtet, und das Antreiben des Jägers hemmte sie eher.

Leichter Fang, raunte ihr Urahn. *Wehrlose Beute.*

Velkhas gewaltige Gestalt ruhte unverändert auf einem Knie, der kostbare Runenstab mit seinen Geheimnissen lag auf ihrer Hand. Das Geschöpf verschmähte jede Linderung seiner Wunden und bot einen fürchterlichen Anblick. Das verbliebene Auge blieb in die Ferne gerichtet. Die Faust schloss sich noch immer um Kaelanos' leblose Gestalt.

Tanaqui bat Cathwyn um Ruhe. Seit wie vielen Stunden standen nun wohl Riesin und Bardin erstarrt beieinander?

Bowden stierte vor sich hin. Sie alle hatten gesehen, was aus jedem der Fässer gefallen war. »Alle tragen sie mindestens drei Runen«, sinnierte er.

Tanaqui fuhr zusammen und blickte auf. Da die Nacht sich herabgesenkt hatte, war ihr Kaftan gelöst. Sie saß barhäuptig unter dem Mondlicht, den Speer auf den Knien. »Hat das eben Gjala gesagt?«, wollte sie erregt wissen. Die Wüstenelfe sah zur Freundin hinüber, die immer noch auf den Inhalt eines Fasses starrte. »Stimmt's, Bierschaum?«

Keine Antwort. Tanaquis Herzen sanken.

Niemand hatte angerührt, was aus den Fässern geflossen war. So entstand ein verstörender Anblick, denn nun reihten sich die zuvor in einer Lake bewahrten Plattenrüstungen auf dem Boden aneinander wie eine Kompanie Gliederpuppen.

Tanaqui würde den Blick nicht vergessen, den Gjala erst auf die Rüstungen und dann auf Bowdens Montur geworfen hatte. Wie sie auf die Runen gedeutet hatte, die jede der Rüstungen im Nacken der Halsberge hinter dem Helm trug.

Und wie sie danach Bowden ein Trümmerstück der Fässer entgegengestreckt hatte. Auf die Marke auf dem Holz wies.

Zirkel und Hammer. Die Symbole des Architektentempels.

Seit Stunden tigerte der Gotteskrieger umher, suchte unablässig nach Rechtfertigungen, in denen er auf ähnliche Zunftzeichen oder aufbereitetes Holz verweisen konnte.

Doch sie alle hatten miterlebt, wie die Magier die umkämpfte Hauptstadt im Stich gelassen hatten. Magier, die in ihrem Turm unter der Obhut der Gotteskrieger standen. Wie hatten die Paladine diesen Verrat nur dulden können?

»Nichts unternahmen sie«, murmelte Tanaqui selbstvergessen. Dann erschrak die Wüstenelfe über die eigene raue Stimme. Offenbar hatte sie zu lange nichts getrunken. Sie ergriff ihre Feldflasche, löschte den Durst. Dann benetzte sie Gjalas spröde Lippen, flößte ihr einige Schlucke ein. Mechanisch trank die Zwergin.

Bowden betrachtete das Schauspiel. Seine Lippen bebten, offenkundig betete er leise.

In diesem Moment geschah es.

Die Jarlskona zuckte auf. Eine Bewegung, so unvermittelt und schnell, dass sowohl Tanaqui als auch Bowden angesichts der gewaltigen Gestalt spontan zur Waffe griffen.

Nicht zu Unrecht, wie ein einziger Blick auf das Gesicht der Riesin zeigte. Es war von einem Hass verzerrt, wie Tanaqui ihn in ihrem Leben noch nie gesehen hatte. Velkha ließ Runenstab und Jagdmeister achtlos fallen. Es klang wie ein Erdrutsch, als sie mit den Zähnen knirschte.

»Dafür sind wir gestorben? Svigg«, klagte das mächtige Geschöpf. »Svigg, Illjirn og Bleggfinge!« Sie betonte jede Silbe und rollte mit dem Auge wie eine Geisteskranke. »Thetta radh frostna djufla hefhur logidh adh mair, hunn og snaukaprinsinn hennar! Dheir ljaugu adh okkur ollum!«

Mit einem Mal ruckte Gjalas Kopf nach oben.

Die Riesin stieß einen heiseren Schrei in Richtung des fast vollen Monds aus wie eine verwundete Wölfin. Er hallte über die Ebene und die Hügel Emricks. Sie raufte sich die Haare und wandte sich jählings in Richtung Norden, wo die Fjorde lagen und die Emissäre eingefallen waren. Sie ballte die Fäuste. Dann kehrte sich Velkha Whulfbodhir gen Süden, den Blick ins Landesinnere gerichtet, und verharrte.

Tanaqui und Bowden nahmen ihre Waffen ein wenig zurück.

Plötzlich gab die Riesenkönigin einen markerschütternden letzten Schrei von sich und preschte davon. Mit einem einzigen Satz überwand sie eine gewaltige Strecke. Die Erde erbebte unter jedem ihrer Schritte so heftig, dass das Seewasser Ringe warf.

Die Wüstenelfe und der Paladin rangen nach Luft.

»Lüge«. Gjala übersetzte wie in Trance. »Lüge, Arglist und Täuschung. Dieser Rat erfrorener Teufel hat mich belogen, genau wie ihr Schlangenprinz.« Langsam erhob sich die Zwergin. »Sie haben uns alle belogen«, verkündete sie.

»Gjala!«, rief Tanaqui und rannte auf die Freundin zu, schloss sie in die Arme. Bierschaum ließ sie gewähren.

»Davongeschlichen!«, hörten die Frauen den Gotteskrieger aus dem Hintergrund murmeln. Er stieß mit dem Schwert ins Gebüsch, dorthin, wo der Jagdmeister gelandet war. »Der Zwitter ist verschwunden. Glitschiger als jeder Aal.«

Als läse sie seine Gedanken, antwortete Bierschaum. »Lass ihn! Er ist unwichtig. Du willst dir nur nicht eingestehen, dass die verdammte Stadt in den Überfall der Emissäre eingeweiht war, Bowden. Nun suchst du einen Sündenbock.«

Er fuhr zu ihr herum, die alte Wut im Gesicht, doch mit müden Augen. Ausgebrannter als tagealtes Herdfeuer.

Gjala schnaubte. Das Geräusch klang matt wie der Blick des Paladins. Langsam und bedächtig setzte sie sich in Gang. Wie eine Schlafwandlerin ließ sie Tanaqui und Bowden hinter sich und näherte sich dem Schiffsrumpf, wo ihr das untote Wesen im Frachtraum immer noch in die Seele stierte.

»Diener der dreiäugigen Herrscher«, murmelte Gjala.

»Götzen, älter als die Zeit«, ließ sich Bowden zur Verblüffung der Frauen ruhig, beinahe freundlich vernehmen. Er hatte das Schwert weggesteckt.

»Götzen?«, fragte Gjala. Tanaqui entging nicht, dass der Blick der Zwergin sich wieder von dem Schemen gelöst hatte und auf den Rüstungen zwischen den Fasstrümmern ruhte.

»Seemannsgarn der Skraemar«, antwortete Bowden. »Sie sind überzeugt, dass es Äonen selbst vor den titanischen Ahnen der Riesen eine Macht gab, die aus tiefseegleichem Dunkel zwischen Sternen auf die Welt stürzte. Ihr gehorchten Wesen, die vor noch mächtigeren Verfolgern geflohen waren.«

»Noch mächtiger«, echote Gjala. Reine Willenskraft hielt Bierschaum gerade aufrecht, sie beachtete Tanaqui kaum noch.

Bowden nickte. »Es lässt sich nicht leugnen, dass die Altertumsforscher der Zitadelle an der Küste uralte, beinahe glatt polierte Felssäulen und Dreisteine fanden. Das Meer hat sie freigelegt, sie haben so viele Zeitalter erlebt, dass niemand mehr Einzelformen ausmachen kann. Totempfähle. Heiligtümer zu Ehren des Wassers, ein Übel vom Land fernzuhalten, errichtet von den alten Riesen dieser Inseln. So wie diese Gräber hier.«

Tanaqui fröstelte.

»Säulen, denen etwas Gewaltiges, Meerentsprungenes anhaftet, doch nicht nur von Fischgestalten. Die Andeutung dreier Augen, einer Pyramide gleich, die den Betrachter anglotzen und ins Dunkel zerren.« Die Stimme der Zwergin klang belegt, als sie zitierte. »Kein Band wollte sich legen um mich, ehe mich traf des Dinges Urblick.«

»Du hast Bethelmirs Studie der Ersten von Selachis gelesen?«, fragte Bowden. »Beachtenswert. Und du denkst, das Biest aus dem Laderaum ist ... war ein Diener dieser Herrscher mit drei Augen? Sind es die Vier Könige?«

»Ich gewann eher den Eindruck, als erhofften sich die Emissäre Befreiung von diesen Herrschern mit den drei Augen, wenn es sie denn gibt. Überleg nur, mit wem sie alles an Land Bündnisse zu schmieden suchten«, antwortete Gjala. »Vielleicht haben wir es mit zwei Parteien machtvoller Wesen zu tun. Und sie alle begehren die Inseln und benutzen uns, bis sie uns wegwerfen.«

»Es wird nicht mehr viel da sein, was sie erbeuten können«, gab Bowden zu bedenken.

Der innige Moment zwischen Bowden und Gjala war so schnell verflogen, wie er sich gezeigt hatte. Beide starrten wieder auf die Rüstungen und Fässer, und ihre Mienen verfinsterten sich in unauflöslicher Verstrickung.

Du kannst es hören, über dem Klang des Lieds, nicht wahr?, fragte der Große Jäger. *Das Geflecht eurer Freundschaft ist im Zerreißen begriffen. Der Feuerbändiger fehlt. Die Jagdpartie braucht Führung, und der Mann aus Eisen kann sie nicht geben.* Tanaqui ging darauf ein. *Ich ganz sicher auch nicht. Ich war mein Leben lang allein nach ihrem Tod, das wissen wir beide. Nichts von mir ist dir verborgen. So weißt du, dass ich die Waldeinsamkeit suche.*

Er verlachte sie. *Eine hübsche Lüge, die du dir da erzählst, um dich zu beruhigen. Wäre es so, hättest du geschwiegen, als die Riesenkönigin mit deinen Freunden stritt. Nein, Kind, du bist würdig.*

Tanaqui wandte sich vom Lager ab, so ungern sie die Freunde ihren dunklen Gedanken auch überließ. Sie schritt hinaus auf das Weideland am See zwischen die Hügelgräber, wo sich die Spuren der Jarlskona nach Süden hin verloren.

Sie blickte zu den Sternen auf, die sie so gern betrachtete. Nun kamen sie ihr wie Myriaden kalter Augen vor, die auf sie herabstarrten. Einzig der Mond Selachia, steter Trost aller Elfen und Heimstätte der Mutter, vertrieb die trüben Gedanken, indem er fast voll leuchtete.

Du bist würdig, wiederholte Cathwyn. *Du hast dich als fähig erwiesen.*

»Ich habe versagt«, antwortete sie. Tanaqui zog einen Handschuh aus, fuhr mit den Fingern über die Rillen auf der Oberfläche eines der Hinkelsteine. Sie genoss das Gefühl reiner Natur. Farbige Symbole prangten darauf. Ein Mensch oder gar Riese, der den alten Glauben noch nicht verloren hatte, war vor dem Sommer hier gewesen und hatte Bilder neu mit Pigmenten gefüllt, die so alt waren wie die Zeit selbst.

Sie betrachtete einen Riesen, der inmitten einer Spiralsonne stand, in der einen Hand eine Flöte, in der anderen einen Speer, ein Gebilde aus Geweihen auf dem Kopf.

Denkst du immer noch, dass wir zufällig hier sind, Kind? Sie spürte die Belustigung des Jägers.

»Unser Handel sah vor, dass ich die Riesin ausschalte. Die mächtige Gegnerin, die Beute, die ich dir zu Füßen legen sollte.«

Es gibt mehr als eine Art, dem Wild nachzustellen, mehr als eine Möglichkeit, es zur Strecke zu bringen, antwortete Cathwyn.

Tanaqui löste die Hand von dem behauenen Stein und schritt tiefer in die Wiesen hinein, bis sie den Rand des Wäldchens erreichte. Kein Vergleich zum Mirvaali. Ein Forst. Von Menschen angelegt, um abgeerntet zu werden.

Irgendwo im Ungefähren hörte sie Gjala sprechen. »Es lauert immer noch im Laderaum, auch wenn es tot erscheint. Erinnert mich an die Flammen auf der Straße, Limbo. Weißt du noch? Als wir uns kennenlernten, brach das Feuer aus. Erst brannten die Schatten der Bäume, dann sie selbst.«

Traurig schüttelte Tanaqui den Kopf. Bowden hatte vor Jahrzehnten schweren seelischen Schaden genommen, den er mit Schild und Schwert in der Schlacht zu heilen versuchte. Gjalas Wunden reichten ebenso tief. Sie hatte einen Weg gefunden, damit umzugehen, doch Krieg und Verlust hatten aufgerissen, was gerade erst Schorf trug. Dass sie nun mit Toten redete, war ein Beweis dafür.

Aber redeten Zwerge nicht beständig mit ihren Ahnen?

»Was macht Limbo weniger echt als dich?«, fragte Tanaqui gedämpft in den nächtlichen Wald hinein.

Hier, wo ich bin und doch nicht bin, gibt es ihn jedenfalls nicht, deinen Limbo, antwortete der Große Jäger. *Noch brauchst du ihn. Du bist würdig. Du hast bewiesen, dass du die Beute erlegen kannst, gleichviel, wie übermächtig sie werden kann. Finde einen aus unserem Volk, einen meiner Nachfahren, der die Nadel beherrscht.*

»Willst du etwa sagen …?« Tanaqui spürte ein Gefühl der Erhabenheit, kam sich aber wie eine Betrügerin vor, die sich etwas erschlichen hatte.

Unfug! Du hast dir diesen Sprung deiner Macht verdient und dich mir angenähert. Du hast ein Wild in die Enge getrieben, das deine ganze Jagdpartie beinahe getötet hätte. Deine Herzen schlagen noch. Welch eine Tat!

»Ich kann mich des Eindrucks nicht erwehren, dass du noch etwas Gewichtiges anschließen möchtest«, raunte sie, die Arme vor der Brust gefaltet. Ihre Finger hinterließen Flecken aus Farbpigmenten auf dem Handschuh, den sie aufgeklaubt hatte.

Einen von uns bei sich zu tragen, ist für einen Silberreiter mehr als Ehre. Dessen bist du dir gewahr gewesen. Eine stete Bürde erwartet dich. Eine Queste zu elfischer Macht, die aus den Tiefen deines Selbst stammt. Ein Feind, den du nicht bezwingen kannst, wird dir begegnen. Dies ist der Preis für die Ehre und den Vorzug, mit einem von uns verbunden zu sein. Wir sind Teil des ewigen Lieds, und jedes Lied führt unweigerlich zu einem Abgesang, Kind. Jede Geschichte erreicht ihr Ende.

Tanaqui dachte nach und erlauschte inmitten des Walds, wie der warme Wind Nadeln und Blätter bewegte. Wie die Zikaden darunter ihr Konzert gaben.

»Weißt du, wer die Herrscher mit den drei Augen sind und was sie von unserer Heimat begehren?«, wollte sie wissen.

Tanaqui tauchte ins Unterholz ein, genoss den würzigen Geruch von Harz, den die Hitze verstärkte.

Du wirst Antworten erhalten, Kind. Und wie bei allen Antworten, die wahrlich Gewicht besitzen, wird dir nicht gefallen, was du erfährst. Erfreu dich lieber deines Erfolgs!

»Ja, das tue ich. Und du glaubst, dass mich das befähigt, die beiden Mitstreiter zur Vernunft zu bringen und die Führung zu übernehmen?«

Ich bezweifle, dass dies jetzt noch notwendig ist. Doch wer weiß? Die Stunde der Bewährung wird kommen.

Cathwyn zog sich zurück. Die Nacht wurde lebendiger, auf merkwürdige Weise heller, als rücke sie deutlicher in ihre

Wahrnehmung. Das Mondlicht nahm an Stärke zu, die Geräusche und Gerüche des Forsts hüllten sie ein wie eine wärmende Decke, lebendig wie in ihrer Kindheit. Tanaqui begriff, dass der Urahn recht hatte. Etwas hatte sie hierhergelotst.

»Die Macht des Mirvaali«, murmelte Fuchstochter. »Ich spüre sie. Der alte Wald? Hier?« Sie sah sich um, suchte nach der Quelle. Eine Bewegung zog ihre Aufmerksamkeit auf sich, als keine Antwort kam.

In einiger Entfernung sah sie Bowden aufspringen. Er kratzte sich wie wild den Handrücken.

»Götter«, murmelte Tanaqui. »Verliert er den Verstand?«

Eine Bewegung hinter ihr. Umwälzend. Gewaltig. Tanaqui fuhr herum. Da war ein Bersten von Wurzeln und Waldboden, ein klarer Guss aus Mondlicht. Ein Schatten, der aus der Erde hervorschoss wie ein Walrücken aus der See. Darin öffnete sich ein silbrig schimmernder Spalt, der sich rasch weitete. Zwei Schemen tauchten darin auf. Sie traten hervor, und wo der eine massig und feist war, überzogen den anderen glutrote Zauberzeichen, unverkennbar auch der Glimmstängel im höhnischen Mundwinkel und der vierbeinige Begleiter.

»Sei gegrüßt, Tanaqui!«, rief Limbo.

»Als hätte der Blechmann je Verstand besessen«, fügte Kato mit schiefem Grinsen hinzu.

39

Sie hielten das Feuer niedrig. Ihrem kleinen Trupp mangelte es beileibe nicht an Kundigen im Umgang mit Flammen. Dazu mussten sie Kato nicht besonders bemühen, das wusste Gjala.

Tanaqui hatte die leichte Senke inmitten eines Kreises aus Hinkelsteinen abseits der Absturzstelle vorgeschlagen, die Sichtschutz bot. Sie hatten für eine Weile beieinandergesessen, während das Feuer knisterte. Hatten den bescheidenen Proviant geteilt und etwas gegessen, wobei es keinen Zweifel gab, dass sie ihre Vorräte auffrischen mussten. Allerdings vermochte Tanaqui keine Spur von Jagdwild zu erspähen.

Seit sie hier kauerten, hatten sie immer wieder aus dem Versteck gelugt und Bewegungen auf der Straße jenseits des Wracks wahrgenommen. Zuerst hatten sie Emissäre vermutet, welche die Absturzstelle erkunden wollten. Bald hatte sich herausgestellt, dass es Scharen oder ganze Trecks von Flüchtlingen waren, die auf die Hauptstadt zuströmten. Fast alle Kinder und die wenigen Reittiere wirkten sichtbar ausgezehrt.

Gjala schämte sich des Gedankens, dass es schwieriger werden könnte, die Vorräte der Freunde doch noch irgendwie aufzustocken, so als wäre dies die größte Sorge. Aber war sie es nicht? Immerhin galt es, diesen Bedrängten zu helfen. Wie sollten sie das leisten, wenn sie selbst das Ende ihrer Kräfte erreicht hatten? So müde, wie Gjala war, so hilflos, wie sie sich fühlte, nutzte sie niemandem. Sie saß nur noch am Feuer, weil sie eine Zwergin war und weil Tanaqui ein Wunder vollbracht hatte, das ein Fünkchen Hoffnung zurückgab: Sie hatte den Lohenmagus aufgetrieben.

»Nachdem er sich dünn gemacht hat, bist du da nur zufällig hier im Wald aufgetaucht, Deserteur?« Bowden war der Einzige, der angesichts der Rückkehr misstrauisch blieb. Gjala spürte, dass die Enthüllungen über den Verrat der Turmmagier ihn verändert hatten. Bowden war in einem Grad zerbrochen, den sie sich nicht hatte ausmalen können.

Soweit sie es beurteilen konnte, hatte ihm die Botschaft der Rüstungen aus den Fässern nicht so zugesetzt wie ihr. Doch freilich hatten ihm die Zeichen seines Tempels auf dem Holz einen üblen Schlag versetzt. Der Verrat hatten Vertraute und Geachtete begangen, dicht unter seiner Nase.

Derlei Verschwörungen vonseiten der Mächtigen folgten stets dem gleichen Ablauf: Eine Gefahr wurde beschrien, die Aufmerksamkeit der klügsten Geister auf einen vorgeschobenen Feind gerichtet. Am Ende dachten die Täter gar nicht daran, ihr Treiben zu vertuschen. Die Königin und ihre Berater scherte keine Empörung mehr, denn ihr Volk war den Emissären längst ausgeliefert und mundtot gemacht.

»Klarstellung: Der Elfenprinz ist auf dem Ungeheuer, das er *Mutter* nennt, auf und davon. Ich habe unser – nennen wir es Band – genutzt und folgte ihm zu deinem Aufenthaltsort.«

Bowden brummte. Die Antwort musste ihn zufriedenstellen, doch genau dies behagte ihm nicht.

»Es liegt wohl etwas Unverständliches darin, selbst nach Jahren des Kriegs gegen uns«, erklärte Tanaqui, die mit dem Rücken zum Lagerfeuer stand. »Frühlingselfen werden von ihren Eltern als Wesen, die ihr Irrlicht nennen würdet, dem Wald überantwortet, auf dass uns der Mirvaali den Seelenbaum verkünde. Manche von uns, die es schaffen, ihre Grausamkeit zu zügeln, bauen sich nicht ihren ersten Bogen und töten Wild, sondern schließen Freundschaft mit den Beutetieren. Vesshelin ist ein Kind der Eule, so wie ich Kind von Füchsen bin. Und dies, weil wir unsere Eltern verloren.«

»Schlimm, wenn so etwas passiert«, sagte Kato in harschem Ton, der Gjala nicht entging. Seine Augen brannten sich förmlich in den Rücken der Wüstenelfe.

»Mich schert nicht, wie sich Messerohren vermehren oder ihre Bälger ihr Dasein fristen. Aber die Familienbande zwischen dem Pfau und seiner Krähe, die schon. Ich erlege das Huhn vor seinen Augen und rupfe es. Ein Feind, der die Herrschaft über sein Handeln verliert, ist leicht zu bezwingen.« Die Flammenzungen des Feuers tanzten in Bowdens erloschenen Augen.

Gjala und Kato blickten besorgt zum Himmel. Wusste der Paladin um die Doppeldeutigkeit seiner Worte? Wenn ja, war es ihm nicht anzusehen. War er denn Herr seiner selbst?

»Was ist jetzt die Überraschung, um die es ging?«, verlangte der Blechmann zu wissen, ohne den Kopf zu heben.

Kato starrte noch immer auf die Wüstenelfe, nickte bedächtig. Er drehte den Stab zwischen den Fingern, während er mit der freien Hand Kincaid kraulte.

Für einen Hund, der vor wenigen Stunden aus mondgeborenem Licht zwischen der Welt und dem Innern einer elementaren Baumwurzel getappt war, wirkte Kincaid völlig ausgeglichen. Er hechelte, wirkte in diesen schweren Zeiten satt und zufrieden. Gjala wunderte sich, wo das Kerlchen so viel Nahrung auftrieb. Kato riss sie aus ihren Überlegungen.

»Einleitung: Ich weiß, ihr Zwerge seid zäh«, sagte der Lohenmagus. »Doch in dir schlägt nur noch ein Herz, und du durchlittest Unsägliches, wurdest nahezu zerfetzt und später erschossen. Bist du dir sicher, dass dein Artefakt dir helfen wird, einen weiteren Schlag zu verkraften? Ich will dich nicht bevormunden, aber ich sorge mich. Ehrlichkeit und Freundschaft zählen jetzt mehr denn je«, betonte er in Tanaquis Richtung. Die Freundin hatte sich unbemerkt zurückgezogen, hockte nun raubtiergleich auf einem der Dolmen.

»Ich weiß deine Fürsorge zu schätzen, Kleidträger«, antwortete Bierschaum. Sie erschrak selbst darüber, wie müde sie klang. »Doch erstens ist der Hauptteil eines Satzes, der ein *Aber* enthält, nie wahrhaftig gemeint. Alles Wichtige ist gesagt, der Rest taugt in der Regel keinen Pfifferling. Zudem zeige ich dir gern den Frachtraum und erkläre dir allerlei Sonderlichkeiten, um zu beweisen, dass ich dann längst tot umgefallen wäre. Also los!«

Der Magier nickte. »Ich glaube, die Fronten sind geklärt, und fürs Erste sind alle gut vorbereitet. Komm zu uns!« Er vollführte eine einladende Geste.

Als ein massiger Umriss sich am Lagerplatz abzeichnete, bemerkte Bierschaum nur noch am Rand, wie Bowden Verdian so etwas äußerte wie »Schwerer auszurotten als Unkraut« und Tanaqui ihr ein freudiges Lächeln schenkte.

»Limbo«, hauchte Gjala. Für einen Moment schwanden ihr die Sinne, bevor sie ihn umarmte.

»Hast abgenommen«, hörte sie sich murmeln, als ihr Bewusstsein und jeder Versuch versagten, an eine Welt festzuhalten, von der sie so enttäuscht worden war. Sie knickte ein, aber seine Arme hielten sie umschlungen.

Endlich konnte sie ein wenig ausruhen.

40

»Ich kann euren Theorien wenig hinzufügen«, meinte Kato.

Der Morgen war klar, Tau glitzerte auf den Wiesen, Dunst stieg auf. Die Luft verlieh Kraft für geistliche Übungen und Drill am Schwert. Das morgendliche Bad im See hatte Bowden Verdian wieder Klarheit geschenkt.

Sie alle hatten sich gereinigt. Der Tümpel abseits des Hauptsees war vor Schmutz und Blut trüb geworden.

Tamasines Blick ruhte starr auf der Spur des Kraken.

»Wie die Bäume ...«, hob der Magier an.

»Bei Dunkelfall«, fiel ihm der Vagabund mit versteinerter Miene ins Wort, während er auf den schleimig gesäumten Spalt am Boden blickte, den das Wesen hinterlassen hatte. »Auf der Straße, damals«, erinnerte er Bierschaum. »Fort und doch da.«

Sie nickte. »Wie ich sagte, ein Schnitt durch die Welt.«

»Und die Markierungen auf den Rüstungen, von denen du mir erzählt hast?«, fragte der Deserteur.

Die Zwergin verschränkte die Arme vor der Brust. Bowden musterte den Deserteur, während Bierschaum sich sammelte. Insgeheim war er froh, dass Tamasine zurückgekommen war. Was immer der Schwätzer und Lebemann sein mochte, in Gefahr war er verlässlich, vergaß man den einen Unglückstag. Als gelehrter Berater erwies er sich sogar als untrüglich. Unwillig musste er sich eingestehen, dass Kato als letzte Klammer die Schollen seines Verstands zusammenhielt.

Ich danke dir für die sichere Rückkehr meines Kameraden, o Herr der Schlüssel und Mauern. Wer war Bowden Verdian eigentlich? War dieser Mann fromm, oder ahmte er Glauben nur nach? Hörte der Architekt auf eine Gestalt, die treuer Gefolgsmann des Tempels, heidnischer Skraemar-Nordmann und Kind einer Magierin der Emissäre in einem war? Im Krieg hatte Bowden dies nie hinterfragt.

Nein, er hatte sich wissend geglaubt. Nun aber waren alles Vorbestimmung, alle blinde Gefolgschaft dahin. Eines glorreichen Heldentods wie in den Rittersagen war er beraubt. Wer war er? Was hatte er hier noch verloren?

Er würde weitergehen, weil er sich dazu verpflichtet fühlte. Aus reiner Disziplin. Vielleicht war der echte Bowden Verdian schon seit Kriegsende, ja, im Krieg selbst schon gar nicht mehr da gewesen? Baudhilin. Er hatte schicksalhaft eine Insel angelaufen, und seine Boote für die Rückfahrt brannten. Hatte er sie selbst angezündet? Waren es Taten von anderen, Heuchlern und Verrätern, die ihn aussperrten?

Doch es gab diesseitige Inseln zu retten, die nicht nur symbolisch brannten. Aber wollte er das auch? Bei den Göttern, wenn es solche gab und sie sich an den Pakt mit den Menschen hielten. Nach allem, was Elfen und Riesen so an Wissen über seine Kirche kundtaten, wuchsen seine Zweifel. Doch sein größter Wunsch war einfach ein Zuhause.

Und er wollte verdammt sein, wenn er seine Heimat, seine Erinnerungen auslieferte, selbst an das Volk seiner Mutter.

Sein Blick schweifte zu den Fässern hinüber. Er wusste um den Ursprung der Rüstungen. Aus Scham schwieg er darüber.

Schmiedete die Königin selbst den Komplott, besaß ihr Diener Bowden Verdian, Paladin der Zitadelle, dann ein Recht, den Plan zu vereiteln, sich derart zu erhöhen?

Der Gedanke schoss aus dem Nichts empor wie auf fauligen Schwingen, umweht vom Modergeruch nagender Zweifel, den Bowden Verdian zutiefst hasste. Eine erdachte Heldenfigur.

Beim Architekten, freiwillig lud er sich einst die Bürde auf, den Schutz des vogelfreien Deserteurs zu gewähren.

Kato hatte ihnen alles vom Geschehen unter der Erde erzählt und betont, dass die Magier Tamasine und Bowden Verräter genannt hatten. Doch sie selbst übten den Verrat. Wem Wahrheiten zu groß und gefährlich wurden, schloss die Augen in Unwissenheit oder floh ums nackte Überleben.

Oder er beschwieg die Schandtat und half sie zu begehen.

Standen aber hinter dem Plan Ihrer Majestät geheime Absichten zur Rettung? Wieso zitierte niemand ihn und Kato herbei? Warum bediente sich keiner ihrer Fähigkeiten?

Er kam des Rätsels Lösung einfach nicht näher, während er die Kameraden aus halb geschlossenen Augen beobachtete.

Verleugnung. Darum ging es.

Die Rüstungen. Die Lake in den Fässern, die sie umgab.

Er hegte einen Verdacht, aber vielleicht irrte er.

Wie er Zweifel hasste! Das Grübeln, das ihm inzwischen so vertraut war und gleichzeitig verabscheuungswürdig vorkam.

»Die Zeichen?«, fragte der Deserteur in diesem Moment. »Ich will deine Gefühle nicht verletzen, doch ich ahne die Antwort bereits, Gjala. Die Zeit zerrinnt uns. Bitte!«

Limbo legte eine Hand auf die Schulter der Bardin und drückte sie zart, während er hinter ihr aufragte wie eine Mauer.

Die Zwergin blickte zu dem feisten Widerling mit jenem innigen Blick auf, wie ihn sich Bowden zeitlebens von seinen Schützlingen erhofft hatte.

Doch glorreicher Dank war immer nur denen mit falscher Zunge vorbehalten. Jene, die tatsächlich etwas opferten, ihr Leben für andere wagten, gingen leer aus. Er schnaubte.

Bierschaum räusperte sich.

41

»Diese Rune steht für einen Klan.« Mit dem Kampfdorn an der Unterseite des Axtstiels deutete Bierschaum auf die Zeichen an ihrem Fassfund. Augenscheinlich fürchtete sie sich entsetzlich vor der Berührung der Rüstung. Doch sie überwand sich. Mit einem sanften *Pling* traf der Stahl auf den eigentümlichen Kristall aus den Meerestiefen.

Oder hatten ihn gänzlich andere dunkle Gestade geboren?

Kato konnte es ihr nach allen ihren Erzählungen nicht verdenken. Die Gefahr, die sie gewiss insgeheim fürchtete, drohte ihr nach seiner Einschätzung tatsächlich, während sie die Geheimnisse der Runen an der Halsberge preisgab.

»Dies ist der Name der Kernfamilie. Die beiden Zeichen hier stehen für den Vater des Mannes, jene beim Hinterflug für den der Mutter, wenn der Vater nicht mehr lebt.« Gjalas Stimme klang heiser und belegt, sie rang um Fassung. Katos Bewunderung der schieren Willenskraft dieser Zwergenfrau wuchs mit jedem Tag ihrer gemeinsamen Reise.

»...son und ...dottir«, überlegte Bowden. »Der Vorname des Elternteils geht also voran.« Er fasste sich an den Kopf.

»Ich bin beeindruckt, Blechdose. Du wirst noch als Ahnenforscher berühmt, wenn du nur fleißig weiterlernst«, stichelte der Zauberer und zwinkerte Gjala aufmunternd zu.

Tanaqui blickte zu Bowden hinüber, um zu sehen, wie er den Spaß aufnahm. Sie stand weiter entfernt vom Laderaum auf den Wiesen und behielt Umland und Himmel im Blick.

Doch mehr als ein Aufschauen und müdes Brummen entlockte Kato dem einstigen Waffenbruder nicht. In seiner Stumpfheit lag etwas Verstörendes. Der Kampf mit der Riesin schien bei dem Paladin noch mehr Schaden angerichtet zu haben als die Begegnung mit dem feindlichen Besucher im Frachtraum.

Kato fing Tanaquis besorgten Blick auf. Man hatte ihm und Limbo von den schrecklichen Erlebnissen im Wrack und mit der Jarlskona erzählt. Sie wies vorsichtig auf Bowden.

Kato nickte freundlich in ihre Richtung. »Diese hier habe ich nie zuvor gesehen, und ich beherrsche sie auch nicht. Sie gehören weder zum Größeren Satz noch zum Kleinen Satz der Runen. Sind es Meisterrunen? Doch wohl kaum.« Der Zauberer scheute noch davor zurück zu offenbaren, wer den Stab für sie entziffern würde. Bedauerlich, dass die Riesin ihre Erkenntnisse nicht mitgeteilt hatte.

Bierschaum schüttelte den Kopf und schluckte schwer. »Das sind Eigenrunen. Draz Runur. Jeder Drazok Dhar besitzt eine solche höchst persönliche Rune.« Sie atmete hörbar durch.

»Wie entstehen diese Runen?«, wollte Limbo wissen

»Vor einigen Monaten wäre diese Auskunft undenkbar gewesen«. Bierschaum blickte zu Boden, sah niemanden an, als sie fortfuhr. »Sie werden gebracht. Auf dem Kindbett.«

»Gebracht, wie wenn es hieße: Unter einem persönlichen Opfer geritzt und dann von Schmerz oder Tod bewahrt?«, fragte Bowden. »Wie ihr in Dunkelfall erklärt habt?«

Kato nickte an Gjalas Stelle. »Schmerz, Blut und Tod. Bis eine Rune dauerhaft in der Welt besteht. Nicht einfach nur geritzt, sondern gebracht«, erklärte er dem Blechmann und verzichtete auf seine Sticheleien. »Durch ein Opfer.«

»Eure Mütter«, folgerte Tanaqui aus dem Hintergrund.

Bierschaum lächelte matt. »Im Kindbett, bevor die Wehen am schlimmsten werden, ist es Tradition, dass Mutter und Vater eine Rune ritzen. In das erste Spielzeug, das erste Werkzeug des Kindes. Die Mutter bringt die Rune. Durch die Qualen der Niederkunft.«

»Blut und Schmerz, wie man sie sonst nirgends in dieser Form findet«, sagte Limbo mit Ehrfurcht und Würde. Dabei leuchtete in Augen und Stimme über den Hängewangen ein längst verblasster König auf, was Bowden verblüffte. Kato wusste, wie sehr der Paladin seit Längerem innerlich focht.

Doch er verstand sich immer noch gut darauf, den Finger auf die Wunde zu legen. »Ich verstehe nicht«, brummte er.

»Jede dieser Runen steht für ein einziges Wesen«, ächzte Gjala und setzte sich auf einen Stein, die Axt zwischen den Knien wie ein betörter Krieger zwischen Wunschmädchen auf einem der süßlichen Gemälde bei Hofe. Nur dass dieser Zwergin die Bürde eines verschwundenen Volkes auf den Schultern lastete. »Keine davon ist jemandem bekannt, außer den eigenen Eltern und einem selbst. Sie steht wie nichts anderes für das Opfer, das für die Geburt gebracht wurde.«

Limbo nickte.

Tanaquis Blick offenbarte erst Begreifen und dann jene Erkenntnis, deren Schwere Gjalas Seele zu zermalmen drohte. Die Wüstenelfe trat näher, musterte Bowden. »Woher sollten die Emissäre solche Runen kennen? Wieso sollten ihnen zwergische Familiennamen bekannt sein, aus den Klans der Unterirdischen, Schwertträger? Geschweige denn persönliche Wiegenzeichen, zumal noch auf Dutzenden dieser Rüstungen.«

»Anmerkung: Zweiundfünfzig«, platzte Kato heraus und biss sich sogleich auf die Zunge. Er hatte sie mental erfasst.

»Zweiundfünfzig Rüstungen, Bowden. Du bist ein Mann der Götter. Du hast alle diese Schiffe gesehen. Denk nach!« Limbo ging auf ein Knie nieder und legte die Hände auf Gjalas Schultern, während er zu dem Paladin aufsah. »Wer ist wohl dabei, wenn bei den Unterirdischen ein Kind auf die Welt kommt? Wer führt Buch über das Leben eines jeden Werkzeugs ihres Schmiedegottes, wenn es aus ihrer Esse geholt wird? Wer verbrennt die Nachgeburt?«

»Runenpriester«, murmelte Bowden mit grimmiger Stimme.

Selbst Kato war über die brodelnde, zornige Düsternis darin verwundert. »Wenn sie denn verbrannt wurden«, brachte er auf. Gjala schien es bereits erfasst zu haben. »Wenn sie nicht gesammelt und beim Schmieden dieser Rüstungen in sympathetischer Verbindung genutzt wurden. Erläuterung: Im Zusammenspiel mit den wahren Namen durch die Geburtsrunen eröffnet sich bei diesen Rüstungen Ungeahntes. Besonders wenn man über die entleibten Seelen der Drazok verfügt.«

»Erkläre *Alles Mögliche!*«, befahl der Paladin.

»Golems aus ihnen formen. Der Kampfgeist der Zwerge unter der Aufsicht von Nekromanten oder Elementaristen. Ein Heer aus zwölf entvölkerten Bingen. Kein Nachschub, kein Tross, kein Hunger, keinerlei Widerstand gegen Befehle ...«

»Kristallrüstungen, nahezu undurchdringlich«, murmelte Bowden. »Und bei einem schweren Treffer keine Organe, die Schaden nehmen. Der vollkommene Soldat.«

»Nur Kristall und Stahl. Eine Rüstung voller Meerwasser, die bedingungslos kämpft«, bestätigte Kato. »Genial.«

»Ekelerregend«, widersprach der Paladin.

»Haben ... haben die Emissäre Gjalas Volk verschleppt oder hatten dies mit ihnen vor?« Tanaquis Stimme klang schütter.

Das war eine dunkle Gasse, die der Magus im Geist längst mehrfach entlanggewandelt war. »Dass sie die Zwerge aufgelöst und verschleppt haben, bezweifle ich. Nein, das waren die Schmieden«, hielt er ihr entgegen. »Warum die Schiffe erst in die Stadt befördern? Nein, ich hege eine andere Befürchtung.«

»Vielleicht magst du uns ja erleuchten, ohne dass wir dir jeden Ton aus dem höhnischen Antlitz zerren müssen«, bellte Bowden. Sein ganzer wiedererstarkter Zorn traf den Magier.

»Lass mich gefälligst in Ruhe erläutern!«, wehrte sich dieser. »Ich vermute eher, dass die Rüstungen eine Lieferung bilden. Überlegt, wohin die Kogge unterwegs war. Ihr Bestimmungsort war zweifellos der Magierturm. Dazu kommt der Angriff der Elementaristen unter der Stadt.« Er rief den Gefährten die Ereignisse in den Tiefen in Erinnerung. Dabei erhielt er einen warnenden Blick von Limbo und beließ die wahre Herkunft seines Lebensretters vorerst im Dunkel. Das war gegenüber den Freunden bedenklich, doch schuldete er dem verfluchten Aganthyr sein Leben. Für einen Mann, der auf der Straße aufgewachsen war, gab es eherne Gesetze.

»Die Emissäre und die Magier also«, sinnierte Bierschaum.

»Nicht nur die Magier«, meinte Limbo.

Wie ein nimmermüder Wachhund schrak der Paladin aus seinen Gedanken auf. »Worauf willst du hinaus, Bursche?«

»Da gibt es nicht mehr viel zu verhehlen. Präzisierung: Zähl alles zusammen, was dir sowieso schon durch den Kopf spukt, Blechmann.« Kato hielt dem wütenden Starren seines Bewachers mit aller Hitze und Macht seines Fluchs stand. »Schiffe der Emissäre mit heikler Fracht. Die Worte unserer Häscher. Gjalas Wut darüber, wie jedermann in der Stadt die Bedrohung aus dem Norden vernachlässigte, bis es zu spät war. Bei den Göttern, Bowden, du begreifst es doch längst!«

»Was soll ich begreifen?«, knurrte Bowden Verdian wie ein gereiztes Panzertier mit Nasenhorn, der jederzeit auf sein Opfer zupreschen konnte.

Tanaqui scherte sich nicht um die Gefährlichkeit ihres Begleiters. Die Wüstenelfe wandte sich betont langsam um, stieß die Spitze ihres Bernsteinspeers in den Boden, um ruhig zu bleiben. »Dass eure Königin Mitverschworene ist, will er dir vermitteln. Doch ist es niemandem entgangen, am allerwenigsten dir selbst. Deinem Gesicht, Bowden Verdian, sah ich bereits in der Stadt an, dass dich Schreckliches beschäftigte. Unfug, du erkanntest schon vorher in deinem Elternhaus, welchen Handel dein Vater betrieb.«

»Bei den Göttern, Weib! Beschmutze den Namen meines Vaters bloß nicht mit Untaten, die sich auf diesen Eilanden derzeit ereignen! Andernfalls fälle ich dich ebenso, wie ich viele deiner wertlosen Art wie Korn gesenst habe.« Die Hand des Ritters kroch wie ein giftiges Tier auf seinen Anderthalbhänder zu.

Kato beobachtete die fremdartige Begleiterin in ihren Gewändern von der Farbe bleicher Knochen sehr genau. Es musste zwischen ihnen zu einem Moment der Wahrheit kommen. Später. Er verspürte Herzklopfen und hielt sich mit dunkler Neugier zurück, wartete, was Bowden Verdian tun würde.

Bei den Göttern, er hatte seine Gründe.

Doch er besaß auch die Geltung und Willenskraft eines vollwertigen Kampfmagiers, Schnaps, Rauchstängel und Rachegelüste hin oder her. »Lass sie, Bowden! Hör auf, ihr zu drohen!

Du bist nur wütend, weil du innerlich längst weißt, dass Tanaqui mit jeder Silbe recht hat.«

»Du nimmst sie in Schutz? Von dir habe ich nichts andere erwartet, Deserteur. Seit der Krieg hinter uns liegt, seit den Geschehnissen in den Auen höre ich dich winseln. Dein Selbstmitleid und deine Schwäche machen mich krank.«

»Das gebe ich dir als Spiegelbild zurück, denn wir beide sind zwei Seiten derselben Medaille. Ob's dir passt oder nicht, Gotteskrieger, die Königin, mein Orden, dein Tempel, sie alle ließen diese Medaille auf einem Schlachtfeld zwischen Pferdeäpfeln, Blutlachen und zusammengekrümmten toten Kameraden erst munter springen und dann irgendwo zwischen Palisaden und Leichen im Schlamm liegen.«

Einer Eingebung folgend, die er für wenig weise hielt, aber seit mehr als einem Jahrzehnt in sich rumoren spürte, ging Kato auf den früheren Freund zu. Der Sieg in der Unterwelt und die Gefährten hatten ihm neuen Lebenswillen geschenkt und seinen Hang zum Schnaps gemäßigt.

Er stieß Bowden einen Zeigefinger gegen die gepanzerte Brust. Der Kristall der Emissärsrüstung sang, als die Verzauberungen auf Katos Haut unter dem Leder seiner Handschuhe die Aegis aus Bannsiegeln und geheimen Zeichen des Wasservolks weckten. »Doch du willst es einfach nicht wahrhaben, stimmt's?« Es sah Bowden in die Augen.

Alle erwarteten, dass der Paladin den dreisten Lohenmagus endgültig niederstreckte. Sie hielten den Atem an. Da geschah mit Bowden etwas höchst Ungewöhnliches.

Ein Klagelaut entfuhr der Kehle des Paladins. Bowden Verdian spähte über Katos Schulter hinweg ruhig in die Ferne, als er das unsägliche Machtspiel zwischen ihnen schlicht aufgab. Der Gotteskrieger taumelte. Er trat zwei Schritte zurück und ließ sich auf einem Felsen nieder.

Quälend lange schwiegen alle im Schatten des Wracks.

Kato fühlte sich unbehaglich. Was seit jenem Tag an den Auen zwischen ihnen stand, Bowden war einst mehr als nur ein Kamerad und Vorgesetzter gewesen. Sie waren Freunde, noch dazu Brüder auf dem Schlachtfeld geworden. Und nun hatte er die Lanzette in die eitrige Geschwulst gestoßen, die in

Bowdens Innerem pochte. Für dieses Verhalten schämte er sich noch mehr als für seine Verfehlungen im Krieg.

Er warf einen vorsichtigen Seitenblick auf das Gesicht des Paladins, nachdem dessen altes Geheimnis durch das verrutschte Stirnband offen zutage trat.

Auf dem Feld der Ehre hatte Bowden eins seiner Ohren eingebüßt. Schon nach dem Tod der Mutter hatte er sie heimlich verstümmelt, ihres elfischen Aussehens beraubt. Die Regimentsheiler hätten sie bei der Heilung wieder spitz auswachsen lassen. Er hatte Kato angefleht, ihn im Geheimen zu behandeln, um seine Elfenabkunft weiter zu verbergen.

Doch Kato war weggelaufen. Zu stark hatten ihn seine Schuldempfindungen gequält, um dem Kameraden heimlich beizustehen. So hatten die Feldscher und ein Priester den Hauptmann geheilt, und Bowdens Geheimnis war durch Katos Versagen vor der gesamten Truppe ans Licht gekommen.

Und so war Kato auch nicht dabei, als sich Bowden später an diesem Tag fürchterlich verstümmelte, um das Vertrauen der Soldaten nicht zu verlieren. Auch fehlte der Kompanie ihr Feuerzauberer, als die Elfen für einen früheren Einsatz eine Stunde später Vergeltung übten.

Es war als legendäres Massaker der Auen in die Geschichte eingegangen. Und Kato Tamasine wurde seitdem allseits nur ein Deserteur genannt, der sich zwar frei bewegen durfte, doch von den Dämonen der Vergangenheit und seinem eigenen Gefängniswärter in eine unsichtbare Zelle gesperrt wurde.

»Du hast uns im Stich gelassen«, hatte Bowden ihm in jener Nacht vorgeworfen, als Kato sturzbetrunken und mit verweinten Augen zurückgeschlichen war. Er hatte den Hauptmann dem Tode nahe aus einem Leichenhaufen gezogen. Bowden hatte seinerzeit an der Seite seiner Männer sterben wollen. Stattdessen hatte das Feuer des in Schande zurückgekehrten Magus seine Wunden kauterisiert und ihm das Leben gerettet. Das Urteil war gefallen, ihre Schicksale waren noch stärker ineinander verschränkt als zuvor. Und ausgerechnet ihnen war aufgetragen, die Inseln zu retten.

»Also, was nun?« Bowdens Stimme klang wie ein Aufseufzen an der Schwelle zum Totenreich. *Ich habe ihn gebrochen.*

Vielleicht endgültig, dachte der Lohenmagus beklommen. Kincaid leckte dem Paladin über die Panzerhandschuhe, um ihn zu trösten. Selbst dies ließ Bowden geschehen.

»Das hängt von den fehlenden Antworten auf unsere Fragen ab.« Bierschaum klang kaum weniger müde als der Ritter, doch Kato wusste, dass sie der Verbleib ihres Volkes umtrieb, und vor dessen Klärung würde sie nicht aufgeben. Zumindest hoffte er das, denn sie mussten gemeinsam noch eine schwere Aufgabe stemmen. Limbo und Tanaqui wirkten erschöpft auf ihn, vertrauten ihm aber.

»Gegenargument: Wir haben keine Antworten, die wir bereits vollständig verstehen. Doch wir wissen einiges. Zum Beispiel, dass das Volk der Zwerge von seinen eigenen geistigen Führern beeinflusst wurde. Uns ist auch bekannt, dass der Anstoß zum Einsatz ihrer Götterschmieden von einer Schar schattenhafter Gestalten mit Masken ausging, die aus dem Verborgenen handelt.« Langsam umschritt er einen Kreis, wie beim Vortrag in der Zitadelle. Im Moment erleichterte ihn, von ihren Vorzügen ausgeschlossen worden zu sein. So war ihm die Entscheidung zum Verrat erspart geblieben.

»Die Emissäre?«, fragte Tanaqui. Hinter ihrer Stirn arbeiteten die Gedanken. Die Wüstenelfe hielt sich im Reden am ehesten zurück, beobachtete dabei aber umso genauer.

Seit seiner Rückkehr hatte sie vor allem Kato im Blick. *Ahnt sie etwas?* Er nickte ihr zu. »Höchstwahrscheinlich nicht. Es wirkt auf mich eher so, als hätte die verborgene geheimnisvolle Maskenmacht das Volk in ihren Griff gezwungen. Vielleicht sollten die Zwerge nicht getötet, sondern durch das vermeintliche Unglück seiner Essenz beraubt werden. Dies jedenfalls vermute ich, Bierschaum.«

Die Angesprochene blickte schwermütig zu Boden. »Besser keine Hoffnungen erregen, Kleidträger, die du dann wieder enttäuschst! Ich flehe dich an, das halte ich nicht aus.«

»Gerade deshalb schulde ich dir Ehrlichkeit. Ich weiß nicht, ob die Deinen noch leben. Aber ich baue darauf auf, was ich mir letzthin zusammenzureimen vermochte. Nun habe ich die fragliche Wirkung am eigenen Leib erfahren. Durch die Ähnlichkeit der Vorgänge mit der Magie, die ich unter Dunkelfall anwandte, öffneten sich mir die Augen.«

»Weniger Rätsel wären gut, Magus«, meinte Bowden ruhig.

»Anfrage: Ihr erinnert euch, wie ich einige von euch entkörperlicht habe, um euch mithilfe meiner elementaren Magick durch das Feuer zu befördern. Nein, antwortet gar nicht erst! Ich weiß doch, wie sehr ein simpel buntes Schauspiel euch Hinterwäldler beeindruckt.« Kato grinste.

»Wie nennst du uns hier?«, empörte sich Tanaqui.

»Bescheiden wie eh und je«, spöttelte Limbo.

»Er braucht gehörig was hinter die Ohren«, hörte Kato Bierschaum hinter vorgehaltener Hand murmeln.

Er musste lächeln. Die Frotzeleien zeigten, dass zumindest bei den dreien noch Kampfgeist glomm. »Ihr erinnert euch also. Ich glaube, dass die Götterschmieden ähnlichen Gesetzen gehorchen. Und ein Element spielt dabei eine besondere Rolle. Das Wurzelgold.«

Fragende Gesichter.

»Erinnert euch daran, was ich euch über Limbos und meine Reise sowie unsere unterirdische Begegnung erzählte. Und über den Nadir. Nehmt dann Bierschaums Bericht in den Bergwerken hinzu, über das mystische Wurzelgold ihres Volkes und wie es die Erfindung ihres Vaters antrieb.«

»Ich glaube kaum, dass ich das verstehe«, gab Limbo zu.

»Gemach, es wird Sinn ergeben!«, versprach Kato und war sich sicher, dass er recht behielt. »Es ist das Harz von jenem Ort, den der Runenpriester den Nadir nannte. Schon der Prinz bestätigte uns, dass es sich wirklich um einen Weltenbaum handelt. Durch seine Wurzeln sind Limbo und ich zu euch zurückgekehrt. Das Holz und seine Säfte verfügen über unfassbar machtvolle Eigenschaften. So wie der Mirvaali. Wir erfuhren bereits, dass die Wurzeln dieses Weltenbaums alles Erdreich dieses Archipels durchziehen. Seine gewaltige Naturmacht nährt den Wald. Mich verwundert, dass unsere frühere Waldelfe ihn nie zu Gesicht bekam.«

Tanaqui nickte. »Nicht nur dich. Ich höre davon zum ersten Mal. Man hielt sein Geheimnis vor uns verborgen.«

»Und du denkst, auch mein Volk wurde durch diese Wurzeln entführt«. Gjala zweifelte noch. »Das Feuer aus allen diesen Götterschmieden und die Wurzelwege in der Tiefe haben sie irgendwie aufgelöst und eingesogen. Auch alles Schmuckgold aus ihren Taschen fehlte. Ist das ein Hinweis?«

Kato nickte. »Einordnung: in gewisser Weise, ja. Ich bin mir noch nicht sicher, ob es absichtlich geschah. Doch es widerfuhr allen Zwergen, weil dein Volk besonders gründlich ist und jeden Einzelnen seines Stammes verzeichnet. Noch dazu mittels einer persönlichen Rune, die bei der Geburt wirkmächtig gebracht wird, zugleich auch in den Büchern eurer Priester für den Götterschmied festgehalten wird. Allesamt heilige Akte für euch und ein gefundenes Fressen für Ritualmagie, zumal wenn Nachgeburt oder Nabelfleisch noch vorhanden sind, starke Anker für mächtige Magick.«

Langsam nahm er wahr, dass bei seinen Begleitern erste Erkenntnisse ankamen. Darauf konnte er aufbauen.

Die Bardin war wieder die Erste. »Brennstoff!«, rief sie aus. »Du meinst, unsere Klans betrieben die Schmieden mit Wurzelgold, weil die Priester verstanden hatten, dass es magisches Holz mit gestocktem Baumsaft des Mirvaali ist.«

»Das Feuer des Mirvaali«, flüsterte Tanaqui. »Das Harz des grauen Waldes, wo er immer weiter in die Tiefe führt. Geburtsort der Chimaerae. Niemand kennt die Quelle seiner Wandlungskräfte, aber alle fürchteten sie.«

»Alle außer einem Mann«, presste Bowden durch die Zähne. »Und sein Wahnsinn hat diese Inseln beinahe verheert.«

»Warum wurde ich dann nicht entrückt?«, fragte Gjala.

»Annahme: Ich vermute, weil du verbannt bist, Bierschaum. Ich bin mir beinahe völlig sicher«, antwortete Kato.

»Beinahe völlig«, murmelte Bowden.

Die Zwergin schüttelte ungläubig den Kopf. »Es wurden schon andere Straftäter verbannt. Nicht viele. Der Großteil zieht die Vulkanessen und die Rückkehr in die Kiste mit den defekten Werkstücken unseres Gottes für einen neuen Versuch dem Weiterleben vor. Aber es gibt sie.« Bierschaum musterte Limbo. »Waren die Spielschulden bei deinem Geldverleiher eine Lüge? Mit deinen Spielschulden? Oder belogst du mich schon bei unserer ersten Begegnung?«

»Alles entsprach der Wahrheit«, antwortete der Gesetzlose würdevoll, was ihm Bowdens Schnauben einbrachte.

»Was ist schon wahr?«, raunte der Paladin mutlos.

»Ich habe den Kerl gesucht«, fuhr Limbo fort und überließ Bowden seinen trüben Gedanken. »Ich wollte seine Runenaxt.«

»Wieso das?«, fragte Tanaqui.

»Seine Runenaxt als Ausweg«, gab der Verfluchte zurück. »Man schilderte ihn mir als brutal und reich. Ich dachte, ich mache Spielschulden, die ich niemals begleichen kann.«

»Dann forderst du ihn ein bisschen heraus ... und *zack«*, murmelte Gjala. »Wie jemand, der vom Traumpulver abhängig ist und Erlösung durch die Hand der Stadtwächter sucht.«

»Ergänzung: Ich kenne Soldaten, die nicht mehr aushielten, was sie im Dritten gesehen hatten«, pflichtete Kato bei. »Entleibung durch die Stadtwache nennen es die Gerichte. Durch Verbrechen die Armbrustbolzen der Garde auf sich ziehen.« Er dachte unwillkürlich an den Dachbalken mit dem Seil in der Schlafstube der Zitadelle. Damals.

»Alles schön und gut«, meinte Tanaqui ohne großes Mitgefühl für Selbstmörder. Dies konnte bei jemandem nicht aufkommen, der unter Tieren aufgewachsen war. »Aber warum sind diese anderen Zwergenverbrecher und Ausgestoßenen dann verschwunden? Alle Unterirdischen, die bei euch Rundohren in der Oberwelt lebten? Müssten die nicht noch lebendig umherwandeln, ganz ohne Berührung mit dem Wurzelgold?«

Gjala nickte. »Ich erinnere dich an die Elfen, Kato. Jede von ihnen hat laut Tanaqui einen eigenen Lebensbaum, ist ein Kind, das ihr verzauberter Mirvaali angeblich auch kennt. Wieso sind sie nicht entrückt? Läge das nicht nahe?«

Er betrachtete die beiden Frauen aus den Alten Völkern, die seine Worte sorgsam erwogen. Dann antwortete er gemessen. »Eure Verbrecher sahen sich noch als Zwerge. Ein solcher Zwerg steht im Runenbuch eurer Priesterschaft, sorgsam mit Eigenrune verschriftlicht und damit in die Welt gebracht, zweifach. Und so auch aus der Welt herausgetragen, als es geschah.«

»Und ich?«, wollte Bierschaum wissen. Sie wirkte unendlich traurig, so als spräche er ihr jeden Selbstwert ab. Etwas, das er um jeden Preis vermeiden wollte.

»Du bist all dies, Ausmundarsdottir«, antwortete er pfeilschnell. Kein Augenblick des Zögerns. »Aber du warst es eine lange Zeit nicht.«

»Natürlich«, bestätigte Limbo, der Gjala besser kannte als die anderen Gefährten.

»Gjalar«, murmelte Gjala.

»Bestätigung«, frohlockte der Lohenmagus. »Dir fehlt das Gehör, und du weist ein Herz zu wenig auf, um zu deinem Volk zu gehören. Dein Name wurde aus Dunkelfalls Listen in Schande gestrichen. Alles Eigenschaften, die bei ritueller Magie von Belang sein können. Und es gibt nur eine einzige Drazok, die sie aufweist: dich. Den wichtigsten Grund hast du selbst genannt: Für *dich* gab es weder Gjala noch Bierschaum, als das Ungemach über dein Volk hereinbrach. Du hast nicht einfach nur unter falschem Namen gelebt.«

»Ich *war* ein anderer«, bekräftigte Gjala. »Gjalar, der bärbeißige Zwergenbarde. Er war mein Selbst, sieht man von den Tagen ab, da mir das Mondblut und seine Beschwerden zu sehr zu schaffen machten, um mich als Mann zu fühlen.«

»Und da verbargst du dich zu Recht«, meinte Kato, was ihm tadelnde Blicke der beiden Frauen einbrachte. Am liebsten wäre er daraufhin mit dem Kopf voran in eine Schlangengrube gesprungen. Rasch überspielte er die Peinlichkeit. »Genau so. Es gab schlicht keine Gjala. Ohnehin, so glaube ich, wärst du im entscheidenden Moment nicht entrückt worden.«

»Ich bin nicht sicher, ob ich begreife«, zweifelte Limbo.

Kato deutete auf Gjalas Axt und jene Stelle knapp unterhalb ihres Halses, wo das Amulett saß. »Präzisierung: Weil dein Vater Vorkehrungen traf.«

»Etwa in Form einer Entführung«, murmelte Gjala.

Er nickte. »Ja. Ich glaube, dein Vater ist in Umstände einer Verschwörung hineingezogen worden, die er nicht im Geringsten einschätzen konnte. Wer immer die im Hintergrund verborgenen Fadenzieher sein mögen, eure Runenschmiede und sie wussten um deine mögliche Bedeutung. Und dein Vater ahnte zumindest etwas. Spätestens bei deiner Verbannung.«

»Was macht dich so sicher?«, fragte Tanaqui misstrauisch.

»Ich verbanne mein Kind nicht in Schande und gebe ihm dann ein bekanntes Runenartefakt meiner Familie mit«, erwiderte Kato. »Gerade als Zwerg. Welche Vergeudung, dem Schandfleck der Familie ein Amulett zu schaffen, an dessen Schöpfung noch dazu der Runenpriester beteiligt ist, und diesen Schandfleck meines Klans dann mit meinem Familienschatz auszustatten.«

Gjala nickte bedächtig.

»Wir reden über ein Volk, das Verbrecher in Schluchten wirft und keine Verschwendung duldet«, gab Kato zu bedenken. »Die Drazok Dhar vergeuden nichts. Aber die Versagerin nach ihrer Untat mit einem *gebrachten* Ohr heilen, ihr verwaistes Herz durch ein Amulett stützen und sie dann mit geheiligter Axt auf die Reise schicken? Ich bitte euch!«

»Nun, vielen Dank auch«, äußerte Bierschaum mit einem Lächeln, das bewies, dass sie nur müde feixte.

Kato nickte verständnisvoll. »Ich weise lediglich darauf hin. Und bevor ihr fragt: Selbst wenn der Runenpriester von Dunkelfall an der Verschwörung beteiligt ist, denkt daran, dass er höchste Zweifel hegte, sogar bereit war, den Runenmeister von Kundrheim zu betrügen. Ihr habt es aus seinem Tagebuch vernommen.«

Kato wandte sich an die Wüstenelfe. »Und Tanaquis Volk hat Tausende Seelen im Krieg verloren. Mag sein, dass der Mirvaali jede kennt. Aber hier sitzen leider zwei Männer, die beim Niederbrennen unzähliger Bäume halfen, weil sie mit diesen Elfen verbunden waren. Ob die Gönner der Runenpriester – und wahrscheinlich auch unserer Magier – es ursprünglich auf die Elfen abgesehen hatten, ist schwer zu sagen. Wahrscheinlich setzte sie ein anderer Umstand der Vernichtung aus.«

»Als da wäre?«, fragte Bowden halb abwesend. Wieder bedauerte Kato die Verzagtheit des Freunds.

»Dass die Elfen sich in der Wesensart von Zwergen und letzten Riesen vollkommen unterscheiden. Ein ganz und gar zersplittertes Volk«, antwortete Kato. »Nach dem Niedergang der Hochelfen während der Diaspora, nachdem sie also mit den anderen Völkern hier angekommen waren, starb ihre Lebensweise laut den Historikern aus. Der Wald verwilderte ihre Seelen. Die Waldelfen beerbten ihre Eltern, befreiten sich aber von den strengen Traditionen der Vorfahren.«

»Dann, nach Jahrhunderten unbeschwerten Lebens als Kinder des Walds, kam Unwerth über sie«, fügte Tanaqui hinzu. »Unwerth der Begehrliche. Unwerth der Schlächter.«

»Magister Unwerth. Der Kriegstreiber«, ergänzte Gjala. »Der Mann, der den Ahnen der Königin seinen Plan unterbreitete, wie die Rundohren an den Mirvaali und seine Schätze aus Zauberhölzern und Heilpflanzen Hand anlegen könnten.«

Limbo räusperte sich.

42

Tanaqui musterte den Zurückgekehrten. Limbo scharrte mit den Füßen und wand sich unter ihrer aller Aufmerksamkeit. Sie wusste, dass er selbst nach ihren Maßstäben uralt war, so viel hatten sie sich nach seinem *Tod* zusammengereimt.

»Das war nicht alles, was Unwerth antrieb«, erklärte Limbo nun. Leise. Seltsam gemessen für seine sonstige Art. Tanaqui fand, dass um ihn etwas wie Königtum aufschimmerte.

»Erklär dich!«, verlangte Bowden ohne rechte Entschlusskraft. Bowden sah fürchterlich aus, wie Fuchstochter befand. Nein. Schlimmer. *Besiegt.*

»Er suchte einen Ausweg«, antwortete Limbo ohne jedes Zögern und musterte den Gotteskrieger.

»Über die Aegis der Stürme hinaus?«, zweifelte Bowden. »Wäre dies sein wahres Ansinnen gewesen, dann wüssten wir längst davon. Niemandem ist es nach Beginn der Diaspora gelungen, den Archipel über die Küstengefilde hinaus zu verlassen. Auch weiß keiner, was es mit der Sturmgrenze auf sich hat. Nur dass sie unüberwindlich ist, weiß jeder, vom Messerohr bis zu den ungewaschenen Hyänenhäuptern.«

»Hnnf«, machte der Feuerzauberer in seltsam drängendem Ton. Er räusperte sich noch stärker als Limbo zuvor.

»Was?«, ächzte Bowden. »Sag mir nicht, du wusstest es ...«

»In der Zitadelle gab es Mutmaßungen«, räumte Kato ein. »Darüber hegten die Magi nie Illusionen.«

»Ihr hieltet es nur nicht für ratsam, diese Mutmaßungen mit der Welt zu teilen«, warf Limbo ein. »Vertraut mir, meinem Alter, es stimmt. Unwerth wollte eine Macht aus den Tiefen der Wälder, Tanaquis Heim. Das Feuer des Mirvaali.«

»Dir vertrauen«, schnaubte Bowden kraftlos.

»Allerdings«, bestätigte Limbo getroffen. »Ich kann gern noch an drei weiteren Orten auf drei weitere Weisen dieses verhasste Dasein vor deinen Augen aushauchen und zugleich eure Leben retten. Alles für Euer Vertrauen, Hochwürden.«

»Bekräftigung: Er spricht wahr, Bowden. Du schautest in Braithwairn zum Turm hinauf und sagtest vom Schiff aus Lebewohl, weil du wusstest, dass sie mich töten werden.«

»Ich hatte Flugwind und Quallengift im Auge«, verteidigte sich Bowden.

»Sicher«, höhnte Kato. »Dass ich sterben sollte, stand fest. Limbo holte mich heraus.«

»Ränke, um dein Vertrauen zu gewinnen«, flüsterte der Paladin.

Tanaqui hätte ihn am liebsten geohrfeigt. Sie kannte diese Verzweiflung auf den Schlachtfeldern, die bewusste Weigerung, zur Vernunft zu kommen.

»Feuer und Mirvaali. Hitze und Wald«, murmelte Gjala, gerade als Fuchstochter ausholen wollte. »Wurzelgold und Götterschmieden. Als Zauberschlüssel, der den Ausweg von einem Archipel weist, den in tausend Jahren niemand fand.«

Tanaqui schüttelte den Kopf. »Was bringt uns das Wissen über einen wahnsinnigen Menschenzauberer, der seit Jahren nicht mehr lebt? Wie viel immer er von Götterschmieden wusste. Unwerth ist tot. Beim großen Waffengang der Auen zerfetzte es ihn mit Hunderten seiner abscheulichen Knechte. Auch seine Aufzeichnungen sind aus der Stadt verschwunden, von elfischen Einsatzkommandos im Dritten Krieg aufgebracht und verbrannt. Wir …« Sie biss sich auf die Zunge, ehe sie noch mehr ausplauderte.

Mit aller Gewalt zwang sie sich, Katos Blick zu meiden.

Wie tags zuvor holte sie die Erinnerung an den Befehl ein, der sie und ihre Kameraden in die Stadt führte.

Der Befehl von oberster Stelle aus Thar Gwynleth. Welcher

Zulieferer der Armee das volle Vertrauen Unwerths und seiner Pläne genoss, sollte vernichtet werden. Das Handelshaus Tamasine. Jene schicksalhafte Nacht.

Sie spürte Katos Blick auf sich brennen, bis ihre Wangen über und über erröteten. Einmal mehr war sie dankbar für ihren Kaftan. »Und selbst wenn«, fügte sie eine Spur zu hastig hinzu. »Er wäre heute ohnehin nur Staub. Er kämpfte in allen drei Kriegen, und soweit ich weiß, kann ein Magier für ein Rundohr uralt werden und seine Lebensspanne unnatürlich verlängern. Doch wohl kaum so lange, oder?«

Nun erst traute sie sich, Kato anzublicken. Das Lodern seiner Augen unter der Kapuze erfüllte sie mit unerklärlicher Furcht. »Oder?«, wiederholte sie.

»Nun ja«, antwortete Kato und wandte jäh und mit schiefem Lächeln den Blick ab. »Ihr solltet etwas Wichtiges erfahren. Erinnert ihr euch, dass ich in die Sümpfe wollte?«

Tanaqui hatte den mit Verzweiflung getränkten Plan nicht vergessen, den sie im Elendsquartier der Rundohren gefasst hatte. Sie alle nickten.

»Nun«, meinte der Magier. »Dort halte ich eine Überraschung für euch bereit. Ich bin mir nur sicher, dass sie euch nicht gefällt.«

43

Gjala wusste nicht, wie lange sie dem Widerstreit ihrer Gefühle standhalten konnte. Um ein Haar hätte sie den Pickel in den Schacht geworfen. Aufgegeben. Sich auf die Seite gelegt und dem gnadenlosen Dreigespann aus Hitze, Emissären und Luftmangel innerhalb der Sturmgrenze die Entscheidung über ihr weiteres Leben anheimgegeben.

Nun war alles anders. Limbo lebte, und wozu ihn sein Fluch auch immer verdammte, Gjala dankte dem Retter.

Der Mensch, der ihr vom lästigen Übel zum wahren Freund geworden war, hatte ihr neue Hoffnung geschenkt, mehr, als sie anfangs zugegeben hatte. Sie musste durchhalten, ihr Volk befreien. Oder sich mit seinem Verlust abfinden. Nach wie vor fühlte sie sich trotzdem todmüde. Ausgebrannt wie eine kalte Esse. Doch nun war wieder Glut entfacht, und beim Namen Kurzukhuuns: Gjala würde für ihren Klan das Eisen schmieden, solange sie noch Kraft verspürte.

Kato hatte ihnen noch nichts von seinem Vorhaben verraten. Sie kehrten zurück zu jenem Forst, aus dem er vor Kurzem gekommen war. Der Herbstwind war seltsam verwandelt, trug die Wärme des Sommers ebenso in sich wie den leichten Geruch des Verfalls, der in Gjala Erinnerungen an Becher mit heißer Schokolade und erste geröstete Kastanien weckte.

Schöne Erinnerungen, wie sie als junger Bartling mit den

Menschenkindern aus Dunkelfall gespielt hatte. Doch der Fahrstuhl brachte aus den Zwergenminen beklemmende Fragen an die Oberfläche. Lebten die Leute in Dunkelfall überhaupt? Waren sie nunmehr Sklaven? Oder hatten sie sich in die Tiefen der Binge geflüchtet, um einem möglichen Angriff der Emissäre zuvorzukommen? Beachteten die Geschöpfe aus dem Meer das Dorf noch, wenn es dort keine Zwerge mehr gab?

Die wichtigste Frage, die ihr zu schaffen machte, lautete jedoch: Wusste Kato Tamasine, was er gerade tat? Sie hoffte inständig, dass Bowdens seltsamer Verfall endete und sein Zorn ebenso wie ihr eigener Lebensmut neu entfacht würde.

Doch es gab keinen Zweifel. Ein Blick auf das Gesicht des Paladins verriet, wie stark es in seinem Innern loderte. Er schien als Einziger Katos Handeln zu durchschauen.

»Deserteur. Ich hege da eine gewisse Ahnung, was du meinen Gefährten mitteilen willst. Gebe der Architekt, dass ich mich irre, denn sonst schlage ich dich an Ort und Stelle nieder und richte über dich«, zischte der Gotteskrieger. Sein Blick brannte sich mit der Stoßkraft eisiger Lanzen in Katos Rücken, als dieser für Gjalas geübtes Schauspielerauge einen Hauch zu forsch über trockenes Laub und braune Nadeln schritt.

Das Hämmern eines einsamen Spechts machte das beharrliche Schweigen während der stillen Wanderung noch unbehaglicher.

Tanaqui nestelte an ihrem Mundschutz, die glimmenden Augenschlitze pupillenlos und so leer, als starre sie in die Unendlichkeit. Gjala versuchte, die Aufmerksamkeit ihrer einzigen Freundin zu erhaschen, ohne Erfolg.

»Deserteur. Ich spreche mit dir«, bellte Bowden in einem Tonfall, der keinen Widerspruch duldete. »Ich befehle dir, zu antworten. Oder, beim Architekten, ich gehe gegen dich als den Verräter vor, der du bist«, knurrte er.

Der Paladin stapfte außerhalb der Sicht des Zauberers hinter ihm her. Seine Hand langte bereits zum Schwertgriff.

»Ich erteile dir eine letzte Warnung, du wirst …«

Kato warf sich so schnell herum, wie es Tanaqui bei dem Zauberer noch nie erlebt hatte. Er rammte den Stecken aus

Eisenholz mit solcher Kraft in den Boden, dass er fast bis zur Hälfte im lehmigen Untergrund verschwand. Ebenso heftig zog er ihn heraus und stieß einen kurzen Pfiff aus.

Staub wirbelte aufgepeitscht umher.

»Zwei Ellen tief. Mitten im verfluchten Wald, wo die götterverdammten Wurzeln götterverdammtes Wasser halten sollten, Bowden Verdian. Bis in zwei Ellen Tiefe findet sich kein Tropfen mehr im Waldboden, unter dem Schutz des Blätterdachs. Wie viel Zeit bleibt uns wohl, dem verderbten Bündnis eitler Mächtiger mit den Feinden des Lebens entgegenzutreten? Wer bringt die Götterschmieden zum Erlöschen, wer vertreibt die Emissäre?«

Bowden glotzte. Seine Hand lag noch auf dem Schwert. Kato ließ sich deshalb nichts anmerken. Gjala bezweifelte sehr, dass der Mann den Tod je besonders gefürchtet hatte.

»Nun, ich warte auf deine Antwort, Paladin.« Kato wanderte mit ausgebreiteten Armen im Kreis, bevor er Bowden die Hand entgegenstreckte, als hielte er ein Dokument. »Hier, edler Herr, eine Ankündigung, sie wurde dem Stadtschreiber tintenfrisch und noch voller Löschsand vom Bürgermeister übergeben. Herhören, herhören, die Inseln sitzen vierzig Schritte tief in Unrat und Morast! Und kein Schwein außer einer Handvoll Taugenichtse kümmert es.«

Er schrie so laut, dass Tanaqui neben Gjala hochfuhr, als erwache sie aus einem Traum. Gjalas feines Gehör vernahm, wie sein Wutgeheul Krähen in der Ferne aufschreckte.

»Warum dann überhaupt gehen?«, fragte Bowden, plötzlich wieder kleinlaut wie ein Kind.

»Das fragt ausgerechnet Bowden Verdian. Der Mann, der für ein entehrtes Elternhaus die Last der Welt auf sich genommen hat.« Er deutete auf Gjala. »Die Zwergenstämme sind wie weggewischt und vielleicht die Einzigen, die das Kriechfeuer aus den Schmieden eindämmen können.« Er wandte sich zu Tanaqui um. »Der verfluchte Prinz ihrer elfischen Schar steckt mir so tief im Allerwertesten, dass ich nicht weiß, ob er mich erst begatten oder gleich die Gurgel durchschneiden will.« Eine weitere Drehung, diesmal zu Limbo. »Diesen armen Teufel hat jemand vorsorglich mit einer so mächtigen Verfluchung Maleficarum bedacht, dass er sicher in den Verrat verwickelt ist. Wer immer es war.« Der Lohenmagus schnaubte. Er keuchte, als stünde er kurz vor dem Ersticken. »Und was mich betrifft, so sehe ich mich hier um meinen letzten guten Schluck im Alter gebracht.«

»Was genau geschieht hier, Feuerzauberer?«, fragte Tanaqui mit männlich eingedunkelter Stimme, wie sie Gjala nur ein einziges Mal zuvor gehört hatte. Die mehrstimmige Elfenzunge des in der Elfe verborgenen Kriegerahns. *Sie nähern sich an, sie und ihr Heiliger,* dachte die Zwergin.

»Sei ehrlich! Was weißt du?« Fuchstochter gab nicht nach.

»Einschränkung: Ich glaube nicht, dass es dir gefiele, wenn ich vollkommen ehrlich spräche«, beschied sie Kato über die Schulter hinweg. Gjala sah die Freundin zusammenzucken. Katos Züge unter der Kapuze wirkten fürchterlich. Seine Augen blitzten wölfisch in einem Feuer, wie es die Bardin noch nie bei ihm gesehen hatte.

Der Magier atmete durch. »Aber meinethalben. Es gibt offenbar einen Plan. Von langer Hand vorbereitet von jener geheimnisvollen Ratsgemeinschaft, die den Prinzen um den Finger wickelte und der Riesin verriet, wo sie die Emissäre findet. Zieht eure Schlüsse!«

»Die Große Unternehmung«, hauchte Gjala.

»Mehr als das«, versicherte Kato. Der Lohenmagus wandte sich zu ihnen allen um. »Mehr als nur ein Unterfangen, eine Strategie oder sonst etwas, das dem Ganzen nicht gerecht wird. Es ist ein Ritual.«

»Ein Ritual«, flüsterte Bowden skeptisch. »Wofür?«

»Wenn ich das verdammt noch mal wüsste, stünden wir hier nicht mitten im Wald, oder?« Der Zauberer langte nach seinem Fläschchen und brummte mürrisch. »Leer. Natürlich.«

»Was macht dich dann so sicher?«, erkundigte sich Tanaqui, während sich der Zauberer eine weitere seiner stinkenden Tabakröllchen drehte.

Kato zündete den Stängel mit einem Schnippen an, ließ ihn unter der Kapuze verschwinden und schmauchte. Rote Glut in den halb sichtbaren Zügen gab für einen Herzschlag seine Sorgen preis. Seine Mandelaugen glommen gleichermaßen.

»Die Rüstungen«, sagte er schließlich durch die Rauchschwaden hindurch. »Die scheinbare Invasion der Stadt, während nur niedrige Ränge kämpfen. Die Runen auf den Kristallen der Emissärpanzer.«

»Wozu mögen sie dienen?«, fragte Gjala. »Die Golems, meine ich. Du hast sie vorhin erwähnt.«

»Schwer zu sagen«, gab er zurück und setzte den Weg fort. »Für die wenigen Reiche auf den Inseln werden sie nicht gebraucht. Ich vermute, sie werden ihre unbezwingbare Streitmacht mitnehmen, wenn sie die Sturmgrenze überwinden. Vielleicht ist das sogar der Sinn: Tausende dieser Automaten zur Grenze stürmen zu lassen, eine Wand aus Blitzableitern, damit sich die Aegis an ihnen erschöpft.«

»Eine Invasionsarmee oder ein Rammbock für die Flucht. Vielleicht beides«, knurrte Bowden. »Und wir gehen nicht weiter, bis meine Frage beantwortet ist. Habe ich mich deutlich ausgedrückt, Soldat?«

Kato wandte sich um. »Ich weiß nicht, wie lange diese verdammte Wurzel noch über der Erde bleibt. Falls sie nicht schon längst verschwunden ist. Das ist unsere einzige Möglichkeit, nicht Wochen für den Weg zu benötigen. Können wir das bitte unterwegs besprechen?«

Gjala hoffte, dass es Bowden nicht auf eine Machtprobe ankommen ließ. Doch als Dichterin wusste sie, dass Hoffen und Harren zumeist den Narren zugedacht waren.

»Wir können *nicht.*« Der Tonfall des Gotteskriegers war schneidend.

»Keine Invasionsarmee«, antwortete Kato, der offenkundig eingesehen hatte, dass das Geplänkel mit dem Blechmann nur noch mehr Zeit kostete. »Zumindest nicht für Selachis. Wozu auch? Denk nach, Verdian! Alle mischen jetzt bei den Emissären mit. Die Zwerge sind weg, unsere früheren Mitkämpfer scheinen sich Emrick angeschlossen zu haben. Das Emirat im Süden verfügt nur über eine kleine Streitmacht. Die Verbandsgröße der Fischritter, die wir bislang sahen, sollte reichen, um Selachis einzunehmen.«

Kato hielt inne und dachte nach. Dann schüttelte er den Kopf. »Die Hyänenhäupter und die Sklaven aus ihrem

Schlundkult scheiden ebenso aus. Die Silberreiter kann man nicht überrennen, da sie Nomaden sind. Von den Waldelfen sind zu wenige übrig. Wozu also eine Armee aus seelenlosen Golems mit der Kampfkraft der Zwerge züchten?«

»Der Nadir«, raunte Tanaqui.

Kato nickte. »Gut möglich. Jede der Rüstungen ist für genau den Zwerg bestimmt, dessen Namen sie trägt.«

»Mein Volk ist noch da, aber nur als Seelenspur, nicht wahr? Ein Volk mit den Wurzeln des Baums«, gab Gjala zu bedenken.

»Die Feuer des Mirvaali«, hob Kato an. »Seelenmacht aus drei Kriegen und jener Verschwörung, welche die Zwerge zur vollständigen Auflösung trieb, missbraucht als Lebenskern für das Entseelte. Brennstoff.«

»Was macht dich dessen so sicher? Welche Kenntnisse hast du, die du uns vorenthältst?«, fragte Bowden misstrauisch.

»Keine. Ich gebrauchte nur frei meinen Geist, seit mich der verdammte Stab nicht mehr gefangen hält. Denkt daran, was wir über den Jagdmeister des Prinzen wissen. Ein Geschöpf, das er selbst aus der Macht des Waldes erschuf.«

»Und die Emissäre sind selbst Mitglieder der Alten Völker, nach allem, was wir wissen«, ergänzte Gjala und nickte. »Sie könnten dieses Wissen besitzen.«

»Ich bin mir dessen ganz sicher«, versicherte Kato. »Es gibt einen deutlichen Hinweis, dass sie die Zauber dieser Lande zu nutzen wissen. Sie steuern fliegende Schiffe, ohne jede Voraussetzung für Luftmagie, da sie doch im Wasser hausen. Sie müssen also in der Lage sein, sich die anderen Mächte irgendwie nutzbar zu machen.«

»Und was wollen sie«, wollte Bowden wissen, »da du ja alles zu wissen scheinst?«

Tanaqui räusperte sich. »Sie wollen in den Nadir, Blechmann. Denk nach! Sie suchen die Vier Könige. Nur dass sich alle geirrt haben. Jene, die seltsame Prophezeiungen ausstießen. Jene, die sich mit ihnen zusammentaten. Wir. Ihr. Alle.« Der Ahnengeist sprach durch ihre Stimme.

»Weißt du, wer sie sind?«, fragte Gjala.

»Uralte Bande zwingen mich, Stillschweigen zu wahren«, verkündete Cathwyn, der Große Jäger.

»Noch einer, der nichts verrät«, schnaubte Bowden.

»Das muss er auch nicht«, hielt Kato dagegen. »Weil ich jemanden kenne, der uns alles ausdeuten kann. Und nun reicht es mit dem Gewäsch. Bowden, du entscheidest: Gehen wir zu ihm oder nicht?«

»Ich warne dich, Deserteur. Sprich den Namen nicht aus! Wir haben Eide abgelegt. Zu viele gute Leute sind für diese Sache gestorben.« Bowden schüttelte den Kopf. Schwerwiegende Gedanken beunruhigten ihn.

»Eide, die mit diesen Inseln untergehen werden, Verdian. Soll denn jedem Haus, jeder Familie auferlegt werden, was bisher auf deinen Schultern lastete?« Sie vernahmen Tanaquis eigene Stimme, nicht die ihres geistigen Führers.

Ihr Tonfall verriet Gjala, dass die Wüstenelfe für den Paladin mehr Verständnis hegte, als sie je zwischen den beiden verspürt hatte. »Als Krieger haben wir Seite an Seite gestanden, Verdian. Am Strand, ehemalige Todfeinde, bereit, füreinander zu sterben. Lass mich dir die Bürde abnehmen!« Sie wandte sich zu Kato um. »Und keine Sorge, die Wurzel wird noch da sein, wenn wir ankommen. Vergesst nicht, dass auch ich durch Geburt eine Tochter des Mirvaali bin, egal, was es mit diesem Gefäß mittlerweile auf sich hat. Sie wird sich mir fügen. Also, darf ich euch beiden die Bürde abnehmen?«

»Du weißt es?«, fragte Bowden voller Misstrauen und doch mit einem Hauch von Erleichterung in der Stimme. »Du nahmst damals an anderen Einsätzen teil und warst nicht in den Auen, als es geschah. Das hast du zumindest behauptet.«

»Ja«, murmelte Kato düster. »So hast du es dargestellt.«

»Es lässt sich einfach zusammenreimen. Vergesst nicht, dass nicht nur ihr als Soldaten im Kampf gegen mein Volk standet, sondern dass auch ich als Kriegerin einiges erlebt habe!« Tanaquis Stimme verriet ihr Mitgefühl. »Lasst mich zumindest dies tun. Dann muss niemand Deserteur oder Einbrecher sein. Nicht schon wieder.«

Bowden zerkaute seine Unterlippe. Er warf einen Seitenblick auf Kato, der aber eigenen Gedanken nachhing.

»Was ist denn? Was ist so wichtig, dass wir es nicht erfahren dürfen?«, wollte Limbo wissen.

»Dass er noch lebt«, antwortete Gjala, die plötzlich begriff, was die Elfe und die beiden Soldaten in dieser Welt so lange miteinander verbunden hatte. Ein Eid um ein Geheimnis, das zu schützen sie bis zum Tod gelobt hatten.

»Wer lebt?«, fragte Limbo, der einzige der Gefährten, der offenkundig noch nicht im Bilde war.

»Unwerth«, erwiderte Tanaqui mit einem Blick auf Bowden, der ohnehin verdrossen die Arme in die Höhe geworfen hatte. »Magister Unwerth. Der Mann, der drei Kriege auslöste und mein Volk bis zur Ausrottung hetzen ließ. Er starb keineswegs auf dem Schlachtfeld. Sein Tod wurde nur vorgetäuscht, damit wir unsere Wunden im Wald lecken durften und vor allem Emrick sich heilte.« Ihre Stimme war wie Eis.

»Er verging in einem riesigen Feuerball in jener Nacht«, zitierte Gjala aus einer Elegie.

Bowdens Blick war leer. Seine Schultern sanken so tief, dass Blech und Kettenringe über Kristall kreischten.

»Der Größte, den man je sah«, antwortete Kato. »Mein Bester.«

44

»Unwerth lebt also noch …«, ächzte Gjala. Im Tonfall der Zwergin schwang ihre unstillbare historische Neugier mit, doch es lag auch ein gewisser Zorn darin.

Ein Zorn, den niemand besser verstand als Bowden Verdian.

Die Bewohner des Archipels hatten jedes Recht, wütend zu sein. In der Armee hatten Kato und der Paladin noch unter dem Befehl dieses Teufels gedient, und Bowden konnte als Adjutant seine Verwerflichkeit bezeugen. Wie auf seinen Wink hin die Berater des Königshauses ihr Gift geträufelt und die Magister des Turms den großen Plan erdacht hatten.

Alles blieb streng geheim. Bowden erinnerte sich nur allzu gut an den Küchenjungen, der den hohen Herrschaften Erfrischungen während ihrer Unterredung gebracht hatte.

Ein Freiwilliger hatte den Befehl des Rats vollzogen und den Unschuldigen gemeuchelt. Die Magier des Turms hatten danach zusammen mit den Priestern Riten gewirkt, die selbst einen Meisternekromanten daran hinderten, den Burschen je aus dem Götterreich an die Grabesschwelle zurückzuholen.

Zauberer, die einfach sein Gedächtnis hätten löschen können, wählten Mord. Weder das geheime Treffen um Magister Unwerth noch der tote Küchenjunge wurden je wieder erwähnt.

Bowdens Unglaube glich dem, der nun den Tonfall der

Zwergin färbte. Der Krieg hatte die ersten Wunden des Zweifels gerissen. Die Untat an dem wehrlosen Diener im Zuge der Geheimhaltung hatte sie zum Eitern gebracht.

Vielleicht hatte zu der Zeit sein Hadern begonnen. Er sah ihre abschätzigen Blicke. Ihr Urteil über Bowden Verdian, den Erbsenzähler. Den Beamtensohn, die Krämerseele in Rüstung, das schmutzige Halbblut. Bowden Verdian mit dem Stock im Allerwertesten, wütend über den kleinsten Regelverstoß.

Beim Zirkel und Schlüssel des Architekten, wenn diese Narren doch nur wüssten! Er verfluchte sich dafür, damals den Befehlen gehorcht, dem Treffen beigewohnt und den Namen Kato Tamasines ins Spiel gebracht zu haben. Mochte der Deserteur immer nur denken, dass Bowden ihn verachtete, weil er versagt und dann das Hasenpanier ergriffen hatte.

Du weißt genau, wem du Vorwürfe machst, nicht wahr?, fragte sich Bowden in Gedanken höhnisch selbst. Er bezweifelte, dass diese innere Stimme ihm Kraftquelle war wie bei der Messerohrigen. Nein, sie kam immer dann, wenn er gegen jede Erwartung hoffte, dass ihm Frieden zustände.

Er hatte mit angesehen, wie der Krieg den talentierten Straßenjungen, den die Banden als Magier für ihre schweren Verbrechen missbraucht hatten, endgültig zugrunde gerichtet hatte. Er hatte Katos Abwege zu Straßenmädchen und zur Flasche begleitet und versucht, ihn mit seiner väterlichen Weisheit als Templer so gut wie möglich davon abzubringen.

Kato war ein härteres Leben beschieden als selbst ihm, Kato, der seiner Kindheit beraubt in die Armee eintrat.

Es war eine törichte Hoffnung gewesen, den Flammenmagier durch eine einzige Mission mit gewaltiger Verantwortung zu läutern, um ihn dann ehrenhaft aus dem Heer zu entlassen.

Doch die Beteiligung Katos war die Bedingung Hauptmann Verdians zur Teilnahme seiner Männer am Feldzug gewesen.

»Das erbringe ich noch für Euch, Euer Eminenz. Doch dann verlangen wir, was uns zusteht: Ruhe und Frieden auf dem uns versprochenen Land, das wir den Messerohren abnehmen werden. So lauten meine Bedingungen«, murmelte er vor sich hin. Augenblicklich erschrak er.

Jene Ereignisse lagen bereits viele Jahre zurück, und er

stapfte in diesem Moment durch den Wald. Er bemerkte, wie es immer schwieriger wurde, jene Episoden und sein Hier und Jetzt auseinanderzuhalten.

Er warf einen Seitenblick auf Tanaqui, die ewig wachsame Tanaqui, die er aus der Ferne für das reine Blut der Älteren Völker in ihren Adern bewunderte. Alle Göttergaben ohne menschliche Schwächen, ein ausreichend langes Leben, um Seelenfrieden und Vervollkommnung zu finden und dabei sogar mehrere Handwerke zu meistern.

Konnte es da verwundern, dass Unwerth es schaffte, alle Menschen gegen die Messerohren aufzuhetzen? Angesichts dessen, wie das Schicksal dieses Volk beschenkt und bevorzugt hatte? Beinahe wäre es dem alten Schlitzohr gelungen, auch noch die Zwerge gegen die Elfen aufzuhetzen.

Er hatte an ihre Gier appelliert, ohne damit zu rechnen, dass die Unterirdischen seine Finten durchschauten. Selbst das Holz und die Schätze des Mirvaali waren ihnen nicht den Verrat an den Elfen wert gewesen. Ihrer Pflicht zum Frieden getreu waren sie in ihre Bingen zurückgekehrt.

Viele Jahrzehnte nach dem Ersten Krieg und dem offenen Ausgang im Zweiten, sollte der Dritte die Entscheidung bringen, noch immer unter dem Ratschluss des mit unnatürlich langem Leben gesegneten Magiers.

Hatte die Messerohrige ihn gehört? Wusste Tanaqui, was er geflüstert hatte? Wenn nicht sie, dann gewiss Bierschaum. Ihr Gehör war besser als sein eigenes. Andererseits lag die Wahrheit auf dem Tisch, brüllte, schrie sie alle an.

Äste knackten an seiner Seite. Unter hohem Gewicht. Limbos Schatten und der Körpergeruch des abscheulichen Kerls hüllten Bowden ein. Er schien die Gottlosigkeit des Fluchs, der auf dem Geschöpf lastete, beinahe schmecken zu können, wie nasses Fell und heißes Kupfer.

»Was?«, zischte Bowden Verdian den Gesetzlosen an.

»Ich weiß, du verabscheust mich«, setzte Limbo an.

Verdammt. Konnte der Bursche Gedanken lesen wie der Deserteur? War überhaupt noch jemandem zu trauen?

»Wie kommst du darauf?«, lachte der Deserteur.

»Ich weiß, jedes Wort, das ich jetzt sage, ist vergeudet, weil du mich ohnehin verachtest. Ich werde dennoch zu dir sprechen, weil ich dich umgekehrt sehr schätze, Ritter. Nenn es Eingebung oder Erinnerung an mein früheres Dasein. Deine Aufrichtigkeit und Haltung verdienen Hochachtung.«

Bowden lauerte auf den Hinterhalt und den Hohn. Auf Spott und Herablassung, die seine Werte und die Art seines Daseins besudeln würden. Der Vagabund blickte ihm genau ins Gesicht. Bowden konnte nichts Übelwollendes darin erkennen, sosehr er danach suchte. Eine entwaffnende Leere breitete sich in ihm aus, seine harte Stimme hielt sich zurück.

Limbo lächelte traurig. »Du magst es nicht glauben, doch ich weiß, dass ich dir vor meiner Verfluchung ähnlich war.«

Nunmehr wartete Limbo auf eine bösartige Antwort oder ein Schnauben. Bowden ließ den Gedanken jedoch schweigend zu.

»Daher weiß ich auch, dass Edelmut Pflichterfüllung bis zum Tod gebietet, wenn sie keinen Unwürdigen dient. Meister im Herrschaftswahn trieben dich immer wieder in Gewissensqualen und schlugen dir Wunden, die kaum heilen wollen. Es wird Zeit, dass du dir deine mangelnde Ergebenheit ihnen gegenüber verzeihst. Findest du nicht?«

Bowden setzte an, um zu schimpfen, etwas Barsches zu sagen und den schmutzigen Klumpen auf seinen Platz zu verweisen. Nichts dergleichen entfuhr ihm. Er öffnete nicht einmal die Lippen, spürte nur, wie seine Kiefer mahlten.

Schließlich nickte er mit einem knurrigen Seufzen, in dem bereits viel Eingeständnis lag. »Was weißt du über mich?«

Limbo lächelte traurig. »Einiges mehr, als dir selbst bekannt ist und auch mir gerade einfällt. Mein Gedächtnis zahlte einen hohen Preis an Kraft, um den Kleidträger aus der Stadt zu holen. Bis es zurückkehrt, melde ich mich ab.«

Bevor Bowden zu Wort kam, salutierte Limbo auf tadellose Weise, schlug die Hacken zusammen und entfernte sich.

Bei den Göttern, wer war dieser Mann?

»Hoffen wir, dass Unwerth noch lebt und nicht unterdessen der Verderbnis von Vaile erlegen ist«, sagte Kato und unterbrach damit Bowdens Gedankenkaskade. »Er als Einziger vermag das Geheimnis des Runenstabs noch zu lüften.«

»Das stimmt nicht ganz. Wir könnten auch die Riesin einfangen«, wandte Gjala ein. »Sie ist offenbar fähig, die Schriftzeichen vollständig zu entziffern, und ihre Waffen sind auch nicht gefährlicher als die Dünste von Vaile.«

»Die Sümpfe des Wahnsinns«, murmelte Limbo. »Warum müssen Kartografen die abgelegensten Orte stets gruselig benennen? Ist das einfach nur bizarrer Humor?«

»Antwort: in der Regel ja. Aber nicht, wenn es um Vaile geht. Gäbe es anderswo einen Hoffnungsschimmer, wir wären nicht an diesem Ort. Doch der einzige andere Weg, das Rätsel zu lösen, ist sogar noch schrecklicher als Velkha.«

»Welcher wäre das?«, erkundigte sich Tanaqui, während Blätterschatten über ihren Kaftan und den Chalaf huschten.

»Einen Nekromanten aus den Tiefen der Südgrube befreien«, murmelte Bowden düster, der Kato allzu gut kannte. »Und dann eine Zwergenleiche finden, die noch nicht verbrannt wurde. Aus grauer Vorzeit.«

»So etwas kommt nicht vor«, widersprach Gjala.

Kato zog die Brauen hoch. »Wusstest du den Schmuckgeschmack der Königin und der anderen Riesen zu schätzen?«, erkundigte sich der Magier und wühlte in seinem Rucksack. »Oder die besonderen Gewichte, mit denen sie ihre Fangnetze beschweren?« Er hob ins Licht, was er beim Wrack aufgeklaubt hatte.

»Oh!«, stieß Gjala hervor. Zorn stieg in ihr auf, doch dann zog sie Kato als Hüter der Zwergschädel der Riesenkönigin vor.

Innerhalb kurzer Zeit erreichten sie die Wurzel. Bowden betrachtete das Gewächs, das als kolossaler Buckel aus dem Boden ragte. Er hatte Knochenwale und Leviathane gesehen, die kleiner waren. Eine gewaltige gewölbte Brücke, ein Holzviadukt, ließ das riesige unterirdische Ausmaß erahnen.

»Warum zeigen sie sich als Luftwurzeln?«, fragte er. »Was drängt sie nach oben? Die Zwerge treiben seit Jahrtausenden Tunnel durch die Welt. Und auch wir haben Fundamente gegraben, für den Hochtempel und die Zitadelle der Magier.«

»Anmerkung: unbekannt.« Der Magier schritt vor dem Gebilde auf und ab. Er reckte den Stab in die Höhe, sang und murmelte Sprüche, wobei sein Tonfall schwankte und unsicher klang. »Sargith'hun. Sargath' an aihre. Sulass an' Urdha! Sulass an Uldha!« Kato breitete die Arme aus, rief das Holzelement an. »Vidhun, oppnades! Vidhun feltes mi!«

»Sosehr du dich auch mühst, daraus wird nichts«, beschied ihn Tanaqui, deren Stimme einen seltsamen Klang angenommen hatte. Sicher hatte dies mit ihren Tätowierungen zu tun. Seit der Begegnung mit der Riesin hatte sich die Jägerin verändert, war noch scheuer und in ihrem Wesen wilder geworden. Dass ihr Pferd beinahe gestorben war, musste daran großen Anteil gehabt haben. Sie vermisste es wohl.

Doch gerade diese Verletzlichkeit wirkte auf Bowden reizvoll. *Seltsam*, dachte er. Wann hatte er ein Messerohr jemals anziehend gefunden? Er wurde wahrhaft weich. Erst ließ er sich vom herben Eros dieser Riesin einfangen, nun ertappte er sich dabei, wie er mit einem gewissen Begehren im Geist die geschmeidige Elfe ihrer Gewänder entledigte.

Bowden hatte sich stets eingeredet, das Zölibat zu Ehren der Götter wäre sein einziger Weg. Doch das Schlachtfeld hatte ihn rasch gelehrt, wie endlich das Leben war und wie wertlos ohne jede Innigkeit. Doch dem zu folgen, schien es nun zu spät. Andererseits, standen Bowden und das Messerohr einander nicht näher als jedes andere Geschöpf auf den Inseln? Waren sie nicht durch Krieg aneinandergeschmiedet?

Bowden beobachtete, wie die Wüstenelfe die Stirn an das riesige Gewächs legte und mit beiden Händen die Borke betastete. Schließlich vergewisserte sie sich ausreichender Dunkelheit unter dem Blätterdach des Waldes.

Sie zog die Handschuhe aus. Bowden sah den schlanken Wuchs ihrer Finger. Fremdartig und auf eine Weise, die Menschen kalte Schauer über den Rücken jagten, ausgestattet mit einem Glied mehr, als es bei ihnen der Fall war. Die Nägel hatten sich verändert, seit er sie zuletzt betrachtet hatte. Sie waren hart und dunkel, überdeutlich im Kontrast zu der milchweißen Haut und erinnerten an kurze Klauen.

Noch schienen sie nicht scharf genug, um Handschuhe aufzuschlitzen. Es war offenkundig, dass ein Wandel mit Tanaqui vor sich ging. Würde der Flammenmagier, der Hunderte ihrer

Art in Schlacke und Asche verwandelt hatte, vor diesem neuen Geschöpf Gnade finden, wenn es sich entpuppte?

Er spürte einen Stich bei der Vorstellung, die Elfe niederzustrecken, auch wenn sein Herz mit einer gewissen Vorfreude raste, sich mit einer solchen Gegnerin zu messen. Ein Duell, bei dem er sie überwinden und zähmen würde. Schwer atmend würde er sie zu Boden ringen, ihre heftige Abwehr unter sich spüren, bis sie sich schließlich ergab …

Was bei den Göttern geschieht mit mir?

Das Erbe seiner Mutter war freigelegt. Vor ihrem Versuch, ihn zu töten, hatte sie ihn reich beschenkt. Er musste nicht länger mit einer Lüge leben. Es gab keinen Tempel mehr auf der Insel, dem er Rechenschaft über seine Begierden und Wünsche schuldete. Das hatte er begriffen.

Wer oder was die Emissäre auch immer sein mochten, sie standen ihrer tierhaften Natur näher. Vielleicht gab es nach diesen Kämpfen für ihn und Tanaqui Hoffnung, da auch er vom Alten Blut der Nichtmenschenvölker abstammte. Sie könnten sich im Wald verbergen, im Grünen eine Hütte bauen, fernab von Grauen und Elend ein neues Leben beginnen. Zwei Todfeinde, die zueinanderfanden. Durfte er noch hoffen?

Die Wüstenelfe riss ihn aus seinen Träumereien. Nach der Umarmung des Holzes kehrte sie zu den Gefährten zurück, schlüpfte in ihre Handschuhe und störte sich dabei selbst an ihren Krallen, die sie mit Unbehagen begutachtete.

Bowden musste sich ablenken. Kurzerhand griff er seine Frage wieder auf. »Also, warum ragen Goldwurzelstrünke aus dem Boden? Wer hat sie heraufbeschworen? Die Herren des Nadirs? Oder waren es gar diese ominösen Vier Könige?«

»Je einen Tanzbär gesehen, Hochwürden?«, fragte Limbo.

Sie standen Seite an Seite und beobachteten, wie sich auf wundersame Weise im Holz ein Portal öffnete. Borke und Splintholz barsten knirschend, dann schimmerte Silberlicht.

»Wir mögen keine Feinde mehr sein, Vagabund. Aber meine Langmut gegenüber dummen Fragen ist weithin erschöpft.« Bowden bedachte den Verfluchten mit einem finsteren Blick.

Der hob entschuldigend die Arme. »Man stellt die Tiere auf glühende Metallplatten. Sie lernen, indem sie vor Schmerzen den Fuß heben. Wenn Qualm aufsteigt und sie ihr verbranntes Fleisch riechen, ertönen Tamburin und Flöte.«

Tanaqui zischte wie ein Reptil.

Limbo fuhr fort. »Das wird so oft wiederholt, bis der Klang der Musik im Geist des Bären auf ewig mit Schmerz verbunden ist. Das zwingt ihn, zum Ton den Fuß zu heben.«

»Die Kohlefeuer«, murmelte Gjala. »Sie haben den Baum noch nicht erreicht, aber er zieht die Wurzeln zurück.«

Kato nickte. »Zustimmung: ein Grund mehr, warum wir uns beeilen sollten. Ich weiß nicht, wie lange uns noch Zeit bleibt. Aber ich gewinne den Eindruck, dass das Entflammen der Götterschmieden und das Ritual der Eroberer sich auf diesen Baum beziehen. Wer vollzieht einen Ritus, um letztendlich die Heimat niederzubrennen? Wahnsinnige vielleicht? Vielleicht sind am Ende diese Vier Könige genau dies, und eine Armada Golems soll sie aufhalten?«

»Was ist mit der Zwergenfalle?«, erkundigte sich Gjala. »Wenn der Mistkerl Unwerth noch lebt, wird er sich dann nicht im Runenlabyrinth des Stabs verirren?«

»Genau deshalb müssen wir ihn ausfindig machen. Er ist nicht nur der Letzte, der diese Priestersprache noch beherrscht, sondern gleichzeitig verrückt wie ein Märzhase. Ich setze darauf, dass ihn der Wahnsinn von Vaile und seine Macht genau vor der Wirkung schützen, die mich für Wochen in Bann schlug.«

»Es tut mir so leid, Kleidträger«, meinte Bierschaum unglücklich. »Als echte Zwergin hätte ich dich gewarnt.«

»Deine Begleitung hat sich tausendfach bewährt«, beschwichtigte sie der Deserteur. Er lächelte ohne jeden gewohnten Spott und trat schwungvoll durch das Portal.

Bowden blickte ihnen nach. Einer nach dem anderen ging durch die Pforte, verschwand im Wabern kaltweißen Lichts.

Limbo war der Vorletzte. Der Vagabund musterte Bowden im Vorbeigehen. »Wohl kenne ich deinen Gesichtsausdruck, Ritter«, erinnerte sich der Verfluchte. »Hundertfach, aus längst verflossenen Begebenheiten. Bei anderen, bei mir selbst. Von Schlachten, die ich vergaß, vor Abschieden. So wirkt ein Mann, der alles hinwerfen und umkehren will.«

Bowden hätte ihn gern Lügner genannt. Doch er sah die Wahrheit in Limbos Augen. Beschämt blickte er zu Boden. »Sag mir nur einen einzigen Grund, warum ich mitgehen sollte«, wandte er ein und blickte auf, in Erwartung, dass Limbo wieder wie ein Schatten verschwunden sei.

Stattdessen lehnte der Vagabund an der Wurzel und schmunzelte. »Ich kenne mindestens vier.«

Da schloss sich der Paladin wieder den Kameraden an.

Sie durchliefen eine Erfahrung, die sich schwerlich beschreiben ließ. Sie standen in einem Tunnel, ohne zu stehen. Sie gingen durch eine Röhre, ohne zu gehen. Alles war fern und zugleich nahe.

»Zum hundertsten Mal: Wir haben den Stab noch«, hörte Tanaqui Gjala sagen. Wobei *hören* das falsche Wort war. Es war eine Empfindung. Alles war Empfindung. Sie befanden sich in einem Strom aus Gefühlen.

45

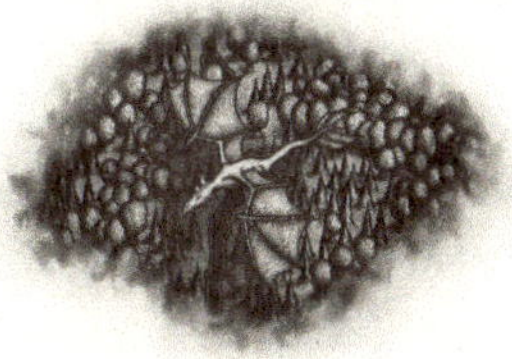

Ein silbriger Schimmer, ein diffuses Licht, das von überall und nirgends kam, hüllte sie ein. Träge umflirrten sie glimmernde Partikel, während Unbeschreibliches mit ihnen geschah. Tanaqui, Bowden und Gjala hatten einige Zeit gebraucht, um sich daran zu gewöhnen. Limbo kannte diese schwebende Beförderung offenbar, hatte sich rasch erholt.

»Hört ihr sie? Deutlicher nun und nicht mehr fern.« Bierschaum lauschte.

»Das Lied«, stimmte Tanaqui zu.

»Der verfluchte Klang«, zischte Bowden.

»Ihr gewöhnt euch rasch daran«, wiegelte Limbo ab. »Seid unbesorgt. Die Wirkung geht vorüber, sie dauert nur an, bis ihr euch zurechtfindet. Stellt euch vor, ihr wart lange im Dunkeln und tretet in die Sonne.«

»Melodie?«, fragte Kato mit unverhohlener Missbilligung.

»Sie ruft mich«, murmelte Tanaqui träumerisch. »Wie Harfen aus Glas.«

»Als lehre man rosafarbene und blaue Diamanten das Singen«, schwärmte Bierschaum.

»Mutters Schlaflieder«, sinnierte Bowden.

Langsam kam Tanaqui zu sich. Sie war Kind der Wälder wie auch der Wüste. Sie kannte die Wirkung, aus dem Blätterdach ins Freie zu treten oder ein dunkles Zelt zu verlassen, wenn die ewigen Glassande unter weißem Licht brieten.

Es gab keinen Zweifel, sie waren im Innern eines gewaltigen hölzernen Tunnels, der wieder jene Form annahm, die dem Äußeren der Wurzel entsprach. Doch statt mit hölzernen Maserungsschichten war sein Innenleben mit samtigem Schatten ausgekleidet, auf dem Sterne glommen. Wie die Spitzen von Eisnadeln. Silbriger Schimmer hüllte alles ein. Es war wie ...

»Mondlicht«, hauchte Tanaqui. »Die Gabe aus dem Füllhorn Selachias. Die Mutter der Meere, erschuf sie diesen Baum? Törichte Frage. Sie hat Selachis erschaffen.«

»Ja«, stimmte eine vertraute Stimme neben der Jägerin zu.

Sie sah den Ahnherren neben sich, einen Fürsten, gewandet in die prächtigste Rüstung, die sie je gesehen hatte. Ein Schuppenpanzer aus goldenem Laub, nach allen Jahreszeiten gefärbt, ein Bogen aus Mondlicht lag in der Hand. Seine Augen glommen in der Farbe honiggetauchten Bernsteins, sein Haupt trug das Prachtgeweih des edelsten Hirschs, gestreute Blüten salbten ihn zum wandelnden Jahreslauf der Wildnis.

»Cathwyn?«, fragte Tanaqui in völliger Verwunderung.

»Ein Traumbild nur, ein Glanz aus ferner Zeit«, bedauerte der Hochelfenfürst betrübt.

»Ein Traumbild zwar, doch soll's nicht einsam stehen«, ließ sich Limbo zu ihrer Linken vernehmen.

Verdutzt stellte sie fest, dass ihre anderen Begleiter den Neuankömmling nicht wahrnahmen, der Gesetzlose aber schon. Sie wandte sich zu ihm um.

»Hier herüber, Kriegerin!«, rief eine dunkle Stimme.

Der Wolf war von prachtvoller Gestalt. Nichts erinnerte an ein verfluchtes Geschöpf. Wie Cathwyn trug er ein Geweih. Er wirkte machtvoller als jeder andere Riesenwolf, als alle Chimaerae, die Tanaqui kannte. Sein Fell war von der Farbe mondgeküssten Neuschnees, seine Augen blitzten im Blau von Stürmen.

»Limbo?«, fragte Tanaqui.

»Aganthyr«, erwiderte der Wolf und neigte huldvoll das Haupt vor dem Elfenfürsten und der ihm Anvertrauten.

Tanaqui stutzte. Sie kannte den Namen des Menschenkönigs, die Legenden über sein Verschwinden in der Wildnis.

»Wollt ihr mich darüber aufklären, was es hiermit auf sich hat?«, fragte sie.

Elfenfürst Cathwyn schüttelte traurig den Kopf. »Mir sind die Lippen versiegelt. Ich vermag dir aber zu verkünden, dass du ins Allerheiligste der Elfenheit eintratst. Nach langer Zeit bestandest du alle Prüfungen und bist würdig, hier zu schreiten und mich wahrhaftig zu sehen.«

»Liegt deine Essenz nicht eigentlich in mir?« Verwirrt blieb Tanaqui stehen. Erst jetzt bemerkte sie, dass ihre Freunde sich keinen Schritt weit bewegten. Nur der Wolf, der Fürst und sie standen im Kreis des Mondlichts. Die anderen waren Schatten, gefroren in der Zeit.

»Uns bleibt nicht viel Zeit, Tanaqui«, mahnte der Wolf.

»Was ist dies für ein Ort? Wieso weiß Vesshelin von ihm, ich aber nicht? Kennen andere Elfen ihn? Ist dies der Wahre Nadir?« Sie breitete die Arme aus und wandte sich um.

»Ich kann dir keine Antwort auf alle deine Fragen versprechen, Kind«, sagte der Große Jäger. »Jetzt ist nur eines wichtig. Etwas, das womöglich auch deinen weisen Augen entging, Aganthyr. Sagt nichts, sprecht es nicht aus! Blickt euch um, führt euch vor Augen, was ihr seht, und was fehlt! Es ist wichtig, dass du dich daran erinnerst, wenn der rechte Moment kommt, Tanaqui. *Sie* will es.«

»Sie?«, fragte Tanaqui an Limbo gewandt.

Der Wolf schüttelte den Kopf »Nicht jetzt, Tanaqui. Sieh hin! Siehst du's? Es muss dir auf unseren Reisen aufgefallen sein.«

»Ich glaube ... » Sie ließ den Blick schweifen, bis er auf ihren drei Freunden ruhte. »Natürlich«, murmelte sie.

»Scht, kein Wort!«, flüsterte Cathwyn. »*Er* hört es. Sieht alles. Nur hier sind wir vor ihm sicher.«

»Wie konnte ich das nur übersehen?«, schalt sich Tanaqui, die nun verstand, worauf der Urahn hinwies.

»Wenn du damit haderst, du hättest etwas übersehen, denk daran, welche Vorwürfe mich plagen. Ich hätte damals nur meine Hilfe zurückhalten müssen, es wäre nichts Schlimmes geschehen.« Der Wolfskönig rang noch immer mit sich.

»Was soll ich tun?«, fragte Tanaqui ihren Urahn.

»Handeln, wenn der Augenblick kommt«, erwiderte Cathwyn. »Dein Speer kann ihn verheeren.«

»Du wirst ihn erkennen. Wir beide, wenn ich noch bin«, warf Limbo ein. Der Wolf wirkte nun heiter gefasst.

»Wer bist du wirklich?«, verlangte Tanaqui zu wissen.

Ehe Limbo antworten konnte, sandte der Fürst dem Wolf einen strengen Blick, so als wäre er sein Vasall.

Tanaqui wusste, dass dies nicht sein konnte. Cathwyn war vor Urzeiten im Krieg gefallen und für seine Taten an die Seite seiner Gespielin ins Mondlicht entrückt worden.

Das Bild des Elfenfürsten verblasste. »Leb wohl nach solch langer Zeit, wölfischer Freund, aber wir müssen scheiden. Vergesst nicht: Du wirst den rechten Moment erkennen und handeln, Tanaqui. Trägerin meines Blutes.«

Mit einem Mal war er verschwunden und hinterließ ein Gefühl der Leere in Tanaqui. Welch ein Geheimnis!

Nun sprach der Wolf. »Fuchstochter, dein Schicksal wird sich erfüllen, deine Queste nach Macht vollendet werden, so wie die meine. Du weißt, genau daraus speist sich die Magie, die Geschöpfe wie uns letztlich erhält. Bestimmung«, erklärte er voller Ehrfurcht.

Tanaqui nickte. Sie spürte den Grimm ihrer Bürde, musterte das eingefrorene Trio der Freunde.

»Oh, eins noch … Niemand außer Kato und dir kennt meinen wahren Namen. Belaß es dabei!« Damit verschwand der Wolf.

Es war, als hätte es nie einen Stillstand des Moments gegeben. Sie hörte ihre Freunde wieder über die Melodie schwärmen. Und Kato war ergrimmt, dass er sie nicht hörte.

»Worauf müssen wir in Vaile gefasst sein?«, erkundigte sie sich, während sie auf dem Mondlichtpfad voranglitten.

»Auf weit größeren Wahnsinn als in allem bisher Erlebten. Die Sümpfe sind maleficarisch verflucht. Mit etwas Pech stehen wir gegen ein Heer wahnsinniger Zauberer aus Unwerths Gefolge.« Bowden blickte grimmig drein.

»Können wir dann unser Werk vollbringen?«, fragte Gjala.

Kato lachte schallend. Er klang befreit, während er mit seinem Stab weit ausholend voranschritt. »Warum wir in die

Sümpfe gehen und es uns nichts ausmachen wird?« Er wandte sich plötzlich um, ging langsam rückwärts und breitete die Arme in einer theatralischen Geste aus.

»Weil jeder von uns bereits wahnsinnig ist und Hunderte Wunden in seiner Seele hat. Nicht einmal die Hölle kann uns noch schrecken.« Damit vollendete Bowden Katos Auftritt.

Während Katos Züge sich maskenhaft verzerrten und er wie ein Tänzer umherwirbelte, begierig, das große Geheimnis zu lüften, hörte Tanaqui, wie der Paladin düster und grollend lachte. »Das war von Anfang ein Unterfangen für Verrückte?«

Tanaqui konnte dem Paladin nicht widersprechen.

Sie hörte Limbo einige Worte murmeln und blickte an ihrem Körper hinab, der sich gerade auflöste.

»Kürzen wir die Strecke ab!«, schlug der Vagabund vor, und alles geriet in Bewegung.

46

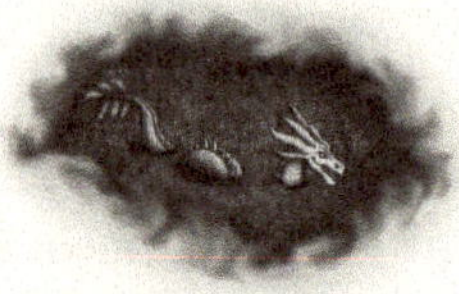

Sie hatten den Eulen Zeit gegeben, in der Wildnis Beute zu reißen. Daran herrschte wahrlich kein Mangel. Unzählige Flüchtlingszüge strömten über das Land. Der Klammergriff der Emissäre erfolgte nicht nur aus dem Norden, wie ihnen Flüge durch luftige Höhen gezeigt hatten.

Prinz Vesshelin hatte wenig Vergnügen daran gefunden, der Beute nachzustellen. Die Äffchen flohen in solch heilloser Panik und so großer Schar, dass das Niederstoßen mit Kioni dem Pflücken eines Apfels von einem übervollen Baum glich.

Es bedurfte dazu keinerlei Kunstfertigkeit, und ihm fiel auch nichts ein, wie er die Hatz reizvoller gestalten konnte. Wie sollte er auch ohne Streitmacht Vergnügen aus all dem Aufruhr auf seinem Eiland ziehen? Es stand fest, dass ihn die Gönner in vielerlei Hinsicht belogen hatten. Jedenfalls hatten sie die Riesin zu den Emissären entsandt.

Jene aber paktierten mit einer Macht, die man vor ihm im Dunkel belassen hatte. Sein Jagdmeister, wenn auch nur unter gedämpftem Bewusstsein, hatte die Ereignisse heimlich genau verfolgt, auch die Unterredungen zwischen den verfluchten Äffchen, die sich seine ihm Anversprochene als Haustiere hielt. Es gab keinen Zweifel, dass das Große Unterfangen, das die Herren des Nadirs geplant und in das sie selbst die verfluchten Schlammwühler hineingelockt hatten, Vesshelin für eine Königswürde nicht mehr vorsah.

Ein Weg in die Freiheit tat not. Am Ziel dann Ruhe, sein Weib gehorsam zu seinen Füßen. Hielt es Tanaqui lieber mit den Äffchen, als mit ihm zu herrschen, war dort ihr Platz.

Nein, der Prinz der Stadt der Türme war alles andere als zufrieden. Selbst die leidvollen Schreie jener, die hilflos zusehen mussten, wie ihre Eulen zappelndes Affenfleisch aus der gebeutelten Gemeinschaft von Flüchtlingen rissen, konnten ihn nicht aufmuntern. Nicht einmal die Scham, die Kaelanos seit seinem Scheitern und dem Verlust der lang gehegten Reiteule mit sich trug, munterte Vesshelin auf.

Als hätte sie sein inneres Hadern vernommen, begann die Melodie wieder mit ihrem endlosen Säuseln, das er einst als angenehme und beruhigende Gewissheit wahrgenommen hatte. Nun aber, nach Monaten, war jeglicher Genuss dahin.

Er wollte Schmutz, Wirren und Ungehorsam zurücklassen und mit seinen Getreuen in eine bessere Welt fliehen.

Seine sogenannten Gönner hatten ihm alles Denkbare ermöglicht und seinen inneren Wandel ebenso befördert wie seine Körperkraft, aber sie waren ihm nicht treu. Also wurde es Zeit, sie durch neue Werkzeuge zu ersetzen.

Die Saat war am Strand gesät worden, und er wusste, der Menschling Tamasine Kato konnte nicht widerstehen. Nach allem, was Vesshelin ihm anvertraut hatte, würde er Tanaqui dem Prinzen übergeben. Ansonsten würde der Herrscher von Thar Gwynleth an dieser Kreatur beispiellose Rache üben.

Vesshelin war kein Narr. Er würde seine Tanaqui behalten, so oder so. Dafür hatte er im Krieg Sorge tragen lassen. Der erste Auftrag seines Jagdmeisters, den Seelenbaum der ihm Versprochenen dort in Sicherheit zu bringen, wo Vesshelins Licht ruhte. Fernab vom Zugriff ihrer Feinde. Starb sie, so würde er ihr Licht nehmen und ihr ein neues Dasein schenken.

Kaelanos stand am Rand der Anhöhe, auf der sie gelandet waren. Langsam wandte sich das Geschöpf zu seinem Herrn um, die verschatteten Züge unter der Kapuze wirkten streng und bedrückt. Der Jagdmeister musterte Vesshelin und gerade einmal zwei Dutzend Elfenkrieger. Es herrschte großer Mangel am Schwertwind, und Vesshelin wollte wieder über ein Volk herrschen, das diesen Namen auch verdiente.

»Du hast versagt«, erinnerte er ihn zum zehnten Mal binnen der letzten Stunden an sein Pflichtversäumnis.

»Tötet mich, Herr!«, verlangte Kaelanos. »Wenn Ihr so unzufrieden mit mir seid, bleibt Euch kaum eine Wahl.«

Hatte der Prinz sich verhört? Er musste sich geirrt haben. »Was sagst du da, Kreatur?«, fragte er lauernd.

»Wir sagten, Ihr sollt uns töten, wenn es auch nur den geringsten Zweifel an unserer Treue gibt. Wir spüren die Hitze des Waldes, die Flammen, die sich ihm aus jeder Richtung nähern. Unser Ende scheint ohnehin zu nahen.«

»Dich töten, so, so«, murmelte Vesshelin. »Das könnte dir so passen. Du kostest mich eine voll ausgebildete Eule. Du versagst darin, meine Anverlobte vor dieser ungeschlachten Barbarenkönigin zu retten. Lässt dich von ihr fangen wie ein blödes Insekt vom plumpen Menschling. Dann kehrst du ohne meine Geliebte zu mir zurück. Und zu allem Überfluss lebt diese Truppe widerwärtiger Ausgestoßener, verkrachter Krieger und seltsamer Missgeburten noch immer.«

»Eine treffende Zusammenfassung der Zustände.« Kaelanos nickte unter der Kapuze. »Genug Gründe, uns zu erlösen.«

»Das könnte dir so gefallen, wie?« Aus den Augenwinkeln nahm der Prinz wahr, dass seine Schar zwar eifrig kostbare Öle in das Gefieder ihrer Eulen zu reiben schien, in Wahrheit ließ sich keine der Elfen das Geringste entgehen.

Die Kampfkraft des Jagdmeisters war legendär. Selbst Vesshelin wusste nicht, was geschähe, sollte er je die Gewalt über das Wesen verlieren. Vielleicht war es kein schlechter Plan, blitzartig zuzuschlagen und den Knecht zu enthaupten, bevor er auf schräge Gedanken kam.

»Es wäre nur die gerechte Strafe«, befand Kaelanos.

»Du hast sie wiedergesehen«, verlautete unversehens sein Herr. Er wollte das Geschöpf aus der Fassung bringen.

Tatsächlich nahm er ein Zucken wahr. Eine knappe Bewegung. Oder bildete er sich das nur ein?

»Ich habe vieles gesehen«. Kaelanos wich aus.

Nein, Vesshelin hatte sich nicht verhört. Das Wesen erinnerte sich. An jene Nacht unter dem Blätterdach, als er es mit der Macht des Mirvaali und dem Segen des Nadirs erschaffen hatte. Es gewann seine Urteilskraft zurück.

Vesshelin seufzte. Eine weitere Gefährdung, die er aus der Welt schaffen musste. Derlei nahm langsam überhand.

»Du hast Tanaqui gesehen«, hielt er dem Diener abermals entgegen. »Ist sie stolz, meine Waldlöwin? Kämpft sie mit jener Anmut und Grazie, die sie unter den Blättern unseres Heims erlernte?« Wieder musterte er seinen Leibwächter genau, während er den schwärmerischen Köder auswarf und darauf wartete, dass ihn eine falsche Regung verriet.

Langsam hob Kaelanos die Achseln. »Sie kämpft wie ein Mitglied des Schwertwinds. Ihre Fähigkeiten sind gewaltig, was Speer und Bogen betrifft. Doch sie ist uns unterlegen.«

»Uns beiden?« Der Prinz hob die Brauen.

»Uns, Kaelanos«, bestätigte das Geschöpf. »Dürfen wir eine Frage stellen, Herr?«

Eine auffordernde Geste vermittelte Zustimmung.

»Warum spielt Ihr sie gegeneinander aus, Herr? Warum töteten wir sie nicht, als wir Gelegenheit dazu fanden?«

»Ist dir aufgefallen, Kaelanos, dass meine Gönner Meister der Magie sind? Sie haben uns von vornherein hintergangen.« Er wandte sich seiner Schar zu. »Sie wollen nicht, dass euer Prinz sein Erbe und das seines Volkes zurückerhält.«

Raunen bei den Reiterinnen. Die Züge der Bogenschützen und Speerträger verhärteten sich. Wunderschöne, schmale und ebenmäßige Züge mit leeren Augen musterten ihren Prinzen. Wut glomm im Innern dieser letzten unsterblichen Waldelfen, deren Bäume noch lebten. Bis das Feuer auch sie erreichte.

»Sie haben Pakte geschlossen. Vielleicht solche mit Äffchen, auf jeden Fall Bündnisse mit dem letzten Weib der Riesen und mit ungewaschenen Druchuul«, fasste Vesshelin die Lage zusammen. »Also, Jagdmeister, was hältst du für klüger? Sollen wir uns, nur mit Bogen und Speer bewaffnet, von Mächten wie Spielfiguren umherschieben zu lassen, deren arkane Kräfte und Befähigungen unsere magisch schlichten Naturgeschenke des Waldes bei Weitem übertreffen? Oder soll ich mir einen

Mann zu Willen machen, dessen zugegeben scharfer Verstand es nicht nur mit unserem aufnimmt, sondern dessen Vernichtungskraft an Bosheit nur noch von seinen Gefühlen übertroffen wird, von seinesgleichen betrogen worden zu sein? Ich halte es mit Letzterem.«

Zustimmendes Raunen vonseiten der Soldaten.

»Ihr erhaltet Euch seine Ergebenheit? Ein gefährliches Spiel, Herr. Wir hörten, wie ihn selbst seine Freunde Deserteur nannten. Wenn er Euch nun auch hintergeht?« Der Jagdmeister neigte den Kopf sanft zur Seite.

»Sprichst du von Tamasine Kato, Kaelanos? Oder von dir?«

»Von uns, Herr?« Das Geschöpf wirkte ehrlich betroffen.

»Schon gut, Kaelanos. Mein treuer Schakal, mein bester Jagdhund. Mir ist es gleich, ob mich der Feuerbändiger hintergeht. Tanaqui, meine Gönner, sie alle haben mich verraten, als es galt, treu ergeben zu sein. Abtrünnigkeit bleibt selbst einem Gottgleichen wie mir nicht erspart. Es dauert nicht mehr lange bis zum letzten Akt dieser Posse, und der kleine Flammenaffe wird seine Rolle gut spielen. Er wird sich den Herren des Nadirs entgegenstellen. Er und sein von Eifer zerfressener Kamerad wollen sie vernichten.«

»Und wir, Herr?«

»Wir werden zweifachen Gewinn daraus ziehen, Kaelanos. Zum einen lenken diese zerzausten Abenteurer unsere *Gönner* so lange ab, bis wir einen näheren Blick auf den *Wahren Nadir* werfen können, wie ihn die Schlammwühler nennen.«

»Und andererseits?«, wollte einer der Elfenritter wissen.

»Andererseits ...«, sagte der Herr von Thar Gwynleth in die Runde erwartungsvoller Gesichter, wobei seine Augen blitzten. »Andererseits machen sie uns ein Geschenk, dessen Größe sie im Wirbel der Ereignisse selbst erst viel zu spät begreifen werden. Es wird sie dazu noch mit unseren Gönnern entzweien und ihnen die letzten Geheimnisse verschließen.«

»Ihr meint ...«, setzte Kaelanos an.

»Ja, mein guter Jagdmeister. Ihr alle habt sie aus der Höhe gehört. Ihr wisst, wen sie suchen. Genau *ihn* will ich fassen, Sühne für lange Jahrhunderte der Schmach und des Verlusts. Der Zauberer ist aus der Luft auch in den Dünsten der Verderbnis gut zu erkennen. Wir müssen lediglich aufsatteln und ihnen von dem Ort aus folgen, wo die Wurzeln des Nadirs in die Sümpfe münden.«

Er lachte glockenhell und eilte auf Kioni zu. Als welch vorzüglicher Tag sich der heutige doch noch entpuppt hatte!

Endlich würde er eine Jagdtrophäe erbeuten, die seiner würdig war. Vorausgesetzt, seine Führer würden den Weg zu ihr überleben. Wenn nicht, so könnte er immer noch seine Angelobte in nobler Tat erretten.

»Horrido!«, rief Vesshelin von den Türmen.

47

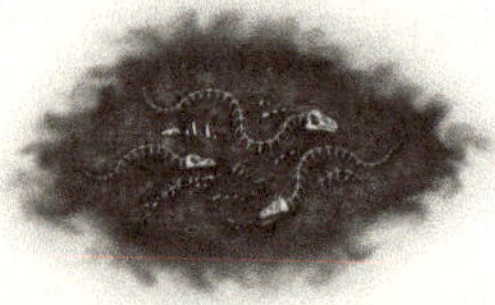

»Heimelig«, meinte Kato Tamasine. »Muckelig, wie einer meiner Ausbilder zu sagen pflegte, wenn etwas kokelte. Der gute alte Heizfeldt. Senil und wahrhaftig brandgefährlich.«

»Dich unterrichtete ein Feuerzauberer namens Heizfeldt? Wie wär's mit Zwerg Zipfelbart?« Gjala ließ verdrießlich den Blick schweifen, wenn es denn etwas zu schauen gab. Eine düster diesige Umgebung bedrückte Sinne und Gemüt.

Es war unerträglich heiß, selbst nach den Maßstäben einer Frau, die zwischen glühendem Stahl und glosender Kohle aufgewachsen war. Schwefelgestank steckte dicht wie eine feuchte Decke im Mund. Eine der größten Stärken der Zwerge versagte ihren Dienst – die Dunkelsicht, welche die Welt in Kühl und weniger Kühl einteilte und es ihnen so erlaubte, in lichtlosen Stätten sehen zu können.

Alles in diesen sumpfigen Dampfschwaden war *weniger kühl.* Zugleich reichten die Dünste so hoch hinauf, dass kein Sonnenstrahl den Weg in die Tiefe fand. Für Gjalas Augen war es dunkel, und sie fand sich in einer Waschküche aus verschiedenen Rottönen wieder, nahezu blind wie eine Fledermaus. Noch dazu kochte diese Sicht auf die Welt förmlich auf, da die Schlieren sich bewegten. Sie verwandelten sich in lang gezogene, formlose Farbschleier.

Ihr Herz schlug schneller, seit sie aus dem seltsamen Mondtunnel getreten waren. Einzig die gewaltige Wurzel hinter ihr bot so etwas wie kühle Orientierung. Wie ein Meeresdrache auf einer alten Seekarte tauchte das riesige Gewächs auf, versank wieder, tauchte erneut auf. So reichte ihr Anblick bis zum Horizont tiefer in die Sümpfe hinein.

»Anmerkung: Die ist schon länger hier«, murmelte Kato und verlieh damit Gjalas Deutung des Gesehenen Ausdruck.

Etwas abseits erbrach sich Tanaqui zum zweiten Mal. Erst hatte Gjala vermutet, das unnatürlich schnelle Vorankommen und Schlingern in der Goldwurzel seien schuld daran. Die Sümpfe von Vaile lagen im Westen Emricks, einige Tagesritte vom Hügelland entfernt, doch nun standen sie nur Stunden nach den Kämpfen am See schon in ihren Ausläufern.

Jetzt aber begriff Gjala, dass Tanaquis Sinne um ein Dutzendfaches schärfer waren als die ihren, vom Gehör vielleicht abgesehen. Was Gjala nahezu blind machte, setzte der Wüstenelfe mit seinem Gestank zu wie Faustschläge.

Bowden erging es nicht viel besser. Gjala sah, wie der Paladin als etwas kühlerer Schemen neben ihr schwankte. Offenbar hatte der Gotteskrieger als Halbblut ebenso mit dem Gestank wie mit der Hitze zu kämpfen.

Limbo stapfte schweißglänzend an ihrer Seite. »Ich sollte zurückbleiben. Schlechte Erinnerungen beschleichen mich hier. Der Ort macht mich ... wild«, murmelte er zu sich selbst in einer längst vergessenen Sprache, die allein noch Gjalas Bardenkunst zugänglich war.

»Diese Wurzel windet sich hier schon lange, Blechmann«, bemerkte Kato zerstreut. »Erinnerst du dich an den Rückzug nach der Mission? Wir hatten uns gefragt, was dieser Sumpf alles an urgewaltigen Gewächsen hervorbringt.«

»Du konntest sie sehen?«, wunderte sich Limbo. »Seltsam. Nur die Würdigen wissen um den Nadir.«

»Und du bist würdig, was?«, giftete Bowden. Er wand sich ein Schultertuch ums Gesicht. »Ausnahmsweise trägt das Messerohr sein Meuchlergewand einmal zu Recht. Tränkt eure Umhänge mit Essig, damit die giftigen Dünste eure Körpersäfte nicht verderben. Und, Kato, unterlass dieses Gebrumm!«

Erst jetzt fiel Gjala auf, dass Kato ebenso von der verhüllten Landschaft geängstigt wurde wie sie alle. Das Gemälde eines

Wahnsinnigen aus flüssigem Wachs und Rauch schien sie zu verschlucken. Sie hörte den Magier summen.

»Was bewegt dich, Robenknecht?«, erkundigte sie sich, einerseits um Bowdens Grobheit abzumildern, zum anderen, um an diesem fürchterlichen Ort weiter Stimmen zu hören.

»Ich verstärke den Schutzzauber, den die Turmmagier in meine Gewänder eingebrachten, um das Feuer zu bändigen.«

»Du störst mich in meinen Gedanken«, tadelte Bowden.

»Diese Zauberei ist für uns lebenswichtig«, betonte Kato.

»Eine weitere Teufelei«, murmelte der Gotteskrieger.

»Mitnichten«, antwortete Limbo. »Die Dünste dieser Sümpfe bringen zwar nicht den Wahnsinn von Vaile mit sich. Doch sie sind mit Faulgasen versetzt, und unser Freund hier durchwandelt sie als lebende Fackel. Wir retten wohl kaum die Insel, wenn wir bei der Wanderung aus den Stiefeln gesprengt werden, oder?«

Bowden knurrte etwas Unverständliches und sortierte seine Ausrüstung. Den Schal beließ er, wo er war.

Soweit Gjala es sehen konnte, schien Limbo den Ritter nicht aus den Augen zu lassen.

Die Zwergin erinnerte sich, was unter Dunkelfall im Tempelgang geschehen war. Als durch die mystischen Veränderungen der Insel durch die Götterschmieden eine alle erfassende erbitterte Zwietracht über sie gekommen war.

Wahrscheinlich dachte Limbo ebenso wie sie. Sie betraten einen Sumpf, der die Sinne beeinträchtigte. Ihr Trupp bestand aus einer Frau, die sich im Ernstfall in eine Halbgöttin der Jagd und des Todes verwandelte. Einer lebendigen Fackel mit Hang zum Schnaps. Einem Hitzkopf von einem Gottessoldaten mit fünfzehn Pfund scharfem Stahl an der Seite und einer mystischen Panzerung, behänder und stärker als jeder Menschling. Einer Zwergin, die mit ihrer Stimme Ungehörigen die Knochen zerstäuben konnte, und einem Mann, der eine unaufhaltsame Bestie in sich trug. Nicht die besten Bedingungen für unbemerktes Beschleichen der Feinde.

»Ich denke, wir können weiterwandern«, äußerte Tanaqui, die wieder in Gjalas Sicht auftauchte, sich das Gesicht säuberte und sich abermals in Chalaf und Kaftan hüllte.

»Vielleicht sollten wir noch ein wenig warten, bis du bei Kräften bist«, bot Gjala der Freundin an.

Unerwartet legte ihr die Wüstenelfe eine Hand auf die Schulter und drückte sanft, aber deutlich zu, um zu zeigen, dass sie noch Kraft besaß. »Danke«, sagte Tanaqui. »Wirklich. Ich werde es schon schaffen.«

Dir gelingt es sicher besser als mir, dachte Gjala. Durch ihren kleinen Wuchs musste sie sich Bodennäher durch Dunst, Hitze und Gestank kämpfen.

Tanaqui hatte ihr Pferd verborgen an den Riesengräbern zurückgelassen, um Mistral keiner weiteren Gefahr auszusetzen. Gjala beneidete das stolze Tier.

»Feststellung: Es bringt nichts, hier müßig weiter Zeit zu vertändeln. Mein gemeinsamer Schwur mit Bowden aus der Vergangenheit gilt. Das Ritual wurde vollzogen, um uns im Bund mit den Naturkräften vor Wächtern zu verbergen. Somit bin ich sicher, dass wir jeden Schutzzauber umgehen können, hinter dem man damals den verrückten Greis vor der Welt zu verstecken suchte. Dieser Sumpf weiß noch, dass wir beide Eingeweihte sind.« Kato begann mit einem ersten Schritt.

»Ausnahmsweise folge ich dir. Bringen wir die Aufgabe endlich hinter uns und betreten diesen verdammten Baum!«

»Der wahre Nadir ...«, murmelte Gjala. »Weißt du nicht doch vielleicht, was das ist, Limbo?«

Sie spürte mehr, wie der feiste Vagabund neben ihr den Kopf schüttelte, als dass sie ihn sah. »Das sagt mir nichts. Oder nichts *mehr*. Der Gedächtnisschwund ist übel.«

»Da stimme ich dir zu«, erwiderte sie. Ihre Erinnerung an die Seite jenseits des Portals war ausgelöscht, nachdem das Geschoss am Strand sie erwischt hatte. Nur Dunkelheit, keine Eindrücke mehr, doch in den Wochen danach hatte sie oft abwesend gewirkt. Sie mochte sich nicht ausmalen, was Limbo schon so oft durchgemacht hatte. *Trauma* nannten es die Seelenheiler. Drei Kriege hatten die entsprechenden Forschungstagebücher zum Überquellen gebracht. Sollte es trotz allem Frieden geben und der Archipel die kommenden Tage wider Erwarten überstehen, würde es Jahrhunderte dauern, dies alles auszuwerten. Geschweige denn zu heilen.

Vielleicht war es das, was sie und den Gesetzlosen am Ende verband, auch Gjala war letztlich zweimal gestorben. Einmal bei der Explosion im Schacht und einmal am Strand. Hätte man noch einen Drazok Dhar fragen können, war sie sogar eher dreimal getötet worden. Die Verbannung war eine rituelle Abkehr vom gefallenen Klansmitglied. Wenn es nach ihrem Volk ging, lebte Gjala schon lange nicht mehr.

Katos Singsang riss sie aus ihren Gedanken. Das Summen hatte etwas Beklemmendes. Doch es war besser, als noch einmal in eine Explosion zu geraten.

Wie viele perfide Momente der Ironie riss das Schicksal doch in die Lebensläufe, wenn es seine Klauen ausstreckte!

Soweit die Zwergin es beurteilen konnte, machten sie gut Boden wett. Die von Bowden und den anderen erwähnten Knüppeldämme konnte sie mit ihrer Kurzsichtigkeit auch in dieser Erbsensuppe erkennen, hörte die Schritte der anderen auf feuchtem Holz.

Jahrhundertealte Anhäufungen von Pflanzenschlick und Wurzelwerk erhoben sich als kleine Deiche kreuz und quer aus der trüben Brühe, in die sich das Wasser im Delta von Vaile verwandelte. Das Summen riesiger Libellen und noch beunruhigenderen Getiers erfüllte die Luft. Ebenso wie das ekelerregende Knirschen, wenn ein Ochsenfrosch eins dieser Tiere tötete, seine Mahlzeit zwischen nassen Lippen knickte und noch lebendig in den Schlund gleiten ließ.

Überall stellten sich ihnen stumme Giganten entgegen, und mitunter erschrak Gjala. Die riesigen Mangroven mit ihren Luftwurzeln ragten wie die Pfeiler einer schwarzen Kathedrale mit lichtem Gewölbe bis in den Himmel. Ihre höckerigen Erdwurzeln dagegen weckten im Halblicht dieses furchtbaren Ortes schlimme Erinnerungen an das Wesen im Unterdeck der *Goldmarie.*

Vermochten sie je zu begreifen, mit welcher Macht sich die Emissäre eingelassen hatten, ehe sie überhaupt verstanden, wer oder was diese selbst waren? Warum begehrten die dreiäugigen Herren der Tiefe das Reich der Vier Könige? Würden sie je etwas über den Ursprung dieser Gottheiten erfahren?

Es begann als ein Kribbeln.

Die Melodie, die Gjala seit Anbeginn dieser Reise vernahm, seit jenem Augenblick, da das Lied sie vor der Explosion auf der Landstraße nach Dunkelfall gewarnt hatte, war überdeutlich zu hören. Wieder versuchte eine Wesenheit, sie zu warnen.

Genau in diesem Moment sprach Tanaqui dieselbe Empfindung laut aus.

Gjalar

Das alte Spiel mit ihren Traumbildern wiederholte sich, als Kato betonte, wie deutlich er die Melodie vernähme.

Gjala hörte ihn nur am Rand ihrer Wahrnehmung. Was immer das Lied bewirkte, es schien ihren Blick zu klären. Die Nebel der Dunkelsicht lüfteten sich, und ein labend kühler Wind frischte aus der Tiefe der Tunnels im vierten Geschoss der zweiten Untertiefen auf.

»Achtung!«, rief einer der Grubenarbeiter, den Pickel auf der Schulter. Ein Zwerg namens Childerin, den Gjala gut kannte. Er sprach mit der Stimme einer Elfenfrau, aber irgendwie störte sie das nicht. »Ich glaube, es greift nach uns.«

»Bah! Du siehst Gespenster.« Gjalar schlug dem Schachtkumpel auf die Schulter. »Du bist doch ein gestandener Drazok, die Hände voller Eisenschrunden. Nun jammerst du wie ein Bartling auf der ersten Schratjagd.« Gjalar hielt nichts von solch unzwergischem Verhalten.

»Hat zu viel Zeit mit den Händlern der Menschlinge und Messerohren verbracht«, feixte ein anderer aus ihrem Trupp. Gjalar konnte es ihm nicht verdenken. Die Fahrt ins Siebzehnte brachte harte Arbeit mit sich. Das Eisenerz dort war spröde, der Fels besonders hart. Die Hauer kamen nur mühsam voran, und die Moral war bei einigen nicht vorbildlich.

Er selbst freute sich darauf, seine üblen Träume der letzten Zeit abzustreifen. Groteske Geschichten hatte sein Geist ersonnen. Als Weib in Männerkleidern bereiste er die Welt. An der Seite von Menschlingen und einem Messerohr, befreundet mit einem Verbrecher.

Zum Speien lächerlich.

»Na, faulenzen wir wieder unter unseren Tagträumen?« Gjalars Kopf schoss von der Arbeit hoch. Seine Hände schmerzten. Seine Versunkenheit in das Handwerk war schlagartig dahin.

Seltsam, dachte der Zwerg. *Ich erinnere mich gar nicht, wie ich schon in den Siebzehnten gekommen bin. Wann habe ich mit dem Tagwerk angefangen?*

Ein Blick, und er erkannte, dass sie nicht dort waren.

Die Stimme gehörte Gjalars Vater. Er stand am Eingang zum Schacht und lächelte seinem Sohn anerkennend zu. Ein Zwerg mittleren Alters mit den sanften Zügen eines Erfinders und gestutztem Bart, damit dieser die frisch gezeichneten Baupläne nicht verwischte oder er die Bartspitzen versehentlich in das Müdigkeit vertreibende Schwarzwasser im Kontor tunkte. Ein der Zukunft zugewandter Drazok.

Doch nun erfasste ihn ein dunkles Gefühl. Er blickte auf unheimliche Werkzeuge, die Arjuna, Herr des Klans der Schachtfeger, vor seinen neugierigen Männern in die Höhe reckte.

»Warte, das ist falsch!«, hörte sich Gjalar aufbegehren. »Er war nie mit hier unten. Und Gjalar auch nicht.«

Arjuna sprach mit klarer Stimme, die im Stollen widerhallte. »Seht meinen Sohn, der mich mit nichts als Stolz erfüllt! Den Klauen der Hyänenhäupter haben der Klan, unser Priester und ich ihn entrissen. Mein Spross, Stolz unseres Hauses, ist zu uns zurückgekehrt und wird uns beistehen, die Große Unternehmung zu vollenden.«

»Er war nie hier unten«, beharrte Gjalar und wandte sich den versammelten Zwergen zu. »Ich war nie hier, hört ihr?«

Doch niemand regte sich. In Lachen dunklen Blutes lagen sie, die Körper so übel zugerichtet, dass es jeder Beschreibung spottete, teils nicht mehr als Zwerge erkennbar. Verrenkte Gliedmaßen ragten wie dunkle Schattenrisse vor dem Feuer auf, das in der Tiefe des Schachts loderte.

»Ich hätte das Werk zu Ende geführt«, raunte Arjuna. »Hätte mit Kraft und Umsicht gehandelt, wärst du nicht jener unbrauchbare Höhlenhundertfüßer, der sich in meinen Busen verbiss und mich mit seinem Gift vollspie!«, zischte der Vater.

»Er war nie hier unten!«, schrie Gjalar. »Seht ihr das denn nicht?«

»Es hat nie einen Gjalar gegeben!«, rief Gjalas Vater wütend aus. Mit einem Mal war die Zwergin wieder sie selbst.

»Ja, das bist du in Wahrheit! Ein Weibsbild, unfähig zur Arbeit in den Schächten. Wäre mir doch nur ein Sohn geboren worden, alle, die du daliegen siehst, lebten noch.« Mit anklagendem, hartem Blick ließ er die Runenstäbe und ihre Gegenstücke, die Sprengrunen, zu Boden rollen. »Du kennst deine Bestimmung, Mörderin!«, gellte seine Stimme durch den Schacht. »Wetz die Scharte aus!«

Bierschaum wusste nun über ihre Aufgabe Bescheid. Sie hielt die Gegenstände in den Händen, die sie ihrem Rucksack entnommen hatte. Den Runenstab für die Zündung und einen weiteren der runischen Sprengsätze, genau wie am Strand.

Sie würde diese erbärmliche Ungemach beenden. Sie würde die Zerwürfnisse, den Hass, das Chaos und den Krieg durch Stille ersetzen. Sie war bereit.

Aganthyr

»Du wirst in unserem Sinne Handeln, mein guter Aganthyr. Sobald der Tag kommt und du die richtigen Verbündeten gefunden hast. Andere werden versuchen, die Wendung zu erzwingen, aber das ist unmöglich. Schicksal lässt sich nicht züchten. Mindestens einer muss die Bürde auf sich nehmen. Reinkarnation wird erwählt, sonst wird man niemals zum wahren Gefäß. Denk daran, meine Tochter kann es nicht übernehmen. In ihr wird bereits ein anderer wohnen.«

Ihre Stimme war wie Balsam, den Aganthyr heiß ersehnte. Kein Knochen in seinem Leib war noch heil. Gift schäumte in seinen Adern, von den Dschungelwaffen der Hyänenhäuptigen in sein Blut eingebracht. Jedes Gran davon durchkreiste nun in fiebrigen Schüben den sterbenden König der Menschheit.

Den ersten König von Selachis und zugleich den letzten.

Yasilda blieb kein Jahr mehr, und der Rat würde sein Weib niemals als Herrscherin anerkennen. Gram erfüllte ihn. Sie war verloren. Auch der kleine Nairedh, sein Sohn, würde der gleichen unerklärlichen Krankheit erliegen wie die Mutter. Die Medizin, die er aus dem Quell zu Selachias Füßen schöpfen wollte, brächte seinen Lieben keine Rettung mehr.

»Solche Ironie …«, gurgelte er. »Hier zu verenden …«

Der versteckte See war eine so friedliche Gegend, in eine lange Sandbank im Innern einer bläulichen Höhle eingebettet, auf einem Atoll im Südmeer gelegen. Wieso strafte der Dschungel ihn und seine Männer mit solchem Tod?

Inmitten der Wasser saß sie, das letzte Trugbild weit umher. Wunderschön und strahlend weiß bis blassgrau wie der Mond auf ihrem Thron, das Haupt bekränzt mit einem Diadem aus zwei Sicheln. Die Ohren liefen selbst für eine Hochelfin ungewöhnlich lang aus. Zu ihren Füßen lagen Raubkatzen mit sechs Beinen und silbern schimmerndem Fell.

Hinter ihr öffnete sich ihr Palasttempel in den Himmel, vorm Sternenzelt kreuzten gewaltige alabasterfarbene Schiffe mit Goldsegeln. Sie kämpften mit Feuerlanzen gegen Albtraumgeschöpfe, die sonst nur das tiefste Meer barg.

Welch ein Anblick kurz vor dem Tod, nachdem man eine ganze Welt für sein Volk in Besitz genommen hatte!

Ein letzter hoffnungsvoller Versuch für Weib und Sohn.

»Kannst du … kannst du mich vor dem Tod bewahren, bis meine Aufgabe erfüllt ist?«, fragte er das Phantom im See. Das Waffengift seiner Gegner tobte durch seinen Körper und besetzte seinen Geist mit Trugbildern des Fieberwahns.

Traurig verneinte die Schönheit auf dem Seethron seine Frage mit einer Kopfbewegung. Dabei tanzten Türkisblitze über die Tropfsteine der Höhlendecke. »Ich fürchte, mir sind Grenzen gesetzt. Durch meinen Nadir vermag ich vieles zu erlangen. Den Tod jedoch wenden nur die dunkelsten Mächte ab. Ich aber kann dir etwas anderes geben.«

Unwillkürlich hob er den Kopf vom sandigen Höhlenboden und schmeckte Salziges, als er ergeben auf den letzten harten Streich wartete, bevor die Welt für immer erlosch.

»Ich erlege dir ein endloses Leben auf. Du wirst wieder erwachen, zurückkehren und mir dienen. Als mein Geschöpf in dieser Welt alle jene leiten, die rechtschaffen sind und mein Lied vernehmen. Meinen überstürzten Rückzug mildern.«

»Kann ich denn meine Familie retten?«, ächzte er.

»Wir können nichts mehr für sie tun.« Sie lächelte milde und so voller Anteilnahme, dass es ihm wie Balsam über jede Wunde rann. Die verheerende Botschaft änderte daran nichts.

»War … es denn *er*?«, keuchte er. »Woher weißt du davon?«

Aus verborgenen Türen näherten sich Gestalten dem Thron, schemenhafte Geschöpfe in langen Gewändern, die Gesichter hinter Theatermasken verborgen. Sie alle verneigten sich vor Selachia und standen stumm vor ihr. Nach dieser Treuebekundung zogen sie sich zurück. Drängend verwies einer der Maskierten noch auf die Sternenschlacht.

»Ich hätte eher erkennen müssen, dass er uns alle nur hintergehen wollte. Mit meinen Kindern klarer sprechen sollen, deutlicher zu ihnen singen, damit sie den Edelmut ihres Ansinnens begriffen, die Menschlinge zu erretten. Und wie gut ich daran tat, dich und deine Getreuen auf diese letzte große Mission mitzunehmen.« Selachia wirkte traurig.

»Ich verstehe nicht. Was hat das mit meiner Familie zu tun? Bitte ...« Dieses Wesen war mächtig, eine Göttin.

»Glaub mir, mein guter Aganthyr, meine Hände sind gebunden. In diesem Moment verlieren wir einen Krieg dort draußen zwischen den Sternen. Die Kinder der dreiäugigen Herrscher haben diese Welt gefunden. Sie sind den Drachen bis zu unserer Pforte gefolgt. Meine Diener verbreiteten die Sage vom rettenden Lebensquell gegen das Siechen deiner Lieben, um dich zu mir zu locken.«

Dem König fehlte die Kraft zur Wut über den üblen Betrug.

»Zürne mir nicht! Er hätte dein Weib und deinen Sohn ohnehin getötet. Du kannst ihn nicht aufhalten. Vielleicht vermag nicht einmal ich es mehr. Ich habe nur zwei Waffen gegen ihn: Ich versiegele den Nadir gegen seinen Zugriff. Und ich verhülle dich vor ihm, damit du und mein würdiges Kind die anderen schützen können, bis sich eine Wende zum Guten vollzieht. Ein neues Zeitalter beginnt. Doch erst wird das Feuer kommen wie am Ende jedes Weltalters, jedes Zyklus. Verstehst du das, mein guter Aganthyr?«

Er wollte aufbegehren, doch das Gift fraß ihn, und er fand keine Lüge in ihren Worten.

»Verhüllen vor wem?«, presste er hervor. »Vor wem verbergen, dass es mich ... noch gibt?« Warmes Blut rann aus seinen Wunden, tropfte in den Sand. Kopfschmerz quälte ihn.

»Dein Magister und Hofberater, dem meine Hochelfen bei dieser Mission vertrauten und der uns alle narrte.«

»Caen ... Erzmagister Caen«, ächzte Aganthyr. Im Zorn schoss neue Kraft durch seinen Körper. Er hatte den Berater seines Vaters stets gehasst und nur widerwillig zugestimmt, auch ihn und seinen Zirkel mit in die neue Welt zu nehmen.

»Er darf nicht wissen, dass du überlebt hast, mein guter Aganthyr. Darum werde ich dein Leben nicht retten. Die

Macht meines Mirvaali wird dein Dasein neu formen. Solange es meinen Wald gibt, wird dich das gleiche Licht erfüllen wie meine Kinder. Hinter Magister Caen Windrukith verbirgt sich ein überaus gefährliches Wesen. Ich brauche jemanden, der andere anleitet und vor Caens Monstern und Ränken beschützt. Einen Weltenmeister.«

»Hinter Caen verbirgt sich ... wer?«, ächzte der Sterbende.

»Zu spät begriff ich, mit welchen Mächten er Umgang pflegte. Den Goetie. Er ist ein Leichnam, Majestät. Ein Wiedergänger mit unbegrenzter Zaubermacht und unstillbarem Hunger. Und während hier draußen in der Kälte eines astralen Krieges Gott um Gott unseres letzten Refugiums stirbt, greift er nach meinem Nadir und allen Weiten von Selachis. Seit einem Äon sterben meine Schwestern und Brüder in den Weiten des Nachthimmels, ihre Todesschreie formen kosmische Lieder, die eure Menschenmagier so gern missbrauchen. Mir ist aufgegeben, die Kräfte ihrer Klagetöne im Nadir zu sammeln, bevor ich sie dereinst wieder zusammenfügen soll. Einsam warte ich auf diesen Tag.« Angesichts der Trauer in ihren Zügen überkam ihn ein inneres Wehklagen, und er verband die Sicht auf ihr Schicksal mit dem Erinnern an seine Familie.

»Windrukith will den Baum um jeden Preis«, erklärte sie. »Die ganze Macht, die der Nadir von den Sternen abzieht und sammelt. Das Blut der Götter, vereint in seinem Stamm. Die letzte Hoffnung, die Götter aufs Neue zu gebären. Du wirst alles begreifen, wenn die Stunde kommt, guter Aganthyr, doch vor dem Neuanfang steht das Zerbrechen. Bereits jetzt zerstreitet sich mein Volk, unfähig, das kosmische Wissen um das Kommen der Dreiäugigen zu ertragen. Der untote Zauberer hat einer Abspaltung der Sidhe ewiges Leben versprochen. Als seine Gesandten werden sie ...« Plötzlich erbebte der Palast.

»Trotz alledem«, fuhr sie mit sorgenvollem Blick fort, »wird deine Gabe Caen Windrukith blenden. Aganthyr stirbt, und ein Unbekannter kehrt zurück, auf dessen Seele er keinen Zugriff hat und außerstande ist, in den Wechsel von Leben und Tod dieses Wesens einzugreifen. Bist du bereit, die Bürde auf dich zu nehmen?«

»Ich bin bereit«, ächzte er. »Wenn ich Vergeltung an diesem Teufel will, bleibt mir nichts anderes übrig.«

Sie nickte. »Du musst Geduld beweisen, mein guter Aganthyr. Kannst du das?«

»Ich kann«, sagte er, während die Welt erlosch.

»Du wirst die anderen Vorkämpfer erkennen, wenn du sie findest, mein Weltenmeister.« Selachia erhob sich, den Stab mit den zwei Sichelmonden in Händen. »Deine Qualen werden ein Ende haben, und deine Sehnsucht nach dem Tod wird gestillt werden. Doch vorher musst du deine Wut beherrschen und rächst deine Familie am besten mit Geduld.«

Er starb. Vor seinen Augen die Gesichter von Yasilda und Nairedh. Ihr Verlust für immer erfüllte ihn mit grenzenlosem Zorn. Nur eine Bestie kannte solchen Zorn, die nichts wollte, als zerreißen, zerfleischen, zerfetzen.

Caen Windrukith, der die Menschheit in ihrer schwersten Stunde verraten und seine Familie ermordet hatte, vielleicht schon als Untote zu falschem Leben erhoben. Aganthyrs giftkrankes Herz brach.

Ihre Stimme verblasste. »Meine Vier Könige. Vielleicht hat er sie schon verdorben, Aganthyr ... du musst ...«

Er hörte nicht mehr, was sie sagte.

Und mit einem Mal spürte er, wie das Tier über ihn kam.

Sumpfige Luft umfing den Mann, der sich Limbo nannte. Während seine massige Gestalt von den Gaben der Mondsucht zur Bestie verformt wurde, sah er den untoten Zauberer und seine lodernden Hexenzeichen auf der Haut dicht vor sich. Den Leichnam. Den Hexenmeister. Den Mörder seiner Familie.

Aganthyr wusste, was er zu tun hatte.

Baudhilin

Die Turmkammer war für einen Greis kaum erreichbar, doch Bowden erklomm die steile Spindeltreppe ohne Unterbrechung.

Fünf Schritte, dann stand er vor der Holztür des Kontors. Zwar hatte er den Schlüssel dazu gestohlen, während sein Vater schlief. Doch an diesem Nichtort, den Bowden jede Nacht aufs Gleiche wiedersah, war das schlicht unnötig.

Er stieß die Tür auf und fand das Hauptbuch wie stets auf dem Tisch liegen. Was Bowden Verdian an seinem üblichen Albtraum verwunderte, war die Verstärkung der Sinneseindrücke. Er hörte das Schaben seiner Rüstungsteile, das Rasseln von Kettengeflecht, den schweren Atem. Er roch den Tang des nahen Fjords, hörte die Brandung in dieser verhängnisvollen Nacht donnern. Der kalte Luftzug des Nordwinds fegte durch das Haus ohne Zeit. Die Erinnerung an das stolze Zuhause einer heilen Kindheit verband sich mit dem Anblick der gebrandschatzten Ruine nach dem Pogrom.

Er wusste, was geschähe, wenn er sich über das Buch lehnte. Wer hinter ihm auftauchte. Was in jener Nacht im Haus passiert war, plagte ihn bis zum heutigen Tag.

Er ließ zu, was keiner seiner Begleiter je bei ihm sehen durfte, ließ zu, was er unter dicken Packeisschichten seines Zorns begraben hatte.

Bowden Verdian stand mit hängenden Schultern in der Mansarde des Turms und schluchzte, ein Ritter in voller Montur, der heimlich wieder zum Kind wurde. Gleich würde er seinen Kummer unterdrücken müssen, wenn der alte Mann hinter seinem Rücken erschien und entdeckte, dass Bowden ihm auf die Schliche gekommen war.

Es ging mitnichten nur um den Sklavenhandel und die Schandtaten, welche die Unterirdischen verübt hatten.

Sein Vater hatte noch über etwas anderes Buch geführt, das er die Große Unternehmung nannte und gemeinsam mit den Zwergen betrieb. Unter diesem Titel fand sich eine ganze Sammlung erteilter Aufträge, der Reihe nach abgearbeitet und gestrichen. Mit tränenschwimmenden Augen las Bowden den Eintrag, der in dieser verhängnisvollen Nacht den letzten Ausschlag darüber gegeben hatte, wie weit er gehen würde.

»Schnüffeltet du wieder, du unwerter kleiner Mistkäfer?«, zischte die Stimme seines Vaters aus einer dunklen Ecke im Turmgemach. Seltsam, Bowden sah im Dunkeln recht gut. Wie hatte er ihm entgehen können? Eigentlich ...

»... sollte ich diese Treppe hochkommen. Und doch bin ich hier und bringe dich durcheinander, nicht wahr? Dachtest du, wieder leichtes Spiel zu haben?«, keckerte sein Vater.

Die Greisengestalt, die vom stolzen Emricker Patrizier übrig geblieben war, stand ganz ohne Rollstuhl aufrecht in einer Ecke, und die Augen glommen in unheiligem Feuer. »Da staunst du, dass ich noch da bin, was? Er ist der Meister der Gier, Bursche. Er wickelte sie alle um den Finger und gab ihnen das Gewünschte. Auch mir. Der Tod schreckt ihn nicht. Die verfluchten Messerohren, die witterten, wohin der Hase lief, ergriffen das Hasenpanier ... in Richtung Wüste. Die kleinen Schlammwühler haben sein Gold blitzen sehen. Deine Hurenkönigin hat für ihn die Schenkel gespreizt, weil die Krankheit ihres Ahnen, König Nairedh des Schwachsinnigen, aus ihrem Blut hervorbrach.«

»Du bist nicht mein Vater«, stieß Bowden mit tränenerstickter Stimme hervor. »Ich muss es doch wissen.«

»Willst du die Antwort darauf, warum du es wissen musst, wirklich hören, Bursche? Wohlan denn: Weil du mich ermordet hast. Weil du ein Vatermörder bist, Bowden Verdian. Abschaum. Das Gesocks aus dem Fjord roch es, hat gewittert, wie wenig du taugst, auch ohne das Halbblut dieser nassen Metze aus der Tiefe. Wer hätte gedacht, dass tote Nixen gebären können? Nun windet sich Meeresbrut in der Sonne.«

»Schweig still!« Bowdens Stimme donnerte so laut, dass die

Dachsparren ächzten. »Vater sprach niemals schlecht über Mutter. Seine Meerjungfrau! Wer immer du bist …«

»Der Tanz ist noch nicht zu Ende, Ritter.« Der Inkubus, der in die Schlenkerpuppe seines Vaters gefahren war, sprach voller Verachtung. »Der letzte Akt wird erst gespielt, wenn du den wahren Grund deines Zorns auf den Deserteur entdeckst. Glaubst du wirklich, ein Pulk verbrannter Frontfrischlinge hätte dir etwas ausgemacht? Du hast Hunderte von ihnen verenden sehen. Also lies nach, woran Kato dich wirklich erinnert, damit wir diesen dunklen Moment hinter uns haben. Dein Anblick widert mich an.«

»Hat er dich wirklich zum Nachleben erhoben, Vater? Demnach verfügt der Architekt über erlösende Wunderkraft …«

»Dein Zirkelgott ist kaltes Eis zwischen erfrorenen Sternen, Bursche. So wie alle Götter, außer der Dirne auf dem Mondthron. Du weißt es längst, weil deine Gebete verhallen. Einzig das verfluchte Lied hat dich am Aufgeben gehindert. Sei kein Narr! Du bist Baudhilin Verdian, Bastardsohn eines Verschwörers, und du weißt, welchen Beitrag wir zur Großen Unternehmung geleistet haben. Schau auf den verdammten Eintrag!« Im letzten Wort lag eine solch wütende Betonung, dass Bowden sich aufraffte.

Die Augen seines falschen Vaters leuchteten in einem kalten blauen Feuer. Bowden wusste davon aus den unzähligen Sagas der Skraemar über Wiedergänger aus den Grabhügeln.

Was geschah hier? Er erinnerte sich an einen Sumpf.

Doch der Drang, Einsicht in das Hauptbuch zu nehmen, wurde übermächtig. Er lehnte sich darüber, um die Zeilen jenes erledigten Auftrags der Verschwörer zu lesen, die sein Leben damals verändert hatten.

Er trank aus der Quelle seines Zorns, bis ihn der Hass ganz und gar überwältigte. Hass auf den Vater und sein verfluchtes Geschlecht, übertragen auf den Namen, über den seine gepanzerten Finger fuhren. Ein Eintrag, der einige Jahre vor dieser verhängnisvollen Begegnung im Turmzimmer in einer Geheimsprache gerissener Händler erfolgt war.

Dort hieß es: *Letzten Elfenprinz in Wut versetzt. Zorn der Waldelfen leicht gegen Emrick zu richten. Zunftfamilie Tamasi-*

ne gefährdet durch zu unvorsichtige Führung ihres Kontors die Unternehmung. Brandanschlag erfolgreich, keine Überlebenden. Zwerge in Wut. Mitglieder einer Blutlinie ausgelöscht. Sohn vermisst. Ohne Bedeutung. Der Meister ist zufrieden. Zu gegebener Zeit wird er mich entlohnen, und das Gemurre der Unterirdischen wird ohne Belang sein.

»Kato hat mit uns das Nachtmahl eingenommen. Du hast dich mit ihm unterhalten«, sagte Bowden mit tonloser Stimme. »Du hast ihm verschwiegen, was seiner Familie widerfuhr, auch als er danach betrunken mit uns am Kamin saß, gezeichnet von diesem verfluchten Krieg und unserem Streit.« Bowden schüttelte den Kopf, biss sich auf die Unterlippe.

»Du bist ein unreines Halbblut, gezeugt mit dem Gezücht aus dem Meer, das den ehrlichen Tod scheute. Alle Antworten lagen vor dir, doch du Narr stelltest dich blind. Erdrosseln hätte ich dich sollen, als sich die Gelegenheit dazu bot. Doch du hast mich stets zu sehr an das Meermädchen erinnert. Momente der Schwäche, die ich bereue. Aber dann hast du mir ein Geschenk für den Magister ins Haus gebracht, das wir schon tot wähnten. Den letzten Tamasine.«

»Ich bin Bowden Verdian«, ächzte der Paladin und Vatermörder, der den einzigen Kriegskameraden, der nach so viel Kampf, Verrat und Hinterlist noch zu ihm hielt, lieber beschimpfte und verdammte, statt ihm die Wahrheit zu gestehen und um Vergebung für das Verbrechen zu bitten, das seine Familie der von Kato Tamasine angetan hatte.

»Du bist der Sohn eines Verschwörers, ein Verräter. Doch tröste dich, bei einem Ritual, von dessen Macht du nicht einmal die Ausläufer begreifen würdest, hast du längst einem anderen die Treue gelobt als deinem Tempelmaurer. Nämlich dem Meister, dessen Errettung dir zur Pflicht wurde. Er ist stets in eurer Nähe, er liebt dich und deinen feurigen Freund für euren Gehorsam«, kicherte der Untote.

Bowden spürte Zorn aufwallen.

Er hörte einen Wolf heulen, eine ungeheuerliche Bestie, aller Fjordlegenden würdig. Vielleicht hatte er niemals so unbeschwert leben dürfen wie die anderen Kinder bei den Skraemar, die er doch stets bewundert hatte. Die ihn ausgeschlossen hatten. Baudhilin, die Missgeburt. Doch bei den Göttern, er würde trotzdem wie einer der Ihren sterben.

»Nimm dein Schwert, Sohn!«, sagte das Vaterwesen. »Du hast in dieser Nacht getötet, und es wäre doch schade, wenn wir mit einer bewährten Familientradition brächen, stimmt's? Geh hin und lebe deine Wut nur herzhaft aus, mein guter Baudhilin!«

Bowden nahm sein Schwert. Die Riesin hatte ihm um den ehrbaren Tod betrogen. Noch einmal würde er dies nicht zulassen.

Fuchstochter

Die Lichtung roch sauber. Der würzige Duft des Mooses wisperte von Geheimnissen, die der Mirvaali in Smaragdtiefen für die wahrhaft Würdigen bereithielt.

Tanaqui Fuchstochter musste es wissen. Hier war sie aufgewachsen. Hier lebte sie nun, fernab des Gestanks der Sümpfe von Vaile und der gnadenlosen Wüstenhitze. In einem ewigen Reich aus Zwielicht und kühler Moosluft, welche die Sinne kitzelte und nichts als Frieden und tiefe Einkehr für leidende Seelen versprach.

Hier lebte sie friedlich an der Seite von Sahar. Jene nächtliche Untat, von der sie innerlich wusste, dass sie das Werk Prinz Vesshelins von den Türmen gewesen war, hatte niemals stattgefunden. In Einklang und Harmonie mit der Wildnis hatten die beiden Frauen Zuflucht vor einer Welt gefunden, in welcher der Tod allgegenwärtig war. Ihre Seelenbäume standen fest im nährenden Humus des Bodens und tranken aus den erquickenden Tiefen von Selachis.

Tanaqui saß im Schneidersitz unter einem Baum, gehüllt in die traditionelle Gewandung aus Rinde und Leder. Die Elfen des Schwertwinds fanden diese Kleidung überaus beruhigend, da sie sich damit in die Gaben des Walds selbst hüllten. Ein Mantel aus lebendem Efeu ruhte auf ihren Schultern und verbarg sie vor den wenigen Chimaerae, die es wagten, so tief in den harzarmen Teil des Forsts vorzudringen.

Der Mirvaali hatte Tanaqui vor Jahren einen Fünfzehnender zugeführt, den sie selbst mit einem Blattschuss erlegt hatte. Cathwyn, der Große Jäger ihrer hochelfischen Vorfahren, wäre stolz auf sie gewesen.

Der Krieg war an diesen Wald bisher vorbeigezogen, und so war Tanaqui dem gefolgt, was ihr die später verschwundenen

Eltern vorgelebt hatten. Sie hatte den Pfad der Druidin beschritten, ihr Haupt mit den letzten Geweihspitzen ihrer Trophäe auf ihrer Kapuze bekränzt und die Schirmherrschaft über diesen Teil des Walds übernommen. Sollten Truppen des Königreichs Emrick jemals ihr Friedensreich angreifen, würden sie und Sahar ihr Allerheiligstes verteidigen.

Ihre Eltern.

Die seltsame Melodie, die seit einiger Zeit zwischen den Bäumen hallte, hatte Tanaqui an sie erinnert. Stets hatten sie von einer großen Zukunft für ihre Tochter gesprochen, von der Verheißung durch die Blutlinie, aus der heraus Tanaquis Seelenlicht in dieser Welt erschaffen worden war.

Ihr Magen knurrte. Bald kehrte Sahar von der Jagd zurück.

Schon vernahm sie die Schritte ihrer großen Liebe.

Am Rand der Lichtung hielten sie inne.

Doch dort standen zwei Schemen. Die Umrisse gaben zwei Waldelfen preis. Das Licht ihrer Augen unter den Kapuzen leuchtete für einen Moment in einem kühlen, kränklichen Blau, doch ein Bernsteinglimmen erwärmte es sogleich.

»Kind«, sprach jemand voller Liebe. Kaum vernahm sie die lange vermisste Stimme, traten Tanaqui Tränen in die Augen.

»M...Mutter?«, stammelte sie.

»Wir sind es, Kind«, antwortete die Stimme ihres Vaters.

»Wo ist Sahar? Wieso kommt ihr nicht näher? Ich verstehe nicht«. Tanaqui fühlte sich mit einem Mal unbehaglich.

»Du verdankst es dem Großen Jäger und deinem Vertrauen zu ihm, dass du uns überhaupt wahrnimmst«, erklärte ihre Mutter. Dann schaute sie sich unruhig um, als wittere sie in der Nähe einen Feind. »Uns bleibt wenig Zeit«, drängte sie. »Bald wird er spüren, dass unser Licht sich seinem Machtstrom entzieht und wir ihn verdrängt haben.«

»Tanaqui«, erhob ihr Vater das Wort, »wisse, dass der Feind uns alle übertölpelte. In diesem Augenblick bist du nicht an diesem Ort, Kind. Du wandelst inmitten der Sümpfe von Vaileasharre, die den Geist verwirren. Dort trachtet er danach, jene zu töten, die ihn noch aufhalten könnten.«

»Du bist eine Gefahr für ihn, Kind. Der Große Jäger warnte dich vor ihm«, beschwor ihre Mutter sie.

»Die Unterirdische ist der Schlüssel, Kind.« Ihr Vater sprach in gestrengem Ton. »Du musst bereit sein, Tanaqui. Wenn dein Verstand entsetzt versagt, füge ihr Schmerz zu.«

»Es tut uns leid, nicht mehr für dich tun zu können«, bedauerte ihre Mutter. Der Schatten der Elfe rang mit den Händen, die Liebe in ihrer Stimme brach Tanaqui die Herzen.

»Ich habe so viele Fragen. Warum seid ihr gegangen? Der Krieg hat mich verändert. Sahar ist tot! Der Prinz ...«

»Ja, ich bin tot.« Sahars Gestalt ließ die Schemen am Waldrand zerstieben und nahm ihre Stelle ein. »Das weiß ich doch längst, du Dummerchen«, kicherte die Jägerin. »Magere Ausbeute.« Sie legte einige Eichhörnchen an einer Schlinge neben das Feuer. »Den Braten für die Feier müssen wir morgen schießen.«

Das Mondlicht des tiefen Mirvaali streichelte die Makellosigkeit ihres dunklen Teints, brachte die Lippen zum Glänzen, hob die Fülle ihrer Rundungen sanft hervor. Tanaqui war berückt, wie schön die Freundin war. Der Drang, sie zu küssen, erfüllte sie mit einem feinen Kitzel.

Zu schön, um wahr zu sein, dachte sie insgeheim.

»Feier?«, fragte Tanaqui.

»Meine Bestattung. Mein Ende. Humus. Ohne Seelenbaum. Ohne Licht. Ins ewige Dunkel«, sagte Sahar. Ihre wunderschöne Stimme eine Erinnerung, die tausend Wunden riss. Eine spitze Klinge, tief im Herzen. »Du weißt doch ... weil du mich hast verenden lassen. Als Futter für wildes Getier statt mich an Schwüren in unserem Nest zu wärmen.«

Tanaqui hatte das Gefühl, bis zu den Knöcheln in eiskaltem Morast zu verharren, der in ihr aufstieg.

Ich habe sie sterben lassen, dachte sie.

Du musst erwachen, Kind. Er beeinflusst dich. Er beeinflusst uns alle. Im verborgenen Teil deines Gemüts kann ich dich nicht vor ihm warnen, nicht vor ihm schützen. Er würde es sofort bemerken und mich einfangen, meine Seele ebenso verschlingen wie alle anderen.

Seltsam, dachte Tanaqui. Wieso sprach der Große Jäger ausgerechnet jetzt zu ihr, nach Sahars fürchterlichen Worten und der Heimsuchung durch ihre Eltern?

Was geschah ihr?

»Mit wem sprichst du?«, fragte Sahars vertraute Stimme. »Wir wüssten es gern.« Sie trug wieder ihre Kapuze, die ihre Züge in tiefen Schatten hüllte.

»Wir?«, fragte Tanaqui, doch der Sumpf aus Finsternis in ihrem Geist stand ihr bis zur Hüfte und hielt sie unbarmherzig fest. »Wer bist du? Sahar?«

Dort, wo sich der wunderschöne Mund der Freundin öffnen sollte, riss das Dunkel auf wie bei einem Kürbis, den Kinder zur Wintersonnenwende mit einer Fratze verzieren. Ein leuchtender Schlund hinter dreieckigen Schattenzähnen floss wie Öl auf einer Pfütze umher, wenn sie sprach.

»Oh, als ob du das nicht wüsstest«, erwiderte das Geschöpf, das immer noch die sanfte Weiblichkeit von Sahars bezaubernden Körperformen besaß. Doch die Finsternis unter der Kapuze war einem anderen Gesicht gewichen.

»Du erahntest den Mörder von Anfang an, nicht wahr, mein Juwel?«, fragte Vesshelin, letzter Herr von Thar Gwynleth.

Tanaqui hatte das Gefühl, dass zwei Hände um ihren Hals lagen und ihr die Kehle zudrückten. Jemand erwürgte sie. Doch etwas daran schien unnatürlich. Nun erkannte sie ihre eigenen Hände, mit denen sie sich selbst der Luft beraubte.

Doch sie war machtlos gegen die Trugbilder der Sümpfe von Vaile, wenn Stimmen, Gerüche und Schemen über sie kamen.

»Ich will das nicht sehen«, wehrte sich Tanaqui dagegen.

»Sieh. Uns. An«, gebot eine Stimme. Sie hatte ihren Klang in sich vergraben, jedoch in den Tiefen der Mine wiedererkannt und sich bei jeder folgenden Begegnung der Wahrheit verweigert. Eine böse Stimme und doch zugleich der ersehnte Laut ihrer großen Liebe, die an jenem verfluchten Tag ihrer Schande und Gram gestorben war. Eine Hand griff liebevoll und sanft wie früher nach Tanaquis Kinn, dann erst gewahrte die Elfe die klauenbewehrte Bärentatze.

Gegen ihren Willen hob sich ihr Blick, sodass sie mit ihren scharfen Sinnen unter die Kapuze spähen konnte. Sie roch den Moschus von Wölfen, Bären, den Waldboden, Moos und Farne. Der Geruch des Mirvaali selbst drang daraus hervor.

»Du weißt, wer wir sind«, beschied sie Kaelanos. Das Wesen offenbarte seine von Krallen und Zähnen verstümmelte Fratze, ein Auge stammte vom Bären, das andere vom Wolf. Sahars wunderschönes Gesicht war zerfleischt worden, als Prankenschläge, Beißen und Reißen an jenem Tage zwei Leben beendet hatten. Als Tanaqui das Gemetzel hilflos mit ansehen musste, bevor sie wiedergeboren wurde.

»Das ist nicht wahr!«, schrie Tanaqui erbost, die das Wesen in Dunkelfall sehr wohl erkannt hatte. Doch ihr Zorn richtete sich eigentlich gegen sich selbst. Wäre sie nicht so tief in den Wald eingedrungen an jenem Tag, hätte die Rotte unnatürlicher Tiergefährten Vesshelins niemals ihre Liebe erlegt. »Ich wollte dich immer beschützen!«, klagte Tanaqui mit einem Schluchzen, das ihr die Sinne raubte.

In der Tiefe ihrer Wahrnehmung sprach der Jagdgeist zu ihr. Doch sie schob sein Warnen in ihrer Trauer beiseite.

»Du vermochtest es aber nicht. So waren wir eins und wurden viele, als wir uns mit dem Humus des Mirvaali verbanden und uns das Feuer des Meisters erweckte. Als uns Vesshelin mit der Macht des Meisters neues Leben schenkte und uns über deinen Verrat aufklärte.« Die entstellten Züge vor ihr verwandelten sich ins Antlitz von Sahar.

»Du hast mich sterben lassen, Tani«, klagte sie, und Blut rann ihr aus den Mundwinkeln.

»Nein!«, gellte Tanaqui. Sie wollte losrennen, doch dann überkam sie Verzweiflung. Der Speer lag in ihren Händen, bevor sie nachdenken konnte. »Ich muss dir Frieden schenken. Uns beiden.« Endlich konnte sie sich bewegen.

»Wieso habe ich dich zurückgelassen? Wieso bin ich feige geflohen?«, fragte das Gesicht unter der Kapuze nunmehr mit Tanaquis Stimme und ihren eigenen Zügen. Kaelanos war fort, und sie stand sich selbst gegenüber. Das höhnische Grinsen, den ungerechten Vorwurf konnte sie nicht ertragen. Was hätte sie tun sollen, um Sahar zu helfen?

»Was hätte ich denn tun sollen?«, rief sie.

»Du warst zu spät, Tani«, erklärte Sahar, und Kaelanos' entstellte Züge lächelten traurig, als er mit Vesshelins Stimme sprach. »Nun sind wir auf immer eins. Unser Licht gehört dem

Meister. Das Licht von allen Sidhe. Dir bleibt nichts, als dein Versagen auszulöschen.«

Tanaqui sah einmal mehr sich selbst mit höhnischem Gesichtsausdruck auf der Lichtung stehen. Es war ein Zerrbild, eine Spottgeburt ihres Wesens, und doch wusste sie, dass dies Tanaqui Fuchstochter war. Dazu war keine Hellsicht nötig. Die hasserfüllte Fremde vor ihr hielt in der einen Hand Sahars Bogen, der noch vom Blut ihrer großen Liebe befleckt war, gebrochen und benagt von der Meute. Wie in einem Ritual streckte ihr die andere Hand ihrer Spiegelung den unversehrten Brandpfeil entgegen.

Jener besungene Pfeil, der von ihrem Auge meisterlich geführt jedes Hindernis umgangen und das Lager des Kontors Tamasine in jener Nacht gefunden hatte wie die Schlange das Mäusenest. Jener Pfeil, der Feuer und Tod über eine unschuldige Familie und eine weitere verlorene Seele gebracht hatte.

»Wir sind eins geworden an diesem Tag, als du mich dem Wald geopfert hast«, sagte Sahar. »Wir sind er, Tanaqui. Füge dich! Schließ dich uns an!«

Tanaqui Fuchstochter konnte die Stimme nicht länger ertragen, die unerträgliche Wahrheiten offenbarte.

Der Zorn eines verwundeten Geschöpfs in der Falle gewann die Oberhand, und sie hob den Speer.

Vor sich sah sie die Bestie. Den Gestaltwandler Kaelanos, der wuchs und wuchs und die Umrisse eines mächtigen Wolfsmannes annahm.

Sie würde jagen, und sie würde töten. Das schwor sie inbrünstig.

Rache für Sahar.

Der Vierte König

»Bitte nicht!«, flüsterte er. Der Plüschbär hing in der rechten Hand des Jungen. Er war noch nicht verkohlt.

Der erwachsene Kato Tamasine stand an eben jener Stelle, an der das Kind von der Straße aus hilflos mit angesehen hatte, wie sein Heim und alle, die es liebte, in Flammen aufgingen. Er spürte den Bären von damals in seiner Hand.

»Wir sind zu dicht dran, alter Knabe«, raunte Kato Kincaid zu. Er wusste, dass er der Lohenmagus war, ein Mann jenseits der vierzig Sommer. Diese Nacht lag so lange zurück, und doch verbannte ihn das schreckliche Erlebnis in seine Erinnerung zurück. »Wir dürften nicht hier sein. Gleich kommt die Druckwelle mit dem verhexten Qualm und den Elixieren, die Vater im Tresor unter dem Kontor verwahrte.«

»Ein Moment, der dich für immer formen wird.« Eine Stimme voller Macht und Hochmut ließ die seltsame Traumblase aus Feuer und Leid erbeben, die den Zauberer gefangen hielt.

Funken sprühende Ströme aus Glut ergossen sich über das Anwesen seiner Familie und fraßen alles auf ihrem Weg auf. Jede Erinnerung wirkte noch so lebensecht, als wohne er einem Spektakel mit Feuerwerk und Illusionsmagie bei.

»Gleich wird der Schornstein etwas ausspeien, das sich wie eine große Schlange über den Himmel windet«, murmelte Kato. »Weißt du, alter Knabe, damals stand ich an dieser Stelle, blind vor Tränen und Angst, den kleinen Bodo an mich gepresst. Die Schmerzen raubten mir den Verstand.«

»Nekromantisches Feuer ist kein Vergnügen«, bestätigte die Stimme von überall und nirgends her. »Zumal wenn kostbare Präparate in Flammen aufgegangen sind und in das Inferno eingehen. Doch ihr irrtet alle. Es waren nicht die alchemischen Dämpfe, die dich von Grund auf änderten.«

»Bist du einer der Herren des Nadirs?« Kato klang erbost.

Ein dunkles, volltönendes Lachen spottete seiner in diesem Traumgebilde. »Fürwahr, der Baum und diese Inseln werden bald nur einem einzigen Herrn gehorchen. Deine Larven des Nadirs dienen mir längst. Sie verkriechen sich in ihrem Baum vor meinem Zorn. Doch bald erfüllt sich mein Begehren, und diese Welt wird das Knie vor mir beugen.«

»Wiederholung: Wer bist du?«, fragte Kato, der zu seiner Verwunderung ohne das geringste Bedürfnis nach Schnaps aufblickte. Glühende grüne Schlieren und Schlangenlinien zogen über den Himmel jenseits der Dächer von Braithwairn.

»Gemach, Famulus! Seit jener Nacht hast du dich als würdig erwiesen. Wahrlich, von allen Geschöpfen auf diesen Eilanden verdient keines so sehr meine Zuwendung wie du. Weißt du, was dich in dieser Nacht berührt hat? Weißt du, welche unter den leidvollen Wunden von damals die eine ist, die dir der Straßenpöbel nach der Heilung zu schlecht erklärte und deren Tragweite deiner Jugend entging?«

»Famulus?« Kato begriff. »Lehrling eines Magus ... Wer sonst sollte die Anrede benutzen? Ihr seid es, nicht wahr? Die Stimme klingt verändert, beherrschter und vernünftiger, doch ich erinnere mich gut daran. Wozu die Spielchen, Hoher Magister? Wir kommen ohnehin zu Euch. Unwerth!«

»Du nahmst an, deinem Leib wäre durch Feuer und Alchemie dauerhaft Schaden zugefügt worden. Du dachtest, furchtbares Kriegsschicksal hätte dir Familie und Leben geraubt. Doch nie begriffst du, wer dich wahrhaftig zeichnete, Famulus.«

Kato schluckte. »Anfrage: Dies ist ein Gedankenpalast, nicht wahr? Ein erdachter Ort der Zusammenballung all dessen, was Sinne und Verstand mir aufdrängen, ich aber trotzdem nicht wahrhaben will? Ich gewinne Erkenntnisse, wenn ich mich den Aufgaben stelle, die ich nur allzu gern von mir schöbe, nicht wahr?« War dies nicht gerade seine Art des Lernens, packte ihn das blanke Grauen bei der Vorstellung, diese Unterweisung könnte ihn zu jenem Tag zurückführen, als es Unwerths Tod vorzutäuschen galt.

Seinerzeit, als für den Betrug an den Elfen und die Lüge vom tödlichen Fallen des Kriegstreibers Hunderte ihr Leben ließen. Als Kato unterschätzte, was seine Flammen nahe dem Mirvaali anzurichten vermochten, angereichert mit jener Kraft, die rituell aus dem Wald gezapft worden war. Der Erzmagister Unwerth selbst hatte die Rituale ausgeführt, die dem besten Kriegsmagier der Elfenjäger Kräfte zu einer Explosion solcher Größe und Macht verlieh, dass es keinen Zweifel am Tod der Kriegstreiber mehr geben konnte.

Niemand hatte Kato gewarnt, dass die Zeitfolge der Kriegslist absichtlich falsch vorgegeben worden war, um die Glaubwürdigkeit zu erhöhen. Aber auch, dass alle Soldaten auf den Auen dabei als Mitwisser beseitigt werden sollten.

Er hatte sie alle verbrannt, zersprengt, in Asche verwandelt, als an jenem düsteren Abend im Auengrund nahe des Mirvaali eine künstliche Sonne erblüht war.

Kincaid winselte und trottete einige Schritte nach vorn.

»Nein, alter Knabe, bleib bei mir! Gleich wird hier alles in Flammen aufgehen.« Die lodernden Bauten der Tamasines zeichneten schreiend grelle Linien in jene verfluchte Nacht, rückten alles Kantige stark in den Vordergrund.

Kato blinzelte, und Kincaid hatte bereits den halben Weg zurückgelegt. Genau in Richtung des brennenden Anwesens.

Der Lohenmagus wollte nicht auch noch seinen einzigen Freund verlieren. Er setzte dem Tier nach.

Aber das Unbeteiligtsein des Kindes ist eine Lüge, dachte Kato. *Zugeständnis: eine zeitweilig lebenswichtige.*

Unvermittelt stand er als kleiner Junge im Kontor, in dem sich breite Regale bis zur Decke hochzogen, unerreichbar für ein Kind. Sie ächzten förmlich unter ihrer Last aus Mörsern, Röhrengläsern, bauchigen Flaschen, Kolben und kleinen Truhen. Durch Oberlichtluken fiel Mondlicht herein.

In jener Nacht war er unartig gewesen und heimlich hereingeschlichen, um die letzte Lieferung an seinen Vater in Augenschein zu nehmen. Oft hatte er im Kontor gespielt und ihn mit den Utensilien Handel treiben sehen, welche die Zauberer verlangten.

»Tu es nicht!«, flüsterte der erwachsene Kato dem kleinen zu, als der zwischen verkrümmten kleinen Wesen in Gläsern,

Heilpflanzenkuchen und magischen Gerätschaften umherstrolchte. Er hatte seine Sacktasche umgehängt.

Durch Zauberei konnte Vaters Tresorschlüssel nur von einem Spross der Familie Tamasine benutzt werden und hing zudem gut verborgen in seiner Schlafkammer. Schlitzohrige Freunde von der Straße nachahmend, kostete es den Jungen nur einen geschickten Griff, und der Schlüssel war sein.

Kaum hatte er den Eisenschrank vorsichtig geöffnet, entnahm ihm der kleine Kato Tamasine mit pochendem Herzen das Hauptbuch und ein geheimnisvolles Bündel.

Hier war der Ort gewesen, wo ihn das Schicksal ereilt hatte, nicht dort, wo ihn später die beiden Elfenweiber fanden und den Wächtern übergaben. Genau hier.

Vaters neuester Erwerb. Kato hatte ihn sehen wollen. Vater hatte ein großes Geheimnis daraus gemacht, das war der Anlass für den Streich gewesen. Als ihm verboten wurde, ihn nur zu betrachten, hatte der Junge einen Plan gefasst.

Behutsam wickelte er die Kostbarkeit aus, die sorgfältig in mit silbrigen Zeichen beschriftetes Leder eingehüllt war. Ein Rindenstück kam hervor, wie der Junge noch keines gesehen hatte. Leicht wie eine Feder und doch so dick wie die Sitzbohle einer Eichenbank. Der Baum, von dem die Rinde stammte, musste gewaltig sein.

Ein Elfengeheimnis, das begriff der kleine Kato Tamasine damals schon. Elfen und Bäume gehörten zusammen.

In diesem Moment hörte er ein Hämmern unter der Erde.

Bedächtig schob er das klobige Rindenstück in seine Sacktasche, hob die dicke Leinwand auf, die den Boden bedeckte, und zog sie mühsam zur Seite.

Die wuchtige Falltür darunter war mit starken Riegeln und Schlössern gesichert. Ein weiterer Hammerschlag dröhnte.

Dann vernahm er Stimmen. Weinen. Keuchen.

Er war gerade dabei, sich an der Luke zu schaffen zu machen, als Licht auf ihn fiel.

»Willst du dich wieder an alles erinnern? Warum dir bestimmt ist, den Nadir zu betreten?«, fragte Unwerth.

»Habe ich eine Wahl?«, fragte Kato und erntete Gelächter.

Mit einem beklemmenden Gefühl der Vorahnung wandte

sich der große zeitgleich mit dem kleinen Kato um. Das Licht einer alchemischen Laterne nagelte ihn fest wie ein Bogenschuss. Im feinsten Zunftornat stand Meister Tamasine vor ihm, noch mit der begleitenden Zwergengesandtschaft befasst. Mitten in der Nacht.

Sie alle starrten den Jungen an, während sein Vater noch zu einem reich ausgerüsteten Drazok Dhar in prunkvollen Gewändern sprach. »... werdet sehen, die Quote wird eingehalten. Die Lieferungen sind überzeugend, die letzte Fracht ist gerade eingetroffen und zur Überprüfung bereit. Die Große Unternehmung wird nicht fehlgehen. Ich habe weder Kosten noch Mühen gescheut. Die Herkunft des Rindenstücks für den Runenmeister ist verbürgt, es stammt von einem versteckten Basar im Emirat und eindeutig vom Nad...«

Wie vom Donner gerührt blieb Tamasine stehen. »Kato?«, fragte er ungläubig, als auch schon der erste Zwerg aus der Gesandtschaft wie wahnsinnig in seinem dichten Bart wühlte. Ein dünner Holzstab ragte aus den Strähnen. Befiedert.

Dann zersplitterte das Glas der Oberlichter, und ein Dutzend weiterer Elfenpfeile flog ins Innere des Kontors. Die meisten von ihnen brannten. Der Lohenmagus sah mit an, wie der Junge zum Vater gelangen wollte, vergeblich. Pfeile schlugen vor ihm ein. Trennten sie.

Handelsfürst Tamasine preschte trotzdem vorwärts, suchte den Sohn aus der Gefahr zu ziehen. Er kam drei Schritte weit, dann ragten ihm Schäfte aus der Brust. Er brach in die Knie.

Tränen. Heißer als Teewasser. »Es tut mir leid, Vater!«, stieß der erwachsene Kato mit zitternder Stimme hervor. »Wäre ich in der Nacht nicht hier gewesen, hättet Ihr nicht dort verharrt«, redete er sich ein.

Der kleine Kato rannte an seinem großen Ich vorbei auf den Vater zu. Er warf sich gegen ihn, rüttelte an ihm.

Jemand packte ihn im Nacken. Der prachtgeschmückte Zwerg warf den Jungen nieder, reckte sich über ihm auf. »Das Holz des Nadirs, Würmling!«, bellte der Unterirdische. Seine Augen loderten vor Gier. »Her damit! Das Große Unterfangen. Zum Greifen nahe ...« Zu Klauen verkrümmte Hände umklammerten die Tasche. Die Augen weiteten sich.

Kato erinnerte sich nun an diesen Moment. Doch gut, dass er alles getan hatte, um zu verdrängen. Um zu vergessen.

Den Jahrhundertschuss zu vergessen, den Brandpfeil, als orangerotes Flackern gespiegelt in den Augen des Zwergs.

Den Versuch, rasch wegzukommen. Den Schmerz zwischen den Schulterblättern, wo etwas in Katos Körper einschlug und sich mit seinem Herzblut schäumend in die Rinde bohrte, die er in der Tasche an die Brust gedrückt hielt.

Das Glühen, als das Holzstück Feuer fing. Kato. Alles.

Er schrie vor rasendem Schmerz gellend auf, und in seinem Atem schmolz der Zwerg, Asche wehte von seinen Knochen, die splitterten und im Odem des Lodernden verwirbelt wurden.

»Sieh, welche Feuermacht dir geschenkt wurde!«, rief die Stimme, während ringsum ein unbegreifliches Inferno toste.

Kato hatte sich stets eingeredet, leicht entzündliche Stoffe, die im Kontor lagerten, hätten das Feuer zur rasenden Ausbreitung angefacht. Doch das stimmte nicht.

»Du selbst triebst den Brand an«, raunte die Stimme.

Ein Schluchzen drang aus der Kehle des Feuerzauberers.

»Doch du weißt, wer dahintersteckt, stimmt's? Wer dich erschoss. Wer deiner Familie all dies antat. Du bist ohne Schuld, Famulus. Entsühne dich! Bestraf die wahren Mörder!«

Kato und sein kleines Ich waren wieder eins geworden, als sie sich vom Inferno fort bis zur Straße schleppten. Dort warteten schon die beiden elfischen Mörderinnen, die Bögen noch in Händen. Eine mit einer Haut von der Farbe mit Milch verwöhnten Kaffees, auf der Lichter tanzten. Die andere von zart heller Haut, mit Zöpfen, lang wie Schlangen.

»Du weißt, bei wem du dich für das Geschehen bedanken musst«, war die Stimme abermals zu vernehmen.

Kato öffnete die Augen und sah eine hellhäutige Elfe, die mit ihrem Speer durch den Sumpf preschte, um den Bernstein der Spitze in seinem Kameraden zu versenken.

48

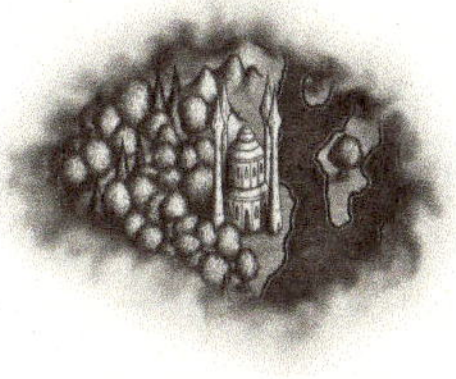

Tanaqui legte den Speer an und rannte los. Die Wolfsbestie, der Gestaltwandler Kaelanos, richtete sich vor ihr auf.

Das Ungeheuer stemmte einen Fuß auf einen Baumstumpf im Knüppeldamm, die Arme an den Hüften gen Erde gestreckt, den mächtigen und unverkennbar dreieckigen Schädel in die Höhe gereckt. Es heulte so laut, dass alle Tiere im Umland aus den Sümpfen aufstoben, ein heiseres Geräusch, in dem Zorn und die Gier aller Raubtiere der Wildnis widerhallten.

Tanaqui musterte den Gegner. Die Beute, obschon niemand außer ihr und Cathwyn den Wolfsmann so genannt hätten. Schultern, die einem Streitross bis über die Ohrenspitzen reichten. Ein Turm aus Muskelbergen mit der Dicke von Schiffstauen unter einem borstigen schwarzen Fell.

Augenschlitze von einer Farbe aus Bernstein und Gold, in denen nichts als Hunger und Tücke fieberten.

Zahnreihen wie Dolche, von denen der Seiber troff. Klauen wie Jagdmesser. Limbo war fort. Aganthyr war gekommen.

Kaelanos, berichtigte sich Tanaqui und versuchte, die seltsamen Nebel im Kopf zu aufzulösen. Aus der Ferne sprach der Große Jäger zu ihr, doch sie verstand ihn nicht.

In diesem Moment schoss ein Unbekannter heran, den Waffen nach ein Ritter der Menschlinge. Mehr als ein Schemen war in dieser Waschküche nicht zu erkennen. Ein Schwert, das man am besten mit zwei Händen führte, ein Drachenschild. Der Menschling stürzte sich auf Tanaquis erwählte Beute.

Ihren Preis. Er würde ihre Prüfung zunichte machen, den Gesichtsverlust vor ihren geliebten Eltern festschreiben. *Das Licht deiner Eltern ist längst fort,* tönte es in ihr.

Es gab nur noch Kaelanos, den widerlichen Lakaien jenes Prinzenwurms, der den Mordauftrag für Sahar erteilt hatte.

Keine Milde. Keine Vergebung.

Die Bestie heulte auf, als sich das mächtige Schwert bis in den Knochen ihres Oberschenkels grub. Statt dem zu erwartenden matten Zischen einer zerschnittenen Arterie war nur das gewaltige Krachen zu hören, mit dem der Rückhandschlag der Bestie Schild und Ritter beiseitewarf.

Diesen Moment durfte Tanaqui nicht verstreichen lassen. Sie nahm Maß über den linken Zeigefinger, warf die Rechte so weit über die Schulter, dass ihr Rücken aufschrie, und schleuderte den Speer.

Es war ein Treffer, wie sie lange keinen mehr gelandet hatte. Der Bernstein drehte sich in der Luft, flimmerte im matten Licht der Sümpfe. Die Schneide trat in genau richtiger Stellung ein, fuhr sauber durch den Rippenkasten mitten in die Brust. Ein Blattschuss.

Der Wolfsmensch brach in die Knie, spie einen Schwall dunkler Flüssigkeit aus, der sein Bartfell tränkte.

Tanaqui gewährte ihm keine Zeit. Sie war schnell, so schnell! Sie preschte vorwärts, der Bogen erschien in ihrer Hand, und drei Pfeile versanken in Kehle und Brust der Bestie, bevor die Waffe auch schon ihren Händen entfiel und ihrem Säbel Platz machte.

Sie war der Wind, der Schatten, der Blitz. Noch drei Herzschläge, zwei Sprünge trennten sie von ihrer Beute.

Sie rannte gegen eine Wand. Die Gewalt war so heftig, dass sie hörte, wie ihre Rippen und die übrigen Knochen ächzten, bevor sie überhaupt den Schmerz spürte und sich Schritte entfernt auf dem Boden wiederfand.

»Mörderin«, schalt sie eine Stimme über ihr. Das war ein Dämon. Ein Zerfließen aus Schwärze und rotem Feuer vor ihren Augen, Schlieren. »Teufelin. Brandstifterin.«

Bevor sie sich sammeln konnte, raste der Stab ihres Angreifers heran, stieß mit solcher Heftigkeit zu, dass das Eisenholz ihren Kopf zermalmt hätte, wäre sie nur einen Augenblick später zur Seite gerollt. Doch der Knorpel ihrer Ohrspitze wurde zermalmt, bevor der Schmerz ihr halbes Gesicht betäubte. Sie jaulte auf wie ein Tier.

Sie hielt mit dem Säbel dagegen, während eine Folge brutaler Stockschläge, geführt aus reinem Hass und mit großer Kampferfahrung, auf sie niederprasselte.

»Du wirst zahlen«, zischte der Dämon.

Mehr würdige Beute, dachte sie und schonte ihren Atem. Die Schmerzen der Knochen und am Ohr waren schrecklich, aber eine vorzügliche Lektion über vermeidbare Fehler.

Statt zu parieren, nutzte sie den Scheitel der Säbelkrümmung, um die Wucht der Stabschläge umzulenken. Sie sprang an den Flanken des Knüppeldamms entlang, lockte den Angreifer zu den nahen Luftwurzeln. Durch das hart knallende Aufkrachen erbebten die Sümpfe jedes Mal von Neuem, sobald der Stab mit Wucht eine der Mangroven traf.

Du lenkst ihn von seinen Formeln ab, sagte eine Stimme, die zu Tanaqui durchzudringen versuchte. *Er wird zaubern und uns alle verbrennen. Er wird Vaile anzünden.*

Unfug, dachte sie. *Unwichtig. Erst den hier beseitigen, dann den Wolfsmenschen erlegen. Zwei würdige Stücke Wild an nur einem einzigen Tag.* Sie jauchzte über das Hochgefühl in ihrer Brust, die lange vermissten Tage der kindlich grausamen Frühlingselfe belebten ihre Seele.

Rasch verschaffte sie sich einen Überblick, nachdem sie eine weitere Schlagserie abgewehrt hatte. Der Wolfsmensch hatte ihren Speer und die Pfeile aus seinem Fleisch gerissen und stand aufrecht. Ein jagdwürdiges Ungeheuer.

Der Ritter setzte der Kreatur von der Seite zu und senste Kaelanos eine halbe Handfläche sowie einige Finger ab.

Der unversehrte Arm des Monstrums schoss vor und brach mühelos durch den Stahlschild wie durch Zwieback. Der Ritter brüllte auf, ein hohes Kreischen erfüllte die Luft, als die Krallen mit der Kraft eines Riesen nicht durch seinen Panzer gelangen konnten. Kurzerhand schloss die Bestie ihre Pranke um die Hüfte des Menschenkriegers.

Der hieb wiederum mit einem Schrei ungehemmten Zorns auf den Schädel des Monsters ein, zerschmetterte ihm den Knochen über dem Auge und zerfetzte ihm ein Ohr. Dabei wurde der Ritter immer wieder gegen Mangroven geschmettert.

Dies ist keine Jagd, sondern ein Schlachtfest. Eine wahre Blutorgie, dachte Tanaqui in einem lichten Moment.

Aus den Augenwinkeln nahm sie einen Unterirdischen wahr, einen schmutzigen Druchuul, der sich in der Mitte des Knüppeldamms über einen Ranzen beugte und triumphierend etwas Ähnliches wie zwei dunkle Holzscheite hochreckte.

Dann verschwand Tanaquis Welt in einer Kaskade aus Rot und Orange, und einmal mehr waren es nur die viel geübten Reflexe der elfischen Waldläuferin, gepaart mit der Macht in ihrer Haut, die sie vor dem Odem des Drachen schützte.

Der Dämon hatte eine Hand erhoben, und eine Zunge aus Feuer, lang wie vier Speere, schoss aus dem glühenden Zeichen in seiner Handfläche. Das Feuer leckte über den Knüppeldamm, gefährlich dicht an der Stelle, wo der Unterirdische wie im Taumel trunken den Weg entlangstolperte.

Auf sie alle zu.

49

Im Sumpfwasser ringsum schossen mit einem Zischen feurige Fontänen in die Höhe, das Wasser selbst schien zu brennen, als sich die faulen Dünste entflammten.

Tanaqui vermisste ihren Speer. Nur knapp schaffte sie es, sich außen an dem derben Holz und der schroffen Rinde des Damms festzukrallen. Doch die Hitze wusch über sie hinweg, und sie landete am Ende doch im faulwarmen Wasserstrudel.

Keinen Moment zu spät, denn das Wasser über ihr glomm in Feuerrot auf, und dann antwortete ein gewaltiges Fauchen neben ihr auf die Feuerzunge. Die Welt drehte sich, als die Faust eines Titanen sie emporhob. Der Dämon hatte weiteres Gas entzündet und es noch dazu in Stoßrichtungen gelenkt.

Hart schlug sie auf dem Damm auf, gleich darauf regnete es heißes Wasser, und die Luft entwich ihren Lungen.

Fern im Hintergrund brüllte der Wolfsmensch, riss den schlaffen Ritter mit anscheinend geheilten Armen nach oben. Die Muskeln spannten sich, um den Mann auseinanderzureißen.

Plötzlich geriet Bewegung in den Menschling, er zuckte, stieß mit dem Schwert unvermittelt zu und trieb es bis zum Heft in die Kehle der Bestie, die nach hinten taumelte.

Benommen versuchte Tanaqui, die vielen Eindrücke und den dröhnenden Lärm aus den Ohren zu verscheuchen. Der

Gasknall hatte sie von den anderen Kämpfern fortgeschleudert.

Sie sah den Ritter ein kurzes Messer ziehen und der Bestie gegen die Brust springen, die ihrerseits die Fänge mit einem Kratzen von Metall in der Schulter des Mannes vergrub, während die beiden über den Boden rollten.

Der Unterirdische hatte sie fast erreicht. Der Dämon bemerkte ihn erst in diesem Moment, unterbrach seine Angriffe mit Stockschlägen und Feuerzaubern und hielt inne.

Tanaqui nutzte die günstige Gelegenheit. Sie trieb die magischen Geschenke in ihrer Haut und die eigene Kraft bis an die äußerste Grenze. Wachsam richtete sie sich auf und preschte dann jählings auf ihre Feinde zu.

Sie spannte den Bogen, der kein Geschenk der Wüstenelfen war, sondern wie ihr Speer noch aus den Tagen der Waldurtümlichkeit stammte. Sie rollte über die Waffe hinweg, hob sie dabei auf und zog zwei Pfeile aus dem Köcher. Dies alles in einer einzigen gleitenden Bewegung.

Zwei ins Herz des Dämons, dann zwei in die Brust des Druchuul. Schließlich ein weiterer in jeden Kopf. Diese taktische Abfolge übertrug sich bereits auf ihre Muskeln.

Sie spähte über die eingelegten Pfeile auf den Dämon, der sich zu ihr herumwarf. Der Bogen ihrer Familie schien jäh zu mahnen … sie hatte diese Beute schon einmal erlegt.

Kein Zweifel möglich. Unwillkürlich spürte sie eine besondere Verbindung zwischen sich und dem Jagdwild. *Diesen tötetest du bereits.* Das waren nicht ihre eigenen Gedanken.

»Cathwyn?«, fragte sie laut.

Seine Stimme verwob sich mit dem Stimmenklang ihrer Eltern. *Die Unterirdische ist der Schlüssel, Tanaqui,* erinnerte er sie in strengem Vaterton. *Sei bereit. Kommt der Moment, da dein Verstand versagt, füge ihr Schmerz zu.*

»Schmerz«, murmelte die Wüstenelfe. »Vater. Mutter. Sahar.« Der Bogen der Waldelfe flog herum, richtete sich auf ein neues Ziel aus. Sie hatte ihre Liebe nicht retten können, doch diesmal folgte sie der Weisheit des Mirvaali.

Sie sah das feurige Grinsen des Dämons, als er den Eisenholzstab hob, um den Sumpf in ein Flammenmeer zu verwandeln. Beobachtete das Gemetzel zwischen Ritter und Wolfsmann, die darin wetteiferten, sich gegenseitig den Unterleib zu zerstückeln. Gewahrte den Unterirdischen vor sich, nein, die Unterirdische, die mit einem Sprengstab und seinem Runenzünder herumfuchtelte und alle töten würde.

Tanaqui wusste, was zu tun war.

»Schmerz.« Sie ließ den Pfeil von der Sehne fliegen.

Der schnitt tief der Zwergenbrust entlang ein, und sofort gellte ein erschreckendes Kreischen auf. Ein verzweifelt klagender Ton entfuhr der Bardin so laut, als solle der unerträgliche Ausbruch an Gjalas Qualen im Fjord erinnern.

Die Schreie ließen Kato schlagartig zu Verstand kommen.

Bierschaums Amulett wurde durch den meisterlichen Schuss von seiner kunstvoll ziselierten Kette gesprengt. Im gleichen Moment ließ die Zwergin die Sprengutensilien fallen, und der Zauberer erkannte, wozu Bierschaum angesetzt hatte. Nun sank sie auf die Knie und presst die Hände auf den Schnitt, während nur noch eins ihrer Herzen schlug, des künstlichen Pulses ihres Amuletts beraubt.

Das Kreischen erscholl zehnmal lauter als vordem in der Stadt. Das unerträgliche Schreien, das sich ihrer Kehle entrang und alle anderen taumelnd aus ihrem seltsamen Bann riss, drohte ihnen den Schädel zu sprengen.

»Ohren zuhalten, Mund auf, Feuer im Loch!«, brüllte Kato, der wusste, dass Bowden auf militärischen Warnruf ansprang.

Tanaqui und der Paladin befolgten das Signal. Kurz darauf versank die Welt in dem Getöse von Gjalas Klage.

Kato sah, wie sich Tanaqui schreiend am Boden wälzte. Doch der Sirenenschall verschluckte jede weitere Äußerung. Die Elfe wand sich wie jemand in der Umklammerung der Fallsucht, hatte ihre empfindlichen Ohren wieder losgelassen und zappelte, als versuche sie, sich die Tätowierungen vom Körper zu reißen.

Bowden erbrach sich im Hintergrund, während die massige Figur des von seiner Wolfsgestalt befreiten Limbo wie von Faustschlägen vorangetrieben wurde. Dabei blubberte und kochte sein Fleisch, als wäre es von Eigenleben erfüllt.

Kato selbst sah, wie seine Glyphen im schier endlosen

Schmettern flackerten, das aus der Zwergin herausbrach wie aus einem göttlichen Schofar. Sie wurden gereinigt, etwas wurde ihnen ausgetrieben, das ihren Geist vergiftet hatte.

Mit aller Kraft, die der Lohenmagus noch aufbringen konnte, stemmte er sich in die Höhe. Keine Spur von Kincaid. Er konnte nur hoffen, dass dem alten Freund nicht von der Schallwucht der Schädel zersprengt worden war. Und elementarer Luftmagie. Stärker als alles je Erlebte.

Wir alle werden davon erfasst, dachte Kato, während er sich Schritt für Schritt mithilfe seines Stabs gegen den Höllenlärm aus Gjalas Kehle stemmte. Längst war sein Gehör betäubt, doch er wusste, dass er ohne Stab nicht gegen diesen Todeswind anzuschreiten vermochte. Mangroven schwankten, und das Druckwasser trieb Sumpfwellen vor sich her wie eine Brandung. Die Gasbrände wurden ausgeweht. Teile des Knüppeldamms splitterten, barsten zu Häcksel und setzten vieleckige Klingen frei, die sirrend den Boden verließen und in einem Ring um die junge Zwergin schwebten.

Solche Magie ... nie zuvor sah ich Laien ... solche Kräfte wirken.

Schritt für Schritt schleppte sich Kato auf den Quell des verheerenden Schallauswurfs zu. Er lehnte sich so weit vor wie jemand, der an einem Seil hochkant eine Mauer erklimmt. Jeder Schritt war eine Qual. Einen Fuß vor den anderen zu setzen, das hieß, die Welt vor sich herzuschieben.

»Gjala!«, schrie Kato, glaubte zumindest, den Namen auszurufen, doch er kam keinen Schritt näher an sie heran. Seine Haut fühlte sich an, als würde sie mit heißen Messern vom Körper geschält. Er musste sich hüten, die Erinnerung an sein lebendiges Verbrennen zu weit zuzulassen.

»Bierschaum!«, brüllte er und legte zugleich ein wenig von der eigenen Magie in die Stimme. Nur eine Prise Feuer.

Als der Hauch seiner Feuermagie die von der Bardin ausgehenden Kraftwellen berührte, schoss ein Ring aus Stoßwellen ungehemmter Macht wie Klingen in alle Richtungen zugleich, halbierte Mangroven, zerfetzte Wurzeln und zerschnitt eine traubenförmige große Kreatur im Wasser, die nicht mehr rechtzeitig entkam.

Kato warf sich herum, drehte sich so oft um die eigene Achse, dass er um sein Genick fürchtete. Als würde er mit fünf oder sechs Knüppeln gleichzeitig verprügelt, schlug er mit den Rippen immer wieder hart auf der Flanke des Knüppeldamms auf, schmeckte Kupfer, als er die eigene Zunge mit den Zähnen zerbiss.

Plötzlich herrschte die Stille nach einem Sturm, der zur Ruhe gekommen war. Nach dem Donner.

Mühsam hob Kato den Kopf. Der Lohenmagus sah, dass die verheerende Schallwirkung sich nicht nur in eine Richtung entfaltet hatte. Auch Gjala war zu Boden geschleudert worden.

Das Amulett, dachte er müde.

Mit letzter Kraft stemmte er sich hoch, um der Freundin den Lebensspender wieder umzuhängen, sie zu retten.

Ein Schatten fiel auf den Damm.

Bowden Verdian sah aus wie ein Mann, der sich mit einer äußerst schlecht gelaunten Bisonherde angelegt hatte. Wobei Kato fand, dass er in diesem Fall sogar besser weggekommen wäre als beim Versuch, Limbo in seiner verheerenden Gestalt zu bekämpfen.

Augenblicklich holte die Wirklichkeit Kato ein, und sein Blick schweifte umher, um den Wolfsmenschen zu suchen, bevor dieser weitere Gegner in Stücke riss. Die schnelle Kopfbewegung sorgte dafür, dass sich der Magier beinahe übergab.

An einem der Bäume zwischen den Luftwurzeln lehnte ein feister Mann mit vorbildlich gepflegtem Mund, aber ansonsten müde und mindestens ebenso übel zugerichtet wie der Paladin. Als ihre Blicke sich trafen, winkte Limbo Kato erst zu, grinste schief, hob schließlich die Rechte und formte mit Daumen und Zeigefinger einen Ring. Dann brach er zusammen.

»Wir werden sehen, ob alles in Ordnung ist«, murmelte Kato, hörte sich selbst jedoch nur als Pfeifen und hoffte, dass er zumindest ansatzweise deutlich gesprochen hatte.

Sein Blick kehrte zu Bowden zurück, während er sich mithilfe seines Stabs weiter vorarbeitete, um zu der Zwergin zu gelangen. Aus den Augenwinkeln nahm Kato wahr, dass Tanaqui noch lebte. Sie hatte ihren Speer aus dem Wasser gefischt und betrachtete den Paladin mit eindringlichem Blick.

Bowden Verdian stand auf dem Knüppeldamm. In den Händen hielt er das Amulett der Zwergin und begutachtete es mit einer Mischung aus Gebanntheit und Ekel. Er machte den Eindruck, als wolle er es jeden Augenblick von sich schleudern.

»Bowden!« Kato hoffte, dass er den Namen auch in Lauten ausgeformt hatte. Er musste unbedingt verhindern, dass der einstige Kamerad eine unüberlegte Torheit beging.

Katos Blick ruhte auf Bowdens Lippen, und der Magier war einmal mehr für das Glück im Unglück dankbar, bei den Banden groß geworden zu sein, wenn er schon auf der Straße hatte hausen müssen. Sie hatten ihn das Lippenlesen gelehrt. »Ist euch aufgefallen, dass jeder von uns ein Übel geerbt hat, das der Welt zu schaffen macht?«, fragte der Paladin halb zu Tanaqui an seiner Seite gewandt.

Kato sah, dass sie Bowden antwortete. Doch nur ein Pfeifton erreichte die Ohren des Magiers, während sein Gehör langsam zurückkehrte. Er konnte nicht verstehen, was die Wüstenelfe dem Blechmann mitteilte. Doch der harte Gesichtsausdruck hinter ihrem Sehschlitz ließ keinen Zweifel daran, dass es eine Warnung war.

Zur Überraschung aller ließ sich Bowden plötzlich mit einem sanften, beinahe väterlichen Lächeln auf ein Knie nieder, fädelte den Ösenmechanismus der mächtigen Halskette durch das Amulett und schob es behutsam unter Gjalas Gewandung.

Augenblicklich bog sich ihr Körper durch, und sie schöpfte Atem.

Kato wischte sich die Stirn, bevor er zu einem neuerlichen Singsang ansetzte. Zeit, das Feuer zu bändigen, bevor das verdrängte Gas aus der Umgebung zurückkehrte und er sie noch allesamt umbrachte.

Die Scham, beinahe schon wieder Kameraden und Freunde in die Luft gesprengt zu haben, überfiel ihn jäh.

50

Schweigend und unter Schmerzen setzten sie ihre Wanderung fort.

Gjala fühlte sich bis auf Weiteres von den Kameraden ausgeschlossen. Tanaqui bedachte sie mit Freundlichkeit, aber in ihrem Ausdruck lag ein ziemliches Misstrauen.

Kato musterte Gjala, als wäre sie ein Studienobjekt.

Limbo behandelte sie seit den bedrohlichen Ereignissen auf dem Knüppeldamm übervorsichtig und gluckenhaft.

Bowden hatte sich zu ihrer Überraschung am besten mit dem Vorgefallenen abgefunden. Der Paladin nickte ihr ab und zu grimmig zu, und sie malte sich lieber nicht aus, was ihr in Trance herausgeschrienes Lied angerichtet hatte.

Was immer es gewesen war, den Paladin hatte es offenbar am wenigsten erschüttert. Im Gegenteil, er schien eine Verbundenheit zwischen ihnen allen festgestellt zu haben, die niemand außer ihm einfach so leicht verkraftete.

Gjala war sicher, dass er vor sich selbst und ihnen bestimmte Ereignisse überspitzt darstellte, um sie besser zu begreifen und der eigenen Schamgefühle Herr zu werden.

Er und Limbo starrten sich aus gewisser Entfernung immer wieder abschätzend an. Kein Zweifel, dass sie überlegten, wer Sieger geworden wäre, hätten sie bis zum Ende gekämpft.

Anfangs hatte Kato versucht, ihnen ihre Wahnzustände als Trugbild der Sümpfe zu erklären, hervorgerufen durch die

Macht des Erzmagiers Unwerth und seines Irrsinns, der in drei Kriegen unaufhaltsam entfesselt worden war.

Es war vergeblich gewesen. Was immer die Trance bewirkt hatte, beschämenderweise suchte alle die vollständige Erinnerung daran heim, was er oder sie angerichtet hatten. Die Quelle ihrer Scham bestand keineswegs nur in der Tatsache, dass sie sich gegenseitig fast umgebracht hätten.

Jeder von ihnen hatte sich vielmehr im Innersten einem Erlebnis stellen müssen, das ihn oder sie im Leben bereits einmal gebrochen hatte. Das hatten die kargen Schilderungen und vorsichtigen Mitteilungen offenbart. Doch nach dem Wenigen, was Tanaqui und die anderen Bierschaum berichtet hatten, hätten sie sich gegenseitig auf Arten getötet, die den Vorbelastungen aus ihren früheren Leben entsprachen.

Doch dies war das Leben und keine Legende, die sich den Regeln des Erzählhandwerks fügte. Die Bardin wusste, dass die Sagenhelden am Ende stets hohe Hürden überwinden mussten, um gestärkt aus der Lebensprüfung hervorzugehen.

Sie alle aber erlebten keine solche Stärkung. Im Gegenteil. Schultern hingen, die Gesichter wirkten müde, die Blicke waren stumpf in die Ferne gerichtet. Sie selbst bildete keine Ausnahme. Es kostete sie alle zwergische Willenskraft, sich vom Unsäglichen zu lösen. Jeder von ihnen hätte ein Gegenüber getötet.

Nur Kato und Limbo hätten überlebt.

Solche Gedanken beschäftigten Bierschaum, während sich die Freunde durch das zunehmende Zwielicht der Mangroven vorarbeiteten. Die Knüppeldämme hatten geendet, und nach einer kurzen Wanderung durch Marschland mussten sie durch das Delta waten. Für Gjala war es eine weitere Hölle gewesen, sich durch brusthohen Schlamm kämpfen zu müssen, der den anderen nur knapp über die Hüfte reichte. Der Gestank setzte besonders Tanaqui schwer zu, und in Abständen suchten sie einander nach Blutegeln ab.

Die Tiere waren dunkel wie alte Tinte und hatten teils die Dicke eines Zwergenfingers bei doppelter Länge. Sie labten sich am Blut jener unwillkommenen Eindringlinge, welche die Ruhe dieser Sümpfe so lästig störten.

Gjala spie wie einst Gjalar burschikos ins Wasser.

Schließlich rang sie sich zu einer Frage durch. »Kleidträger, was stimmt nicht mit mir?«

»Hmm?«, machte Kato, den sie ganz offenkundig aus einer tiefen geistigen Versenkung gerissen hatte. »Ach so. Einschätzung: Nach allem, was ich mir zusammenreime, müssen wir unsere ersten Vermutungen über die Zwerge berichtigen.«

»Sprich genauer, Magus!«, gebot Bowden schmerzverkrampft.

Gjala mochte es ihm nicht verdenken. Limbo war wieder halbwegs fidel und marschierte mit voller Kraft, während keine von Bowdens Verwundungen geheilt war. Er verweigerte trotz zweier wohl gebrochener Rippen die Hilfe durch Tanaquis in der Wüste erlernte Heilkünste. Er pfiff beim Atmen und hielt sich die Seite. Daher seine Ungeduld.

Der Lohenmagus spottete müde. »Mit Vergnügen, oh, blecherner Gebieter. Die Drazok Dhar brauchten die Sklaven nicht nur zur Arbeit am Wurzelgold, wie wir wissen. Doch wir dachten, die Zwerge seien fehlgeleitet, weil sie über Züchtungen und gelenkte Blutlinien über Geschlechter hinweg schrieben. Offenkundig hatten sie jedoch damit recht. Nur täuschten sie sich dabei in der Beschränkung auf Menschen.«

»Du meinst ...?«, fragte Gjala.

»Dass du ein solches Zuchtwesen bist, ja. Ich ebenfalls. Gleichermaßen Bowden durch Geburt als Mischform aus den Emissären und der Menschheit. Auch Tanaqui stammt in gewisser Weise aus zwei Welten. Wir alle tragen die Zweiheit in uns, durch Geburt oder Eintrag. Doch wir fanden uns wohl kaum aus Zufall. Nicht wahr, Limbo?«, fragte Kato.

»Ich kann dazu nichts sagen«, beharrte der Verfluchte.

»Welches Geschwätz! Du solltest uns dein ganzes Wissen mitteilen. Wir können keine Spielchen mehr treiben.«

Bowdens Tonfall fiel überraschend mild aus und wurde sogar von einem schüchternen Lächeln für Limbo begleitet. »Ich weiß selbst, wie sehr die Macht der Vorsehung und mächtige Eide einen Verpflichteten binden. Doch du musst dich uns offenbaren.« Dann brachte ein denkwürdiger Moment die Sümpfe ein zweites Mal an diesem Tag zum Beben.

»Bitte«, entrang sich der Paladin.

Ungläubige Blicke antworteten ihm.

»Bekräftigung: Er kann nicht«, hakte Kato ein. »Dahinter steht keine Frage des Wollens oder der persönlichen Ehre. Es geht um die Sicht auf den persönlichen Zugang. Du nennst dich verflucht, und ich bestätigte dies oft, Wanderer. Doch ich glaube, eigentlich sei das Gegenteil richtig.«

»Er ist gesegnet«, erklärte Tanaqui. »Der Große Jäger gewährte mir Einblicke in das Gewebe zwischen uns, als wir in der Wurzel des Nadirs durch die Welt reisten.«

»Gesegnet?«, fragte Bowden. Er betastete seine Wunden und nickte zur Überraschung aller bedächtig. »Du wurdest mit ewigem Leben beschenkt. Aber du durchwanderst es wie einen einzigen Fluch. Vielleicht, weil du so allein bist.«

Limbo schwieg noch immer.

Bowden blieb stehen. Im Marschland entdeckte er einige abgestorbene Luftwurzeln und benutzte eine davon als Bank, wobei er sich auf sein Schwert stützte. Gjala konnte nur annehmen, dass seine Visionen immer schlimmer wurden und ihn zur Verzweiflung trieben. Oder aber er und Limbo hatten den zwischen ihnen schwelenden Zwist während des entrückten Kampfs beigelegt. Sie mochte diesen geläuterten Bowden.

»Man zeiht mich einen Narren aus Blech, einen Wüterich und Bastard«, murmelte Bowden traurig. »Doch in unserer Truppe bin ich der Einzige, der sich auf die Theologie versteht. Auf dieser Insel sind meines Erachtens nur noch zwei Götter übrig, seit wir in der Diaspora die alte Welt verließen. Zwei, die Entsühnung in sich tragen, die willens sind oder auch nur die Macht zum Segnen haben. Der Zwergengott setzt auf die harte Arbeit seines Gefolges. Die Kannibalengötzen der Hyänen lassen wir außen vor. Der Architekt führte dich sicher in die Erlösung, doch deine Lebensführung ist kaum mit seiner Domäne vereinbar.«

»Du näherst dich Wahrheiten an, die den Verstand bedrohen, mein Freund«, mahnte Limbo. Er blickte sich prüfend um, so als wolle er sich versichern, dass niemand lauschte. Dann tauschte er einen Blick mit Tanaqui, wie um ein Geheimnis mit ihr zu teilen. Sie nickte kaum merklich, so als versichere sie ihm, dass sie unbelauscht waren.

Ob sie sich wegen Unwerth zu sprechen scheuen? Laut Kato überwacht er uns unablässig. Vielleicht vertrieb ihn mein Schrei. Gjala wollte sich auf all dies einen Reim machen.

»Du betontest mehrfach unsere Ähnlichkeiten, behauptetest bei den Wurzeln, Männer wie mich zu kennen. Wir sind auf Selachis, der Hauptinsel jenes Archipels, über den die Elfengöttin in ihrem See thronend herrscht. Du bist wie auf ihr Geheiß unsterblich, verfluchst jedoch dein Dasein.« Bowden seufzte tief, holte Luft und sprach es aus. »Ihr habt die Quelle des Lebens entgegen allen Zweiflern gefunden, nicht wahr, Majestät?«

»Limbo?« Gjala fuhr auf. Doch genau wie der Tempelritter war sie historisch gebildet. »Du willst mir doch nicht einreden, du seist der erste Menschenkönig!«

»Er ist Aganthyr«, bestätigte Kato. »So, das Pflaster ist ab, ich bin froh, dass ich nichts mehr verschweigen muss.«

»Selachia selbst hat dich gesegnet«, staunte Tanaqui.

»Es war keine Lebensquelle, sondern ein Mondtor«, erläuterte der Vagabund, von der Aufmerksamkeit peinlich berührt. »Ich bin Limbo. Aganthyr versank an jenem Tag, als er seine Familie retten wollte. Er scheiterte daran und verstarb.« Über den Graben der Zeit hinweg bebte seine Stimme, die Blicke weit in die Ferne auf Frau und Kind gerichtet. Tränen traten in Gjalas Augen.

»Alles ist wahr«, fuhr der Gesetzlose fort. »Ich bin schon lange hier und versuchte, meinem Dasein ein Ende zu setzen. Ich wollte durch die Axt von Gjalar sterben, als ich sie noch für einen zwergischen Wüterich hielt. Doch mit jeder Stunde, mit der wir zueinanderfanden, zusammenrückten und letztlich versuchten, das Ungemach zu beenden, kehrten Fetzen von Erinnerungen an meine Bestimmung zurück.«

»Eine Machtqueste«, murmelte Bowden. »Heilig wie eine Schwertwache. Eine große Tat.« Sein Blick schweifte zu Tanaqui hinüber, deren Leben mit ihrem mystischen Auftrag völlig verschmolzen war. »Zum Heldenmut verdammt.«

»Erweiterung: ein jeder von uns«, fügte Kato an. »Nicht nur die Jägerin, ihr Zaungast und du. Es betrifft uns alle. Manche erhielten ihre Bürde durch ein schicksalhaftes Aufeinandertreffen, andere erbten sie durch Geburt. Vergesst nicht, dies ist das Land des Mirvaali! Licht erlischt nicht auf ewig, es kann zurückkehren.«

»Das gilt nur für Messerohren«, beharrte Bowden.

Das Schweigen der anderen widersprach ihm.

»Sie weissagte mir kein neues, aber auch kein ewiges Leben«, meldete sich Limbo. »Sie meinte, ich verstünde, wenn es zur Neige ginge. Doch seither verstrich ein Äon«, stieß er wie unter dem Gewicht dieses Wortes aus.

Gjala ging auf ihn zu und umarmte ihn. Versonnen wie der Großvater, der die Enkelin umarmt, strich ihr der zerlumpte Vagabund über die Schultern und fuhr ihr durchs Haar. »Wir dürfen nach diesem Moment der Offenbarung nicht wieder über unsere Erkenntnisse sprechen, bis alles durchgestanden ist. Ich bin Limbo. Vergesst nicht, wir werden belauscht! Ein alter Feind gibt sich alle Mühe, um an dieses Wissen zu gelangen. Bitte schweigt nun davon!«

Der Paladin nickte bedächtig.

Kato tat es ihm gleich. »Klarstellung: Wohl jeder von uns dürfte durch seine Gesichte und Vorahnungen begriffen haben, dass uns ein gemeinsamer Feind bedroht. Ein Gegner, der bisher nicht einmal offen auf den Plan trat. Einen Feind, der nach jeder bisherigen Erfahrung in den Sümpfen uns alle gegeneinander ausspielt.«

Gjala zückte den runenbedeckten Stab des Schmiedemeisters und reckte ihn den anderen entgegen. »Wenn Unwerth wirklich hier enthalten ist, verbirgt er sein Wissen vor uns. Doch wir entlocken ihm zart die Antworten, stimmt's, Blechmann?«

Bowden grinste wölfisch, und Gjala freute sich, etwas von dem vermissten Eisfeuer in seinen Blick zurückkehren zu sehen. Er aber wandte sich an Limbo. »Verzeih, wie ich dich behandelte!«, bedauerte Bowden mit belegter Stimme. »Meine Wut blendete mich. Ich spürte sie noch immer, denn ich hielt dich für eine Gefahr.«

»Das bin ich auch«, entgegnete der Gesegnete mit einem Achselzucken. »Ganz ehrlich: Das sind wir alle hier. Es wird Zeit, dass unsere Häscher und Widersacher das begreifen.«

51

Es dauerte nicht mehr lange, bis die Wanderer die Lichtung erreichten, an die sich Kato nur zu gut erinnerte. Der Schreck über die Gräuel der Auen saß noch tief, die Bilder von damals hatten sich eingebrannt, als hätte er die ganze Zeit einem erregenden Theaterstück immer wieder beigewohnt.

Der Abend dämmerte. Gleich würde es dunkel werden, dann undurchdringlich finster. Im Sumpf kam die Nacht rasch.

Der uralte Steinkreis inmitten der Marschen, ein weiteres Grabmal der Riesen, schien unverändert, seit sie Unwerth und seine Getreuen abgeliefert und die Knechte ihnen Häuser errichtet hatten. Er ragte auf einem Hügel auf, der sich inselhaft aus dem umliegenden Marschgras erhob, und setzte im fauligen Gefilde der Mangroven ein einsames Zeichen.

Von den kargen Hütten stand nur noch ein einziger Schuppen. Wie ein vergessener Riesenspielwürfel ruhte er im Schatten eines der unzähligen Felsen, die den Nordwesten von Selachis schon seit Urzeiten bedeckten.

»Bereit?«, fragte Bowden an Kato gewandt, und der Lohenmagus deutete statt eine Antwort einen Salut an.

Eine kurze Formel, beschworen aus den unverfälschten Höhen allgültiger Wahrheiten, und das Band, mit dem sie seit Katos Bestrafungsritual aneinandergeknüpft waren, wurde zu ihrer magischen Bahn. Kato übertrug alle Kräfte der Abwehrgesänge auf den Schild des Paladins. Dieser Kunstgriff hatte schon viele Elfendruiden getötet.

»Bewegung!«, zischte Tanaqui mit einem Fingerzeig in Richtung der Hütte. Wie eine Wölfin schnürte sie rastlos am Boden entlang, bereit zum tödlichen Bogenschuss. Bevor Kato sich rührte, bedeutete Bowden ihr mit Kundschafterzeichen, die Waffe zu senken. »Um jeden Preis brauchen wir diesen Gegner als Gefangenen. Hier ist sonst niemand mehr.« Er stapfte vorwärts, Kato hielt sich dicht hinter ihm.

An der Seite des Lohenmagus hob Gjala widerwillig die Axt, doch ihre verbissene Miene zwischen all ihren Sommersprossen spiegelte Entschlossenheit, sich nie wieder verhexen zu lassen. Keiner von ihnen würde erlauben, dass sich die Schrecken der Vergangenheit abermals als Waffe gegen das eigene Wesen richteten.

»Bleib hinter mir, alter Knabe! Hinter mir und Bowden!«, raunte der Lohenmagus. Ein Winseln hinter ihm war die Antwort, gefolgt von einem Knurren.

»Ich behalte unseren Kincaid gut ihn im Auge«, versprach Limbo, und Kato nickte dankbar. In der Formation einer gefährlichen Mondsichel arbeiteten sie sich durch das Marschgras auf den Steinkreis und die Hütte vor.

Ein leichtes Rütteln von innen an der Tür.

Dann flog sie auf, und eine entstellte menschliche Gestalt rannte ins Freie. Kato hörte geübte Zauberworte, wirkmächtig aus den Schatten heraus gemurmelt.

Diesmal waren sie vorbereitet. Wenigstens dies.

Jäh unterbrach ein Misston kosmische Harmonien und brachte ihre elementare Ordnung zu Fall.

»Hauptmann!«, schrie Kato.

Kaum riss Bowden den Schild nach oben, als die Schemen um das knochige große Wesen vor der Pforte erst wie Wachs schmolzen und dann als Mischung wie riesige Tentakel mit Speerspitzen nach vorn schossen.

Katos Singsang verstärkte sich in dem Moment, als eine Spitze den Schild beiseitezustoßen drohte und dann mit voller Wucht darin einschlug.

Es schien, als hätte sich der magische Angriff auf dem Weg über das gegnerische Lied zu ihnen in ein Tätscheln verwandelt.

Kato zersetzte die Magie des Gegners durch den verzauberten Drachenschild und ließ sie wirkungslos zur Seite abgleiten. Doch dafür zahlte er einen hohen Preis.

Erwartet hatte er einen Feuerball, eine Woge alles zermalmender Granitbrocken, Holzspeerwälder oder einen Blitzschlag. Elementare Gewalten, mit denen er aufs Beste vertraut war. Stattdessen trat tiefste Finsternis ein, gespeist aus dem Zerwürfnis zwischen Leben und ewigem Tod.

»Ars Goetia«, keuchte Kato und erbrach schwarzes Sumpfwasser, das sein Körper überall ausstieß. Tintig rann es über seine Mundwinkel, verkochte auf seinen Gewändern. »Rasch, Hauptmann!« Er hustete. Einen weiteren Schwall erbrach nun sein Magen, schwelenden Speisebrei und reine Galle, als Katos Säfte die Vergiftung abstießen.

»Schwarzkunst«, zischte Bowden, der bereits als Rammbock vorwärtsschoss. »Halt durch, Deserteur! Bleib stark!«

Er musste. Kato wusste es, aber er spürte bereits, wie das Gift durch ihn hindurchraste. Unter anderen Umständen hätte er es aus sich herausbrennen können, doch nicht zwischen den Gasen des Deltas. Ihm schwanden die Sinne.

Er ballte die Faust, hämmerte sie auf die Nase, ließ den Schmerz den Geist klären und sang weiter.

Keinen Atemzug zu früh.

Wieder drangen die geschrienen Runen heraufbeschworener Schwarzmagie aus der Kehle jener menschlichen Ruine, die nur noch aus Haut und Knochen bestand und deren gelblicher Bart unter zahnlosem Mund zugleich ihre einzige Kleidung bildete.

Der Boden rings um Bowden brach auf. Sumpfige Erde gab ihre scheußliche Fracht preis.

Handknochen, verfault und mit Resten von Fleisch und Moos verkrustet, stießen aus dem Erdreich hervor.

»Untote!« Tanaquis Stimme klang vor Schrecken verzerrt, ihr unsterbliches Licht befleckt von der verderblichen Spottgeburt heiligen echten Lebens.

»Unwerths Gefolge!«, brüllte Bowden und hieb mit dem Schwert auf einen wurmstichigen Schädel.

Wäre es doch nur so!, dachte Kato. Der Boden spie immer mehr Hände aus, verfaultes Gebein, das aus dem sumpfigen Untergrund in die Höhe drängte. Viel zu viele, um nur Lehrlinge des Zauberers zu sein. Sie hatten ihn mit seinem ganzen Gesinde und unzähligen treuen Soldaten überstellt.

Es dauerte nur Herzschläge lang, dann wühlten sie überall in der Dunkelheit die Erde zwischen den Dolmen auf.

Katos Puls beschleunigte sich, als er sah, wie Tanaquis Blick hin und her schweifte. Kein gutes Zeichen, wenn die Zahl der Gegner die Wüstenelfe und Bowden beunruhigte.

Der Magus sah zum ersten Mal in seinem Leben Gjala ihre Axt schwingen. Dies waren keine schonungswürdigen Lebewesen. Mit einem vor blankem Grauen und tiefstem Ekel verzerrten Gesichtsausdruck hieb sie auf den Boden ein.

Die Zauberzeichen im Meteoreisen der Waffe glommen auf, das unfassbare Gewicht des Axtblatts tat ein Übriges. Mit jedem Hieb zerteilte sie, was sich moosbewachsen und erdverkrustet aus dem Boden erhob. Wo aber eine der Gestalten fiel, wuchsen hinter ihr fünf neue nach. Ein ganzer Pulk von ihnen stürzte sich auf Limbo. Der Gesegnete drosch mit blanken Fäusten auf alles ein, was ihm zu nahe kam. An eine neuerliche Verwandlung war nach den Wunden durch Bowden nicht zu denken. Schon bald sah er aus wie ein von Pilotfischen bedeckter Wal. Untote hingen an ihm und wurden von seiner unbarmherzigen Kraft mitgeschleift. Doch es waren so viele, dass er unter ihrem stinkenden Haufen schier versank. Und aus offenbar unerschöpflichen Reserven in der modrigen Erde drängten immer mehr Gerippe aus allen Richtungen heran.

Unwerths ganze Akademie, die Diener und Soldaten, dachte Kato verzweifelt. *Wenn ich versuche, diesem Knochenorkan Einhalt zu gebieten, tötet mich das Gift der Goetie.*

In leeren Augenhöhlen loderte unheiliges Kaltfeuer. Hinter sich hörte Kato in Wellen den Boden aufreißen, zehn Schritte entfernt schnitten ihnen die Toten den Rückweg ab.

Eine ganze Schar vermoderter Skelette mit rostigen Waffen und verfaultem Ackergerät bildete mittlerweile eine Wand vor dem Hexenmeister, den die Hütte ausgespien hatte. Es gab kein Durchkommen, weder für Bowden noch für Tanaqui.

Ihr Speer war ein Zerstörungswirbel, Klinge und Holm im Halbdunkel kaum zu unterscheiden, weil sie als endloser Sturm von rechts nach links flogen und dabei Schädel spalteten und Glieder zerteilten.

Bowdens löchriger Schild erbebte immer wieder unter Waffen, die in zwei Teile brachen, oder Fingern, die zersplitterten. Wann immer er mit seinem Schwert antwortete, zerstoben Rippenkästen. Faules Moos und Erdreich fielen wie aus zerschnittenen Säcken.

Gjala führte zweckmäßig und mit aller Macht Schlag auf Schlag ihrer Runenaxt. »Sie sind auch hinter uns!«, gellte die Stimme des Zauberers. Kincaid kläffte neben ihm wie toll, die Zähne gefletscht, die Lefzen hochgezogen.

Eine ganze Skelettreihe stolperte auf den Magier zu.

Doch wenn er eine Formel des Feuers sänge, zerrisse das Band, mit dem er Bowdens Schild und jene dahinter schützte.

Kato warf sich herum, stürmte zwei Schritte auf die Untoten zu und ließ den Eisenholzstab kreisen. Die Waffe war leichter als die Zwergenaxt, doch noch schwer genug.

Die Schädel waren so voller Moder, dass er zwei davon sofort zum Platzen brachte. Augenblicklich spürte er ein Kribbeln und hörte einen dunklen Singsang aus den Staub- und Kalkwolken, die seine Hiebe in der Luft hinterließen.

Die Splitter der Skelette selbst waren durchdrungen vom Gift der Schwarzen Kunst und unheiliger Sümpfe.

»Hauptmann!«, sang Kato so laut über sein Summen hinweg, dass Bowden ihm einen Blick zuwerfen musste. »Zurück! Nicht einatmen!«, gestikulierte er in Feldzeichen, deutete auf die Fäulnis, welche die zahlreichen Hiebe in der Luft treibend hinterlassen hatten. Einzig Gjalas Axt schien zu verzehren, was die Toten ausspien.

Der wahnsinnige Einsiedler blieb keineswegs untätig. Während Kato abgelenkt war, hatte er bereits das nächste Beschwörungsgeheul weiterer schwarzer Mächte angestimmt.

Er mochte ein Großmaul und ein Wüterich sein, doch Bowden war ausgebildet, dem Paladin entging die Lage nicht. Er befehligte Tanaqui und Gjala weiter hinter sich, gebot ihnen, nicht zu atmen. Zugleich hob er den Schild.

Dieses Mal war es eine Welle von Schwärze, die sich in der Luft in fledermausartige Schatten verwandelte. Ein ganzer Schwarm, der in schwarzviolettem Feuer glomm, die Schwingen schärfer als jedes Rasiermesser.

Die Energien trafen den Schild mit voller Wucht. Er teilte den Schwarm. Einmal mehr musste Kato abwehren, was auf ihn eindrang. Ein Singsang genügte nicht, dieses Mal musste er seinem Gegner ein eigenes, vielschichtigeres Lied entgegenstellen.

Bei jeder Silbe hatte er das Gefühl, dass Dolche aus schwarzem Eis in seine Seele eindrangen, als er einmal mehr mit dem Schild abwehrte, was ihn zu töten drohte.

Die Welt verwandelte sich in ein dröhnendes Pfeifen, das sich nicht mithilfe von Schlägen auf den Kopf vertreiben ließ. Die Übelkeit, die er verspürte, war unerträglich. Er fühlte sich, als wäre er in Schnaps ertrunken. Der Tag hatte ihm zu viel abverlangt, und die verzerrten Melodien der Schwarzmagie lösten sein Soma auf.

Sein Magen gab nichts mehr her. Also stieß Kato nur noch leidvoll Säure aus, während er in die Knie brach und die Rotte der Untoten weiter auf ihn zuwankte. Ihr erstickender Gestank nach der Süße verfaulten Fleischs, dem erdigen Aroma von Moos und Humus brannte sich in seinen umnebelten Geist ein. Er sah die Erde in den Rippenkästen, Mündern und Augenhöhlen. Er sah die fetten Würmer, die darin zappelten.

Endete hier das Spiel?

Am Rand seiner Wahrnehmung wurde er gewahr, wie Tanaqui Bowden zunickte und sich den Weg zu Kato frei schlug. Der innere Zwist war ihr anzusehen. Ein einziger Pfeil, und der mörderische Einsiedler und sein Heer wären Geschichte. Doch damit wäre auch der allerletzte Versuch vertan, aus dem Stab des zwergischen Meisterschmieds schlau zu werden.

Sie entschied sich zum Weiterkämpfen. Blitze aus weißem Licht schossen an Kato vorbei, ein Dutzend Pfeile schlug in die Untoten ein. Hier und da zerbarst ein Schädel, den das Wesen aber nicht brauchte, um weiterzustolpern und seine mörderische Aufgabe auszuführen. Der Angriff verpuffte.

Der Ringwall der lebenden Toten schloss sich um sie.

52

Bowden bezweifelte, dass die Wolken aus Leichengift ihm oder der Zwergin etwas anhaben konnten. Naturgeschöpfen wie seiner Mutter, den Zwergen oder Messerohren konnte Verwesungsfäule nichts anhaben. Neben ihm zerhieb Bierschaum einen weiteren verrotteten Neuankömmling.

Doch der Deserteur würde dem Gift erliegen, bevor die Skelette ihn überhaupt zerreißen konnten. Der letzte der wertlosen Schwüre, denen Bowden sein Leben geweiht hatte, wäre dann dahin. Mit seinen scharfen Sinnen sah er selbst im Zwielicht, wie übel zugerichtet Kato niederkauerte. Er weinte schwarze Tränen, die Schwellung einer schweren Blutvergiftung zeichnete sein Gesicht selbst in der Glut.

Vor ihnen wob der Schwarzkünstler die nächste Formel. Noch wenige Herzschläge, und er würde sie alle mit einem letzten Kampfzauber hinwegfegen. Danach würden sie ihm als wandelnde Leichname dienen, bevor das Feuer sie verschlang.

Bowden würde sich nicht so schmählich seinen Heldentod nehmen lassen. Sein Widerwillen machte ihn erfinderisch.

»Bierschaum!«, bellte er.

Sie schlug wirkungsvoll zu. Wäre sie eine echte Kriegerin ihres Volks gewesen, hätte er vielleicht gewagt, sich mit ihr vorzukämpfen. So aber blieb ihnen nur eine Möglichkeit.

»Kannst du dein Spektakel vom Damm wiederholen?«, rief er ihr zu und verschaffte sich mit einem Wirbelhieb Raum, der den Schwarzkünstler und seine Skelette zurücktrieb. Aus dem gelben Bart des Hexenmeisters sprühte dicker Speichel, während er wie toll zum Mond hinaufheulte.

»Verlang das nicht von mir!«, flehte sie.

Wie um seine Forderung zu unterstreichen, hieb ein rostiger Säbel nach ihr, den er mit dem Schild parierte.

Hinter ihnen brachen die Toten aus dem Erdreich hervor.

»Bierschaum! Sieh dich um!« Bowden schämte sich seiner Schwäche, doch er deutete auf Limbo, der unter so vielen Knochenhänden und zubeißenden Zahnstümpfen verschwand, dass er kaum noch zu erkennen war. »Du musst! Sing, Bardin!«

Gjala nickte. Sie fügte sich der Not und ließ die Axt fallen. Sie hob mit ihrem Gesang an.

Die Stimme versagte ihr in der Kehle. Bowden schenkte ihr einen aufmunternden Blick.

Sie schöpfte neuen Atem. Der Paladin eilte inzwischen inmitten des Feindes umher, ließ Hieb um Hieb niederfahren und warf den Schild beiseite. Eine weitere Parade der finsteren Magie, und es wäre um Kato geschehen.

Er ergriff das Bastardschwert wie einen Zweihänder und senste durch den Knochenweizen, dessen Feld unerbittlich ringsum aufwuchs.

Dies war das Ende ... oder aber der Beginn von etwas völlig Unbekanntem.

Plötzlich war sie da.

Die Melodie. Das Lied, das sie seit Beginn ihrer Reise begleitete. Gjalas Stimme war volltönend, sanft wie eine Liebkosung und zugleich stark wie ein nordischer Sturm. Hebung um Hebung stieg sie an, um dann wieder in das klagende Tal melodischer Tiefen zu fallen. Es war alles andere als Getöse. Es war gebündelte Macht, musische Vollkommenheit.

Der Einsiedler schrie seine goetische Formel heraus, doch Gjala war jünger und eine aus dem Alten Volk mit voller Stimme.

Als die Melodie sich einem ersten Sprung näherte, umfasste die Zwergin ihr Amulett, schloss die Augen und streifte es ab.

Die Macht in ihrem Blut wurde frei.

Der Palisade aus Knochen vor Bowden widerfuhr, was sich bereits in der Stadt und auf dem Knüppeldamm entfaltet hatte. Doch dieses Mal waren es keine Wogen urzeitlichen Geheuls, die in alle Richtungen davonstoben.

Bierschaums Stimme formte einen Kegel, einen gewaltigen Wirbel lichtvoller Energien, der in Wellen alles umspielte.

Keine schmerzhafte Note drang an Bowdens Ohr, seine Haare sträubten sich nur beim Klang der Schönheit des Lieds, während die gesamte Reihe der Untoten vor ihnen beinahe sanft pulverisiert und der Einsiedler ins Innere seines Refugiums zurückgedrängt wurde.

Die Hütte bot jedoch keinen Schutz mehr, als das Lied unter Gjalas meisterhafter Stimme in einen kreischend rohen Pfeifton überging, der sich verengte. Dach und Verschalung der Kate wurden abgedeckt und beiseitegeschleudert.

»Genug!«, gebot ihr Bowden mit einer Geste.

Die Bardin beendete die Anrufung helfender Mächte.

Er schoss vorwärts, dicht am Boden, teilte Schläge nach links und rechts gegen die Untoten aus, die bereits nachrückten, um das Glied zu schließen.

Dann war er über dem Alten.

Bowden Verdian hatte einige fürchterliche Monate hinter sich. Die trancehafte Begegnung mit dem irrwischhaften Vater hatte seiner Seele Schaden zugefügt, von dem er sich nie wieder erholen würde, so viel war ihm klar.

Er legte sein ganzes Begehren nach Vergeltung in seine rechte Faust und den Schwertgriff.

Welches Gestammel auch immer aus der Kehle des Alten dringen mochte, es ging in einem Schwinger unter, der seinen Magen schier zerriss.

Dies war nicht Bowdens üblicher Zorn. Dies war wohlüberlegt. Er wusste, was Zauberer aushielten, welch ungeahnt übernatürliche Kräfte in den zerbrechlich wirkenden Körpern steckten.

Er hielt sich nicht zurück. Sein Panzerhandschuh langte mitleidlos hin.

Ein letzter Schlag mit weniger Kraft gegen die Stirn schleuderte den Hexenmeister wie eine Marionette mit zerschnittenen Fäden zu Boden.

Hinter ihm fiel seine ganze Armee gleichfalls in die Erde zurück. Es regnete Gebein und Schädel, als die Untotenhorde zerbrach.

Bowden sah, wie sich Tanaqui und Kato mit Schlägen ihrer Stabwaffen endlich Raum verschafften, während die Skelette in sich zusammenfielen.

Mit triumphierendem Wutgeheul, das der in seinem Innern gefangene Wolf ausstieß, warf Limbo die modrige Last seiner Angreifer von sich und stemmte seine Massen in die Höhe.

Von Abscheu erfüllt schlug Gjala noch mit der Runenwaffe um sich.

Mit einem Mal war es still auf der Lichtung.

Und der Deserteur fiel vornüber aufs Gesicht.

Bowden hörte Kato in dieser unheilvollen Stille mit einem Seufzer ausatmen, den jeder Anführer auf dem Schlachtfeld tausendfach kannte.

Ihm sollte kein weiterer Atemzug folgen.

53

Tanaqui hörte Bierschaums erschrockenen Ausruf, während sie verfolgte, wie Bowden den bewusstlosen Hexenmeister fesselte und auf den Bretterhaufen schleuderte, der von seiner Hütte übrig geblieben war.

Obschon er Panzerhandschuhe trug, wischte sich der Paladin angewidert die Finger am Sumpfmoos ab.

Die Wüstenelfe fuhr herum und sah die Zwergin mit dem böse gezausten Limbo zu Kato hinübereilen.

Zugleich nahm sie wahr, wie Bowden urplötzlich entkräftet ins Taumeln geriet. Mit beschwichtigenden Handzeichen bedeutete er allen, dass er wohlauf sei. Dabei verdrehte er die Augen, tat einen letzten Schritt hinter sich und fiel mit einem Krachen von Blech und Kristall auf das Steinfundament der Hütte.

Gjalas zweiter erschrockener Ausruf war die Folge.

»Er atmet nicht mehr«, stellte Limbo neben Kato fest, bekam jedoch selbst kaum noch Luft. Auf der Haut des Lohenmagus schwelte es dunkel. Tanaqui verfolgte, wie aus seinen Kraftspendern, aus jedem der Zauberzeichen etwas hervorquoll, das wenig mit gewöhnlichem Rauch gemein hatte.

Fettiger Qualm, so als hätte man Unmengen altes Schmalz

und nasses Laub in ein Feuer geworfen. Der Geruch war durchdringend süßlich und von kränklicher Verderbnis.

Kincaid leckte an seinem Herrn, um ihn zu wecken.

Die Elfe bemerkte, wie Aganthyrs Urkraft in Limbo erwachte. Er schob den Hütehund energisch zur Seite und stieß dabei ein tiefes, gebieterisches Grollen aus.

Wie erwartet kläffte Katos bester Freund wie wild.

»Würdest du wohl? Er mag dich lieber«, bat Limbo und übertrug Bierschaum die Sorge um Kincaid. Die Zwergin wechselte einen vielsagenden Blick mit der Wüstenelfe. Tanaqui war dankbar dafür. Und auch Gjala war nach ihrem zweiten Gesang an diesem Tag und dem Anblick echter Untoter noch sichtlich außer sich. Sie schluckte schwer und ergriff das Halsband, um den treuen Freund von seinem bewusstlosen Meister fortzuzerren. Angeekelt stolperte sie über Gebeine.

Immer wieder warf Bierschaum sorgenvolle Seitenblicke auf Kato. Sie hatte bereits ihr ganzes Volk verloren, und nun lag noch einer aus ihrer neuen Familie im Sterben.

Widerwillig stapfte sie weiter.

All dies erfasste Tanaqui mit angeborener Sinneswachheit und verlor keine Zeit. Kaum war sie unterwegs, schon entnahm sie ihrem Gürtel Lederbeutel mit Heilutensilien, wie sie in der Wüste über Leben und Tod entschieden.

Ihre Behandlungskunst war begrenzt, doch sie war gewohnt, sich selbst zu verarzten. Sahar fehlte schmerzlich einmal mehr, doch sie verdrängte diesen Gedanken.

Dennoch erweist sich dein Wissen hier als nützlich, sprach der Große Jäger zu ihr. *Denn welcher Ort gebiert mehr Gifte als selbst das Ungeziefer der Druchuul, wenn nicht die endlosen Glassande. Die Wüste ist die Mutter von Biss und Stich*, versicherte Cathwyn.

Tanaqui nahm seine Worte nur beiläufig auf. Längst war sie bei Kato angekommen, und die Sorgen überfluteten sie. Wenn er starb, konnte sie nie wiedergutmachen, was sie in seinem Leben angerichtet hatte. Ein zweites Mal lag sein Schicksal ganz in ihren Händen.

Sie erinnerte sich an die Nacht, als der Junge aus dem Feuermeer gewatet war, ein Stück verbranntes Holz mit einem noch ärger verbrannten Pfeil an die Brust geheftet, genau dort, wo das Geschoss durch ihn gefahren war.

In diesem Moment hatte sie ihr Dasein als Frühlingselfe beendet. Das war kein blanker Zufall. Jeder Elf wurde erwachsen, wenn ein einschneidendes Erlebnis seinen Schritt aus der Wildnis in die Gesellschaft markierte.

Es herrschte Krieg. Doch ein Kind der Äffchen nicht nur seiner ganzen Familie zu berauben und die Grundlage seines Lebens in Flammen aufgehen zu lassen, sondern noch dazu erschossen zu haben, erweckte etwas Neuartiges in ihr.

Das Grauen, das sie und Sahar empfunden hatten, als der Junge dem Tode nah aus dem Inferno taumelte, wich ihrer beider Erwachen zu erwachsenen Elfenfrauen, bewegt von den Muttergefühlen ihrer voll ausgereiften Weiblichkeit.

Er war vor ihnen zusammengebrochen, Pfeil und Holz lösten sich auf. Flammen waren aus seinem Körper geschlagen und versiegten nun. Als er auf das Kopfsteinpflaster fiel, trafen die Gefährtin und Tanaqui eine Entscheidung in jenem Einklang, der ihre Liebe stets ausgezeichnet hatte.

Zorn auf die Schranzen des waldelfischen Hofstaats färbte damals ihre Gedanken. Der Auftrag ihres Kommandos war es gewesen, das Kontor eines Händlers in Brand zu stecken.

Ein Kommando, das nach Braithwairn führte, geradewegs ins Herz von Emrick, dem Königreich des Drachenwappens mit der Tanne und dem Sitz jener Gier, welche den ganzen Mirvaali gefährdete. Ein Lager mit Nachschub niederzubrennen, das war in jedem Krieg hundertfach an der Tagesordnung.

Es war Nacht, und während das Inferno toste, hatten die beiden Frauen im schlimmsten möglichen Moment das Erwachen ihrer Moral erlebt. Dutzende aus dem Gesinde von Haus Tamasine waren verbrannt, die Familie dieses Jungen, seine kleinen Geschwister und ihre Leibwächter, durchbohrt von den Pfeilen des Waldzorns und verschlungen von den Flammen des Kriegs.

Damals hatte sie sich nichts dabei gedacht, als einige Unterirdische mit in den Sog der Gewalt gerieten. Für ihre jugendliche Grausamkeit war dies nur eine Erweiterung des Spiels gewesen. Spätere Erinnerungen daran verdrängte sie.

Doch nun lag Kato auf einer Reihe abgewetzter Steine, die als holperiger Pfad unter einer Mooskruste durch die Haufen aus Gebein den Hügel hinauf bis zur Hütte führte. Und während er im Schatten der gewaltigen Steingräber uralter Riesenvölker nicht mehr atmete, erinnerte sie sich an den erkalteten Jungen mit den wundersamen Kräften, der damals bewegungslos zu ihren Füßen ausgestreckt lag.

Das Gift der Schwarzen Magie zu bannen, um sie alle zu schützen, hatte ihn umgeworfen. Doch was war mit Bowden? Sie sah Limbo auf den Paladin zurennen.

Sie teilen ein Band, der Zauberer und sein wandelndes Schwert. Es ist ohnehin vorhanden, wie du weißt, doch dann, brennender Freund, hat es sich gelöst, um uns alle zu behüten. Der Große Jäger klang verächtlich. Er, der Meister von Jagd und Überleben, hielt selbstlose Taten für töricht.

»Sei froh, Urahn!«, murmelte Tanaqui, während sie neben Katos Körper auf die Knie fiel. »Du hättest sonst kein Haus mehr. Oder wir beide würden auf ewig verfaulend diesem stinkenden Äffchen in der Hütte dienen.«

Keine Antwort.

Gut, sie musste achtsam bleiben.

Sie entrollte alles, was sie an Hilfsmitteln wie Haken, Ahlen und kleinen Klingen, Kohle und Schlangengiften besaß, mit denen sonst gegen das Gift zur Ader gelassen wurde. Eine Behandlungsform, auf die sie hier kaum setzen konnte. Es gab weder Schlangenbiss noch Skorpionstich. Solche Wunden fehlten, doch das Blut war eindeutig vergiftet.

Trotz Katos seltsamen Glühens der Haut und des blau-weißen Feuers, das endlose Massen an Giftqualm ausstieß, war die Vergiftung durch sein Aderngeäst aus schwarzem Wurzelwerk unübersehbar.

Er musste erst wieder atmen können, danach wollte sie sich über das Gift Gedanken machen.

In der Zeit unter dem Dach des Mirvaali wie auch bei den Silberreitern hatte sie viele Äffchen verhört und befragt. Sie wusste, wie leicht sich das Leben eines Menschen erhalten ließ, solange nur kostbarer Odem in seinem Körper weiter durch den vierten seiner Säfte kreiste, das Blut. Bewegte es sich, erhielt der Leib Nahrung. Darin unterschieden sich weder die Alten Völker noch die Rundohren.

Sie hoffte, dass ihre Handschuhe Schutz vor der flammenden Gewandung des sterbenden Kameraden boten und dass sich Katos Körper nicht auch innerlich so schwerwiegend verändert hatte, dass Rettung vergebens war.

Sie sandte ein Stoßgebet aus, das sie ausnahmsweise und nach langer Zeit nicht an Cathwyn richtete, sondern an seine Gespielin, die Mondmutter Selachia.

»Hilf diesem Menschen!«, murmelte sie. »Ich flehe dich an. Wenn nicht um seinetwillen, dann mir zuliebe. Du weißt, was ich wiedergutmachen muss.«

Sie legte die Hände auf Katos Brust, um zuzudrücken und mit der Behandlung zu beginnen.

Die Welt explodierte in Flammen.

Er ist wie wir, folgte ihr Cathwyns Stimme nach.

54

Als Gjala Kincaids Leine um eine Luftwurzel legte, hörte sie den Knall einer gewaltigen Ohrfeige.

Die zwergische Dunkelsicht enthüllte ihr, dass Bowden in die Höhe geschossen war, dabei im Schreck um sich schlug und Limbo so heftig am Kopf traf, dass der ohnehin gebeutelte Freund vier Schritte zurücktaumelte.

Der Klatschen des Panzerhandschuhs auf die Doppelkinne hallte durch den Sumpf.

»Verflucht!«, ächzte der Heimatlose höchst unköniglich.

Bowden saß kerzengerade und sah sich mit wilden Augen um, wie ein Mann, der aus einem Albtraum erwacht.

»Deserteur!«, stieß er hervor und zog sich an den Latten der zerborstenen Hütte in die Höhe. Er wirkte schwach wie ein Lamm. »Das Band. Jemand hat unser Band zerrissen!«

»Du bleibst hier, mein Guter«, murmelte Gjala und gönnte dem Hund ein Kraulen hinter dem Ohr.

Sie eilte zu Bowden hinüber, während Limbo sich stöhnend das Kinn rieb und über dem Gotteskrieger aufrichtete. Der wirkte ernsthaft entsetzt, als er merkte, dass er dem Ersten des Herrschergeschlechts, dem er als Vasall ewigen ritterlichen Lehensdienst gelobt hatte, ein saftige Maulschelle verpasst hatte.

»Ich ...«, setzte er an.

»Schon gut, Blechmann. Nicht die erste Ohrfeige, die ich mir einfange, und es wird wohl kaum die letzte bleiben, bis diese unsägliche Schreckensreise vorbei ist.« Mit freundlichem Lächeln reichte der Gesegnete dem Paladin die rechte Hand. Der packte zu.

Es dauerte beachtlich lange und erfolgte nicht mit der gewohnten Leichtigkeit, bis sich der Gerüstete an Limbos Hand auf die Beine zog. Er keuchte.

»Der Deserteur?«, erkundigte sich Bowden. Er rieb sich die Stelle des Handgelenks, wo man die beiden magisch verbunden hatte. Schüttelte den Kopf mit einer Betrübnis, die Gjala verwunderte, so als ahne er die Antwort.

Limbo lächelte. »Gib die Hoffnung nicht auf! Tanaqui ist …«

»Ebenfalls dem Tode nah!«, rief Gjala und blickte voller Sorge auf die Stelle, wo die Elfe über dem Zauberer zusammengebrochen war.

Bowden zögerte nicht. Kaum hatte er sich ein wenig erholt, schleppte er sich auf dem Pfad den Hügel hinab, ergriff die Gefährtin unter den Armen und zog sie von dem bewusstlosen Kato herunter, während Limbo und Gjala ihm nacheilten.

»Ist sie …?«, setzte Bierschaum an.

»Kein Kratzer, keine Brandblase«, raunte Bowden. Offenkundig wusste er, was geschah, wenn Kato aus Versehen berührt wurde. »Das kann nicht sein«, bekräftigte er Gjalas ungläubigen Blick.

»Atmet sie denn? Ich höre nichts«, sagte Limbo besorgt und kniete neben der Freundin nieder.

»Sie atmet, aber schwach«, antwortete Bierschaum. Ihr Gehör hatte unter den letzten Begegnungen nicht gelitten, sie vernahm den flachen Atem der Elfe.

»Ich sehe die Herzen unter ihren Gewändern schlagen«, erklärte Bowden. »Vorerst. Verdammt. Was fangen wir jetzt mit dem Deserteur an?« Verzweiflung färbte seine Stimme, unverhohlen und ohne die übliche Bärbeißigkeit.

Gjala wandte sich zu Kato um und hielt inne. »Er atmet«, stellte sie fest

»Unmöglich. Ich höre nichts«, antwortete Bowden. Es war auch keine Hebung der Brust zu erkennen.

»Es verhält sich wie bei Tanaqui«, hielt ihm Bierschaum entgegen und ging neben dem Magier auf ein Knie, um den

Puls zu prüfen, obwohl ihre Ohren ihr längst das Nötige offenbart hatten. Der Panzerhandschuh des Ritters legte sich sanft, aber bestimmt um das Handgelenk der Elfe. Er schüttelte den Kopf, als er begriff, was ihr überstürztes Handeln beinahe angerichtet hätte.

Da bemerkte Gjala das Entscheidende. »Wartet!«, ermahnte sie die anderen, leise zu sein. Sie lauschte gespannt, schöpfte die ganze Kraft jenes absoluten Gehörs aus, das ihr Vater zusammen mit ihrem zerstörten Herzen gerettet hatte. »Kein Zweifel«, befand sie. »Sie atmen im Gleichklang.«

»So als teilten sie einen Körper«, murmelte Limbo.

»Das Band.« Bowden fuhr sich mit dem Panzerhandschuh über die Stirn. »Der verfluchte kleine Säufer hat es irgendwie geschafft, im Kerker seines eigenen Körpers unsere Verbindung zu kappen und neu zu weben.«

»Als sie ihn berührte, übertrug sich das Band auf sie«, mutmaßte Gjala. »Deshalb sind sie nun so sehr im Einklang.«

»Er ist ein gewiefter kleiner Kerl, unser Kleidträger«, meinte Limbo. »Wie ich kennt er die Schule des Überlebens auf der Straße. Vielleicht witterte er eine Möglichkeit, die unfassbare Lebenskraft der Messerohren zu nutzen und sich so etwas Zeit für die Heilung zu erkaufen.«

»Du meinst, er bedient sich gerade an Tanaquis Energie?«, fragte Bierschaum ungläubig.

»Wohl eher der von Fuchstochters Urahn«, widersprach Limbo. »Beide haben mystische Hautbilder. Vielleicht stellen diese die Verbindung her.«

»So oder so. Ein Trick wie dieser sieht dem Mistkerl von einem Deserteur ähnlich. Solch ein Schmarotzer«, schimpfte Bowden und klang dabei gegen seinen Willen erleichtert. »Kommt! Vorerst können wir hier nichts ausrichten und nur hoffen, dass sich die beiden wieder erholen.«

»Wohin willst du?«, fragte Gjala.

»Ich ahne etwas«, antwortete Limbo. »Für den Fall, dass der gute Kato wieder zu Kräften kommt, hält Hochwürden eine böse Überraschung für ihn bereit. Er wird ihm das Schlimmste antun, was er sich als Strafe für den Schrecken ausmalen konnte.«

»Was soll das sein?«, erkundigte sich Bierschaum.

»Erreichen, weswegen wir vor so langer Zeit aufbrachen«, entgegnete Bowden. »Damals, als wir noch Wärter und Häftlinge waren. Wir holen uns endlich Antworten, und wir bekommen sie vor diesem durchtriebenen Mistkerl von einem Hexenmeister auf dem Hügel.«

Mit grimmiger Miene stapfte der Paladin auf den Totenmagier zu.

Gjala beneidete den Greis nicht darum, was ihm nun bevorstand.

55

Bowden mochte die Heilkunst nicht beherrschen, doch wie jeder gute Soldat kannte er die wichtigsten Stellen am Körper eines Feinds, um ihn rasch und wirkungsvoll zu töten. Noch dazu auf humane Weise.

Der Umkehrschluss zu einer solchen Ausbildung war weniger schön: Man lernte nebenher, was das genaue Gegenteil eines solchen Handelns war ... und wie es sich umsetzen ließ.

Bowdens Misericord-Dolch aus seinem Stiefel ruhte auf der Fläche des Panzerhandschuhs, als er ihn wog.

»Du wirst ihn doch nicht foltern?«, ängstigte sich Gjala.

»Ich bin ein Diener des Architekten. Oder *war* sein Diener, denn mein Glaube hat sich als Lüge entlarvt«, bekannte Bowden voller Bitternis. »Aber ein Foltermeister bin ich bestimmt nicht. Das ändert nichts daran, dass wir es hier mit einem Schwarzkünstler zu tun haben. Er wandelt auf dem Pfad der linken Hand, Gjala, verderbt bis ins Mark. Ich werde mir sicher nicht stundenlang Zeit nehmen, bis dieser bösartige Greis erwacht. Also müssen wir einen Mittelweg finden.«

»Und den kennst du?« Limbo verschränkte die Arme.

»Der männliche Körper besitzt einige besonders empfindliche Bereiche. Das Sonnengeflecht des Bauchs. Die Ellbogen. Die Spitze seines ... nun ja«, hüstelte er mit schüchternem Seitenblick auf Gjala. Die schmunzelte nur anzüglich, doch er spürte, wie sich seine Wangen röteten.

»Jedenfalls lehrt der Krieg, dass es noch eine einzige weitere Stelle gibt, die außerordentlich gut anspricht. Einige Tropfen Blut sind aber unvermeidlich«, warnte er.

Bowdens freie Hand schoss vor. Der Panzerhandschuh umfing das linke Ohrläppchen des bewusstlosen Hexenmeisters. Die Dolchspitze drang so tief in die Haut ein, dass sie auf der anderen Seite wieder austrat. Mit einem Ruck zog Bowden die Klinge heraus.

Entgegen der Mutmaßung anderer verspürte er dabei keine Freude, er war Soldat. Köche nahmen Fische aus, und Soldaten verhörten Gefangene. Der Vorgang überraschte sowohl Bierschaum und sogar Limbo, der doch mit der Erfahrung mehrerer Leben gesegnet oder verflucht war.

Beide fuhren zurück, als der Greis mit einem Schrei aus seiner Ohnmacht erwachte und dabei umgehend seine heiseren Gesänge wieder aufnehmen wollte. Bowden beschwor die Kälte all dessen herauf, was in seinem Elternhaus geschehen war und was der Krieg ihm angetan hatte.

Fast unbewusst rammte er die rechte Faust mit dem Dolch zwischen den Beinen des Gefangenen hindurch, dicht an seiner Männlichkeit vorbei. Die Waffe schlitzte die schmutzigen Gewänder auf und drang in den Boden ein. Das Geschrei steigerte sich zu panischem Kreischen.

Einen gewöhnlichen alten Mann hätten die letzten beiden Handlungen mühelos ins Jenseits befördert, sein Herz hätte versagt. Doch Bowden wusste, dass die gealterte Hülle eines Zauberers, ja, überhaupt seine Hülle, eine Frage der Sichtweise war. Magier spiegelten wider, welche Macht sie bei anderen ausspielen konnten. Er kannte Gestaltwandler, die bei Hofe als Botschafterinnen arbeiteten. Sie waren weit älter als hundert Winter und doch so wunderschön und frisch, dass ihnen junge Männer in Scharen zu Füßen lagen.

Bowden kannte nicht zuletzt den Deserteur, einmaliges Erzeugnis eines schrecklichen Unfalls mit brennbarer Alchemie, der schon wie ein Feuermagier aussah, bevor er die Zitadelle auch nur von innen gesehen hatte.

Und dieser Nekromant vor ihnen spiegelte in seiner Erscheinung eben die Nähe zum Tod und zur Fäulnis, die ein Leben in den Diensten chaotischer Mächte einging. Er war vielleicht auch kein echter Greis. Die Schwarzkunst hatte ihm nur das Leben ausgesaugt und sein Wesen ersetzt.

Bowdens Rechte legte sich wie ein Schraubstock um den Hals des vermeintlich Alten. Er spannte einen Oberarm, legte alle Kraft in den Daumen. Das Geschrei des trügerisch wirren Teufels wurde gekappt wie durch einen Axthieb.

»Lasst euch nicht täuschen, weil er alt aussieht oder verrückt wirkt!«, sprach Bowden mit seiner ganzen Erfahrung aus den theologischen Sitzungen des Hochtempels. Einmal mehr verfiel er unwillkürlich in einen belehrenden Duktus.

Wie jene, die mich belogen haben, dachte er grimmig.

»Dies ist keineswegs einfach nur ein alter Einsiedler. Die Formeln der Schwarzen Kunst, die er kreischt, sind überaus verschlungen. Jede dieser Formeln dient dazu, einen Untoten unter seinen Willen zu zwingen. Er hielt Hunderte unter seiner Knute. Kein Mondsüchtiger oder schlichter Eremit der Wildnis wäre dazu überhaupt in der Lage.«

Die Augen des Hexenmeisters sprühten vor teuflischer Wut, als ihm bewusst wurde, dass er einem Mann in die Hände geraten war, der jede List durchschaute.

»Ah«, machte Bowden. »Der feine Herr begreift, in welchem Missgeschick er steckt. Das macht alles einfacher. Gjala. Deine Axt, bitte!«

Er warf der Zwergin einen versteckten Blick zu. Wollte er nur zusichern, dass er die Waffe nicht mit dem Blut dieses Mistkerls besudeln würde? Er kannte ihre Skrupel.

Er fühlte das eigene Erwachen.

Die Bardin begriff, und die Waffe landete mit einem theatralischen, aber lässig ausgeführten Wurf und dem charakteristischen Wirbelgeräusch ihrer Klinge nach einigen Schritten Flug unweit von Bowden und dem Alten. Die Axt grub sich mühelos in den Hüttenboden. Die Runen glommen.

Gegen seinen Willen musste der Hexenmeister hinsehen. Seine Augen weiteten sich, wie von Bowden erhofft.

»Geritzt, gebracht und *geworden*«, zischte Gjala aus dem Hintergrund mit solch meisterhafter Bösartigkeit, dass Limbo sie verstört musterte.

»Du hast drei Möglichkeiten, deine Gefangenschaft zu beenden. Nicke, wenn du mich verstehst! Ah, sehr gut«, bemerkte Bowden. »Ginge es nach mir, würde ich dich hochnotpeinlich befragen, alles aus dir herausquetschen. Dann würde ich deine Seele den Flammen des Herrn aller Geistesvölker anvertrauen, dem Feuer des Architekten. Ihm, dem Güldenen, dessen Licht das Dunkel vertreibt.«

Bowden erhöhte den Druck seiner Faust. Er zwang den Kopf des Hexenmeisters dorthin, wo er beiden Gefährten gut erkennbar im Mondlicht liegen sah. »Deine Sperenzchen fügten mir und meinen Freunden höchsten Schaden zu. Mich verlangt danach, dich zu lehren, was jenen geschieht, die Stadt und Mauer, Heim und Herd von Freunden und geliebten Menschen gefährden. So wie es der Architekt niederlegte.«

Da bemerkte der Paladin, wie sich der Gesichtsausdruck seines Gefangenen plötzlich veränderte. Und es bedurfte kaum des Hinweises der Zwergin, um dessen Miene zu deuten.

»Der erkennt dich wieder«, murmelte sie ungläubig.

»Oh, ja, das tut er. Es dauerte einige Zeit, weil ich damals anders aussah. Vor allem erkannte er Kato. Ich wette, damals war dieser hier noch ein Kind.«

Bei Nennung dieses Namens zuckte der Gefangene zusammen.

»Oh, ja, mein Freund, du weißt genau, wer wir sind und wie wir seinerzeit dir und deinem verfluchten Meister zu Diensten waren. Da belogt ihr uns alle und spanntet uns ein, nicht wahr? Nun wird es Zeit, Farbe zu bekennen. Deine zweite Möglichkeit ist ungleich schlimmer. Auch hier wirst du hochnotpeinlich befragt.« Er klopfte mit dem Knöchel eines Panzerhandschuhs gegen das Meteoreisen der Axt, bis beides zu singen begann. »Und danach hacke ich dir erst alle Gliedmaßen ab, kauterisiere die Wunden auch ohne meinen Zauberer mit einer Fackel, schön altmodisch. Und dann schaue ich zu, wie die zauberfeindlichen Todesrunen der Unterirdischen deine Seele aussaugen.«

Bowden genoss, wie sich der Mann bei diesen Worten unter seiner Faust wand. Er hatte nicht vor, den Kerl zu foltern, doch das brauchte der Gefangene nicht zu wissen. Wohl hatte Bowden sich davon abgewandt, Lebewesen auf Befehl zu töten. »Du verstehst, was dann hier geschieht, nicht wahr?«

Sein Gefangener nickte.

»Fein. Dennoch erkläre ich es dir noch einmal, damit es einsickert. Sobald deine magischen Kräfte versiegt sind, hat dein eigener verstümmelter Körper keine Hoffnung mehr, gegen die Goetia anzukommen, mit deren Wirkmächten ihr diesen Sumpf verseucht habt. Glaub nur nicht, dass mir die letzten Verse deiner Hexenkunst entgangen wären. Hätten wir dich nicht kurz davor aufgehalten, wären den Knochenmännern als Nächstes die Gebeine der Riesen gefolgt, die unter diesen Ruinen schlummern.«

Bowden freute sich über Gjalas und Limbos ungläubige Blicke. »Was denn?«, warf er ihnen zu. »Denkt an die Hauptstadt! Denkt an das Gefolge der Emissäre! Auf den Inseln liegen zahllose Gebeine jener Riesen, die lange vor dem Eisvolk der Königin hier lebten. Lange bevor die Elfenmutter die Insel in den Garten ihres Mirvaali verwandelte, wie die Schriften besagen.« Seine Gefährten unterschätzten noch immer, wie belesen er war.

»Natürlich«, murmelte Gjala. »Man kann alle Gebeine erheben, oder?«

»In der Tat. Und er stand kurz davor, dies zu tun. Denn die Fäulnis der Schwarzen Magie an diesem Ort reicht bis in die Tiefen der Erde, weil sie so lange hier ausgeübt wurde. Das ist unvermeidlich, wenn man die unheiligen Anrufungen der Linken Hand nutzt. Und er weiß auch genau, was mit ihm geschieht, wenn ich ihn erst verstümmele und ihn dann hier liegen lasse. Er wird das Schicksal jener teilen, die er selbst versklavt hat, auf ewig im Geistesdämmer daliegen und das eigene Verfaulen spüren.«

»Düster«, bemerkte Limbo. »Es klingt aber gerecht.«

»Deine Antwort, Hexenmeister, gibt den Ausschlag. Jetzt löse ich meine Faust von deinen Lippen. Höre ich irgendetwas anderes als die Frage, die ich erwarte, schreiten wir zum Feuer oder zur Axt. Vielleicht zu beidem, wenn mir danach ist. Daraufhin gehen wir. Und du bleibst.« Er legte eine Kunstpause ein. »Für immer.«

Bowden löste den Klammergriff um die Kehle des Gefangenen. Er gestattete dem Hexenmeister, sich den wunden Hals zu reiben.

»Was ist die dritte Möglichkeit?«, krächzte der Schwarzkünstler mit einem bangen Blick auf die Runen der Zwergenwaffe.

Bowden teilte ihm die Antwort mit, und wie erwartet gefielen dem Gefangenen die Bedingungen.

56

»Ich lese das, soweit es in meiner Macht steht.«

»Ein schnelles Ende durch das Richtschwert in meiner Amtsgewalt, keine hochnotpeinliche Befragung, kein Feuer, keine Axt. Weit gnädiger, als du's verdienst«, hörte Bierschaum den Blechmann mit grimmiger Stimme versichern.

Unverkennbar hatte sich Bowden verändert. Hoffentlich wurde er nun nicht auch noch wortbrüchig!

»Ich halte mich an seine Vorgaben«, sagte Limbo und trat ins Mondlicht, voll ins Blickfeld des Gefangenen. Gjala wusste, welch schrecklichen Anblick er schon für sie bot. Wie mochte es da erst jemandem ergehen, der nicht wusste, dass die fürchterlichen blauvioletten bis gelben Entstellungen am ganzen Körper des Freundes eine Folge seiner rabiaten Heilkräfte waren? »Der Kerl treibt keine Spielchen mit denen, die ihm in die Hände fallen, Freund«, bluffte Limbo und spie zur Untermalung einen Zahn aus, den Bowden offenbar mit seinem Faustschlag gelockert hatte.

Es klickte in dieser mondbeschienenen Nacht, als der Zahn wie eine einzelne Süßwasserperle auf den Steinen aufschlug und damit einen Kontrapunkt zu den endlosen Froschkonzerten und Zikaden bildete.

»Ich bin einverstanden«, röchelte der Gegner. Als hätte er eine andere Wahl gehabt. Gjala spürte einmal mehr, wie wenig Zwergin sie doch war. Zu viel Mitgefühl, allzu menschlich.

Doch beim Anblick von Tanaqui und Kato fand sie ihren Stahl wieder, wie die Drazok Dhar ihn nannten.

»Der Stab?«, fragte der Hexenmeister.

»Eine Finte. Eine Lüge, eine Manipulation, eine falsch ausgesprochene Silbe, und diese Zwergenbardin wird es merken. Es geht um die Echtheit des Inhalts. Weichst du von unserem Wissen ab, bringe ich dich *nicht* um, wenn du verstehst, was ich meine«, drohte Bowden.

Gjala sah, wie sich der Adamsapfel der heruntergekommenen Gestalt in ihren schwarzen Gewändern bewegte.

»Zwergin!«, befahl Bowden in jenem Rollenspiel, in welchem sie das Gefolge und er der Herr war.

»Mein Herr!«, schoss sie zurück und trat in ihrer Farce einen Schritt auf Bowden zu, ließ den Runenstab aus Kundrheim in seine Hand schnellen, als assistiere sie einem Bader bei einem Eingriff. Die ideale Adjutantin.

Bowden seinerseits drückte dem Gefangenen den Stab in die mit Altersflecken übersäten Gichtklauen. »Lies und erfahre Frieden und Vergebung!«, befahl der Paladin.

Der Gesichtsausdruck des Mannes offenbarte, dass er sich aus beidem längst nichts mehr machte. Dann drehte er den Stab zwischen den Händen, bis die Runen die richtige Ausrichtung hatten.

Der Hexenmeister las.

Aus den Aufzeichnungen des Hohen Runenschmieds Danghbran, des geistlichen Oberhaupts von Kundrheim, des Meisters von allem Geritzten, Gebrachten und Gewordenen, des Hüters der Geheimnisse der Tiefen Glut.

Während ich dies schreibe, in meinen letzten bitteren Stunden, greifen die Flammen um sich. Ich habe die Runen meiner würdigsten Gegenstände mit großer Sorgfalt ausgekratzt und sie bereits der Schmiede von Kurzukhuun überantwortet, auf dass Er zurücknehme, woran ich scheiterte. Doch bei diesem Stab werde ich machtvolle Runen des Schutzes und Fallen für gierige Augen nutzen, auf dass er kein Raub der Flammen oder schwacher Geister werde.

Dies ist mein Geständnis.

Seit dem Moment, da mein Vorgänger mir vor seinem Rückweg ins Feuer unseres Herrn die Bürde der Großen Unternehmung mit auf die Schultern legte, sehnte ich mich nach der Wahrheit. Ich tat alles, um die Mysterien der Herren des Nadirs zu enträtseln. Wandten sie sich doch schon in den ersten Jahrhunderten nach unserer Ankunft auf diesem Eiland und den umliegenden Inseln an uns.

Ich wollte die Warnzeichen ob der Begeisterung für die Große Unternehmung lange nicht erkennen. Ich übersah, dass ein Volk diese Welt verließ und dafür zwei neue erschienen.

Als ich begriff, was in den Wassern vor meiner Stadt schon seit Jahrhunderten vollendet war, hätte ich die Skraemar verständigen müssen. Vielleicht hätten wir jene Städte in der Tiefe ausheben und schleifen können.

Ich hätte mit Axt und Rune in den Baum vordringen, seine höchsten Höhen eigenmächtig erklimmen und die dürren Phantome in ihrem Eispalast in Stücke hauen sollen.

Mein Hochmut blendete mich. Von allen meinen Vorgängern war ich der Erste, dem die ehrenvolle Aufgabe anvertraut wurde, die Schmieden aus ihren Verstecken zu holen. Mein alter Lehrmeister hatte mich gewarnt, dass die Herren des Baums um sie wüssten. Auch er war ein weiser Drazok, doch mit den Wegen meines Volkes geht Blindheit einher.

Ich hätte auf den jungen Schmied aus Kozath Khar hören sollen, der mich warnen wollte, dass die Große Unternehmung einem undurchschaubaren Willen folgt. Doch ich hielt ihn durch die Torheiten der Menschen von Dunkelfall für vergiftet. Ihnen hatte der Krieg die Seele zerrüttet. So wollte ich nichts davon hören, was der Kurzbart mir zutrug.

Welch ein Narr ich doch war! Ganz allein ging ich zum Nadir, wohl wissend, dass die Mysterien für seinen Zugang sich nur den Würdigen offenbaren. Letztlich erwies sich der Baum als Werkzeug, wie ich schmerzlich erfahren musste.

Ein Werkzeug folgt seinem Zweck, doch es kann bei Missbrauch brechen oder wird verformt. Ich begriff, dass ich nur zur Audienz hineingelangen würde. Man konnte den Nadirbaum weder erklimmen noch seine Rinde aufbrechen.

Dennoch befahl ich, nach einem Stück dieser Rinde zu suchen. Ich wusste, dass gleich Beschaffenes als Schlüssel notwendig war, so wie niemand einen Tresor aus Stahl baut, nur um ihn mit einem Stift aus Glas aufzusperren. Alles folgt seiner Natur, und die Magier, mit denen die Gönner uns verbündeten, verfügten über die Elementarmacht des Holzes und ein Netz weitreichender Verbindungen.

Es kostete ein Vermögen, über einen Handelsmeister aus der Menschenstadt und sein Kontor ein solches Holzstück beizubringen. Ich entnahm dem Scheit einige Proben, bevor ich es für magische Rituale in die Stadt übermittelte.

Diese Vorkehrung erwies sich als eine meiner wenigen klugen Entscheidungen. Denn nach einem Anschlag der Baumbeschlafer brannte das Kontor während des Dritten ab, und das Holzstück ging verloren.

Doch ich bin ein Drazok Dhar, und unser erster Khar Kurzukhuun, gepriesen seien Erz und Erde, segnete uns mit endloser Geduld. Ich ritzte, brachte und ließ werden. Die Rinde ging nach

Art elfischer Hautbilder in mein Fleisch über. Damit geriet ich zum Gleichbeschaffenen des Nadirs und schuf aus meinem Leib Jahre nach dem Brand selbst einen Schlüssel, mit dem ich keiner Audienz bedurfte.

Wie ein schmutziger Menschendieb drang ich im Schutz der Nacht und mit pochendem Herzen in die Hochburg unserer Gönner ein. Ich wollte die Große Unternehmung verstehen.

Doch als ich den Baum nach vielen Wochen entbehrungsreicher geheimer Wanderung unter dem Dach der Nacht erreichte, ohne die Wurzelwege zu nutzen und mich so zu verraten, wurde ich längst erwartet.

Im Dunkel der Nacht sprang mich ein Geschöpf an, welches ich nur einen Dämon oder bösen Geist nennen kann.

Mir schien es wie aus Schatten und dem Geruch alter Grabhügel geboren, wie sie in den endlosen Dolmen der Riesenbrut zuhauf vorkommen. Zusammengesetzt aus tausend Gestalten, ähnlich jenem schattenhaften Diener, den sich der Elfenprinz in seinem Wahn als Begleiter in den Untergang erwählt hatte. Doch mich überfiel ein Leichnam, die böse Seele eines untoten Magiers, die Gestalt angenommen hatte aus einer Wesenheit der Wildnis.

Mit grenzenloser Gier wollte sich der Untote meiner bemächtigen. Ich begriff, dass er in mich wie in eine Rüstung oder ein Gewand hineinzuschlüpfen gedachte. Er wollte mich anlegen wie ein Kleid. Wie ich wollte er um jeden Preis in den Nadir hineingelangen.

Doch mit dem Mut und den Geschenken meiner Ahnen hinderte ich ihn daran. Gepriesen sei Kurzukhuun, dass solche Kreaturen die Macht unserer Todesrunen fürchten müssen, denn mit meiner Axt und meinem Schild vermochte ich mich meiner Haut zu erwehren. Mit heiligen Zeichen traf ich seine Gier mitten ins Herz und zerschlug ein Amulett, das seinen bösen Willen barg, woraufhin der Leichnam entwich.

Doch dieser Zauberer jenseits der Todesschwelle würde fortwirken, da sich seine Macht rituell auf viele Gefäße verteilte. Bis zu ihrer Vernichtung blieb er geschützt.

Mittlerweile habe ich nach meinem Turmabenteuer im Innern des Nadirs erkannt, dass wir alle von seinem Willen gelenkt wurden. Er hatte viele genarrt. Erst nach Längerem hatte ich mir zu-

sammengereimt, dass es nur einen Zauberer auf dem Archipel gegeben hatte, dessen Magie weit genug reichte und dessen Wahn nach aller Macht der Welt gegriffen hatte.

Ihn, der mein Volk an sein Ungemach erinnerte, um uns Drazok auf die Seite der Menschen in ihrem ungerechten Krieg gegen die Messerohren zu ziehen. Er stiftete all dies an, um die Schätze und Mysterien des Mirvaali zu rauben.

Und sie, die sich Herren des Nadirs nannten, zeigten sich in ihrer Überheblichkeit um keinen Deut besser. Dachten gar, sie hätten mich genarrt. Das weiß ich seit jener Nacht, als ich dank meinem Baumeisterwissen und dem Zauberring ihr Sanctum erklomm und ihren Worten lauschte.

Sie hielten sich für die großen Drahtzieher. Kurzukhuun hatte mein nächtliches Handwerk gesegnet und mich im rechten Moment entsandt. Sie sprachen viel in jener Nacht, zu viel, um dies in meinem Tagebuch niederzulegen. Sie brüsteten sich damit, wie sie die schmutzigen Schlammwühler für ihr abscheuliches Werk begeistert hatten. Wie sie die Menschenkönigin und ihre Zauberer in Abhängigkeit gezwungen hatten. Wie sie den geisteskranken Herrn von Thar Gwynleth und sein Gezücht von Leibwächter mit Versprechen köderten.

Ihn in neue Lande jenseits der Inseln führen zu wollen und die Wahrheit zu offenbaren, die der wahre Nadir den Würdigen vorbehielt. Ihm zugleich Fruchtbarkeit und Macht für sein aussterbendes Geschlecht zurückzugeben. Ihm, dem Narrenkönig, der als Spottgeburt und Vasall von Emrick in einer verwaisten Stadt haust, alle Wünsche zu erfüllen.

Alles nur leere Versprechungen. Doch seitdem reimt er sich in seinem Wahn zusammen, noch immer über Macht zu gebieten. Dann und wann erscheint er bei meinem König oder mir und stellt Forderungen.

Wahn verzerrte sein Wesen, verderbte die Magie seines eigenen Walds, seit er sich in seinem Gram an jenen magischen Kraftquellen berauscht hatte, welche die Elfen das Feuer des Mirvaali nennen. Er ist wie die Chimaerae. Ein Spross dieser Inseln, bis zur Unkenntlichkeit entstellt, verschmolzen mit den Folgen einer schicksalhaften Nacht, als er wie ich auf eigene Faust etwas Verwerfliches tat.

Die Königin, die ungewaschenen Nordleute, mein Rat und die Herren des Baums waren seinerzeit übereingekommen, dass der Gebieter über die Stadt der Türme noch von Nutzen sein mochte. Doch nie hätte ich gedacht, dass sie ihn wie ein Schautier in einer Menagerie mit allem Nötigen versorgten und ihn zugleich dem Trugbild überließen, der Krieg hätte ihm noch ein Volk, ja, auch nur eine Leibgarde gelassen. Sie beherrschten auch die wenigen Jötnar, derer sie habhaft wurden, und stachelten den Wahn ihrer letzten Herrscherin und ihren Hass auf unser Volk bis zum Unerträglichen an.

Geschützt durch meine Runenringe lauschte ich, wie sie sich mit all dem brüsteten. Und doch hatte ich längst eigene Erkundigungen eingezogen, gebot über Kenntnisse, von deren Besitz nur ich wusste. Die Beschäftigung damit trauten sie meinesgleichen nicht zu, und so nährte ich ihren Hochmut. Ich sammelte Wissen im Verborgenen.

Darüber, welche Macht dem Land und seinen Drachenlinien innewohnt. Jenen mystischen Kraftmustern in der Tiefe, über deren machtvollsten Knoten sich die Gräber der Jötnar erheben. Ein Netz, in dessen Mitte der Nadir aufragt.

Während sie sprachen, entfaltete sich ihre Geschichte. Einst hatten sie ihr ewiges Dasein unter den Sternen über alles geliebt, so viel ließen ihre kunstvollen Dichtungen ohne Zweifel erkennen. Doch dann wurden sie des ewigen Lebens überdrüssig, die Last der Zeitalter wurde ihnen zu unerträglicher Qual.

Sie wussten, dass es eine Frage der Zeit war, bis die Diener der dreiäugigen Herrscher durch die Sturmgrenze nach Selachis eindringen würden. So nannten sie die Fremden. Dann, so schworen sie einander, wollten sie nicht mehr sein und auch nicht enden wie ihre Vettern in der Tiefe.

Da sah ich meine Vermutungen bestätigt. Ich wusste mit einem Mal, wer sich hinter den Masken verbarg und wer die Kinder der Tiefe wirklich waren.

Sie beklagten auch das große Verbrechen der Mondgöttin Selachia, denn diese habe die Welt ihres Schutzes beraubt, so behaupteten sie. Sie sprachen von den Fünf Königen, wie einer aus ihrem Rund in den Baum selbst verwandelt worden war, damit er die betrogenen übrigen Vier Könige umhege.

An dieser Stelle färbte große Verzweiflung ihre Stimmen, denn die Vier waren durch ein Zeitalter in Gefangenschaft nicht mehr bei Sinnen, so stöhnten die Maskenträger. Verderbt sei ihnen Geist und Fleisch, das Versagen ihres Gleichgewichts nur eine Frage der Zeit, sodass die zu verrichtenden Aufgaben zu beschleunigen seien.

Welch ein Hohn lag darin, dass während dieser Tage auf meinen Befehl hin die Schmieden bereits entflammt worden waren, die nun niemand mehr zu löschen vermag.

Ich hatte genug gehört in jener Nacht.

Es war offenkundig, dass sie der Wille des bösen Magiers von der Grabesschwelle her ebenso lenkte wie ihre Furcht vor den Dreiäugigen Herrschern, mit denen jene, die man die Emissäre nennt, Bündnisse eingegangen waren.

Monate nach meinen Abenteuern im Baum fasste ich einen der Emissäre, und alle meine Verdächtigungen bestätigten sich. Die Magie der Welt und der Lebenden tauschten diese Teufel der Meere gegen jene des Todes und die dunklen Riten einer machtvollen Älteren Dunkelheit jenseits aller Sterne. Das Geschöpf verlachte uns, während wir es folterten. Nach seiner Demaskierung fügte sich das Bild, verhüllten sie sich doch ebenso hinter Masken wie die Herren des Nadirs.

Ein Weiteres, das mich auf dem Lauschposten im Baum in jener Nacht umtrieb, war das Rätsel, das sich im Namen des Nadirs verbarg und weshalb Unwerth um jeden Preis in sein Inneres zu gelangen trachtete. Der Wahre Nadir.

Oft und viel hatte ich über seine Natur nachgesonnen. Doch endlich, in dem Wissen, wo ich mich befand, wurde mir einmal mehr offenbar, welche Macht in diesem Namen liegt.

Ich überließ die Drahtzieher ihren Illusionen, die wahren Meister dieser Insel zu sein und ihre Geschicke zu lenken, nicht ahnend, dass jenes Monstrum, das drei Kriege zu verantworten hat, noch immer unter uns weilt und keineswegs bei einer Explosion ums Leben kam. Sie waren seine Sklaven und wähnten sich doch Meister. Alles, was sie sich wünschten, war der Tod. Sterben, nachdem sie die Bürde auf sich genommen hatten, bei der Schaffung dieser Inseln zu helfen und diese danach für Selachia zu verwalten.

Diese Inseln, über deren Zweck uns die eigenen Geschichtsschreiber belogen haben. Alle Vermutungen, in Wahrheit wären wir eine Verbrecherkolonie gewesen, in die man während der Diaspora alle Ausgestoßenen entsandte. Dass der Archipel gleichfalls dazu taugte, alle religiösen Eiferer und wahnsinnigen Aufwiegler des vergangenen Zeitalters auf einen Schlag mitleidlos in unerreichbare Ferne zu entsenden. Dass auf jenem unerschlossen seltsamen Kontinent voller Chimaerae-Bestien und Unwettern Überleben kaum möglich war.

Nichts davon stimmte. Eine dunkle Vorahnung ergriff mich in jener Nacht im Baum. Alles in mir sträubte sich, den Wahren Nadir zu sehen. Das Geheimnis zu ergründen, warum Unwerth über den Tod hinaus gierig nach einem Gesetz suchte, auf das letztlich die ganze Insel zurückging.

Sofern das Gestammel eines Drazok-Schmieds in seinen letzten Stunden zu wirr erscheint, will ich Klarheit schaffen. Niemand soll sagen, Danghbran Glimmrason aus dem Klan der Silberhämmer sei ein Drazok gewesen, der eitel ums heiße Bier schleicht, statt einen Schluck davon zu nehmen.

Wann immer meine Gedanken zu jener Nacht und zum Scheitern der Unternehmung zurückwandern, greift die Finsternis nach ihnen. Die Hand des Leichnams selbst zeichnete mich damals, drang bis in meinen Geist vor. Ganz wörtlich eine Klaue aus Schatten, die nach meinem Verstand griff und ihn auf immer verwirrte. So möge mir der geneigte Leser meine kryptisch gewundenen Darlegungen verzeihen.

Doch ich will die Wahrheit nicht weiter verhüllen: Die Herren des Nadirs – oder besser Unwerths Sklaven – sind jene Fürsten der Hochelfen, die für die Mondgöttin diesen Inselort schufen. Die Gründe dafür wurden mir nun offenbar.

Sie suchen den Tod, denn ihre lange Bürde ekelt sie. Und ich meine, sie umgeben sich mit Eiseskälte gegen die Fäulnis ihres von der Göttin erhaltenen Fleischs, um ihre Schönheit zu bewahren, bis der Tod sie ereilt.

Wer will Messerohren schon verstehen?

Was die Emissäre betrifft, so ließ mein Gefangener nach seiner Demaskierung keinen Zweifel. Auch er war ein Elf, und wie er sagte, stecken unter allen ihren Helmen Elfen. Alle, die sich selbst

Hochelfen oder Waldelfen nannten, die einst dem Magier folgten oder deren Seelenbäume nach der Spaltung ihres Volks im Krieg verheert wurden und deren Licht dem ewigen Tod anheimzufallen drohte.

Unwerth muss sie alle gefunden und ihnen mithilfe seiner Macht ein neues Dasein geschenkt haben. Ein Dasein, welches durch die sonnenlose Eiseskälte in den Tiefen vor dem Zugriff des Verfalls geschützt ist.

Die Herren des Nadirs ahmten es ihnen nach. Sie hüllten die Spitze ihres Turms in frostigen Odem, um ihre Lebensspanne ohne das Blätterdach des Mirvaali zu erhalten.

Lange habe ich nach den Fäden gesucht, die der Leichnam gesponnen hatte, bis ich begriff, welchen Plan er für mein Volk lange vor der Großen Unternehmung vorgesehen hatte.

Unser Hass auf die Riesen wurde so geschürt, wie der ihrige auf uns. Denn der Herr der Gier wusste, dass wir einander bis zur Auslöschung hetzen würden. Und mit jedem Riesen, der starb, ging ein Geschöpf mehr in seinen Sklavendienst über. Seine Macht wuchs, und er konnte sich der Gräber seiner Feinde bedienen.

Gräber, welche an Machtorten über die Inseln verteilt sind. Ich wäre nicht verwundert, würden just die Schädel der Riesen die Splitter der Zaubererseele beherbergen.

Im Verlauf meiner Nacht im Baum fand ich den Wahren Nadir, mit solchem Geschick offen verborgen, dass ich den Messerohren und ihrer Göttin Applaus spenden musste.

Ich sah die Vier Könige in ihrem Kerker und wurde gewahr, wer sie wirklich sind und welche Schandtat die Göttin selbst beging, um sich ihrer Macht zu bedienen. Ich hätte über den Anblick erfreut sein sollen, der sich mir bot. Allerdings begriff ich, dass darin das Ende dieser Inseln, ja, das Ende alles Bestehenden lag. Denn heute verstehe ich, dass die Göttin keine Wahl hatte. Aus den Tiefen des Kerkers dieser Geschöpfe heraus erblickte ich, was mir den Verstand zerschlug und bis heute meine Worte zittern lässt.

Ich, Danghbran Glimmrason, weiß nun, warum es den Nadir gibt und was Selachis ist. Doch bei allen Geständnissen, während die Welt ringsum verbrennt, will ich dem entsetzten Leser letzte

Geistesqualen vor dem unvermeidlichen Feuertod dieser Inseln ersparen, sofern er diesen Stab je findet.

Dieses letzte Geheimnis werde ich mit in die Esse von Kurzukhuun nehmen, um es zu wertloser Schlacke eines gebrochenen Werkstücks ohne Wiederkehr zu verbrennen.

Ich kehrte zurück aus jenem Baum, der einst einer der Fünf Könige war. Ich verstand nun, dass diese Könige vordem lebensstark geherrscht und Blutlinien gezeugt hatten, fähig zur Thronfolge, doch auch zum Trotz gegen den Sturmwall.

Wir machten sie mit aller verzweifelten Mühe nicht ausfindig.

Nun ist in diesen letzten Stunden alles von meiner Hand niedergelegt. Nur ein Meer kann die Schmieden noch löschen.

Während ich dies schreibe, greifen die Flammen um sich.

Erste Berichte erreichen mich. Drazok, so schildert man mir, lösen sich auf. Sie verschwinden einfach und mit ihnen unser Wurzelgold und alles Goldene, das sie am Leib tragen.

Ich hatte beschlossen, keinen der Unsrigen zu warnen.

Die Götterschmieden setzen ihre Macht ungehemmt frei. Einer der Vier Könige zieht aus ihnen Nahrung, welche die Wurzeln des Nadirs bis in seinen Schlund tragen.

So wie Unwerth die Elfenseelen stahl, die er im Krieg zu Lebzeiten nicht unterjochen konnte, so schreit jener, den ich den Mächtigsten der Vier Könige nenne, nach den Seinen.

Die Elfen nennen ihn anders.

Die Menschen haben einen Begriff für ihn.

Aber wir nennen ihn Kurzukhuun.

Er ist der Herr der Felsen und des Erzes, der sich an uns labt, an seinen Kindern.

Er misst das Feuer seines Bruders, der zu schwach war, es zu hüten. Sein Bruder ist fort und war nicht im Kerker.

Er trank das Wasser seiner Schwester, die zu schwach war, es zu bergen. Er ließ nichts von ihr übrig außer ihrer Hülle.

Er atmete den Odem seines Bruders, der zu schwach war, sich zu widersetzen. Er ließ nichts von ihm übrig außer seiner Hülle.

Wir kommen, Schmiedevater.

57

»Habt Ihr es vernommen, Herr?«

Zur Antwort rollte der Prinz mit den Augen, überspielte einmal mehr mit Blasiertheit, wie es ihm wirklich ging. Innerlich schäumte er über das Gehörte, das ihr scharfes Ohr selbst aus der Höhe ihrer kreisenden Eulen vernommen hatte. Seine Welt wankte. »Nein, Kaelanos, seit Neuestem höre ich so schlecht wie ein Äffchen.«

Äußerlich lümmelte er gelassen in Kionis Sattel, doch in seinem Kopf rasten die Gedanken. Alles in ihm schrie danach, einfach hinunterzufliegen zu jener Sumpflichtung und alle zu töten, unter sie zu fahren wie ein Sturmwind. Zuzusehen, wie seine Mutter die Brut in Stücke riss, während er selbst absprang und die Säbel sprechen ließ.

Die infamen Lügner wollte er Hieb um Hieb genüsslich verstümmeln. Ihnen die Zungen herauszuschneiden, damit sie verstummten, ihnen Augen und Ohren für immer nehmen.

Als wahnsinnig verschrien sie ihn. Welches Narrengewäsch! Er war Vesshelin, Prinz der wahren Elfenheit.

Er war der wahre Gott dieser Inseln.

Er ließ den Blick schweifen, musterte den Trupp seiner prächtigsten Eulenreiter, Ritter und ihrer Vorhut.

Ein Pfeifton erreichte seine Ohren, überlagerte selbst die Melodie der Göttin. Er musste heftig blinzeln, und ihm wurde übel im Sattel, als die Welt zu flackern schien. Zweifelsohne einer der Anfälle, die er den verfluchten Menschen und ihrer Unreinheit verdankte.

»Ist Euch nicht wohl, Herr? Sollen wir Euch helfen?«, erkundigte sich der Jagdmeister mit besorgter Stimme.

»Es ist nichts«, antwortete der Prinz. »Nur ein wenig Schwindel.« Er maß seinen Diener mit tadelndem Blick.

Nur eine der häufigen Unpässlichkeiten, seit er so viel Verantwortung trug, so viele Sorgen wälzte als letzter Herr eines so glorreichen und strahlenden Volks, nicht wahr?

Er entdeckte keine Eulen oder Mannen außer Kaelanos.

Vesshelin schüttelte den Kopf, um wieder klaren Sinns zu werden, doch sein Gefolge blieb einfach verschwunden.

Er spürte, wie sich das Geschenk der vermeintlichen Gönner unter seiner Haut regte. Jener Teufel mit Masken, die alle belogen, angeführt und benutzt hatten.

Aber hatten sie ihn nicht sogar mit dem Geschenk hinters Licht geführt? Sicher, sie hatten ihn das Ritual gelehrt, die Macht von Humus und Borke des Mirvaali zu nutzen, um einem Toten wirkliches neues Leben zu verschaffen.

Aber etwas war furchtbar misslungen.

»Nein«, murmelte er, fühlte sich wie ein Kind, welches das Dunkel des Waldes zu vertreiben sucht, doch hilflos zusehen muss, wie die Baumschatten länger werden.

Widerwillig wandte er sich zu seinem Jagdmeister um.

Denn er wusste, welches Gesicht ihn unter der Kapuze erwartete. Welche Gesichter.

Er roch den Humus und das frische Blut jener Nacht. Den Dung der Wölfe und Bären, als er die Lichtung betrat, wo jene gierige Metze zerrissen worden war, die es gewagt hatte, Hand an die Reize seiner Anverlobten zu legen.

Mit der Untrüglichkeit eines gottgleichen Gedächtnisses erinnerte er sich an das Ritual, das er eben zwischen diesem Blut und den Geistern der Raubtiere vollzogen hatte, die durch Sahars Pfeile gefallen waren. Mit der Macht seiner Gönner hatte er Kaelanos erhoben.

Oder nicht?

Oder nicht!

Sein Kopf schmerzte vom lauten Pfeifton. Ungewollte Erinnerungen ließen das Bild des Trupps vor seinen Augen flackern, der ihn und seinen Jagdmeister begleitete.

Waren sie da?

Waren sie fort?

War das wichtig?

Er kicherte, legte die Hände aufs Gesicht, zerrte an den Lidern und Wangen, wie um sich die Augäpfel ausreißen.

Die Stimme auf jener Waldlichtung, welche die finsteren Riten durchführte, mit denen er beschenkt worden war von seinen Gönnern aus dem Nadir.

Ein Heulen störte den Ritus an den heiligsten Stellen.

»Nein, nein, nein, nein!«, jammerte Vesshelin und rieb sich die schmerzenden Augen. Er betrachtete seine Hände, die von Blut und Tränen glänzten, weil er sich sein prächtiges Gesicht zerkratzt hatte.

»Ist Euch nicht wohl, Herr?«, fragte Kaelanos.

Vesshelin blickte auf. Im Schatten unter der Kapuze seines Jagdmeisters wechselten keine Gesichtszüge mehr. Er erschaute vielmehr ein Antlitz, das er nur zu gut kannte. Tränen und Blut liefen dem Gegenüber die Wangen hinunter.

»Nein, du bist ein Trugbild! Wir sind die Waldelfen des Schwertwinds. Die Welt erzitterte vor uns, und niemand störte in jener Nacht mein Ritual, machte es sich zu eigen. Hörst du? Niemand!« Es war eine halblaute Klage. Er rang um jeden Zoll Selbstbeherrschung, wohl wissend, dass Tanaquis Pfeile ihn erwarteten, sollte er sich verraten. Sie erwarteten.

Mich erwarten.

Ich. Wir.

Das wohlvertraute Gesicht von Prinz Vesshelins dunklem Zwilling grinste. Geboren aus der Goetia Magister Unwerths, der in Wahrheit über ihn gebot, schmolz die Fratze.

»Nein«, winselte der Herr über die Stadt der Türme, letzter Waldelf von Selachis. »Nein, oh, nein!« Er schlug sich mit der Faust gegen die Stirn. Sie schlugen sich mit der Faust gegen die Stirn.

»Wir sind eins«, sagte Kaelanos-Vesshelin.

»Wir sind eins«, murmelte Vesshelin-Kaelanos.

Beide lächelten einander an. Er lächelte sich an.

»Sie haben uns betrogen«, klagte Vesshelin mit grimmiger Stimme unter der Kapuze des Jagdmeisters, der nun das Gesicht der Metze trug. »Sie vereinten uns und versteckten uns unter unserer eigenen Haut, bis wir unseres Anspruchs beraubt waren. Lassen wir ihnen das durchgehen?«

»Selbstverständlich nicht, mein guter Kaelanos«, antwortete Vesshelin auf Kioni.

Sie hatten ihm den sehnsüchtigen Wunsch jedes Geschöpfs dieser Welt erfüllt, das einmal in Bedrängnis geraten war.

Er konnte sich an zwei Orten gleichzeitig aufhalten.

Sie konnten das.

Wir können das.

Aber sie hatten ihn auch beraubt und missbraucht, die Herren des Nadirs. Für sie war er ein Nichts. Ein gemeines Werkzeug, wie es die widerlichen Holzfäller der Äffchen an seine Bäume legten. Eine Axt, ein Hammer, ein Meißel.

Sein Kopf schmerzte so sehr, dass weißes Licht hinter seinen Augenlidern tanzte. Er knirschte mit den Zähnen, wartete, ob es ihm Kaelanos nachtun würde.

»Töten wir sie hier?«, erkundigte sich der Jagdmeister »Sie sehen uns nicht kommen. Wenn wir nur hart zuschlagen, können wir Eure Holde vielleicht erretten und eins werden mit ihr.« Sahars verschleiertes Gesicht wirkte glücklich.

Vesshelin war schwindelig und merkwürdig zumute. Er wollte in seinen Turm zurückkehren und einen Becher Wein genießen. Doch zuvor galt es, ans Werk zu schreiten. Er würde mit den Herren des Nadirs ins Gericht gehen, ob sie nun Zauberer waren oder nicht. Sie sollten für ihren Spott, für Hochmut und Gängelei büßen.

»Dir fehlt jegliches Gespür für Pomp und Zeremonie, mein guter Kaelanos«, tadelte Vesshelin sich genüsslich selbst. Ja, das war der Pfad, auf dem er bleiben wollte. Hier fühlte er sich wohl. Die Wahrheit übertrumpfte jeden Lug.

»Es ist endlich an der Zeit. Wir stürmen den Nadir und bringen sie alle um. Das hätten wir schon viel eher tun sollen.« Beim Klang seiner Worte keimte Hoffnung in Vesshelin auf. Vielleicht würde er dafür sogar von jenem Meister belohnt, der seine Wiederbelebungsriten untergraben hatte. Das Leben steckte bekanntlich voller Überraschungen. »Doch zuerst sehen wir uns diesen angeblich Wahren Nadir an. Sein Rätsel erschließt sich ganz einfach, wenn man darüber nachdenkt.«

Er erinnerte sich der Worte des schmutzigen Oberschmieds der Schlammwühler, die zu ihnen heraufgeklungen waren.

Er gab Kioni die Sporen, und die Eule stieß einen heiseren Schrei aus. Er wendete sie in Richtung Nadir. Diesmal würden sie die Wurzelwege nicht nutzen, es war ein Überraschungsbesuch.

»Ich hörte, der Anblick soll ganz atemberaubend sein. Den Betrachter geradezu um den Verstand bringen«, murmelte er.

58

Es gab nichts als das Feuer. Sie fühlte sich an die Wege durch beide Zwergenstädte erinnert. Doch die Flammen vermochten Tanaqui nicht zu erfassen.

Das einzige Brennen entstammte ihren Hautbildern. Jucken und Schmerzen wiesen auf einen nie gekannten Machtanstieg.

»Eine Queste der Stärke«, murmelte die Wüstenelfe. »Weil ich Kato berührt habe?« Sie blickte an sich hinab, wenig überrascht, Cathwyn in vollem Jagdornat zu sehen. Sie war ihm so viel nähergekommen, dass sie beinahe eins waren.

»Ich grüße dich, Tochter der alten Linie.« Die Stimme klang alt, unendlich alt und voller Weisheit. Sie entstammte nicht den Flammen, sie war die Flammen.

Mitten im Inferno hob Tanaqui den Kopf, wenig überrascht, ein Gesicht zu sehen, das auf gewisse Weise den Schalk von Tamasines Zügen trug. Doch das riesige Antlitz nahm das ganze Firmament der brennenden Wirklichkeit ein und trug eine Krone aus sechs Hörnern auf dem flammenden Haupt.

»Verdanke ich dir die Rettung dieser Hülle?«, erkundigte sich die Stimme.

»Ich bin mir nicht sicher, ob ich dich verstehe«, antwortete Tanaqui. »Wer bist du? Und wo ist Kato?«

»Er lag im Sterben. Du hast ihn gerettet. Mich gerettet.«

»Ich hatte noch nicht einmal richtig damit begonnen, ihn zu massieren«, antwortete sie trocken.

Die kolossale Gestalt lachte ohne einen Hauch Bosheit.

»Sie hat uns versklavt«, musst du wissen. »Ihre Motive waren lauter. Geradezu rein. Das sind die schlimmsten von allen. Würdest du zustimmen?«

Tanaqui zögerte mit ihrer Antwort. »Offenbar kann ich nicht beurteilen, was hier vor sich geht. Ich weiß ja nicht einmal, wer du bist. Droht mir Gefahr von deiner Seite?«

Das Wesen grummelte belustigt. »Man spürt, du bist durch und durch ein Kind des Mirvaali. Unverdorben und rein auf deine Weise, wie gefährlich auch immer. Den Tieren am nächsten. Durch mich droht allem Gefahr«, warnte das Geschöpf jäh erhaben. »Mehr, als du dir vorstellen kannst. Doch nicht aus meinem Verschulden, sondern durch mein Dasein. Du magst etwas über mich erahnen, da wir uns an einem Ort jenseits der Orte treffen, nachdem du die Haut eines Mannes berührtest, den mein Feuer zeichnete.«

Tanaquis Züge spiegelten ihr angestrengtes Nachdenken. »Du bist ein Gott«, mutmaßte sie. »Darum trage ich das Antlitz des Großen Jägers auf der Haut. Wir begegnen uns, weil unsere Zauberzeichen aufeinandertrafen. Blieb Kato deshalb am Leben, und du stürztest mich ins Dunkel?«

»Du hast recht, die Kato innewohnende Macht als der deinen ähnlich zu verspüren, was deinem göttlichen Ahnen wenig gefällt. Doch ist es müßig, mich einen Gott zu nennen. Unsere angestammten Völker hatten über die Jahrtausende hinweg viel miteinander zu schaffen. Kleine Elfische. Doch ich bin so alt, du würdest meinen Namen mythisch nennen. Letztlich ist das Wort Gott aber auch nur eine Benennung. Der Sonnenstrahl ist der Schnecke ein Gott, der sie vertrocknen lässt. Der Stiefel ist der Ameise Gott, die Pfütze ihr See. Ich mag vielleicht machtvoll auf dich wirken, doch ich und meine Geschwister waren nur Sklaven der *Einen.* Nun sind wir todesgleich, bis auf meinen letzten Bruder, der den Verstand verlor. Wir waren fünf, bis sich unsere eine Schwester opferte, um alles Leben dieser Welt zu schützen. Die Mutter des Mondes bat uns um Hilfe, doch sie umgarnte uns mit Täuschung. Die

Macht von uns vieren verlockte die Gierigen. Nur einer meiner Brüder ist übrig.«

»Du bist einer der Vier Könige«, erkannte Tanaqui, nachdem sie länger über das Gehörte nachgesonnen hatte.

»So nennen sie uns. Doch Könige beherrschen Reiche und schützen Völker. Nichts davon vermögen wir mehr zu tun.« Das Wesen verströmte ein Gefühl tiefer Traurigkeit, das Tanaqui auf schmerzhafte Weise an Kato gemahnte.

»Wer tötete euch?«, hakte sie nach.

»Einer meiner Brüder. Wie wir alle lag er in Ketten. Für ihn war der Zustand unerträglich. Wie ich vom Feuer bin, ist er von der Luft. Er war stets der Wankelmütige von uns, mehr noch als die Schwester, die sich nicht dem Holz, sondern dem Wasser verbunden fühlte. Er musste sich unbedingt bewegen. Als Gefangener nicht mit seinem Wind zu fliegen, ließ ihn in blankem Zorn um sich schlagen.«

»Wie ein Tier in einer Falle«, murmelte Tanaqui.

»Zustimmung: So könnte man es nennen«, meinte das Wesen.

»Hat Kato seine eigentümliche Redeweise von dir?«, erkundigte sie sich.

»Er von mir oder ich von ihm. Alles ist verwischt, seit wir gegen unseren Willen durch dich vereint wurden. Wir müssen uns beeilen, du musst bald zurück. Deine Freunde werden dir erklären, was es Wichtiges zu erfahren gibt. Du sollst nur wissen, dass der Hieb meines Bruders meine Schwester verwundete. Ihre Wunde schwärte, die Heilkunst unserer Kerkermeister versagte. Was verstehen auch kleine Geschöpfe von Auswüchsen unserer Macht? Der Wundbrand trieb die Leidende in den Wahnsinn, und ihr wässeriger Geist geriet zu blanker Bösartigkeit. Sie biss meinen irdenen Bruder, ihr Gift tränkte seine Erdmacht. Es sickerte ein und zerstörte seinen Gleichmut. Wohl erstanden starke Kräfte zur Abwehr, doch ihr Gift hielt sich in seinem Leib. Während meine beiden Geschwister lediglich immer mehr verfielen, wurde er vollkommen fiebrig. Wandelte im Wahnsinn. Von je hütete dieser Gierigste von uns allen als seinen Hort die Schätze der Erde selbst, und ihn gelüstete nach ihrer innewohnenden Macht. Er berauschte sich daran.«

»Macht in der Erde …« Mit einem Mal erinnerte sich Tanaqui an die verschwundenen Zwerge von Dunkelfall, von denen sie gerade noch Kleiderhaufen und leere Geldbeutel gefunden hatten. Ein großer Teil ihres Wurzelgolds war verschlungen worden. »Die Drazok Dhar«, warf sie ein.

»In der Urzeit verehrten sie den Hortbewahrer unter einem seiner Namen. Doch damals weilte ich bereits anderswo.«

»Ich dachte, du warst gefangen.« Tanaqui schien verwirrt.

»Das war ich. Doch günstige Umstände waren mir gewogen. Ein Spross der Familie, Kato Tamasine, Nachfahr von meinem Blut, starb inmitten von Flammen, deren magische Macht über eine sympathetische Brücke bis in meinen Kerker reichte. Die Vorsehung half mir, meinen Fesseln zu entrinnen.«

»Du meinst, *ich* hätte dich befreit?«, fragte Tanaqui.

»Daran ist nicht zu rütteln«, antwortete das Wesen. »Bei unserer Ankunft auf eurer Welt säten wir wie alle fruchtbaren Wesen. Wir trafen uns mit den Würdigen der Völker, denn meine Art verlangt stets Diener und mächtiges Gefolge. Wir wussten um den Wert später Kindeskinder. In jener Nacht verband sich die einstige Saat dem Geschick in kostbarer Fügung. Ein hölzerner Riegel meines Gefängnisses, Rinde des Nadirs … in den Händen eines meiner Nachfahren. Den es durch seine innere Anlage in den Bann zog. Dies alles inmitten eines Kontors, in dem mein Element sich an Ingredienzien der Mysterien nur so labte.« Das Wesen grollte so tief, dass Tanaquis Herzen vor Furcht erbebten.

Da begriff sie, dass dies ein Lachen war. »Ich wusste, die Herren des Nadirs würden in ihrer Versessenheit, während der langen Gefangenschaft mit uns zu sprechen, unseren Einflüsterungen nicht ewig standhalten. Ich legte Köder aus. Bereitete den Boden. Ich kannte sie. Sie würden sich brüsten, bis einer ihrer Verbündeten misstrauisch auf eigene Faust den Dingen auf den Grund ging. Das Holzstück war der Schlüssel, in den Baum zu gelangen, doch es war auch mein Ausgang inmitten der Flammen und der Magie.«

»Du bist in Katos Leib gefahren. Wie kann dieser einen Weltgeist halten, ohne zu zerfallen?«, zweifelte Tanaqui.

»Auf besondere Weise trägt er ein Hautbild seit jener Nacht, Ziehtochter der Silberreiter. Der Pfeil ist die Nadel, mit der ihn elfische Magie zeichnete. Sein Blut die Tinte, das Holzstück, das sich in seine Brust einbrannte, als die Magie entflammte, lieferte mit seiner Maserung die Muster. Ich sah das geöffnete Portal und schritt hindurch.«

»Wie gelangtest du an die geheime Magie der Wüstenelfen, sich die Ahnen einzuverleiben?«, wunderte sich Tanaqui.

»Es verhält sich umgekehrt, Kind. Wer stieg von den Sternen herab und überbrachte euch Geheimnisse? Von wem kennen die Wüstenelfen jene geheime Kunst, Fuchstochter Tanaqui?« Das Wesen stimmte ein väterliches Gelächter an.

»Oh«, staunte die Elfe, als sie allmählich begriff, wer die Vier Könige waren. »Ich habe viele Fragen dazu.«

»Und sie alle müssen warten«, beschied sie der Lodernde. »Ich erreiche ihn nicht, weil ihn niemand auf den Pfad brachte wie dich. Es gab nie eine Verständigung zwischen uns, immer nur Wirrnis. Er wollte inneres Feuer durch Trunksucht heilen, durch wildes Paaren mit allem, was sich ihm ergab. Indem er sein Elend abtat oder mit den Geistern seiner Vergangenheit sprach. Und genau hierzu solltest du eine Mahnung beherzigen, Jägerin. Willst du sie vernehmen?«

Sie war nicht im Geringsten dazu geneigt. Doch zunehmend verband sie sich mit Cathwyns Mut, und sie nickte einfach.

»Die Eltern stärkten deine Kräfte und die Silberreiter dein Waffengeschick. Doch bevor diese Zeit des Aufruhrs erlischt, wird dir eine Entscheidung abverlangt. Das spüre ich. Selbst wenn mein Bruder noch lebt, ist er kaum mehr als eine Hülle. Das erfordert Handeln. Du weißt um die Gerüchte über deine Eltern? Wer sie waren?«

»Ja, das ist mir bekannt«, versicherte sie.

»Sprich das Abscheuliche nicht aus! Es spottet dem Bund unserer Völker. Doch Niedergang und Bedrängnis gebaren später diese Art von Kriegern. In dir mischt sich ihr Blut mit unserem, auch du bist eine der Nachfahren. So wie Tamasine, der Gotteskrieger und die Unterirdische.«

Sie schluckte, schwieg aber. Kato behielt also recht.

»Ihr werdet den Ruf hören. Zerbricht mein Bruder, nehmt unseren Platz ein! Die Sturmgrenze darf nicht fallen«, betonte das Geschöpf mit Nachdruck. »Sie umschließt den Archipel nicht als Gefängnismauer, sondern wehrt als Festungsbastion Selachis' Feinde ab.«

»Also hält sie euer Wille aufrecht«, staunte die Elfe. »Und wir sollen im Ernst in eure Fußstapfen treten?«

Dieses Mal war das Lachen der feurigen Bestie in Traurigkeit gehüllt und von grimmigem Willen getragen.

»Wenn alle Abkömmlinge von euch Vier Königen berührt sind, wieso vermag Kato die Melodie nicht zu hören?«

Ein nachsichtiges Lächeln, wie es sonst der Lohenmagus zeigte, huschte durch die Flammen. »Klärung: Es ist das Lied der Mutter. Vom Mond aus flehte sie einst damit um Hilfe, umgarnte uns Geschwister, auf dass wir ihr Volk vor den Mächten bewahrten, die auf die Welt übergriffen. Zum Dank sperrte sie uns ein. Ich grolle ihr nicht, denn ihr blieb keine Wahl. Doch verbannte ich das Lied aus meinem Geist und schirme meinen Schützling dagegen ab. Nur als Gesang Opferbereiter soll sein Klang zu mir dringen.«

»Vermögen wir das Feuer der Schmieden aufzuhalten? Den Sturm der Emissäre, bevor diese Inseln verloren sind?« Tanaquis Herzen pochten. Alles hing von dieser Antwort ab.

»Es vermögen, Tanaqui-Cathwyn?«, gluckste das Wesen. »Ihr werdet handeln, vorangehen und meinen Kerker betreten. Dort sollt ihr des Schrecklichen ansichtig werden, aber auch euren Weg begreifen. Im Handeln liegt die Erfüllung.«

Die Elfe lächelte grimmig, spürte Cathwyns Macht durch die Adern rauschen, als sie sich vorstellte, feindliche Mysterien mit Pfeil, Speer und Dolch zu enträtseln. Reiche, fette Beute versprach der Feuerkönig ihr und ihrem Patron.

Seinen eigenen Bruder zu erlegen.

»Wie kann ich Kato zum Kampf wecken?«, fieberte Tanaqui.

Das Wesen grollte seinen wahren Namen, und sie erstarrte.

»In sein Ohr«, donnerte es. »Und in das meine. Entfache das Feuer!«

59

Kato hatte das Gefühl, dass ihm alle seine Brummschädel nach Räuschen, an seinem derzeitigen Elend gemessen, nur einen Vorgeschmack gegeben hatten. Der Donner in seinen Ohren hallte nach, zugleich briet er wie in einem Ofen.

Er schoss hoch, jede Glyphe auf seiner Haut entflammte mit der unerhörten Macht kriechender Blitze. Er spürte, wie Feuer das Gift der Schwarzmagick aus seinem Leib brannte. Roch den Gestank, als kochender Schweiß aus seinen Poren dünstete und die Fäulnis der Goetie mit sich nahm.

Gedankenverloren kramte er sein Schnapsfläschchen hervor, hielt inne und warf es von sich. Es war ein Abschied.

»Worum ging es da?«, lallte er benommen. Nur schwankend kam er auf die Beine. Erst jetzt begriff er, dass Tanaqui ihm ins Ohr geflüstert hatte, lauter allerdings als jeder Donner. »Wie hast du mich gleich genannt?«, murmelte er.

»Sehr gut«, bellte Bowden. »Endlich wieder wach, der Herr Säufer! Alldieweil der feine Herr Magus seinen Schlummer hielt, haben wir uns bemüßigt, ein Verhör durchzuführen.«

Der Paladin deutete auf die zerstörte Hütte, vor der verrottete Säcke einen Menschenkörper bedeckten. Unweit davon lag steckte etwas Rundes in einem Sack. Blut überall.

»Ich hoffe, er verriet uns das Gewünschte, bevor er den Kopf verlor«, schmatzte Kato. Er genoss die frische Luft, die nun an diesen gruseligen Ort strömte. Der Nachthimmel zeigte sich wolkenlos. Die Sterne funkelten auf sie herab.

»Er zeigte sich recht gesprächig«, befand Bierschaum und umfasste aufmunternd Katos Schulter. Die Schutzzauber wirkten weiterhin in seinen Gewändern. Als Kind von Esse und Stollen ertrug sie kurz die Hitze.

»Anfrage: Was erzählte er denn alles?« Kato reckte sich.

»Das möchte ich auch wissen«, bekundete Tanaqui.

»Er sprach viel verworrenes Zeug, aber es läuft am Ende auf dreierlei hinaus. Er hat uns den Runenstab vorgelesen, und wir kennen jetzt den Schlüssel zum Baum«, begann Limbo. »Damit gelangen wir uneingeladen bis ins Allerheiligste.«

»Was ist er?«, fragte Tanaqui, und für Kato klang es so, als wisse sie es bereits.

»Dazu komme ich noch. Als er geendet hatte, hörten wir über uns einen unterdrückten Fluch und eine Eule. Eine von der großen Sorte«, berichtete Limbo. »Wir dachten, ein Angriff würde folgen. Stattdessen verschwanden die Besucher.«

»Vesshelin?« Tanaqui hob die Brauen.

»Was er da erlauscht hatte, konnte ihm kaum gefallen«, meinte Bierschaum und verschränkte die Arme.

Limbo berichtete, was das Dokument enthalten hatte. Bowden nickte ab und zu grimmig, den Blick wie so oft in letzter Zeit in die Ferne gerichtet. Gjala fügte hier und da kunstfertig fehlende Einzelheiten hinzu.

Kato räusperte sich. »Zusammenfassung: Der eigentliche Nadir steht also im Verborgenen, obwohl wir ohnehin nur seine Wurzeln sahen. Der Weg hinein führt über ein Stück des Baums selbst oder bedarf einer formellen Einladung. Wer immer die Vier Könige und das von ihnen Bewachte erblickt, verliert den Verstand. Wunderbar.« Kato klatschte in die Hände, beugte sich vor, stützte sich auf die Knie und ächzte. »Das Holzstück kenne ich«, sagte er mit tonloser Stimme. »Doch es taugt nicht mehr. Es ist verbrannt.«

»Aber zu diesem vermaledeiten Baum muss es doch mehr als einen Zugang geben«, vermutete Bowden. »Diese kriegerische Fahrt verlangt nun nach einem glorreichen Ende.«

»Ich kenne den Weg«, ließ sich Tanaqui unvermittelt vernehmen, und alle Augen richteten sich auf sie. »Er stand uns allen längst offen. Der Baum wird für uns sichtbar. Wir waren von Anfang an eingeladen. Besser gesagt: unsere Vorfahren. Kommt!« Die Jägerin wandte sich zum Gehen.

»Vielleicht sollten wir untereinander austauschen, was wir bisher erfahren haben«, meldete sich Kato zu Wort.

»Das werden wir«, versprach Tanaqui. »Unterwegs.«

Der Weg durch die Sümpfe verlief durchaus angenehmer, wenn man nicht verhext wurde und einander umbringen wollte. Die nächtliche Kühle vertrieb viele der Dünste, doch die Gefährten gaben acht, den Knüppeldamm nicht zu verlassen, nachdem sie in der Finsternis den Untergrund nicht mehr erkennen konnten.

Auf dem Weg erfuhr Kato den Wortlaut des Runenstabs und lauschte gespannt, während Tanaqui ihnen von der Begegnung mit einem der Vier Könige berichtete. Der Lohenmagus war sich sicher, dass einige Einzelheiten fehlten, während Tanaqui immer wieder Blicke in seine Richtung warf.

Er musste daran denken, was Vesshelin ihm über die Jägerin offenbart hatte. Doch den Berichten der anderen zufolge war es wiederum die Wüstenelfe gewesen, die ihn aus seinem Giftschlummer befreit hatte.

Er spürte, wie die Bürde ihrer Aufgabe stetig zunahm, da sie sich dem unausweichlichen Aufeinanderprallen mit den Geheimnissen des Nadirs näherten. Das sprach Kato an. »Feststellung: Ich wundere mich, welcher Anblick vom Baum aus so erschreckend sein kann, dass er den Verstand eines Meisterschmieds der Zwerge, eines Ausbunds an reiner Willenskraft und Sturheit, bis zum Wahnsinn zu zerrütten vermag.«

»Ich habe so eine Ahnung«, murmelte Bierschaum und verschränkte die Arme vor der Brust. Die Zwergin fröstelte, in Gedanken einmal mehr bei dem Laderaum und dem seltsamen Wesen.

Jemand in ihrer Reihe gähnte, doch es blieb keine Zeit mehr für Schlaf. Keiner von ihnen würde nun Ruhe finden.

»Wir werden es bald wissen«, sagte Limbo und deutete auf die riesige Wurzel, die als Teil des Bewuchses über diesem

Landstrich des Deltas lag. Sie waren wieder dort, wo sie angekommen waren.

Ohne abzuwarten, legte Tanaqui die Hände an die Rinde des Wurzelstocks, den sie zuvor verlassen hatten. Sie bat Limbo um Hilfe, indem sie ihm zunickte.

Gemeinsam öffneten sie den schon bekannten Spalt zum Mondpfad, bevor sie darin verschwanden. Bierschaum folgte ihnen.

Kato atmete die Sumpfluft und ihre Nachtkühle ein letztes Mal ein. Ihm fiel auf, wie Bowden ihn musterte. »Was denn?«

»Der Anfang vom Ende. Genau dort, wo nach den Auen alles begann, nachdem wir Unwerth hergebracht hatten.« Der Paladin schüttelte grimmig den Kopf und schnaubte. »Wir hätten es damals beenden können.«

»Mittlerweile bezweifle ich das. Er hatte uns alle in sein Trugwerk eingeflochten. Ich befürchte, das Schicksalsband zwischen uns ist auch davon gezeichnet, dass wir uns rituell auf seine Sicherheit, ja, seine Geheimnisse einschwören ließen. Vergiss das nicht! Der Auftrag, ihn zu schützen und sein Verschwinden vorzutäuschen, all das war allein sein Trachten. Nun wissen wir, dass das Geschehen in der Zitadelle auf seinen Geheimplänen beruhte. Ebenso hinterhältig erschuf er die Emissäre.«

»Umso wichtiger, dass wir gewappnet sind. Sein Schüler reichte aus, um dich beinahe zu töten. Du darfst nicht sterben, bevor diese Mission abgeschlossen ist. Wir brauchen dich.«

»Verstanden, Hauptmann«, stimmte Kato zu. »Wir? Oder du, Bowden Verdian?«

»Nur nicht gefühlsduselig werden, Kato!«, warnte Bowden mit merkwürdig entrückter Stimme.

Dem Lohenmagus gefielen weder Tonfall noch Blick des alten Freunds. Er mochte nicht, dass der stets grimmige und wütende Gotteskrieger ihn mit dem Vornamen ansprach. Doch bevor Kato etwas äußern konnte, straffte Bowden die Schultern, zog seinen Wehrgürtel zurecht und stapfte auf das Wurzelwerk zu.

Kato bückte sich zu Kincaid hinunter, der hechelte. Die Augen des Hunds waren auf das Portal gerichtet.

»Komm, alter Knabe! Ein letzter Gang, vielleicht dürfen wir dann endlich in einem kühlen Keller sitzen und einen Becher trinken, den wir wirklich trinken wollen und nicht müssen«, hoffte Kato.

Bevor der Magier das letzte Wort ausgesprochen hatte, war der Hund schon durch das Tor gerannt.

60

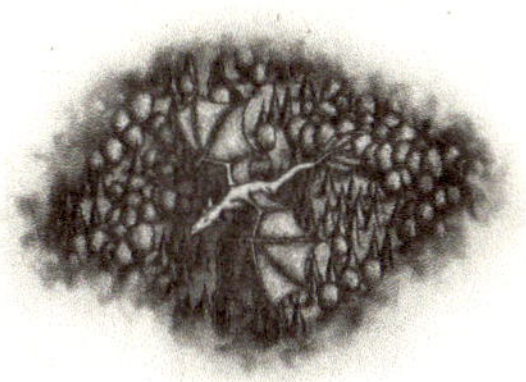

Sie hatten die Wurzel verlassen, nachdem Limbo sie so weit vorangeführt hatte, wie er es ohne Einladung und aufgrund seines alten Wissens vollbringen konnte. Zumindest hatte sich Gjala die Umstände so zusammengereimt.

Nun standen sie auf einer der Zwergin völlig fremden Insel. Wenn sie sich umblickte, waren sie von einer rauen Wildnis umgeben, in der Wald und Felsen vorherrschten. Der Wind streifte über schroffe Steine und Heide mit weitaus geringerer Kraft, als er im Herbst hätte aufweisen sollen.

»Es ist also ein Wettlauf«, erklärte Kato, der oft niedergeschlagen wirkte, seit ihm auf dem Weg durch die Traumwelt der Wurzeln die Botschaft des Runenstabs dargelegt worden war. Offenbar wurmte es ihn, dass der wahnsinnige Geist des Nekromanten vollbracht hatte, woran er monatelang gescheitert war: den Stab zu entziffern. »Mutmaßung: Es war Absicht, dass alles in Flammen steht. Um den Baum niederzubrennen, der sich Unwerth verschloss. Ist er wahrhaftig ein untoter Zauberer, der sein Dasein bis in alle Ewigkeit ausdehnen will, könnte ein solches Brandopfer ihm unfassbar viel Seelenenergie zuführen.«

»Entweder das, oder es geht um die Kadaver. Er will sie bergen, bevor er alles verbrennt.« Bowden hatte sich einige Schritte vom Trupp entfernt. Er stand in diesem Morgengrauen, vielleicht seinem letzten, einen gepanzerten Stiefel auf den

Felsenrand eines gewaltigen Sees gestützt, der sich rings um die Insel ausbreitete. Mit auffälligem Geschick ließ er Steinchen über das Wasser flitschen, während ihm der Wind Haar und Bart zauste. »Wenn Tanaquis Aussage stimmt und etliche dieser Vier Könige tot sind, will er sich vielleicht ihrer Hüllen bemächtigen. Man weiß von Totenbeschwörern, die sich in ihrem Wahn ganz eigene Geschöpfe oder mächtige Reittiere aus Leichnamen schufen.«

»Müßig, darüber nachzudenken«, antwortete Tanaqui in tadelndem Tonfall. »Er wird nichts bekommen. Wir lassen es nicht zu. Stimmt's?« Sie wandte sich an Bierschaum, die abseits neben ihnen ging, einen Finger an der Unterlippe.

»Spürt ihr nicht die eingekehrte Ruhe?«, hielt die Bardin dagegen. Sie wollte nicht auf die markige Stimmung der Elfenfreundin eingehen, wenn dies die letzte Gelegenheit war, untereinander Frieden zu schließen. »Das Gewicht der Ereignisse lastet auf meiner Seele. Der Schlussakt naht. Hier erfahre ich vom Verbleib meines Volks. Wenn es für die Meinen einen Weg der Rettung gibt, folge ich ihm.«

»Ich spüre vor allem die Last meiner Jahre, doch ich versuche mitzufühlen«, versicherte Limbo. Derweil warf er Tanaqui einen wissenden Blick zu, um ihre Verbundenheit seit der ersten Wanderung durch die Wurzeln zu bestätigen.

Gjala wandte sich an die Freunde. »Bevor wir Tanaqui beim Betreten dieses Baums folgen, lasst mich ernsthaft die Frage stellen, ob einer von euch noch etwas auf dem Herzen hat. Vertraut mir! Solche Regungen bilden die Essenz meines Handwerks. Sterben welche von uns mit Unausgesprochenem, haben die Überlebenden damit zu kämpfen.« Sie legte eine Kunstpause ein, ließ ihre Worte wirken. »Blechmann?«

Auch Bowden schaute in die Runde. Er wirkte erschöpft, und der übliche Widerwille war verschwunden. »Ich hoffe, wir bringen die Mission im Guten zu Ende«, meinte er schlicht. Ganz ohne Bombast oder religiöse Untertöne. Doch noch immer missfiel Gjala sein neuer Tonfall. Er wirkte bezwungen. Das schwächte alle. Er sollte sich aufbäumen.

Auch Tanaqui und Kato sahen sich an. Noch immer lag in

Katos Blick etwas Scheues, Verwundetes. Tanaqui dagegen wirkte beschämt. Was verband die beiden?

Gjala wollte die Kameraden auffordern, nach den Schrecken des Sumpfs die Eintracht wiederherzustellen. »Ich bin dankbar, euch kennengelernt zu haben«, versicherte sie. »Die Umstände sind denkbar ungünstig. Aber wenn Tanaqui recht behält, wenden wir auf dieser Insel alles zum Guten.«

Die Wüstenelfe nickte mit solchem Nachdruck, solchem Jagdeifer, der keinerlei Zweifel an Gjalas Worten duldete. »Wenn wir rasch und entschlossen handeln«, bestätigte sie.

»Und den Preis zahlen, den deine gierigen Ahnengeister verlangten«, raunte Bowden, freilich überraschend gutmütig.

Bierschaum seufzte. Hatte ihr Vater dies vorhergesehen? Bestimmte er sie, mit Amulett und Axt den Preis zu zahlen? Das teuerste Unterpfand? Die Tat eines wahren Drazok Dhar?

»Was also ist zu tun?«, fragte Kato.

Sie rückten näher, während Tanaqui eine Erklärung abgab.

»Wir sind eingeladen«, begann sie. »Das Lied führte uns hierher. Doch wir können durch die Wurzeln nicht in den eigentlichen Baum weitergelangen, weil seine Herren ihn versiegelten. Nur Eingeladene werden vorgelassen. Nur Vertraute oder ihre Entsandten dürfen den Nadir betreten.«

»Zutreffende Einschätzung, nach jetzigen Erkenntnissen«, nuschelte der Magier. Er hielt einen seiner Rauchstängel zwischen den Lippen und paffte. Der Wind des Sees zerriss die Wölkchen, ließ sie über kühles Wasser davonwabern.

»Wir verfügen über viel Besseres: ein Lied der Herrin dieser hochmütigen Baumbesetzer, das uns einlädt. Ihr Ruf, dem wir nur folgen müssen«, verkündete Tanaqui.

Limbo nickte erleichtert, so als sei ihm eine Bürde abgenommen worden. Etwa ein schmerzliches Schweigegebot.

»Endlich versteht ihr«, seufzte der Wanderer. »Endlich gibt mir auch mein zerfetztes Gedächtnis preis, was das Lied bedeutet. Der Ruf der Mondmutter, der uns seit Reisebeginn vor allen Gefahren warnte, den alle zu verstehen suchten.«

Tanaqui führte den Gedanken fort. »Das Lied wird uns die Borke öffnen, so wie zuvor die Wurzeln. Wir sind alle vom Alten Volk oder von seinen mächtigsten Werkzeugen berührt.

Die Erben der Vier Könige: Wir vernehmen wohl das Lied, aber eins haben wir noch nicht versucht. Etwas, wozu du uns ausdrücklich zur Seite gestellt wurdest, Bierschaum.«

Es dauerte, bis Gjala begriff. Sie schlug sich vor die Stirn. »Natürlich!«, rief sie. »Wir haben nie geantwortet.«

»Geantwortet?«, echote Bowden.

»Wenn es ein Ruf ist, gehört es sich, ihn zu erwidern. Und was wäre geeigneter, als selbst das Lied zu singen. Doch darf dieser Gesang verändert werden? So machtvoll erhaben ist diese Melodie, nie hätte ich sie angestimmt. Ich tat es nur im Kampf, als ihr mich darum batet.«

»Sind das alles Eingebungen der Zwiesprache mit deinen Ahnen?«, erkundigte sich Bowden milde belustigt bei der Jägerin. Nichts vom alten Misstrauen schien noch vorhanden.

Die Wüstenelfe schüttelte den Kopf. »Ich habe mich daran erinnert, was während Gjalas Ausbrüchen in ihrer Umgebung geschah. Die Fenster und Türen in Braithwairn. Ich vermute, sie könnte sich dank dieser Kräfte den Weg in jedes Gehäuse sogar mit Gewalt bahnen. Doch wir sind eingeladen, wir müssen nur anklopfen und den richtigen Schlüssel nutzen.«

»Einwurf«, räusperte sich Kato. »Ich will die allgemeine Freude nicht dämpfen, aber ich werde euch kaum eine Hilfe sein. Ich kann euch nicht begleiten. Mir hat niemand eine Einladung vorgespielt, seit dem ersten Tag höre ich nichts. Und selbst wenn ... die Götter und meine Zunft stehen nach allem, was ich weiß, zwar nicht auf Kriegsfuß, aber auch nicht gerade in freundschaftlichem Umgang. Die mögen uns Magier nicht sehr. Mir ginge es an ihrer Stelle genauso.«

»Du benötigst keine weitere Melodie«, erläuterte Tanaqui. »Du warst bereits an diesem Ort. Du musst nur durch das Tor schreiten, das wir öffnen.«

»Ich war ... wo?«, fragte Kato ungläubig.

»Schon einmal hier«, entgegnete die Wüstenelfe und wandte ihm den Rücken zu. »Dein Feuer stammt von hier. Es wurde von dieser Stätte aus entfacht.« Zwei Herzschläge vergingen, dann sprach sie weiter. »Das hat *er* mir gesagt.«

Doch bevor Kato Tanaqui näher befragen konnte, warf die Wüstenelfe Gjala einen auffordernden Blick zu.

Bierschaum verstand.

Sie ergriff das Amulett ihres Vaters, der offenkundig von dem Ungemach wusste, das seiner Tochter bevorstand, als er ihr das Leben rettete. Sie richtete ein Stoßgebet an die Ahnen, flehte um einen Weg, die Seelenkraft ihres verschwundenen Volks zu retten und die Inseln vor der Vernichtung durch die Angreifer zu bewahren.

Ich zahle jeden Preis, gelobte sie insgeheim.

Sie legte allen Schmerz, sämtliche Sorgen und Ängste in ihren Gesang. Sanft löste sie das Amulett vom Hals, setzte die Macht der Überwältigung frei, wobei sie gemessenen Takt hielt und den sangbaren Ton für die anderen vorgab.

Obschon sie die Schüchternste aus ihrer Truppe war, stimmte Tanaqui als Erste mit ein, bevor auch Bowden seinen Bass beisteuerte. Für einen Mann, der selbst im Tempel nur ungern mitgesungen hatte, durchdrang große Herzlichkeit seine Stimme. Kato summte schließlich den anderen nach. Limbo hob einzelne Laute besonders hervor.

Sie sangen Note für Note des Lieds, ihr Gesang durch Tanaquis angeborene Mehrstimmigkeit, Bowdens tiefes Timbre und Gjalas Ausbildung beseelt. Statt kristallin und filigran klang das Stück nun erdig, pulsierte vor Leben und glänzte im Gleichklang von Stimmen, deren Völker so lange Feinde gewesen waren. Gjala rief sich Bilder von Holz und seinen Mustern vor ihrem geistigen Auge wach.

Sie ersehnten sich den Baum. Und plötzlich stand er da. Wobei das nicht stimmte: Er war vielmehr immer da gewesen, nur dass sie sich seiner nun erst erinnerten. Wie sie seiner alle tausendfach aus verschiedenen Richtungen und zu jeder Jahreszeit auf der Insel ansichtig geworden waren. Sie hatten es nur einfach vergessen, ihn weggewischt.

Es mangelte ihnen an Wortgewalt, an Herzensgröße, ja, an Atem, um ihn zu beschreiben. Eine Ulme, gewaltig wie in hundert Träumen, deren Geäst die Inseln zu umarmen schien, ihr Stamm vom Umfang eines Gebirges. Die letzten Sterne der erwachenden Nacht glommen kalt wie Kristallfrüchte zwischen einem Geäst mit Blättern, die das Geglitzer zu umkränzen schienen. Sie blinzelten über einen zweiten Himmel aus leuchtenden Herbsttönen. Rot, Gold und Silber, wie nur die Wildnis sie hervorbringen konnte.

»Nadir«, hauchte Tanaqui bei diesem Anblick mit einer Ehrfurcht, die nur eine baumgeborene Elfe auf solche Weise empfinden konnte.

Kein Choral aus beeindruckten Rufen erscholl. Sie alle standen dort, die Münder aufgerissen, Spiegelungen von Sternenlicht und Laub in den Augen. Sie konnten kaum fassen, dass nun der echte Nadir des Trugs entkleidet war. Welches Gebilde ihr ganzes Leben über der Insel gethront, über ihr Leben gewacht hatte.

Gjala blickte am Stamm hinauf. Dort oben, in oberster Krone unter dem Firmament, saßen die Meister, die Puppenspieler, die ihr Volk gelenkt hatten. Bei aller Ergriffenheit über die Schönheit der Riesenulme und dem schieren Unglauben über die sichtbar gewordene machtvolle Erscheinung ... sie wollte Rechenschaft. Sie wollte sich ihrem Schicksal stellen, seit dem Tag, da sie aus ihrer Familie auf die Straße verstoßen worden war, um zu wandern.

Ihr unruhiger Blick führte sie zum Ziel ihrer Suche. Die titanischen Baumwurzeln umklammerten die Insel, legten sich Bahnwindungen, die jeden Verstand sprengten, um den Fels wie die Finger des Monarchen um seinen Reichsapfel. Gjala war nicht erstaunt, kunstvoll ausgebaute Straßen aus grauer Vorzeit zu sehen. Ein Weg führte hinauf, geradewegs zu einem Tor, das wahrscheinlich gewaltig aufragte. Gegen den Baum mit seinen kosmischen Ausmaßen nahm es sich wie ein Käfer auf dem Rahsegel einer Galeone aus.

»Dort«, meldete Kato mit einer Stimme, die angesichts der Magie dieses Ortes vor Ehrfurcht erbebte. Er deutete auf das Portal.

»Es gilt«, sprach Bowden.

Sie gingen ihrem Schicksal entgegen. Gjala war sich plötzlich nicht mehr sicher, ob sie die Geheimnisse lüften wollte, die ihrer harrten. Sie wusste nur eins: Diesmal würde sie nicht versagen.

61

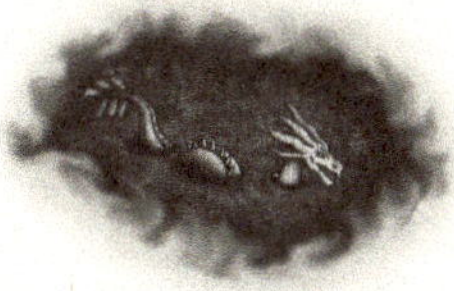

Das Innere offenbarte einen Hochelfentempel. Bowden hegte als Schüler des Architekten keine Zweifel. Marmor und Alabaster in der Farbe von Perlen und Gebein beherrschten jeden Quadratzoll des Tors, durch das sie eintraten. Der anschließende Tunnel führte tief ins Innere des Baums.

Alles war von verträumter, unwirklicher Beschaffenheit. Er fühlte sich wie ein Mann, der viele Tage hintereinander durchgeschlafen hatte, sein Geist war umnebelt.

Er kannte den Grund dafür. Der Baum war Beweis einer Daseinsform, die weitaus älter war als die der Menschen und ihrer Götter. Älter selbst als der Architekt, der einzige Gott, den man auf Selachis verehrte. Er legte Zeugnis ab über Kräfte der Hochelfen und ihrer Götter, die weder Bowden noch irgendein Mensch beherrschte oder nur begriff.

Alles hing an diesem Ort, alles drängte dorthin. Die Verrätermagier und die Emissäre hatten die Wurzeln erforscht. Nach Bowdens Überzeugung hatten sie das Geschöpf (oder eine Vielzahl davon) in Unwerths Auftrag aus den Schiffen hierherschaffen wollen. Über das Wasser hinweg fanden sie nämlich keinen Zugang zu den Wurzeln. Ihr Meister konnte persönlich nicht vordringen, nach allem, was Bowden und seine Begleiter wussten. Hier hätte das vielarmige Ungetüm zusammen mit den Ertrunkenen die Seelen der Unterirdischen an die Rüstungen gebunden.

Nun, da er erlebt hatte, wie lange das gewaltige Gebilde verborgen geblieben war, das ihrer aller Heimat überspannte, glaubte Bowden, dass es sich jeglichem Eindringen widersetzen würde. Inzwischen verstand er die Legenden der Skraemar von ihrem ewigen Weltenbaum und den neun Reichen, die wie Äpfel daran hingen.

Er sah, wie Gjala etwas aufhob und zögernd vorzeigte.

Es wirkte wie ein großer zarter Fächer. »Die Schwungfeder einer Rieseneule«, erklärte Tanaqui. Wie alle anderen flüsterte sie unwillkürlich aus Ehrfurcht vor diesem gewaltigen Heiligtum der Selachia. »Vesshelin ist hier.«

»Gut denn«, zischte Bowden und griff spontan zum Schwert.

Kato neben ihm schluckte. Ein weiterer Kampf drohte, und Bowden würde darin auf jeden Fall die Entscheidung suchen.

Sie setzten den Weg im Wissen fort, dass sie im Innern des Baums angesichts seiner titanischen Größe nicht nur weite Wege erwarteten, sondern dass sie dort auch einem Angriff des Elfenprinzen schutzlos ausgeliefert waren.

Bowden erwog gerade Möglichkeiten der Abwehr, als sie den Zwingertunnel verließen und sich die Sicht erweiterte.

Vor Überraschung standen ihnen die Münder offen.

Eine Zentralsäule nahm den Nadir ein, deren Ausmaß alles Gesehene solcher Bauten übertraf. Eine Helix aus Marmor und Alabaster mit Wendeltreppen und Plattformen für Pausen während eines schier endlosen Aufstiegs schraubte sich empor. So viel blendend weißer Stein und Stuck herrschten hier vor, dass Bowden gar befürchtete, davon zu erblinden.

Die prächtige Szenerie wurde von unzähligen, an riesige Glühwürmchen erinnernden Geschöpfen beleuchtet, die den Turm im Zusammenspiel mit einer Unzahl von Fackeln, die blau-weißes Feuer spendeten, in weiches Licht tauchten.

An den Innenwänden des Baums hatte man vorkragende Gebäude errichtet. Was mochte der Zweck des Nadirs sein? Zumindest barg er unzählige Häuser sowie verbindende Brücken, Treppenläufe, Laubengänge und Galerien, die aufeinander zu- und voneinander wegführten. Dies bildete keine Stadt, vielmehr türmten sich hier mehrere Tempelstädte übereinander. In der Bauweise zeigten sich verschiedene Kulturen. Zwergenwürfel, Menschenhäuser, Elfenpaläste und die steinernen Höhlen der Riesen flankierten die Wände bis in den Himmel hinauf.

Was mochten die Äste des Baums sonst noch beherbergen?

Bowden bezweifelte, dass die alten Hochelfen an diesem Ort wirklich zu Fuß gegangen waren.

Alles schien leer. Die Schritte der Wanderer hallten nach, und jedes Geräusch erzeugte ein Echo.

Die Hauptstadt passt hier fünfmal hinein, dachte der frühere Paladin und erschauerte bei dieser Vorstellung. Sein Weltbild schmolz wie Kerzenwachs. War denn nichts von den großen Werken wahr, die er zu schützen gelobt hatte?

Gebannt schweifte sein Blick über die prachtvollen Bauwerke der Hochelfen und die für andere Stämme in ureigener Weise errichteten Gebäude mit Dächern und Flötentürmen aus Gold und Schnörkelmarmor. Ein Reich in einem Baum, mit Behausungen für jedes nur vorstellbare Volk, von den Hyänenhäuptigen vielleicht einmal abgesehen.

Treppen über kühnen Bögen verbanden die Bauwerke mit der Wendeltreppe wie Speichen die Radfelge mit der Nabe.

Mit jener endlosen Treppenspindel, die zu den Schuldigen der Invasion hinaufführte. So dachte zumindest Bowden.

Mit einer Treppe, die nicht unbelebt war.

Kaum hörte er den Schrei der Eule weit über ihnen, sah sie Kreise im riesenhaft weiten Meiler des Baums ziehen, da gewahrte er die Gestalt, die auf der untersten Stufe saß.

Da rekelte sich Vesshelin auf den Spuren einer Orgie. Ein silberner Weinpokal glitzerte in einer tiefroten Lache. Gleich mehrere Schläuche lagen aufgeschlitzt daneben.

Das Gewand des Prinzen starrte vor Weinflecken. Die verfilzten Haare hingen ihm ins Gesicht. Die Lippen bewegten sich in unruhigem Gebrabbel. Er hob den Kopf.

»Ha!«, gellte seine Stimme durch die verwaisten Hallen des titanischen Nadirs. »Ha, ha und ha! Endlich! Meine Zechkumpane! Trinken wir! Auf das Ende von allem! Auf die Lügen!« Er erhob sich, kam schwankend auf die Beine. »Und da ist ja auch meine holde Ballkönigin.« Er ging einen Schritt auf die Wanderer zu. »Lass uns tanzen, Tani!«

»Mein Lieber«, mahnte eine zweite Gestalt und trat hinter einer der zahllosen Säulen am Fuß des Gebäudes hervor. »Du sollst nicht mit den schmuddeligen Äffchen spielen.« In Windeseile griffen Bowden und seine Gefährten zu den Waffen, als sich das Geschöpf Kaelanos zu erkennen gab. Sprachen Jagdmeister und Prinz gar mit der gleichen Stimme?

Vesshelin legte den Kopf in den Nacken und lachte. »Sie war schon oben. Die Blauhäutige. Den Anblick zumindest wollte ich mir gönnen, aber sie hatte schon ganze Arbeit geleistet.« Mit wässerigen Augen schüttelte er den Kopf. »Ich ging erst dorthin. Dann zum Wahren Nadir. So leicht zu finden. Ganz nah.« Er formte eine Spanne zwischen Daumen und Zeigefinger. »Ein Schnippen, und man ist angekommen.«

»Ich sah alles«, bestätigte Kaelanos, der neben Vesshelin getreten war. »Ich verstand, wer die Vier Könige sind. Was dieser Welt bevorsteht. Mir wurden die Augen geöffnet.«

»Lassen wir Feuer und Emissäre ihr Werk verrichten«, lallte der betrunkene Vesshelin. »Schließlich bringen sie nur zu Ende, was durch jene über uns längst begonnen wurde. Und Verbrennen ist noch das bessere Schicksal.«

Urplötzlich hielt er inne. »Meine Holde, meine Tani«, flötete er und deutete eine Verbeugung an. »Du bist zu mir gekommen. Aus freien Stücken, so wie ich es mir erträumte. Doch unserem gemeinsamen Glück ist die Zukunft versagt, wie allen hier, fürchte ich«, kicherte er, versuchte einen plumpen Handkuss und kam ihr dabei ganz nahe.

Bowden spürte den übermächtigen Drang, den Gecken an Ort und Stelle niederzuhauen, hielt sich aber zurück. Kurz überkam ihn die alte Wut, aber er wusste, dass sich die Wüstenelfe selbst zu verteidigen wusste.

»Ich gehöre niemandem«, erklärte Tanaqui. »Auch dir gehörte ich niemals.« Formvollendet wirbelte sie den Speer und stieß den Prinzen mit der stumpfen Seite so vor die Brust, dass dieser zurücktaumelte. »Nun gib den Weg frei, Knecht! Du bist meiner Zeit nicht würdig. Ich bin Tanaqui-Cathwyn und spreche in Bälde mit deinen Meistern.«

Der Zorn verletzten Stolzes ob der unwürdigen Behandlung verzerrte die Züge des einsamen Monarchen. Er bleckte die Zähne wie ein Bluthund. Die Hände flogen zu seinen Säbeln.

Grotesk, aber er tut mir leid, wunderte sich Bowden. *Verblendet, wie man mich verblendet hat.* Er zog blank.

»Ich meine, das ist nicht nötig«, fuhr Kaelanos dazwischen. »Wir waren euch gewogen und halfen euch. Vergesst das nicht!« Aus der Finsternis unter der Kapuze war noch immer die Stimme des Prinzen zu hören.

Der betrunkene Vesshelin richtete sich schwankend vor ihnen auf. »Ich wollte dir mein Reich schenken. Aber du willst mich beleidigen. Dafür zahlst du mir, du Metze mit deinem toten Götzen, den du meiner Leidenschaft vorziehst.«

»Doch ich liebte dich nie«, bekannte Tanaqui, und Bowden spürte, dass diese Worte den Ausschlag gaben.

»Aber mich liebtest du«, verlautete Kaelanos und schlug die Kapuze leicht zurück. Aus dem Dunkel darunter schälte sich das Antlitz einer Waldelfe von einer Hautfarbe zwischen Kaffee und rotem Gold. Ihre Bernsteinaugen zeigten scheinbare Liebe, doch sprach nur Spott aus ihrer Stimme.

»Du hast mich blutig verenden lassen, Tani«, klagte Kaelanos. »Vesshelin rettete mein Licht. Wir wurden eins.«

»Nein.« Tanaqui taumelte zurück, griff sich an die Brust. »Halt ein! Das ist nicht wahr.« Auf Bowden wirkte Tanaqui, als leugne sie noch eine längst erkannte Wahrheit.

Bowden roch süßliches Leichengift und den Saft schwarzer Wurzeln von der üblen Würze, wie sie Schwarze Magie verströmte, durchdrungen von Waldesduft. Da schien der trunkene Vesshelin mit einem Kichern zu zerschmelzen. Das Geschöpf Kaelanos grinste höhnisch und verzerrte dabei die Züge der Waldelfe ins Irrwischhafte. Ein Fingerschnippen.

»Obacht! Ars Goetia!«, warnte Bowden.

Kaelanos stieß einen Pfiff nach seiner Eule aus. Bowden gab Kato Fingerzeichen zur Verteidigungstaktik.

Doch voller Grauen sah er, dass Kaelanos nun einen Schatten mehr warf. »Sie waren nie zwei!«, rief er aus. Das flatterige Mischwesen drang auf Tanaqui ein, die wie betäubt mit ausgestreckten Armen dastand, so als wolle sie ihrer Geliebten die Wange streicheln und sie umarmen.

Bowden ging dazwischen, als der Säbel des entstellten Prinzen auf die Wüstenelfe einschlug … und stattdessen Funken sprühend von seinem Schild abglitt.

Als das Getümmel anhob, tauchte etwas Dunkles aus der Höhe des Treppenvorplatzes in seinen Schatten.

Dieses Mal war der Deserteur gewappnet. Hier gab es keine Fjordnebel. Tamasine hob seinen zaubermächtigen Stab.

Kionis gewaltige Gestalt stürzte auf sie nieder. Kato verharrte und bot sich als Köder an, während Gjala entkam.

»Augen abwenden!«, befahl Bowden den Freunden, während er seine Schwertklinge vor Vesshelin kreisen ließ.

In dem Moment, als die gewaltige Eule beim Sturzflug in die Tiefe ihre Klauen öffnete, um Kato zu zerfetzen, bellte der Lohenmagus eine scharfe Lautfolge und ließ den Stab auf den Boden krachen. Donnernd entfuhr der Stelle ein ungemein heller Lichtblitz, genährt von den Fackeln der Hochelfen.

Die Eule kreischte, weil ihre empfindlichen Augen von dem grellen Inferno schier versengt wurden. Sie hob die Schwingen, um sich in blindem Taumel abzustoßen, als ein weiteres Kreischen durch den Raum fegte, durchdringender als alles, was der Riesenvogel vollbringen konnte.

Bierschaum hielt ihr Amulett in der Hand und lenkte den Schmerz. Sie überfiel die Bestie mit schneidendem Lärm. Diese schlug hart auf dem Boden auf.

»Kioni!«, gellte das verzerrte Prinzenwesen.

Diesmal gab es kein Zögern. Gjalas Axt traf den Vogel hart in der Flanke und zeichnete Kioni mit einem klaffenden Schnitt. Bowden sah ihren Mut mit Stolz, doch nicht ohne Gram über ihre notgedrungen harte Entscheidung zur Gewalt.

Hinter dem strampelnden Ungeheuer mühte sich Kato ab, einen Feuerzauber zu schleudern. Doch die panischen Krallen fuhren umher, drohten ihn zu zerfetzen und lenkten ihn ab.

In diesem Moment flog etwas über Bowden hinweg und bohrte sich geradewegs in das Herz der Rieseneule.

Tanaqui-Cathwyns Speer hatte sein Ziel gefunden.

Die Elfe neben Bowden zückte ihren Säbel. »Ich schenke dir

Frieden, Sahar. Er hat euch alle lange genug benutzt«, stammelte sie mit tränenerstickter Stimme.

»Kioni …«, ächzten die Stimmen von Vesshelin und Tanaquis Geliebter aus dem Balg des Jagdmeisters. »Dafür … zahlt ihr mir …« Und im gleichen Ausmaß, wie seine Stimme tiefer wurde, wuchs sein Leib auf unnatürliche Weise an. Schwoll, barst und dehnte sich weiter aus.

»Zeit für meinen Einsatz«, murmelte Limbo neben Bowden, und auch sein Körper verformte sich. »Endlich Frieden, Blechmann!« Keiner der Freunde verstand, was er meinte.

Ungläubig beobachtete Tanaqui, wie das Wesen, dessen Geist sich im Wahnsinn in zwei Leiber geteilt hatte, an Masse gewann. Alles war zu viel gewesen. Viel zu viel. Sie hörte die warnenden Rufe des Großen Jägers überdeutlich, ging jedoch ohne die gebotene Achtung darüber hinweg.

Nicht hier. Nicht jetzt.

Aus den Augenwinkeln nahm sie eine rasche Bewegung wahr und nickte Kato dankbar zu, als ihr Speer über den Boden auf sie zurutschte. Sie hielt die Klinge aus einem verzauberten Bernsteinkern und den Flanken aus Elfenstahl auf ihrer Funken sprühenden Reise mit einem beherzten Fußtritt auf, schleuderte die Waffe mit dem letzten Restschwung nach oben und ergriff sie in der Luft.

Mit zitternder Hand hielt sie den Speer über den Kopf. Tanaqui wusste selbst nicht zu sagen, ob eher Zorn oder Furcht Besitz von ihr ergriff. Ihnen waren unerhörte Geheimnisse offenbart worden, sofern nur die Hälfte der Enthüllungen stimmten, die auf dem Stab des Schmieds niedergelegt waren. Sie hatten eine Reise durch abgründige Tiefen der Erde bewältigt, Riesen und Invasoren bekämpft, ein unwirkliches Meereswesen auf einem fliegenden Schiff erlegt und Hunderten Untoten die letzte Ruhe gebracht.

Doch Tanaqui fragte sich beklommen, welche dieser Prüfungen sie in dieser Stunde stärkten, was sie ihr als Erfahrung gegen ihre Verzweiflung an die Hand gaben.

62

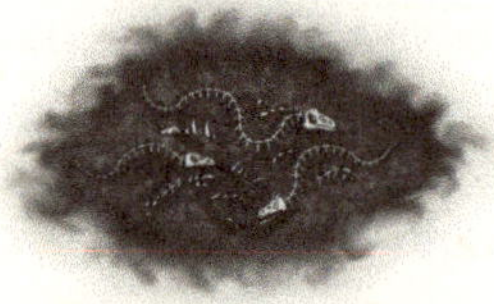

Nichts.

Nichts davon hatte sie auf den Moment vorbereitet, Sahar wiederzusehen. Alles in ihrem Innern wollte sich einreden, sie sei noch den Dünsten der Sümpfe von Vaile ausgeliefert.

Tanaqui wusste, dass sie nicht im Rausch Trugbildern nachhing. Es war die Wahrheit. Nichts konnte sie mehr schönen. In der Nacht ihres Todes war Vesshelin gelungen, Sahar einer tief greifenden Verwandlung zu unterziehen.

Limbo hatte ihr in der Baumwurzel verdeutlicht, dass es dabei eine Verbindung zu Magister Unwerth gab, dem Teufel in Rundohrengestalt, der diese Insel mit seiner Gier nun schon so lange heimsuchte und vergiftete. Bereits zu König Aganthyrs Zeiten hatte er seine Netze gewoben.

Brüsteten sich die meisten nicht mit Macht und Einfluss? Und gehörte dem Prinzen aus Thar Gwynleth nicht das größte dieser Mäuler, das ihn zu haltloser Hybris antrieb?

Vor ihr stand der Beweis. Er hatte die Hände im Spiel gehabt, als Sahar starb. Doch sein magisches Wirken aus den Harzen des Mirvaali war unleugbar misslungen. Das Ergebnis war eine Chimaera, die vor ihren Augen genau die Form des verderbten Willens ihres Besitzers annahm.

Vesshelin von den Türmen, mehr Natter als Mann.

»Zurück!«, gellte Bowdens Stimme.

Alle folgten dem Befehl. Tanaqui warf sich in dem Moment

zur Seite, als der Schatten des Prinzen aus platzenden Wülsten einer teerigen Masse einen zweiten Vesshelin ausspie. Er, der Kaelanos gewesen war, flog mit einem gequälten Schrei durch die Luft, das Gesicht Sahars als Hohn auf Tanaqui gerichtet. Dabei grinste er im Wahn.

Das Wesen, das ihrer großen Liebe erst das Leben und dann das Antlitz geraubt hatte, prallte gegen den Prinzen, der bereits zu einer hochgestülpten brodelnden Masse aus kochendem Fleisch und Scheinfüßchen herangewachsen war. Bei der Berührung verschmolzen sie und schrien vor Schmerzen.

Voller Entsetzen beobachtete Tanaqui, dass die beiden gleichsam aufgetrennt wurden und sich ihre Leiber wie zusammengewachsene Zwillinge im Mutterleib verbanden, während ihre Beine zu neuer Form gestaltet wurden.

Sie würde nicht verdutzt dastehen wie die Mordopfer der Sagen. Nicht als Fuchstochter, Erwählte des Großen Jägers.

Sie spurtete los, noch während ein grausames Zermahlen im Bauch der Missgestalt verschiedenen Geschöpfe, Tieren und Zweibeinern Jammerschreie ob ihrer Höllenqualen abpresste.

Sie warf den Speer nicht auf das Monstrum, sondern bloß nach vorn an ihm vorbei, riss dabei den Bogen hervor. Im vollen Lauf versenkte sie ein halbes Dutzend Pfeile in dem Wesen. Dabei rutschte sie auf den Knien über den Marmor, unter den Hieben des um sich flegelnden Albtraums hindurch. Ein Blick zurück zeigte ihr, dass die kochende Fleischmasse ihre Pfeile einfach knickte und verschlang wie Sumpfhalme.

Seltsamerweise kamen ihr Hinweise der Freunde darauf in den Sinn, dass eine Leibesverwandlung stets auf einer Entsprechung zu Fleisch, Knochen und Fett der Ausgangsfigur beruhte. Doch Vesshelin war alles andere als massig. Woher nahm der Albtraum, der sich vor ihr aufbaute, seine Fülle?

Der Anblick war die Antwort. Ein Männertorso auf dem Unterleib einer gewaltigen Schlange mit dem Haupt eines Bären. Der ganze Körper bestand aus einem Gemisch aus Humus, Waldwurzeln und den miteinander verschmolzenen Körpern des Prinzen, einiger Wölfe und Bären. Vier tatzenbewehrte Arme ragten muskelhart aus dem Rumpf, jeder balkenlang und mit messerscharfen Klauen bewaffnet.

Die Fratze des Prinzen war vollkommen überstreckt, lag wie ein gedehnter Balg über dem gewaltigen Kopf aus einer irren Mischung von Bär und Viper, der auf den Schultern thronte. Gelbes Gift troff von Hohlzähnen und Bärenmeißeln.

Wo der Geifer auf den Marmor traf, kräuselte sich Qualm.

Etwas in Tanaqui zerbrach. Inmitten der Masse aus noch immer zappelnden Tierkadavern, die den Schlangenrumpf bildeten, stieg Sahars Antlitz voller Erschrecken und zugleich höhnischem Grinsen auf, um wieder in einem Treibsand aus Bewegungen von Fell und Muskeln zu versinken.

Mit aller Kraft versuchte Tanaqui, bei Sinnen zu bleiben.

Sie riss den Speer aus dem Spalt in einer Säule, in den sie ihn geschleudert hatte, und ließ die Klinge wirbeln, um die Aufmerksamkeit der Bestie zu erregen.

Doch die galt wie so oft Bowden. Die Züge des Paladins zeigten ein entspanntes Lächeln. Ruhig und mit sich im Reinen trat er dem Ungetüm entgegen.

Dicht hinter ihm hatte Limbo seine wilde tierische Form angenommen, doch selbst er nahm sich gegen diesem Ungeheuer wie ein Zwerg neben einem Ritter aus.

Was für den Ritter nicht zwangsläufig Gutes bedeutete.

Der Wolfsmann legte den Kopf in den Nacken und heulte mit solcher Inbrunst, dass die Luft erzitterte.

»Ihr habt meine Herrschaft das letzte Mal in Zweifel gezogen, ihr widerliches Ungeziefer«, röhrte der Schlangenalbtraum und reckte die vier tödlichen Arme zum Himmel wie eine der eisernen Todesgöttinnen des Emirats.

Tanaqui nahm in diesem Moment wahr, dass Kato seinen Kameraden den Rücken freihielt. Der Zauberer brachte das Vesshelin-Monstrum mit einem gleißenden Lichtblitz auf Abstand. Er stimmte einen solch mächtigen Gesang an, dass die ewigen Feuer der Hochelfen des Nadirs flackerten und an Kraft verloren. Er erstrahlte, hob vom Boden ab und wurde zu einer glühenden, schwebenden Kugel.

Als sie dies sah, warf sich die Bestie herum.

Doch Kato schleuderte die Flammen nicht auf Vesshelin.

»Fehlt dir etwas? Dein Volk, dein Adel, deine Macht etwa?«, höhnte er mit seinem mächtigen Bariton. Seine Gewänder flatterten in einem unmerklichen Wind. »Nimm dies für Tanaquis Weib, Gjalas Volk, unsere Magier und Bowdens Vater, die eure Ränke allesamt verderbt haben.«

Er sog die Luft so tief ein, dass er beinahe zu platzen schien, dann stieß er sie mit aller Kraft aus. Es war der Odem des Drachen, ein alter Kampfzauber der Feuermagier.

Tanaqui brachte einen Warnruf aus. Er galt dem Gestank der Lohe, die das Federkleid der toten Eule erfasste und sie in ein Feuermal verwandelte. Ihr Kadaver ging in Flammen auf wie Fackelpech, die Luft in ihren Knochen und das Fett ihres Gefieders boten reiche Nahrung.

Das Brüllen des Prinzenmonsters steigerte sich zu einem solchen Getöse, dass Gjala neben Bowden die Hände auf die Ohren presste. Dann griff sie verzweifelt nach dem Amulett und schrie ihrerseits das Ungeheuer mit ihrer Klagestimme an. Doch bis auf splitternden Marmor erbrachte ihr Gesang keinerlei Erfolg. Schlangen waren bekanntlich taub.

Stattdessen peitschte die Zerrfigur vorwärts, walzte mit dem Ungestüm und der Gewalt eines Achtspänners an Bowdens Klinge ebenso vorbei wie an Gjalas Geschrei.

Es stellte sich heraus, dass der Magus diese Entwicklung mit einberechnet hatte – die Beschimpfung hatte das Wesen herausfordern sollen. Kionis verkohlter Kadaver sank in sich zusammen, alle Hitze fuhr in die freie Hand des schwebenden Lohenmagus. Ein endloser Feuerstrom, der durch die Tätowierung auf seinem Handteller in Kato einströmte. Die Glut der Eule sollte seinen nächsten Spruch befeuern.

Als die Bestie ihn beinahe erreicht hatte, setzte Kato Tamasine die Flammen in Form eines mächtigen Balls frei, der den Prinzen mitten in den aufgedunsenen Leib traf. Ein Belagerungsgeschoss, das Burgmauern zermalmt hätte.

Für einen Moment übergleißte ein greller Lichtblitz das Geschehen, als die Flammenwolke den Schlangentitanen einhüllte und die Hitze alle Umgebenden traf und ihnen die Brauen versengte. Doch Katos Augen weiteten sich.

Vollkommen unbeschadet hatte das Monster das weiß glühende Inferno überstanden, und Katos Magie ebbte im gleichen Moment ab. Sämtliche Kräfte verließen den Zauberer, er sank zu Boden. Allerdings nicht schnell genug.

Verzweifelt wollte er sich zur Seite zu werfen, da packte das vierarmige Monster Kato am Bein und riss ihn in die Höhe. Zugleich ballte es auf der Gegenseite eine Faust und verpasste dem Magier einen Schwinger, der eine Scheune hätte einreißen können.

Alle hörten, wie die Rippen des Feuerzauberers zu Mehl wurden, sahen, wie er einen Eimer Blut spie. Dann flog er aus Tanaquis Sicht und schlug jenseits des Säulengangs in einem der zahlreichen Seitengänge auf dem Boden auf. Ein letztes Husten und Aufbäumen.

Stille.

Im selben Moment schrie Bowden vor Schmerzen auf, als wäre sein linker Arm in siedendes Öl getaucht worden. Der Schmerz war so heftig, dass der Templer auf die Knie fiel.

»Nein«, hauchte Tanaqui in der Erkenntnis, nie mehr gutmachen zu können, was sie angerichtet hatte. Es würde keine Aussprache mit Kato mehr geben.

Da riss Gjala die Axt in die Höhe, das einst großmütige Gesicht vor Hass verzerrt, und nahm Maß. Noch während Tanaqui losrannte, warf die Zwergin das Meteoreisen. Es drehte sich einige Male um die eigene Achse und grub sich zwischen die Schulterblätter des Monsters.

Die Wirkung war verstörend und vollkommen anders, als sich die Werferinnen und ihre Freunde dies gedacht hatten.

Die Schneide donnerte wie bei einem Gewitter, Blitze zuckten aus den Runen auf ihrer Flanke. Der Stiel aus nahezu unzerstörbarer Zwergeneiche zerplatzte zu Spänen, das glühende Axtblatt zog einen Schnitt durch den Rücken, der augenblicklich wieder verheilte, und flog in hohem Bogen auf einer kräuselnden Rauchbahn davon.

Diesmal heulte Tanaqui in innerem Verbindungsschmerz so laut auf, wie es Bowden eben noch bei Kato getan hatte. Die Axt hatte auch sie getroffen. Was war der Zusammenhang?

Der Wald.

Die Bestie war von der Macht des Mirvaali, des Nadirs erschaffen, und die ewige Macht des göttlichen Walds sprach auf Todesrunen mit der entsprechenden Wucht an.

Ewiges Leben und ewiger Tod waren aufeinandergeprallt, und die Axt unterlag dem unsterblichen Grün. Wie mit einem Glockenschlag des Abschieds klirrte die Schneide schlingernd über den Marmor und blieb in roter Glut qualmend liegen.

Tanaquis Körper schmerzte, ihr Rücken wurde taub. Der Große Jäger jaulte wie ein waidwundes Tier, wo ihn der Schnitt ganz ähnlich getroffen hatte. Doch viel mehr quälte sie die Ungewissheit, ob Kato noch lebte. Bierschaums Miene beim Anblick der großväterlichen Axt brach ihr die Herzen.

Als sie selbst bei dem Monstrum ankam, nahm sie ein reißendes Geräusch wahr.

Limbo hatte den Moloch von der Seite her angefallen und sich in den Muskeln eines Unterarms verbissen. Der Wolfsmann riss mit der Kraft seiner gewaltigen Glieder an dem Körperteil, knirschte zugleich mit den Zähnen.

Dieses Mal verspürte das Prinzenmonster Schmerz, röhrte aus vollem Hals, als Limbo ihm den Arm aus der Flanke riss. Teeriges Blutgemisch troff aus der frischen Kluft.

Keine Heilung. Keine Wunden, sie sich schlossen.

Limbo ist vom Wald, begriff Tanaqui in diesem Moment. *Von Selachia. Entstammt ihrem Geschlecht wie ich und Cathwyn. Nur was vom Wald ist …* »Aus dem Weg!«, rief sie. »Nur was vom Wald ist, kann es zur Ruhe legen. Es lebt nicht und ist doch nicht tot!« *Nicht dagegen kämpfen. Die Beute erlegen.*

Sie nahm Maß. Schleuderte den Speer, Cathwyns Jagdwerkzeug, bei diesen Worten gegen die Stelle des Monsterrückens, nach der eben Gjala gezielt hatte. Mit dem Zucken einer Klapperschlange warf sich Vesshelin herum.

Die Augen des Bärenschlangenschädels fielen unter dem prächtigen Geweih der Spottgeburt auf Tanaqui. Sie entdeckte echte Enttäuschung, ja, echten Schmerz im verzerrten, überstreckten Gesicht des Prinzen zwischen den Zügen des Tierwesens. Seine Augen schimmerten feucht, als sein Blick den Speer maß, als hätte man ihn hintergangen.

Während sie weitere Pfeile verschoss, die in den dichten Muskeln, Fettschichten und Fellpaketen verschwanden, ohne

Schaden anzurichten, ballte das Monstrum die verbliebene leere Faust, wobei Tanaquis prächtiger geerbter Speer das Schicksal der Axt teilte.

Sie wollte aufheulen, doch dann erinnerte sie sich plötzlich an Cathwyns Lehren. Der Wald hatte ihr alles Nötige gegeben, um jegliche Beute zu bezwingen. Sie brauchte keinen Speer.

Ein Zahn, eine Klaue genügten. Das Gesetz der Wildnis.

Im gleichen Moment dieser Erkenntnis, juckten ihre Tätowierungen, während sie ihr Stiefelmesser zog.

Wie zu erwarten wollte Bowden nicht auf sie hören. Sein Anderthalbhänder grub sich in die Flanke des walzenförmigen Schlangenkörpers. Mit aller Kraft seiner strammen Beine stemmte sich der Ritter dagegen und drängte sich an dem Monster vorbei, um es der Länge nach aufzuschlitzen. Doch wie eine Naht, die sich von Zauberhand selbst schließt, versiegelten sich die Wunden im Handumdrehen.

Der Schlangenkörper wand sich so rasch vorwärts, wie nur ein geschmeidiges Reptil sich bewegen konnte. Mit einem Krachen prallte der Paladin gegen eine Säule, blieb halb ohnmächtig liegen, stemmte sich aber langsam wieder auf.

»Nein!«, rief Tanaqui. »Nicht so! Nicht mit den Waffen deines Architekten, Bowden! Erinnere dich, wer du wirklich bist! Erinnere dich deiner Herkunft!«

In seiner Benommenheit warf er ihr einen fragenden Blick zu, doch Tanaqui blieb keine Zeit.

Der eiserne Griff beider Arme hatte Limbo gepackt und von dem zerfetzten Armstumpf weggerissen. Der Wolfsmann schlug mit starken Armen und Beinklauen nach dem Gesicht des Monsters, das ihn in die Höhe reckte.

Mit der Macht von zwei Armen schmetterte die Bestie König Aganthyr wie ein Spielzeug von Säule zu Säule. Marmorstaub und blanke Verwüstung waren die Folge der Kämpfe zwischen den beiden Bestien. Das Monster hielt den kleineren Wolfsmann auf Armlänge vom Körper weg und schmetterte ihn immer wieder zur Seite.

Plötzlich ruckte der Kopf des Untiers herum, gerade als Limbos Zähne das Handgelenk seines Peinigers zu packen bekamen und eine weitere tiefe Wunde rissen. Tanaqui sah Begreifen in den fiebrigen Augen des Prinzen darüber, dass Aganthyr dem Wald verschworen war. Der Blick des Monsters flackerte zu seinem verstümmelten Arm, der nun nicht mehr nachwuchs. Auch Limbos Selbstheilungskräfte versagten.

»Nein!«, stieß Tanaqui hervor. »Gjala, schau nach Kato! Limbo! Nein!« Ihre Stimme überschlug sich.

Die benommene Zwergin nickte und zog sich zurück, ohne aber den Blick vom Wolfsmann zu lösen. Waffenlos und der Wirkung ihrer Stimme beraubt, richtete sie nichts mehr aus.

Beide Monster röhrten, fügten sich klaffende Wunden zu.

Da pirschte die Wüstenelfe vor, das Jagdmesser wie eine Raubvogelklaue mit der Krümmung vor den Unterarm gelegt. Noch zwei Schritte, und ihr Ziel wäre erreicht. Ein weiterer.

Zu langsam.

Die Blicke des Wolfsmannes bohrten sich in ihre Augen. Seine Stimme hallte mit der Macht des Mirvaali in ihren Tätowierungen wider. In ihrem Blut. *Du weißt, was du zu tun hast, Schwester,* sagte das Gefühl, während Augen mit der Farbe von Honig und den Blitzen von Sommergewittern sie freundlich musterten. Voller Frieden.

Sie war zu spät. Da ließ der Wolfsmann einen seiner Arme erschlaffen – Tanaquis Überzeugung nach mit voller Absicht –, und Vesshelins Grausamkeit schluckte den Köder.

Er drehte den Arm auf die Weise aus dem Gelenk, wie er selbst verstümmelt worden war, und mit einem ekelerregenden Geräusch riss er ihn aus der Hülle des Feindes und fügte ihm eine Wunde zu, für die es keine Heilung gab. Dann schlugen die riesigen Zähne des Schlangenkopfs zu und gruben sich mit der Gewalt wassergetriebener Schmiedehämmer in Aganthyrs Rumpf.

»Nein!«, gellten Tanaqui und Gjala gemeinsam durch die marmornen Hallen.

Limbo starb, doch Aganthyr ergriff seine letzte Gelegenheit. Noch während sich seine Augen von Scheffeln voller Gift in seinen Adern schwarz-rot färbten, sein Blut zu Klumpen gerann und schäumender Schwefel aus jeder Wunde aufwallte, sammelte er ein letztes Mal die Macht des Mirvaali.

Der Wolfsmann hatte seinen Gegner in Sicherheit gewiegt.

Als echtes Kind des Waldes hatte er der Beute eine Falle gestellt. Im Maul der Bestie riss er seinen noch vorhandenen Arm frei. Er stemmte beide Klauenbeine in die Gurgel des Prinzen, während seine Linke einen einzigen erniedrigenden Hieb über die Fratze des Monsters ausführte.

Eine Ohrfeige für diesen wahnsinnigen Bankert, gezüchtigt von einem Vagabunden, der mehr König war als er.

Vesshelin verlor ein Auge an die Sichelklauen der Bestie, die sich wie Pflugscharen durch sein Gesicht gruben. Das Schlangenmonster heulte auf, kroch in Qualen rückwärts und ließ den sterbenden Wolfsmann in einer Pfütze aus Gift und Blut zu Boden fallen.

Ohne Pomp fiel der erste König von Selachis auf den Marmor jener Hochelfen, die ihn verraten hatten.

Mit aller Macht drehte er den geschwollenen Kopf mit den erblindenden Augen zu Tanaqui um. Das Monster, das ihr Freund und Lebensretter Limbo gewesen war, verzog die Lefzen über den zersplitterten Fängen zu einem Lächeln.

»Frie...den«, krächzte Limbo.

»Finde deine Familie!«, murmelte Tanaqui und kämpfte die Tränen nieder. Nicht jetzt. Jetzt war vielmehr die Zeit gekommen, kalt zu jagen und dreifach zu vergelten.

Sie lief vor und sprang auf den walzenförmigen Körper des Ungetüms. Vesshelin fühlte den heftigen Druck trotz der Schmerzen, versuchte verzweifelt, die Bürde abzuschütteln.

Doch sie war Tanaqui vom Mirvaali, schnellte behände nach vorn, als die erste wellenförmige Muskelbewegung den Unterleib des Wesens verformte, landete mit zweihändig gehaltenem Dolch auf den messerscharfen Schuppen, den Fellen und Muskeln. Sie rammte die Klinge hinein, nutzte sie wie einen Kletterhaken.

Vesshelin warf sich herum, legte den Körper in eine Schlinge, um seine eigene Flanke besser erreichen zu können. Seine vernichtete Fratze glomm vor Hass, als er Tanaqui anstarrte.

»Du hättest alles haben können. Alles! Hörst du?«, zischte er in einer Verzerrung von Sahars Stimme.

»Ich hatte alles! Wir hatten alles!«, kreischte sie zurück, wohl wissend, dass er sie nicht hören konnte. In dem Moment, als er vorschoss, traf ihn etwas mit voller Wucht in die Flanke. Diesmal fing er den Schlag nicht ab.

Was das riesige Schwert, die Runenaxt und Gjalas Bluterbe nicht vollbrachten, Bowden Verdian gelang es.

Seine Panzerhandschuhe waren fort, die Kettenteile seiner Rüstung zerfetzt. Der Überwurf des Architekten fehlte. Ein Emissär mit gestutzten Elfenohren stand im Brustharnisch vor dem schlangenhaften Ungeheuer.

»Ich bin der Sohn meiner Mutter. Wir sind Verwandte, du Mistkerl!«, zischte der Paladin. Erstmalig hörte ihn Tanaqui ungehemmt lachen, als er die nackte Hand spreizte und dünne Schwimmhäute zwischen den Fingern erschienen.

Ehe sich Vesshelin von dem Anblick und dem ersten Fausthieb erholen konnte, setzte Bowden nach. Er bewegte sich schneller als jeder Mensch, als Kato und vielleicht sogar Limbo. Die verbliebenen Arme des Schlangenmonsters verübten eine unfassbare Serie an Gewalt. Wie Baumstämme oder Kolben hämmerten sie auf den splitternden Marmor ein, doch bei jedem Hieb hüpfte Bowden geschickt aus dem Weg.

Dazwischen versetzte er der Bestie Schwinger um Schwinger an der Stelle, wo Schlangenunterleib und menschenähnlicher Oberkörper ineinander übergingen. Die halbelfischen Fäuste brachten den gewaltigen Körper zum Erbeben.

»Ophidiotauren!«, brüllte Bowden triumphierend. »Jene Missgeburten, die man Schlangenkentauren oder Naga heißt, sind wie alle Chimaerae dort am ehesten verwundbar, wo zweierlei Schöpfung ineinander übergeht!« Er ließ einen weiteren Schlag folgen, dem Vesshelin diesmal auswich.

Endlich witterte Tanaqui ihre Gelegenheit ... und ergriff sie. Der Schwung des sich zusammenziehenden Schlangenkörpers diente ihr als Katapult. Sie schoss nach vorn, landete mit einer Hand im Rücken des Monstrums und bekam einen der unwirksamen eingewachsenen Pfeile zu packen.

Beim nächsten Satz des Paladins schoss das Untier nach vorn und wollte ihn ergreifen. Wieder sprang Tanaqui.

Vesshelins Schlangenaugen boten einen weiteren Sehwinkel als bei Zweibeinern. Nur Vögel sahen besser. Er bemerkte Tanaqui, kaum dass sie seinen Schultergürtel erreichte.

»Bowden! Jetzt!«, rief sie, und jenes Kriegerband, das sie seit dem Strand teilten, hieß ihn, das Richtige zu tun. Während das Monster mit drei Armen versuchte, ihrer auf dem Rücken habhaft zu werden, änderte es seine Strategie.

Sie hatte damit gerechnet, dass eine Todeswalze folgen würde. Die meisten Reptilien wandten diese Kampfform an, wenn ein Feind sie packte oder sie selbst große Beute machten.

»Oh, nein, einen Dreck wirst du!«, rief Bowden und legte beide Fäuste wie bei einem Hammerwurf aneinander. Der beidhändige Schwinger traf das Monstrum dort, wo bei einem Menschen das Sonnengeflecht lag.

Sämtliche Kraft wich aus dem riesigen Körper, und Tanaqui stützte sich mit einem Fuß auf dem Pfeil.

Bei dieser schicksalhaften Begegnung spürte sie die Tätowierungen auflodern, merkte, wie sie nur noch den letzten Schritt auf ihrer Queste zur Macht zu gehen brauchte. Diese Beute nur noch dem einen widmen musste, dessen Macht sie für immer zur Halbgöttin erheben würde.

»Dies ist für ...«, gellte sie. »Für ...!« Ein Stich. »Für Kato!«

Ein weiterer Stich. »Für Limbo!« Die Klinge fuhr zwischen Schlüsselbein und Grube in das weiche Fleisch.

»Für Sahar!«, schrie sie und stieß das Messer in Vesshelins Kehle.

Die Bestie fiel.

Der Schatten löste sich von ihr.

63

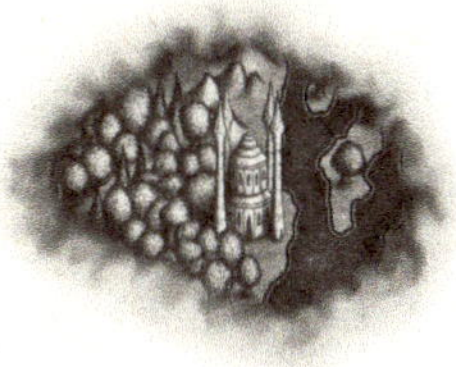

Der Anblick überwältigte sie. Erleichterung mischte sich mit blankem Grauen. Das tödlich getroffene Monster stürzte zu Boden. Tierkadaver und drei Leichen waren für einen kurzen Moment der Zersetzung sichtbar. Sie glitten in schlürfenden Wogen aus Schleim und Humus auseinander.

Bowden blickte auf die geschundene Gestalt, die von der Masse übrig blieb und aus der Mitte ihrer Feinde taumelte. Der Elfenprinz, einstiger Herr des Schwertwinds, bot einen erbärmlichen Anblick, voller Disteln, Schlamm und Blut. Die Augen des Elfenprinzen stierten in wilder Verwirrung.

Tanaquis Messer steckte seitlich in seinem Hals.

Blankes Entsetzen ergriff Bowden, als er wahrnahm, dass ein Schatten des Herrn der Turmstadt Eigenleben entfaltete. Während ringsum Kadaver zu Schlamm zerflossen oder in fettem Qualm aufgingen, schlich dieser Schatten weiter.

Er vollführte völlig andere Bewegungen als der Prinz selbst. Entgegen seiner Grundbestimmung flatterte er umher, während Vesshelin abwartete, und hielt inne, wenn der Prinz vorwärtsstolperte.

Während der gezeichnete Monarch einen Fuß vor den anderen setzte und sich richtungslos umsah, blickte der Schatten auf die eigenen Hände und zuckte erschrocken zusammen.

Schließlich rollte sich der Schatten auf wie ein Stück Pergament, fuchtelte dabei mit den Armen und verschwand.

Bowden behielt den schattenlosen Prinzen im Blick. Wäre es nach ihm gegangen, hätte ein Schwerthieb ihn beseitigt. Doch zu wem er auch immer sich gewandelt hatte, er würde keinen unbewaffneten Mann in Stücke hauen, der keine Anstalten zur Gegenwehr machte.

Sein linker Arm pulste in emphatischen Schmerzen, die ihm verrieten, dass Katos Leben am seidenen Faden hing.

Er sah ihn zu Gjalas Füßen liegen. Tanaqui war ihrerseits zum Leichnam Aganthyrs geeilt. Während er Vesshelin stets unter Beobachtung hielt, stapfte Bowden zu ihr hinüber.

»Und?«, fragte er gepresst, obwohl er die Antwort kannte.

Tanaqui schüttelte nur den Kopf.

Bowden erhob sein Schwert, das einzige Stück Wahrheit, das ihm in dieser Welt geblieben war. Er hielt die Klinge nach oben gereckt, führte das Heft zur Stirn und salutierte zackig. Wie Tausende Male geübt, richtete er die Waffe nach unten und stellte sie sanft ab, bevor er den Kopf neigte.

Dann ging er auf ein Knie, zog sein zweites, kürzeres Schwert vom Hüftfutter auf seinem Rücken. Er faltete die Hände des Königs um den Griff der Stoßklinge. Darunter schob er seinen halb zerhauenen Schild als Würdezeichen.

Tanaqui schluckte hörbar in der wieder eingekehrten Stille des verwaisten Turms im Innern des Nadirs.

»Er hat uns alle gerettet«, brachte sie hervor, konnte jedoch kaum sprechen. Ihre Kehle war wie zugeschnürt.

Bowden nickte. Es hatte mit angesehen, in welche Seelenpein sie das Frauengesicht gestürzt hatte, das am Monster aufgetaucht war. Bowden verstand nicht viel von der Liebe zwischen Paaren, doch ihm gellten noch die Racheschreie Tanaquis für ihre verlorene Gefährtin im Ohr. Nun musste sie auch von Limbo Abschied nehmen. »Trotz seiner Erniedrigung war er ein vollendeter König. Hätte ich Narr das nur früher erkannt! Wir werden um ihn trauern.«

»Aber nicht jetzt«, hauchte sie.

»Nein. Nicht jetzt. Uns fehlt der Heiler, Fuchstochter. Gib uns, was dich die Wüste lehrte!« Sie waren unter sich.

Er schluckte. »Ich kann Kato nicht auch noch verlieren«,

meinte Bowden voller Aufrichtigkeit. Fast schämte er sich, solche Schwäche – noch dazu vor einer Frau – einzugestehen.

Sanft strich sie ihm mit der Hand über die Schulter. »Ich weiß«, tröstete ihn Tanaqui. »Ich kann nichts versprechen.«

Doch er kannte diesen Satz aus der Schlacht, meist von blutverschmierten Feldschern angesichts schwer verwundet Stöhnender gemurmelt. Er wusste, was die Worte bedeuteten.

Es war vorbei.

Nachdem sie Limbo den kurzen Ehrensoll gezollt hatten, den die Not zuließ, eilten sie zu Gjala und Kato hinüber.

Vesshelin stolperte noch immer tödlich verletzt durch den Raum hinter ihnen, wohl in wahnsinniger Zwiesprache mit dem Geschöpf, das ihn so lange besessen hatte. Der Paladin empfand Mitleid für den alten Feind, der ihnen im Dritten so übel zugesetzt hatte. Er war nur ein Narr, eine Puppe.

Unwerth hatte ihm am Ende doch sein ganzes Volk geraubt. Es gab nur noch den Prinzen und Tanaqui. Und seine Wunden sprachen eine deutliche Sprache. Bowden bezweifelte, dass sein Seelenbaum noch stand. Dies war wohl nur ein weiteres Gespinst vom fiebrigen Geist dieser Ruine eines Herrschers.

Der frühere Paladin eines Königreichs aus Lügen war verwundert, den Deserteur wach zu sehen. Kato hatte sich mithilfe seines Stabs in die Höhe gestemmt. Mit wilden Augen, die denen Vesshelins ähnelten, blickte er durch alle hindurch. Sie hörten das Rasseln seines Atems.

Sein Bein war verformt, vielleicht hatte er sich ein Gelenk ausgerenkt, oder Sehnen waren gerissen. Bowden bezweifelte jedoch, dass er es mit einem echten Bruch zu tun hatte. Bei den Rippen des Feuermagiers musste das deutlich anders aussehen. Wenn Kato die Schmerzen spürte, ließ er sich's nicht anmerken. Bowden wusste, wie zäh der Mann war. Die Magie seiner Flammen schloss kleinere Wunden oft, das hatte er selbst gesehen. Doch die Schläge des Ungetüms hatten selbst seine Kräfte überstiegen.

Als läse Bowdens Gedanken, hustete der Deserteur roten Nebel.

»Was wollt ihr hier?«, knurrte er mit glasigen Augen.

»Er sieht wieder seine Toten«, vermutete Bierschaum.

»Seid ihr gekommen, um mich abzuholen, Almida?«, fragte Kato. »Ein wenig müsst ihr euch noch gedulden, Gift hin oder her. Ich will erst meine Antworten bekommen, vorher bleibe ich, wo ich bin.« Weitere Krämpfe schüttelten den Lohenmagus bei diesen Worten, straften seine Worte Lügen.

Er trat einen Schritt nach vorn, und sein Blick klärte sich. Bowden sah, dass etwas auf Katos Haut verbrannte. Sein Schweiß ähnelte gelblichem Sirup. In seiner Nähe stank es süßlich, dunkle Adern durchzogen die Glut seiner Augen.

»Wurde er vergiftet?«, fragte er in Tanaquis Richtung.

Die Elfe nickte nur traurig.

Da hob Kato schon zu sprechen an. »Er...läuterung«, hustete er. »Er spie die Galle aus. Just als ich mein Feuer wob und sang. Die Flammen trafen auf seine Giftwolke. Volle ... Ladung. Hab alles eingeatmet. Hab brav aufgegessen, Mutter. Den ganzen Teller«, murmelte er und grinste schief.

»Wir müssen es irgendwie aus dir herausholen«, ächzte Bowden und sah Tanaqui hinter dem alten Kriegskameraden den Kopf schütteln. Er wusste, wie gut sie sich mit Gift auskannte.

»Nicht ... So. Nicht ... Hier, Hauptmann«, stammelte Kato und spuckte einen blutigen Schleimklumpen aus. »Ich hab die Küche dreckig gemacht«, kicherte er und stolperte weiter. »Eure schöne Küche, Majestät. Ich sehe, wir haben den gleichen Weg, Hoheit«, schien er zu scherzen.

»Er ist ins Delirium gefallen«, erklärte Gjala.

Zu Verblüffung aller drehte sich Kato um. »Richtigstellung: Ich verhöhne den traurigen Witzbold, der mir dies hier eingebrockt hat. Lasst uns gehen! Ich will dort hinauf und mit den Gestalten reden. Will sie zur Rede stellen. Mich zieht es in den Wahren Nadir.«

Bierschaum hob einen Finger, wie um etwas zu äußern, hielt dann aber inne und betrachtete den schwer gezeichneten Magier. Da entdeckte sie den gefallenen König im Hintergrund und schrie entsetzt auf.

»Gjala, nein!«, gebot Tanaqui mit belegter Stimme.

Ehe sie Bowden oder die Elfe daran hindern konnten, fiel die Zwergin neben Aganthyr schluchzend auf die Knie.

»Limbo«, hauchte sie. Mit tränenerstickter Stimme und grimmig schuldbewusstem Gesicht wandte sie sich an die Freunde. »Ich habe ihn im Stich gelassen.«

»Ohne ihn wären wir alle tot«, hustete Kato. Verächtlich spuckte er Vesshelin vor die Füße und wischte sich den Mund ab. Der Speichel dampfte.

Betreten blickte Bowden zu Boden. Auch dieses Verhalten hatte er bei verwundeten Männern hundertfach auf dem Schlachtfeld erlebt. Das Überspielen des Unvermeidlichen durch markiges Auftreten und eitles Gehabe.

Es geht vorbei, dachte Bowden.

Zu dritt näherten sie sich Gjala, die vor Limbos Leichnam kniete. Die Axt glühte noch an der Ruhestätte.

64

»Lebt er noch?«, fragte Tanaqui Fuchstochter, die indessen Vesshelin nicht aus den Augen ließ. Der von Schnitten und Blessuren übersäte Elfenfürst hustete Blut, Rinnsale liefen ihm an den Mundwinkeln hinab und tröpfelten auf den Marmor.

»Niemand … von uns überlebt«, raunte Vesshelin.

Keiner beachtete ihn.

»Er ist zäh. Der Tod will Kato noch nicht«, meinte Gjala hoffnungsvoll. »Ganz bestimmt.« Sie deutete auf die lodernden Tätowierungen des Lohenmagiers. Ihre Kraft in seiner Haut gloste durch den Stoff seiner Gewänder.

Noch.

Drohend hob Bowden seine Waffe. Die Wüstenelfe legte beschwichtigend die Hand auf den Stahl und schüttelte den Kopf. Der Prinz blickte an der gewaltigen Treppe aus Rosenmarmor hinauf. Doch unvermittelt wandte er sich um und starrte die Fuchstochter in fiebrigem Brüten an. Ein Auge füllte sich zusehends mit todbringendem Rot.

»Was war ich für ein Narr!«, hustete er. Obschon er mit jedem Atemstoß Karmesinnebel versprühte, stand er aufrecht.

Bowden trat einen Schritt vor. »Du zuckst in unsere Richtung, und ich beende dein Leben«, drohte der Paladin.

Stattdessen schleppte sich Vesshelin auf die Treppe zu.

Tanaqui hörte, wie er den Geistern aus seinem Palast Botschaften zuflüsterte. Seinen Mordopfern. Er hatte seit Jahren nur Scheingespräche mit seinem anderen Ich geführt.

Bowden wollte ihm den Weg verstellen, Bierschaum erhob sich von ihrer Wacht neben Limbos Körper.

Doch Tanaqui schüttelte sacht den Kopf.

»Meinen Wald!«, gellte der gestürzte Prinz, nachdem er die erste Wendel der Marmorspirale erreicht hatte und sich an der Brüstung weiter hochzog. »Ich muss ihn noch einmal sehen, Kaelanos. Kioni möge uns ein letztes Mal in den Himmel tragen. Kioni, dein Sohn braucht dich!«

»Es geht zu Ende«, erhob sich eine Stimme aus dem Halbdunkel. Kato lehnte sich auf seinen Stab. Er stöhnte bei jedem Atemzug. »Wer sieht übler aus? Der oder ich?«, fragte er und lächelte verschmitzt mit trockenen Lippen unter dem Stofffetzen hervor, der von seiner Kapuze übrig war. Er hustete unter Qualen. Tanaqui scharfes Gehör vernahm ein Mahlen wie von zerbrochenem Glas und feinem Sand. Irgendwo von dort, wo sich Katos Rippen befinden sollten.

»Seht!«, rief Bierschaum.

Sie sahen.

Vesshelin war auf der dritten Wendel zusammengebrochen, klammerte sich mit einer Kraft an das Geländer, die sich Tanaqui nicht zu erklären vermochte. Sein Atmen war ein Hecheln. Rinnsale mit der Beschaffenheit von Siegelwachs rannen aus seinem Körper die Stufen hinab.

Die Menschlinge und die Zwergin hörten es nicht. Tanaqui aber vernahm, dass er nach ihr verlangte.

Leichtfüßig eilte sie die Stufen hinauf. Als Vesshelin mit letzten Kräften ein drittes Mal ihren Namen geröchelt hatte, erreichte sie ihn und ging neben ihm auf die Knie.

»Ich habe ... stets verachtet ... was die Wüstenelfen tun.« Sein stockender Atem strich ihr heiß über das Gesicht und stank nach verbranntem Kupfer. Mit der freien Hand ergriff er ihren Unterarm. »Habe ... es stets verachtet. Dachte, es sei Feigheit vor dem Tod. Nun weiß ich, warum ... Keiner ... wollte, ihr wolltet nicht ins Meer, um ... keinen Preis der Welt ... nicht ins Meer ...«

Er holte Luft, um ein letztes Mal zu sprechen, doch sein Blick schweifte über ihre Schulter hinweg ins Leere.

Er atmete aus, dann war es mit ihm vorbei.

Bowden schnaubte.

»Vale, earis deb Dodhun«, flüsterte Katos arkane Zunge. »Friede allen Toten«, fügte er in der Gemeinsprache hinzu.

»Ohne Ansehen ihrer Schuld«, murmelte Bowden.

Erstaunt bemerkte die Elfe, dass der Lohenmagus selbst in seiner Geschwächtheit wie der Prinz auf die Wendeltreppe zugehumpelt war. Auch entging ihr nicht, wie sehr die gewaltige Innenrotunde des Nadirs von Katos Ächzen widerhallte. Da hatte der Feuerzauberer die ersten Stufen bereits erklommen, und das, obwohl er übler zugerichtet war als manches Opfer ihres Stammes.

Gjala brachte die Ungläubigkeit aller Freunde zum Ausdruck. »Du willst doch nicht etwa dort hinauf, Robenknecht! Wer wartet deiner Meinung da oben auf dich?«

»Ja, Kato. Du schaffst keine drei Treppenwindungen, bevor du endgültig zusammenbrichst. Wir sind gemeinsam so weit gekommen, das lasse ich nicht zu.« Der Paladin trat vor.

»Mitgefühl, Hochwürden? Welch seltener Segen für einen armen Sünder wie mich.« Kato huschte ein verhalten spöttisches Lächeln über die Lippen. Seine Augen loderten für kurze Zeit so schelmisch auf, als zöge er an einem seiner Krautstängel.

Er sieht mehr tot als lebendig aus, dachte Tanaqui und verspürte einen Stich in der Brust.

Doch Kato ließ sich nicht abhalten ... niemand brachte es über sich, ihn weiter zu entmutigen. Vielmehr brachen sie zu guter Letzt auf.

Keinem von ihnen stand der Sinn nach den üblichen Frotzeleien. Stumm hingen sie ihrer Trauer und den Gedanken über die ungewisse Zukunft nach, während sie Wendel um Wendel erklommen. Die Treppenspindel nahm kein Ende.

Tanaqui fragte sich nicht zum ersten Mal, wann aus einstigen Rivalen und einer Gefolgschaft von Höhlenforschern wider Willen eine solch eingeschworene Gemeinschaft geworden war. Konnte die noch zerbrechen?

»Ganz schön kalt«, beschwerte sich Kato, und Fuchstochter zuckte zusammen. Konnte ein Feuerzauberer auch Gedanken lesen? Sie wandte sich zum Ende des Trupps um und suchte den Blick des Magiers unter seiner zerlumpten Kapuze.

Statt zu antworten, reckte der Verwundete, von Bierschaum gestützt, seinen Stecken über Tanaquis Schulter hinweg in die Höhe. Sie begriff, was er meinte, war zu gedankenverloren gewesen, um ihre Sinne auszustrecken.

Die Wendeltreppe schraubte sich noch immer unabsehbar in die Höhe des Nadirturms. Von dort kroch etwas die Stufen herab, das an Rauch gemahnte. Dort herrschte wohl eine derartig beißende Eiseskälte, dass sie die Luft in fließende Bodennebel verwandelte.

»Was zum ...?«, entfuhr es Bowden.

Gjala legte die Stirn in Falten.

Der bloße Anblick dieses Vorboten verursachte Tanaqui Unbehagen. Da war etwas Klammes, das wie mit allzu langen bleichen Beinen an ihrem Nacken hinunterkroch, sich zur Faust ballte und es auf ihre Magengegend abgesehen hatte.

Alle kannten dieses Eis, hatten Ansätze seiner Macht in den Stollen gespürt.

Es war die Kälte der Frostriesen.

»Velkha«, ächzte Gjala.

65

Die schwer zu erklimmende Höhe setzte nicht nur Kato zu. Sowohl der verwundete Magier als auch der Paladin keuchten. Nicht nur wegen der beeindruckenden Baukunst und der schier zu den Sternen reichenden Ausmaße war offenkundig, dass der Nadir für Mitglieder der Alten Völker errichtet worden war.

Ein Blutkreislauf mit zwei Herzen verlieh überragende Ausdauer, was Bierschaum, die Fuchstochter, aber auch Bowden in Vorteil setzte. Immer wieder mussten sie einen Halt einlegen, um auf den Lohenmagus zu warten. Gegen jede Vernunft beharrte Kato darauf, den Aufstieg zu begleiten.

Nur sein beständiges Feuer hielt den kranken Zauberer aufrecht. Dies und seine starrsinnige Neugierde.

Sollten sie vielleicht einem Mann die letzten Wünsche verwehren, damit er ein wenig länger bei ihnen blieb? Das kam Tanaqui widernatürlich und selbstsüchtig vor.

Nicht nur dir, gab ihr Cathwyn in Gedanken recht.

Die Gesichter der Männer wirkten immer bekümmerter. Stets höher hinauf wand sich die Treppe um die gewaltige Säule.

Hinzu kam die zunehmende Kälte, die einzig Gjala und Kato nichts anzuhaben schien. Tanaqui spürte die Kraft ihres Vorfahren. Zwar ließ der Große Jäger seine Macht durch die gesegneten Stammestätowierungen wirken, wärmte sein Gefäß. Doch Fuchstochter wusste nur allzu gut, dass die Schübe an Kraft absehbar versiegen würden, die jeden Silberreiter stärkten. Sie warf einen Seitenblick auf Bowden, sah den Eisstaub, der sich mit dem verhaltenen Sternenfunkeln einer Raunacht an den Bart des Kriegers heftete.

»Ich frage nur ungern, aber hast du vielleicht etwas in deinem Reisegepäck, das gegen die Kälte hilft?«, fragte Bowden den Magier schließlich.

»Ich sollte verschnaufen«, knurrte Kato. Er schwankte, stützte sich auf den Stecken. »Nicht zaubern. Irgendwann bringt mich das noch um«, meinte er geziert und schwankte grinsend von links nach rechts. »Gräm dich, Hauptmann! Weder die Glimmstängel noch der Fusel werden mich der schnöden Welt rauben. Du hattest unrecht.«

In gespieltem Ärger winkte der einstige Paladin ab.

Kato lächelte ihm aufmunternd zu. Dann vollführte der Lohenmagus einige Handbewegungen und stimmte einen kurzen, reichlich brüchigen Singsang an. Anschließend drehte er sich um und ließ sich auf einer Stufe nieder. Doch dort sank ihm der Kopf auf die Brust, der Körper erschlaffte. Noch vor Bowden war Bierschaum zur Stelle, packte den Magier und lehnte ihn sanft mit dem Rücken an die Mittelsäule.

Langsam spürte Tanaqui eine umschließende Kugel aus sachter Wärme aufkeimen. Nicht mächtig genug, um der zunehmenden Kälte, die auf alle herabsickerte, echten Einhalt zu gebieten. Mehr vermochte Kato momentan nicht.

Er bot ihnen eine Verschnaufpause.

Sie setzen sich auf die Stufen, genossen die sanfte Erwärmung von Kleidung und Haut. Die unsichtbare Kuppel aus Magie ließ die Eisnebel allseits an sich abfließen. Sie gemahnten an eine schlohweiße Klaue, deren mächtige Finger die Kugel umschlossen. Das Versprechen des kalten Todes.

Nicht nur Tanaqui fröstelte. Gjalas Körper bebte.

Sie prüften immer wieder. Kato atmete. Noch.

»Ich dachte, Zwerge frieren nicht«, meldet sich Bowden zu Wort. Er schien Bierschaum nur necken zu wollen. Doch Fuchstochter meinte, echte Besorgnis in seinen Worten zu hören. Er hatte der Drazok Dhar auf ihren Wanderungen hart zugesetzt, doch Tanaqui spürte, dass sich hinter Bowdens ruppigem Gebaren eine sanfte Seele verbarg. Er wirkte verändert, seit Emissärhorden die Skraemarsiedlung zerstört hatten. Seit der Sumpf sie alle gezeichnet hatte.

Gjala antwortete nicht. Noch immer zitterten ihre Schultern. Ob vor Kälte oder der Erwartung, die schlimmste aller möglichen Antworten zu erhalten, war nicht zu sagen.

Bowden zuckte mit den Achseln. Im Gegensatz zum Rest des Trupps blieb er stehen und wachte deutlich sichtbar über die Freunde. Seine gepanzerten Knieplatten ragten zwei Stufen hinter Tanaqui auf. Er räusperte sich vernehmlich.

Die Wüstenelfe wandte sich über die Schulter hinweg an den Paladin. Bowden wies besorgt in Gjalas Richtung.

Ein Seitenblick auf die Zwergin zeigte der Jägerin, dass ihre Gefährtin nicht vor Kälte zitterte.

Behutsam legte ihr Tanaqui eine Hand auf die Schulter. In Erwartung einer barschen Zurückweisung spannte sie sich innerlich an. Stattdessen wandte ihr Gjala den Kopf zu.

»Ich werde sie niemals wiedersehen, nicht wahr?« So kurz vor dem Ziel verlor sie die Fassung.

Fuchstochter spürte einen Stich. Was sollte sie antworten? Welche tröstenden Worte finden? Sie selbst glaubte nicht, dass sie noch die Spur der Zwerge entdecken würden. Nicht nach allem, was sie aus Vesshelins wirren Tiraden und den anderen Hinweisen erfahren hatte. Die Zwerge waren fort, so wie die letzten Waldelfen.

»Du weißt, dass sie nicht mehr da sind«, hauchte die Zwergin schließlich. »Zu erfahren, was wirklich geschah, versetzte mich in die größte Angst meines Lebens. Meine Heimat ist nichts mehr als eine Ansammlung leerer Gänge, Stollen und Bingen. Da verweilen nicht einmal mehr die Geister unserer Ahnen. Fort sind sie, die Erinnerungen an den Tanz des Hammers auf dem Stahl. An das Geräusch abkühlenden Eisens. Nur noch Flamme und Vergessen.«

»Poetisch«, raunte Kato und schlug jäh die Augen auf.

»Wenn wir noch länger hier herumlungern, frieren wir fest«, mahnte Bowden. Der Paladin stieg einige Stufen der Treppe herab, bis sich sein Gesicht auf Augenhöhe mit der sitzenden Zwergin befand. »Gib nicht auf, Bierschaum! Nicht jeder Moment der Verlorenheit ist wahrhaftig. Die meisten

Heimsuchungen schicken uns die Götter. Aus dem Gedanken, das Elend zu überwinden, sollen wir gestärkt emporsteigen.«

Tanaqui erkannte, dass er alles ihm Verbliebene an Zuversicht und Glauben in seine Stimme legte, um zu der Zwergin durchzudringen. Doch der lodernde Eifer in den Augen des Paladins zu Beginn ihrer Reise war der Stumpfheit gewichen. Nun glichen sie denen Katos, wann immer er trank und in die Ferne starrte.

Enttäuscht.

Gewänder raschelten, als sich Kato – irgendwie noch immer lebendig – von den Marmorstufen erhob, den feurigen Blick als unverwandtes Glosen auf den Rücken seines Aufpassers gerichtet. »Wollen wir dann?«

Im Schutz von Katos Magie kamen sie voran. Auf der endlosen Treppe wurde das Verrinnen der Zeit zu etwas, das wie in den Minen der Zwerge jede Bedeutung verlor.

Das Ziel rückte näher.

Es waren Tanaquis empfindliche Augen, welche zuerst die Veränderungen ringsum wahrnahmen. Zwar befanden sich die Innenwände des gewaltigen Nadirs in gehöriger Entfernung zur Treppenhelix, doch dem geschärften Blick der Jägerin entging nicht, dass sich die Wände auf geheimnisvolle Weise bevölkerten. Auf eine Art nämlich, wie sie den Kunstwerken der Elfen zu eigen ist.

Geflechte aus Rosen und Ranken waren mit einer Mischung aus Kunstfertigkeit und Magie in den Marmor eingearbeitet worden. Tanaqui hätte nicht zu entscheiden vermocht, wo bei diesen Steinmetzarbeiten das Handwerk begann und die Zauberkunst endete. Vieles war mit Mosaiken überzogen.

»Seht!«, rief die Elfe. Vermutlich näherten sie sich einer Turmspitze, denn mit jeder Wendel verjüngte sich das Treppenhaus, kamen die Wände des Nadirs näher an sie heran. »Hochelfen.« Tanaqui deutete auf eine gewaltige Prozession steinerner Gestalten, die auf einem schräg ansteigenden Mosaik an den Innenwänden mit ihnen den Turm erklomm.

»Euer Volk lange vor der Diaspora«, pflichtete ihr Kato mit einem Murmeln bei. »Konische Helme, feine Säbel. Blut im Mund. Eisengeschmack«, brabbelte er. Hustete.

»Was bedeuten die Gestalten über ihnen?« Tanaqui deutete nach oben. Gewaltige Wesen, aus Marmor gearbeitet, ragten dort als Standbilder auf Sockeln wachend über dem Umzug der maskierten Hochelfen auf. Sie blickten mit Münzaugen wie gestrenge Richter auf jeden, der die Treppe hochstieg.

Tanaqui kannte die Antwort längst. Alle Völker des Archipels kannten die Erscheinung mit mindestens sechs Gliedmaßen, vier Beinen und zwei Schwingen an einem Echsenleib, größer als jeder Hügel.

»Drachen«, verlauteten Kato und Gjala wie mit einer Stimme, was ihnen ein Schmunzeln entlockte. Der Gelehrte und die fahrende Sängerin mit ihrem schier unerschöpflichen Schatz an Legenden tauschten einen einvernehmlichen Blick.

»Meisterdrachen«, ergänzte Bowden, indem er etwas aus seinem dogmatischen Fundus des Architektenkults hinzufügte. »Manche nannten sie Erzteufel, weil sie stets aufseiten der Hochelfen standen, die Messerohren über alle Völker erhoben, bis sich der Zorn der Orks auf dem Alten Kontinent gegen die Unterdrücker entlud. Sieben gab es, nur fünf überlebten die Schlachten jener Kriege gegen die Orkfürsten, die man heute das Firmament der Speere nennt.«

Gjala las in feierlichem Ton die Lettern unter den Bildern der Tiergötter. *»Zu uns von den Sternen kamen sie, uns zu leiten für die Stunde, da der Tod ihnen hinterdrein folgt, der die Zeit zerschlägt und alles in Güte Geschaffene. Doch diese fünf stehen mit uns gegen das Grauen des jüngsten Tags: Khadduzeus, Fürst der Erde, Meister der Völlerei, ungezähmtes, alles verschlingendes Element. Erz aller Erze. Meisterdrache des Nordens.«* Ein gewaltiges löwenartiges Ungeheuer aus Gestein mit einem Körper wie ein Berg, die Augen wie Vulkane lodernd.

Sie las weiter. *»Eleacia, alles zermalmende Flut, die Tide, die kein Ende kennt, bis die Schwäche dieser Welt hinfortgespült ist, Herrin des Wassers. Meisterdrache des Ostens …«* Ein Leviathan von riesiger Gestalt, ein Drache wie eine Schlange, dessen Schädel katzenhaft geformt war.

»Ragan, das alllodernde Feuer, Güldener Verteidiger des Kosmos, Herr von Sonnen, Meisterdrache des Südens, der Fluss aus Klingen, Atem der Schöpfung«, hustete Kato. Der unverkennba-

re Leib eines großen Roten, eines Drachen, der alles verkörperte, was Legendensänger auf dem Marktplatz mit diesem Namen verbanden, echsenartige Gestalt, gebogene Hörner und Schlangenaugen, thronte über dem Lohenmagus.

Tanaqui blickte auf die zerfetzten Reste seiner Handschuhe, während Kato las. Mit jeder Silbe, die er aussprach, glommen Glyphen und Runen auf seiner Haut auf, die mit dem sanften Schimmer frisch geschmiedeten Metalls leuchteten. Dann verblasste die Glut.

Kato runzelte die Stirn und erinnerte sich für einen Moment, wie Tanaqui ihn im Sumpf geweckt hatte. Was sie in sein Ohr gesprochen hatte. War dies eine zärtliche Regung?

»Kadijan, Vater des Sturms, Orkan aus Zahn und Klaue, Er-der-alles-sieht. Meisterdrache des Westens«, las er peinlich berührt weiter, indem er auf ein weiteres Mosaik deutete, das ein übergroßes Wesen mit schmetterlingsartigen Schwingen, Gehörn und einer Luchsmaske auf dem gedrungenen Schädel zeigte. Der Meisterdrache schien genau über eine Prozession von Maskenelfen hinwegzuziehen.

Diese trieben Gestalten vor sich her, die eindeutig als Menschen zu erkennen waren. Sie trugen schlichte Rüstungen und Gewandungen und schritten Seite an Seiten mit Zwergen einher. Hinein in die Bäuche gewaltiger, fremdartiger Schiffe, die vor dem Zug der Maskierten an Gestaden lagen.

Eigentlich waren sie so gearbeitet, als ob sie schwebten.

Über den Schiffen hing ein letzter Drache, dem etwas von einer Eule anhaftete, mit einem Körper aus Borke und Rindenbast. Ein Hirschgeweih krönte den Erzdrachen, dessen Schwingen an Adlerflügel aus Laub statt Federn gemahnten. »N'adir'a-vash, Fürstin der Wälder, Mutter aller, Sie-die-Leben-gibt-und-Berge-spaltet, Sie-die-unten-wie-oben-ist, Smaragd-im-Dunkel, Mitte und Einerin. Bollwerk wider die Dreiäugigen, Fleisch im Wandel, nie versiegende Kraft.«

»Wenn ihr dann damit fertig wärt, die Namen von Erzteufeln zu zitieren«, bellte Bowden, der sich inzwischen einige Treppenwindungen über den anderen befand. »Ihr solltet das hier sehen.«

66

Die Eingangspforte mochte in reich verzierter Pracht feierlich beeindruckt haben. Zwei mächtige schimmernde Bronzeflügel hatten sich einst ins Heiligtum geöffnet.

Nun waren sie verzogen, geborsten und verbeult, von runden Einschlägen übersät, welche die kunstvollen Reliefs und Schmuckbänder zerstört hatten. Trichterförmige Vertiefungen der Außenplatten bildeten sich innen als Auswölbungen ab.

»Wie der Prinz meinte«, sagte Gjala. »Velkha war schon hier.« Sie schüttelte sich.

Das ganze Ausmaß der Verwüstung in der Kammer wurde sichtbar.

Der Frostwind und die große Höhe verdünnten die Luft, die so klar war wie der kristalline Klang eines Windspiels.

Rund ein Dutzend gefrorene Körper lagen inmitten des Raums. Sie waren auf jede nur vorstellbare Weise verdreht und geschunden. Unverkennbar hatten die gleichen gewaltigen Kräfte, die das Messingtor eingeschlagen hatten, auch hier ganze Arbeit geleistet.

Die zerschmetterten Leiber umgaben gewaltige Mengen an Marmorschutt. Die Reste von ebenso vielen Thronen, wie es Leichen gab, ragten aus dem Boden wie Zahnstümpfe. Eine Zorn gewordene Naturgewalt hatte sich hier entladen.

Gjala schnupperte die Luft, die trotz der Kälte etwas Gewittriges hatte. »Riecht ihr das?«, fragte sie.

»Runenmagie«, hustete Kato. »Sie dachten, sie seien vom Mirvaali und damit immun gegen Todesrunen, wie Vesshelin es auch war ...«.

»Aber das Riesenblut, mit dem sie ohne ihr Licht die Körper gegen den Verfall konservieren wollten, hat sie verändert«, folgerte Tanaqui und schüttelte traurig den Kopf. »Ob sie es wohl getrunken haben?«

Bowden schnaubte mit einem Anflug seiner alten Wut. »Was immer sie getan haben, der Lebenssaft von Velkhas Volk hat sie umgeformt.«

»Zustimmung«, meinte Kato. »Verwundbar für Runenmagie, das wurden sie. Velkhas gebrachte Racheglyphen haben diese hier ... nun, weggebracht. Wobei sie keinen zerhackte. Sie wurden vielmehr zertrümmert. Zerschlagen.«

»Erniedrigt«, flüsterte Tanaqui.

»Bestraft«, folgerte Bowden.

Überall im Raum lag eine Vielzahl winziger Silberfiguren verstreut, die über komplizierten geometrischen Linien auf dem Boden angeordnet gewesen waren. Welche ursprüngliche Absicht hinter ihrer Aufstellung einmal gestanden haben mochte, konnte keiner der Freunde mehr erraten. Ja, nicht einmal ihre ursprüngliche Form ließ sich noch erkennen. Die letzte Königin der Jötnar hatte sie zertreten.

Im Licht von Katos Wärmemagie ließen die Gefährten den Blick durch den Raum schweifen.

»Hier gibt es nichts für uns zu tun.« Der Lohenmagier giemte nun selbst mit einem Seufzer. »Feststellung: Der ... ganze Weg für nichts. Alle dahin. Ein Drama. Eine Tragödie. Eine Komödie. Was? Lachst du mich etwa auch aus, mein Schutzpatron?«

Die anderen folgten seinem Fingerzeig auf einen der Toten. Von der Gestalt war noch ihr Zwitterwesen erahnbar. Der zermalmte Schädel war eine unschöne Verbindung mit ihrer verbogenen Maske eingegangen, einem versonnen lächelnden Pan in Weinseligkeit nach einem Saufgelage. Durch den Knick nach innen schien sich der berauschte Waldgeist über die Beobachter noch im Tod zu belustigen.

Alle ermordeten Hochelfen waren einst maskiert gewesen, soweit dies vom Zustand der verkrümmten Körper noch ablesbar war. Gehüllt waren sie in die Fetzen ebensolcher Togen, wie sie die Hochelfen auf dem Wandschmuck beim Aufstieg hierhertrugen.

Augenfälliger waren jedoch die kunstvollen Masken, die einige der Getöteten noch zur Schau stellten, während andere kein erkennbares Antlitz mehr vorwiesen, nachdem Velkha Whulfbodhirs Zorn sich an ihnen entladen hatte. Deren Masken hatten als Unrat geendet, der sich abseits in den Pfützen türmte. Ein blutig niedergeschlagener Karneval, ein denkbar übel ausgearteter Maskenball hatten den Orgien der Reichen und Schönen die verdiente Katastrophe bereitet, als eine einzige Barbarin in den Palast eingedrungen war.

»Gründlicher hätte kein Hammerträger aus der Reichsgarde Ihrer Majestät mit diesen Irregeführten aufräumen können.« Bowden nahm die Toten in Augenschein.

»Sie waren nicht einmal bewaffnet«, stellte der Magier fest. Gedankenverloren löste er eine Hand vom Zauberstab, kraulte Kincaids Fell. Falls sein ältester Freund das gefrorene Schlachthaus in irgendeiner Weise beunruhigend fand, so ließ er sich nichts anmerken.

67

Gjala war vor die Tür des Sanctums der Hochelfen getreten, verlangte nach Abstand zwischen sich, den Leichen und der Verwüstung. Sie spürte die Wahrheit so deutlich in sich lodern, wie dies nur eine Bardin vermochte. Jemand, für den Worte etwas Göttliches bedeuteten. Den Inbegriff der Wahrheit, von den Göttern gegeben oder ihnen geraubt, je nach Mythos und Stammesbrauch. Im Wort lag die Wahrheit, es bezeichnete den Kern der Dinge.

Kato humpelte an ihrer Seite einher, sein körperlicher Verfall trat immer stärker hervor.

Ihm blieb nicht mehr viel Zeit. Genau das sagte er ihr.

Gjala schluckte, rang sich ein Nicken ab.

»Zugeständnis: Ich bin mit meinem Klassisch, mit jeder Hochsprache am Ende. Wir finden den Wahren Nadir nicht. Du weißt ... was im Heiligtum vorging.«

Sie nickte. »So wie du«, antwortete Bierschaum. »Die Riesin hat die Masken mit einer Runenwaffe erschlagen. Sie glaubten, unsterblich zu sein. Offenkundig ein Irrtum.«

Kato nickte. »Ich komme zu ähnlichen Schlüssen«, sagte er und kämpfte mit einem Hustenkrampf. Bei jedem Spasmus ächzte er laut.

Gjala neben ihm hörte das Rasseln und Pfeifen aus seinem Brustkorb. Was hielt den Mann noch aufrecht?

Kato spuckte rosafarbene Klumpen in die Tiefe und beobachtete sie beim Hinabtrudeln. »Du weißt es bereits, nicht wahr? Du weißt, wo er sich verbirgt?«

»Ich mag es dir nicht sagen«, gab sie beklommen zurück.

»Weil du fürchtest, ich könnte dir verübeln, dass es dir gelang, das Geheimnis vor mir zu lüften? Oder wegen des Anblicks, der uns dann erwartet?« Bedacht, die Fetzen seiner Handschuhe nach dem Kampf zurechtzuzupfen, legte er ihr eine Hand auf die Schulter. Dem magischen Leder zum Trotz spürte sie die Hitze. »Ich habe nicht vor, diesem Wahnsinn noch lange zu frönen.«

»Ich schweige, weil ich das Ende unserer Fahrt ahne und fürchte.« Sie wandte sich zu ihm um. Sie waren Freunde geworden, und einem Freund vertraute sie. »Die ganze Reise bangte ich, Kato. Ich hoffte und harrte gegen jede Vernunft aus. Jetzt muss ich einsehen, dass alle von mir gegangen sind. Limbo ist tot. Du und die anderen ... Nun ja, du ...«

»Sprich es ruhig aus! Ich war Soldat. Ich bin Soldat. Auf mich wartet nichts als das Ende. Das ist richtig so, Gjala.« Er zog die Nase hoch und ähnelte einem verängstigten Jungen, der sich aus Tapferkeit an markigen Grundsätzen festhält. Doch nichts war mehr wichtig. »Und dein Volk hole ich nicht zurück, selbst wenn ich wieder zu Kräften käme.«

Sie lächelte traurig. »Das Leben ist keine hübsche Geschichte, Kato. Es ist eine Lektion, und die wurde mir schon vor dieser Reise erteilt. Es gibt kein glückliches Ende. Nirgends und für niemanden.«

Er grinste. »Dann ist das Unglück wenigstens gerecht auf alle Schultern verteilt, selbst wenn es dem einen oder anderen gelegentlich anders erscheinen mag. Darin liegt ein gewisser Trost, findest du nicht?«

Sie schwiegen eine Weile. Gjala wusste nichts Rechtes auf die Äußerung eines Sterbenden zu antworten. Sollte sie ihr Schicksal beklagen, während sein Körper nur noch von seiner Macht aufrechterhalten wurde? War sie so selbstsüchtig?

»Also, ich bin bereit. Verkauf mich nicht für dumm! Wer ist er? Wo ist er?« Kato lächelte zu ihr hinunter, machte Anstalten, auf ein Knie zu gehen, damit sie sich auf Augenhöhe begegnen konnten.

»Lass das, oder ich ohrfeige dich!«, rief sie mit gespielter Heiterkeit.

»Bei einem Gerangel würdest du verlieren. Brennende Hände tun weh«, gab er zurück. »Nun komm! Sonst stehe ich wie ein Narr da! Was habe ich übersehen?«

»Nicht nur du. Wir alle verschlossen die Augen. Es liegt am Namen, Kato. Wir haben uns die ganze Zeit mit der Natur des Baums befasst und damit, was von seinem Ort überhaupt ausgeht, wie wir ihn finden, welche Erklärungen über ihn wir den Schriften der Drazok entnehmen konnten. Eine seiner Wahrheiten ist bewusst so geschickt verborgen, dass selbst jene nichts finden, die von ihm wissen. Versteckt dicht vor ihren Augen. Wie in den Klauseln im Brief des Emirs, mit dem – so vermute ich – die Herren dieses Baums Tanaqui aus der Wüste lockten. Du selbst hast die Antwort bereits unbewusst gegeben, während du von etwas anderem sprachst.«

Er hob die Brauen und verzog das Gesicht, weil sogar dies schmerzte. »Zugeständnis: Ich bin nicht sicher, ob ich dich verstehe.«

»Du sagtest, du seist mit deinem Klassisch am Ende, hast die Sprache aber gar nicht benutzt, weil es nur ein Sprichwort ist. Gerade du als Magier und ich als Bardin, wir hätten die List erkennen müssen, aber wir waren zu beschäftigt, zu abgelenkt.« Sie schnaubte.

»Klassisch ...«, murmelte Kato. »Der Name. Nadir. Es bedeutet tiefster Punkt, das Gegenteil von einem Zenit. Natürlich!« Er schlug sich gegen die Stirn. Allein bei dieser Bewegung musste er schwer atmen. »Was war ich doch für ein Dummkopf.«

»Mitnichten.« Gjala schüttelte den Kopf. »Wenn, dann wir beide. Es ist ein Mysterium, das ganz offen daliegt und doch verborgen bleibt. Wirklichkeit und Allegorie vereinen sich. Der Baum Nadir hat uns bis zur tiefsten Stelle unseres Daseins geführt, uns Freunde gekostet. Der Nadir ist zugleich ein Baum der Erkenntnis, sein Geheimnis vor unseren Augen verborgen, vermeintlich unantastbar. Jetzt müssen wir nur noch zugreifen.«

»Ich spüre etwas Machtvolles. Eine Veränderung im Gefüge dieses Ortes, in seinen Grundfesten«, sagte er.

»Ging mir genauso, als ich es begriff. Ein kurzer Schwindel, dann wusste ich, wo er ist. Sie hat sich mir offenbart. *N'adir'*a-vash, Fürstin der Wälder, Mutter des Lebens, kosmischer Hauch, Sie-die-Leben-gibt-und-Berge-spaltet, Sie-die-unten-wie-oben-ist«, zitierte die Zwergin. »Nadir. Sie-die-unten-wie-oben-ist.«

»Jetzt graut es auch mir«, räumte Kato ein.

»Vor dem, was uns erwartet?«, wollte Gjala wissen.

»Nein. Vor dem Rückweg nach unten. Diese verdammten Stufen.« Er grinste mit offenem Mund, aus dem der Dampf seines versiegenden Lebens aufstieg.

Gjala versuchte, nicht hinzustarren. »Ich fürchte, diesmal werden es doppelt so viele«, sagte sie wissend und zwang sich, nicht zu weinen.

Kato stöhnte, ohne etwas vorzuspielen.

68

Sie hatten wieder die Haupthalle erreicht.

Tanaqui blickte abwechselnd auf das verkohlte Gerippe der Eule und die blutbesudelten Stufen, auf denen Vesshelin so schmählich zusammengebrochen war. Nicht dass sie ihn bedauerte. Doch wie sie alle hatte man auch ihn nur hinterhältig benutzt.

Am Fuß der Treppe streifte sie Bowden und ging geradewegs auf den für seine letzte Reise gegürteten König zu. Mit einer heftigen Bewegung riss sich der Paladin den Umhang von den Schultern, letztes Ehrenzeichen seines Ornats.

Mit einer demütigen Verbeugung, das Gesicht vor Gram über seine monatelange Abschätzigkeit gegen Limbo verzerrt, ging Bowden Verdian weinend vor dem Leichnam auf die Knie.

Neben Tanaqui rang Gjala ebenfalls mit den Tränen. Sie kniete ebenfalls nieder, ergriff die Hand der Freundin. Die Elfe spürte, wie stark Bierschaum von Natur aus war.

Sie teilte den Schmerz der Freundin und sann darüber nach, wie weit es mit ihnen gekommen war, während sie sich stumm an sie schmiegte. Ihre Hautbilder juckten. Ganz offenkundig wollte der Große Jäger etwas dazu äußern, doch zu seinen Lebzeiten war Cathwyn trotz seiner kaltblütigen Freude am Jagen und seiner Wildheit ein Ritter gewesen. Ausnahmsweise verlegte sich ihr Urahn aufs Schweigen.

Er hätte auch schwerlich helfen können.

Sie hörte Katos Atemzüge neben sich, nun, da ihre Sinne angeregt waren. Sie gingen etwas unregelmäßig und zu feucht. Da war ein Giemen. Der hohe, rasselnde Pfeifton gefiel ihr ebenso wenig wie die Schmerzenslaute, die er bei jeder Bewegung ausstieß. Sie verstand sich ein wenig auf Wundversorgung. Angesichts seines Zahnverfalls und des Blutnebels in seinem Atem war jedoch klar, dass er nicht ohne echte Heilmagie am Leben bliebe. Wie sie wusste, wäre ein gewöhnlicher Sterblicher längst zusammengebrochen.

Ihnen beiden hatte sich der Herr des Feuers inzwischen kundgetan. Die Bilderzählung des Turms hatte ihnen bereits frühere Geheimnisse verraten, welche die Hochelfen in ihrer Anmaßung vor Nichteingeweihten kaum noch verborgen hatten.

Sie bezweifelte, dass der Hohe Runenpriester der Zwerge dies alles übersehen hatte. Was also war noch in der Tiefe zu erwarten, das den Verstand zu sprengen vermochte?

»Anmerkung: Ich möchte nicht zur Eile drängen, doch auf unserer Reise begegnete uns viel Magie, aber kein Wunder«, gab Kato heiser zu bedenken. »Wenn die Stufen hinab genauso viele sind wie beim Aufstieg, wird meine Kraft versagen, wenn wir hier noch länger herumlungern.«

Bowden nickte knapp und erhob sich. Auf halbem Weg zu den anderen zurück hielt er plötzlich inne und fuhr sich über die Stirn. Aus Gewohnheit hatte er das Band wieder angelegt, durch das sein Haar das Geheimnis seiner Abkunft verbergen konnte. Mit einem Ruck zog er es vom Kopf. Nun sah er endgültig aus wie ein Mann mit mehr als nur einem Tropfen Elfenblut ... nur ohne den Helm der Emissäre.

»So solltest du dich später draußen nicht offen zeigen«, riet ihm Tanaqui.

»Womöglich ist es sogar der bestmögliche Aufzug für die letzten Wochen dieser Insel, bevor du als Getreuer deines Klans ins Wasser zurückkehrst«, hielt Gjala dagegen.

»Meine Getreuen stehen *hier*«, widersprach Bowden mit entschlossenem Gesichtsausdruck und einer Geste, die alle mit einschloss. Er warf das Stirnband von sich. »Was immer mich erwartet, ich werde ihm entschlossen entgegentreten. Als ich selbst.« Bowden lächelte mit dem alten Grimm, doch es lag eine ungewohnte Wärme in seinen Augen. Überspielte er nur seine wahre Befindlichkeit? Oder hatten die Anfechtungen im Sumpf ihn umgewandelt?

Auch Tanaqui wollte noch etwas Befreiendes sagen, da trat Gjala wieder auf die Treppe zu. Sie stellte sich auf die breite erste Marmorstufe.

Geflissentlich sah die Bardin an Vesshelins aufgerissenen Augen vorbei. Zu ihrer aller Überraschung ging Bowden an ihr vorbei und schloss dem Prinzen die glasigen Augen.

»Er war ein König, Feind aus längst vergangenen Kriegen«, bekundete der Ritter. »Mich bindet kein Eid mehr. Ich schwor der Königin und dem Tempel Treue. Sie alle verrieten mich. Dich nicht minder, alter Freund. Ich bin beschämt ob all der Wut und des Gifts, das ich gegen dich verspritzte.«

»Entschuldigung angenommen. Am Ende sind wir nur wie ein altes Ehepaar«, erwiderte Kato lächelnd. »Dein Hass auf mich war verständlich. Was mich betrifft, herrscht Ausgleich zwischen uns. Klarstellung: Du hast mir so oft die brennende Haut gerettet, ich sollte mich eher bei dir entschuldigen. Beim Verbrennen meiner Feinde kam diese Fähigkeit zu kurz.« Er lächelte müde. »Gibt es hier noch ’nen Schnaps als Wegzehrung bis zu den Unterweltmysterien?«

Wieder wollte sich Tanaqui erklären, ihre Lippen waren aber wie zugenäht. Gjala brachte sie abermals von solchen Gedanken ab. In knappen Worten erklärte die Zwergin ihren Begleitern, was es mit dem Wahren Nadir auf sich hatte.

Dann sang sie.

Das Lied der Selachia erklang, jener Ruf an die Alten Völker und die Nachfahren ihrer mächtigsten Helfer und Verbündeten, ihr zu Hilfe zu eilen, da sie selbst nichts ausrichten konnte.

Gjala sang derart meisterlich, dass Tanaqui erschauerte und

sich jeder ihrer feinen Elfensinne regte. Sie selbst begann zu summen und hörte, wie alle es ihr nachtaten.

Sie standen noch immer in der Halle, doch die Flammen loderten nun in einem fremdartigen, sanften und angenehmen Grünton. Alles wirkte wie ein weicheres Abbild des Ortes, an dem sie eben noch gewesen waren. Die Treppe hinter ihnen war allerdings verschwunden. Dafür erstreckten sich die Stufen vor Tanaqui in bodenlose Tiefe.

»Was bei den Göttern?«, stieß der Paladin hervor.

Tanaqui mochte es ihm nicht verdenken. »Der Wahre Nadir«, hauchte sie.

»Sie-die-unten-wie-oben-ist«, erklärte Bierschaum.

»Von Fahrstühlen in Schächten haltet ihr Messerohren wohl auch in Abwärtsrichtung nicht viel«, beschwerte sich Gjala, während Kato neben ihr allein beim Anblick der Wendeltreppe aufstöhnte. Tanaqui bezweifelte, dass er den letzten Weg schaffen würde. *Hinunter schon,* dachte sie gramvoll.

»Das ist noch nicht der Wahre Nadir«, erläuterte Kato. »Der befindet sich an der tiefsten Stelle der Treppe.«

Mit diesen Worten straffte er sich, stützte sich schwer auf seinen Stecken und begann mit dem Abstieg.

Aufmunternd legte Tanaqui einen Arm um Gjalas Schulter. Sie spürte die Furcht der Freundin vor der lauernden Tiefe.

Sie machten sich auf. Tanaqui gewann den Eindruck, dass die Strecke hinunter ebenso lang war wie beim Aufstieg.

»Fest...stellung«, ächzte Kato. »Dies ist ein exaktes Gegenstück zum Weg nach oben. Meine Theorie: Plattform vor der Treppe. Spiegelachse ... Oder, Biersch...«

»Ja«, unterbrach ihn Gjala und stieg langsamer hinab, um ihn notfalls aufzufangen. Bowdens Hilfe hatte der Magier beleidigt zurückgewiesen. »Zumindest nach meinem Empfinden für Bauwerke. Die Halle markiert die Mitte, von der zwei gleiche Treppenspindeln nach oben und unten ausgehen.«

»Frage ... lautet ... warum. Hypothese: nichts ... einlassen. Kein ... physischer Zugang ... Magisches Portal.« Kato hustete Blut, ein Rinnsal lief ihm zischend am Kinn hinunter. Bowden tupfte dem Kameraden mit dem Ärmel das Gesicht ab.

»Du meinst, uns droht Gefahr? Aus der Tiefe?«, fragte Bowden. »Bei den Göttern, die Grube! Du willst mir sagen, dort unten führt der Weg in die Neun Höllen?«

»Nur ... für mich«, flüsterte Kato mit einer Stimme wie Herbstlaub. Er gluckste ein klein wenig. »Mach dich nicht ... lächerlich ... Hauptmann. Eine Macht gibt es, die von unten in unsere Welt heraufdrängen könnte. Die Meerestiefen. Vielleicht schwimmen unsere Inseln? Vielleicht ... alle ...«

Er konnte die Überlegung nicht beenden. Urplötzlich stürzte Kato nach vorn. Gjala stemmte sich gegen die Stufen vor dem Magier, presste ihm gleichzeitig die Hände gegen die Brust. Bowden packte den Freund, schwankte.

Mit einem Arm des Magiers über der Schulter schleppte er Kato mit Gjalas Hilfe bis zur ersten Ruheplattform.

Als sie den Absatz erreicht hatten, legten sie den Magier auf einer Bank ab. Sofort eilte Tanaqui hinzu, prüfte, ob Kato lebte, und nickte beruhigt. Das Gift forderte Tribut, die Macht des Feuers führte den Lebenskampf jedoch weiter.

Bowden erhob sich neben der Bank und zückte seinen Gnadendolch. Lange wog er die Waffe in der Hand, dann steckte er sie wieder weg. Stattdessen packte er die Riemen der Emissärsplatten. Mit geübten Bewegungen öffnete er Strang um Strang, Leder knarrte, Bronzeschnallen klackten. Beginnend bei den Schulterstücken, fielen ihm die Kristallplatten eine nach der anderen in die Hände. Er legte die Teile sorgsam am Boden ab, betrachtete das Erbstück und wandte sich zu ihnen um. Nun trug er nur den wattierten Gambeson, der die Haut vor dem Scheuern der Rüstung schützte, und seinen Anderthalbhänder.

»Etwas leichter«, meinte er trocken und warf sich Kato gekonnt über die sehnigen Schultern.

Aus seiner Geübtheit schloss Tanaqui, dass Bowden im Dritten Unwerthkrieg viele Soldaten und so manche tapfere Meldebotin auf diese Weise in Deckung getragen hatte.

In wie vielen davon steckten meine Pfeile?, wunderte sich die Elfe. *Die meisten waren nicht zu retten*, dachte sie in grimmiger Traurigkeit, als sie die zwei alten Kameraden die Treppe hinunterwanken sah. Sie war eine zu gute Schützin.

Du hast mich nie gebraucht. Nur deshalb hast du mich gefun-

den. Angesichts des Schicksals der Freunde äußerte sich der Große Jäger mit achtsamer Stimme. Sie waren sich so viel nähergekommen in den letzten Wochen. Tanaqui begriff, dass dies nicht nur für den Großen Jäger galt.

Können wir ihn retten?, fragte sie.

Wir beide? Nein, noch eine Tat, und wir sind eins. Selbst dann hättest du nicht die nötige Macht. Meine Blicke finden ein wildes Herz, das mich reizt. Meine Hände lassen Pfeil und Speer fliegen, dem Stamm Nahrung, Kleidung und Schutz zu verschaffen. Einen Morgen nach dem anderen. Tag für Tag. Das ist mein Wesen.

Sie wusste das. Sie wünschte, es wäre anders, aber sie wusste es.

Erwartet mich dort unten wohl die letzte Prüfung?, fragte sie. *Welche Machtqueste taugte besser zu meiner Erhebung, als im Haus deines eigenen Blutes, der Mutter des Mondes, den zu erlegen, der ihre Inseln gebaut und geschützt hatte?*

Die letzte Beute, berichtigte er sie.

Sie fürchtete sich davor, sie zu erlegen.

Jeder Jäger fürchtet den Moment, da er sein letztes Wild erlegt. Für viele naht der Winter ihres Lebens. Andere unterschätzen die Beute und enden als Bär vor dem Keiler.

Tanaqui hoffte, ein letztes Mal als Jägerin zu bestehen.

Wo es bei ihrem Aufstieg kälter geworden war, nahm jetzt die Wärme zu. Doch sie gingen nicht den Weg in Bowdens Höllen und mussten auch nicht bis zur tiefsten Stelle gelangen. Dieses Mal reichte die halbe Strecke. Mit jedem Schritt wurde es heißer, und ein ekelerregender Gestank zog in nebeliger Feuchte zu ihnen herauf. Ein dumpfes Geräusch schwoll an und ab, tiefes Grollen erfüllte die Luft, ließ die Knochen erzittern und die Lungensegel flattern. Es folgte dem Gleichmaß tierischen Atmens, wie ihn das Jagdwild in seiner Höhle beim Schlummer von sich gab.

Tanaqui roch Eiter und Schwefel in solcher Menge, dass sie gezwungen war, das Gleiche zu tun wie im Sumpf. Zur Verwunderung ihrer Kameraden nahm sie die Tücher vom Kopf und band ihre Aschelocken zu einem armdicken Zopf.

Als sie bemerkte, dass Bowden sie ansah, lächelte sie ihn an.

Ihr war nicht entgangen, wie er sie stets musterte, schüchtern wie ein Junge. Auf gewisse Weise war er sogar einer vom Alten Volk. Vielleicht wurde es irgendwann Zeit, an eine Zukunft mit einem Mann zu denken. Dies aber war nicht der Augenblick, und ihre Blicke gaben ihm Antwort.

»Ungewohnt«, sagte er schließlich, um sein Gesicht zu wahren, und kaute auf der Unterlippe. »So ganz ohne.«

»Keine Sonne«, sagte sie. Mehr traute sie sich nicht zu sprechen, denn dies bedeutete atmen. Sie tränkte eins der Tücher mit Heilessig und band es sich vor Mund und Nase. Für ihre scharfen Sinne war dies mindestens ebenso schwer erträglich, aber sie blieb wenigstens bei Bewusstsein.

»Zugeständnis: Scheint ... als hätte ich mich ... geirrt. Stinkt wie die Höllen. Danke für das ... Nickerchen. Und das Riechsalz?«, ächzte Kato, als er von den Schultern des Kameraden abrutschte. Tanaqui reichte ihm seinen Stab

»Glaubst du, wieder gehen zu können?«, fragte Tanaqui.

Kato schwankte heftig, lächelte aber schief. »Noch kann ich mich bewegen, wenn auch langsam«, sagte er und straffte sich mit neu gefundener Würde.

Sie folgten weiteren Stufen der Wendeltreppe in die Tiefe und sahen, worauf König Aganthyr die Wüstenelfe am Ort ohne Zeit vorbereiten wollte.

Dieses Stockwerk unterschied sich gänzlich von allem, was sie im Turm oder auch sonst im Leben je gesehen hatten.

Obwohl die Treppenspindel weiter in die Tiefe führte, verließen sie diese und betraten eine umlaufende breite Galerie. Von dort aus führten frei schwebende Wege in die vier Himmelsrichtungen. Neben jedem der breiten Stege, die in Rücksicht auf das Geschick und die feinen Sinne ihrer Erbauer nicht einmal über Geländer verfügten, ging es lotrecht endlos in die Tiefe. Hinab in reine Schwärze.

Doch es waren die Viertel in jedem der Teilstücke des Kreuzes der Stege, die den Blick banden. Hier befand sich die Quelle des Gestanks und des dumpf rasselnden Tons.

Tanaqui hörte jemanden ächzen, aber es war nicht Kato.

69

Er war riesig. Urmächtig. Er hatte die Ausmaße eines kleinen Bergs, wie er in gewaltige Ketten geschlagen dalag. Sein Körper hing nicht herab, sondern ruhte auf einem Feld gewaltiger knisternder Kraft über dem Abgrund.

Derart schwebend mussten auch die Freunde hierhergebracht worden sein, denn sie hatten sich nicht selbstständig bewegt. Das Wesen lagerte in einer Grotte zwischen den Stegen von der Größe einer Schlucht.

Er war selbst Fels, Erde und Erz, bekrönt von sechs mächtigen Hörnern, die wie ein Diadem den Löwenschädel umkränzten. Seine Schwingen wirkten so ausladend, als könnten sie die ganze Höhlung ausfüllen. Baumdicke Ketten aus Mondsilber hemmten jedoch ihre Entfaltung.

Der Körper in der Farbe von Rost und Onyx, die Schuppen mit aufscheinendem Glimmer und drei Saphiraugen auf jeder Kopfseite ließen keinen Zweifel daran, dass sich ein Drache über ihnen erhob. Deutlich unterschied sich das Wesen durch seine schiere Größe von den anderen beiden Gefangenen.

Doch seine Augen eiterten, glänzten fiebrig und waren weit in die Ferne gerichtet. Es beachtete die Ankommenden nicht. Es war blind. Zähne steckten in der Flanke des Herrn der Erde, jeder Zahn baumlang und als Giftrinne ausgehöhlt.

Die Wunde war aufgedunsen und hatte die Ausmaße eines kleinen Tempels. Schwarze Adern pochten darin, Bäche aus Eiter flossen beständig heraus und rannen in die Tiefe.

Wann immer der gewaltige Erddrache einatmete, sickerte der Nebelschimmer von Wurzelgold aus einem prächtig verzierten Gitter in der Marmorwand über ihm, verschwand in seinen von trockenem Eiter verkrusteten Nüstern.

Gjala musterte die Kreatur, und die Wahrheit ließ sich nicht mehr verleugnen. Das Wurzelgold und die Gier ihres Volkes nach den Götterschmieden, das Feuer des Mirvaali, wie Tanaquis Stämme es nannten. Die Drazok Dhar waren eins geworden mit diesem Strom.

Das Ungetüm atmet mein Volk, dachte sie, und die Qualen wurden übermächtig. Sie kannte die Darstellungen des Schmieds. Die Elfen hatten eifrig über die Blutlinien forschend die Nachfahren dieser Meisterdrachen gesucht.

Bierschaums Augen schwammen in Tränen. Sie knirschte mit den Zähnen, raufte sich die Haare, und die Beine drohten ihr wegzuknicken, obwohl eine Zwergin so gut wie nichts umwarf. Sie taumelte zurück, froh, dass Tanaqui sie auffing.

Auch die Blicke der Freundin wirkten entrückt. Jeder der Gefährten hing bei diesem Anblick seinen Gedanken nach.

Um sich zu besinnen, spähte sie zu den anderen Galerien des Gangkreuzes hinüber. Eine davon war leer, das Kraftfeld erloschen. Die gewaltigen Ketten hingen wie riesige Tropfsteine in die Tiefe. Das aus dem Gitter sickernde Wurzelgold rann an ihnen herab, verteilte sich und wurde vom Herrn der Erde in seiner verwundeten Gier eingesaugt.

Ähnlich verhielt es sich auch bei den anderen beiden, ihm näher liegenden Grottenhöhlen. Dort ruhten überdies gigantische Gerippe auf ihren Kraftfeldern. Das eine kündete noch von einer Mischgestalt aus Katzenschädel und Vogelkörper mit Flügelresten und ragenden Hohlknochen.

Das andere Skelett ähnelte einer Seeschlange oder einem Leviathan und war die größte Wesensform, die sie alle je gesehen hatten. Sein Schädel war von brutaler Kraft zertrümmert, unzählige Giftzähne aus dem klaffenden Kiefer herausgebrochen worden. Eine der Ketten war gerissen, als sich der Schlangendrache – wie von Tanaqui berichtet – im Wahn losgerissen und seinen Bruder gebissen hatte. Dessen eiternde Wunden legten darüber beredtes Zeugnis ab.

Ein bitteres Lächeln erreichte Gjala, und sie runzelte die Stirn. Der Anblick war verwunderlich, er durchdrang die Wogen ihres Grams. Kato lehnte schwer atmend an einem Stützpfeiler. »Ein Drache für jedes Element und eins der Geschwister. Das fünfte wurde zum Baum selbst«, raunte er.

Es war Kincaid, der mit einem Mal die Aufmerksamkeit Bierschaums auf sich zog. Er hechelte und starrte auf die Gerippe, als sehne er sich nach einem dieser großartigen Knochen. Doch außer dem erwartbaren Verlangen lag ein seltsamer Ausdruck in den Augen des Hütehunds.

»Da ist noch jemand«, warnte Bowden in diesem Moment, und seine Hand fuhr zum Schwert. Erst jetzt bemerkten sie die zwischen den drei titanischen Drachen zunächst unbedeutend wirkende Gestalt, die einige Hundert Schritte entfernt auf einem Turmvorsprung an den Innenwänden des Nadirs saß.

Flügelhelm und Frostdunst waren jedoch unverkennbar, und jetzt erschloss sich auch ihre tatsächlich ungeheure Größe.

Velkha schien die Neuankömmlinge nicht bemerkt zu haben.

Unvermittelt ging Kato los.

»Vorsicht!«, mahnte Bowden. »Noch ist sie gefährlich.«

»Was könnte sie mir antun, Hauptmann?«, witzelte Kato, ohne sich umzuwenden. »Mich umbringen?«

Gjala linste zu Bowden hinüber. Ein Achselzucken war die Antwort, der Haltung nach verharrte er bereit zum Kampf.

»Wie hält sich Kato auf den Beinen?«, staunte Gjala. *Er dürfte eigentlich gar nicht mehr leben,* dachte sie.

»Sein Feuer gehört nicht ihm«, sagte Tanaqui und folgte Kato.

»Sie haben gelogen!«, rief die volltönende Stimme der Riesin. »Alle haben gelogen.«

»Ihr wurdet auch in die Irre geführt«, stellte Bowden fest. »Ich bedaure, dass Euer Streben nach Gerechtigkeit für Euer Volk nicht von Erfolg gekrönt war, Edle Dame.«

Sie hatten die Riesin fast erreicht, standen einige Schritte von ihr entfernt. Die Kälte, die das Geschöpf umgab, war unerträglich. Gjala hielt sich hinter Bowden und Tanaqui, doch Jarlin Velkha beachtete die Zwergin nicht.

Langsam, unendlich müde und mit gramverzerrter Miene betrachtete sie den Krieger. »Du hast eine falsche Haut abgelegt, kleiner Bastard«. Trotz des Schimpfworts lag auf ihrem Gesicht der Anflug eines gütigen Lächelns.

»Es wurde Zeit für etwas Neues«, erklärte Bowden trocken.

»Poetische Worte mit tieferem Sinn, als dir klar sein kann.« Velkha schüttelte den Kopf.

»Hast du sie in ihrer Kammer getötet, Königin?« Tanaquis Stimme zeigte keinerlei Leidenschaft. Wie so oft glich sie eher sanftem Wind oder dem Gesäusel des Blätterdachs.

»Ich habe sie gestellt«, entgegnete die Riesin zutiefst erschöpft. »Sie haben ihre böse und traurige Geschichte erzählt, dann habe ich ihnen gnädig ihren Wunsch erfüllt.«

»Wunsch?«, echote Kato.

Velkha sah noch immer durch alle hindurch. »Die Masken vollbrachten es. Für eure Elfengöttin, kleine Jägerin. Sie betörte die fünf Geschwister, belog sie. Die Verschwörer belogen uns alle. Mein Volk bewahrte diese Legende, müsst ihr wissen.« Sie hielt inne und schluckte hörbar. »Volk«, murmelte sie und bemerkte Gjala. »Auch dich haben sie belogen, Skaldin. Sei ohne Furcht! Meine Tage des Krieges sind so ebenso vorbei wie die Tage des Betens für deinen erbärmlichen Freund. Ich krümme dir kein Haar.«

Sie hielt inne, musterte Kato und die anderen, verzog das Gesicht. »So viel Tod. So viel Elend durch meine Hand. Doch es war dieser Baum, der sie lenkte. Sie standen zwischen Leben und Tod, begreift ihr? Diese Narren dort oben. Sie haben die Zwerge und die Nordmenschen letztlich ausgenutzt ... um ihre Verzauberungen mit dem Eis zu verstärken.«

»Frostriesenblut«, knurrte Kato.

Sie lächelte traurig. »Ja. Gejagt wie Wild. Letzten Endes traf unser Verdacht über unsere wahren Häscher doch zu. Sie wollten es meine falschen Verbündeten nicht nachtun und ihre Seelen unter Wert verkaufen. Sich entleiben konnten sie auch nicht. Vor einem Äon übernahmen sie die Aufgabe, für ihre Herrin dieses Eiland zu erschaffen. Mit einem Gelöbnis, das Freitod verdammte. Mit ihrer Magie schufen sie für die neue Welt Selachias Landstriche und Formen des Lebens, voneinander abhängig und dicht gedrängt unter einem übernatürlichen Wettergeschehen. Ihre Herrin musste sie zwingen. Sie waren lediglich ihre besseren Zimmerleute.«

»Keine ... Wahl ...« Kato lehnte sich auf seinen Stecken. Bowden richtete sich neben ihm auf, damit der Freund nicht neben dem Steg in den Abgrund stürzte.

»Nein. Sie hatte wirklich keine Wahl. Ich war tief hinabgestiegen, verstand alles, konnte es mir daraus zusammenreimen, was sie oben noch hervorstammeln konnten, bevor ich ihnen ihren größten Wunsch mit meiner Runenaxt erfüllte. Sie mögen vom Mirvaali sein, doch ihre Leiber waren mit solchen Massen an Frostmagie angereichert, dass sie meinem Zorn erlagen. Doch sie begehrten auch zu sterben, weil ihre Pflicht endlos ausuferte. Sie wollten sich nicht auf ewig im Turm vor jenen verkriechen, die kommen würden, um sie und die Vier Nadirkönige zu unterjochen. Eingesperrt für immer. Sie hätten ins Meer eintauchen können, um sich freiwillig den feindlichen Reihen anzuschließen. Aber sie hatten der Göttin gelobt, die Insel zu schützen. Ein Schwur für eine Göttin.«

»Schützen?« Gjala trat vorsichtig vor. »Vor den dreiäugigen Königen?«

Velkha nickte. »Ihre Heerscharen begehren Selachis für ihren vollständigen Triumph. Sie belogen uns alle. Es gab keine Diaspora, keine Erschließung neuen Landes.«

»Bitte ... um Klarstellung: Was meint Ihr damit?«, raunte der Lohenmagus.

»Sie verschworen sich ihrer Göttin, diesen Kontinent im Kleinen zu erschaffen, eine Inselfolge, die uns allen eine Heimat bot. Doch der Verrat segelte nicht nur mit, er nahm auch Wohnung mitten auf der Insel. Die Hohen Alfar sanken herab zu Lüstlingen und Prassern, statt der Pflicht zu genügen. Ihr ganzes Volk zerbrach an ihrem Hochmut, wie ihr sicher einst vernommen habt.«

»Annähernd«, murmelte Tanaqui.

»Das Schisma eures Volkes kam nicht von ungefähr, und es wurde auch nicht aus drei Kriegen geboren, kleine Alfar.« Mit einem Blick auf Bowden und die Wüstenelfe seufzte Velkha tief auf. »Aufgrund ihrer Verderbtheit verloren die Hochelfen

Salachias Gunst. Ihr hättet die Maden oben sehen sollen, wie sie sich angesichts dieser Wahrheit wanden. Sie hatten ihre Göttin enttäuscht, denn die Vollendung der Inseln ging zu langsam voran.«

»Zu welchem Zweck? Verzeiht, dass ich Euch unterbreche ... aber meine Zeit drängt«, ächzte Kato.

»Steig hinab für deine Antwort, kleiner Seidrman!«, riet ihm Velkha ohne Häme. »Oder warte! Vielleicht kann ich etwas wiedergutmachen nach all dem nutzlosen Hass.«

Sie deutete eine Bewegung an, als wolle sie Kato umarmen. Bowden und Tanaqui tasteten nach ihren Waffen. Der Magier aber gebot ihnen Einhalt.

Behutsam ergriff die letzte Königin der Riesen den Zauberer, setzte ihn auf die Schulter. Ihrer Kälte konnte seine Flamme keinen Schaden zufügen. Und umgekehrt. »Den Zweck zeige ich dir besser«, erklärte sie. »Du sollst nicht als Tor aus dieser Welt gehen. Vertrau mir! ich weiß, wie schrecklich das wäre.«

Tanaqui missfiel die Entwicklung keineswegs. Sie wusste, dass Kälte den Blutfluss lähmte und das Gift schwächte.

Die Riesin schritt höchst gemächlich vorwärts, sodass die Freunde mithalten konnten. Sie näherten sich der Nabe.

Kincaid grollte und betrachtete die Königin mit unverhohlenem Misstrauen, während sein Herr auf ihrer Schulter saß. Einmal mehr überlief es Gjala kalt, als sie die glühenden Hundeaugen sah. Was widerfuhr dem Tier?

»Als die Göttin herausfand, dass ihr Handwerkerpulk seine Zeit lieber vertrödelte, bedurfte es eines Kunstgriffs, die Inseln doch noch fertigzustellen. Die Saat musste aufgehen, der Acker zur Bestellung vorbereitet werden. Das Geschenk der Mondgöttin an die Welt, bevor keine Zeit mehr blieb.«

»Zeit wofür, Edle Dame?«, fragte Bowden sichtlich angespannt.

»Für alles, kleiner Bastard. Für alles. Wir sind gleich da, dann werdet ihr verstehen.«

70

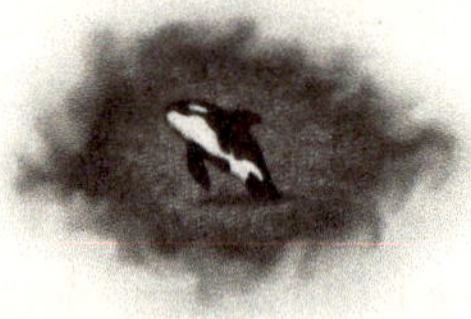

Sie waren angekommen. Verständnis stellte sich nicht ein.

Wie die übrigen stand Tanaqui nur da, die Hände um ein verschnörkeltes Geländer mit Goldblumen gelegt. Auf einem Marmorbalkon, inmitten eines Kraftfelds, das in gleicher Farbe und Helligkeit wie die Sturmgrenze brannte. Doch anders als am Meer durchdrang hier ihr Blick das Lodern.

Sie erinnerte sich, wie Kato gewarnt hatte, dass sie sich unter Wasser befanden.

Er hätte sich kaum weniger irren können. Das Wasser lag unerreichbar weit entfernt. Schließlich waren sie den Wurzeln eines Baums gefolgt und von der Eingangshalle eines Turms aus stets hinabgestiegen. Erde umgab sie.

»Wie der Sturmwall«, murmelte Bowden, der wie alle in die endlose Tiefe starrte. Dort waberte ein Ozean aus Nebel.

»Nicht *wie* der Sturmwall«, berichtigte die letzte Königin der Riesen. »Wir befinden uns vor ihm.«

»Schutz gegen Eindringlinge von unten«, raunte Gjala, die neben Tanaqui stand. »Aber woher? Woher kommen diese Nebel inmitten der Erde? Ist es der Rauch der brennenden Wurzeln, der bereits bis hierher gelangt ist?«

Velkha schüttelte den Kopf. »Wartet ab! Ihr werdet es gleich sehen. Nachdem ihr so weit gekommen seid, solltet ihr auf Unglaubliches gefasst sein. Ich war es nicht.« Sie besann sich. »Weil die Errichtung des Archipels durch die Elfen nicht voranging, stellte Selachia den eigenen Verbündeten eine Falle. Sie wusste, dass die Drachenfürsten der Elemente sich niemals aus freien Stücken zu einem Dienst auf ewig verpflichten würden. Also beschwor die Mondgöttin ihre Treue mit dem Lied, rief einen nach dem anderen zu sich. Und jeder wurde gleich nach seiner Ankunft von ihren Knechten in Ketten gelegt.«

»Sie beschloss, das Inselreich mit ihrer elementaren ... Gewalt zu formen und zu gestalten«, schloss Kato. »Verdammte sie zu Arbeitstieren! Hielt sie wie Vieh!«

»Sie hatte keine Wahl, kleiner Seidrman«, sagte die Königin der Riesen. »Seht!«

Unter ihnen verstärkte sich der Qualm. Tanaqui hatte das Gefühl, ihr bräche der Boden weg ... es war kein Rauch, auch kein Nebel. Wohl als einzige ihrer Gefährten erkannte sie den Anblick wieder, der sich ihnen bot, hatte sie doch oft genug auf dem Rücken eines Falken oder einer Eule gesessen.

Doch niemals so hoch.

»Niemals so hoch«, flüsterte sie in ihrer Muttersprache.

»Da hast du recht«, bestätigte Gjala, als ihr Blick den Verwerfungen folgte, die alle unter ihren Füßen entdeckten.

Es war der Stamm des Nadirs selbst, ungleich ausladender noch, als er sich auf Selachis erhob. Seine endlosen Borkenwülste erstreckten sich zu ihren Füßen über eine Breite von Städten bis in einen absonderlichen Himmel, hinunter zu jenen dunklen, von Stürmen und kränklich roten Blitzen durchtosten Wolken, die unter ihnen stoben, aber oberhalb von Weiten mondbeschienenen Wassers. Ein endloser Ozean, aus dem hier und dort Inseln aufragten, aus dieser Höhe besehen winzig wie Silbertaler.

»Welch eine Teufelei ist das?«, ereiferte sich Bowden.

Velkha musterte ihn lange und nicht ohne Mitgefühl. Ihr Kampfgeist war an diesem Ort zerbrochen. »Es ging bei der Diaspora, dem Auszug unserer Völker, niemals darum, neues Land für die Heimat zu erschließen. Auch der Sturmwall als überraschender Einschluss in einer unheimlichen magischen Falle war nur ein Schauspiel für die Kolonisten.«

»Die Riesengräber«, raunte Kato im Fieber. »Natürlich. Die Riesengräber von Emrick, Hauptmann. Die Drachenlinien.«

»Mein Volk hat nicht nur Frostriesen hervorgebracht, ihr kleines Volk«, tönte Velkha. »Einst beherrschten wir Titanenkinder die ganze Welt, lange bevor die Drachen von den Sternen zu den Elfen herabstiegen. Unsere Mächtigsten und Weisesten verfügten über unfassbar starke Magie.«

»Die Märchen«, flüsterte Gjala nahezu unhörbar. »Der Junge, der eine Ranke pflanzt und in die Wolken emporsteigt. Wir befinden uns in einer Stadt der Riesen. Oder vielmehr ... auf einer ihrer Himmelsinseln.«

Tanaqui wurde übel.

»Wir alle wurden hintergangen«, fuhr die letzte Riesenkönigin fort. »Eure Elfenmutter hetzte mit ihren Drachen die weisesten Herrscher meines Volks über deren eigene fliegende Inseln, die Sturmriesen. Ihre Paläste fielen, Stützen und Balken wurden weggekarrt. Alles, was den Söhnen von Ymir und Trym geraubt wurde, verbrannte die Mondmutter im Allfeuer, als die Messerohren über meine Vorfahren herfielen. Danach errichteten die Hochelfen diesen Ort. Voller List brachte Selachia die Herren der Elemente in ihre Gewalt. Schließlich wusste sie, dass die Krone des Nadirs endlos mit Erde, Wasser, Feuer und Luft gespeist werden musste, um in dieser künstlich nachgeahmten Natur ein Meer, den nährenden Humus und die Lebewesen zu erhalten. Allein das Sonnenlicht kam vom echten Firmament.«

»Die Krone ... des Nadirs?« Gjala ächzte. »Soll das heißen, wir befinden uns unter Selachis? Aber die Wurzeln und das Wurzelgold ...«

»... sind Äste. Der unterste Teil der Krone«, stellte Kato klar und spie Blut. Inzwischen war es dunkel wie Siegelwachs, und Tanaqui sog die Luft durch die Zähne ein.

»Die unterirdischen Schlammwühler waren vom Alten Volk, die Mondmutter wollte sie nicht zurücklassen. Sie witterte wohl, dass die Bartgesichter etwas im Schilde führten, als sie bettelten, die Menschen auf den Schiffen mitführen zu dürfen. Dazu trachteten die hochelfischen Diener Selachias danach, ihrer ewigen Fron zu entkommen. Als die gierigen kleinen Goldgräber die antiken Götterschmieden an Bord schmuggelten, duldeten sie es gern, wie sie mir gestanden.«

»Weil sie dies als Unterpfand ansahen, der mütterlichen Schöpfung notfalls ein Ende zu bereiten«, folgerte Bowden. »Zur Erlösung vom ewigen Dienstschwur als Inselwärter.«

»Aber wozu das Ganze?« Gjala schnaubte. »Wofür benötigt man ewige Wärter und einen solchen verrückten Ort?«

»Die Arche, die sie baute, folgte durchaus einem höheren Zweck, der über einen Tiergarten oder blanke Zerstreuung und göttliche Laune weit hinausreicht«, erklärte die Riesin. »Dieser Ort wurde von uns allen vor mehr als einem Jahrtausend besiedelt. Nicht alles war erlogen, doch wurden mächtige Illusionen gewoben. Schiffe segelten los, fuhren aber nicht über Wasser. Sie flogen. Hier empor. Unseren Vorfahren wurden falsche Gründe vorgegaukelt, weshalb sie überhaupt aufbrachen.«

»Die Diaspora.« Bowden nickte.

Die Königin hob zu einer Antwort an. »Unsere Schiffe trafen ein. Die Göttin hieß die Meisterdrachen, die Sturmgrenze der alten Riesenherrscher über den fliegenden Eilanden zu versiegeln, damit sie uns vor der Welt unter uns behüte. Sie gebot N'adir'a-vash, der Herrin des Holzes, ihren Leib in den Baum zu verwandeln, den ihr unter euch seht und dessen höchste Äste – vermeintlich der ganze Baum – über unseren Inseln ausgreifen. Auch dieser viel größere Nadir ist vor Eindringlingen vollständig durch die Macht der Stürme geschützt. Mit dieser Vorkehrung wollte Selachia einem möglichen Versagen der Magick vorbeugen. Die Wolken würden nicht herabstürzen, solange die Inseln und ihre Fundamente aus uralten Himmelsruinen auf den endlosen Ästen des Meisterdrachen ruhten.«

»All dies verrieten sie dir, Königin?«, staunte Tanaqui. »Wie willst du beurteilen, ob sie die Wahrheit bekannten?«

Velkha hob die Achseln, deutete in die Tiefe. »Einerseits habe ich Augen im Kopf, Jägerkind. Andererseits kenne ich die Legenden meiner Vorfahren, weiß von den hohen Söhnen von Trym und Ymir, deren Sturm Zorn und Größe die unseren bei Weitem in den Schatten stellt, die uns aber vor allem geistig stets überlegen waren. Hoch in den Wolken hielten sie ihren Kopf frei, um die Sterne und ihre Bahnen zu beobachten und ihren hehren Idealen zu frönen. Philosophie, Kunst und Wissenschaft. Sie prophezeiten meinem Volk die Ankunft der dreiäugigen Herrscher. Alles dies, als die Elfen noch keinen Bund mit dem Drachengezücht von den Sternen geschlossen hatten. Drachen, die vor dem Grauen aus dem Kosmos flohen und unsere Welt Tausende Jahre vor der Ankunft der Saat erreichten. Sie warnten Selachia und die Hochelfen vor dem Kommenden.«

»Unser Schisma. Da ging es nicht um Stammesstreitereien. Die Völker waren sich grundsätzlich nicht einig, wie man mit einer Bedrohung aus der fernen Sternenwelt umgehen sollte.« Bei diesen Worten schüttelte Tanaqui den Kopf.

Die Riesin nickte. »Eure strengen Bewahrer blieben den Wegen der Hochelfen treu, folgten der Mondmutter und taten alles, um im Rahmen ihrer Macht die Bedrohung vorherzusehen und an der Seite der Drachen zur Verteidigung zu rüsten. Die Abgeklärten unter euch wandten sich der alten Magie der Druiden und der Wälder zu. Die Wildesten von euch empfanden sogar dies noch als zu zahm für den angedrohten grausamen Krieg. Sie suchten natürliche Ahnenzauber, um ihre toten Götter aus grauer Vorzeit in ihrem eigen Fleisch wiederzugebären, mit ihnen zu erstarken.« Die Riesin atmete durch. »Doch wie zu befürchten war ... als die Herrscher eintrafen, standen die meisten Inselarchen noch im Dock. Nur wenige waren seeklar. Die Hochelfen und ihre Göttin mussten eine Entscheidung treffen. Unter Zeitnot wurde unseren Vorfahren die Flucht in eine unvollkommene Welt ermöglicht und diese mit den Sturmwänden versiegelt.«

»Dann stürzte die Saat der Sterne auf die Welt hernieder und fiel in die Meere, die zu Wermut wurden«, ergänzte Bierschaum. »Bitter und dem Tod anheimgegeben.«

»Du weißt darum, Skaldin?«, fragte die Riesin verblüfft.

»Wirkliches weiß ich nicht. Aber ich sah wie du das Wesen im Frachtraum und spürte, dass es schlicht keiner Welt mehr entstammt, sondern einer Finsternis, gegen die sich selbst das tiefste Meer wie Sonnenglast ausnimmt.« Gjala seufzte.

Velkha nickte. »Ich kannte die Legenden der Sturmjötnar. Auch ich sah das Krakenwesen im Schiff. Ich las euren Stab und begriff, was mir bei meiner Reise zu den Emissären aufgefallen war. Das Grauen packte mich.« Sie schüttelte den Kopf. »Lange vor Ankunft der Saat fielen erste Sporen von ihnen auf die Welt, und Kulte bildeten sich. So erklärten es mir die Hochelfen. Einige Abtrünnige hielten sich während der Diaspora ungesehen auf unseren Schiffen auf, schmuggelten weitere Verschwörer mit in die schützende Umarmung des Sturmwalls. Eier, die sie ausbrüteten. Artefakte schufen sie, um Verbindungen zu knüpfen, um endlich dem alten Feind den Sturmwall zu öffnen. Seitdem wartet der Widersacher in unserer Welt dort unten darauf, diesen letzten Ort einzunehmen. Sein Versteck ist kahl, außer diesen roten Stürmen und den Ozeanen. Keine Welt. Mehr.« Die Riesin wies auf ein Monstrum, das mit blökendem Walgesang durch die Sturmwolke unter ihnen driftete und Fangarme mit der Länge von Flüssen hinter sich herzog.

Tanaqui hatte das Gefühl, dass alles Wahrgenommene bei diesem Anblick wie Kautschuk schnalzte, wie in einem Albtraum. Die Übelkeit nahm zu, sie riss den Blick los.

»Unwerth«, grunzte Kato. Er straffte sich und holte tief Luft, wobei das Rasseln für niemanden mehr zu überhören war. »Wie Limbo uns am Ende klarmachte ... war der Magier von Anfang an dabei«, erklärte er. »Bediente sich der verfemten Wege der linken Hand von Hexenmeistern. Goetia. Er prägte, was schließlich die Akademie des Turms werden sollte. Züchtete sich seinen Kult, lehrte ihn. Wenn die Hochelfen die Jarlin nicht belogen haben ...« Ein schwerer Hustenkrampf zwang ihn zum Verstummen. Blut lief ihm über das Kinn.

Tanaqui stürmte auf ihn zu, doch Tamasine winkte ab. Er fasste sich, doch schwer gestützt auf Bowdens Schulter.

»... so hat Unwerth die Macht dieser Saat über das Meer genutzt und damit die Elfenseelen und ihr Licht aus dem Krieg an sich gerissen. Sie verzerrt«, vollendete Bowden Katos Erläuterung mit wissendem Blick. »Die Emissäre, Botschafter seiner dreiäugigen, vielarmigen Sternengötter. Denen er Zugang zu diesem Baum ebnen wollte. Doch wie?«

»Darauf hatten die Hochelfen eine Antwort für mich. Sie hatten Jahrhunderte darüber nachgedacht«, antwortete die

Riesin. »Der Drache des Wassers. Die Saat von den Sternen hatte bereits vor der Gefangenschaft sein Element befallen. Er wählte den Freitod, wollte der Saat nicht anheimfallen. Als sein Bruder, der Winddrache, ihn verwundete und eine seiner Ketten riss, erkannte der Wasserdrache seine Gelegenheit, zu sterben und allem zu entrinnen. Und er biss den Erddrachen. Der Wasserdrache wusste, dass er die Antwort des Mächtigen nicht überleben und sein Gift den Bruder sowie seine Erdmagie nicht töten würde.«

»Der Anfang vom Ende für die Kraftflüsse, die den Nadir speisen«, erläuterte Kato und tupfte sich den Mund.

»Die Große Unternehmung«, ergänzte Gjala. »Es war der Versuch der Hochelfen, echte Freiheit oder einen würdigen Tod zu erlangen. Diesen Ort zu verlassen, bevor das Unvermeidliche über sie hereinbrach.«

Die Riesin nickte. »Doch derjenige, der bereits alle umgarnt hielt, zog hinter den Kulissen weiter die Fäden und ließ seine Marionetten einem einzigen Ziel entgegenzappeln. Dem Fall des Sturmwalls und Selachis' Untergang. Und somit Gewalt über den letzten Winkel der Welt, den sie noch nicht beherrschten.« Velkha holte hörbar Luft.

»Dein Schamane in der Mine sprach davon«, bestätigte Bierschaum. »Vom Weltenende. Er hatte Zeichen gesehen.«

Die Riesin nickte nur.

»Ihr durftet nun alle meine Geschichte erfahren, sie endet hier. Auch die Inseln vergehen. Für mich gibt es nichts mehr.« Aller Hoffnung beraubt, starrte sie in die Tiefe. Ihr Entschluss schien festzustehen. »Ich werde beenden, was ich in meiner Torheit und Rachsucht begann. Mit einem Sprung«, erklärte sie. »Meine Aufgabe in diesem Zeitalter habe ich verfehlt.«

»Haltet ein, Edle Dame!« Mit ausladender Geste deutete Bowden auf sich und seine Gefährten. Tanaqui merkte, wie eingefallen seine Züge wirkten. Was sie in dieser Stunde als drohendes Geschehen unter ihnen bezeugen mussten, war so grauenvoll, so unglaublich, dass es die letzten Reste seines Weltbilds zerstörte. Sie sah einen Ertrinkenden, der nach der rettenden Bohle griff. Aber sie spürte auch, dass er daraus etwas Neues errichten wollte. »Es gibt sehr wohl etwas für Euch zu tun.«

»Und was wäre das wohl, kleiner Bastard?« Die Jarlskona klang ungeduldig.

»Keiner von uns besitzt noch Familie«, hielt er ihr entgegen. »Unsere Kampfkraft ist schwer angeschlagen, die Last der Enthüllungen setzt uns zu. Ohne Zweifel verloren wir alle viel. Mehr, als jeder Einzelne ertragen kann.«

Sein Blick schweifte über seine Begleiter, beginnend mit Gjala, hinüber zu seinem sterbenden Freund, zu Tanaqui und Velkha. »Niemand gehört zu einem Volk, dem er oder sie noch vertrauen kann. Überall Mord und Verrat. Jene, die uns am meisten verteidigen sollten, haben uns am listigsten hintergangen. Warum sollte euer Durst nach Gerechtigkeit nach ein paar Zwergen versiegen?«

»Ich bin mit meiner Weisheit am Ende«, hustete Kato, als er Bowdens Versuch begriff. »Meine Magie wird ... mit mir gehen. Niemand wird die antiken und arkanen Stätten stärken ... die den Sturmwall und die Magie der Riesen erhalten.«

»Wir brauchen Euch und Euer Wissen um die Runenkunst«, beteuerte Gjala voller Aufrichtigkeit. »Wir beiden sind die Letzten, welche die alten Wege von Frost und Schmiedefeuer noch verteidigen können. Zeichenmagie wirken. Wir müssen ... vielleicht ... Widerstand leisten. Wir können doch nicht alles Lebendige dem Schicksal überlassen.«

»Wir müssen eine Strategie gegen die Emissäre entwickeln, bevor wir uns überhaupt weiter mit dem Feuer befassen können. Vor allem brauchen wir eins: Führung«, erklärte der Ritter. »Stellt Euch vor, Edle Dame: Ihr könntet herrschen. Die Kluft zwischen den Völkern überwinden. Wenn alle Eure Kampfkraft sehen und die Hexenmeister der Emissäre gegen Euren Eiszorn nichts auszurichten vermögen, wird sich ringsum Gegenwehr bilden. Ich stehe an Eurer Seite. Ich brauche etwas Hehres«, gab er unumwunden und mit heiserer Stimme zu. »Mein einziger Freund stirbt. Meiner Königin war ich nur Spott. Mein Gott zog sich von mir zurück. Beraubt mich nicht, ich flehe Euch an!« Er zog das Schwert, richtete die Spitze gen Boden und beugte das Haupt.

»Das Feuer wird alles verschlingen«. Eine fremdartige Stimme ertönte, und Tanaqui begriff nur zögernd, dass sie selbst gesprochen hatte und Verzweiflung jedes ihrer Worte tränkte. »Doch es gibt einen Weg. Wagen wir, ihn zu betreten, werden die Übrigen Euch brauchen, Jarlin.«

Velkha spähte lange in die Tiefe und dachte nach.

Kato schwankte und verdrehte abermals die Augen.

Das gab den Ausschlag.

Sie fing ihn auf, barg ihn in ihrer Hand. Blickte auf den Mann hinunter, dem keine lange Lebenszeit mehr blieb.

Kincaid winselte. Auf merkwürdige Weise wirkte er abgelenkt. Nicht zum ersten Mal spürte Tanaqui, dass Katos Schicksal ihn nicht anrührte.

Sie machte sich bereit.

»Ich höre zu«, sprach die letzte Königin.

71

Sie hatten die Nabe wieder erreicht. Diesmal waren sie gerannt … um Katos willen.

Kincaid grollte und äußerte sein Missfallen an ihrer Begleitung, während sie die Stufen hinaufhasteten, der Riesin hinterher, die rasch ausschritt.

Als sie oben ankamen, blickte Tanaqui ihre auf dieser Reise gewonnenen Freunde an. Die gewaltigen Schatten der Gerippe zuckten, wann immer Hitze und Feuerstöße aus den Nüstern des fiebernden Erddrachen fuhren.

»Also, teil uns mit, was du weißt!«, verlangte Bowden.

Tanaqui spürte, wie angesichts der riesigen Bestie die Macht ihres Vorfahren in ihr aufloderte. Nun wusste sie, was ihnen Hilfe versprach. Sie bedurften der Vier Könige.

Kato hustete, und ihm stockte der Atem.

Voller Schmerz griff Bowden nach seinem linken Unterarm, bevor die Königin den Magus sanft zu Boden legte.

Tanaqui nahm dies wahr, als betrachte sie alles durch zähen Sirup. Sie spürte den Moment nahen, von dem Limbo bei ihrem Gang durch den gewaltigen Ast gesprochen hatte. So, wie es ihr König Aganthyr und Cathwyn verheißen hatten.

Er war gekommen.

Die letzte Beute.

Die Beute, für die Tanaqui gewappnet und bereit war.

Kincaid winselte kaum hörbar, abseits der Gruppe und fernab seines sterbenden Herrn. Bierschaum fuhr herum und betrachtete das Tier mit zusammengekniffenen Augen.

Gleich darauf rührte sich etwas im Leib des Hütehunds. Unter dem Fell war eine Bewegung zu beobachten.

Da erbebte plötzlich eins der gewaltigen Gerippe heftig und zog die Aufmerksamkeit aller Anwesenden auf sich.

Aller außer Tanaqui.

Die Gelegenheit war günstig, sie brauchte nur noch zu handeln. Ein Speerwurf, und der Erddrache wäre durchbohrt. Sie hätte Göttlichkeit errungen. Würde jagen, auf dieser Welt oder auf einer anderen, für ewig eins mit Cathwyn.

Tanaqui hob den Speer über den Kopf.

Dann nahm sie ihn zurück, holte aus.

Vor dem Abwurf hielt der Drache plötzlich inne.

Der Ruck, der durch Tanaquis Körper ging, federte unvergleichlich geschmeidig, während der Speer sein Ziel in der erkorenen Beute ihres Vorfahren fand.

Die Beute gab ein überraschtes Winseln von sich.

»Was zum ...«, stieß Bowden aus.

Der Speer hatte Kincaid so sauber getroffen, wie es nur der Wurf eines geborenen Jägers fertigbrachte. Das Herz von der Bernsteinklinge entzweigeschnitten, stürzte der Hund, der keiner war, zu Boden.

»Nein!«, rief Gjala und schlug die Hände vor den Mund. »Was hast du getan, Tani?«, fragte sie voller Entsetzen.

»Was Limbo von mir verlangte«, antwortete sie. »Schaut!«

Es dauerte nur wenige Herzschläge, und der Hundekörper zerfiel, wich dem Leichnams eines Greises in zerfetzten Gewändern, durch faulige Pergamenthaut zur Mumie geschwärzt, die Zähne lang wie Meißel, wo sich das Fleisch zurückgezogen hatte. In den Augenhöhlen lag ein von Hass entstellter Blick wohl auf alles Elfische, alles Leben, das es gewagt hatte, sich ihm zu widersetzen.

Bowdens Schwertklinge fiel wie ein Fallbeil und trennte das Haupt des Untoten vom Rumpf. Den Blick leerer Augenhöhlen mit erlöschendem Feuer auf Tanaqui gerichtet, zerfiel das Geschöpf zu Staub.

72

»Was ...?«, ächzte Bierschaum.

»Worte sind dein Handwerk, Gjala. Denk nach!« Tanaqui gab ihr keine weitere Antwort. Stattdessen stürzte sie auf Kato zu und behandelte ihn wie schon im Sumpf, näherte ihre Haut seiner an.

Gjala stand da und hoffte, dass die Freundin Kato ein wenig Zeit verschaffen würde, als ihre Zeichen sich berührten.

»Was hat sie damit gemeint?«, fragte Bowden überrumpelt und blass.

Gjala betrachtete die Asche, die von Katos vermeintlich treuem Begleiter übrig war, mit rasendem Puls.

Der Schreck war ihr in die Glieder gefahren, doch ihr Verstand arbeitete mühelos. »Er hat die gleiche Finte benutzt!«, rief sie aus, als sie begriff.

»Drück dich bitte verständlicher aus!«, forderte Bowden. »Welche Finte hat wer benutzt?«

»Denk nach, Blechmann!« Gjala richtete sich vor Bowden auf, um Kato und Tanaqui nicht aneinandergeschmiegt liegen zu sehen. Zugleich versuchte sie mit aller Macht, sich auf das Rätsel zu besinnen, denn sie hatte eine unschöne Vorahnung. Dunkle Wolken über ihrem Geist, seit sie den Baum zum ersten Mal betreten hatten. Das Lied konnte sie nicht nur hergeführt haben, um das eine oder andere von einer Riesin zu erfahren und dann hilflos mit anzusehen, wie ihre Welt niederbrannte.

Es gab einen Grund, warum sie hier waren. Warum ihr Vater sie seinerzeit gerettet hatte. Die Blutlinien. All das. Und Bierschaum spürte, dass ihr die Antworten nicht gefallen würden.

So folgte sie mit ihrem Geist Tanaquis Hinweis. Und begriff.

»Er hat seinen Namen ganz offen zur Schau gestellt. Der Leichnamzauberer. Unwerth, meine ich. Er war unablässig an Katos und deiner Seite, und sein Name hätte es uns verraten können. So wie der Wahre Nadir in seinem Namen verborgen lag.«

»Unwerth hat sich uns offenbart?«, fragte Bowden ungläubig. »Wann? Wie denn?«

»Nicht ganz«, berichtigte ihn Gjala. »Das Rätsel löste sich erst durch das Vorwissen, das uns Limbo am Ende gab.« Sie rang die Trauer um ihren Freund nieder. »Der Magister hieß zu Aganthyrs Zeiten Caen. Caen Windrukith.«

»Ich bin für derlei nicht gemacht«, ächzte Velkha.

Bowden bekräftigte, dass es ihm genauso erging.

»Es ist ein Anagramm«, erklärte Gjala. »Vergesst nicht, dass unsere Gegner schon mit dem ersten Brief, der den Emir irreführte und Tanaqui auf die Reise sandte, mit der Macht von Worten spielte! Das meinte Tanaqui. Erzmagister Caen Windrukith. Stellt die Buchstabenfolge um, und ihr erhaltet zwei Namen: Kincaid und Unwerth.«

Bowden japste. »Der Hochmut dieser Bestie kennt kein Erbarmen«, befand er.

»Noch nicht«, pflichtete ihm Velkha bei. »Es mag sich ändern, kleiner Bastard.«

Gjala fragte sich, ob sie den Augenblick erkennen würde, wenn der untote Zauberer sein letztes erzwungenes Leben aushauchte. Sie musste schlucken, als ihr alles, was sie wusste, noch einmal durch den Kopf ging.

Sie hegte Zweifel.

73

Sie hatten den Feuerort erreicht, in dem ebenso wenig Zeit blieb wie auf dem Mondpfad.

Er saß inmitten der Flammen, so wie sie ihn kennengelernt hatte, als alles begann. Auf denkbar schlechte Weise. Von seiner Feuerseele war nichts zu sehen. Ihnen blieb nur ein Augenblick. Kato war, wie er hätte sein sollen. Makellos.

»Wahrscheinlich kann ich nicht hierbleiben, oder?«, fragte er.

Sie schüttelte den Kopf. Sie verspürte einen Kloß von der Größe eines Kürbisses im Hals. Sie brauchte nichts zu sagen.

»Dachte ich mir«, sagte der Lohenmagus. »Du hast nicht zufällig etwas zu rauchen oder ein Schlückchen? Ich muss nicht ... ich möchte.«

Wieder Kopfschütteln.

»Mist auch«, meinte er. »Ist einfach nicht mein Tag heute.«

»Ich würde sagen, es lief für uns alle nicht besonders gut«, gab sie zurück. »Doch wir sollten dankbar sein, dass wir noch leben.«

»Sprich nur für dich!«, konterte er grinsend.

Tanaqui setzte sich neben ihn auf den Rand dieses Ortes, der kein Ort war und genau genommen auch keinen Rand hatte. Das Feuer konnte ihr nichts anhaben, denn kein Feuer vermochte den Gott der Jagd zu verbrennen, wenn er mit seinem Gefäß eins war.

»Das Geweih steht dir«, neckte er gewohnt lässig.

»Wir haben zwei Wahlmöglichkeiten«, entgegnete sie. »Und wenngleich wir länger hierbleiben könnten, entrinnt unseren Freunden die Zeit. Hast du begriffen, wo wir sind und was in dir wohnt?«

»Die Ketten sind leer. Der Pfeil. Die Rinde. Er floh, als er seine Gelegenheit sah. Floh durch die Bannsprüche aus dem Nadir. In mich hinein.«

Tanaqui bejahte. »Er ist dir zu Willen. Du hattest ihn die ganze Zeit unter Beobachtung, wann immer ihr es geschafft habt, euch einig zu sein. Du musst nicht sterben, Kato. Ganz im Gegenteil. Du kannst uns alle retten, du kannst Selachis retten. Du musst es wollen, doch es wird keinen Rückweg geben.«

Zum ersten Mal nahm er sie wirklich wahr. Mit vollem Blick, ohne Feuer in den Augen, so wie er geboren war. Seine Haut wirkte so makellos wie ihre, die Tätowierungen gab es nicht in dieser Welt, die keine Welt war. »Ich werde aufhören zu existieren. Oder zumindest etwas anderes sein. Und ich werde gefangen sein«, antwortete er ihr.

»Das stimmt«, erwiderte sie und nickte. »Doch gräm dich nicht!«

»Korrektur: Es gibt keinen Unterschied zu dem Leben, das ich kannte. Du hast den Hund getötet, nicht wahr?«

»Es gab nie einen echten Hund«, antwortete die Jägerin.

Er nickte. »Er leckte Bowdens blutige Hände sauber, wann immer Lebenssaft floss. Ich vergaß jedes Mal, dass er einfach so verschwand und überraschend wieder auftauchte. Er sorgte immer genau dann für Ablenkung, wenn ich die geeigneten Amulette und Bannsprüche für anstehende Kämpfe beschaffen wollte. Weil er wusste, dass ich ihn mit angelegten Artefakten mühelos durchschaut hätte. Almida, das tote Mädchen aus meiner Kohorte, offenbarte nie vor meinem Hund, dass sie auf Limbos Seite stand. Hinweise gab es zuhauf. Der Schamane unter Dunkelfall sprach von zwei Hunden und ihren dunklen Geheimnissen.«

»Aganthyr hat Dinge angedeutet. Den Rest reimte ich mir zusammen. Der Erddrache war nicht gefallen, die Sturmgrenze noch heil. Der Baum unzugänglich, solange die Hochelfen über die Kraft eines der Vier Könige verfügten, den sie mit dem Wurzelgold mästeten, damit er niemals einschlief.«

»Bemitleidenswert«, murmelte Kato.

Tanaqui nickte. »Er wollte um jeden Preis in den Nadir. Der Leichnam Unwerth, meine ich. Seine Knechte, die Hochelfen, hatten den Baum aus Angst vor ihm abgeriegelt, weil ihnen vor ewigem Leben als Emissäre graute, ihnen aber der Tod oder die Freiheit verwehrt waren«, erklärte sie. »Aber ich musste schweigen. Er hätte uns alle vernichtet, hätte ich nur angedeutet, dass er durchschaut sei. Darum verfluchte sich Limbo dafür, Kincaid in der Mine gerettet zu haben.«

Kato rieb sich die Rockschöße. »Du hättest ihn doch längst vorher jagen können. Wie oft haben wir gerastet, wie oft war Kincaid … war dieses Wesen ablenkt. Frage: Warum hast du es nicht eher zuwege gebracht?«

»Es musste hier geschehen. Im Nadir. Er ist nicht vernichtet. Er ist ein Leichnam«, erklärte sie.

Kato begriff. »Er ist ein Leichnam«, bestätigte er. »Ein untoter Hexenmeister. Höchste Kategorie auf den Skalen des Turms. Was immer das noch bedeuten mag, nach dem Verrat. Die schlimmste Form eines Untoten, die es gibt. Stirbt er, entfährt seine ruchlose Seele und formt sich binnen eines Monds und einer Nacht in einem seiner Zaubergefäße neu. So wollen es zumindest die Legenden.«

»Der Nadir ist vom Mirvaali«, erklärte die Jägerin. »Der Speerstoß meines Vorfahren zeichnete ihn so schwer, dass er nach Bowdens tödlichem Hieb seiner Hülle entfuhr. Doch bleibt er im Nadir eingeschlossen. Sein Geist geht nun darin um. Doch eines Tages wird er wieder eine Gestalt haben. Und ich werde ihn jagen und seine Seelenkrüge leeren, bis er den endgültigen Tod stirbt«, schwor sie. »Aber noch geistert er hier umher, körperlos und ohne jede Macht, getroffen von einem Speer reiner Göttlichkeit.«

»Du beherrschst wirklich die große Geste, Messerohr«,

meinte der Zauberer grinsend. »Mutmaßung: Nicht nur die schwarze Seele des Magisters ist im Nadir gefangen.«

»Der Baum ist der Meisterdrache der Lebenskraft des Holzes«, sagte sie.

»Die anderen Drachen«, folgerte Kato. »Die Zwerge. Alle Waldelfen, die noch keine Emissäre sind ...«

»Ihr Licht ist noch hier«, bestätigte Tanaqui. »Weißt du, was wir tun könnten, Kato? Aber der Herr der Erde muss geheilt werden.«

Er lächelte matt. »Wohlan denn! Meine Rätsel sind gelöst. Ich war noch nie ein Freund des Aufschiebens. Korrektur: gelogen. Ich habe eine Heidenangst.«

»Die brauchst du nicht zu haben. Du wirst nicht sterben. Du wirst erneuert. Dieser Ort ist vom Mirvaali. Oder eher: der Mirvaali von ihm. Du weißt, was das bedeutet?«

Er nickte. Wer wusste besser als Kato Tamasine, dass Feuer nicht nur vernichten, sondern auch das Kranke wegbrennen, das Dunkel vertreiben und heilen konnte? »Der Herr der Erde wird eine kleine Lohe überstehen«, meinte er. »Das wahre Feuer des Mirvaali wird ihm Heilung bringen.« Er räusperte sich. »Tanaqui?«

»Ja, Kato?«

»Grüß die anderen von mir! Ich bezweifle, dass sie mich noch verstehen, wenn ich eins mit ihm bin.«

»Das werde ich tun«, versprach sie und umarmte ihn. »Kato, eins noch: der Pfeil ...«

»Ich weiß«, antwortete er. »Ich erahnte es schon in Dunkelfall. Mir ist klar, dass du es warst.«

Beim gütigen Klang seiner Worte verspürte sie einen Stich. »Woher ...«

»Vesshelin. Unter der Hauptstadt. Er erzählte mir alles, um mich auf seine Seite zu ziehen. Weil er dachte, mich damit zu erzürnen. Tatsächlich war es mir lange vorher bewusst.«

»Und du hast dich nie an mir gerächt?« Sie spürte Verwunderung und eine nie gekannte Erleichterung, wie ein angenehmes Prickeln über die ganze Haut.

»Dazu gab es keinen Grund«, erklärte Kato. Der Lohenmagus, den es in der Welt des Tastbaren schon nicht mehr gab, lächelte sanft. »Ich hätte in diesem Kontor verbrennen müssen wie alle, die der sinnlose Krieg verschlang, wie alle, die durch meine eigenen Hände verbrannten. Stattdessen bekam ich ein Leben, das von Qualen gezeichnet, aber auch von unglaublichen Wundern bereichert wurde. Und mit Bowden hatte ich stets das beste Lehrstück vor Augen, warum Rache keine Frucht trägt. Seine Niederlage, als wir sein Herrenhaus aufsuchten, ohne dass noch Sühne möglich war ... Jedenfalls wurde mir klar, dass es nichts ändern würde, nähme ich Rache an dir. Im Gegenteil.«

»Im Gegenteil?«

»Im Gegenteil schlösse ich einen Kreis, den dieser Hundsfott Unwerth überhaupt erst zog. Er machte Bowden und mich zu seinen Knechten, zu Mitwissern, ließ seinen Tod durch meine Hand vertuschen. Dabei wurde ich zu einem vermeintlichen Deserteur. Eine der wenigen Elfen zu verbrennen, die je mit mir reisen wollten, welche Gerechtigkeit wäre das gewesen?«

Die Große Jägerin Tanaqui wusste darauf keine Antwort.

Unvermittelt nahm er sie in die Arme. »Schön, dies einmal ohne einen Schutzzauber tun zu können«, waren die letzten Worte, die Kato Tamasine sagte. Seine Hände schossen unvermittelt vor und schoben ihren Mund zu einem Lächeln hoch. »Feststellung: Wir haben viel zu tun«, sagte er. »Weiß Gjala über unsere Absichten Bescheid?«

»Nein, aber sie wird rasch verstehen. Und ich fürchte, dass sie ihren Preis zahlen wird.«

»Ihr Vater ahnte es. Wir sollten uns beeilen, bevor ich ihn nicht mehr zähmen kann. Sie kommen, Tanaqui. Ich muss gehen. Sind sie mit uns im Turm?«

Die Große Jägerin wandte sich um. »Alle«, sagte sie, und er lächelte.

Nun, da ihr Meister vernichtet war und auf der Suche nach seinem nächsten Körper durch den Turm geisterte, stand Almida mit ihrem brennenden Heer am Rand dieses Ortes, der keiner war, mitten in den Flammen. Das verbrannte Mädchen lächelte und winkte.

»Sie und ihre Gefährten dürfen sich noch einmal bewähren«, sagte Kato. »Ich habe mich versündigt.«

»Es war nie deine Schuld«, wiegelte die Große Jägerin ab. »Was immer du noch an Gram empfinden magst ... durch deine zukünftigen Taten wirst du Abertausende retten.«

Er lächelte. Dann war er fort.

Tanaqui löste sich von Kato, und er rang nach Luft. Sein blutender Körper bog sich durch. Die Große Jägerin wandte sich zu Gjala um. »Es hat einen Sinn, dass uns das Lied hierherholte. Es ging nie darum, uns die Wahrheit zu zeigen. Es ging darum, dass wir jene, die diesen Turm nie verlassen konnten, wieder in ihren Dienst rufen.«

»Ich weiß«, bejahte Gjala. »Es ging um so viel mehr. Vater ersann die Stäbe und seine Runen aus einem bestimmten Grund, nachdem er ihre Ränke durchschaut hatte. Ich kann alles wenden. Ich werde alles wenden. Ich weiß, was ich tun muss.« Tränen standen ihr in den Augen. »Pass auf dich auf, Tani!«, beschwor sie Gjala.

Die Große Jägerin weinte. Heiße Tränen rannen auf die drahtigen Haare der Zwergin, als sie dastanden und nicht loslassen konnten.

Katos Körper fing Feuer und schwelte.

Die Städte im Nadir, diese Reise, all das hatte die Mutter des Mondes als Vorsehung ersonnen. Doch nicht für Limbo. Und nicht für Bierschaum. Für diesen einen Moment, der entscheiden sollte, dass der göttliche Plan gelang.

Tanaqui strich der Freundin durch das Haar, hauchte ihr einen Kuss auf die Stirn und flüsterte. »Sing, Bardin Bierschaum! Es gilt unser aller Leben. Sing für dein größtes Publikum! Entfessele die Feuer des Mirvaali! Wir sind die Nachfahren der Vier Könige«, bekannte Tanaqui, als ein Rasseln Katos letzten Atemzug verkündete.

Bierschaum schluckte und nickte. Sie trat zurück, räusperte sich, wärmte ihre Stimme an, den Blick voller Grauen auf die Zauberzeichen des sterbenden Freunds gerichtet. Tanaqui lächelte so liebevoll wie eine Jägerin, die unter wilden Tieren aufgewachsen war, dies eben vermochte. »Er braucht dich jetzt, Gjala.«

Die Miene der Zwergin spiegelte nichts wider als Härte angesichts der Gefahr. Sie nickte wie zum Salut.

Tanaqui fuhr zu Bowden und der Riesin herum. »Diesmal muss der Dienst der Vier Könige freiwillig sein, um die Insel zu verteidigen«, forderte sie und erntete einen fragenden Blick des einstigen Ritters. Sie wandte sich an die Königin. »Ich sagte euch, dass wir Hilfe brauchen«, betonte Tanaqui. »Von jedem, nicht nur von den Vier. Wir alle sind aus einem einzigen Grund hier. Alle, die wir lieben, die wir hatten oder noch haben, brauchen uns.«

Velkha folgte dem Blick der Großen Jägerin, der letzten Hüterin des ewigen Waldes und Herrscherin über das Leben der schwebenden Inseln. Die sie alle einlud, mit altem Wissen eine ganze Welt zurückzuerobern. Die Königin der Riesen nickte. Auch Bowden begriff. Sie eilten los.

Ohne Aufforderung hob hinter Tanaqui der Gesang an, auch wenn die Bardin genau wusste, worein sie sich ergab. Auch Tanaqui war es bewusst. Sie trug an der Bürde der Freundin mit der Haltung und Würde, die der Zwergin gebührte.

Als Tanaqui Gjalas erste Takte vernahm und während das Lied einsetzte, untermalten die wuchtigen Hiebe der gewaltigen Runenaxt die Sinfonie der Mondgöttin.

Die frühere Wüstenelfe erinnerte sich an die Worte des Zwergen Gjalar. Über die Macht der Runenäxte und wie sie lächerliches Elfensilber zerteilten wie die Sense das Sommergras.

Zwei Hiebe, und die ersten Teile eines Drachengerippes zerbarsten. Wie ein ganzer Wald gefällter Bäume rauschten die Ketten und Knochen zu Boden, schlugen auf. Die Fesseln fielen aus dem Kerker in die endlose Tiefe. Die Gebeine blieben. Auch dieser Lärm vermochte die Macht des Liedes und Bierschaums Kunstfertigkeit nicht zu übertönen.

Das Lied rief die Retter von Selachis zu Hilfe. Gesungen ohne Hintergedanken. Ohne List.

Tanaqui spürte, wie die Macht des Lebens durch den gesamten Baum Nadir pulste, durch jenes Gewächs, wo das Lied gesungen, wo das mächtige Ritual gewirkt werden musste, das sie hierhergeführt hatte.

Hierher, zu den Vier Königen, den betrogenen Herrschern, denen man in größter Not eine Bürde auferlegt hatte, das letzte Leben dieser Welt zu schützen.

Bei jeder Silbe, jeder Strophe, mit der das Lied voranschritt, mit jedem neuen Ton und Taktschlag folgte in etlicher Entfernung Axthieb auf Axthieb der Riesin.

Bowden, das Kind zweier Welten, eilte zu einer Stelle hinter dem leeren Kerker des Feuerdrachen und hob etwas auf. Nun rannte er mit seiner Last dorthin, wo sich die Blicke der Vier Könige dicht an der Nabe kreuzen mussten.

Mit einer riesigen roten Schuppe, die er wie einen Schild hielt, kniete er nieder, die Schwertspitze am Boden.

Als das Lied sich seinem ersten Höhepunkt näherte, bog sich der Körper des Magiers vor Tanaqui und Gjala durch. Ein Herzschlag der Stille, den das Lied nicht zu übertönen vermochte. »Unerwartet«, keuchte Kato.

Da formten sich die Feuerzeichen auf seinem Körper im Takt des Liedes zu einem Knäuel aus Schlieren, die mit der Stärke der Wüstensonne glommen. Aus seinen Schultern brach Licht, bildete Schwingen. Die Hitze wurde unerträglich, doch da zog Gjala das Amulett von der Brust. Ihr Herz pochte schmerzhaft wild, doch die Weitsicht ihres Vaters, ihre Kräfte für diese Welt zu bewahren, wurde belohnt.

Jene Energie, die mit jeder Strophe aus dem Körper der Bardin hervorbrach, hielt die Flammen im Zaum, verwehte sie, bevor sie die Jägerin, die Zwergin oder ihre beiden Kameraden erreichte. Die Feuerblase wuchs, verschlang die Hälfte der Rotunde und brach unvermittelt als Strahl aus Licht aus Mund und Augen des Lohenmagus hervor und hüllte alles ein. Er war nichts als Feuer, als er sich wie ein Phönix aus der Asche aus dem Gefäß erhob.

Tanaqui spürte, wie die Winde von Gjalas Macht ihre heißen Tränen trockneten. Vor ihren Augen nahm das Licht den Körper des Zaubererfreunds auf ewig mit sich und hinterließ nichts als Asche. In der Ferne hörte sie einen Wolfsmann inmitten des tosenden Liedes freudig heulen.

Das Lied kleidete die Leere, die er in seinem Kerker hinterlassen hatte, in seine gewaltige rote und gehörnte Gestalt, die mit einem Brüllen das mächtige Haupt in den Nacken legte. Feurige Augen loderten unter einer Krone aus Hörnern, als sich der Rachen des Feuerkönigs öffnete. Augen, einst zu Kato gehörig, betrachteten mit vertrautem Schalk die alten Freunde. Mit jedem Herzschlag, jedem Liedtakt wurde die Gestalt des Feuerkönigs fester, seine Glut echter. Er röhrte und spie Flammen durch die Rotunde.

Gjalas Lied und ein Fingerzeig vonseiten Tanaquis dirigierten das Feuer, das die Bestie spie. Gegen den Schild des Ritters brandete das Feuer, der es gegen die Flanke des wahnsinnigen Erdkönigs lenkte. Es fraß den Eiter und das Gift seiner Wunde und leckte über seinen Leib, dem Drachenfeuer nichts anhaben, sondern ihn nur heilen konnte.

Hinter sich spürte Tanaqui Gjala taumeln.

Bierschaum lächelte tapfer, während sie im Wechsel den linken Arm und die Magengegend mit der rechten Hand berührte und mit schmerzverzerrter Miene jeden Ton meisterhaft traf.

Es war der Auftritt ihres Lebens. Es war der letzte Auftritt ihres Lebens.

Gjala hätte den Gesang jederzeit abbrechen können, doch die Zwergin wusste um das Gewicht ihres Werks. Was Verlust von Völkern bedeutete, das Schicksal der Drazok Dhar.

Ein Beben erschütterte den Baum. Durchfuhr ganz Selachis. Tanaqui begriff mit einem Blick zur Freundin, durch die geteilten Geheimnisse eines Moments, was Gjalas Vater und der junge Runenpriester in den Zwergentempeln vorbereitet hatten, als ihnen der Wahnsinn des Ältesten bewusst wurde.

Sprengstäbe, verborgen an empfindlichen Stellen in jeder Binge unter Selachis.

Das Lied, von der Macht der Tochter über die Runen ihres Amuletts entfesselt und vom Nadir über das Land verstärkt, begrub die Götterschmieden unter gewaltigen Geröllmassen.

All dies und viel mehr sahen die Freundinnen, als sie einander in die Augen blickten. Tanaqui forderte nichts. Die Große Jägerin vermied Selachias Fehler.

Gjala gab freiwillig, und ihr Lied kleidete in Fleisch und Schuppe, was nur noch Bein, Leere und Nachhall einstiger Größe gewesen war.

Denn der Mirvaali war vom Leben, und der Mirvaali war vom Nadir. Und so, wie die Seele des verderbten Erzmagisters durch diesen Turm irrte, so hatte der Meister der Erde seine Geschwister verschlungen. Mit jeder Strophe entstieg ihr Seelenlicht seinen Nüstern und wallte auf die Gerippe der letzten beiden Geschwister zu.

Auf den Schwingen des Lieds, das sie bis an diesen Punkt ihres Lebens gebracht hatte, sang Gjala, bis die Herrschaft an die Vier zurückgegeben war. Jene Vier, welche die Welt verteidigen wollten gegen ihre Verfolger aus den Tiefen zwischen den Sternen. Man hatte sie in Eisen geschlagen, während ihre Schwester zum Nadir wurde.

Als die letzte Strophe endete, ruhten die mächtigen Schatten der Vier Könige auf der Nabe. Ihr Brüllen erschütterte den Baum, den Archipel. Sie blickten auf ihre Nachfahren, die im Raum standen und sie zurückgeholt hatten. Sie blickten auf die Nabe.

Dorthin, wo ein Ritter von eines Feuerdrachen Gnaden zu ihren Füßen kniete, der seinen heimlichen Herrn schon so lange behütet hatte. Einer ihrer Nachfahren aus den Blutlinien, die sie selbst einst gelegt hatten.

Dieser ihr erster Drachenpaladin kniete vor ihnen, die letzte Königin eines der Völker ihrer früheren Erzfeinde zu seiner Rechten, ihr Haupt in Demut gebeugt, sie selbst bereit, die kommenden Aufgaben auszuführen.

Die Seele des Kriegers geheilt und das Schwert und seinen geläuterten Eifer in den Dienst der Elemente stellend.

Die Große Jägerin spürte, wie mit den Vier Königen große Zuversicht in die verzweifelten Lande zurückgekehrt war. Die Halbgöttin erbebte. Ihre Augen schwammen in Tränen.

An der Stelle, an der die einzige Freundin ihres Lebens hinter ihr gesungen hatte, klaffte die Stille mit solcher Eindringlichkeit, dass Tanaqui-Cathwyn sich umdrehte.

Wo eben Bierschaum noch mit Wunderstimme neues Leben für ihre Welt herbeigesungen hatte, sah sie nichts als Wind aus Goldstaub niedersinken, auf dem die ersten Lichter zarter Hoffnung tanzten.

SELACHIS
DER STURMWALL
DIE KRONE
TRISTHEIM
SEDAGARS HOCHMUT
JOTNARHEIMAR TVADA
KUNDRHEIM
DIE FJORDE DER SKRAEMAR
DIE HAUPTSTADT
EMRICK
DUNKELFALL
DIE MARSCHEN VON VAILE
THAR
DER SCHWERTWIND
DER NADIR
DIE HYÄNEN VON KAL-XOSUN